君特·格拉斯
文集

Günter Grass
Werke

铁皮鼓

Die
Blechtrommel

〔德〕**君特·格拉斯** 著

胡其鼎 译

人民文学出版社
PEOPLE'S LITERATURE PUBLISHING HOUSE

著作权合同登记号　图字 01-2020-5875

Günter Grass
DIE BLECHTROMMEL
Copyright © Steidl Verlag, Göttingen 1999
Chinese language edition arranged through
HERCULES Business & Culture GmbH, Germany
Simplified Chinese Copyright © People's Literature Publishing House 2021

图书在版编目(CIP)数据

铁皮鼓/(德)君特·格拉斯著;胡其鼎译. —北京:人民文学出版社,2021(2024.11重印
(君特·格拉斯文集)
ISBN 978-7-02-016368-7

Ⅰ.① 铁…　Ⅱ.① 君…② 胡…　Ⅲ.① 长篇小说—德国—现代
Ⅳ.①I516.45

中国版本图书馆 CIP 数据核字(2020)第 085200 号

责任编辑　欧阳韬
装帧设计　刘　远
责任印制　苏文强

出版发行　人民文学出版社
社　　址　北京市朝内大街 166 号
邮政编码　100705

印　　刷　北京盛通印刷股份有限公司
经　　销　全国新华书店等

字　　数　516 千字
开　　本　880 毫米×1230 毫米　1/32
印　　张　19.375　插页1
印　　数　19001—21000
版　　次　2021 年 9 月北京第 1 版
印　　次　2024 年 11 月第 5 次印刷

书　　号　978-7-02-016368-7
定　　价　79.00 元

如有印装质量问题,请与本社图书销售中心调换。电话:010-65233595

目 录

译 本 序

　　在德意志联邦共和国的作家群中,非常重要的有三位。海因里希·伯尔,他的名字同"废墟文学"紧密相连,人们称他为"小人物的兄弟"。一九七一年,他的长篇小说《女士及众生相》(又译《莱尼和他们》)问世,次年,他成为第六个获诺贝尔文学奖的德国人。伯尔的许多作品已经有了中译本,他是我国读者所熟悉的外国作家之一。阿尔诺·施密特,这个名字在我国是比较陌生的,他被认为是德国的詹姆斯·乔伊斯,他的作品几乎是无法翻译的,然而,由于他的文学素养很高,很多德语作家都要读他的著作。这两位作家都已经去世,现在仍在从事创作活动的,就是君特·格拉斯了。《铁皮鼓》是他的第一部长篇小说,也是他的成名作,发表至今已近四十年了,在世界文坛已有定评。一九八七年年初,当译者终于完稿搁笔之时,建设出版社也预告这部小说即将与民主德国的读者见面了。

　　一九五八年十月,"四七"社在阿尔高伊的阿德勒饭店聚会。"四七"社是一个松散的文学团体,既无纲领,也不发会员证,在作家汉斯·韦尔纳·里希特的主持下,每年聚会一次,作家们在会上朗读各自的新作,当场听取评论,该社就以这种方式来推动文学创作与评论的发展。从一九五〇年至此,"四七"社共评过五次奖,获奖者是君特·艾希、海因里希·伯尔、伊尔泽·艾兴格尔、英格博格·巴赫曼和马丁·瓦尔泽。这一次聚会时,来了一位年轻人。他来了,朗读了,胜利了。君特·格拉斯,他从巴黎到此地,来时囊中无几，他朗读了长篇小说《铁皮鼓》的第一章《肥大的裙子》，与会者一致认为，这部作品生动、感人、清新，并同意授予他"四七"社奖（三千马克）。次年秋季，格拉斯同他的《铁皮鼓》一起在法兰克福国际书展上露面。这部小说的七种外文译本的版权已被买去。就在这一年，联邦德国的图书市场上还出现了一批长篇小说：乌韦·约翰逊的《雅各布的揣测》、海因里希·伯尔的《九点半打台球》、西格弗里德·伦茨的《面包和运动》、鲁道夫·哈格尔施坦格的《众神的玩物》、奥托·弗里德里希·瓦尔特的《哑巴》、格哈德·茨韦伦茨的《死去的男人们的爱》等。在此之前，文坛的中心议题是长篇小说的危机，而此时，连外国通讯社也报道说，联邦德国的"文学也进入了繁荣时期"。

君特·格拉斯，一九二七年生于但泽。这是一个海港城市，有着多灾多难的历史。但泽曾属汉萨同盟，后归波兰。俄、奥、普第三次瓜分波兰时，又划归普鲁士。第一次大战后，改为自由邦，由国际联盟代管。纳粹德国又以"但泽走廊"问题为借口入侵波兰，点燃第二次世界大战的战火。战后，但泽划归波兰，今名格但斯克。格拉斯的父母，一方是德意志人，一方是波兰人。一九四四年，他被征入伍，当空军辅助人员，同年受伤。一九四六年，当他从马利恩巴德的美军战俘营获释时，他已经是一个无家可归的难民，因为被划给苏联和波兰等的德国东部土地上的德国人都被驱赶了。格拉斯先在希尔德斯海姆的钾盐矿当矿工，接着到哥廷根打算通过中学毕业考试，但一上历史课他就反感，终于放弃。一九四七年他到杜塞尔多夫学习石匠手艺。一九四八至一九四九年，在当地艺术学院学习，兼当模特儿并在一个爵士乐队演奏。一九五三年他迁到西柏林，继续学习雕塑与版画。一九五五年，他的《幽睡的百合》获斯图加特电台诗歌比赛头奖。次年，他的第一部诗集《风信鸡的优点》出版，他举家迁居巴黎。这是一段艰辛的岁月：

我的房间无风

2

虔诚,一支香烟

如此神秘,谁还敢

提高房租

或者打听我的老婆。(《信经》)

他住在巴黎拉丁区一幢后排楼房里。卢赫特汉德出版社给他每月
三百马克的津贴,让他维持最起码的生活并写作剧本。长篇小说
《铁皮鼓》就是在这样的条件下产生的。格拉斯说,他当时连德语
的正字法都还没有完全掌握。

　　一九五九年底,不来梅文学奖评选委员会决定授予格拉斯奖
金,但不来梅市政府不予承认,表面的理由是《铁皮鼓》亵渎上帝、
有伤风化,真正的原因是认为这个小胡子作家是个"有头脑的无政
府主义者",亦即对当时的阿登纳政府持有不同政见。市行政当局
干涉独立评奖委员会事务被公众舆论目为一件丑闻,这自然也未
能阻止这部小说赢得更多的读者并被译成更多的语言。一九六〇
年德意志评论家协会授予格拉斯文学奖,一九六二年他又获得法
国的文学奖。《铁皮鼓》初版后的四年间,给格拉斯带来了四十万
马克的收益,使这位"经济奇迹"时期持不同政见的作家成了"经
济奇迹"的受益者。

　　一九六〇年,格拉斯定居西柏林。他的一些剧本,如《恶厨师》
(1961)等先后上演,第二部诗集《三角轨道》(1960)出版,接着,他
的中篇小说《猫与鼠》(1961)和长篇小说《狗年月》(1963)相继问
世,尤其是后者引起了热烈的讨论。卢赫特汉德出版社把这两部
作品同《铁皮鼓》一起改版重印时,经作者同意后加上了"但泽三
部曲"的副标题。因此,这不是通常意义上的"三部曲"。这三部
小说各自独立,故事与人物均无连续性,唯一把它们联系在一起
的,是部分情节发生的地点都在但泽。格拉斯说,它们有四个共同
点:一是从纳粹时期德国人的过错问题着眼写的;二是地点(但泽)
和时间(1920至1955年)一致;三是真实与虚构交替;四是作者私

人的原因:"试图为自己保留一块最终失去的乡土,一块由于政治、历史原因而失去的乡土"(1970 年 11 月 28 日在西柏林同亨里·普拉尔德的谈话)。所以,这三部小说是格拉斯怀着一个有着德、波两种血统却又失去家乡的难民的心情写的。这种心情同战后德波间领土问题一样复杂。民主德国在一九五〇年即已承认奥得河-尼斯河一线为德波边界,联邦德国则直至一九七〇年十二月同波兰签订《华沙条约》时才予以承认并确认德波两国间无领土争端。当时,格拉斯是勃兰特总理的"东方政策"的拥护者。

一九四七年初,在一片废墟的汉诺威的一次大规模群众集会上,格拉斯听了社会民主党领袖库尔特·舒马赫的讲演。格拉斯说,舒马赫的"狂热和他的生硬一方面使我感到抵触,另一方面,他的论证的正确又使我信服"(同普拉尔德的谈话)。他从第一次参加选举起,就投社会民主党的票。一九六〇年,格拉斯回到西柏林时,正值威廉·勃兰特首次作为候选人竞选总理。一九六一年,阿登纳在雷根斯堡讲演,影射勃兰特是非婚所生。格拉斯被这种人身攻击所激怒而全力支持勃兰特。他就此成为勃兰特的好友,并从一九六五年起的几次大选中作旅行讲演,为社会民主党竞选。在阿登纳任总理的时期内,社会风气是不问政治而只关注福利与消费。作家和知识分子只要安分守己,就可能得到各种奖金。"四七"社和后来的"六一"社(以提倡劳工界文学为宗旨)的作家们则关注着一个问题:民主(Demokratie)的本义是人民的统治(Volksherrschaft)。公民难道可以放弃责任,放弃监督的权利,而把国家的祸福交给少数决定政策的职业政治家去掌握吗?当这些作家或其他知识分子对基督教社会联盟和基督教民主联盟政府的政策发表歧见的时候,当他们对德国的重新武装、单方面同西方结盟、所谓的"社会市场经济"、德国的分裂以及后来的紧急状态法公开提出指摘的时候,他们会立即遭到当政者的鄙视和辱骂。格拉斯就是一例。阿登纳的后任、"经济奇迹"总理艾哈德公开把格拉斯、霍赫胡特等作家骂作"狃"（一种小犬），说他们只晓得"朝荆棘上蹦"（"螳臂当车"之意）。艾哈德的后继者基辛格总理也扬言，在魏玛共和国还有左中右文学，在联邦德国却只有左翼文学，这种文学"不能代表"德国。这就是当时政界与文学界的关系。在这种情况之下，格拉斯开始直接参加政治活动。他不仅同勃兰特建立了友谊，而且也明确了他本人的社会民主主义的政治立场。他把社会民主党的政治观点——相信在资产阶级民主制的条件下有可能通过改革来争取所有公民最大限度的平等——同启蒙运动的精神——呼吁公民的理智，使之树立社会责任感——结合起来。他对一系列国际国内的重大事件都发表意见。他的意见表明，他"站在了几条板凳中间"，左右不讨好。他反对国内的"紧急状态法"（1968）、"绝对教权主义""反动的同盟政策"，也反对民主德国建立柏林墙；他批评美国（如印度支那战争、支持希腊军人独裁政府），他抨击右派施普林格报系的《图片报》，也抨击左派的杂志《重音》；尤其因为他对大学生运动的态度，他被蓄长发的青年目为头号敌人。格拉斯理解青年一代的愤怒与抗议，但认为他们想通过一次性的革命造反来一劳永逸地改变一切的看法是乌托邦。鉴于当时的社会动乱，联邦议院通过了紧急状态法。对此持反对态度者联想到了魏玛共和国的危机。那时，刚上台任总理的希特勒便是利用紧急状态法取缔了纳粹党之外的一切政党，建立了独裁政权。这些人因此也担心大学生过激的行动会导致当局采取更严格的警察控制措施而有害民主制。这也是格拉斯的考虑。他的诗集《追问》①（1967）、言论集《论不言而喻》（1968）和长篇小说《局部麻醉》（1969）反映了他这一时期的思想观点。格拉斯认为，谁要承担责任和过错，谁就得有理智。他呼吁青年人的理智，使社会保持"正常状态"而不是

---

① 《追问》，又译《盘问》。

"非常状态"，只有在"正常状态"下才有可能实现渐进的改革，用他的话来说，就是"修正"。他在写给自己的子女们的散文《蜗牛日记》（1972）里进而申述了他的这种观点。一九七一年，格拉斯在纽伦堡讲话中说："唯有看到和重视进步中的静止的人、已经有一次或多次停步不前的人、曾经在蜗牛壳上坐过并在乌托邦阴影一侧居住过的人，才能衡量出进步。"他的不要革命只要"修正"的观点，在激进的青年一代看来，自然是十分"保守"的。

　　二十世纪六十年代中期以后，联邦德国整个社会由不问政治转而变得越来越政治化。作家们也积极干预政治。有些作家也像格拉斯一样，直接参加政治活动，但他们只能在政治前台跑龙套，却到不了幕后去。以为"一个大作家便是一家小政府"的看法证明不过是一种美好的自我欺骗。"四七"社的作家们聚会时，也热烈讨论当前的政治问题，然而他们并不能形成一个政治反对派，反倒如诗人恩岑斯贝格所说，"四七"社仅仅是一个"一年只存在三天、无首都的文学界的中心咖啡馆"罢了。"四七"社第一次聚会，作家们挤在一辆旧卡车里驶向目的地，而这时，他们聚会的饭店前，停满了他们的各种牌号的私人小轿车。一九六六年，"四七"社应美国普林斯顿大学之邀，乘飞机绕过地球的四分之一去那里举行年会。这个事实表明，这批作家已经成了乘喷气式飞机旅游世界的阔佬。格拉斯作了发言，题目是：《论注意到并不存在的宫廷的从事写作的宫廷小丑日益缺乏的自信心》，他强调文学不同于政治，应放弃宣言与抗议，而"去做些民主的小事情"，他说，"愿我们意识到：诗不懂何谓妥协，但我们则靠妥协为生。谁能有为地承受这种紧张关系，谁便是愚人（小丑）并改变着世界。"二十四岁的奥地利律师，新一代的左派剧作家彼得·汉德克则在会上宣称，"'四七'社的作家的创作力已经'阳痿'了。"一九六七年，"四七"社在维尔茨堡附近的普尔韦尔米勒饭店最后一次聚会，闹革命的大学生举着横幅向饭店进逼，在他们的眼里，"四七"社的作家已经是一个"权势集团"了。在新左派面前,他们已经退到中间派的地位。快退到可以荣获联邦十字勋章的地位,一九六九年,勃兰特出任联邦总理,格拉斯穷于应付新左派和新右派。一九七四年,勃兰特因间谍案引咎辞职,格拉斯也退出政治活动。一九七七年,他发表了长篇童话小说《比目鱼》①,写体现黑格尔"世界精神"的鲽鱼帮助男人摆脱三乳始祖母取得了统治权以及在男人统治下两性的关系和妇女的历史。格拉斯自己讲,这部小说已进入了德国家庭主妇的厨房,因为里面写了土豆、鱼、蘑菇等的烹调术,也可说是一部食品史。一九八六年一月,他在国际笔会纽约会议上反对美国国务卿舒尔茨出场致辞并对国际政治发表了激烈的言论。同年,他的科幻小说《母鼠》出版,写原子灾难下毁灭的地球。评论界认为,格拉斯"过度地在时髦浪潮里游泳",而且就这个主题而言也没有写出多少新意。然而,他的创作和活动却表明了这位德语作家对受威胁的国际和平的关注与担忧。

长篇小说《铁皮鼓》是一部现代"流浪汉小说",继承了格里美尔斯豪森(1621—1676)的《痴儿西木传》的传统。《西木传》以三十年战争(这是1618至1648年欧洲信奉天主教和信奉新教的君主国之间在德意志的土地上进行的一场战争,德意志人伤亡惨重)为背景,《铁皮鼓》则以第二次世界大战为背景。格里美尔斯豪森以自己的亲身经历和史实为基础写了《西木传》,格拉斯也是如此。西木这个人物,本性纯朴,但由于生逢乱世,使他变得机警、狡诈、为求生而不讲道德、不择手段。格里美尔斯豪森通过西木的流浪与历险,写尽了这乱世的黑暗与无道。《铁皮鼓》的主人公奥斯卡·马策拉特就是现代的西木。

《铁皮鼓》共三篇四十六章。开卷写居住在疗养与护理院(精神病院的委婉称谓)的奥斯卡·马策拉特,请有同情心的护理员布

---

① 又译《鲽鱼》。

鲁诺买来"清白"的纸,借敲铁皮鼓回忆往事,记述他的经历。奥斯卡先介绍他的外祖母安娜和舅公文岑特·布朗斯基,他们是但泽地区最古老的居民卡舒贝人,务农为生。安娜在地里收获土豆时,遇上正遭追捕的纵火犯科尔雅切克,她让这个波兰伐木工人钻进自己肥大的裙子底下,搭救了他。两人连夜成亲,逃到但泽。这是一八九九年的事。科尔雅切克改名换姓,当上筏夫,他和安娜生下一个女儿,取名阿格内斯。科尔雅切克终于被仇家——德国锯木场老板发现,在警察的包围中跳进莫特劳河,下落不明。第一次世界大战末,在战地医院当护士的阿格内斯结识了伤兵、莱茵兰人阿尔弗雷德·马策拉特,两人在一九二三年结婚,经营一家殖民地商品店。阿格内斯同她的表哥扬·布朗斯基早有私情。扬在波兰邮局工作,但泽成自由市后,市内邮局仍归波兰所有,扬于是入了波兰国籍。奥斯卡描述他的家庭照相簿,他无法断定自己真正的父亲是谁,只能认为扬和马策拉特都是他"假想的父亲",但那时,这两个不同国籍的男人尚能和睦相处。阿格内斯生下奥斯卡,他最初看到的世界之光是两只六十瓦灯泡的光,他嫌世界昏黑,想回到娘肚子里去,但脐带已被剪断。他生下来就能听懂大人说话,他听到母亲许诺在他三岁生日时给他一只铁皮鼓。到三岁生日那天,奥斯卡决定"自我伤残",自己从地窖阶梯上摔下去,从此不再长个儿,因为他不愿加入成年人的世界。对《铁皮鼓》持拒绝态度的评论认为,奥斯卡要"返回脐带"乃是格拉斯的"虚无主义纲领",格拉斯"从这个患呆小症(克山病)的侏儒的目光去看世界,这是从一开始便使一切歪曲丑化合法化",这说明格拉斯"在这部小说里比在他的诗歌里表现得更加激进"①。奥斯卡摔坏后意外地得到了一副能"唱碎玻璃"的嗓子,而且还有"远程效果",他可以赖以自卫(如果联想到纳粹党徒在"水晶夜"的砸玻璃暴行和日后轰炸

---

① 君特·勃娄克尔的文章:《返回脐带》,载《法兰克福汇报》1959 年 11 月 28 日。

伦敦的 V-1、V-2 飞弹,那么,这种滑稽模仿就具有政治讽刺意义了)。奥斯卡大闹学堂,他的入学第一天成了上学的最后一天。他跟面包师太太格蕾欣·舍夫勒学习读和写。他的教科书是《拉斯普京和女人》以及歌德的《亲和力》。看马戏表演时,他结识了侏儒贝布拉和梦游女拉古娜。在经济萧条时期,他用"唱碎玻璃"的声音划破橱窗,帮扬偷珠宝首饰送给阿格内斯。阿格内斯在犹太人马库塞的店里给奥斯卡买铁皮鼓。纳粹势力也在但泽抬头,煽动民族仇恨。扬的儿子在幼儿园被德国儿童殴打。马策拉特加入了纳粹党。他是一个别人叫喊、大笑、鼓掌时他也叫喊、大笑、鼓掌的人。他对烹调术的热衷很快转变为"制服崇拜"。他是个典型的德国小市民,没有主心骨,没有尊严,不懂得责任也不懂得过错,只图个人的安逸舒适。这种性格为居住在拉贝斯路的其他德国小市民、为后来的一些人物,如画师和下士兰克斯所共有。在格拉斯看来,正是这些不知羞耻的小市民形成了纳粹党的社会基础。他因此让奥斯卡在明处在暗处旁观这些没有明确道德价值观念的人们日常生活中的一切丑恶行为。马策拉特穿上制服去参加纳粹集会,奥斯卡蹲在讲演台下敲铁皮鼓扰乱纳粹会场。纳粹的蛊惑可以使他们狂热,铁皮鼓敲击出的强烈节奏也可以使他们狂热。一九三六年,德军开进非武装区莱茵兰,英法容忍。奥斯卡在圣心教堂里把铁皮鼓放到童子耶稣的塑像上,希望耶稣能击鼓聚众,但耶稣没有敲,没有出现"奇迹"。德国的新教教会早已拥护纳粹,梵蒂冈同纳粹德国签约后,天主教会也俯首帖耳了。战后德国有不少文学作品抨击当时教会对纳粹的态度。格拉斯的讽刺,使他得到了"亵渎神圣"的恶名。阿格内斯怀孕,她只要奥斯卡不想要这个孩子,她患强迫症般大量吃鱼,终于身亡。奥斯卡自认对母亲的死有罪。十四岁的他被托付给邻居特鲁钦斯基大娘照看,他同她的大儿子赫伯特为友。赫伯特是港口酒店侍者,背上有酗酒水手斗殴时留给他的道道伤疤。赫伯特改行去博物馆看守船头雕像尼俄柏。这是中世纪的古物，相传谁得到它谁就遭殃。即使陈列在博物馆里，参观者见了也会起邪念而发生多次死亡事件。看守尼俄柏的赫伯特终于遭了殃。这个故事中尼俄柏隐喻但泽，谁抢占它谁将不得好下场。一九三八年十一月"水晶夜"（这是当时流行的名称，有译作"砸玻璃之夜"的），纳粹大规模迫害犹太人。但泽的纳粹党徒也效法。犹太人马库塞的玩具店被捣毁。教会信徒在街上高唱："有信有望有爱"。

　　第二篇：奥斯卡无人照管，最后一面铁皮鼓快成废铁了。他找到了扬，拉他去波兰邮局请人修理。这是一九三九年九月一日，正遇上纳粹德国进攻波兰，但泽的纳粹也围攻波兰邮局，波兰职员进行了英勇的保卫战，贪生怕死的扬最后被俘并被枪决，只逃出一个高度近视的邮递员维克托。奥斯卡自认对扬的死也负有责任。马策拉特请特鲁钦斯基大娘的小女儿玛丽亚（她同圣母马利亚同名，中译名按习惯作了区分）管杂货店并照看奥斯卡。奥斯卡虽不愿进入成年人的社会，但他的本能又驱使他要求过正常人的生活。玛丽亚把奥斯卡当成孩子，奥斯卡却爱上了她，并同她发生了关系。玛丽亚怀孕两个月时，奥斯卡撞见马策拉特同玛丽亚勾搭，便闯进去坏了他们的好事。十七岁的玛丽亚终于嫁给了四十五岁的马策拉特，并生下了奥斯卡的儿子，取名库尔特。奥斯卡开始放荡，成了蔬菜商格雷夫的妻子——一个邋遢女人的情人。德国第六军在斯大林格勒被围。蔬菜商格雷夫原先是童子军指导，获悉昔日他手下的童子军相继阵亡，他这个"业余爱好者"造了一台自杀机器结束了自己的生命。一九四三年六月，奥斯卡又遇到侏儒贝布拉，这时他是纳粹宣传部下属前线剧团上尉团长。奥斯卡加入剧团，成了梦游女拉古娜的情人，去柏林，赴巴黎，又到法国滨海地区参观"大西洋壁垒"，见到士兵（原以画师为业）兰克斯在水泥地堡上创作的装饰，一处装饰中还书有"神秘，野蛮，无聊"，说是本世纪的特征。奥斯卡作诗，预言无耻的小市民将无耻地进入战后的"经济奇迹"时期。盟军"进犯",拉古娜被炸死,前线剧团解散,奥斯卡回但泽。不久,他遇上同希特勒青年团作对的青年团伙"撒灰者",奥斯卡自称"耶稣",成了他们的首领。他们在圣心教堂上演基督诞生剧时被捕,时当一九四五年一月。"撒灰者"团伙的青年被处死刑,唯独奥斯卡幸免。苏军进攻但泽,但泽大火。苏军进入马策拉特家地窖,马策拉特扔掉纳粹党徽,奥斯卡拣起,打开别针,又塞回到马策拉特手里,马策拉特慌忙吞下,别针扎进食道,苏军的子弹同时射进他的身体。在埋葬马策拉特时,奥斯卡把鼓也扔进墓穴。库尔特用石子掷中他的后脑勺,他跌进墓穴,开始长个儿。大战结束,但泽的德意志人被驱逐回德国本土。玛丽亚带着奥斯卡和库尔特去杜塞尔多夫投奔她的姐姐古丝特。在货运列车上奥斯卡继续长个儿。

第三篇:奥斯卡从九十几厘米长到一米二三,但长成一个鸡胸驼背的人。玛丽亚和库尔特在杜塞尔多夫做黑市买卖,奥斯卡去学石匠手艺(刻墓碑)。他向玛丽亚求婚遭拒绝后又复颓唐。他在艺术学院当模特儿,却赋予各种现代画派的艺术家们以灵感。他搬到"刺猬"家,爱上一次也未见过面的邻居道罗泰娅护士,患了单相思。他想同正常人一样生活并得到爱,但由于是畸形儿而一切落空。他跟克勒普等组成爵士乐队,在洋葱地窖演奏。这个夜总会只供顾客切洋葱,辣出眼泪,吐出心里话。此时经济复苏,小市民的生活又舒适了,但心中十分空虚。他重逢兰克斯,他已重操旧业。当年在大西洋壁垒,他曾奉命用机枪扫射到海滩拣螃蟹的修女,这事他早已丢在脑后。奥斯卡和他重游旧地。奥斯卡受"西方"演出公司之聘,成为铁皮鼓独奏艺术大师,到各地演出,名声大振。演出公司老板原来是昔日"内心流亡"(这是战后一些人用以表白自己在纳粹时期行为的话)的上尉贝布拉,他如今已跻身权势集团了。贝布拉死后,奥斯卡成了他的遗产继承人,然而,负疚感却越来越沉重。他从租狗店租了一条狗卢克斯外出散步解闷。卢克斯在麦地里拣到一节无名指,上戴一枚戒指。此事被橱窗装饰师维特拉看见,两人成了朋友。奥斯卡把无名指放在盛防腐剂的密封大口瓶里,对它顶礼膜拜。当年从波兰邮局逃出的邮递员维克托,这时在联邦邮局工作。但到了夜里,他仍要逃避纳粹警察的追捕,因为和平条约未签订,当年的军事命令仍旧有效。维克托终于被纳粹警察捉到并被押赴刑场,被奥斯卡和维特拉救出。维特拉羡慕奥斯卡有钱有名,奥斯卡让维克托拿了盛无名指的大口瓶到警察局去告发他有杀人嫌疑,这样一来,维特拉的名字也可以上报,大出风头。为了假戏真做,奥斯卡逃到巴黎,在地铁出口处被欧洲国际警察逮捕。《痴儿西木传》里的西木,最后成了隐士。但在现代交通条件下,何处去找隐居地?奥斯卡用此诡计,被法院强迫送入疗养与护理院进行监视。他把病床的白漆栏杆当作高墙,同周围世界隔绝,躲在里面回忆往事。谋杀案真相大白,他的获释指日可待。奥斯卡喜欢护士服,因为它清白,但他找不到"清白"的人。他害怕黑色,却偏偏经常想起童年的歌谣:"黑厨娘,你在吗?在呀在呀!"无名的恐惧的阴影不离他的左右。因此,对《铁皮鼓》持拒绝态度的评论说,《痴儿西木传》尽管是讽刺性质的,但要求一个更好更美的未来,但格拉斯的《铁皮鼓》"既不谈善与恶,也不谈向一个更好的未来的继续发展","根本不谈对更美的此岸的信念的蓝花,更不用说对更美的彼岸的信念了"①。

格拉斯还有许多作品,这里不再一一列举。必须一提的是长篇童话小说《比目鱼》,发表于一九七七年。一九七九年,格拉斯作为当时联邦德国驻华大使的客人来到中国,去过上海、北京、桂林等地。在北京举行的《比目鱼》片断朗诵会前,北京大学的张玉书

---

① 瓦尔特·维德默文章:《天才的堕落》,载《巴塞尔消息》1959 年 12 月 28 日。

先生把我介绍给他,因为我刚答应了翻译《铁皮鼓》。后来格拉斯说,他在几个地方都遇上《铁皮鼓》中译者,言下之意是:不知哪一个是真的。我承诺后有些悔不当初,由于职业关系,我没有整段时间来啃这样的大部头书,巴不得有谁抢在前面译出此书免了我这份苦差。到一九八七年年初我才译完交稿。一九九〇年四月出书后,我致函格拉斯先生并附去样书一册。不久,他的回信来了。他写道:"我很高兴,奥斯卡·马策拉特,如您所说,会讲中国话了。我感激您为翻译工作而作出的肯定是相当巨大的努力。"又说,"我乐于了解中国文学界对《铁皮鼓》的接受情况","这部长篇小说是我年轻时在巴黎写的,一九五九年在德国出版后有过激烈的争论:一边是喝彩叫好,一边是一棍子打死"。他说,现在他的主要职业又是当画家了,他关心的是环境污染问题。他赠我一册附有格言的画册《死木》①,一九九〇年八月出版。他当时已经六十三岁,却还在山间野外写生,这种不倦创作的精神令人钦佩。国内关于《铁皮鼓》的评论,就我所见,录在下面,有兴趣的读者可去查阅。叶廷芳:《试论君·格拉斯的"但泽三部曲"》②。钱鸿嘉:《一部别开生面的社会小说——介绍当代德国长篇小说〈铁皮鼓〉》③。余匡复:《联邦德国第一部有世界声誉的小说——介绍君特·格拉斯的〈铁皮鼓〉》④。还有本人的:《现代流浪汉小说〈铁皮鼓〉》⑤,《君特·格拉斯和〈铁皮鼓〉》⑥。

　　在联邦德国的三位重要作家中,海因里希·伯尔和阿尔诺·施密特已经辞世,只有君特·格拉斯还健在并笔耕不止。

---

① 《死本》,又译《枯木》。
② 《世界文学》1987年第6期。
③ 香港《大公报》1991年8月12日。
④ 《世界文学》1993年第4期。
⑤ 《外国文学评论》1988年第4期。
⑥ 《文艺学习》1988年第6期。

今年是他的七十寿辰,"但泽三部曲"中译本的出版,将是赠给他的最好的生日礼物。

胡 其 鼎

1997 年于北京

献给安娜·格拉斯

第　一　篇

肥大的裙子

供词:本人系疗养与护理院的居住者①。我的护理员在观察我,他几乎每时每刻都不让我离开他的眼睛;因为门上有个窥视孔,我的护理员的眼睛是那种棕色的,它不可能看透蓝眼睛的我。

因此,我的护理员根本不可能是我的敌人。我已经喜欢上他了。这位门后窥视者一跨进我的房间,我就向他讲述我一生中的事件。这样一来,尽管有窥视孔的阻隔,他仍然可以了解我。看来,这个好人欣赏我所讲述的故事,因为每当我给他讲了点编造的故事时,他就给我看他最新编结的形象,以表示感激。他是不是一个艺术家,可以暂且不去讨论。可是,如果用他的创作办一个展览的话,新闻界定会给予好评,也会吸引来一些买主。他用普通的包扎用的线绳编结,线绳是在探望时间过后在他所护理的病人房间里收集来的,经过整理,编结出多层次的软骨鬼怪,随后把它们浸在石膏里,使之僵化,再插上针,固定在木头底座上。

他经常转念头,想创造出五颜六色的作品来。我劝阻他,指着我的白漆金属床,请他想象一下,这张最完善的床如果涂成五颜六色,那会变成什么样子呀。他一听这话,惊恐地把护理员的双手伸到脑袋上方猛地击掌,力图在他那张过于呆板的脸上同时露出各种恐惧的表情来,并且放弃了他的涂彩色计划。

---

① 本书主人公,自述者奥斯卡·马策拉特,因被指控为一件人命案的犯罪嫌疑人而被"强制送入"疗养与护理院(精神病院的委婉称谓)进行观察。本书的脚注皆为译注。

因此,我那张白漆金属架病床乃是一种准则。对于我来说,它甚至还不只如此:我的床是我最终达到的目的地。它是我的安慰,还可能成为我的信仰,如果疗养院管理处允许我做一些改变,让人把床栏杆升高,使任何人都不得过于接近我的话。

每周一次的探望日,打断了我在白漆金属床栏杆之间编织起来的寂静。到了那一天,他们全都来了,那些要救我的人。他们以爱我来自娱,想通过我来珍视、尊重和认识他们自己。他们是多么盲目,多么神经质,又多么没有教养。他们用手指甲刮我的白漆床栏杆,用圆珠笔和铅笔在白漆上乱涂不正派的长线条小人。我的律师每次"哈啰"一声闯进病房来后,就把他的尼龙帽挂在我左脚跟的床柱子上。在他来访的时间里——当律师的话又特别多——他就用这种强暴行为剥夺了我精神上的平衡和欢畅。

来探望我的人们,把礼物放在那幅银莲花水彩画下铺蜡布的小白桌上,把他们正在实行的或者已经盘算好的搭救计划告诉我,并且说服我,说服他们不倦地设法搭救的这个人,高度相信他们的博爱精神。在这之后,他们又重新发现了自己的生存的乐趣,便离我而去。他们一走,我的护理员便来开窗通风,同时收集捆扎礼物的线绳。通完风以后,他经常还能找到时间,坐在我的床边,解开线绳的结,整理好,让寂静扩展开去,直到我把寂静叫做布鲁诺,把布鲁诺叫做寂静。

布鲁诺·明斯特贝格(我现在讲的是我的护理员的姓名,而不是在做文字游戏),籍贯绍尔兰,未婚,无子女。他给我买过五百张打字纸,钱挂在我的账上。我储存的纸张还不够,便又让布鲁诺再到兼卖儿童玩具的小文具店去一趟,替我买没有横格的纸,给我提供必要的场地,以便施展我的记忆力。啊,但愿我的记忆力准确无误!这件事我从来不托那些来探望我的人去办,不论是律师还是克勒普。仁爱之心使朋友们为我担忧,给我定下种种规定,仁爱之心也肯定禁止他们干这类危险的事情,例如带给我空白纸张,好让我用以录下我头脑里分泌出来的不连贯的音节。

"喂,布鲁诺!"我对他说,"你能替我买五百张清白的纸吗?"布鲁诺抬头望着天花板,要找出一个譬喻来,他的食指也指着同一个方向,然后回答说:"您的意思是白纸,奥斯卡先生。"

我坚持用"清白"这个字眼,还要求布鲁诺到了店里也这么讲。傍晚时,他买了一包纸回来,还想要我觉得他真像个若有所思的布鲁诺。他几次三番抬起头来,久久地凝视天花板,从那里汲取了他所需要的全部灵感,稍后才说出这么几句话来:"您向我推荐了那个恰当的字眼。我向女售货员要清白的纸,她给我去取之前,就羞得满脸通红了。"

我害怕没完没了地谈论文具店里的女售货员们,后悔自己不该把纸称为"清白",因此保持沉默,一直等到布鲁诺离开病房,这才打开五百张打字纸的纸包。

我把这种柔韧的纸拿在手上,掂量的时间并不太长。我取出十页,把其余的保存在床头柜里,又在抽屉里的照相簿旁边找到了钢笔,钢笔是灌满了的,墨水也不缺少,那么,我从何写起呢?

一则故事,可以从中间讲起,正叙或者倒叙,大胆地制造悬念。也可以来点时髦,完全撇开时间与空间,到末了再宣布,或者让人宣布,在最后一刻,时间和空间的问题已经解决了。也可以开宗明义地声称,当今之日,写长篇小说已无可能,然后,譬如说,在自己背后添上一个声嘶力竭的呐喊者,把他当作最后一个有可能写出长篇小说的作者。我也听人讲过,若要给人好印象,谦虚的印象,便可以开门见山地说:现在不再有长篇小说里的英雄人物了,因为有个性的人已不复存在,因为个性已经丧失,因为人是孤独的,人人都同样孤独,无权要求个人的孤独,因此组成了无名的、无英雄的、孤独的群体。事情可能就是这样,可能有它正确可信的地方。可是,就我,奥斯卡,和我的护理员布鲁诺而言,我敢说,我们两人都是英雄,完全不同的英雄。他在窥视孔后面,我在窥视孔前面;如果他打开房门,我们两个,由于既有友谊又很孤独,因此仍然构不成无名的、无英雄的群体。我将从自己出世以前很远的时候写起;因为一个人倘若没有耐心,在写下自己存在的日期之前,连祖父母或者外祖父母中的任何一方都不

5

想去回忆的话,他就不配写自传。所以,我要向不得不在我所居留的疗养与护理院外面过着混乱不堪的生活的诸君,向每周来探望我一次的、根本想不到我会储存纸张的诸位朋友,介绍一下我奥斯卡的外祖母。

我的外祖母安娜·布朗斯基,在十月某一天傍晚的时候,穿着她的几条裙子,坐在一块土豆地的地边上。如果在上午,你就能看到我的外祖母如何熟练地把枯萎的土豆秧整整齐齐地归成堆。到了中午,她便吃涂糖汁的猪油面包,接着,掘最后一遍地,末了,穿着她的几条裙子,坐在两只差不多装满土豆的篮子中间。她的靴底同地面构成一个直角,靴尖差一点碰到一起,靴底前闷烧着一堆土豆秧,它间或像哮喘似的冒出一阵阵火苗,送出的浓烟,与几乎没有倾斜度的地壳平行,局促不安地飘去。那是一八九九年。她坐在卡舒贝地区①的心脏,离比绍不远,更靠近拉姆考与菲尔埃克之间的砖窑,面对着迪尔绍与卡特豪斯中间通往布伦陶的公路,背朝着戈尔德克鲁格的黑森林。她坐着,用一根烧焦了的榛木棍的一端,把土豆捅到热灰下面去。

我在上文特别提到了我的外祖母的裙子,说她穿着几条裙子坐在那里,我希望这已经点得够清楚的了。我甚至把这一章冠以"肥大的裙子"的标题,之所以如此,是由于我深知自己应当如何感激这种衣裳。我的外祖母不仅穿一条裙子,她套穿着四条裙子。你不要以为她穿了一条裙子和三条衬裙;她穿着四条裙子,一条套一条,并且按照一定的顺序,每天里内倒换一次。昨天穿在最外面的,今天变成第二层,昨天在第二层的,今天到了第三层。昨天的第三层,今天贴身穿着。昨天贴着皮肤的那一条,今天可以让别人看到它的式样,或者说,看到它根本没有式样。我的外祖母安娜·布朗斯基的裙子

---

① 卡舒贝地区,日耳曼化的西斯拉夫人居住的、原西普鲁士西北部和波美拉尼亚东北部的地区。直到 1945 年,大约有十五万人讲卡舒贝语。这种语言是介乎波兰语和西波美拉尼亚语之间的一种方言。

都偏爱土豆色。这种颜色必定同她最相称。

除去这种颜色以外,我外祖母的裙子的特点是尺寸宽大,过分地浪费衣料。它们圆墩墩的,风来时,似波浪翻滚;风吹到时,倒向一边,风过时,噼啪作响;风从背后吹来时,四条裙子一齐飘扬在我外祖母的前头。她坐下来时,四条裙子便聚拢在她的周围。

除去这四条经常蓬松一团、下垂着、起皱褶,或者硬撅撅、空荡荡地挂在她床头的裙子而外,我的外祖母还有第五条裙子。这一条同另外四条土豆色裙子毫无区别。这第五条裙子并非永远排行老五。同它的弟兄们一样(因为裙子是阳性名词),它也得服从轮换的需要,并且同它们一样,如果轮到它的话,那便是在第五天星期五,它就被扔进洗衣桶里,星期六晚上被挂到厨房窗前晾衣服的亚麻绳子上,晾干了以后,又被放到熨衣服的木板上。

每逢星期六,我的外祖母便打扫屋子,烤面包,洗衣服,熨衣服,挤牛奶,喂母牛。一应杂事完毕,她便从头到脚泡进洗澡桶里,从肥皂水里稍稍探起身子,随后让桶里的水回到原来的高度。她裹上一条似盛开的大花朵的毛巾,坐在床沿上,在她面前的地板上,放着四条穿过的裙子和一条刚洗干净的裙子。她用右手的食指撑着右眼的下眼皮,不向任何人——包括她哥哥文岑特在内——征求意见,因此很快就打定了主意。她光着脚站起来,用脚趾把那条已经失去土豆色柔和光泽的裙子踢到一边。那条新洗干净的裙子就顶替了这个空缺。

星期日早晨,她把裙子的顺序作了新的调整后,便出发去拉姆考上教堂,去朝拜在她心中有固定想象的主耶稣。新洗干净的裙子穿在第几层呢?我的外祖母不仅爱干净,而且也是个有点爱虚荣的女人,她把最好的一条穿在别人能看见的那一层,外露在晴朗天气里的阳光底下。

那天是星期一下午,我的外祖母坐在闷烧着的土豆秧堆旁。星期日穿在最外边的那条裙子,星期一换到了第二层,而星期日温暖她肌肤的那一条,在星期一阴暗的天色里飘荡在她髋部的最外层。她吹着口哨,脑子里并没有想着什么曲子,一边用榛木棍把第一个闷熟了的土豆从灰堆里扒出来。她把它扒到离闷烧着的土豆秧堆较远的地方,让风把它吹凉。她用一根尖树枝插住这个表皮烧焦并裂开的块茎,举到嘴边。她不再吹口哨,而是从两片被风吹得焦躁干裂的嘴唇间送出气来,吹掉土豆表皮的灰和土。

她闭上眼睛,吹着灰土。当她认为吹得差不多了的时候,她先睁开一只眼睛,再睁开另一只,用牙缝颇宽、此外别无缺陷的门牙咬了一口,随即把咬剩的土豆挪开,咬下的半个粉状的、还太烫的土豆则留在张开的嘴里冒着热气。她的鼻孔鼓着,吸着烟和十月的空气,圆睁的眼睛沿田地望去,直盯着被电线杆和砖窑烟囱上端整三分之一那一段分割开的地平线。

有什么东西在电线杆之间移动。我的外祖母闭上嘴巴,抿紧嘴唇,眯缝着眼睛,咀嚼土豆。有东西在电线杆之间移动。有东西在那里跳动。三个男人在电线杆之间跳动,三个男人向烟囱跳去,随后在烟囱前面转着圈儿;一个回到原处,重新起跳,这个人看来又矮又宽,他跳着过了砖窑;另外两个,又细又高,紧跟在他背后过了砖窑,又回到电线杆中间;那个矮而宽的,拐来拐去,显得比细而高的两个更焦急更匆忙;那两个不得不又向烟囱跳去,因为矮而宽的那个已经跳了过去;他们刚开始跳的时候,他已经同他们两个相隔有一个拇指宽的距离了;他们突然消失,看样子像是失去了兴头;而那个矮的,在从烟囱跳开去的中途,也隐没在地平线后面了。

现在看不见他们了,这可能是幕间休息,或者是在换戏装,要不就是他们去打砖坯,领报酬了。

我的外祖母正要利用这个间歇去叉第二个土豆,却叉了一个空。因为那个看去又矮又宽的人,还是穿着原来的服装,爬上了地平线。那似乎是一道木栅栏,他似乎把那两个跟在他背后跳跃的人甩在栅栏后面,留在砖堆间,或者留在通往布伦陶的公路上了。尽管如此,他仍是急匆匆的,想要跳得比电线杆更快。他以慢动作的大跳越过田地;他在烂泥地里跳动,泥块从鞋底上甩出;尽管他一跳很远,但仍像在烂泥地里爬行。有时他仿佛粘在泥里,随后又停留在空中静止不动,在不高但距离颇远的跳跃过程中,擦一擦他额头上的汗,接着两条腿又粘在那片新犁过的地里。这片地在五摩尔根①土豆地旁边,一直延伸到田间窄道。

他好不容易到了窄道上,这个矮而宽的还没有在那里隐没,另外两个高而细的也爬上了地平线。方才他们可能到砖窑去了一趟,现在在烂泥地里深一脚浅一脚地走过来。他们又高又细,但并不瘦。我外祖母瞧着,又没能又中土豆;因为这样的事情并不常见,三个成年人,尽管身材不同,都在电线杆周围跳动,差一点折断了砖窑的烟囱,随后相互间隔一段距离,先是那个矮而宽的,后是两个高而细的,这三个都同样费劲但同样顽强地在烂泥地里跳动,靴底的泥团,甩掉又粘上,越粘越厚。他们就这样跳过了文岑特两天前刚犁过的土地,消失在窄道上。

现在他们三个都走了,我的外祖母可以放心去又那个快凉了的土豆。她匆匆吹掉表皮的灰和土,把土豆整个地塞进嘴里,一边想着——如果她在想些什么的话——他们可能是砖窑上的人,一边咀嚼着,口腔做着圆周运动。这时,一个人从窄道上跳了出来,黑色小胡子上的眼睛发狂地四下窥探,两下子就跳到火堆旁,同时站到了火堆前、火堆后、火堆旁,咒骂着,战战兢兢,走投无路,退回去已经不行,因为那两个高而细的跟着在窄道上追来了。他拍打自己,拍打膝盖,头上的眼睛像要瞪出来似的,额上汗珠直冒。他大胆地爬近,气喘吁吁的,小胡子颤动着,一直爬到靴底前;他爬到我外祖母身边,像一头矮胖的小动物,瞧着我的外祖母,瞧得她不得不叹气,不能再嚼嘴里的土豆,脚尖跷起,靴底与地面成了斜角。她不再去想砖窑、砖堆、烧砖的、打砖坯的,而是撩起裙子,不,撩起四条裙子,同时高高撩起,让这个不是砖窑上的矮而宽的人能够钻到底下去,连同他的黑色小胡子一齐钻进去。他看上去不再像一头小动物,既不是从拉姆考

---

① 摩尔根,旧时德国的地亩面积单位,相当于二千五百到三千四百平方米。

也不是从菲尔埃克来的。他怀着恐惧钻到了裙子底下，不再拍打膝盖，既不矮也不宽了，尽管如此，还是找到了容身之地，他忘掉了喘息、颤抖和拍打膝盖的手：此时，一片寂静，好似创世的第一天，也像世界末日，微风在火堆里低吟，电线杆无声地报数，砖窑的烟囱立正。她，我的外祖母，把最外面一条裙子抚平，明智地遮住第二条，她几乎感觉不到第四条裙子下面的他，也不让第三条裙子知道有什么东西使她的肌肤觉得新奇。是的，这是新奇的，可是上面一条裙子被明智地抚平了，第二和第三条裙子也都蒙在鼓里。她从热灰里扒出两三个土豆，从右胳膊肘边上的篮子里拿出四个生的，一个接一个地捅进热灰里去，用更多的灰把它们埋上，拨弄着，直到冒出了浓烟——她还能做什么别的呢？

我的外祖母刚把裙子抚平，闷烧着的土豆秧堆冒出来的浓烟，方才由于拼命拍膝盖、换地方和拨弄而乱了方向，现在顺着风向形成黄色的一股，贴着地面向西南飘去。跟在如今藏身裙子底下的矮而宽的家伙后面紧迫不舍的那两个高而细的，像幽灵似的从窄道上走来。他们高而细，由于职业关系，身穿农村保安警察的制服。

他们差不多贴着我的外祖母身边跑过去。其中一个不是甚至跳过了火堆吗？可是他们突然想起自己是有鞋跟的，便用鞋跟刹住了身子，转过脸来，脚蹬皮靴，一身制服站在浓烟里，连连咳嗽，又从浓烟里拔出穿制服的身子，连浓烟也捎带了出来。他们还一直咳个不停，一边同我的外祖母搭话，问她是否看见那个科尔雅切克，还说她一定看见了的，因为她坐在此地，坐在窄道边上，而他，科尔雅切克，正是从窄道上逃过来的。

我的外祖母说，她没有见到过科尔雅切克，因为她不认识科尔雅切克这么个人。她想了解，他是不是砖窑上的，因为她只认识砖窑上的人。两个穿制服的把科尔雅切克向她描述了一番，说他不是同砖头打交道的，而是一个又矮又宽的家伙。我的外祖母回想了一下，说她见到这么一个人跑了过去，并用叉着冒热气的土豆的尖树枝指着比绍方向的某处，顺着树枝上的土豆望去，是从砖窑的烟囱往右数第六和第七根电线杆之间。我的外祖母说,她可不知道那个奔跑的人是不是科尔雅切克,并指着靴底前那堆火请他们原谅,说她之所以讲不清楚,是因为这堆火把她折腾苦了;这堆火不死不活,弄得她顾不上管别人的闲事;无论是从这里跑过去的人,还是站在浓烟里的人,凡她不认识的人的事情,她是从来都不过问的;她只认识比绍的、拉姆考的、菲尔埃克的以及砖窑上的人,对她来说,这已经够多的了。

我的外祖母说罢这一番话,呻吟了几声,声音够大的,那两个穿制服的听了便问她有什么好唉声叹气的。她对着那堆火点点头,意思是说,她叹息是因为这一小堆火阴不阴,阳不阳,也多少是由于好几个人待在浓烟里。说完,她用间距很大的门牙咬下半个土豆,一门心思地咀嚼,两个眼珠子转到左上角。

穿农村保安警察服的两个人,从我外祖母心不在焉的目光里瞧不出什么名堂来,也拿不定主意是否应当到电线杆后面的比绍去寻找,于是,便用身边挂着的刺刀去捅土豆秧堆。他们突然灵机一动,两个人同时踢翻了我外祖母胳膊肘旁差不多装满了土豆的两只篮子,想了半天也不明白,为什么篮子里只有土豆朝他们的靴子滚去,却偏偏没有科尔雅切克。他们满腹狐疑,蹑手蹑脚地绕着土豆堆转,似乎在这样短的时间里,科尔雅切克竟能藏进土豆堆里去;他们还是用刺刀对准了扎进去,但听不见有被刺中的人发出的号叫声。他们怀疑每一丛枝叶凋零的灌木,每一个耗子洞,某一个鼹鼠丘集中的地方,并且始终怀疑我的外祖母。她像扎了根似的坐在那里,连连呻吟,瞳孔转到了眼睑底下,只让人看见眼白。她挨个儿地念着一切圣者的卡舒贝名字——由于这堆火阴阳怪气,由于两篮子土豆被踢翻在地,她伤心地加重语调,声音越来越响。

两个穿制服的人待了整整半个小时,时而远离火堆,时而靠近火堆,目测砖窑烟囱的方位,想要去占领比绍,却又推迟进攻,把蓝红色的手伸到火堆上方,直到我的外祖母用树枝叉着表皮烤裂的土豆,给了他们每人一个,但她并没有因此中断呻吟。那两个穿制服的人嚼到半截,又想起自己公务在身,便在地里,沿着窄道旁的荆豆丛,跳出去一石之遥,惊起一只野兔,但是它并不叫科尔雅切克。他们又发现火堆旁有热气腾腾的粉白色土豆,还由于这一通追打筋疲力尽,便下定决心,和和气气地把生土豆重新拾回到那两只篮子里去;至于方才把篮子一脚踢翻,那是因为公务在身,不得不这么干。

傍晚将十月的天空挤压出一阵斜飘的细雨和墨水似的暮霭。这时,他们还在迅速而没精打采地进攻远处一块黑魆魆的界石,干掉了这个敌人以后,他们觉得折腾够了。他们还踢了踢腿,像祝福似的把手伸到被细雨打湿、冒着长而宽的浓烟的小火堆上方,再次在绿烟中咳嗽一通,在黄烟中熏出了眼泪,然后边咳嗽,边流泪,抬起靴子,向比绍方向走去。要是科尔雅切克不在此地,那他必定在比绍。农村保安警察永远只知道两种可能性。

慢慢地熄灭的火堆里冒出的烟,像第五条同样肥大的裙子蒙住了我的外祖母,把她,她的四条裙子,她的呻吟声,对圣者名字的呼唤声,同科尔雅切克一样都罩在烟裙底下。等到两个穿制服的人变成摇摇晃晃的圆点,慢慢消失在电线杆之间的暮色中时,我的外祖母才费劲地站起身来,似乎她已经生了根,而现在正把这刚开始生长的植物连同泥土和纤维一齐拔出来。

科尔雅切克觉得身上发冷。他突然失去了遮盖,又矮又宽地躺在雨里。他赶紧把待在裙子底下时解开的裤子扣上,当时他害怕,急需寻找避难所,只要有地方可躺,不管是何处。他手指动作敏捷地系上纽扣,生怕他的活塞着凉,因为在这秋天的天气里,大有得感冒的危险。

我的外祖母在热灰里还找出四个熟土豆。三个给了科尔雅切克,一个留给自己。她张嘴吃土豆前,先问他是不是砖窑上的,尽管她明明知道科尔雅切克是从别处来的,偏偏不是砖窑上的人。她没等他答话,就请他帮忙拿较轻的一只篮子,自己弯腰提起较重的那一只,还空出一只手,拿起她的耙子和锄头。于是,她拿着篮子、土豆、耙子、锄头,四条裙子像风帆似的鼓起,朝比绍采石场走去。

采石场不在比绍,而是更靠近拉姆考。他们让砖窑留在左边,自己朝黑黝黝的森林走去,戈尔德克鲁格就在那里,再过去才是布伦陶。采石场在森林前的一个坑里。矮而宽的约瑟夫·科尔雅切克跟随我外祖母向那里走去,他再也不能同这四条裙子分离。

木 筏 底 下

在此地,躺在疗养与护理院里用肥皂水刷洗干净的金属床上,在背后贴着布鲁诺眼睛的玻璃窥视孔的视野之内,回忆并描绘卡舒贝闷烧着的土豆秧堆里冒出的烟柱以及十月的雨的阴影线,可真不是件容易事。如果没有我这面鼓(只要熟练而有耐心地敲打,它便能回忆起全部必需的细枝末节,供我去芜存菁,把主要内容记录到纸上),如果我得不到疗养院管理处的同意,让这面鼓每天同我聊上三到四个小时,那么,我便会成为一个连有据可考的外祖父母都没有的可怜人。

不管怎么说,我的鼓告诉我:一八九九年十月的那天下午,正值南非的奥姆·克吕格尔①梳他的反英浓眉的时候,在迪尔绍与卡特豪斯之间,比绍的砖窑附近,在四条同样颜色的裙子底下,在浓烟、畏惧、呻吟、斜雨和圣者名字的痛苦呼唤声中,在两名农村保安警察毫无想象力的盘问以及他们被烟熏迷糊了的目光底下,矮而宽的约瑟夫·科尔雅切克使安娜·布朗斯基受孕,怀了我的妈妈阿格内斯。

安娜·布朗斯基,我的外祖母,在那天黑夜里就改换了她的姓:在一位施圣礼向来慷慨大度的神甫帮助下,她改称安娜·科尔雅切克,并跟随约瑟夫,尽管没去埃及,至少也到了莫特劳河畔的省城。在那里,约瑟夫当上了一名筏夫,摆脱警方,获得暂时的安宁。

---

① 奥姆·克吕格尔(1825—1904),原名保鲁斯·克吕格尔,又名奥姆·保罗,1880 年领导布尔人抗英,1883 年任德兰斯瓦尔总统。1899 年 10 月,英国殖民当局入侵,克吕格尔战败,1900 年 9 月逃往欧洲。

为了增强悬念,我先不讲莫特劳河河口那座城市的名称,尽管它是我母亲的诞生地,现在就值得讲出来。一九〇〇年七月底,正是人家决定把帝国战舰建造计划翻一番的时候,我的妈妈在太阳位于狮子宫时见到了世界之光。自信而放荡,慷慨而虚荣。星相图上的第一宫,也称命宫,待在那里的是易受影响的双鱼座。太阳的位置与海王星冲①。海王星住在第七宫或室女宫,这将带来混乱与麻烦。金星与土星冲,谁都知道,土星兆肝脾不调,俗称晦气星,它入主摩羯宫,毁于狮子宫;海王星向土星献鳗鱼,并得到鼹鼠作为回敬;土星爱吃颠茄、葱头和甜菜,它咳出熔岩并使葡萄酒变酸;土星和金星一同住在第八宫,亦称死宫,这预兆意外死亡;与此相反,在土豆地里受孕的事实,许诺土星在亲人命宫里的水星保护下得到冒极大风险的幸福。

写到这里,我必须插进一段我母亲提出的抗议,因为她始终否认我外祖母是在土豆地里受孕的。据她讲,虽说她父亲在土豆地里尝试这样干(她最多承认这一点),但是无论他的位置或者安娜·布朗斯基的位置都没有选择好,未能创造有利条件,使科尔雅切克成为胎儿之父。

"这必定是在那天夜里逃跑的路上发生的,可能在文岑特伯伯的篷车里,甚至可能在我们到了特罗伊尔,在筏夫们那里找到了落脚安身的地方以后。"

我妈妈总爱用这样的话作理由,来确定她的生命起源的日期。于是,本该知道实情的我的外祖母,却一个劲儿地点头,并说:"不错,孩子,这必定是在篷车上,或是到了特罗伊尔以后的事情,在地里是不可能的,因为那天又刮风,又下雨。"

文岑特是我外祖母的哥哥。他妻子早年亡故之后,他曾去琴斯

① 太阳系中,除水星和金星外,其余的某一行星运行到跟地球、太阳成一条直线而地球居中时,叫做"冲"。

托霍瓦朝圣,得到琴斯托霍瓦的圣母①的神谕,要把她当作未来的波兰女王看待。从此以后,他成天埋头在离奇古怪的书籍里搜寻,并发现每一句句子都证实圣母有权要求得到波兰王国的王位。他把料理家务和种那几亩农田的事都交给了他的妹妹。他有个儿子名字叫扬,当时才四岁,身体瘦弱,动不动就爱哭。扬不但放鹅,还收集彩色小画片以及邮票;这样小小的年纪就集邮,真是不祥之兆。

我的外祖母拿着土豆篮,领着科尔雅切克,回到受天国的波兰女王保佑的农舍。文岑特听完事情经过,拔腿跑到拉姆考,一通敲门,把神甫唤了出来,让他带上施圣礼的一应杂物,去替安娜和约瑟夫证婚。神甫睡意正浓,致完被连连的呵欠拖长了的祝福词,拿到一大块肥肉作为酬劳,告别了被祝福者。他刚转身离去,文岑特便牵马套上篷车,铺上干草和空麻袋,让新郎新娘上车,让冻得发抖、低声哭泣的扬坐在马车夫台上自己身边,再让牲口明白,它现在得笔直地冲进茫茫黑夜:新婚夫妇要求快马加鞭。

在始终还是黑沉沉但行将消逝的夜里,马车抵达省城的木材港。朋友们收留了这对逃亡的夫妇;他们同科尔雅切克一样,都是当筏夫为生的。文岑特可以走了,他驾着小马返回比绍;一头母牛,一只山羊,一只母猪和若干小猪,八只鹅,看门狗,都等着他去喂食。他还要让儿子扬上床睡觉,扬已经有点低烧了。

约瑟夫·科尔雅切克躲藏了三个星期之久,蓄起头发,理了一个分头,刮掉了小胡子,搞到了证明历史清白的证件,冒名筏夫约瑟夫·符兰卡找到了工作。这个筏夫符兰卡,在一次斗殴中被人从木筏上推下水去,淹死在莫德林往南的布格河里,不过警察局对于此事一无所知。为什么科尔雅切克非得口袋里揣着他的证件才去找木材

---

① 琴斯托霍瓦的圣母,挂在琴斯托霍瓦一所寺院里的一幅圣母像,历来认为是圣·路加(《圣经》故事中的早期教会人物,原为医师,曾随保罗到各地传教)所画。据传,1655年,但泽被瑞典人围困,曾赖此像的神力解围。次年,波兰国王约翰·卡西米尔宣布圣母马利亚为波兰女王。此为波兰最著名的宗教圣物之一,每年有大批香客前去朝拜。

商和伐木场谈工作呢？因为他过去有一段时期不当筏夫，而在施韦茨的一家锯木厂干活。由于他，科尔雅切克，把一道栅栏油漆成刺激性的红白两色①，老板便同他争吵起来。老板说他故意挑衅，便从栅栏里拔出红色和白色板条各一根，用这些波兰板条揍科尔雅切克的卡舒贝人的脊背，把板条打个粉碎，成了一堆红白两色的劈柴。这一来，挨揍的那个便有了充分的理由。当天夜里，毫无疑问是在满天星斗的夜里，他一把火把这家新建的、油漆一新的锯木厂烧了个红光冲天，向虽被瓜分却因此而统一的波兰致敬②。

就这样，科尔雅切克成了纵火犯，而且成了一名惯犯，因为自那以后，在整个西普鲁士，锯木厂和林场都为红白两色的强烈的民族感情提供引火物。每逢事关波兰前途的时候，即使在发生那几场大火的时候，童贞女马利亚总要参与，据目击者（其中可能还有活到今天的）称，他们见到一位头戴波兰王冠的圣母，站在许许多多正在倒塌的锯木厂屋顶上。据说，每回大火起时总要在场的民众都同声高唱圣母颂，而且还宣誓赌咒。因此，我们有理由相信，科尔雅切克几次纵火的场面，必定庄严肃穆。

纵火犯科尔雅切克被人控告，受到通缉，而筏夫约瑟夫·符兰卡则历史清白。他父母双亡，做人不怀恶意，孤僻褊狭，不仅没有人找他麻烦，而且几乎没有人认识他。他把自己的嚼烟分成每天一份，直到布格河收容了他。他留下的遗物是一件短上衣、口袋里的证件以及三天的烟草。溺毙的符兰卡不可能再来报到，也没有人问起淹死的符兰卡而让有关的人为难。于是，与这个落水鬼体格相似，同样有一颗圆脑袋的科尔雅切克，先是战战兢兢地钻进他的短上衣里，然后摇身一变，成了这个有官方文件证明历史清白的人。他戒掉了烟斗，嚼上了烟草，甚至继承了符兰卡的性格特征和讲话的缺陷，在此后的

---

① 当时的波兰国旗为红白两色。
② 波兰建国于公元 965 年，1772 年、1793 年和 1795 年三次被俄、奥、普瓜分。1871 年，德意志帝国建立，被普鲁士瓜分的波兰领土成为西普鲁士和波森两省。

岁月里,扮演了一个干活卖力、勤俭节约、说话有点结结巴巴的筏夫的角色,乘着木筏,跑遍了涅曼河、布布尔河、布格河和魏克塞尔河①的林区和河谷。他甚至在马肯森指挥下的王储轻骑兵团②里当上了一名下士,因为符兰卡没有服过兵役。可是,比这个落水鬼年长四岁的科尔雅切克却当过炮兵,在托恩留下过一份糟糕的档案记录。

强盗、杀人凶手和纵火犯中间最危险的分子,还在抢劫、杀人、放火的时候,就等待着机会,去获得一份体面而稳当的职业。其中有一些,或者煞费苦心,或者碰巧走运,找到了这样的机遇。假冒符兰卡的科尔雅切克是一个好丈夫。他改掉了自己的纵火恶习,甚至一见火柴就浑身哆嗦。摆在厨房桌子上洋洋自得的火柴盒,只要被这个可能发明过火柴的人看到,就非遭殃不可。他随手就把这种犯罪的诱惑物扔到窗外去。因此,对于我的外祖母来说,要能按时做出热饭热菜来,是一件很不容易的事。全家人经常坐在黑魆魆的屋子里,因为没有引火物点燃汽油灯。

然而,符兰卡不是一个霸道的人。星期天,他带着他的安娜·符兰卡到下城的教堂去,并允许她像当年在土豆地里那样套穿四条裙子;她已经正式嫁给了他,并在结婚登记处办了手续。冬天,当河流冰封,筏夫们都闲着的时候,他就老老实实地待在只有筏夫、舵工和造船工人居住的特罗伊尔,照管他的女儿阿格内斯。阿格内斯的性格看来像她父亲,因为她不是钻到床底下便是藏在衣橱里。逢到客人来时,她就坐在桌子底下,抱着她的破布娃娃。

对于这个小姑娘来说,最要紧的便是藏起来,在藏身处找到类似于约瑟夫躲在安娜的裙子底下时所找到的那种安全,同时也找到乐趣,但是与她父亲所找到的不同。纵火犯科尔雅切克吃够了被人追捕的苦头,心有余悸,完全能够理解他女儿需要庇护的心理。因此,

---

① 魏克塞尔河,波兰名为维斯瓦河,拉丁名为维斯杜拉河。
② 但泽附近驻扎轻骑兵近卫旅,旅长是奥古斯特·封·马肯森(1849—1945),第一团团长是王储威廉(1882—1951)。

有一天需要在这一间半住房像阳台似的突出部盖兔舍时，他就替阿格内斯用木板隔出了一个小间，完全适合她的身材大小。我妈妈小时候就坐在这样一间小棚里，玩她的娃娃，慢慢长大。后来，她已经上学的时候，据说她扔掉娃娃，玩起玻璃珠和彩色羽毛来了，并且第一次表现她对于易破碎的美有感受力。

由于我急于预告我自己生命的起源，读者或许能允许我将"哥伦布"号在席哈乌船坞下水那一年，即一九一三年以前的事情一笔带过，因为符兰卡一家像随波逐流的木筏，平平安安地度过了这一段光阴，只是到了那一年，始终没忘记追捕假符兰卡的警察局才找上门来。

麻烦事是这样开头的：同每年夏天一样，一九一三年八月，科尔雅切克出发去基辅。他将从那里放大木筏下来，归途取道普里皮亚特河、运河和布格河，到莫德林再入魏克塞尔河。他们总共十二名筏夫一起出发，先乘锯木厂雇的拖轮"拉道纳"号，从威斯特利希新航道溯着死魏克塞尔河上航至艾因拉格，随后入魏克塞尔河，逆流而上，经凯泽马克、莱茨考、查特考、迪尔绍和皮埃克尔，到托恩停泊过夜。锯木厂新老板在这里上船，他也要去基辅监督这次木材购买事宜。这就是说，"拉道纳"号清晨四点解缆开航时，他已经在船上了。科尔雅切克第一次看到他是在船上厨房吃早饭的时候。他们面对面坐着啃面包，咂咂有声地喝着麦茶。科尔雅切克一眼就认出了他。这个宽肩膀的秃顶让人取来伏特加，给大家把喝空的茶杯斟满。吃到一半，坐在另一头的人还在倒酒时，他开了腔作自我介绍："这么一来，你们就知道了，我是新老板，姓迪克尔霍夫。敝人是讲究秩序的！"

筏夫们按照他的吩咐，顺着座位的秩序，一个挨一个地自报姓名然后干杯，伏特加咕嘟一口灌下时，辣得喉结直跳。科尔雅切克先干了酒，随后报了自己的姓——"符兰卡"，一边眼睛死盯着迪克尔霍夫。他像前几次一样点头，也像前几次重复别人的姓那样重复了一声："符兰卡。"尽管如此，科尔雅切克觉得，迪克尔霍夫重复这个已淹死了的筏夫的姓时,加重了语调,不是尖锐地加以突出,而是带着沉思的味道。

"拉道纳"号在领水员们轮流协助下,灵巧地避开沙洲,逆着浑浊的潮水,沿着唯一一条可辨认的航道隆隆向前驶去。左岸右岸,堤坝后面,清一色都是已收割的农田,不是一望平川便是丘陵起伏。树篱,田间小路,长满金雀花的盆地,零零散散的农舍之间一片平原,像是天然的骑兵冲锋的战场,专为左边在沙盘里变换队形的波兰长枪骑兵师、为跃过树篱的轻骑兵、为年轻骑兵军官的梦想、为已在此地进行过并将屡屡重演的战役而设,同时也为这样一幅油画而设:鞑靼人伏在鞍上策马奔驰,龙骑兵的马前腿悬空而立,长剑骑士倒下,骑士团团长血染长袍,胸甲上则无一处创伤,马索维恩公爵①砍倒一人;还有那些马,马戏团都没有的良种白马,烦躁不安,满身流苏,肌腱画得那么逼真,鼻孔鼓着,呈洋红色,往外喷气,穿透这鼻息的是系着三角旗、矛尖朝下的长枪;高擎的马刀,把天空和晚霞分割成条条块块;那里,在背景上(因为每幅油画都有背景),在黑马的后腿之间,紧贴地平线的是一座平和的小村落,炊烟袅袅,矮墩墩的农舍,干草的屋顶,布满苔藓的墙;在农舍里,贮存着漂亮的、准备来日大显身手的坦克,到那时,它们也将进入画面,在魏克塞尔河堤坝后面的平原上长驱直入②,有如夹在重甲骑兵之间的小马驹。

快到符沃茨瓦维克时,迪克尔霍夫用手指弹了弹科尔雅切克的上衣说:"请告诉我,符兰卡,在多少多少年以前,您有没有在施韦茨一家锯木厂干过活,后来把厂子烧了?"科尔雅切克很费力地摇头,仿佛得了硬脖症,同时使自己的眼睛流露出忧伤和倦意。见了这样的目光,迪克尔霍夫就不再问下去了。

布格河在莫德林与魏克塞尔河汇合。"拉道纳"号拐进布格河

---

① 马索维恩是魏克塞尔河中段的一个独立的公爵领地。1226 年,公爵康拉德一世曾向德意志骑士团求援,以抵御普鲁士人;1410 年坦能贝格一役,骑士团被歼,马索维恩被普鲁士人所占。

② 此处指 1939 年 9 月 1 日,纳粹德国入侵波兰。

时,科尔雅切克同全体筏夫一样靠在船栏杆上,朝河里啐了三口唾沫。迪克尔霍夫拿着一根雪茄站在他身旁,问他借个火。这个词儿,火柴这个词儿,像一个寒噤从科尔雅切克背脊上直流下去。"伙计,我只是问您借个火,用不着脸红嘛。难道您是个大姑娘吗?"

他们已经过了莫德林,这时,科尔雅切克脸上的红晕方消。这并非羞惭的红晕,而是他在锯木厂放的那场大火映照在他脸上经久未消的余晖。

"拉道纳"号在布格河逆水上行,穿过连接布格河与普里皮亚特河的运河,经普里皮亚特河进入第聂伯河。在莫德林到基辅这一路上,科尔雅切克-符兰卡和迪克尔霍夫之间再也没有进行过交谈可供复述。在拖轮上,筏夫们之间,烧火工与筏夫之间,舵工、烧火工和船长之间,船长与经常更换的领水员之间,自然发生过一些据说是男子汉之间通常出现的那种事情,也许当真如此。我可以想象出卡舒贝筏夫同那个舵工之间的争吵,他是什切青人,或许由于他而酿成一次反叛:在船上厨房里举行了会议,抽签选出首领,下了口令,还磨快了短剑。

撇开这个不谈吧。那里既没有进行政治性的争论或德国人与波兰人之间的械斗,也没有由于社会不平酿成严重的暴动而耸人听闻。"拉道纳"号添足了煤,继续它的航程,有一次(我想,那是刚过了普沃茨克),船撞到了沙洲上,但是它靠自己的动力摆脱了。船长巴布施,新航道人,同一名乌克兰领航员激烈地争吵了几句。就是这些,在航行日志上再无别的记载。

倘若非得让我写一本科尔雅切克的思想日志,或者锯木厂老板迪克尔霍夫的内心世界日记的话,倒是可以有好几种写法,而且惊险动人。嫌疑,证实,犹豫,几乎同时迅速地消除了犹豫,如此等等。他们两个都胆战心惊。迪克尔霍夫比科尔雅切克害怕得更厉害,因为现在是在俄国境内。迪克尔霍夫可能同当年可怜的符兰卡一样,被人从甲板上推落河里,或者,到了基辅以后,在木材堆积场上,由于它面积极大,一望无际,一个人进了这样的迷宫,很容易失去他的护卫天使,迪克尔霍夫可能由于巨木堆突然崩塌,难以阻止,终于被压倒而丧生。也可以写他如何遇救脱险。他被一个名叫科尔雅切克的人搭救。此人先把锯木厂老板从普里皮亚特河或布格河里捞起来,然后在基辅那个没有护卫天使的木材堆积场上,当巨木像雪崩似的倒塌时,在千钧一发之际,把迪克尔霍夫拽了出来,使他幸免于难。那将是多么动人的一幕啊,如果我现在可以这样向你叙述的话:那个被淹得半死不活的或者险些被碾成齑粉的迪克尔霍夫,虽然呼吸还十分困难,眼睛里还存留着死神的阴影,却立即凑到假符兰卡的耳边悄悄地说:"谢谢,科尔雅切克,谢谢!"随后,在必要的停顿之后,又说:"我们之间恩怨相抵了——过去的事就让它过去吧!"

他们客客气气,可有些干巴巴,尴尬地微笑着,互相看着对方泪珠闪闪的男子汉的眼睛,畏畏缩缩地握了握对方长有老茧的手。

这种场面,可以在仇家解怨的影片上看到,如果导演不乏才思,又让两个仇人结成伙伴,历尽艰难曲折,干出千百桩冒险事来,再加上演技精湛,摄影上乘,那就更使观众如醉如痴了。

但是,科尔雅切克既没有机会把迪克尔霍夫淹死,也没有把他从滚落的巨木这死神的魔爪下营救出来。迪克尔霍夫盘算着自家公司的赚头,在基辅买下了木材,监督工人把木材扎成九个木筏,同往常一样,用俄国货币预支给筏夫们相当一笔定钱,随后上了火车,经华沙、莫德林、德意志艾拉乌、马林堡、迪尔绍,回到他的公司。公司的锯木厂坐落在克拉维特尔船坞和席哈乌船坞之间的木材港。

在我让筏夫们辛苦几个星期从基辅顺流而下,经过大小河流、运河,最后进入魏克塞尔河以前,我先要考虑,迪克尔霍夫是否已经确有把握地认出了符兰卡就是纵火犯科尔雅切克。我可以说,只要这位锯木厂老板坐在这个不怀恶意、为人随和、尽管孤僻褊狭却仍受大家喜爱的符兰卡身边,他就不希望这个旅伴是那个胆大包天、为非作歹的科尔雅切克。直到他坐上了火车车厢的软席,他才放弃了这一希望。火车到达他的目的地,但泽车站(现在我才把这个地名讲了出来),迪克尔霍夫已经打定了自家的主意。他让人把行李扛上马

22

车,拉回家去,自己空身一人,精神抖擞地到附近设在维本瓦尔的警察局去。他跳上石阶,走进大门,细心寻找,很快找到了那间办公室,室内的布置显出客观公正之貌。迪克尔霍夫作了一个仅限于陈述事实的扼要报告。锯木厂老板不是控告,仅仅请求警察局调查一下符兰卡是否就是科尔雅切克,警察局一口答应。

在木筏载着芦苇棚和筏夫们沿河而下的几星期内,许多有关的官厅填写了一份又一份证明材料。有西普鲁士第某某野战炮兵团列兵约瑟夫·科尔雅切克的服役档案。这个品行不良的炮兵曾被关过两次禁闭,原因是喝得烂醉,大喊半是德文半是波兰文的无政府主义口号。相反,下士符兰卡曾在朗富尔的第二轻骑兵近卫团服务,在他的档案里并没有发现这种污点。符兰卡表现出色,他身为营部传令兵,在演习时给王储留下了良好印象,并得到一枚铸有王储头像的塔勒①作为赏赐。这位王储口袋里总是带着这种银币。可是,在下士符兰卡的服役档案里却没有提到这一塔勒的赏钱,而我的外祖母则大喊大哭地说确有其事,那是当她和她的哥哥文岑特被传去审问的时候。

她不仅用这一塔勒的赏赐来证明纵火犯的罪名是诬陷不实之词。她还可以拿出文件来证明,约瑟夫·符兰卡早在一九〇四年就已经参加了但泽下城的志愿消防队,到了冬天,在筏夫们暂时歇业的几个月内,他当了消防队员,救过大大小小的几次火灾。还有一份材料证明,一九〇九年,特罗伊尔的铁路主要工程段发生大火,消防队员符兰卡不仅扑灭了火灾,而且救了两名机修徒工。被请来作证的消防队队长黑希特也谈了类似的内容。据审讯记录所载,黑希特说:"救火的人岂能是纵火犯!霍伊布德的教堂失火时,他一直在救火梯上,这情景至今还历历在目。从灰烬和火焰里升起一只长生鸟,它不仅扑灭了火,这场人世间的大火,而且还给我主耶稣解了渴。我直言相告:谁要把这个头戴消防队员防护帽,有优先通行权,受保险公

---

① 塔勒,旧时德国的一种银币。

23

司宠爱，口袋里总是有劫后余灰（也许是他救火时掉进口袋的，或者是他捡来作为辟邪物）的人，谁要把他，把这只壮美的长生鸟说成是大红公鸡①的话，谁就不得好报，该用磨石挂在这种人的脖子上……"

读者将会看到，志愿消防队队长黑希特是一个能言善辩的神甫。在对科尔雅切克-符兰卡一案调查期间，他每逢星期日，便站在朗加尔滕的圣巴巴拉教区教堂的布道坛上讲着同样的话，把他对该进天堂的消防队员和该下地狱的纵火犯所作的比喻，喋喋不休地灌到他的教区信徒的耳朵里去。

可是，调查该案的警察局刑事官员并不到圣巴巴拉教堂去，而且，长生鸟这个比喻，在他们耳朵里非但不能证明符兰卡无罪，反倒成了一个冒犯当今的大不敬的词儿，因此，符兰卡当志愿消防队员的活动，结果反而露出了蛛丝马迹。

不少锯木厂的证明，这两个人出生地的证明，都陆续取到。符兰卡诞生在图赫尔，科尔雅切克是在托恩生的。老筏夫和两家远亲的证词中，有细微的不一致处。天网恢恢，疏而不漏。调查已经有了眉目。这时，大木筏恰好到了帝国境内，一过托恩，便受到暗中监视，筏夫们上岸，也有人盯梢。

过了迪尔绍，我的外祖父才注意到有人盯梢。他已经料到了。这当口，可能由于一种近乎消沉的懒散怠惰，他并未在莱茨考和凯泽马克之间设法脱逃；这个地段，他了如指掌，加上器重他的筏夫们的帮助，他还有可能逃之夭夭。一过艾因拉格，木筏互相碰撞，缓慢地漂入死魏克塞尔河。一艘单桅渔船，贴着木筏驶来，甲板上有多少人哪！它越是不想引人注目，却反倒更引人注目。刚过普莱能村，从岸边芦苇丛中钻出两艘海港警察局的摩托艇，划破死魏克塞尔河越来越咸的、宣告港口将到的河水，在两岸之间来回穿梭。通往霍伊布德的桥那边，穿蓝制服的警察布置了警戒线。一眼望去，克拉维特尔船

---

① 德国谚语"把大红公鸡放到屋顶"即"放火烧屋"的意思，此喻纵火犯。

坞对面的木材堆积场,几个较小的船坞,越来越宽、向莫特劳河突出的木材港,各家锯木厂的装卸码头,有本厂职工在等候的码头,处处都有穿蓝制服的警察。唯独河对岸席哈乌一带没有,那边旌旗林立,那边正发生着别的事情。那边大概是有什么船下水,那边人头济济,海鸥乱飞,那边在庆祝——是为我外祖父举行庆祝会吗?我的外祖父看到木材堆遍布穿蓝制服的警察,看到两艘汽艇越来越预兆不祥地驶来,把恶浪掀上木筏,他才明白了花费偌大的费用,布下天罗地网,是专为收拾他的。到了这时,昔日的纵火犯科尔雅切克的心才觉醒了。他这才唾弃了温和的符兰卡,脱下志愿消防队员符兰卡这张人皮,大声而毫不结巴地宣布同口吃的符兰卡一刀两断,并开始逃跑。他从一张木筏跑到另一张木筏,在这宽阔而摇晃的平面上奔跑,光着脚在这粗糙的木排上奔跑,从巨木到巨木,在木筏上向席哈乌跑去。那里,旌旗迎风招展,一条船停在船台上,龙骨已浸在水里;那里,没有人在喊符兰卡或科尔雅切克,正在做精彩的演讲:我把你命名为陛下的轮船"哥伦布"号,直航美国,排水量四万吨以上,三万马力,陛下的轮船,一流的休息厅,二流的大餐厅,大理石体育馆,图书阅览室,直航美国,陛下的轮船,稳定器,散步甲板,"天佑汝,头戴胜利花冠"[1],船首的本土海港旗帜,海因里希亲王[2]站在舵轮旁。而我的外祖父却光着脚,几乎脚不沾圆木地向铜管乐队奔去。有这等君主的国民啊,他从一张木筏跑到另一张木筏,国民向他欢呼,"天佑汝,头戴胜利花冠",汽笛齐鸣,所有船坞的汽笛,停泊在港内的轮船、拖轮和游艇的汽笛,"哥伦布"号,美国,自由,还有两艘汽艇,其乐无穷、疯疯癫癫地在他身边飞驰,驶过一张又一张木筏,陛下的木筏截断了他的去路,真是败人兴致。他正要姿势优美地一跃而过,却又不得不停下来,孤单单站在一张木筏上。他已经看到了美国,这时,两艘汽艇打了横,他别无去路,只好跳水——有人看到我外祖父

---

[1] 普鲁士国歌的起首句。
[2] 指海因里希·封·普鲁士亲王(1862—1929),德国海军元帅。

在泅水,向一张朝莫特劳河漂浮的木筏游去。由于有那两艘汽艇,他不得不潜水,由于有那两艘汽艇,他不得不永远待在水下。木筏在他头顶上漂浮,而且不再停留,一张木筏再生一张新的:你的木筏所生的木筏,一张又一张,永世不竭:木筏①。

两艘汽艇停了发动机。一双双严酷无情的眼睛搜索着水面。可是,科尔雅切克一去不复返了,他告别了铜管乐,汽笛,船上的钟,陛下的船,王储海因里希的命名演说,陛下的疯狂乱舞的海鸥,告别了"天佑汝,头戴胜利花冠"以及为陛下的轮船从船台下水时润滑用的陛下的软肥皂,告别了美国和"哥伦布"号,钻到了再生不竭的木筏底下,逃脱了警察局的追捕查究。

我外祖父的尸体始终没找到过。他是死在木筏底下的,这一点,我深信不疑。然而,正是为了深信不疑,我还得把有关他奇迹般地获救的各种传说照录不误。

其一是说,他在木筏底下找到了两根木头间的一个窟窿;从下面看,大小正好使他的口、鼻露在水面上。从上面看,这个窟窿却很小,尽管警察检查木筏,甚至搜遍了木筏上的芦苇棚,一直折腾到深夜,还是没有发现他。后来,借着黑夜沉沉——传说如此,他随波漂去,虽然筋疲力尽,但仍有几分运气,漂到了莫特劳河另一岸,上了席哈乌船坞的码头,躲在废铁堆存场上,后来,可能得到希腊水手的帮助,上了那几艘积满污垢的油船里的某一艘。据说,那些船向来就是逃亡者的避难所。

另一说云:科尔雅切克是个游泳好手,肺活量超过常人,他不仅在木筏底下潜泳,而且潜过极宽的莫特劳河,幸运地抵达对岸席哈乌船坞的码头,毫不引人注意地混到造船工人中间,最后混到狂热的群众中间,同他们一齐高唱"天佑汝,头戴胜利花冠",还听了王储为陛下的轮船"哥伦布"号命名的讲演,拼命鼓掌。下水典礼结束,他穿着半干半湿的衣裳,随着人群,挤下码头。第二天——在这一点上,

①　这是对天主教经文的滑稽模仿。

一二两种获救说是一致的——他成了一名偷渡的乘客,上了臭名昭著的希腊油轮中的一艘。

为完整起见,还得讲一讲第三种荒诞不经的传说。据云,我的外祖父像一块漂浮的木头,被河水送进了公海,几名博恩扎克渔夫一见,马上把他打捞上来,在三海里区域外,把他交给了一艘瑞典深海渔轮。在瑞典船上,他像奇迹一般慢慢复元,并到了马尔默,如此等等。

这些全都是无稽之谈,乃渔夫们编造的虚妄故事。还有那些目击者(在全世界的海港城市都有这种不可信的目击者)的叙述,我也同样一笑置之。他们说,第一次世界大战过后不久,在美国布法罗见到过我的外祖父。据说他改名为乔·科尔奇克,和加拿大做木材生意,是几家火柴厂的大股东,火灾保险公司的创始人。他们把我的外祖父描绘成一个孤独的亿万富翁,坐在摩天大楼里一张巨大的写字台后面,每个手指都戴有一枚闪闪发光的宝石戒指,正在训练他的保镖,这些人一色消防队员制服,都会唱波兰文歌曲,号称长生鸟卫队。

飞蛾与灯泡

　　一个男人，离弃一切，漂洋过海，到了美国，发财致富。关于我的外祖父，我想，谈这些也就够了。至于他现在用的是波兰名字戈尔雅切克，还是卡舒贝名字科尔雅切克，或是美国名字乔·科尔奇克，那就不管它了。

　　敲着一面简易的、随便在哪个玩具店和商店都可以买到的铁皮鼓，询问那条被一张接一张、一直排到天边的木筏布满了的河流，真是困难重重。然而，我还是敲着鼓，问遍了木材港，问遍了在河湾里颠簸、被芦苇缠住的浮木，比较省力地询问了席哈乌船坞、克拉维特尔船坞、许多大半只修不造的小船坞的船台、车辆厂的废铁堆存场、人造黄油厂散发腐臭味的椰子果堆栈以及在这类地方凡我所知的任何阴暗角落。他准是死了，并没有回答我。他对皇帝的轮船的下水典礼，对船只从下水起往往历时数十年的兴衰过程全然不感兴趣。我这里指的是"哥伦布"号的兴衰史，它一度被称为船队的骄傲，当然是航行美国的，但后来沉没了，或者是自行凿沉的①，也许又被打捞起来，翻修一新，再度命名，也许被拆成了废铁一堆。它，"哥伦布"号，可能仅仅是潜入了水中，仿效我的外祖父，时至今日，这艘四万吨的巨轮，连同它的餐厅、大理石体育馆、游泳池和按摩室，犹在菲律宾海域或埃姆登港海底六千米深处东游西逛；这些情况，可以在

---

① "哥伦布"号于 1939 年 12 月 19 日在航行途中遭拦截后，在美国弗吉尼亚海岸自沉。

《韦尔》①或《船舶年鉴》中读到——依我看,第一艘或第二艘"哥伦布"号是自己凿沉的,因为船长不愿忍受某种与战争有关的耻辱而苟活下去。

我把木筏的故事念了一段给布鲁诺听,然后提出了我的疑问,请他作客观的答复。

"死得绝妙!"布鲁诺如醉如痴地说,并立即动手用线绳把我那淹死的外祖父的形象编织出来。我不由得对他的答复感到满意,并放弃了去美国捞一份遗产的轻率念头。

我的朋友克勒普和维特拉来探望我。克勒普带来了一张两面都是金·奥利弗演唱的爵士乐唱片,维特拉忸忸怩怩地递给我一个拴在桃红色缎带上的巧克力鸡心。他们做出各种丑态,拙劣地模仿我的习作中的场面。为了使他们高兴,我就像每逢探望日那样,露出一副心情愉快的面孔,甚至对于沉闷透顶的笑话也报以微笑。就这样待了一会儿,在克勒普开始他那套老生常谈,讲什么爵士乐与马克思主义的关系之前,我抢先讲述了我的故事。事情发生在一九一三年,一个男人在别人开枪射击之前钻到一张再生不竭的木筏底下,不再浮上来,甚至连他的尸体也没有找到。

我随随便便地、装出厌烦的样子问他们。克勒普一听,沮丧地转动他那肥胖的脖子上的脑袋,解开纽扣,复又扣上,一边做起游泳动作,仿佛他自己正待在木筏底下。末了,他摇摇头对我的问题不予回答,推说现在刚过中午,时间尚早,来不及考虑。

维特拉直挺挺地坐着,跷起大腿,小心翼翼地不弄皱裤子的折缝。他像身上那条细条纹裤一样,露出那种唯独他和天堂里的天使才有的古怪的傲慢神情说:"我待在木筏上面。木筏上面真惬意。蚊子叮我真讨厌。——我待在木筏底下。木筏底下真惬意。没有蚊子叮我真舒服。我想,如果不打算待在木筏上面让蚊子咬的话,生活在木筏底下也蛮不错。"

---

① 《韦尔》,指布鲁诺·韦尔主编的《德意志战舰手册》,自1900年编至1940年。

维特拉停顿片刻——这是他屡试不爽的一招,同时打量着我,像往常要扮出一副猫头鹰的相貌时那样,扬起天生就很高的眉毛,像演戏似的用尖厉刺耳的声调说:"我设想,这个淹死的人,这个木筏底下的人,如果不是你的外祖父,也是你的舅公。他之所以死去,是由于他觉得身为你的舅公,对你负有义务;如果他是你的外祖父,他就更加觉得对你负有义务;因为再没有别的事情比一个活着的外祖父更使你感到他是个累赘了。所以,你不仅是你舅公的谋害者,而且是你外祖父的谋害者! 可是,就像所有真正的外祖父所爱干的那样,你的外祖父也要多少惩罚你一下,不让你这个外孙心满意足,不让你高傲地指着一具淹死者肿胀的尸体说出这样的话来:看哪,我淹死的外祖父。他是一位英雄! 在他们追捕之下,他宁肯跳水,也不肯落进他们的掌心。——你的外祖父把尸体隐藏起来,不留给人世和他的外孙。这样一来,后世的人和他的外孙就得天长日久地替他担忧,为他伤脑筋。"接着,他从怜悯这一方突然转向同情另一方,他微微向前俯身,装出一副狡猾的面孔,耍弄调解花招说:"美国! 振作起来,奥斯卡! 你有人生的目的和做人的使命。人家会宣判你无罪,把你开释的。如果你不到美国去,那你上哪儿去呢? 你可以在美国重新寻获自己失去的一切,甚至于重新找到自己下落不明的外祖父!"

　　尽管维特拉的回答带有嘲讽挖苦的意味,而且刺伤人的心,留下持久的伤痕,然而比起我的朋友克勒普和护理员布鲁诺来,他的回答要肯定得多。克勒普愁眉苦脸,拒不回答那个男人究竟是活着还是死了;布鲁诺则说我的外祖父死得绝妙,仅仅因为他刚死,陛下的轮船"哥伦布"号就下水破浪前进了。愿上帝保佑维特拉所讲的美国,它是保存外祖父们的地方,又是我能够赖以复元的假想目标与理想,如果我厌倦了欧洲,想要放下我的鼓和笔的话。"写下去吧,奥斯卡! 为你的外祖父而继续写吧! 为这个在美国布法罗做木材生意的科尔雅切克,他如今富贵荣华,但已厌倦人生,正在自己的摩天大楼里玩火柴!"

　　克勒普和维特拉终于告辞而去,布鲁诺便进来通风,用强烈的气流把朋友们扰乱性的气味统统排出室外。之后，我又拿起我的鼓，但不再击鼓招来遮掩死尸的木筏的圆木，而是敲击出那种急速的、不稳定的节奏。自一九一四年八月起①，人人都得按这种节奏运动。因此，关于被我外祖父遗弃在欧洲痛哭哀悼的那一家人，关于他们到我出世为止的生活道路，我只能作简单扼要的叙述。

当科尔雅切克消失在木筏底下的时候，我的外祖母和她的女儿阿格内斯、文岑特·布朗斯基以及他的十七岁的儿子扬，都站在锯木厂码头上筏夫们的家属中间，悲恸欲绝。稍靠边上一点，站着格雷戈尔·科尔雅切克。他是约瑟夫的哥哥，是被人传到城里来询问的。那个格雷戈尔始终只用同样的话来回答警察局："我简直不认得我的弟弟。我只晓得他名叫约瑟夫。我最后一次见到他时，他才十岁，或者十二岁。他给我擦皮鞋，如果母亲和我要喝啤酒的话，就派他去买啤酒。"

从格雷戈尔·科尔雅切克的答复中可以看出，我的外曾祖母是喝啤酒的，但这对警察局却毫无帮助。科尔雅切克家还有这么一个长子，对我的外祖母安娜反倒帮了大忙。格雷戈尔先在什切青、柏林，后在施奈德米尔混了一些年头，末了定居但泽，在卡宁欣棱堡附近一家火药厂找到了工作。一年以后，在诸如同假符兰卡结婚等等麻烦事统统了结或者搁置不论之后，他娶了我的外祖母，而她则决意跟定科尔雅切克家的人了。如果格雷戈尔不姓科尔雅切克，她可能不会同他结婚，至少不会这么快就成亲。

格雷戈尔由于在火药厂工作，他不用去当兵，去穿上光鲜的军装或随后的灰色军装。他们三人仍旧住在那套曾是那个纵火犯避难所的一间半的房子里。可是，事情很明显，这个科尔雅切克不必再同前一个那样老老实实过日子。因此婚后才一年，我的外祖母不得不在特罗伊尔一所公寓租下一爿刚出空的地窖小铺，卖大头针等杂货，也卖蔬菜，赚钱贴补家用，因为格雷戈尔虽说在火药厂挣钱不少，却都

① 指第一次世界大战爆发。

31

花在喝酒上,带回家的钱不够日常必需的开支。我的外祖父约瑟夫只是偶尔喝上一杯烧酒,格雷戈尔可不一样,他是个酒鬼,也许是受我的曾外祖母遗传。格雷戈尔并非借酒浇愁。他天性忧郁,很少露出高兴的样子,不过,即使在高兴的时候,他也不是由于开怀而狂饮。他之所以喝酒,只因为他是一个对任何事情都要穷根究底的人,所以,他对于杯中物,当然也要到瓶底朝天方才罢休。在格雷戈尔·科尔雅切克的一生当中,从来没有人看到他喝剩过半杯杜松子酒。

我妈妈当时十五岁,是个丰满的姑娘,非常能干,除去干家务,还在店里帮忙。她把食品印花贴在分类账本上,星期六给人送货,写催账信,这些信虽不老练,却富于想象力,提醒赊账的顾客前来还钱。遗憾的是,这些信我连一封也没有保存下来。在这里,倘若能够从一个半孤儿(因为格雷戈尔·科尔雅切克根本没有尽到做继父的责任)的信里,摘引几句半是稚气、半带少女特征的叹苦经的话,那该有多妙呀。我外祖母和她女儿的现款盒是用两个马口铁盘子合成的,里面通常是铜子多而银角子少。她们两人总是煞费苦心才能把这个现款盒藏起来,不让那个始终口渴的火药厂工人忧郁的目光发现。到了一九一七年,格雷戈尔·科尔雅切克患流行性感冒呜呼哀哉。从此以后,杂货铺的赚头才有所增加,不过也还是很有限;因为在一九一七年,能有些什么货色可卖呢?

火药厂工人去世后,那套一间半的房子便空在那里,因为我妈妈怕鬼,不愿搬进去,后来,扬·布朗斯基迁去居住。我妈妈的这位表兄当时二十岁左右。他离开了比绍和他父亲文岑特,在卡特豪斯中学取得成绩优良的毕业证书,又结束了在那个小县城邮局的见习期,此时到但泽邮政总局来干中级管理人员的差事。扬来到他姑姑家里,除去他的箱子外,还带着他的洋洋大观的集邮册。他从幼年起就开始集邮,因此,他对于邮局不仅怀有职业上的兴趣,而且还小心翼翼地维持着一种私人关系。这个体质羸弱、走路有点驼背的年轻人,有一张鹅蛋脸,相貌漂亮,也许太甜了一点,一双碧蓝的眼睛,这足以使当时年方十七的我母亲爱上他。扬已经三次应召去做体格检查,每次检查都因他身体太糟而缓服兵役;这已经清楚地说明了扬·布朗斯基的体格状况,因为在那个时候,凡是多少能够挺直的男子,都被送到凡尔登去,让他们在法国的土地上由直立状态变为永恒的横卧状态①。

他们两人相互调情,照道理讲,应当是从一起看集邮册,脑袋贴着脑袋检查特别珍贵的邮票四边孔眼是否完整时开始的。但是,实际开始或者说爆发,是扬第四次被叫去做体格检查的那天。我妈妈本来有事要进城,便陪同他到军区司令部去,站在有民军②站岗的岗亭旁边等他。她和扬都认为,这一回扬是非去法国不可了,他可以借那里含铁和铅的空气,治疗一下自己发育不健全的胸腔。我妈妈一遍又一遍地数着民军的纽扣,每遍的结果都不同。我可以想象,所有制服的扣子都是按那种尺寸钉的,无论你最后数到哪一颗,不是意味着凡尔登,就是无数哈特曼斯魏勒科普夫③中的一座,要么就是意味着某一条小河:索姆河或玛恩河④。

刚过一个小时,这个做第四次体检的小伙子挤出了军区司令部大门,蹒跚着下了台阶,扑到我妈妈阿格内斯身上,搂住她的脖子,凑在她耳朵上,用当时的流行话低声说:"他们不要我的脖子,也不要我的屁股,缓役一年!"我母亲第一次拥抱扬·布朗斯基,我不知道她此后可曾更幸福地拥抱过他。

这一对年轻人在大战期间相爱的细节,我不得而知。我妈妈爱漂亮,好打扮,讲究穿戴,喜欢昂贵物品。为能满足她的奢求,扬卖掉

---

① 1916年2月至7月,德军在西线进攻凡尔登未克。7月至8月,英、法军在索姆河发动战役,牵制凡尔登方面德军。双方均未取得重大进展,但伤亡惨重,仅德军就损失六十万。此喻送命。

② 民军,德国国防军的一部分,由十七岁至四十五岁有服兵役义务的男子组成的后备军,1913年建立,1918年按照《凡尔赛和约》解散。

③ 哈特曼斯魏勒科普夫,南孚日山一山峰。第一次世界大战中,德、法军在此争夺甚烈。这里用复数以喻类似的高地。

④ 1914年9月5日至10日,德、法两军在玛恩河进行大战,双方投入军力共一百五十余万人,德军战败,退据艾纳河,形成对峙局面。索姆河见前注。

了自己收集的一部分邮票。据说他当时写过一本日记，可惜后来遗失了。看来我的外祖母容忍了这两个青年之间的关系——可以说，已经超出了表亲之间的关系，因为扬·布朗斯基在特罗伊尔那套一间半的房子里一直住到战争结束以后，直到一位姓马策拉特的先生的存在已不容否认，甚至已得到承认的时候，扬才迁走。我妈妈必定是在一九一八年夏天认识那位先生的，那时，她在奥利瓦附近银锤陆军医院当助理护士。阿尔弗雷德·马策拉特是莱茵兰人，他的大腿被子弹打穿，正在医院养伤，由于他那种莱茵兰人的乐天性格，不久就成了全体女护士的宠儿，护士阿格内斯也不例外。他的伤刚好一半，就由这个或那个护士搀扶着在过道里一瘸一拐地走动，还到厨房里给护士阿格内斯帮忙，因为她戴的护士帽同她那张小圆脸非常协调，也因为他是一个充满热情的厨师，懂得把感情转化为浓汤的诀窍。

阿尔弗雷德·马策拉特腿伤痊愈后便留在但泽，并且立即找到了工作。战前他在莱茵兰纸张加工业一家较大的公司任职，如今成为该公司驻但泽的代理人。战争渐渐消耗尽了。人们含糊其词地签订了和约，替日后的战争制造了新的起因，魏克塞尔河入海口周围地区被宣布为自由邦，由国际联盟管辖。这个地区大致从海岬上的福格尔桑起，沿诺加特河到皮埃克尔，再顺魏克塞尔河到查特考，向左到舍恩弗利斯构成一个直角，随后绕萨斯科申森林抵奥托明湖形成一个凸出部，把马特恩、拉姆考和我外祖母的比绍划在界外。这条界线到克莱茵-卡茨附近的波罗的海结束。在原来的市区内，波兰得到一个自由港，包括军火库在内的韦斯特普拉特、铁路管理局和设在黑维利乌斯广场的波兰邮局。

这个自由邦的邮票，用汉萨同盟红金色的纹章徽记；波兰邮票则是些丧气的紫色图案，画的是卡西米尔和巴托里①的史实。

———————

① 卡西米尔三世(1310—1370)，波兰国王(1333 年起)；巴托里王室的斯特凡四世(1533—1586)，波兰国王(1576 年起)。

扬·布朗斯基进了波兰邮政局。他改换工作机构,选择了波兰国籍,看来都是一时冲动的决定。许多人认为,他选择波兰国籍的原因,在于我母亲对他的不忠。一九二〇年,马尔察莱克·毕尔苏德斯基①在华沙城下击退红军。魏克塞尔河畔的这次奇迹,到了像文岑特·布朗斯基这样的人嘴里,都说是得了圣母马利亚的保佑,军事专家们则不是归功于西考尔斯基将军②,便是称颂魏刚将军③。就在这个波兰里,我母亲同德意志帝国的公民马策拉特订了婚。我比较相信这种说法:我外祖母安娜同扬一样不同意他们订婚。她把这段时期内生意略有起色的特罗伊尔地窖小铺留给她的女儿去经营,自己搬回比绍,也就是说搬到波兰境内她哥哥文岑特那里,像未嫁给科尔雅切克以前那样,接管了庄院、萝卜地和土豆地,让她那个日益被神恩迷了心窍的哥哥去同圣母兼波兰女王打交道和对话。她自己穿着四条裙子,秋天里蹲在土豆秧火堆后面,遥望始终还被电线杆分割成条条块块的地平线,倒也自得其乐。

扬·布朗斯基同我妈妈言归于好,是在扬找到了他的黑德维希并同她结婚以后。黑德维希是卡舒贝人,住在城里,但在拉姆考还有农田。在伏依克咖啡馆的一次舞会上,他们碰巧相遇,据说我妈妈向马策拉特介绍了扬。虽说这两位先生对我妈妈的感情是一致的,然而他们性格各异,却又一见如故,非常投机,尽管马策拉特直言不讳地用莱茵腔大声说,扬转到波兰邮局去工作,这个想法未免荒唐。扬和我妈妈跳舞,马策拉特同骨骼大、个子高的黑德维希做伴。她的目光像母牛似的难以捉摸,周围的人见了,一直以为她是个孕妇。大家还经常混跳,你请我,我邀他,一场舞未酣,念头已转到下一场,跳波尔卡舞时抢了先,跳英国华尔兹时落了后,终于在跳查尔斯顿舞时自信心十足,跳慢狐步舞时起了近似宗教信仰的欲念。

---

① 马尔察莱克·毕尔苏德斯基(1867—1935),1918 年起为波兰元首。
② 西考尔斯基(1881—1945),1922 年至 1923 年任波兰总理。
③ 魏刚(1867—1965),1920 年法国派驻波兰的正式代表。

一九二三年，裱糊一间卧室只相当于买一盒火柴，几乎等于不花钱。在这一年，阿尔弗雷德·马策拉特娶了我母亲，证婚人之一是扬，另一位是姓米伦的殖民地商品店老板。关于那位米伦，可写的不多。他之所以值得一提，仅仅因为我妈妈和马策拉特在采用地产抵押马克①的当口，盘下了他的殖民地商品店。该店开设在朗富尔郊区，因顾客赊欠而破产。我妈妈在经营特罗伊尔的地窖小铺时，学会了同各种各样赊账顾客打交道的巧妙手腕。此外，她天生是个做生意的料子，脑筋灵活，能言善辩，巧舌如簧。因此，她在短时间内又把这凋敝的买卖做得兴隆起来。连马策拉特也辞掉了代理人的职务，到店里来帮忙，反正当时的纸张市场也是供过于求。

夫妇两人，取长补短，相得益彰，可谓绝妙。我妈妈有坐在柜台后面同顾客应酬的窍门，马策拉特则有同零售商、批发商周旋的本领。此外，马策拉特爱穿上厨娘的围裙，爱到厨房去干活，包括洗涤在内，正好减轻了我妈妈的负担，因为她本无烹调的才能。

与店铺相连的住房虽然狭小，盖得很糟，但是同特罗伊尔的居住条件（我仅仅是听人讲才知道的）相比，已经够小资产阶级气派的了。因此，至少在婚后头几年，我妈妈在拉贝斯路想必住得挺满意。

除去往往堆放着成包的贝西尔洗衣粉、有点曲折的长过道外，有一间宽敞的厨房，但多一半的地方，同样堆着货物，如罐头、面粉口袋、燕麦片小包等。起居室是底层最好的一间，有两扇窗，朝着夏天铺波罗的海贝壳的小花园和大街。葡萄红的糊墙纸，近于紫色的长沙发套，一张可以拉开的、四个圆角的餐桌，四把黑色皮面椅子，一张放烟灰缸的小圆桌，经常要挪动，地上铺着蓝色的地毯。两扇窗户之间是黑、金两色的挂钟。紫色沙发榻旁是一架黑色钢琴，先是租借的，后来慢慢偿付，买了下来，还有一张旋转琴凳，下面铺一块黄白色的长毛兽皮。钢琴对面是餐具柜。黑色的餐具柜有磨光玻璃拉门，

---

① 地产抵押马克，又称地租马克，第一次世界大战后德国通货膨胀时期为稳定币值而于1923年10月至1924年8月发行的临时通货。

围以黑色蛋形纹饰,下面的门里锁着餐具和桌布,门上有深黑色的果实浮雕,黑色的柜腿呈爪状,黑色的雕花柜顶上有盛假水果的水晶碗和一次中彩得来的绿色奖杯。这两件物品中间的空当后来用一台浅咖啡色的收音机填补,这应归功于我妈妈做生意精明能干,懂得生财之道。

卧室是黄色的,可俯视四层楼公寓的院子。请诸君相信我的话,那座合卺城堡,即那张结婚喜床的华盖是天蓝色的。床头一幅画,镶在玻璃镜框里,沐浴在天蓝色的光线下。画上是一个呈肉色的正在忏悔的玛格达莱娜。她躺在岩洞里,眼望画的右上角连声叹息。她胸前的手指真多,让人看了总以为不止十个,于是禁不住一遍又一遍地去数。喜床对面是白漆衣柜,柜门镶有镜子,衣柜左边是梳妆台,右边是大理石面小屉柜,从天花板上吊下一盏卧室用灯。它同起居室里的不同,并非用缎子罩蒙着,而是挂在两根黄铜吊杆上一个浅玫瑰色的圆形瓷罩下。两个灯泡突出在外,光线四射。

今天,我敲了一上午的鼓,向我的鼓提出种种问题,而且还想知道,我家卧室里的灯泡是四十瓦还是六十瓦。我并不是第一次对自己和我的鼓提出这个问题,因为它对于我来说非同小可。我往往需要几个小时才能回想起那两只灯泡。因为我进出过许多住宅,开过关过数以千计的电灯,所以首先必须把它们忘个一干二净,必须不带任何花腔地敲着我的鼓,穿过这片统一规格的照明体的森林,才能重新回忆起拉贝斯路我家卧室的两只灯泡。

我妈妈是在家分娩的。临产的阵痛袭来时,她还在店铺里,把糖盛到一磅和半磅装的蓝色口袋里,结果误了时间,来不及送她进妇产医院。于是,从赫尔塔街请来一位上了年岁、已经很少提着小箱子干她这行当的助产士。在我家卧室里,她帮我出了娘胎。

我最初见到的这个世界的光,是由两只六十瓦灯泡放射出来的。因此,《圣经》上的那句话"要有光,就有了光"①,时至今日,我还觉

---

① 《圣经·旧约·创世记》第一章上帝创造天地时说的话。

得像奥斯拉姆公司最成功的广告用语。直到正常的会阴破裂为止，分娩过程都很顺利。我毫不费力地从头部朝下的位置中解放出来，这种正常的位置，无论对母亲们、胎儿们以及助产士们都有利，因此谁都说好。

我接着可以这样讲：我属于那种有超人听力的婴儿，他们的智力在娘胎里已经发育完全，仅仅有待于日后证实。我在娘胎里只听到我自己的动静，只注意我自己在羊水里嬉戏，不受任何外来的影响。因此我一生下来，就以批判的态度仔细听我的父母亲在电灯泡下讲他们出自本能的意见。我的耳朵很尖。这是一对往下耷拉的小耳朵，黏黏糊糊，但不管怎么说还是讨人喜欢的。然而，他们讲的每句话我都听得真切，而这些话说出了他们最初的印象，因此对我来说至为重要。我的脑子虽小，却同我的耳朵一样灵。我把听到的一切细细考虑了一通，然后拿定主意干哪些事情，以及把哪些事情坚决弃之不顾。

"一个男孩，"那位毫无根据地自以为是我的父亲的马策拉特先生说，"他长大后将继承这片店铺。现在我们终于明白自己辛辛苦苦工作为的是什么了。"

妈妈想的倒不是店铺，而是她儿子的装备："嘿，我早知道是个小子，尽管有那么几次，我讲过可能生个丫头。"

就这样，我过早地懂得了女人的逻辑，接着，又听她说："等小奥斯卡到了三岁，就给他买个铁皮鼓。"

我久久地权衡比较我母亲和父亲的诺言，观察并倾听着一只误入室内的飞蛾。这只飞蛾中等大小，毛状，正在追逐那两只六十瓦的灯泡，投下了比它展开的两翅大不知多少倍的阴影，一颤一颤地移动着，遮住了房间，遮住了室内的家具。令我难忘的倒不是忽明忽暗的投影游戏，而是飞蛾同灯泡之间对话时发出的噪音。飞蛾喋喋不休，仿佛它要赶紧把自己知道的事情统统从肚里倒出来，仿佛它今后不会再有时间同光源交谈，仿佛飞蛾与灯泡之间的这场对话是飞蛾最后的忏悔，而根据灯泡赦罪的方式来看，是不允许它再作孽和放荡了。

今天，奥斯卡可以简单明了地讲，飞蛾在击鼓。我听到过兔子、狐狸和睡鼠击鼓。青蛙们能击鼓招来一场暴风骤雨。人家说啄木鸟击鼓把虫子从洞里敲出来。人则敲盘子、铁锅、定音鼓和小鼓。我们说，鼓形弹仓左轮手枪像擂鼓似的连续轰击，人们擂鼓起床，擂鼓集合，擂鼓进入坟墓。这是鼓手和鼓手长的行当。还有为弦乐队和打击乐器谱写协奏曲的作曲家。我甚至联想起长和短的归营号，还要提一提奥斯卡本人迄今为止在击鼓上花的工夫；这一切同飞蛾在我诞生之际举行的敲击仪式并非不相干，它敲击的不是什么乐器，而是两只普通的六十瓦灯泡。也许在最黑暗的非洲的黑人中间，在美洲的尚未忘却非洲的黑人中间，会有这样一些人，能够以他们天赋的节奏感，相同地或类似地模仿我的飞蛾或者非洲的飞蛾——众所周知，它们比东欧的飞蛾更大，也更花哨，既一本正经又放荡不羁地擂鼓；但我要遵循我的东欧的标准，因此我也要向我出世时飞来的那只中等大小的棕色粉蛾讨教，并称它为奥斯卡的师傅。

时当九月初。太阳位处室女宫。夜间，一场夏末的暴风雨由远而近，狂风阵阵，刮得箱笼家具挪动了位置。水星使我具有批判精神，天王星使我富于奇想，金星让我相信自己有小小的福分，火星则要我相信自己的抱负与雄心。在命宫里升起天秤星，它决定我天性敏感，并且好夸张。海王星进入第十宫——这一宫代表中年的命运——将我置于介乎坚信奇迹与受骗上当之间。土星位居第三宫，与木星冲，使我的出身问题成为疑案。但是，是谁派来的飞蛾，是谁允许它同那好似中学校长大发雷霆的夏末雷雨声一道，使我心中升起了对母亲许诺的铁皮鼓越来越浓的兴趣，使我越来越急于想得到这一件乐器呢？

我表面上装成一个肉色鲜嫩的婴儿，大哭大叫，内心里则打定主意，拒绝我父亲的建议，对于同殖民地商品店有关的一切，统统撒手不管，同时从善意出发，也考验我妈妈到了那一天，也就是到了我三岁生日时，是否把她许下的愿兑现。

除去上述种种有关我未来的推测以外,我了解到,妈妈和那个父亲马策拉特都不具备这样的器官,能够了解我反对什么和赞成什么,从而尽可能地尊重我的决定。奥斯卡躺在电灯泡下,既孤独又无人理解。他估计事情将这样继续下去,直到六七十年以后,一次一劳永逸的短路使所有的光源断了电。因此,他开始在电灯泡下过这种生活之前,就已经失掉了对这种生活的乐趣;当时,唯有那面遥遥在望的铁皮鼓才使我没有更强烈地表达出重返娘胎头朝下的位置的愿望。

　　加之,助产士已经剪断了我的脐带;一点办法也没有了。

照 相 簿

　　我守护着一件宝贝。我守护它经过了糟糕的、仅仅由日历上的日子组成的漫长岁月,时而藏起来,时而取出来;在我乘着货运列车旅行期间,我把它珍藏在胸口;当我睡觉时,奥斯卡枕着他的宝贝:一本照相簿。

　　这是一座露天家庭坟墓,它使一切往事变得一目了然。如果没有它,我真不知该怎么办才好。这本照相簿总共一百二十页。每一页上下左右方方正正地贴着四张或六张照片,有时只有两张,照片的地位安排得十分精细,有的对称,有的不对称。封面是皮的,越是年深月久,皮子的气味越大。有时我的照相簿还受风吹雨淋。一些照片脱落下来,可怜巴巴的,于是,我只得寻找安静的时候和机会,用胶水将差一点遗失的照片重新粘回原处。

　　在这个世界上有哪一部长篇小说或别的什么,能具有一本照相簿的那种叙事诗般的宽广度呢?我们亲爱的上帝,作为勤奋的业余爱好者,每个星期日,都居高临下地把我们拍摄下来,也就是说,把我们缩得十分渺小,也不管曝光好坏,把照片统统贴到他的照相簿上去。这位上帝也许可以引领我漫游这本照相簿,不让我由于饶有兴味而在某一处不适当地逗留过久,也不鼓励奥斯卡对迷宫一般曲折离奇的事情固有的偏爱;可是,我多么希望能给这些照片提供真实的原型啊!那就泛泛地提一笔吧!在这本照相簿上可以看到各种各样的制服,看到时装与发型的更换,看到我的妈妈越来越胖,扬越来越萎靡不振,还可以看到一些我根本不认识的人,还可以猜出照片是谁拍摄的,并且看到摄影术每况愈下,从一九〇〇年左右的艺术摄影退化成为我们当代的实用照相。我们就以我的外祖父科尔雅切克的那座纪念碑和我的朋友克勒普的护照照片为例吧！只需把我的外祖父那张染成棕色的肖像照片同克勒普那张光滑的、大喊大叫着让人加盖公章的护照照片并排放在一起，就能使我清楚地看到，摄影术领域里的进步已经把我们带到哪里去了。单是同快速摄影术有关的一切设备就已经说明了问题。在这件事上，我应该更多地责备我自己而不是责备克勒普，因为我是这本照相簿的所有者，我有义务保持照片的摄影水平。如果有朝一日地狱也繁荣发达了，那么，精选出来的折磨办法之一将会是：把赤条条的灵魂同他活着时拍的照片配上镜框一起关在一个房间里。赶紧添上一点宗教激情吧！啊，夹在快照、特写快照和护照照片之间的人哪，闪光灯下的人哪，直挺挺地站在比萨斜塔前的人哪，坐在摄影房里让人照亮右耳朵才配上护照的人哪！如果不带激情的话，我会说：这样的地狱还可以忍受，因为最糟糕的照片是梦见的，不是拍摄的，即使是拍摄的，也显不出影来。

　　克勒普和我是一边吃面条一边认识的，交了朋友，发展了友谊。我们住在于利希街的最初那段日子里①，我们常去拍照。我当时有几个旅行计划。这就是说，我当时非常伤心，只好去旅行，因此想申请护照。我想去罗马、那不勒斯，至少还要去巴黎，但我当时没有足够的钱去做这样一次像样的旅行。所以，对缺少现钱，我反而很高兴，因为再没别的事情能比在经济拮据的情况下外出旅行更使人伤心的了。不过，我们两个还有足够的钱去看电影，于是，在那段时间里，克勒普和我常进电影院，有时按照克勒普的口味去看美国西部片，有时根据我的需要去看这样一类影片，例如玛丽亚·谢尔扮演女护士，痛哭流涕，博尔舍扮演主任医师，在做完一次十分困难的手术之后，他打开阳台门，奏贝多芬的奏鸣曲给她听，向她表白自己的责任心。影片通常只有两个小时，这使我们两个大伤脑筋。有些片子我们本来想再接着看第二遍。我们经常在散场以后又到售票处去

---

① 指本书主人公奥斯卡在第二次世界大战结束以后在杜塞尔多夫的经历。

买同一影片的票子。但是，我们一走出放映厅，看见卖当天票的售票处前排着或长或短的队伍，于是我们就丧失了勇气。我们害羞得很，不仅怕见女售票员，而且怕见那些素不相识的、但却厚着脸皮从头到脚打量我们的外貌的人，便不敢再去加长售票处前的队伍。

就这样，我们每看完一场电影几乎总要到阿道夫伯爵广场附近的一爿照相馆去，让人给我们拍摄护照用的照片。照相馆的人已经认识我们了，我们一进门，他们便堆着笑脸客气地请我们坐下；我们是顾客，所以受到尊敬。摄影房里的顾客刚出来，一位我只知道用"可爱"二字来形容的小姐，把我们一前一后地推了进去，先把我，后把克勒普拉拉扯扯地摆布端正，吩咐我们看着一个固定的点，直到见了闪光，听到同闪光一起响的铃声，而我们已经连续六次被摄进了底片。

刚照完，咧开的嘴角还有点收不拢的当儿，这位小姐就把我们按到舒适的藤椅上，可爱地（唯有用"可爱"二字来形容，连衣着也可爱）请我们耐心等待五分钟。我们心甘情愿地等着。我们终于有所期待了，那就是我们的护照相片，我们是多么好奇地想看个究竟啊！短短七分钟之后，这位始终还是那么可爱的、除此以外别无形容的小姐递给我们两个纸口袋，我们付了钱。

瞧克勒普稍稍鼓出的眼睛里那种得意扬扬的神情！我们一拿到口袋，便有理由去就近的啤酒馆了，因为没有人愿意在光天化日之下，站在尘土飞扬、嘈杂喧闹的大街上看自己的护照相片，那样势必会成了绊脚石，妨碍熙熙攘攘的行人。正如我们是那爿照相馆的老主顾一样，我们也是弗里德里希大街上那家小酒店的常客。我们要了啤酒、血肠①加洋葱和黑面包。酒菜还没端上来，我们已经把略微有点潮湿的照片拿了出来，在木头的圆桌面上摆了一圈。啤酒和血肠很快送来了。我们一边吃喝，一边端详自己费了好大的劲才摆出来的面部表情。

---

① 血肠，用猪肉、猪油和猪血制成的香肠。

我们身上总带着在上一回看电影那天拍摄的照片。因此,我们就有可能进行比较;而只要有机会进行比较,我们也就可以再要第二杯、第三杯、第四杯啤酒,这样一来,兴头就上来了,或者像莱茵兰人所说的,有了情绪。

然而,万万不可断言,一个悲伤的人有可能借助他本人的一张护照照片使他自己的悲伤变得不具体;因为真正的悲伤本身就是不具体的,至少我的悲伤和克勒普的悲伤就是追溯不出任何缘由的,并且恰恰由于我们的悲伤不具体到了近乎随意的地步,才证明它具有一种不需要任何缘由来引发的强烈程度。如果存在着某种可以接近我们的悲伤的途径,那么,唯有通过照片,因为在一次连拍六张的快照上,我们所看到的自己虽然并不清晰,但重要的是,我们所看到的自己是被动的、被中立化了的。我们两个人可以随心所欲地同自己打交道,一边喝啤酒,大嚼血肠,增加情绪和做游戏。我们把照片折叠起来,用剪刀剪成碎片;为了这种用途,我们身上总带着剪刀。我们把剪碎的老的和新的照片碎片拼凑起来,使我们变成独眼龙或三只眼,把鼻子放在耳朵的位置上,把右耳朵放在嘴巴的部位,让它说话或沉默,还把下巴换成额头。我们不仅用各自的头像做这种剪辑,克勒普还把我的某些部位借去拼在他的上面,我也把他的某些特征变成我的。就这样,我们创造了新的、如我们所希望的更幸福的创造物。有时,我们互赠一帧照片。

我们——我指的只是克勒普和我,并不包括从游戏中产生出来的剪辑人物——至少每周去啤酒馆喝一回,每一回都要送给我们叫做鲁迪的酒馆侍者一张照片,这已经成了我们的习惯。鲁迪是本来应该有十二个孩子另外还收养八个的那种类型的人,他了解我们的苦恼。他已经有了一打我们的侧面照和更多的正面小照。可是,每当我们商量了半天,好不容易才挑出一张照片递给他时,他总露出一副深表同情的面孔,还满口称谢。至于站酒柜的女招待和端香烟盘的红头发姑娘,奥斯卡从来不把照片送给她们,因为照片是不应该送给女人的——她们只会滥用。克勒普则不然,他心广体胖,在女人面前总是没完没了,爱同她们攀谈,而且愚蠢到了把心里话统统掏给她们的地步。有一天,他背着我送给了卖香烟的姑娘一张照片,事情肯定是这样的,因为他同这个年轻莽撞的姑娘订了婚,后来又结了婚,因为他想把自己的那张照片要回来。

我把日后才发生的事情提前讲了出来,而且关于我的照相簿的最后一页,我的话也讲得太多了。这些傻头傻脑的快照,本来就不值得多谈,要谈也只是拿它们作为一种对照,用以说明照相簿第一页上我外祖父科尔雅切克的肖像照是多么伟大和无与伦比,又多么有艺术性,直到今天还使我产生这种感觉。

他又矮又宽,站在一张精致的小桌子旁。遗憾的是,照片上的他不是纵火犯,而是志愿消防队员符兰卡。所以,他没有留小胡子。但是,紧身的消防队制服,胸前的营救奖章以及使小桌子变成祭坛的消防队防护帽,差不多可以顶替纵火犯的小胡子。他多么严肃地注视着,多么了解两个世纪交替的岁月里的一切苦恼啊。他那种尽管悲观但却高傲的目光,看来在第二帝国时代是受人喜爱的和流行的,因为格雷戈尔·科尔雅切克也是这样的目光,这个醉醺醺的火药厂工人,在照片上倒是挺清醒的。文岑特·布朗斯基的相片是在琴斯托霍瓦照的,他手执一支献祭的蜡烛,神秘得很。瘦弱多病的扬·布朗斯基少年时的照片,是早期摄影术记录下来的一个故意显得忧郁伤感的男性。

那个时代的妇女中,能摆出与她们的个性相应的神态姿势来的人寥寥无几。甚至我的外祖母安娜(上帝明鉴,她可是个人物)在第一次世界大战爆发前拍摄的照片上,也做作地抿着嘴傻笑,丝毫也没有暗示出她那四条套穿着的却又守口如瓶的裙子底下有着可以给人提供避难所的大空间。

在战争年代里,她们仍然对着蒙在黑布下面、打着响指、一边跳着舞的摄影师微笑。我有一张这个时期的照片,两张明信片那么大,贴在硬纸片上,上面有二十三个护士,其中包括在银锤陆军医院当助理护士的我的妈妈,羞怯地挤在一个像根支柱似的军医四周。还有一张照片,照的是陆军医院一次化装舞会的场面,即将痊愈的伤兵也参加了,护士们显得比较轻松自在,不那么拘谨腼腆。妈妈大胆地眨眼睛,嘴巴做出接吻的姿势,尽管她身上饰有天使的翅膀,头发上有金银丝条,她还是想说:天使也有欲念的。跪在她面前的马策拉特所选的装束,大概是他非常愿意天天穿的服装:他扮成一个厨师,戴一顶浆硬的厨师帽子,挥舞着长把勺子。与此相反,当他身穿制服、佩戴着二级铁十字勋章时,他也是直视前方,目光同科尔雅切克兄弟和布朗斯基父子一样故意显得悲观,显得比所有相片上的妇女们更强。

战后,人们都换了一副面孔。男人们都露出复员后轻松的目光,现在轮到妇女了。她们懂得了在照片上占据特殊地位,她们有理由严肃地凝视前方,即使她们在微笑时,也不想去否认,作为底色的是她们已经领教到的痛苦。二十年代的妇女的悒郁,配在她们的脸上实在太合适了。她们,不论坐着、站着还是半躺着,蛾眉月般的一缕黑发贴在太阳穴上,难道她们不是已经成功地在圣母和娼妓之间结起了一条和解修好的纽带吗?

我妈妈二十三岁时的照片(这必定是她怀孕前不久拍摄的)让人看到的是一个年轻妇女,她微斜着皮肉结实的脖子上那颗线条平稳的圆脑袋,可是目光却直视看照片的人,肉感的轮廓被上面提到过的悒郁的微笑和一双眼睛冲淡了。这双眼睛,与其说是蓝色,倒不如说是灰色。它们已经惯于像观察诸如咖啡杯和香烟嘴之类不变的物体那样去观察周围人们的灵魂以及她自己的灵魂。"深情的"这个词尽管还嫌不足,但我仍用它作为我妈妈的目光的形容词。

那个时期的合影没有多大意思,但更易于评论,因此更富有启发作用。在签订《拉帕洛条约》①的年代里,结婚礼服竟如此美丽,如此有婚礼气派,真令人吃惊。在结婚照上,马策拉特还系着硬领。他的

———————

① 《拉帕洛条约》,俄罗斯苏维埃联邦社会主义共和国与德国1922年4月在意大利拉帕洛签订的条约。当时德国国内政局动荡,经济萧条,外交上也十分孤立。

外表看来挺好,时髦,几乎可以说有知识分子风度。他右脚前伸,也许想模仿当时的电影明星哈里·利特克。那个时候的服装尺寸都短。我妈妈的婚礼服是一条白色百褶裙,刚刚过膝,露出了匀称的小腿,跳起舞来十分灵巧的小脚穿一双有扣白色鞋。在另外几张照片上出现的是参加婚礼的全体宾客。在穿着城里人服装、摆出城里人姿势的来宾当中,惹人注目的始终是我的外祖母安娜和她那个得到神的恩宠的哥哥文岑特。他们土里土气而又一本正经,自己缺乏自信却把信心灌输给别人。扬·布朗斯基同他的姑妈安娜和献身给天国圣母的父亲一样,是在同一块土豆地里长大的,但他却同我母亲一样,也善于用波兰邮政局秘书的讲究礼服来掩盖自己的出身——卡舒贝乡下佬。尽管他在照片上那些健康的人们中间显得瘦小而虚弱,尽管他是在照片的角上,然而他那双特别的、使他的面孔像女性一样匀称的眼睛,却总是使他成为照片的中心人物。

在举行婚礼后不久拍摄的这一张合影,我已经观看良久了。我不得不在这无光泽的棕色四边形前拿起我的鼓和鼓棒,试着在我的上漆的铁皮上再现出那硬纸片上尚可辨认的三星座。

为拍摄这张合影提供机会的是扬·布朗斯基的寓所。它坐落在马格德堡街拐角上,波兰大学生宿舍附近的陆军操场一侧,因为照片上的背景是阳光照耀下一半爬满了扁豆藤的阳台,这种阳台只有波兰人聚居区的住宅才有。妈妈坐着,马策拉特和扬·布朗斯基站着。但是,瞧瞧她坐的位置和他们站的位置吧!有一段时间,我愚蠢透顶,用一个想必是布鲁诺替我买来的学生圆规以及一把直尺和一块三角板,想要测量出这罗马三执政(因为我妈妈的价值足以顶替一个男人)的位置。先画出脖子的倾斜角,一个不等边三角形,再进行平行移位,硬性得出三个全等三角形,又画三个圆,意义重大的是,它们在外面,在扁豆藤的绿叶丛中相交,产生一个点,因为我正在寻找一个点,信仰点,渴望点,要得到一个支撑点,一个出发点,如果不是一个立足点的话。

这种业余爱好者的测量自然不会弄出什么结果来,反倒在这张珍贵的照片上的几个最重要的地方，被我用圆规尖扎出了几个小洞，洞虽小，然而起了扰乱作用。在这张照片上有什么特别的东西呢？是什么让我到这个四边形上去寻找，如果愿意的话，甚至真能找出数学关系以及——简直可笑至极——宇宙关系来呢？三个人：一个坐着的女人，两个站着的男人。她是烫过的黑发，马策拉特是鬈曲的金发，扬是平平地往后梳的栗色头发。三个人都在微笑：马策拉特笑得比扬·布朗斯基更明显，两人都露出了上排门牙，他们两个的微笑加在一起要比我妈妈的强五倍，因为她只在嘴角露出一丝笑痕，眼睛里则毫无笑意。马策拉特的左手搭在我妈妈的右肩上；扬则满足于让右手轻轻地扶着椅子背。她的膝盖向右，髋部以下的其余部位都往前冲，膝上放着一个本子。有很长一段时间，我以为这是布朗斯基的一本集邮册，后来又以为是一本时装杂志，最后，我认为这是一本收集香烟盒里著名电影明星照片的册子。我妈妈的双手似乎正要去翻它，就在这一瞬间，底片曝光，照片拍成。看来这三个人都很幸福，互相祝贺避免了意想不到的事情，这样一类事情只有当三人团中的某一个伙伴需要过保险的私生活，或者从一开始就偷偷摸摸时才有可能发生。他们三人休戚相关，但还是依赖于第四个人，那就是扬的妻子，黑德维希·布朗斯基。她娘家姓莱姆克，当时正怀孕，可能怀着日后出世的斯特凡。他们有赖于她的仅仅是让她拿着照相机，对准他们三个以及这三人团的幸福，至少借助摄影工具把这三重幸福固定下来。我从照相簿上撕下另外几张四边形，贴到这张照片旁。在这些画面上，或者是妈妈同马策拉特在一起，或者是妈妈同扬·布朗斯基在一起。这些照片中间没有一张能像那帧阳台照片那样让人一清二楚地看到那种不可变更的事实，那种最后的可行的解决办法。其中一张，照的是扬和妈妈，它散发着悲剧、淘金狂和失常的气味，失常变成厌烦，失常的厌烦。另一张，马策拉特待在妈妈身边：正下着周末夫妻生活前的毛毛雨，维也纳煎肉排咝咝有声，饭前挑刺儿发牢骚，饭后连打几个呵欠，上床前讲点笑话或者把纳税账目记到墙上，这样一来，夫妻生活也就有了一个精神背景。这些镜头尽管无聊，但我觉得总比往后几年有伤风化的快照要好。妈妈躺在扬·布朗斯基的怀里，背景是欢乐谷附近的奥利瓦森林。扬的一只手消失在妈妈的衣裳底下。这种卑俗举动只能被理解为：从跟马策拉特结婚的第一天起就通奸的这不幸的一对，他们的激情已经到了狂躁的地步，而在这里给这一对人充当麻木不仁的摄影师的，我猜想，就是马策拉特。那张阳台照片上那种不动声色的表情，那种还懂得应当放谨慎些的姿势，已经荡然无存。这种表情和姿势只有在另外一些场合，也就是当两个男人同时站在妈妈身后或身边，或同时躺在她的脚下时，才能让人看到，例如在霍伊布德海滨浴场沙滩上那一张。它就在这儿，请看吧！

这里还有一张照片，显示出我幼年时那三个最重要的人物，他们构成了一个三角形。它虽说不像那张阳台照片上那么集中，但仍然播送出同样的信息：同样的剑拔弩张的和平，这种和平条约只能在三个人之间才能缔结乃至签署。读者可以破口大骂剧院里受人欢迎的三角主题戏；舞台上只有两个人，他们要么没完没了地讨论，要么暗中思念着第三者，除此以外就做不出什么戏来了。可是，在我的照片上，他们三人在一起。他们在玩施卡特牌①。这就是说，他们各自手里捏着一把牌，展开呈扇形，正要叫牌，但都不看自己手里的王牌，而是看着照相机。扬把手平摊在一堆铜板旁边，翘起食指；马策拉特用指甲掐桌布；妈妈开了一个小小的、我认为是成功的玩笑：她抽出一张牌，但不是给她的两个牌友看，而是给照相机的镜头看。仅仅用一个手势，仅仅亮出了一张牌——红心皇后，就轻松地变出了一个偏偏不算令人讨厌的象征来，因为有谁不愿对红心皇后起誓呢？

施卡特牌戏——谁都知道，只能三个人玩——对于妈妈以及那两个男人来说，不仅是最合适的游戏，而且是他们的避难所，他们的避风港，每当生活想要引诱他们以这种或者那种搭配构成两人生存，

---

① 施卡特牌，德国纸牌戏，共三十二张牌，三人玩。

玩两人玩的六十六点或下连珠棋这类愚蠢游戏时,他们就躲到那里去。

关于这三个人就谈到这里吧!把我弄到这个世界上来的正是他们,虽说他们什么也不缺。在谈我自己之前,先要提几笔格蕾欣·舍夫勒,妈妈的女友,还有她的丈夫,面包师亚历山大·舍夫勒。他,秃顶,她,露出一副马牙(一多半镶着金牙)哈哈大笑。他,短腿,坐在椅子上从来够不着地毯,她身穿自己编结的衣裳,花样翻新没完没了。后来,我的照相簿里又增添了舍夫勒夫妇的照片:在"力量来自欢乐"①的游艇"威廉·古斯特洛夫"号的躺椅上或救生艇前,在东普鲁士航运公司的"坦能贝格"号的散步甲板上。他们年年去旅游,从皮拉乌、瑞典、亚速尔群岛和意大利把纪念品完好无损地带回小锤路他们的家里。到了家,男的烤小圆面包,女的给枕头套加耗子牙齿花边。亚历山大·舍夫勒不讲话时,就不知疲倦地用舌尖舔湿他的上嘴唇,而马策拉特的朋友、住在我家斜对面的蔬菜商格雷夫因此很讨厌他,说这是不体面的庸人习惯。

格雷夫虽已结婚,但不像是个有妇之夫,倒颇像是个童子军指导。有一张他的照片:肩宽、强壮、健康、短裤制服、童子军绳、童子军帽。他身边站着一个少年,一样的装束,金发,眼睛大得有点过头,大约十三岁,格雷夫左手按住他的肩膀,让他紧挨着自己,表示疼爱。我不认识这个少年,但日后通过格雷夫的妻子莉娜认识了格雷夫,并且对他有所了解。

我在"力量来自欢乐"旅游者的快照与童子军温柔性爱的物证之间迷失了方向。我赶紧一连翻过几页,翻到了我的第一张被摄下的肖像。

我是个俊美的婴孩。照片摄于一九二五年圣灵降临节②。当时

---

① "力量来自欢乐",纳粹劳工阵线为工人安排业余或休假活动的组织,成立于1933 年 11 月。
② 圣灵降临节,复活节后第七个星期日。

我才八个月，比斯特凡·布朗斯基小两个月。下一页便是他的照片，尺寸同我的那张一样，相貌粗俗，非笔墨所能形容。一张明信片，四边切成波浪形，美观大方，背面有横格可写地址，印数较大，是专为家庭用的。在这张长方形的明信片上，贴着我的照片，剪成过分对称的蛋形。我，赤身裸体，象征着蛋黄，肚皮朝下，趴在一张白毛皮上，这必定是某一头北极熊捐赠给东欧某位专拍儿童照的职业摄影师的。同那时的许多照片一样，人家也为我的第一张照片选择了那种暖色，不易混淆的棕色，我想称之为合乎人性的，因为它跟当代不合人性的、光滑的黑白照片截然不同。黯淡模糊的、可能是画好的枝叶，构成了被若干光斑冲淡了的昏黑背景。我的光滑、健康的躯体以平稳的姿势呈对角线卧在毛皮上，感受着北极熊家乡特产的效果。同时，我使劲高高抬起滚圆的婴儿脑袋，用明亮的眼睛盯着来看我的裸体的人们。

读者会说，同所有的婴儿照片一样，不过是一张婴儿照片罢了。且慢，请看看这双手吧！诸君就会不得不承认，我的第一张照片同各式各样的照相簿上多不胜数的、始终表明为低级生命的花朵有明显的区别。可以看到我捏着拳头。没有一个香肠手指忘了自己，服从某种模糊的、由触觉反应产生的冲动，去玩弄北极熊皮上的毛。认真地握紧的小拳头在脑袋一侧晃动，时刻准备落下去，发出音响。什么音响？鼓的音响！

还没有鼓，当我在电灯泡下诞生时，曾有人答应我三岁生日时给我鼓；对于一个老练的照片剪辑师来说，相应地加上一面缩小尺寸的儿童鼓，本来是件轻而易举的事，而且不必修版来改动我的身体的位置。只需要把那头蠢极了的剥制动物的皮拿走就行了，它本来就引不起我的注意。拿走了这个毫不相干的躯壳，这张照片就是成功的创作。它的主题便是头一批乳齿正要长出来时感觉灵敏、目光锐利的年岁。

后来，他们不再把我放在北极熊毛皮上了。我大约一岁半时，坐在一辆高轮子儿童车里。他们推着我走在一道木板栅栏前，栅栏的尖齿和横档被一层积雪清楚地勾勒出来。我可以据此推断,这张照片摄于一九二六年一月。栅栏式样粗笨,木板散发着沥青味。这使我在较长时间观察时联想到了郊区霍赫施特里斯,那里有个占地面积很大的营房,以前驻扎着马肯森轻骑兵,到了我的时代,成了自由邦保安警察的驻地。但我回忆不起有哪个熟人住在这个郊区,照片可能是我的父母去那里拜访什么人时拍摄的,但这些人后来再没有见过面,或者只是匆匆露过面。

妈妈和马策拉特把儿童车夹在中间,尽管在寒冬季节,他们却没有穿冬季大衣。妈妈穿一件俄罗斯式长袖女上装,上装的刺绣图案是一幅冬景图。它唤起这样的想象:在俄罗斯腹地,沙皇全家在照相,拉斯普京①拿着照相机,我是小沙皇,栅栏后面埋伏着孟什维克和布尔什维克,制造了炸弹,决心消灭我这个专制君主家庭。不过,马策拉特所穿的地道的、中欧式的、孕育着未来的(这一点日后将会看到)小资产阶级服饰,缓和了隐伏在这张照片里的惨案的腾腾杀气。我们是在太平无事的霍赫施特里斯区,只是暂时离开主人的寓所,没有穿大衣,让主人给他们两个和按照别人的愿望做出滑稽样子瞧着的小奥斯卡拍一张照,接着马上回到屋里去享用又热又甜的咖啡、蛋糕和掼奶油。

还有十几张快照,有躺着的、坐着的、爬着的、跑着的、一岁的、两岁的、两岁半的奥斯卡。照片有好有差,合起来构成了人家在我三岁生日时给我拍摄的那张全身照的准备阶段。

在这张全身照上,我得到了它,鼓。它刚刚挂到我的肚皮前头,崭新的,红白两色锯齿图案。我面部表情严肃、坚定,自信地把两根木头鼓棒交叉在铁皮上。我身穿条纹毛线衣,脚蹬锃亮漆皮鞋。头发直竖在脑袋上,像一把蠢蠢欲动的刷子。我的蓝眼睛里反映出不

---

① 格里高利·叶菲莫维奇·拉斯普京(1872？—1916),沙皇尼古拉二世宫廷里臭名昭著的所谓"圣人"和"神医"。本是一个半文盲的农民,鼓吹一种宗教狂热与性欲放纵相结合的所谓救世教义,得到皇后的宠信和影响沙皇。1916年被包括尤苏波夫亲王在内的保皇党军官所杀。

需要追随者便能夺得权力的意志①。当时我已经成功地处在一种我没有理由放弃的地位之上。我说了,我下了决心,我决定了无论如何不当政客②,不当殖民地商品店老板,而是画上一个句号,就这样保持不变,保持现有的身高,保持这副装束,就这样许多年内不予改变。

小人和大人,小贝尔特海峡和大贝尔特海峡,小写字母和大写字母,小汉斯和卡尔大帝,大卫和歌利亚,耳朵中的小男子汉和巨人卫士;而我呢,我是三岁孩子,神话里的侏儒,童话里的大拇指③,再也不长个儿的三块奶酪高的小孩,这样一来,就无须读完小孩的教义问答手册再去读成年人的了。那个对着镜子刮胡子、自称是我父亲的人,也就得不到一个身高一米七二的所谓的成年人去接管他的店铺了。根据马策拉特的愿望,这爿殖民地商品店,对于年满二十一岁的奥斯卡来说将意味着成年人的世界。为了不去摆弄收银台旁的钱箱,我抱住了这面鼓。从我三岁生日那天起,我连一指宽的高度都不再长,保持三岁孩子的状态,却又是个三倍聪明的人。所有的成年人身材都比他高,而他在智慧方面却远胜过所有的成年人。他不想去同他们比谁的影子长。他无论内部外部均已完善,而那些人直到老态龙钟时还在胡思乱想什么发育成长。那些人历尽艰辛,常常还要饱尝辛酸痛苦方能取得经验,而他已经证明自己统统掌握。他没有必要逐年更换大一号的鞋子和裤子,仅仅为了证实自己长了那么一点儿。

在这里,奥斯卡必须承认有那么一种发展,有什么东西在成长——但并不总是对我有利的——并且最终获得了救世主式的伟大意义;但是,在我那个时代,有哪个成年人有眼力和听力认得出总是保持三岁孩子模样的鼓手奥斯卡呢?

---

① 影射尼采的《权力意志》,此书由尼采的妹妹伊丽莎白·弗斯特尔·尼采根据遗稿所编,出版于1901年。
② 套用希特勒在德国十一月革命后说的一句话:"我决心当政客。"
③ 大拇指,《格林童话》中的人物。

玻璃，玻璃，小酒杯

　　我方才把奥斯卡身背铁皮鼓、手执小鼓棒的全身照片描述了一番，同时又透露了奥斯卡经过三年的深思熟虑，在拍照的时候，当着前来祝寿、围着插有三支蜡烛的生日蛋糕的客人们的面，做出了什么样的决定。照相簿已经合上，默默地躺在我的身旁。现在，我要谈谈那些虽然不能说明我为什么到了三岁就不再长个儿，但毕竟已经发生了的事情，更何况这些事情是我一手造成的。

　　我一开始就清楚地知道，成年人是不会理解你的，如果他们的肉眼再也看不见你在长个儿，他们就会说你发育停滞了，还会花不少钱，领你去看医生，走访几十上百个医生，即使无法治疗，也得让他们说明病因。因此，为了使医生们不至于作出不着边际的诊断，我不得不在他们说明病因以前，自己先制造出一个似乎还可以解释我为什么不再长个儿的原因来。

　　九月里阳光明媚的一天，我的三岁生日。晚夏的气氛，催人遐想，甚至格蕾欣·舍夫勒也压低了她的笑声。我妈妈坐在钢琴旁，哼着《吉普赛男爵》①里的一支歌，扬站在她和琴凳背后，用手抚摩她的肩头，像是在仔细看乐谱。马策拉特在厨房里准备晚餐。外祖母安娜以及黑德维希·布朗斯基和亚历山大·舍夫勒都把椅子挪到蔬菜商格雷夫身边，因为格雷夫总有故事可讲，当然是那些证明童子军既忠诚又勇敢的故事。还有一个落地钟，每隔一刻钟报时一次，使这九月的日子就像一根细纺的线。由于大家都像那口钟似的各忙各的事

----

① 《吉普赛男爵》，小约翰·施特劳斯（1825—1899）的一部轻歌剧（1885）。

情,又由于有一根线,从吉普赛男爵的匈牙利,经过格雷夫的童子军攀登的孚日山,绕道马策拉特的厨房(那里,卡舒贝鸡油菌加煎鸡蛋和鸡脯肉在平底锅里噼啪爆响),穿过走廊,延伸到店铺,我便溜之大吉,信手敲着我的鼓,走到店铺里柜台后面,远离了钢琴、童子军和孚日山,发现通往地窖的活板门开着;方才马策拉特下去拿一个什锦水果罐头当餐后小吃,他上来后,忘记关上了。

我想了有一分钟的时间,才明白通往地窖的活板门要我干些什么。上帝明鉴,不是要我自杀。如果是这样的要求,那也太简单了。可是,要我干的事很难、很痛苦,并且还要我做出牺牲,正如每当要我做出牺牲的时候那样,我额头已经冒汗了。最要紧的是不能损坏我的鼓,必须对它妥善保护,所以我背着它走下十六级台阶,把它放在面粉口袋中间,目的便是不使它受损坏。随后我又上去,走到第八级,不,第七级吧,第五级也可以。不过,从这样的高度摔下来,不能既摔不死,又受到可以让人相信的伤害。于是我又往上走,走到第十级,这可太高了,最后,我从第九级台阶摔下去,拽倒了一个放满覆盆子果汁瓶子的木架,头朝下撞在我家地窖的水泥地上。

在我的知觉拉上帷幕之前,我就向自己证实这次试验必定成功:被我故意拽倒的覆盆子果汁瓶乒乒乱响,足以引诱马策拉特从厨房里,我妈妈从钢琴旁,其余的祝寿宾客从孚日山上直奔店铺的活板门,跑下台阶来。

在他们到来之前,我闻到了四溅的覆盆子果汁的味道,也看到了我头上在流血,还考虑了一下——这时,他们已经走到台阶上了,也许是奥斯卡的血,也许是覆盆子果汁味道这么甜,催人入睡。我非常高兴,不仅万事顺利,而且由于我想得细心周到,我那面鼓没有受到任何损坏。

我想,可能是格雷夫把我抱上去的。到了起居室里,奥斯卡才从半是覆盆子果汁半是他那幼儿鲜血组成的云彩里露出脸来。医生还没有到,妈妈尖声惨叫,马策拉特想去安慰她,她用手掌、手背一连打了他几个嘴巴,把他骂作凶手。

我这一跤摔下去，虽然不能说不严重，但是，严重的程度是我事先计算好了的。这样一来，我不仅使成年人有了一个重要的理由来说明我为什么不长个儿——医生们也一再证实是这么回事，而且使没有害人之心的、善良的马策拉特成了有罪的人，不过，这是额外产生的后果，并非我的本意。他忘了关上活板门，我妈妈便把所有的责任都加在他身上，他承担这一罪责达多年之久，虽说我妈妈并不经常责怪他，但是一骂起来，可真是冷酷无情。

　　这一跤让我在医院里躺了四个星期，出院后，较少去麻烦医生，过了一段时期，才每逢星期三去霍拉茨博士那里复诊一次。我在自己成为鼓手的第一天，就成功地给了世界一个信号，在成年人根据我一手制造的所谓事实真相去作说明之前，我自己先把病因讲清楚了。从此以后，他们便这么说：我们的小奥斯卡在他三岁生日那天，从地窖的台阶上摔了下去，虽说没有折断骨头，可是他不再长个儿了。

　　我开始敲鼓。我们的公寓有五层。我从底层一直敲到屋顶室，再沿着楼梯敲下来。从拉贝斯路敲到马克斯·哈尔贝广场，又从那里敲到新苏格兰、安东·默勒路、马利亚街、小锤公园、股份啤酒厂、股份池塘、弗勒贝尔草场、裴斯泰洛齐学校、新市场，再敲回到拉贝斯路。我就这样不停地敲着，我的鼓经受得住，成年人却受不了，他们想要打断我的鼓声，不让我敲，还想掰断我的鼓棒——但是，老天爷关照我，使他们不能得逞。

　　我从地窖的台阶上摔了那一跤以后不久，便获得了一种本领，那便是敲击儿童玩的铁皮鼓，使我同成年人之间保持一段必要的距离。差不多与此同时，我还获得了一副嗓子，使我可以保持在非常高的音域上，用颤音歌唱、尖叫，或者像尖叫似的歌唱。这样一来，再没有人敢把我的鼓拿走，尽管他们觉得鼓声震耳欲聋；因为只要他们拿走我的鼓，我就叫喊，而我一叫，值钱的东西便被震碎：我能够用歌声震碎玻璃，用叫声打破花瓶；我的歌声可以使窗玻璃碎裂，让房间里灌满过堂风；我的声音好似一颗纯净的、因而又是无情的钻石，割破玻璃橱窗，进而割破橱窗里匀称、高雅、由人亲手斟上、蒙上薄薄一层灰尘的玻璃酒杯,却又不丧失自身的清白。

　　没过多久,我们整条街,也就是从布勒森路到挨着飞机场的住宅区,谁都知道我这种能耐了。邻家孩子玩的游戏,譬如"酸鲱鱼,一二三"或"黑厨娘,你在吗?"或"我看见的你看不见",我都不感兴趣。可是他们一瞧见我,就一齐怪声怪气地唱起合唱来:

> 玻璃,玻璃,小酒杯,
> 没啤酒,有白糖,
> 霍勒太太①打开窗,
> 弹钢琴,叮咚当。

这不过是一首无聊的、毫无内容的童谣罢了。我听了一点也不在乎,照旧背着鼓,踏着有力的脚步从他们中间穿过去,从"小酒杯"和"霍勒太太"的歌声中间穿过去,采用了对我不无吸引力的单纯节奏:玻璃,玻璃,小酒杯,在鼓上敲出来,可是并不去充当捕鼠者②,引诱孩子们跟我走。

　　直到今天,每当布鲁诺在我房间里擦玻璃窗的时候,我就在鼓上敲出这首童谣的节奏。

　　邻居孩子们唱的讽刺歌倒也罢了,使我尤其是我的父母更加感到麻烦和恼火的,乃是我们这个住宅区里凡被没有教养的小无赖故意打碎的玻璃,都算在我的账上,甚至归咎于我的声音,并要我们出钱赔偿。起先,别人家厨房的窗玻璃碎了(实际上,绝大多数是被人用弹弓打碎的),我妈妈就老老实实地赔钱,后来,她终于明白是怎么一回事了。每当人家来要求赔偿时,她就瞪着她的讲究实际的、冷灰色的眼睛,要别人拿出证据来。而邻居们也确实冤枉了我。当时,最大的错误莫过于认为我有一种儿童的破坏狂,认为我莫名其妙地

---

　　① 霍勒太太,又译风雪婆婆或风雪娘娘,《格林童话》中的人物。
　　② 捕鼠者,德国中世纪传说里的人物。哈默尔恩闹鼠灾,来了一个吹笛子的人,用笛子把全城的老鼠引诱到河里淹死。哈默尔恩人未把许诺的报酬给这个捕鼠者,他便用笛声把全城的孩子引诱到深山中去了。

憎恨玻璃和玻璃制品,一如儿童在胡作非为时所表现出来的莫名其妙的憎恶心理那样。只有爱玩耍的孩子,由于调皮捣蛋,才会干出破坏的事来。我从来不玩耍,只是在我的鼓上干我的事,至于我的声音,仅仅在需要自卫时,我才运用它。唯有当我持续击鼓的权利受到威胁时,我才有的放矢地运用我的声带作为武器。如果有可能的话,我倒想用同样的声音和手段把格蕾欣·舍夫勒想入非非地设计的、图案错综复杂的、无聊的桌布剪个粉碎,或者把钢琴上那层颜色黯淡的油漆刮下来,而宁愿不去震碎任何玻璃制品。可是,我的声音既不能剪碎桌布,也不能刮掉油漆。我既不能用不倦的叫声揭下糊墙纸,也不能像石器时代的人打燧石那样,用两种拖长的、一鼓一凹的声音使劲摩擦,生出热来,最后爆出火花,把起居室两扇窗前干燥得像火绒、被烟草熏出味儿来的窗帘点着,燃成装饰性的火焰,更不能折断马策拉特或亚历山大·舍夫勒坐的椅子的腿。我宁愿要一种不起破坏作用又不太神秘的自卫武器,但是,没有任何不起破坏作用的武器愿意为我服务;此外,又只有玻璃听从我的吩咐,这样就不得不为它赔钱。

　　我在三岁生日过后不久,第一次成功地做了如下的表演。这面鼓在我手里也许刚到四个星期就被敲坏了,因为在这段时间内,我实在太勤奋了。虽然红白相间的火焰形图案的边框仍旧把鼓面和鼓底连在一起,但是鼓面中央的窟窿已经很显眼了。由于我不屑把鼓翻过面来,窟窿便越敲越大,撕开了好几道口子,裂成锋利的锯齿,迸出一些由于敲打而变薄了的碎铁皮,掉进鼓身里去。我每敲一下,这些碎片就在里面噼啪作响,像是满腹怨气地在发牢骚。此外,在起居室的地毯上,卧室里红棕色的地板上,到处是闪闪烁烁的白漆皮,因为它们不再愿意在被我敲苦了的铁皮鼓上待下去了。

　　裂开的铁皮锋利异常,他们担心会割破我的手,尤其是马策拉特。自我从地窖台阶上摔了那一跤以后,他总是小心加小心,现在又劝我敲鼓的时候千万要留神。当我两手快速敲击时,我的动脉确实同锯齿形的窟窿只差毫厘,因此,我不得不承认,马策拉特表示的担心尽管言过其实,但也不是完全没有道理的。本来嘛,只要他们买一面新的鼓,就可以排除任何危险;可是,他们根本没想到要买新的,而是想把我这面旧鼓拿走。啊,多好的鼓啊！它跟我一同摔跤,一起进医院,出医院,跟着我上楼梯,下楼梯,走上鹅卵石路面和人行道,从那些玩“酸鲱鱼,一二三”“我看见的你看不见”和“黑厨娘,你在吗?”等游戏的孩子们身旁走过。可是他们却想从我手里夺走这面鼓,又不打算买一面新的来代替。他们想用破巧克力糖来引诱我。妈妈手里拿着它,噘起了嘴巴。马策拉特装出严厉的样子,抓住我的残破的乐器。我紧抱着这面破鼓。他拉着。我的气力本来只够敲鼓,现在渐渐不支了。一条接一条红火舌从我手里慢慢地滑出去,整个圆柱形的鼓身快要从我手里被拽走了。这当口,奥斯卡——直到那天为止,他一直是个文静的孩子,甚至有点太乖了——第一次发出了那种破坏性的、有效的尖叫声。蒙在我家落地钟蜂蜜黄的钟面外防灰尘和死苍蝇的磨光圆玻璃碎了,掉在红棕色的地板上——由于地毯不够长,离钟座还有一段距离——摔了个粉碎。可是,这台贵重的机械的内部构造并没有损坏,钟摆依然平稳地在摆动,时针也安然地在移动。里面那口报时钟,平常很敏感,简直有点歇斯底里,稍稍碰撞一下,或者屋外驶过一辆运啤酒的卡车,它就会有所反应,可是,我的尖叫声却对它毫无影响。唯有玻璃破了,粉碎了。

“钟坏了!”马策拉特喊道,同时松开了鼓。我瞥了一眼,确信我的叫声并没有损坏钟本身,仅仅是玻璃没有了。可是,马策拉特,我妈妈,还有那个星期天下午正巧来访的表舅扬·布朗斯基,他们都以为坏了的不只是钟面外的玻璃。他们脸色发白,面面相觑,束手无策,分头走到瓷砖火炉、钢琴和碗橱旁,死死地站在那里,一动不敢动。扬·布朗斯基像哀求似的眯着眼睛,启动干燥的嘴唇。我至今还认为,他是在默念祷词,祈求援助与怜悯。他念的或许是:“啊,上帝的羔羊,你除去世人罪孽——怜悯我们吧!”这段经文念了三遍以后,他又念另一段:“主啊,你到我舍下,我不敢当,只要你说一句话……”

主自然什么话也没说。钟也没有坏，只是玻璃碎了。成年人同他们的时钟之间的关系是非常奇特、非常幼稚的，从这个意义上讲，我从来就不是一个孩子。时钟也许是成年人所能制造的最了不起的东西。它证明成年人可以成为创造者。他们胸怀大志，勤奋努力，再加上一点运气，是可以成为创造者的。但是，他们创造了一件东西之后，随即又成为自己划时代的发明物的奴隶。

时钟是什么？没有成年人，它就什么也不是。成年人给它上发条，把它拨快或拨慢，送到钟表匠那里去检验、拆洗，必要时还请他修理。另外一些现象，要是没有成年人乱猜瞎想，也同样毫无意义，譬如布谷鸟过早地停止鸣叫，盐罐倒放，大清早见到蜘蛛，黑猫待在左边，他们都认为是不祥之兆。正如他们见到表舅的油画从墙上掉下来就觉得是什么预兆（其实只是因为钉在灰泥里的钩子松动了）。成年人在镜子里见到的时钟的背面和内部，总要比时钟本身能显示的多点什么。

我妈妈呢？尽管她有时也不免要胡思乱想，但毕竟有冷静务实的眼光，并且像她平日做人那样，轻率地把任何可疑的征兆都往好的方面去解释。当时，她想起了一句话，使大家听后都顿感宽慰。

"碎片带来好运气！"她喊道，一边打着榧子，拿来了畚箕和扫把，将碎片，也就是好运气，扫在一起。

妈妈的这句话，如果按字面去理解的话，那么，我已经给我的父母、亲戚、朋友以及不相识的人们，带来了许多好运气；他们中间有谁要想夺走我的鼓，我就用叫声和歌声震碎他们的窗玻璃、斟满啤酒的杯子、空啤酒瓶、散发出春天芳香的香水瓶、盛假水果的水晶碗，总而言之，把一切在玻璃厂里由玻璃工人吹制成的、在市场上按原料或按人工议价出售的玻璃制品震个粉碎。

无论过去和现在，我始终爱好造型很美的玻璃制品，因此我总是力图避免造成太大的破坏。晚上，如果他们想要拿走我的鼓，不让我把它带到小床上去的话，我就把卧室里吊灯上的四只灯泡震碎一只或者一只以上。在一九二八年九月初我四岁生日那天，我的父母亲、布朗斯基夫妇、外祖母安娜·科尔雅切克、舍夫勒夫妇以及格雷夫夫妇送给我各种各样的礼物:锡兵,一艘帆船,一辆救火车,就是没送铁皮鼓。他们想让我玩锡兵,玩救火车,他们不喜欢被我敲破了的、但毕竟是我最心爱的鼓,他们想把它从我手里拿走,硬把那艘笨头笨脑、船帆安得不是地方的帆船塞到我手里。他们都有眼睛,但是唯一的用途,就是无视我和我的愿望。于是,我大叫一声,把我家吊灯上的四只灯泡全部震碎,把那些给我祝寿的人们统统置于创世以前的黑暗之中。

瞧那些成年人哪!他们先是惊呼狂叫,极度渴望回到光明中去,之后他们又习惯了黑暗。我的外祖母安娜·科尔雅切克,是除去斯特凡·布朗斯基以外唯一没能从黑暗中捞一把的人。她到店铺里去取蜡烛,尖声怪气的斯特凡拉着她的裙子跟在后面。她拿着点燃的蜡烛回来,照亮了房间,只见其余喝寿酒喝得醉醺醺的人们双双俩俩,结成了叫人稀奇的对偶。

不出我所料,我妈妈上衣散乱,坐在扬·布朗斯基膝上。看到短腿面包师亚历山大·舍夫勒几乎消失在格雷夫太太怀里,实在倒人胃口。马策拉特在舔格蕾欣·舍夫勒的马齿和大金牙。只有黑德维希·布朗斯基坐着,双手搁在怀里,在烛光下,她的母牛眼睛非常虔诚。她离蔬菜商格雷夫不远,但又不太近。格雷夫没有喝酒,然而他却在唱歌,歌声很甜,却又忧郁感伤。他用歌声邀请黑德维希·布朗斯基同他合唱。他们唱起一支二声部的童子军歌曲,歌词大意是某个名叫吕贝察尔的山神在巨人山脉游荡①。

他们已经把我丢在脑后了。奥斯卡背着鼓的残骸坐在桌子底下,还从铁皮上敲出一些节奏来。那些配错了对、神魂颠倒、在房间里或躺或坐的男女们,可能听到了我那微弱而均匀的鼓声感到很悦耳,因为我的鼓声像一层清漆,蒙住了他们在狂热而紧张地证明自己

---

① 这首童子军歌曲创作于 1923 年,歌中诉说捷克斯洛伐克建国后苏台德地区的德意志人不自由,并请求巨人山脉的山神吕贝察尔来相助。

是多么卖力时所发出的咂嘴声和吮吸声。

外祖母进来时，我还在桌子底下。她擎着蜡烛，像是一位天使长，借着烛光，见到了所多玛，看到了蛾摩拉①。她勃然大怒，全身颤抖，连蜡烛也跟着抖动。她说，这是一场下流的恶作剧，从而结束了这出田园戏以及吕贝察尔在巨人山脉的漫游。她把蜡烛竖在碟子上，一边安慰着始终还在哭哭啼啼的斯特凡，一边从碗橱里取出施卡特牌，扔到桌上，宣布祝寿活动第二部分现在开始。紧接着，马策拉特在吊灯的旧灯头上拧上了新灯泡，摆好椅子，呼呼地开啤酒瓶。他们开始在我头顶上玩施卡特，十分之一芬尼一点的输赢。我妈妈一上来就提议，输赢一点为四分之一芬尼；可是，表舅扬认为风险太大，所以仍旧按十分之一芬尼一点来碰运气，除非在加倍或偶然打成大满贯时，才提高赌注。

我待在桌子下面，坐在下垂的桌布的阴影里，觉得很自在。我的漫不经心的鼓声和着头顶上出牌的声音，跟随着牌局的进行，在他们玩了整整一小时施卡特以后，宣布扬·布朗斯基输了。他的牌挺不错，尽管如此，还是输了。这毫不奇怪，因为他心不在焉。他脑子里想的不是他该拿够的二十七点的牌，而是别的事情。牌局一开始，他一边同他的姑妈说话，告诉她，对刚才黑暗里小小的秘密宗教仪式不值得大惊小怪，一边脱下左脚的黑便鞋，把这只穿黑短袜的脚从我脑袋边上伸过去，去探坐在他对面的我妈妈的膝头。他刚一碰到，我妈妈就往桌子靠拢，这样，扬——他听马策拉特叫完牌后，就随便说了声"不要"——先用脚尖撩起她的裙边，随后，整只脚——幸亏袜子是今天刚换上去的——伸到她的两腿中间去。我妈妈真使我惊叹不已。尽管在桌子底下受到穿羊毛袜的脚的挑衅，在结实的桌布上面，她却在进行十分冒险的赌博。她叫到六十点，把握十足，谈笑风生，终于获胜。相反，扬在桌子底下那么果断，在桌面上则一输再输，这

---

① 据《圣经》故事，所多玛和蛾摩拉是巴勒斯坦的两个城市，因其居民的罪恶，被地震和"火雨"所毁。一般借喻极端混乱、嘈杂、喧哗或罪恶的地方。

样好的牌,如果让奥斯卡来打,即使在梦游的时候,也保证会赢的。

后来,困得要命的小斯特凡也爬到桌子底下来了,他不明白他爸爸那条穿着袜子的腿在我妈妈的裙子底下找什么,没过一会儿,就呼呼入睡了。

晴转多云。午后下了几场小阵雨。第二天,扬·布朗斯基就来了,取走了他送我的生日礼物,那艘讨厌的帆船,到西吉斯蒙德·马库斯的玩具店里把它换了一面铁皮鼓。下午稍晚的时候,他回到我家,被雨淋了,衣服有点湿,他带来了那面鼓,白底红火焰,是我熟悉的图案。他把鼓递给我,一手抓住我那面残破的旧鼓,上面红白两色的油漆只剩下斑斑点点了。扬抓住旧鼓,我抓住新鼓的当口,扬、妈妈和马策拉特的眼睛都盯着奥斯卡;我差一点微笑了,难道他们在想,我不愿弃旧就新,我会坚持什么原则吗?

出乎他们所料,我并没有大声尖叫,没有唱出震碎玻璃的歌声,而是交出已成废铁的旧鼓,立即双手捧住了新乐器。我一门心思地敲了两个小时,掌握了击鼓的诀窍。

可是,我周围的成年人并不是个个都像扬·布朗斯基那样有见识。一九二九年(当时,大家谈论最多的是纽约股票市场的崩溃①,而我也在考虑,远在布法罗做木材生意的外祖父科尔雅切克,是不是也亏了本),我五岁生日过后不久,妈妈因见我明显地不再长个儿,大为不安,每逢星期三,便带我到布鲁恩斯赫弗尔路的霍拉茨博士的诊所去。检查没完没了,叫人心烦,但我还是忍过去了,因为我当时已经喜欢上了站在霍拉茨边上帮忙的护士英格的服装;这种白色的护士服,叫人看了眼睛舒服,还使我联想起妈妈在战争期间当护士时拍的照片。我集中注意力观看不断改变形状的护士服的褶裥,因此根本听不见医生时而咆哮、时而使劲加强语调、时而用令人讨厌的长辈口吻讲的话。

---

① 这标志着美国"大萧条"的开始。当时,在很大程度上依赖于美国资本的德国经济也进入危机时期。

做完检查，霍拉茨一边翻阅我的病历，一边若有所思地摇头，眼镜片上反射出诊室里的全部家当：许多镀铬、镀镍和光滑的搪瓷制品；还有架子和玻璃橱，里面放着玻璃瓶，贴有字迹工整的标签，酒精里泡着蛇、蝾螈、蟾蜍以及猪胎、人胎、猴胎。他一再让我妈妈讲我是怎样从地窖台阶上摔下去的，而当她破口大骂马策拉特，说他没把活板门关上，这一辈子都要担当罪责时，霍拉茨便又转而安慰她。

几个月以后的一个星期三，他可能为了给自己，或许也给护士英格证明他这一段时间治疗的成果，想要拿走我的鼓。于是，我大吼一声，捣毁了他收集起来的大部分蛇和蟾蜍以及各种胚胎。

除了过去震碎过未开盖的啤酒瓶和妈妈的香水瓶以外，奥斯卡还是头一回破坏这么多盛满东西、小心保存、锁在橱里的玻璃瓶。效果无与伦比，不仅慑服了所有在场的人，而且使知道我同玻璃之间秘密关系的妈妈也大为震惊。我发出的棱角不分明的第一声，就切开了霍拉茨存放他的全部令人恶心的古怪东西的玻璃橱，差不多整块玻璃摔到漆布地板上，裂成万千碎片，却仍保持原来的正方形。随后，我用极富穿透力的立体声震碎了一个又一个试管。

瓶瓶罐罐像放鞭炮似的破裂了。绿色的、部分已经凝结的酒精四下飞迸，带着经过特别处理的、苍白的、目光忧郁的蛇、蝾螈、人胎等等，流到诊室红漆布地板上，满屋子刺鼻的气味，弄得我妈妈恶心要吐，护士英格只好打开正对布鲁恩斯赫弗尔路的窗子。霍拉茨博士很有办法，善于逢凶化吉，消灾为福。在我干了这次暴行以后没有几个星期，他在专业杂志《医生与世界》上发表了一篇文章，专论本人，奥斯卡·M，一个能唱碎玻璃的不寻常的人。据说，霍拉茨博士在这篇二十多页的文章里所提出的理论，在国内外专业圈子内引起了重视，不少专家撰文，或反对或赞同。他送了好几本杂志给我妈妈，她竟因这篇文章而感到自豪，这就引起了我的深思。她不厌其烦地把文中一些段落读给格雷夫夫妇、舍夫勒夫妇以及她的扬听，而且每天饭后，总要读给她的丈夫马策拉特听。甚至于殖民地商品店的顾客也得听她朗读，并恰如其分地赞赏我的妈妈。而文内的专业名词她虽然读错了重音,但却表现出她有丰富的想象力。我的名字首次在报刊上出现,这个事实对于我本人是毫无意义的。我当时就已持有的警觉的怀疑态度,使我懂得如何去评价霍拉茨这篇文章:它篇幅不小,行文也不能说不老练,但仔细一读,便知是一个沽名钓誉、想要捞个教授职位的医生讲的不得要领的离题话。

今天,奥斯卡躺在疗养与护理院里,他的声音已经连刷牙玻璃杯都震不碎了。类似那个霍拉茨的医生们,却在他的病房里进进出出,给他做所谓的罗尔沙赫测验①、联想测验以及其他测验,想给他的强制送入②找出一个响当当的定语来。今天,奥斯卡仍然乐于回忆起他最初获得那种声音的岁月,他的声音发展史上的太古时代。当时,他只是在必要的情况下才彻底唱碎玻璃制品。到了后来,在他的艺术繁荣和没落时期,他在没有外界压力的情况下就运用他的能力。他纯粹出于游戏的欲望,沉溺于个人后期的惯用作风,醉心于为艺术而艺术;奥斯卡把唱碎玻璃当做自我表现的手段,而且在这个过程中,他自己的年岁也逐渐增大了。

---

① 罗尔沙赫测验,一种心理测验,也称"墨迹测验",系瑞士心理学家赫尔曼·罗尔沙赫(1884—1922)首创,用十份墨迹供患者描述,并观察其对颜色的反应等等。此种测验之理论为:个人具有将其无意识的态度投射到多解环境中去的倾向,故又称"投射测验"。
② 强制送入,医学术语,指强制送入医院或精神病院等。

课　程　表

　　克勒普有时用安排时间表来消磨时间。他总是一边排表，一边大嚼血肠和焖扁豆。这一事实证明了我的一个论点，它断然宣称：梦想家都是贪食者。克勒普总要花不少工夫来填他的时间表。这一事实又证明我另外一个论点：唯有货真价实的懒骨头才能做出省力的发明来。

　　在这一年里，克勒普也花了两个多星期的工夫来排他一天的时间表。他先是神秘地干了较长一段时间，直到昨天才来找我，从贴胸的口袋里掏出一张折叠了九次的纸来递给我。他容光焕发，得意非凡。他又一次做出了省力的发明。

　　我把这张纸条粗粗看了一遍，上面并没有什么新鲜的内容：十点吃早饭；午饭前沉思默想；饭后午睡一小时；醒后喝咖啡——尽可能在床上喝；坐在床上练一小时长笛；吹着风笛在屋里来回走动一小时；在院子里露天吹风笛半小时；随后的两小时，或喝啤酒、吃血肠，或上电影院，隔一天一换；在进影院前或喝啤酒时，不引人注目地替非法的德国共产党①做半小时宣传，但不夸张。一周三个晚上在"独角兽"饭店奏乐伴舞；星期六下午，喝啤酒及为德共宣传挪到晚上，因为这段时间预定到格林街洗澡与按摩；之后到"U-9"去同某个姑娘搞三刻钟卫生术，再带着这同一个姑娘和她的女友到施瓦布的店

----

　　①　德国共产党于1956年8月17日被禁止，联邦德国政府于1951年11月16日即已向联邦宪法法院提出禁令申请，所以在奥斯卡叙述时（1953年3月5日以前）德共还是合法政党。

里去喝咖啡吃点心;在理发店打烊前去刮脸,必要时还理个发;到照相馆拍快照;最后去喝啤酒,吃血肠,替德共做宣传以及娱乐。

我称赞克勒普精心画在表格四周的曲线花纹,请他复写一份给我,并问他,准备怎样填补空白时间。克勒普稍加思索便回答说:"睡觉,或者想德共的事。"

我是否要告诉他,奥斯卡同自己的第一份课程表打交道的故事呢?

事情是在考尔阿姨的幼儿园里开始的,没有危险。黑德维希·布朗斯基每天早上来接我,带我和她的斯特凡到波萨道夫斯基路考尔阿姨那里。我们总共六到十个幼儿(有几个老是生病),都得在那里玩耍,直到呕吐为止。幸亏我的鼓可以当玩具,他们无法强迫我去玩积木,至于让我坐摇木马,只是在他们需要一个头戴纸盔的擂鼓骑士的时候。我的鼓谱是考尔阿姨有上千个扣子的黑绸裙。我可以心安理得地说,我成功地每天多次在我的鼓上给这位单薄的、由皱纹构成的小姐解开扣子又系上扣子,给她脱去衣裳又穿上衣裳,却一点也不会想到她的肉体。

我们每天下午去散步,穿过栗树林荫道,到耶施肯山谷的森林,登上埃布斯山,经过古滕贝格①纪念碑,无聊得令人愉快,乏味得使人轻松,因此我今天还希望挽着考尔阿姨像薄纸似的手在图画书上散步。

我们这八个、十个或十二个幼儿,必须被套上挽具。这挽具便是一根当车辕用的、用毛线编织成的浅蓝色带子。毛线车辕左右各有六个毛线织的辔头,套在十二个幼儿身上。每隔十厘米挂一个铃铛。考尔阿姨手执缰绳,我们在前面似马儿奔驰,铃声叮当,嘴里咿咿呀呀,我则敲击黏稠的鼓声,穿过秋天里郊区的街道。有时考尔阿姨起个音让我们唱《耶稣,我为你而生,耶稣,我为你而死》,或者《海上的星,我向你致意》;当我们唱起《马利亚,救助啊》和《甜蜜的圣母,甜甜甜》,向

---

① 约翰内斯·古滕贝格(1400—1467 或 1468),德国活字印刷术的发明者,1455 年他印刷了四十二行拉丁语《圣经》。

十月清朗的空气倾诉时,过路的行人无不为之感动。当我们横穿过主干大街时,交通就得中断,当我们唱着《海上的星》过马路时,电车、汽车、马车全都停了下来。每一回考尔阿姨都要向指挥交通、让我们过马路的警察挥动她那只像薄纸似的沙沙响的手表示感谢。

"我主耶稣会奖赏您的。"她这样许诺道,绸裙子瑟瑟地飘拂。

奥斯卡在过了他的六岁生日以后的那个春天,由于斯特凡的缘故,不得不同他一起离开了衣服扣子可解可系的考尔小姐,这对于我来说,实在是件遗憾的事情。这又同政治有关,而一涉及政治,就会有强暴行为。那一天,我们又登上埃布斯山,考尔阿姨把我们从毛线挽具上解下来。到处是新枝嫩叶,树梢间开始出现了新的生机。考尔阿姨坐在一块布满苔藓的路标石上,那上面标明好几个地点的方向,由此步行前往,需要一至两个小时不等。她像一个年轻姑娘,不知道春天在自己身上唤起了哪些感情,特拉拉拉地唱着,脑袋瓜像抽搐似的晃动,这样的动作,唯有在雌珍珠鸡身上才能看到。她正在替我们编织新的挽具,鲜红的,可惜,我再也套不上了,因为这时,从灌木丛中传来一阵喊叫,考尔小姐慌忙站起身来,拿着编织物,红毛线拖在身后,踏着高跟鞋往喊声和树丛处碎步走去。我跟在她身后,顿时她的毛线显得不那么红了,因为我看到,斯特凡的鼻子在淌血,很多很多的血。一个名叫洛塔尔的男孩,鬈发,太阳穴上青筋暴起,骑在这个弱不禁风、正在吃苦头的斯特凡的胸口上,仿佛要把他的鼻子打瘪似的。

"波兰佬!"他打一拳骂一声,"波兰佬!"五分钟以后,考尔阿姨又用浅蓝色的挽具把我们都套上了——只有我是自由行动的,正在替她缠红毛线——她当着我们大家的面念了一段祈祷词,一般是在祭献和化体①之间念的:"羞愧呵!心里充满悔恨与痛苦……"

随后,我们下了埃布斯山,停留在古滕贝格纪念碑前。她用细长

---

① 天主教弥撒仪式中的两部分:耶稣在十字架上对圣父的祭献以及经过祝圣的饼和酒化为耶稣的身体和血(化体)。

的手指指着用一块手绢堵住鼻子、正在啜泣的斯特凡,温柔地说:"他是个波兰小孩,对此他不能负责。"根据考尔阿姨的建议,斯特凡不再上她的幼儿园。奥斯卡虽说不是波兰人,也不特别喜欢斯特凡,但却声明同他团结一致。复活节到了,他们打算让我们上小学去试试。霍拉茨博士戴着宽边角质框眼镜,他鉴定说这样做没有坏处,并且说出了他的意见:"这对于小奥斯卡不会有害处的。"

扬·布朗斯基打算过了复活节,就送他的斯特凡去波兰公立小学。他主意已定,谁也劝阻不了。他一再对我妈妈和马策拉特说,他是波兰公务员。他在波兰邮局工作,干得不错,波兰国给他的报酬也不坏。总而言之,他是波兰人;等到申请批下来,黑德维希也就入了波兰籍。此外,像斯特凡这样聪明伶俐、天资比一般人高的孩子,可以在家里学习德语。至于小奥斯卡——他一讲到奥斯卡,总要叹几声气,他同斯特凡一样,已经满六周岁了,虽说讲话还结结巴巴,智力也远远不及同龄儿童,身材也是如此,可是,不管怎么说,还是应当试一试。义务教育就是义务教育嘛——只要校方不提出异议就行。

校方表示疑虑,要求有医生证明。霍拉茨说我是个健康的孩子,从个子看,好像只有三岁,尽管说话还结结巴巴,但是智力绝不比五六岁的孩子差。他还谈到了我的甲状腺等等。

不论做什么检查,做什么试验——这些我都已经习以为常了,我都很太平,满不在乎,甚至采取了友好态度,尤其因为没有人再想拿走我的鼓。霍拉茨收集的蛇、蟾蜍以及各种胚胎悉遭破坏,对于此事,所有替我做检查和试验的人都记忆犹新,余悸未消。

只是在家里,虽然是在上学的第一天,我不得不让我声音里的金刚钻显显威力,因为马策拉特明知故犯,硬要我不背着鼓走到弗勒贝尔草场对面的裴斯泰洛齐学校去,硬要我把鼓留在家里。

他终于动手来夺这件不属于他的东西,夺他不会摆弄的东西,老实说,要摆弄这面鼓,他还真是缺根神经呢!我大吼一声,把一只空花瓶裂成两半,据别人说,这可是件真古董。这只马策拉特心爱的真花瓶摔在地毯上,成了真正的碎片。他一见,举手要揍我。这时,妈妈跳了起来,扬一步跨到他们两个中间——真是无巧不成书,他刚好带着斯特凡,拿着入学纸口袋①走过我家时看到了。

"算了吧,阿尔弗雷德。"他心平气和一本正经地说。马策拉特一见扬的蓝色目光和我妈妈的灰色目光,便压下心头的怒火,把手放下来,插到裤兜里去了。

裴斯泰洛齐学校是一座新盖的四层楼房,红砖、平顶的长方形箱子,有彩色拉毛粉刷和壁画等现代化装饰。它是在当时还相当活跃的社会民主党人大声疾呼之下,由幼儿众多的近郊区区政府兴建的。这口箱子,除去它那股气味以及彩色拉毛粉刷和壁画上那些做体育运动的青春派②儿童以外,还算中我的意。

大门外铺砾石的空场上,种着不像天然的小树,树梢上正发绿芽。小树都由一头弯曲、好似主教的曲柄权杖的铁棍支撑着。母亲们从四面八方拥来,一手拿着五彩圆锥形纸口袋,一手拉着儿子,他们有的乱喊乱叫,有的规矩老实。奥斯卡还是第一次见到这么多的母亲朝一个方向拥来。她们仿佛在赶集市,到那里去卖掉自己所生的第一胎或第二胎的孩子。

一进前厅,就闻到这股学校的气味,经常有人描写它,因此它比世界上任何一种名牌香水更为人们所熟悉。在厅里的大理石地面上,不拘一格地竖立着四五个花岗岩石缸,缸底有许多泉眼,同时喷出很高的水柱来。周围挤着一群男孩,也有同我一样年岁的,他们使我联想起比绍我舅公文岑特家养的母猪,它有时侧身躺着,忍受着它那些同样口渴的、穷凶极恶地拥上来的猪仔们。

男孩们俯身在水缸上,头发从前面垂下,张开嘴巴去接垂直喷上去又落下来的细水柱。我不知道他们是在玩还是在喝水。有时,两个男孩同时直起身子,鼓着嘴,很不礼貌地把含在嘴里温温的、肯定

---

① 儿童入学时作为礼物得到的内装糖果等物的圆锥形厚纸袋。
② 青春派,1890 年到 1905 年之间在德国的建筑、工艺美术和绘画领域内兴起的一种艺术风格,反对因袭传统,主张更新生活风气。

掺进唾沫还带有面包屑的水，喷到对方的脸上去。我走进前厅时，随便从敞开的门里看了一眼左邻的体育馆，一见皮面鞍马、爬杆、爬绳以及可怕的、总像是强求别人在上面做大旋转动作的单杠，就不由得真正口渴起来，渴得无法抑制，真想同别的孩子们一样地去喝一口水。妈妈拉着我的手。请她把同三岁小孩一般高的奥斯卡抱到水缸上去？这我可不干。即使把我的鼓垫在脚下，我也够不到那些水柱。我轻轻纵身一跳，超过一只水缸的边缘，朝里面望了一眼，只见吃剩的沾油脂的面包严重地堵住了排水口，在缸底聚成一层不卫生的淤积物。我再也不觉得口渴了。虽然我思想上曾经觉得自己口干唇焦，然而，那只是在我的肉体好像身历其境似的在体育馆这个沙漠里的运动器械之间迷了路的时候。

妈妈领我走上巨大的、为巨人而设的楼梯，穿过回声四起的走廊，进入一个房间，那门上挂着一块小牌子，上面写着：一年级甲班。屋子里坐满了同我一样年龄的男孩。孩子们的母亲站在正对窗户的墙下，一字儿排开，手里都拿着五彩圆锥形纸口袋，上端系着绢纸，口袋的长度超过了我的个子。第一天上学都要拿着它，这是一种传统。我妈妈也不例外。

我拉着她的手进屋时，这帮小混蛋和他们的母亲一齐放声大笑。一个胖男孩想要敲我的鼓。我为了避免唱碎玻璃，只好朝他的胫骨一连踢了几脚，把这个家伙踢翻在地，头发梳得光光的脑袋撞在课桌上。我因此在后脑勺上挨了我妈妈的一巴掌。那个家伙嚷了起来。我自然没有叫喊，因为我只是在别人要夺走我的鼓时才叫喊。在这么多母亲们面前，这样出场亮相，我妈妈确实觉得很尴尬。她把我拉到第一排靠窗户的课桌旁。自不待言，课桌太高大了。可是，越往后，课桌越高大，小混蛋们也越粗野，脸上的雀斑也越多。

我很满意，安稳地坐着，因为我没有理由感到不安。看来我妈妈一直还很尴尬，使劲挤到那些母亲们中间去。在同她一样做妈妈的人面前，她可能由于我所谓的发育不全而感到羞惭。她们摆出一副面孔，为自己的野小子们而骄傲，仿佛蛮有理由似的，但是就我的感觉而言,他们长得也太快了。

我没法从窗口眺望弗勒贝尔草场,因为窗台比我高,正如课桌对我来说显得过于高大一样。我很想看一眼弗勒贝尔草场。我知道,童子军在蔬菜商格雷夫领导下,在那里安营扎寨,在玩纸牌戏以及做童子军应当做的好事。这并不是说,我会同他们一样夸大其词地去美化营地生活。使我感兴趣的仅仅是身穿短裤的格雷夫的形象。他之所以让他们穿上童子军创始人巴登-鲍威尔①的制服,是因为他太爱那些又瘦又高、眼睛大大、尽管是脸色苍白的男孩了。

这真是值得一看,可是,该死的建筑结构偏偏叫我看不成,我只好仰首观天,终于从中得到了满足。总有新的云从西北向东南移动,仿佛在那个方向上有什么特别的吸引力。我把鼓夹在膝头和课桌的屉板之间,尽管它不存丝毫念头想要跟着云彩去飘游。椅子背本来是靠背用的,它却支撑着奥斯卡的后脑勺。我背后那些所谓的同学们,叽里呱啦,大吵大嚷,笑的,哭的,撒野的,都有。他们往我身上扔纸团,但是我并不回过身去;我认为,那些有明确目标的浮云是值得观赏的,而那一群扮着鬼脸、歇斯底里至极的蠢货,则根本不值得一顾。

一个女人——她后来自称是施波伦豪尔小姐——走进教室,一年级甲班顿时安静下来。我不需要安静下来,因为我本来就很安静,几乎沉浸在自我之中,期待着即将来临的事物。说老实话,奥斯卡从来不认为有必要去期待即将来临的事物,因为他不想分散注意力。他不在期待,而是坐在课桌旁,一边凭感觉知道他的鼓仍在原处,一边陶醉于静观复活节刚擦过的玻璃窗后面,或者不如说玻璃窗前面的云彩。

施波伦豪尔小姐的服装很不雅观,穿着就像一个干瘪的男人。她那窄而硬的衬衫领子,使她的模样儿更难看了,据我看,它是可以拆下来浆洗的,它紧勒住她的喉头,勒得脖子上都起了皱纹。她刚踏

---

① 巴登-鲍威尔(1857—1941),英国将军和军事著作家,著有《童子军》。

着平底轻便鞋走进教室，便立即想要讨人欢心，于是问道："亲爱的孩子们，我们一起唱一支小曲好吗？"

回答她的是一阵乱嚷，可是她却看做是他们在表示赞同，因为她接着装腔作势地起了个头，音定得很高。她唱的是春之歌《五月已到人间》，尽管现在刚到四月中旬。我背后这一帮家伙，既对歌词懵然无知，又对这首小曲的简单节奏缺乏起码的感受力，没等她打手势，就胡乱地连吼带唱，把墙上的灰泥也震落了下来。

尽管施波伦豪尔小姐面色蜡黄，剪短了头发，领子底下隐约显出男式领结，她仍使我感到遗憾。我扭过头来，不再去看那些云彩——它们今天显然不上课——从吊裤带下一下子抽出鼓棒，响亮而明显地在鼓上敲出了这首歌的拍子。但是，我背后那帮家伙毫无节奏感，他们缺乏这种听觉能力。唯独施波伦豪尔小姐向我点点头以示鼓励，并朝着贴墙站立的母亲们微微一笑，特别对我妈妈眨了一眨眼睛。我把这当作一个信号，便放心地继续敲下去，先简单后复杂，直到把我的全部技巧悉数施展了出来。我背后那帮家伙早就停止了他们粗野的吼叫。我设想现在是我的鼓在讲课，在教这帮学生，把我的同学变成了我的学生，因为施波伦豪尔这时站到了我的课桌前，全神贯注地瞧着我的手和鼓棒。她那样子并不笨拙，倒是看得出神而达到忘我的境界。她微笑着，跟着我的节拍用手敲桌子。在那短短的一分钟内，她变成了一个并非无同情心的老姑娘，忘记了自己的教师职业，从规定她平时必须笨拙地模仿的形象中脱颖而出，变得有了人性，这就是说，变得孩子气、好奇、心理复杂和无道德观念。

可是，当施波伦豪尔小姐不能当即正确地模仿我敲鼓的节拍时，她又故态复萌了。一个蠢头蠢脑的拿低工资的角色，顿时又镇定下来——女教师们有的时候都不免要这样来一下——说道："你肯定就是小奥斯卡。你的事情，我们已经听到不少了。你敲鼓敲得多好啊！难道不是这样吗，孩子们？难道我们的奥斯卡不是个好鼓手吗？"

孩子们一阵乱嚷，母亲们挤得更拢，施波伦豪尔小姐又依然故我。"不过，"她用假嗓子说道，"现在我们要把鼓保存到教室的柜子里去，它疲倦了，要睡觉了。下课以后，你再把鼓拿回去。"

她叽叽喳喳地还没有把这些虚伪的话讲完，就向我伸出修得很短的女教师的手指甲，要用十只短指甲的手指来抓我的鼓——上帝明鉴，它既不疲倦，也不想睡觉。我先是紧抱着它，用穿在厚套头衫袖子里的双臂围住红白相间的鼓身，两眼盯着她，由于她执着地射出历史悠久、像一个模子里刻出来的公立小学女教师的目光，因此，我也用目光穿透到施波伦豪尔小姐的内心深处，找到了许多有趣的材料，足够写三章不道德的轶事。但是，我硬让自己不再去窥视她的内心生活，因为我的鼓正受着威胁。当我把有穿透力的目光向她的肩胛骨之间射去时，在她保养得很好的皮肤上探测到一颗有一个古尔登①那样大小的、长着长毛的痣。

或者由于她已感觉到被我的目光窥见了她的内心世界，或者由于我的声音刮了一下她右边的眼镜片，虽然没把它弄碎，但还是给了她一个小小的警告，总而言之，她不再赤裸裸地使用暴力——这已经使她的指关节变白了——也许她受不了刮镜片时发出的刺耳声，这使她浑身起了鸡皮疙瘩。她战栗着松开了我的鼓，并说道："奥斯卡，你真调皮！"一边向我妈妈投去了谴责的目光，弄得我妈妈简直不知道眼睛往哪里瞧才好。她放弃了我那面始终清醒的鼓，转过身来，用平底鞋跟走到她的书桌旁，从皮包里掏出另一副眼镜来——可能是她读书时戴的，用一个坚决的动作，把那副被我的声音——就像用手指甲刮玻璃窗那样——刮过的眼镜从鼻子上取下来，仿佛我弄碎了她的眼镜似的，然后撇开小指，把另一副架到鼻子上，挺直身子，弄得骨头嘎巴直响。她又把手伸进皮包里，同时对大家说："现在我给你们念课程表。"

她从猪皮皮包里掏出一摞纸条，自己取了一张，其余的传递给母亲们，也包括我妈妈在内。最后，她把课程表上印的念给那些已经焦

_____

① 古尔登，十六至十九世纪德国通用的银币。

74

躁不安的六岁孩子们听:"礼拜一:宗教,写字,算术,游戏;礼拜二:算术,书法,唱歌,自然;礼拜三:算术,写字,图画,图画;礼拜四:乡土课,算术,写字,宗教;礼拜五:算术,写字,游戏,书法;礼拜六:算术,唱歌,游戏,游戏。"

施波伦豪尔小姐宣读课程表时就像宣读一份不容更改的命运判决书。她用刻板的声音,连一个字母都不忽略,读完了公立学校教师代表大会的这一产物,之后,又想到了自己在师范学校所受的教育,便进而变得温柔了。她身为教育工作者的乐趣突然爆发,于是欢呼道:"亲爱的孩子们,现在让我们一起重复读一遍。请吧——礼拜一?"

小赤佬们吼道:"礼拜一。"

她接着念:"宗教?"这帮受过洗礼的野蛮人吼叫着"宗教"这个词儿。我不用自己的嗓子喊,而是在鼓上敲响了"宗教"这个词儿的音节。

施波伦豪尔念一声,我后面那一帮就吼一声。"写——字!"我在鼓上敲两下。"算——术!"又是两下。

像做应答连祷似的,我前面的施波伦豪尔念一声,我后面那一伙就吼一声。这种游戏荒唐可笑,我还得摆出一副正经的面孔,相宜地根据音节敲响我的鼓,直到施波伦豪尔——我不知道她听从了谁的吩咐——跳了起来,显然怒不可遏——但又不是因为我背后那帮野小子才发脾气的。使她激动得涨红了脸的是我,奥斯卡的无辜的鼓对她来说是块绊脚石,她难以把我这个有节奏感的鼓手拉进来做祈祷。

"奥斯卡,你要注意听我念!礼拜四:乡土课?"我撇开"礼拜四"这个词儿,只和着"乡土课"这个词儿的音节敲了四下①,"算术"和"写字"各敲两下,"宗教"这个词儿我不是和着它的音节敲四下,而是根据三位一体、一人获救的神学原则,敲了三个三连音。

---

① "乡土课"(Heimatkunde)和下文的"宗教"(Religion),德语均为四音节的单词。

但是，施波伦豪尔缺乏敏锐的辨别力。她厌恶鼓声，不论你怎么敲都不行。她同前一次一样，伸出十只剪秃了指甲的手指，十指齐下，要来抓鼓。

　　可是，她还没有碰到我的鼓，我已经喊出了摧毁玻璃的叫声，把教室里三扇特大的窗子最上一格的玻璃震落下来。中间一格的玻璃，成了我第二声叫喊的牺牲品。和煦的春风毫无阻挡地吹进教室。我用第三声叫喊，消灭了下面一格的玻璃；这一声纯属多余，完全是由于我兴头太大的缘故，因为施波伦豪尔一见上、中两格的玻璃已经败下阵去，便缩回了她的爪子。上帝明鉴，要是奥斯卡留心看到了施波伦豪尔在仓皇溃退，他就会干得聪明一点，不再逗起性子来——这从艺术性上讲，也是颇成问题的——喊掉最后一排玻璃。鬼知道她从哪里变出了一根藤条来。不管怎么说，它突然间出现了，在混有春天气息的教室的空气里抖动着。她手执藤条在这种混合的空气里飕飕地挥舞，赋予它回弹力，使它如饥似渴地想绽开别人的皮肤，发出呼啸声，一来一回，形成了无数道瑟瑟作响的帷幕，想使打人的和被打的双方都得到满足。她一藤条打在我的课桌上，小瓶里的墨水冒出一股紫色的喷泉。我拒不伸出手去给她打，她便抽我的鼓。她往我的铁皮上打。她，这个什么施波伦豪尔抽我的铁皮鼓。她有什么理由要打？如果她想打的话，又为什么要打我的鼓？我背后不干不净的野小子不是有的是吗？难道非打我的鼓不可吗？她不懂擂鼓艺术，根本就一窍不通，她有什么理由要加害于我的鼓？瞧她眼里是怎样的凶光？准备打人的是什么野兽？它是从哪个动物园里逃出来的？它要寻找什么食物？接下来又要攫食什么？——兽性也钻进了奥斯卡体内，我不知道它是从哪个深渊里爬上来的，钻进鞋后跟、脚后跟，越爬越高，控制了他的声带，使他发出一声野兽春情发动时的叫喊声，足以震碎一座哥特式教堂全部折光的彩色玻璃。

　　换句话说，我吼出一声双响的叫喊，把施波伦豪尔的两块眼镜片实实在在地化为粉末。她的眉毛下边出了点血，没有镜片的镜框后面，两只眼睛眯成了缝，瞎摸着朝后退去，最后开始丑态百出地抽泣起来,对于一个公立学校女教师来说,也太没有自制力了。这时,我背后那帮小子吓得不敢吭声,有的牙齿打架,有的钻到了课桌底下。有几个偷偷从一张课桌溜到另一张,向母亲们身边靠拢。她们可知道这是一场灾祸,便要打肇事者,准备扑过去抓住我妈妈。要不是我抱着我的鼓离开了课桌,她们非把我妈妈揍一顿不可。

我从半瞎的施波伦豪尔身边走过,到了我那被复仇女神们团团围住的妈妈身边,拉住她的一只手,将她一把拽出了一年级甲班灌满过堂风的教室。我们穿过有回声的走廊,下了为巨人的孩子建造的石楼梯,经过积有面包渣儿的喷水的花岗岩石缸以及大门敞开的体育馆里单杠下正在发抖的男孩。妈妈手里一直还捏着那张纸条。出了裴斯泰洛齐学校的大门,我把她手里的纸条拿过来,把课程表团成了一个毫无意义的小纸球。

摄影师站在门口的柱子中间,等候拿纸口袋的一年级学生和母亲们出来。奥斯卡答应让他给自己和那只经过一场混战却未曾丢失的纸口袋照一张相。摄影师让奥斯卡站到一块黑板前,把它当做背景;黑板上写着:我入学第一天。

拉斯普京与字母

方才,我给我的朋友克勒普和护理员布鲁诺——他只是用一半的注意力听着——讲奥斯卡第一次同课程表打交道的故事。我谈到:摄影师给身背书包、手执纸袋的六岁男孩拍摄明信片大小的照片,而历来当做背景用的黑板上写的是:我入学第一天。

不言而喻,这个句子只有母亲们读得懂,她们站在摄影师背后,比自己的孩子更加激动。站在写着这个短句子的黑板前面的男孩,要到一年以后,或者在翌年复活节过后一年级新生入学那天,或者从留给他们自己的照片上,才能认出这些字的意思,才明白原来那些像画片一样美的照相,是他们入学第一天拍摄的。

这句铭文标志着生活里新阶段的开始,它是用粉笔写在黑板上的,那种聚特林字体①,带棱带角、恶狠狠地爬行着,凡是圆笔道都写错了,鼓鼓囊囊的。事实上,聚特林字体正是用来写引人注目、简明扼要的话,如日常标语之类。还有一些文件证书,我虽然不曾见过,但是据我猜想,也是用聚特林字体写的。我想到的有牛痘卡、体育证书和手书的死刑判决书。聚特林字体我不会念,却能凭直观去猜想。黑板上那句话开头的字母 M,我当时就觉得它像一个双套结,散发着麻绳味儿,不怀好意地提醒我小心绞刑架。我倒是愿意一个字母一个字母地念,而不这样去胡乱猜测。请不要以为我已经学会了字母,所以一见施波伦豪尔小姐就以高屋建瓴之势大造其反,击鼓抗议,唱

---

① 聚特林字体,由路德维希·聚特林(1865—1917)设计的一种圆体字,后成为标准德文字体,1915 年至 1945 年,德国小学教这种字体。

碎玻璃。不,不是的,我深知自己只凭直观去猜测聚特林字体是远远不够的,我缺乏学校里最基础的知识。遗憾的是,奥斯卡不喜欢施波伦豪尔小姐灌输知识的那套方法。

因此,当我离开裴斯泰洛齐学校时,我并没有打定主意要让我的入学第一天变成我在校的末日。学校上不成了,我们回家去吧!我丝毫不存这类念头。在摄影师把我永远照进底版里去的当口,我就在想:你站在黑板前面,站在这一句或许有意义、可能预兆不祥的句子下面。你可以根据字形笔体来猜测,唤起许多联想,譬如单人囚禁、监护、看守长以及用一根绳子绞死所有的人等等,但是,你毕竟解释不出这个句子的意思。由于你对着半被浮云遮蔽的天空大喊大叫的愚昧无知,你就再也不可能踏进这所用课程表安排时间的学校了。奥斯卡呀!你上哪里,上哪里去学大写和小写字母呢?

对于我来说,有小写字母也就够了。但是,那些自称为成年人的大人的生存虽说不能一眼望尽,但也不能想象为无边无涯,这个事实使我推断出,有小写字母,也就有大写字母。他们不倦地用大字本和小字本的《教义问答手册》,用大字和小字的一乘一来证明大写字母和小写字母存在的理由,甚至国宾来访,也要根据佩戴勋章的外交使节和达官贵人到场的人数来选定大小车站。

在以后的几个月内,马策拉特和妈妈都不再为我受教育的问题操心。他们已经试过一次,我妈妈费了不少周折,最后丢脸出丑,不再想尝第二次滋味。他们也学表舅扬的样子,每当低头瞧我时,就连声叹气,搬出我三岁生日那桩旧事来:"没关活板门!是你没关上的,没错!是你在厨房里,在这之前,你下了一次地窖,没错!是你去拿什锦水果罐头准备饭后小吃的,没错!是你让地窖的活板门开着的,没错!"

妈妈对马策拉特的指责说对也对,说不对也不对;关于这一点,上文已有交代。但是,他承担了责任,有时还要哭几声,因为在这种情况下,他的心肠也会软下来的。接着,妈妈和扬·布朗斯基就安慰他,说我,奥斯卡,是他们必须背负的十字架,是不能改变的命运,是不明原因但是必须经受的考验。

因此，我不指望这几个受着严重考验、命里注定要背负十字架的人能给我什么帮助。我的表舅妈黑德维希·布朗斯基虽然经常来，带着我和她两岁的女儿玛尔加一同到斯特芬公园去玩沙箱，可她也当不了我的教师。她脾气很好，但是笨头笨脑。霍拉茨博士的护士英格，头脑不笨，脾气可不好，我也不能指望她，因为她聪明，她可不是一般的值班护士，而是没人能顶替的助手，所以，她不可能为我腾出时间来。

五层楼公寓的楼梯有一百多级，白天，我要上下几次，敲着鼓，一级一级地询问有什么办法可想，闻一闻，十九家房客中午吃什么。不过，谁家的门我都不去敲，因为无论是老海兰德、钟表匠劳布沙德、肥胖的卡特太太，还是特鲁钦斯基大娘——尽管我很喜欢她——都不可能成为我未来的教师。

阁楼上住着音乐师和小号手迈恩。迈恩先生养着四只猫，并且老是酗酒。他在"青格勒屋顶花园"演奏舞曲，圣诞夜他同另外五名醉鬼在积雪的街道上四处溜达，高唱众赞曲同严寒搏斗。有一次，我在阁楼里碰上他。他穿着黑裤子、白衬衣，仰面躺着，没穿鞋的脚在拨弄一只喝空了的杜松子酒瓶，吹着小号，声音美妙至极。他没有放下他的铜管乐器，只是转动眼珠，向站在他身边的我溜了一眼。他承认我是可以给他击鼓伴奏的人。他的乐器对于他不如我的铁皮鼓对于我这么珍贵。我们的二重奏把他的四只猫都赶到屋顶上去了，并且使瓦片也轻微地震动起来。

我们奏完乐，放下乐器，我就从套头毛线衫下面掏出一张过期的《最新消息报》来，打开后，蹲在小号手迈恩身边，把这份读物递到他面前，请他教我认大写和小写字母。

但是，迈恩先生一放下小号便昏昏睡去。只有三件东西是他的精神寄托：杜松子酒、小号和睡眠。虽然我们经常——确切地说，在他进党卫军骑兵乐队当乐师并从此戒了几年酒之前——事先不用练习就在阁楼上给烟囱、瓦片、鸽子和猫演二重奏，但是他始终成不了我的教师。

我也试着找过蔬菜商格雷夫，曾多次走访斜对面的地窖菜铺，因为他不爱听鼓声，我也就没背着我的鼓。看来进行基础学习的条件是有的：在两间一套的住房里，在店铺里，在柜台上下，甚至在比较干燥的土豆窖里，到处都是书，冒险故事书，歌本，《天使似的漫游者》①，瓦尔特·弗莱克斯②的著作，维歇特③的《简朴的生活》，《达夫尼斯和赫洛亚》④，关于艺术家的专论，一摞摞的体育杂志，还有图片集，上面满是半裸的男孩，不知道什么原因，他们大多数是在沙丘之间追球，显示出抹油的、发亮的肌肉。

当时，格雷夫在生意上已经遇到不少麻烦。计量局的检查员查出他的磅秤和砝码有点问题。人家都在议论他搞欺骗活动。格雷夫不得不付了一笔罚金，买了新的砝码。他心事重重，烦恼不堪，唯有他的书本和他的童子军一起开晚会或者周末远足才能使他得到一点乐趣。

我走进店铺，他没有注意到，仍继续埋头写价格牌。我利用他写价格牌这个有利的机会，拿起三四张空白卡片和一支红铅笔，摆出热心好学的样子，想用他写好的价格牌当字帖，学写聚特林字体，并以此来引起格雷夫的注意。

在他眼里，奥斯卡的个子显然太小了，眼睛不够大，也没有那种煞白的脸色。于是，我放下红铅笔，挑出一本旧书，里面都是能引格雷夫注目的男孩裸体照片。我敢断定，这些弯曲着或者伸展着肢体的男孩，对格雷夫来说，不是可有可无的。因此，我斜捧着书，使他也能看到这些照片，再次引他注意我。由于这个蔬菜商在没有顾客登

---

① 《天使似的漫游者》，安格鲁斯·西勒西乌斯（原名约翰内斯·舍夫勒，1624—1677）的警句集。

② 瓦尔特·弗莱克斯（1887—1917），德国作家。他的自传体小说《两个世界间的浪游人》（1917）是一部美化战争的作品。

③ 恩斯特·维歇特（1831—1902），德国作家。

④ 《达夫尼斯和赫洛亚》，古罗马作家朗戈斯（公元前三世纪）的作品。

门来买红菜头时总是全神贯注地涂写他的价格牌，所以我得敲敲书的硬封面，或者飞快地翻页，弄出一些声响来，使他抬起埋在价格牌堆里的脑袋，关心一下我这个文盲。

简而言之，格雷夫不理解我的意思。如果有童子军在他店里——下午总有两三个小队长在他身边——他压根儿也不会注意到奥斯卡。若是他独自一人在那里，他就会神经质地跳起来，由于被打扰而恼怒，板起面孔下令道："把书放下，奥斯卡！你又看不懂。你太笨，人又太小。你会把书弄坏的。这本书值六个盾还不止呢！你要玩的话，这儿有的是土豆和卷心菜！"

他说着从我手里把他的破书拿走，翻了一通，脸上毫无表情，让我独个儿站在皱叶甘蓝、抱子甘蓝、红甘蓝和卷心菜中间，真是茕茕孑立，因为奥斯卡没有把鼓带在身边。

虽然还有格雷夫太太在，而我在遭到蔬菜商拒斥之后，也总要到他们夫妻的卧室里去，不过那时候，莉娜·格雷夫太太卧床不起已有好几个星期，像是生病的样子，身上散发出穿烂了的睡衣的恶臭。她有什么就拿什么，唯独不碰可以教给我点东西的书本。

在此后一段时间里，奥斯卡看到与他同龄的孩子身上挎着的书包，书包旁晃荡着的、神气活现的擦石板用的海绵和小抹布时，心里总有那么点嫉妒。尽管如此，他回想不起来自己当时曾有过诸如此类的念头，例如：奥斯卡，这可是你自己造成的后果啊！学校的那一套你应该逆来顺受才是啊！你不该得罪施波伦豪尔小姐，结下这么一个死冤家啊！野小子们都超过你啦！他们已经学会了大写字母和小写字母，而你呢？手里拿着《最新消息报》还不知道哪一头该冲上哩！

嫉妒是有那么一点儿，我方才已经说了，但不过如此而已。学校的那股气味，闻么一回就够我恶心一辈子了。用来擦那种漆皮已经剥落的黄框石板的、没有洗干净的、一半被啃碎了的海绵或小抹布的味道，您可曾闻过？它含有最便宜的学生所用皮书包里练字本的臭味，算术本的臭味，还有写起来吱吱响、有时卡住、有时打滑、沾过唾沫的石笔上的手汗味。有时候，放学回家的学生把书包撂在我的近旁，去踢足球或者玩掷球游戏，我便弯腰闻一闻这种正在阳光下蒸发的海绵。我不由得想到，如果确实存在着魔鬼撒旦的话，他的胳肢窝底下准是这么一股酸臭味。

因此，使用石板和海绵的学校根本不合我的口味。但是，奥斯卡并不想说，不久就要承担对我的教育的那个格蕾欣·舍夫勒，乃是我的口味的体现者。

小锤路舍夫勒面包房后面的寓所里的一切，我见了就要恼火。装饰性的小台布，绣有盾形纹章的垫子，潜伏在沙发角上的克特-克鲁泽设计的玩偶①，比比皆是的长毛绒做的动物，呼喊大象②的瓷器，触目皆是的旅行纪念品，刚开了头的编织物：用钩针织的、用毛线针打的、用手编的、结扣的、刺绣、花边、像耗子牙似的镶边，真是五花八门。这个地方甜蜜优雅，逗人喜爱，但天地狭小，令人透不过气来。冬天炉火太旺，室温太高，夏天开出许多花来，毒气熏人。我想来想去，只有一个解释：格蕾欣·舍夫勒没有儿女，她多么想要孩子好替他们编织啊！天晓得该怪舍夫勒还是怪她自己。她要是有那么一个孩子的话，准会把他包裹起来，包上用钩针编织的毯子，镶上珠子、花边，还用十字针绣上一个小小的亲吻。

我来此地，来学习大写和小写字母。我费了好大的劲儿才避免损坏瓷器和旅行纪念品。我把毁玻璃的嗓子留在家里了。当格蕾欣觉得我敲鼓已经敲够了，露出马齿和大金牙微笑着把我膝上的鼓拿走，放到玩具狗熊中间去时，我也就睁一只眼闭一只眼，忍了。

我同两个克特-克鲁泽设计的玩偶交朋友，把这两个小乖乖搂在怀里，拨弄着这两位始终露出惊讶目光的贵夫人的睫毛，同她们俩相爱。我对玩偶的钟情是假的，但却因其假而煞似真，我想以此来讨

---

① 克特-克鲁泽曾当过女演员，后开作坊，设计了一种漂亮的穿衣玩偶。

② 德语里有一句成语："如大象闯入瓷器店一样。"意为由于举动笨拙而闯祸。这里是指这些瓷器令人讨厌，都该砸碎。

好格蕾欣两针平针、两针倒针编织成的心。

我的办法不错。第二次登门，格蕾欣就把她的心打开了，或者说，拆开了，像拆长筒袜一样，把整根极长的、卷曲的、好几处已经打上结的线给我看。她打开了所有的柜子、箱子和小盒子，把全部钉珠子的废物抖搂给我看，整摞的儿童上装，儿童围嘴，儿童裤子，尺寸正好够五岁孩子穿戴，她都拿出来举在我眼前，给我穿上，又脱下来。接着，她给我看舍夫勒在军人协会荣获的神枪手奖章；之后，她给我看照片，其中有一部分同我家的完全一样；末了，她又去拿小孩衣服，天晓得还找什么逗孩子的小玩意儿，结果翻出了几本书来。从小孩衣服底下找出书来，这可是奥斯卡算计到的。奥斯卡听见过她同妈妈谈论书籍，他知道，她们两人还在订婚前以及后来几乎同时年纪轻轻就结婚的时候，便如何热衷于交换书籍，从电影院旁边的流通出借图书馆借书，家里的读物琳琅满目，使殖民地商品店和面包房的婚姻增添光彩，使这两对夫妇开阔眼界。

格蕾欣能向我提供的书并不多。自从她埋头编织以来，就不再读书，并同我妈妈——她由于扬·布朗斯基的缘故，也不再读书——一样，把读书俱乐部（她们两个加入这个俱乐部已有年头）的许多精装本集子转给还在读书的人，因为那些人既不编织，也没有扬·布朗斯基。

破旧的书毕竟也是书，并因其破旧而显得神圣。我在这里找到的书，内容芜杂，毫无疑问，大部分是格蕾欣的哥哥泰奥书箱里的货色。水手泰奥已死在一艘荷兰出海渔船上。他的遗物有七八卷克勒的《船队年鉴》，所载船舶都是早已沉没了的，《帝国海军军阶》《保罗·贝内克①，海上英雄》——这些显然都不是格蕾欣的心灵所渴求的食粮。埃里希·凯泽②的《但泽城历史》和那本《罗马之战》——那几场大战是一个名叫费利克斯·达恩的人，在托蒂拉和泰雅、贝利

---

① 保罗·贝内克，1470 年前后的但泽海盗。
② 埃里希·凯泽（1893—1968），但泽历史博物馆创建人和馆长。

萨和纳赛斯的帮助下打的①——在经常出海的泰奥手里,已被磨得失去了光泽,掉了书脊。据我判断,属于格蕾欣的藏书的是一本关于借方与贷方的书②,一本歌德谈亲和力的书③,以及插图丰富、厚厚的《拉斯普京和女人们》④。

可供选择的书太少,我无法迅速决定,犹豫良久,才先抓了写拉斯普京的那本,后抓了歌德的那本。我不知道自己抓的是什么,只是听从我所熟悉的内心的声音。

我一下子选中了这两个人,这件事确定和影响了我的生活,至少是我妄自抛开了我敲鼓时所过的生活。直到今天(奥斯卡由于求知心切,已经逐步地把疗养院图书室的书籍都浏览了一遍),我对席勒之流嗤之以鼻,而摇摆在歌德与拉斯普京之间,在万事通与祈祷治病术士之间,在乐于被女人迷惑的、光明的诗国王侯与用符咒迷惑女人的、黑暗的术士之间。我有时把自己看作是拉斯普京那一党的,并且害怕歌德的不容异见,其原因在于我有几分怀疑:如果你,奥斯卡,生活并擂鼓在歌德那个时代,他或许会认为你是违反自然的,会宣判你是违反自然的体现者。他会用甜得发腻的蜜饯喂他的自然——尽管这自然那么"不自然"地大摆架子,你毕竟也一直在赞赏和追求着它——和他的合乎自然的东西,却拿起他的《浮士德》,要不然就拿起《颜色学》这本厚书来,置你这个可怜的糊涂虫于死地。

回过头来谈拉斯普京吧!他在格蕾欣·舍夫勒的协助下,教给了我大写和小写字母,教我对女人要殷勤体贴,并且,每当歌德使我受委屈时,他就安慰我。

---

① 此为戏言。费利克斯·达恩(1834—1912),德国作家,《罗马之战》(1876)是他的长篇小说,写罗马人与东哥特人争夺罗马的故事。托蒂拉为东哥特王,公元552年与拜占庭统帅纳赛斯交战,阵亡。贝利萨是544年出征东哥特的拜占庭统帅。泰雅是末代东哥特人的王。

② 指德国作家古斯塔夫·弗赖伊塔格(1816—1895)的小说《借方与贷方》(1855)。

③ 指德国作家歌德(1749—1832)的小说《亲和力》(1809)。

④ 此书1927年初版,作者雷内·菲利普–米勒(1891—1963)。

一边学习读书,一边装成无知愚人,这可真不容易。我觉得这比我多年来模仿小孩尿床要难得多。尿床无非是天天早晨证明我生理上的一种失调,而本来我是完全不需要这样的。假装愚昧无知,也就是说,要我掩藏自己飞速的进步,不断地同正在露头的智力上的自负作斗争。成年人说我是尿床的孩子,我可以容忍,心里满不在乎,可是,我不得不年复一年地在他们面前扮作傻瓜,这却使奥斯卡和他的女教师感到委屈。

格蕾欣一见我从小孩衣服堆里把书籍拯救出来,就高兴得放声欢呼,并立刻意识到自己负有当教师的天职。我成功地使这个被毛线缠身、没有孩子的女人从毛线中解脱出来,还使她差不多感到幸福。如果我选择《借方与贷方》作为课本,她会更加高兴的;但是我坚持要选拉斯普京。她买了一本正正经经的《识字入门》来给我上第二课,我却还是要拉斯普京。她一再带诸如写山民的小说,《长鼻子矮人》①《大拇指》之类童话故事给我,这样我就不得不最后打定主意出声讲话了。"拉普平!"我喊道,或者换成"拉舒兴!"有时我装得非常愚笨,让他们听到奥斯卡咿呀学语,"拉苏! 拉苏!"地说个不停,这样一来,格蕾欣一方面懂得我喜欢哪一种课本,另一方面又蒙在鼓里,没觉察到我选择字母的天才已经开始萌芽。

我学得很快,按部就班,也不多想什么。一年以后,我觉得自己好像置身于圣彼得堡,住在全体俄国人的专制君主的私寓里,进出虚弱多病的皇太子②的保育室,往来于阴谋家和教区牧师之间,尤其是成为拉斯普京的神秘仪式的目击者。这种情调颇合我心意。因为这里有一个人物作为中心。散见书中的、当时的人所作的铜版画也说明了这一点。画的中央是拉斯普京,络腮胡子,煤炭般乌黑的眼珠,四周是除了黑色长筒袜一丝不挂的女士们。拉斯普京之死,给我印

---

① 《长鼻子矮人》,威廉·豪夫(1802—1827)的童话。
② 皇太子阿列克西斯患血友病,据传经拉斯普京"治疗"止血,拉斯普京因此得到沙皇夫妇的宠信。

象尤深。人家给他吃已下了毒药的大蛋糕,给他喝已下了毒药的葡萄酒,他吃了,却还要蛋糕,于是人家就开枪打他,射入他胸膛里的铅弹却使他产生了跳舞的兴致,于是人家又把他绑起来,扔进涅瓦河的一个冰窟窿里。这全是男性军官们干的。大都会圣彼得堡的女士们,从来不给她们的小父亲拉斯普京吃有毒的蛋糕,反倒对他有求必应。女人们相信他,而军官们为了能重新相信他们自己,非得首先把他除掉不可。

对这个健壮如牛的祈祷治病术士的生平和死亡竟然不只我一个人感兴趣,您说这奇怪不奇怪呢? 格蕾欣又在重温她结婚之初读书时的快慰。她有时高声朗读,这时她会浑身无力;她一读到"神秘仪式"这个词儿,就会颤抖,会带着异常的叹息声吐出这个具有魔力的词来;当她念"神秘仪式"这个词时,她简直准备去参加了,然而她仍想象不出神秘仪式究竟是怎么一回事。

当我妈妈一同到小锤路面包房楼上的住房来旁听我上课时,事情就变糟了。有几回,上课变成了举行神秘仪式,她把给小奥斯卡上课的事抛到九霄云外,竟像是专为自己搞仪式才来的。每念三句,便响起一阵二声部的咯咯痴笑,笑得嘴唇干裂。在拉斯普京的魔力驱使下,这两个已婚妇女越凑越近,在沙发垫上再也坐不安稳,腿压着腿,开初的痴笑最后变成叹息。读了十二页关于拉斯普京的书,所产生的效果或许是她们在日落之前根本不曾想要、不曾期待过、但又愿意此时就接受的,对此,拉斯普京肯定不会提出异议,他甚至会永远免费供给的。

末了,这两个女人一边"主啊,主啊"地念着,一边窘迫万状,理着蓬乱的头发。这时,妈妈说出了她的担心:"小奥斯卡当真一点也不懂吗?""别傻了,"格蕾欣打消她的疑虑说,"我费了那么大的劲,但是他又学又不学,我看,他是永远也学不会读书的。"

为了证明我的无知状态已无法变更,她还补充说:"你想想,阿格内斯,他把我们的拉斯普京撕了一页又一页,揉成纸团,后来就不晓得他弄到哪里去了。有时我真想撂挑子不教他了。但是,当我看到他一见书本就那么高兴,我就想,算了吧,让他撕吧,毁吧! 我已经同阿列克斯①说了,让他在圣诞节送一本新的拉斯普京给我们。"

就这样,我——您将看到——我成功了——逐渐地,在三四年之内——格蕾欣·舍夫勒教我读书的年头比这要长一些——把拉斯普京这本书撕下了一半以上,装出任性的样子,实际上却是小心翼翼地把书页揉成团,藏在毛衣里,带回家去。到家后,在鼓手藏身的角落里取出纸团,铺平,理成一摞,不受任何女人的干扰,偷偷地独个儿阅读。对歌德那本书,我用的办法与此相仿。每隔三课,我就叫喊着"多特",要求格蕾欣给我念。我不愿只信赖拉斯普京一个人,因为我不久就明白,在这个世界上,每一个拉斯普京都有一个歌德作为对立面,每个拉斯普京后面拽着一个歌德,或者不如说,每个歌德后面拽着一个拉斯普京,如果有必要的话,甚至还要创造出一个拉斯普京来,以便接着可以对他进行谴责。

奥斯卡拿着他没有装订的书,蹲在阁楼里,或者自行车架后面海兰德老先生的货棚里,像洗牌似的,把《亲和力》和《拉斯普京》的散页混在一起,于是合成了一本新书。他读着,微笑着,越来越惊讶地看到,奥蒂莉②端庄地挽着拉斯普京的胳膊在中部德国的花园里散步,而歌德则同某个名叫奥尔加的放荡的女贵族坐在雪橇上,穿过寒冬的圣彼得堡,参加完一个神秘仪式,又驶去参加另一个。

好吧,让我们回到小锤路我的教室里来。虽说我表面上看来毫无进步,格蕾欣却在我身上得到了少女般的快慰。在我身旁,在那个俄国祈祷治病术士看不见的、做着祝福手势的、多毛的手底下,她青春焕发,甚至把她新获得的生命力分给了室内盆栽菩提和仙人掌。如果舍夫勒在这几年里,偶尔把手指从面团里拔出来,把面包房的小圆面包换成另一种小圆面包,如果格蕾欣愿意被他捏、揉并抹上鸡蛋清,再加烘烤的话,天晓得炉子里出来的会是什么。或许最后会烤出

---

① 阿列克斯,亚历山大的昵称,即她的丈夫亚历山大·舍夫勒。
② 奥蒂莉,《亲和力》里的人物。

一个婴儿来。要是给格蕾欣这种乐趣,那有多好呢!可惜没有。

正因为如此,她在万分激动地读了《拉斯普京》之后,两眼炯炯,头发略微有点蓬乱,启动马齿和金牙,但又没有东西可咬,口里念着"主啊,主啊",心里想的是陈年的面肥。由于妈妈有她的扬,不能帮格蕾欣什么忙,所以,在我的课上完这一部分之后的几分钟,要不是格蕾欣有一颗如此快活的心,恐怕是会不欢而散的。

她赶紧跳起来走进厨房去,拿着咖啡豆磨具回来,像是捧着一个情人似的,一边歌唱,一边把咖啡豆磨成粉末。她忧郁而充满感情地唱着《黑眼睛》或《红衣裳》①,我妈妈给她伴唱。她瞪着一对黑眼睛走进厨房,坐上水,水在煤气上烧着的时候,她又跑到楼下的面包房去,常常不顾舍夫勒的反对,取来刚出炉的和早已烤好的糕点,把描花杯子、奶油罐、糖钵和蛋糕又摆到小桌子上,中间还散放着几朵蝴蝶花,随后倒咖啡,转而唱起《皇太子》里的曲调,端上小蛋糕和圆蛋糕,"伏尔加岸边一士兵",撒杏仁粒的法兰克福圆蛋糕,"多少小天使在你身边",酥皮甜饼加搅结奶油,"多甜蜜,多甜蜜"。她们一边咀嚼,一边又谈起拉斯普京来了,不过现在谈得比较正经,保持必要的距离,接着,在饱尝了蛋糕之后,便进而大骂沙皇时代如何糟糕,简直腐化堕落到了极点,愤慨之情发自内心,毫不掺假。

在那几年里,蛋糕我可是吃得实在过多了。从照片上可以看到,奥斯卡虽然没有因此而长高,却吃胖了,身体不匀称了。在小锤路上完课,甜食吃腻了以后,回到拉贝斯路我家店铺,我经常没有别的办法可想,只好趁马策拉特稍不留神,便溜到柜台后边,用线拴一块干面包,吊进腌鲱鱼的挪威小桶里去,等面包吸足了盐卤才吊出来。您是决计想不到的,蛋糕吃过头以后,这样的一块点心可以发挥催吐剂的功效。奥斯卡经常把舍夫勒面包房的蛋糕吐在我家的抽水马桶里,少说一点,每次吐出的蛋糕值一个多但泽盾,这在当时,可真是不

---

① 《黑眼睛》或《红衣裳》,是下文所说《皇太子》中——弗兰茨·勒哈尔(1870—1948)的轻歌剧——《顿河哥萨克》的合唱曲。

少钱呢！

　　我用另外一种方法来偿付格蕾欣教课的报酬。她是那么喜欢缝制和编织儿童衣物，我就给她当裁缝试服装用的假人，试穿试戴各种式样、各种颜色、各种料子的小罩衫、小帽子、小裤子以及带兜帽或不带兜帽的小大衣。

　　在我八岁生日那天，我不晓得是妈妈还是格蕾欣，把我打扮成了该枪毙的沙皇的小太子。当时，这两个女人对拉斯普京的崇拜到了无以复加的地步。在那天拍的一张照片上，一块生日蛋糕上插着八支不滴油的蜡烛，我站在一旁，穿着编织的俄罗斯罩衫，歪戴哥萨克帽，两条子弹带交叉在胸前，白色灯笼裤，脚穿低统皮靴。第一件幸运事是我的鼓照进了相片。再一件幸运事是格蕾欣·舍夫勒——可能是在我的强烈要求下——给我剪裁、缝制了一套衣服，十足的毕德迈耶尔①和富有亲和力风格。今天，在我的照相簿上，这身衣服还招来歌德的亡灵，证明我有两个灵魂，使我有可能身背一面鼓，同时出现在圣彼得堡和魏玛，来到尘世的母亲们中间，同贵妇人们一起参加神秘仪式。

---

　　①　毕德迈耶尔，1815年到1848年间在德国的绘画与家具、服装等工艺美术方面流行的一种艺术风格，讲究小巧玲珑，舒适实用，投合规矩老实、目光短浅的小市民的口味。

塔楼歌声的远程效果

霍恩施泰特博士小姐差不多每天都到我的病房里来,并待上抽一支烟的时间。她本该作为医生给我治疗的,可是,每一回她经我治疗之后离去时,就不再像来的时候那样神经质了。她羞怯,原来习惯于同她的香烟打交道。她老是说:我年轻时同别人接触太少,同别的孩子玩得太少。

不错,讲到别的孩子,她可能并非完全没有道理。我当时忙于跟格蕾欣·舍夫勒上课,在歌德和拉斯普京之间被人拽来拽去,因此,我即使有这个良好的愿望,也找不出时间去跳圆圈舞和玩"数数歌谣"的游戏。每当我像某位学者似的读厌了群书,甚至咒骂书本是埋葬语言的坟墓,于是步出书斋,去接近普通人时,我便同我们这幢公寓的顽童们遭遇,在同那些食人生番稍有接触之后,倘若能够不受损伤,完完整整地回来读书,我就额手称庆了。

奥斯卡要离开他父母的住处,可以有几种走法:一是从店铺出门到拉贝斯路;二是从住房的门出去到楼梯井,往左一拐便上了街;如果上楼,爬四道楼梯,便到音乐家迈恩吹小号的阁楼;再就是从楼梯井到公寓的院子里去。街道是石子路面的。在院子里夯实的沙土地上,家兔在那里繁殖,或者有人在拍地毯。在阁楼里,除去同醉醺醺的迈恩先生演二重奏外,还能近眺远望,给人以那种赏心悦目却又是虚假欺人的自由感。这正是每个登上塔楼的人所要寻求的,并且使每个住阁楼的人都沉湎其中。

对于奥斯卡来说,院子是个十分危险的地方,而阁楼却使他感到安全,直至阿克塞尔·米施克和那一伙小混蛋把他从那里赶走为止。

院子横里同公寓一样宽,但是往深处走七步就到头了,隔一道上架铁丝网、涂柏油的木栅栏同另外三个院子相接。从阁楼俯视,这个迷宫可以尽收眼底:拉贝斯路,左右两条横街——赫尔塔街和路易森街;以及同拉贝斯路遥遥相对的马利亚街,围成一个大四方形,里面有房屋和院子,还有一片咳嗽糖厂和许多失修坍倒的修配车间。在这家或那家院子里,冒出几棵树或几丛灌木,由它们来通知人们季节的变换。院子大小不一,但都养着兔子,都有拍地毯用的木架。兔子是一年到头在那里的,拍地毯则根据住房章程的规定,只能在星期二和星期五。在这两天里,可以看清这个大四方块究竟有多大。奥斯卡从阁楼上听着,看着:一百条以上的普通地毯、甬道地毯和床前地毯,先用泡菜擦,然后刷和拍打,使它显出原来编织的图案来。一百多个家庭主妇,把尸首似的地毯从屋里拖出来,举起赤裸的、滚圆的胳膊,扎上头巾保护头发和发型,再把地毯扔到专为拍地毯用的木架子上,抓起编织成的地毯拍子,干巴巴的拍打声炸开了院子狭小的天地。

奥斯卡憎恶这种单调的清洁颂歌,便用鼓声来同这种噪声抗衡。可是,尽管他站在阁楼上,同这噪声隔开一段距离,但仍敌不过这些家庭主妇,只好甘拜下风。一百多个拍地毯的妇女,可以攻占天空,可以折断乳燕的翅膀,并且几下子就能震塌奥斯卡用鼓声在四月的天空中建造的小小神殿。

不拍地毯的日子里,我们公寓的孩子们就把拍地毯的木架子当杠子玩。我很少到院子里去。只有海兰德老先生搭在院子里的货棚,是我觉得比较安全的地方,因为这个老头儿只让我一个走进他堆破烂的棚屋,那里面有生锈的缝纫机、残缺不全的自行车、螺旋式虎钳、一排排的瓶子以及装在雪茄烟盒子里的、弄弯又敲直的钉子,别的孩子想要看一眼他都不允许。他的工作是这样的:倘若上午他不从板条箱上起钉子的话,便是把已经起出来的钉子在铁砧上敲直。他除去收废钉子外,还帮人搬家,在节前替人宰兔,院子里、楼梯井、屋顶室,到处都是他啐的嚼烟汁。

有一天,孩子们在他的棚屋附近煮汤,这是孩子们的游戏,努希·艾克请老海兰德往汤汁里啐三口。老头儿从嗓子眼里清出三口痰吐去,随即又钻进他的棚屋,敲起钉子来。这时,阿克塞尔·米施克又往汤里加了一种配料,一块敲碎的砖头。奥斯卡好奇地瞧着这种烹调法,但远远地站在一边。阿克塞尔·米施克和哈里·施拉格尔用毯子和破布搭了一个帐篷似的东西,不让大人看见他们的汤。砖头粉煮开以后,小汉斯·科林从口袋里掏出两只活青蛙,这是他在股份池塘旁边抓到的,现在捐献出来做汤。苏西·卡特是帐篷里唯一的女孩子。她见到这两只青蛙,既不唱也不叫,甚至连最后挣扎着跳一下都来不及,便在汤里一命呜呼了,于是她噘起了嘴,表示又失望又辛酸。努希·艾克领头,不管苏西就在旁边,解开裤子往这大锅菜里撒尿。阿克塞尔、哈里和小汉斯·科林也跟着撒。小矮个儿要给这些十岁的孩子点颜色,但是撒不出来。于是,他们都瞧着苏西,阿克塞尔·米施克递给她一个天蓝色的搪瓷罐,罐口已经磕坏。奥斯卡本来想马上走开的。但是他还等在那里,直到苏西蹲下来——她裙子底下没穿衬裤,抱住膝盖,把罐子挪到下面,毫无表情地望着前方,随后皱了皱鼻子,这时,罐子发出响声,苏西为这锅汤做出了一点贡献。

这时,我跑开了。我不该跑,要是慢吞吞地走掉就好了。他们原先眼睛都盯着那只罐子,我这一跑,他们都抬起头来看我。我听见苏西·卡特在我背后说话的声音:“他干吗要跑?他准是要去告我们!”当我跌跌撞撞爬上四道楼梯,到了阁楼刚缓过气来的时候,我还觉得这声音在刺我。

我当时七岁半。苏西也许九岁。小矮个儿刚满八岁。阿克塞尔、努希、小汉斯和哈里十岁或者十一岁。还有玛丽亚·特鲁钦斯基。她比我大一点,可是从来不在院子里玩,而是在特鲁钦斯基大娘的厨房里玩布娃娃,或者跟着她那在新教幼儿园帮忙的大姐姐古丝特。

如果我今天还不能听这种声音,听女人往尿盆里撒尿,难道这有什么奇怪吗?当时,奥斯卡到了阁楼,轻敲着鼓来平息自己耳朵里的余音。他刚开始感到自己远离了楼下滚开的汤，却不料这一伙为这一锅汤贡献过佐料的家伙，有的光着脚，有的穿着系带鞋，竟都上楼来了，努希还端着那锅汤。他们把奥斯卡团团围住。最后一个上来的是小矮个儿。他们互相碰了碰，喁喁地说："动手！"末了，阿克塞尔从背后将奥斯卡一把抱住，用胳膊夹紧，让他乖乖顺从。别人动手的时候，苏西不说话，只是笑，露出了湿的、整齐的牙齿和齿间的舌头。她从努希手里接过匙子，把这铁皮东西在她的大腿上擦得锃锃发亮，随后伸进冒热气的汤里，顶着糊状物慢慢搅拌，活像一个能干的主妇。她舀了一匙，把它吹凉，然后来喂奥斯卡，硬灌进我的嘴里。这样的东西我此后再也没有吃过，所以那滋味永远留在我嘴里。

在那几个对我的身体健康过分操心的家伙走了以后——因为锅里的东西已使努希恶心——我这才爬到晾衣间的一个角落里（当时那里只挂着几条床单），把几匙淡红色的浑汤吐了出来，在吐出的东西里没有发现里面有青蛙的残骸。我爬到打开了的屋顶窗户下一只箱子上，看着远处的院子，用牙齿把碎砖头碴咬得嘎嘎响，觉得自己迫切要求行动，瞧着远处马利亚街上房屋的窗户，玻璃在闪闪发光，于是冲着那个方向喊叫、歌唱，虽然看不到结果如何，可是我确信我的歌声有可能产生远程效果。因此从那时起，我觉得这家公寓的院子以及其他的院子都过于狭窄，如饥似渴地向往距离、空间和全景，利用一切机会，独自一人或者挽着妈妈的手走出拉贝斯路，走出近郊区，免得我们这个狭小院子里做汤的厨子们再来同我纠缠不清。

每逢星期四，妈妈进城买东西。她多半带我一起去。遇到有必要到煤市旁军火库巷西吉斯蒙德·马库斯那里去买一面新鼓的时候，她总要带着我。在我七周岁到十周岁那段日子里，我两个星期就敲坏一面鼓。从十到十四周岁，我不到一星期就敲坏一面鼓。后来就难说了，我可以在一天之内将一面新买的鼓变成废铁一堆，而当我心绪稳定的时候，我可以敲上三四个月之久，鼓面连一个小窟窿也没有，至多掉下几块漆皮，因为我虽然也很使劲，但却小心翼翼。

现在先谈谈那段日子：我每隔两星期离开我们那个院子——那

里有拍地毯的木架,有敲钉子的老海兰德,还有那帮发明熬浑汤的小混蛋——同我妈妈到西吉斯蒙德·马库斯的玩具店去,从儿童玩的铁皮鼓存货里挑出一面新的来。有时,即使我的鼓还勉强可以用,妈妈也带我去。这样,我就整个下午欣赏这个五彩缤纷的古老城市,在那里,总有点东西迟早要进博物馆,而且不断有这座或那座教堂里传来的钟声。

我们要去的地方,一般很有规律,并且令人愉快。我们先到莱泽尔、施特恩菲尔德或马赫维茨那里买东西,而后去找马库斯。他一见我妈妈就给挑选,点头哈腰地说些恭维话,这些他已经成为习惯了。毫无疑问,他总是向我妈妈献殷勤,不过,就我所知,他只不过热烈地捏住我妈妈的手,说它像黄金一样珍贵,再不出声地吻它一下,从未一时冲动做出更狂热的事情来。唯有那一次我们去他店里时,他双膝跪倒在地。下面我就要谈这件事。

妈妈由外祖母安娜·科尔雅切克遗传而得到的是丰满的身躯和健壮的体格,还有讨人喜欢的虚荣心以及善良的心地。她对西吉斯蒙德·马库斯的殷勤厚待听之任之,或多或少是因为他卖给她、其实是白送给她一些女用丝袜,这类丝织品是他用极低廉的价格批发进来的。至于每隔十四天从柜台上递给我的那面铁皮鼓,价钱便宜到可笑的地步,这就更不用说了。

每回去西吉斯蒙德那里,一到四点半,妈妈就要求把我,奥斯卡留在他的店铺里,请他照顾一下,声称她有件重要的事得赶紧去办。马库斯听后,深深一鞠躬,叫人看了又奇怪又发笑,并满口答应,夸大其词地说,她尽可以放心去办自己的要事,他会像保护自己的眼珠那样地保护我——奥斯卡。他的话稍含嘲讽意味,虽不伤人,却让对方听得真切,有时,羞红了我妈妈的两颊,使她揣测到马库斯已经摸着了她的底细。

不过,我也知道妈妈急切地去办的所谓重要事情究竟是什么。有一段时间,她让我陪她去木匠胡同一处收费低廉的膳宿公寓,把我交给女房东,自己便上楼去了,一去就是三刻钟。女房东总是在喝混合酒,一声不吭,给我一瓶倒胃口的果汁汽水。我坐着,直到妈妈回来。她看不出有什么异样,向女房东打一声招呼,女房东一味喝她的混合酒,连头也不抬。妈妈来搀我的手,却忘了自己热乎乎的手会泄露她的秘密。我们热乎乎地手牵着手来到羊毛织工胡同的魏茨克咖啡馆,妈妈要了一杯穆哈①,给奥斯卡要了一份柠檬冰淇淋,坐等着。没多久,扬·布朗斯基来了,像是碰巧走过这里。他到我们的桌旁坐下,也要了一杯穆哈,放在起镇定作用的冰凉的大理石桌面上。

他们在我面前讲话毫无顾忌,他们的谈话证实了我早已知道的事情:妈妈和表舅扬差不多每星期四都在木匠胡同那家膳宿公寓里幽会三刻钟,房间是由扬出钱租的。大概是扬表示不要再把我带到木匠胡同和魏茨克咖啡馆来。他有时非常害羞,比我妈妈害羞得多,我妈妈觉得让我参与他们幽会以后的收场戏也未尝不可。看来无论当时或往后,她对于这种幽会的合法性是深信不疑的。

由于扬要求的结果,我每星期四下午从四点半到六点便待在西吉斯蒙德·马库斯那里。他允许我一个个地瞧他店里的鼓,使用它们,同时敲响许多面鼓——在别处奥斯卡哪能有这种机会呢——并且默默地观察马库斯悲伤的狗脸。我虽然不知道他的念头从何而生,却能揣测到他想到哪里去了,他的思想到了木匠胡同,抓那有号码的房间门,像可怜的拉萨路②那样,蹲在魏茨克咖啡馆大理石面小桌底下。期待什么? 期待面包屑吗?

妈妈和扬·布朗斯基可是一点面包屑都不剩。他们样样东西都吃个精光。他们胃口极大,从不消减,甚至大到要咬自己的尾巴。他们忙着呢,最多把钻在桌子底下的马库斯的思想当作一股纠缠不清的、温柔多情的穿堂风。

那天下午——想必是在九月里,因为妈妈离开马库斯的店铺时

① 穆哈,一种优质咖啡。
② 拉萨路,《圣经·新约·约翰福音》中一个患病的人,死后四天,耶稣使他复活,从坟墓里走出来。

穿一身锈棕色的秋装,我见马库斯在柜台后面埋头沉思,想入非非,便背着我新获得的鼓走出店铺,进了军火库巷。这条又凉又暗的通道两侧,橱窗林立,都是高级店铺:珠宝店、精美食品铺和书坊。可是,这些肯定值得购买、然而我又买不起的陈列品并不能使我流连忘返,我出了这条通道,到了煤市。我走进尘埃蒙蒙的阳光底下,面对军火库的正面。它那灰色的玄武岩墙里镶嵌着大小不一的炮弹头,都是各次围攻但泽时期的产物,这些铁疙瘩能使每一个路人回忆起但泽城的历史。对我来说,这些炮弹头是毫无意义的,尤其因为我知道,它们不是自愿留在那里的。我知道,但泽城里有一位石工,由城建局和文物保护局联合出钱雇用,让他把过去几百年间的炮弹头镶到各式各样的教堂、市议会的正面墙里,镶到军火库正面和背面的墙里。

我想到右边的市剧院去,它同军火库只隔一条昏暗的窄胡同。我发现圆柱门廊的剧院大门紧锁,卖夜场票的票房要七点才开。这一点我也已经想到了,便考虑往回走,却又敲着鼓,犹豫不决地向左走去,来到塔楼和长巷城门之间。穿过城门,进入长巷,再向左一拐,便是大羊毛织工胡同,但我不敢往那里去,因为妈妈和扬·布朗斯基还坐在那里的咖啡馆里,如果他们还没有坐在那儿的话,那么也许他们在木匠胡同的幽会刚刚结束,或者正在去咖啡馆的路上,正要去大理石小桌旁喝一杯穆哈提提精神。

我不知道自己是怎样越过煤市的电车轨道的。电车来来往往,或向城门驶去,或铃声叮当地从城门洞里驶来,吱吱嘎嘎地拐弯进入煤市、木材市场,朝火车站方向开去。或许是某个成年人,或许是一个警察,挽着我的手,小心翼翼地穿过危险的来往车辆,把我领了过去。

我站在砖墙陡峭、高耸云天的塔楼前,纯属偶然地或者由于一阵无聊,将我的鼓棒插在墙壁和大门的铁框间。我顺着砖墙抬头向上望去,马上感到,要沿着正面的墙望到顶是不容易的,因为不断地有鸽子从墙的凹处和窗户里飞出来,在水落管和凸肚窗上作短暂的停留,随即俯冲下来,把我的目光吸引开。

鸽子纷飞,使我恼怒。我的目光真叫我感到遗憾,我便收回了它。为了摆脱恼怒,我认真地把两根鼓棒当作撬棍,门开了,奥斯卡还没有把门完全撞开,就已经进入塔里,已经上了回形楼梯,已经在攀登,总是右脚先跨上一级,再把左腿提上去。到了第一层装有格栅的牢房,他继续绕梯而上,过了刑讯室和里面小心保存、并贴有说明的刑具。这时,他改用左脚先登,右脚随后。他继续往上攀登时,从一个装有格栅的窄窗户里往外瞧了一眼,估计一下离地已有多高,估摸出墙的厚度,惊起了几只鸽子。在回形楼梯上又往上爬了一圈后,又遇到了那几只鸽子。这时,他又改用先迈右脚,再提左脚。奥斯卡换了几次脚以后,终于到了顶上,虽然觉得右腿和左腿一样沉重,但是看来还可以继续作长时间的攀登。可是,楼梯已经到头了。他顿时领悟到建造塔楼是荒唐的、无用的。

我不知道塔楼过去有多高,现在还有多高,因为它经过战争幸存下来了。我也没有兴致请我的护理员布鲁诺找一本关于东德意志哥特式砖头建筑物的参考书来。我估计,这个塔楼从底到尖足有四十五米。

由于回形楼梯过早地到了尽头,我不得不在沿塔顶的环形过廊里站住了。我坐下来,把腿伸到栏杆柱中间,目光贴着右臂抱住的一根柱子向下面的煤市望去,左手抱住我的鼓,在整个攀登过程中,它同我形影不离。

我不想描绘但泽市的鸟瞰图来使您感到厌烦。塔顶林立,钟声四起,古色古香,还始终弥漫着中世纪的气息,这样一幅市容全景,您可以在成千张出色的版画上见到。我也不想浪费时间去写鸽子,虽然老是有人说,鸽子是最有写头的。我觉得鸽子毫无意义,海鸥倒还有那么点意思。"和平鸽"这个名称,我听了只觉得荒谬背理。我宁可把传递和平信息的差使委托给一只苍鹰或者食腐尸的秃鹫,也不愿委托给一只鸽子,因为它是天底下最爱寻衅吵嘴的女房客。总而言之,塔楼上有鸽子。不过,凡是像样的塔楼上都有鸽子,都是靠那些文物保管员喂养的。

我的目光所及不是鸽子，而是别的，是我走出军火库巷时只见大门紧闭的市剧院的建筑。这座带圆顶的方箱，活像一个放大到荒唐程度的、拟古典主义的咖啡磨具，尽管在那圆顶上只缺一个必需的曲柄，用以把天天晚上客满的诗神和教育神庙里上演的五幕戏剧，连同布景、演员、提词员、道具和所有的帷幕，统统碾成惨不忍睹的粉末。这种建筑叫我看了生气，尤其是前厅里两侧为圆柱的窗户，被渐次西沉却抹上越来越多红色的午后太阳缠住不放。

那时刻，在煤市、电车轨道和从办公室下班回家的职员头顶上大约三十米的高处，在散发出甜香味的马库斯的次货店上空，高踞于冰凉的大理石桌子、两杯穆哈、妈妈和扬·布朗斯基之上，远离我们的公寓、院子、许许多多的院子、弯曲的和敲直的钉子、邻居的孩子以及他们的砖头浑汤，迄今为止只是在被人逼得无可奈何时才高喊的我，无缘无故地在不受胁迫的情况下大吼了一声。如果说在我攀登塔楼之前，只是当有人要夺走我的鼓时，我那有渗透力的声音才用来粉碎玻璃、电灯泡和啤酒瓶，那么现在我从塔顶上大声叫喊，则与我的鼓完全无关。

没有人要夺走奥斯卡的鼓，尽管如此，他叫喊了。也不是由于哪只鸽子把屎拉在他的鼓上，惹得他叫喊起来。我附近虽有铜片上的绿锈，但不是玻璃；尽管如此，奥斯卡叫喊了。鸽子的眼睛红光闪闪，然而瞅着他的并非玻璃眼珠；尽管如此，他叫喊了。他朝着哪儿叫喊？朝着多远的距离？上次在屋顶室，他尝了砖头粉汤以后，曾漫无目的地朝远处院子的上空大喊过一声。这一回，难道他要有的放矢地证明一下嗓子的威力？奥斯卡这次实验的对象——因为除了玻璃不能有别的——是什么玻璃呢？

不是旁的，是市剧院，是那只戏剧性的咖啡磨具，它那被落日映照着的窗玻璃吸引了我的新式声音，我首先试验此种声音是在我们的屋顶室，并已形成了我个人的惯用手法。我喊了几分钟，发出装有不同弹药的声音，可是不见任何效果。随后，我发出了一声近乎无声的声音,这样,奥斯卡可以怀着喜悦和流露内心情感的骄傲口吻报道说:左边门廊的窗户上,有两块玻璃不再能反射落日的余晖,留下了两个黑洞洞的四方形,需要马上配玻璃。

效果已经得到证实,犹如一个现代派画家,我画了一系列自己那种个人惯用手法的习作,它们同样了不起,同样大胆,有同样的价值,往往是同一模式的。我把它们拿出来敬献给惊异不已的世人,最后豁然贯通,寻获了探索多年的风格,并臻于完美,我就是这样地进入了自己创造性的时期。

在刚够一刻钟的时间内,我把门廊的全部窗户和一部分门上的玻璃全都干掉了。剧院前面聚集了一群人,从上往下看去,他们显得激动不安。何时何地都有看热闹的人。因此,对于我的艺术的观赏者们,我并不特别在意。他们至多使奥斯卡在从事自己的艺术工作时更严格,更讲究形式上的炉火纯青。我打算做一次更大胆的实验来揭示一切事物的内在本质,也就是说,通过没有了玻璃的门廊,穿过一扇包厢门的钥匙孔,往此时还漆黑一团的剧场里送进一声特殊的叫喊,击中订长票的看客们的傲气,即剧场里那盏枝形吊灯以及所有磨光的、反光的、折光的碎细物件。这时,我见到剧院前人群中有一套锈棕色服装:妈妈从魏茨克咖啡馆回来了,品尝完了穆哈,离开了扬·布朗斯基。

必须承认,奥斯卡仍然朝枝形吊灯送去了一声叫喊。不过,看来这一声并没有产生任何效果,因为第二天的报纸仅仅报道剧院门廊和门上的玻璃由于谜一般的原因震碎了。一连几个星期,日报小品栏里连篇累牍地刊载科学和半科学的调查报告,众说纷纭,想入非非,荒谬绝伦。《最新消息报》解释为宇宙射线,天文台的人,也就是那些高水平的脑力劳动者,则谈到了太阳黑子。

当时,我竭尽两条短腿之所能,赶快下了塔楼的回形楼梯,或多或少地屏住了呼吸,挤到剧院门口的人群中去。妈妈的锈棕色秋装已无处可寻,她准是到马库斯的店里去了,也许把我的声音所造成的灾祸告诉了他。至于那个马库斯,听她讲了我的所谓的不长个儿以及我的钻石声音后，便把这当做最自然不过的事情通盘接受，吐出舌尖摇晃着——奥斯卡是这样想象的——搓着他那双白里泛黄的手。

我一进店门，就见到一幅景象，使我当即忘却了远程摧毁玻璃的歌声所取得的全部成功。西吉斯蒙德·马库斯跪在我妈妈面前，而所有的玩具动物——狗熊、猴子、狗、眼睛会合上又张开的布娃娃、救火车、摇动木马以及全体守卫他的店铺的木偶，仿佛正要随他一齐跪倒在地。他的两只手捏住了我妈妈的两只手，露出了手背上毛茸茸的、浅棕色的斑点，在那里哭泣。

我妈妈严肃地看着他，由于这种场面，注意力也很集中。"别这样，马库斯。"她说，"求求你，马库斯，别在店里这么干！"

马库斯则没完没了，缠住不放。他讲起话来，指天誓日，语调夸张，我永远也忘不了。他说："您同布朗斯基断了关系吧，他在波兰邮政局里工作，我觉得，这样下去不好，因为他同波兰人搞在一起。您可别押宝押在波兰人身上，您要押宝的话，就押在德国人身上，因为德国人正在恢复元气，或迟或早要上来的。要是他们始终还没有恢复元气，还没有上来，阿格内斯太太，您就还靠着布朗斯基好了。要是您想靠马策拉特，那您已经靠上了。您最好还是把宝押在我马库斯身上，跟我马库斯走，我新近受了洗礼①。阿格内斯太太，要是您肯跟我走的话，我们就到伦敦去，我在那儿有朋友，有不少股票债券。要是您不愿跟我马库斯的话，那您就是瞧不起我，那就是因为您瞧不起我。不过，我是真心实意地哀求您，别再把宝押在布朗斯基身上了。他疯了，到波兰邮政局去做事。德国人一到，波兰人马上就全完蛋了！"

他讲了那么一大堆可能发生的事和不该做的事，弄得我妈妈七颠八倒。她正要掉眼泪，马库斯看见我站在门口，便松开妈妈的一只手，张开五指指着我说："请进来，我们把他也带到伦敦去。他会像一个小王子那样生活，像一个小王子！"

---

① 马库斯是犹太人，此处指他改宗信了基督教。

101

这时妈妈也瞧见了我，并露出了少许笑容。她或许想起市剧院门廊的窗户玻璃全没了，或许是由于去大都会伦敦的前景叫她开心。使我大吃一惊的是她摇了摇头，就像谢绝别人请她跳舞似的随随便便地说："谢谢您，马库斯，不过，那是不行的，真的不行——由于布朗斯基的缘故。"

马库斯一听到我表舅的姓名，就像听到了舞台上的提示，蓦地站了起来，弯腰一鞠躬，活像一把大折刀，随后说："请您原谅我马库斯。我一直就是这么想的。为了他的缘故，您是不肯答应的。"

我们离开了军火库巷的店铺，虽然没到打烊的时候，那位店主却从外面关上门，陪我们到五路车站。市剧院前面还站着过路的人和几名警察。我并不害怕，摧毁玻璃的胜利，我差不多已经丢在脑后了。马库斯弯下身子凑近我，与其说是自言自语，不如说是悄声对我们说："小奥斯卡真是样样都行，又能敲鼓，又能使市剧院出足洋相。"

妈妈一见碎玻璃就心慌起来，马库斯摇摇手安慰她。电车来了，我们上了拖车。他再次小声说，生怕被人听见："好吧，那您最好还是跟着马策拉特吧，您已经把他弄到手了，千万别把赌注押在那个波兰人身上！"

今天，当奥斯卡在金属床上或坐或躺，不论何种姿势仍然敲着鼓，探访军火库巷，塔楼地窖墙上乱涂的字迹，塔楼本身及其加了油的刑具，市剧院圆柱后面三扇门廊窗户，重又回到军火库巷，走访西吉斯蒙德·马库斯的店铺，以便追述九月那一天所发生的事情时，他还在寻找波兰。他如何寻找呢？用他的鼓棒。他也用自己的灵魂去寻找波兰吗？他用全身的器官去寻找，但是，灵魂不是器官。

我在寻找波兰，它丢失了，它还没有丢失。另一些人说，它不久就要丢失，它。已经丢失了，它又丢失了。今天，人们又在寻找波兰，他们用的是信贷、莱卡照相机、罗盘、雷达、魔杖①、代表团、人文主

---

① 魔杖，一种用迷信方法探寻矿脉、水源等所用的木叉式探矿杖。

义、反对党领袖以及穿着放了樟脑的服装的同乡会①。当这里的人们用灵魂——一半用肖邦②，一半用心中的复仇情绪——寻找波兰的时候，当他们谴责第一次至第四次瓜分波兰，并策划第五次瓜分波兰③的时候，当他们搭乘法国航空公司的飞机飞往华沙，并在过去是隔离区的地方，深表遗憾地放上一个小花圈的时候，当他们从这里用导弹寻找波兰的时候，我则在自己的鼓上寻找波兰，并敲出了这样的声音：丢失了，还没有丢失，已经又丢失了，丢失给了谁，很快就丢失了，已经丢失了，波兰丢失了，一切都丢失了，波兰还没有丢失④。

---

① 同乡会，指第二次世界大战后被迫离开欧洲东部流入联邦德国的德籍人组织的同乡会。

② 肖邦（1810—1849），波兰著名钢琴家和作曲家。他生活的时代，正是波兰民族意识觉醒的时期，1830年爆发了反对沙俄奴役的起义，这在肖邦的作品里都有强烈的反映。

③ 第四次瓜分波兰，指1939年8月23日签订的《德苏互不侵犯条约》的秘密附加协议书，和德苏双方分别于9月1日和17日出兵分占波兰。策划第五次瓜分波兰，指二十世纪五十年代联邦德国政府以恢复1937年德国疆界为条件签署和约的政策。

④ 这最后一句引自波兰国歌副歌歌词。又译"波兰还未亡。"

演 讲 台

　　我唱碎了市剧院门廊的窗玻璃,寻找并第一次找到了同舞台艺术的联系。那天下午,尽管玩具商马库斯大献殷勤,妈妈想必还是发现了我同剧院有着直接的关系,因为她在相继到来的圣诞节期间买了四张戏票,一张给她自己,两张给斯特凡·布朗斯基和玛尔加·布朗斯基,另外一张给了奥斯卡,在基督降临节①最后一个星期日,带着我们去看圣诞夜童话剧。我们的座位在二楼边上第一排。枝形吊灯照旧吊在正厅前座上空,非常讨人喜欢。我也很高兴,幸亏我没有从塔楼上唱碎它。

　　当时已经有许多许多孩子。在几个楼座上,孩子比母亲多,在正厅前座,孩子和母亲差不多一半对一半,因为坐在那里的都是有钱人,比较注意节制生育。瞧那些孩子,没一个能安安静静坐在那儿的!玛尔加坐在我和比较守规矩的斯特凡中间。她从座位上滑下去,又要爬上来,马上又觉得在楼座的栏杆前做体操更有趣味,结果夹在软椅垫和靠背之间,叫喊起来;但与我们周围其他爱吵闹的孩子相比,她的喊声还能让人忍受,而且时间不长,因为妈妈在她那张傻乎乎的嘴里塞了好几块糖。她一边嗫糖块,一边不停地从软垫上滑下来,弄得自己疲倦了,演出开始后不多一会儿,斯特凡的小妹妹便睡着了。每演完一幕,掌声把她惊醒,她又使劲地跟着拍手。

　　演的是大拇指的童话,从第一幕开始就把我吸引住了,并且显然特别迎合我的口味。这出戏编得很巧妙,但是大拇指在舞台上只能

――――――――――

　　① 基督降临节,圣诞节前第四个星期起至圣诞节止的这一段日子。

闻其声,不能见其人,戏里的成年人都跟在这个虽然看不见、但却相当活跃的主角后面转。他一会儿坐在马的耳朵里,一会儿被他父亲用高价卖给了两个流氓,一会儿在流氓的草帽檐上散步,从那上面向下讲话,后来又爬进了一个老鼠洞,钻进一个蜗牛窝,同小偷们一起行窃,掉进干草堆里,连同干草一起被母牛吞进胃里。母牛被人宰了,因为它会讲话,其实是大拇指的声音。母牛的胃连同困在里面的小家伙被扔在垃圾堆里,给一只狼吃了。大拇指花言巧语说服了那只狼,把它引到他父亲家的贮藏室里,狼正要开始攫取食物,他便大声喊叫。结尾和童话一样,父亲打死了恶狼,母亲用剪刀铰开这个饭桶的腹腔和胃,大拇指从里面出来了,这就是说,观众听到了他的叫声:"爸爸啊,我在老鼠洞里待过,在母牛肚皮里、在狼的胃里待过,现在,我回到你们身边来了。"

这个结局使我感动,当我抬头看我妈妈时,只见她用手绢捂住鼻子,因为她同我一样,把戏里的情节当成自己的经历了。妈妈多愁善感,在此后的几星期内,首先是在圣诞节这段日子里,她一次又一次地把我搂在怀里,把奥斯卡叫做大拇指,时而开玩笑地叫着:我的小大拇指哟!时而悲哀地叫着:我的可怜、可怜的大拇指啊!

直到一九三三年夏天,我才重新有机会去看戏。由于我的误解,最后事情弄糟了,但却给我留下了难忘的印象。直到今天,那雷鸣似的声响还在我耳边回荡。事情发生在索波特的林中歌剧院。从一九三三年起,每年夏天,在那里的夜空下,瓦格纳①的音乐向着大自然倾注。

对于歌剧,只有妈妈一个人还略感兴趣。马策拉特连轻歌剧都欣赏不了。扬学妈妈的样,醉心地大谈其咏叹调,尽管他摆出爱好音乐的样子,其实他根本没有音乐的耳朵。不过,他认识福梅拉兄弟,

① 理查德·瓦格纳(1813—1883),德国作曲家、指挥家,以歌剧创作闻名。1933年1月,希特勒上台任德国总理。他自命为瓦格纳的推崇者。此处喻纳粹势力已在但泽抬头。

他们同他是卡特豪斯中学的同学，住在索波特，掌管湖边小路和疗养院及游乐场门口喷泉的照明设备，又在林中歌剧院演出季节负责舞台灯光。

在去索波特的途中，经过奥利瓦，我们到宫殿花园消磨了一个上午。那里有金鱼和天鹅，妈妈和扬·布朗斯基待在著名的"窃窃私语"假山洞中，随后又是金鱼和天鹅，手挽手让一位摄影师照相。在拍照时，马策拉特让我骑在他的肩膀上。我把鼓放在他的头顶上，引得大家哈哈大笑。后来这张小照片贴到了照相簿上，看到的人也无不捧腹。再见，金鱼和天鹅，再见，"窃窃私语"假山洞。到处是度周末的人群，不仅在宫殿花园里，而且在花园铁栅栏门外，在去格莱特考的电车上，在格莱特考疗养院里，都是如此。我们在那里吃午饭。波罗的海在邀请大家去洗澡，仿佛它除此以外别的没有什么可做。当我们沿着海滨散步林荫道往索波特走去时，迎面而来的又是度周末的游客。马策拉特掏钱为我们买了疗养地的入场券。

我们在南浴场洗澡，因为据说那里比北浴场人少一些。男人到男更衣室换衣服，妈妈领着我到女更衣室一个小间里。她要我光着身子到家庭浴场去亮相，而她自己——当时她已经像溢过岸的河水似的丰满了——则把她的肉体塞进一件干草黄的游泳衣里。我不能这样赤裸裸的，让家庭浴场里成千只眼睛都盯着我，便把鼓挡住生殖器，随后又肚皮朝下趴在海滨沙滩上。我不愿下海水，尽管它在招手邀请，而是用沙土来遮羞，搞了一手鸵鸟政策。马策拉特，还有扬·布朗斯基，他们的肚皮刚开始积脂肪，那样子很可笑，又很可怜，几乎到了令人同情的程度，因此，到了傍晚之前，又要去更衣室时，我高兴极了。在更衣室里，人人都在身上被太阳灼伤处抹了油膏，又钻进星期日便服里。

我们在"海星"喝咖啡，吃点心。妈妈想要第三份五层蛋糕。马策拉特反对，扬既同意又反对。妈妈还是要了一份，给了马策拉特一口，喂了扬一口，使她的两个男人都感到满意，于是，把这块超甜的楔形蛋糕一匙一匙地塞进胃里去。

啊,神圣的奶油,你啊,撒上白糖的由晴转阴的星期日下午!波兰贵族老爷正襟危坐,戴着蓝色太阳镜,面前摆着浓果汁汽水,他们却连碰都不碰。贵族太太们摆弄指甲染成紫色的手指,她们身上披的专为休假季节租来的毛皮披肩的防蛀粉味,随着海风朝我们飘来。马策拉特认为租毛皮披肩虚荣透顶。妈妈却很想租一件,哪怕租一个下午也好。扬声称,眼下,波兰贵族的无聊已经到了无以复加的地步,尽管他们债台高筑,却不再讲法语,由于十足的附庸风雅,竟讲起最粗俗的波兰话来了。

我们不能永远坐在"海星"咖啡馆,老瞅着波兰贵族的蓝色太阳镜和紫色指甲。我妈妈塞了一肚子蛋糕,也要求活动活动。我们站起身来,到疗养地的公园去。他们让我骑在毛驴上走,又让我停下来照了张相。金鱼,天鹅——大自然什么想不到呢?——又是金鱼和天鹅,使淡水显得珍贵。

在修剪过的紫杉林中——大家总是说,这种树是不会沙沙作响的——我们遇到了福梅拉兄弟,掌管游乐场照明和林中歌剧院舞台灯光的福梅拉兄弟。小福梅拉一见面就滔滔不绝地讲笑话,全部是他干照明员工作时听来的。这些笑话大福梅拉无一不知,但出于兄弟间的友爱,仍在该乐的地方很有诱惑力地咧嘴一笑,露出四颗金牙,比他弟弟多一颗。我们到喷泉旁边去喝杜松子酒。妈妈宁可喝矿泉水。之后,还不停地从肚子里把笑话往外搬的小福梅拉慷慨地请大家到"鹦鹉"饭店进晚餐。在那里遇见图舍尔,半个索波特是属于他的,外加林中歌剧院的一部分地皮和五个电影院。他也是福梅拉兄弟的老板。他很高兴认识我们,我们也很高兴认识他。图舍尔一直在转动着他手指上的一枚戒指,不过,看来这并非神仙戒指或魔法戒指,因为他转了半天也转不出什么名堂来,仅仅是他自己开了腔,讲起笑话来,而且都是我们方才听福梅拉讲过的那些,只不过他讲得更琐细,因为他嘴里金牙不如人家多。尽管如此,全桌的人都笑了,因为这是图舍尔在讲笑话。唯独我一个人板着面孔,在他大卖噱头的时候,我却做出呆板的脸部表情来煞他的风景。唉，听这阵阵突然爆发的笑声，虽说都是装出来的，却像我们进餐的那个角落里窗上的牛眼形玻璃一样，增添了愉快的气氛。图舍尔表示感谢，接着又讲了一则笑话，让人端来"金水"酒①，被笑声和"金水"酒弄得飘飘然，突然间，改变了戒指转动的方向，这一回，果真有了结果。图舍尔请我们大家去林中歌剧院，因为林中歌剧院有一小块地皮是属于他的，遗憾的是他本人去不了，因为有约会，如此等等。不过，我们却喜欢坐他的座位，那是装上软垫的包厢，小孩要是困了，还可以睡觉。他掏出银的自动铅笔，用图舍尔的笔迹写了几行字在图舍尔的名片上。他说，有了它，处处可以通行——事实也是如此。

至于后来发生的那件事，三言两语就可以讲完：那是一个温热的夏晚，林中歌剧院坐满了外国人。尚未开演，蚊子却已经到场。待到最末一只蚊子——它总是姗姗来迟，以示潇洒——嗜血成性地发出警报声宣告来临时，才真正启幕。演的是《漂泊的荷兰人》②。从和这个林中歌剧院同名的森林里驶出一艘船来，说它是海盗的，还不如说是绿林好汉的。水手们开始对着树木歌唱。我在图舍尔的软垫椅上睡着了。当我醒来时，水手们还在唱，也许换了一批水手在唱：舵工呀，留神哪……但是，奥斯卡又睡着了，在昏昏沉沉中为他妈妈而高兴，因为她对荷兰人深表同情，好似自己也在海上航行，一呼一吸都符合瓦格纳的真正精神。她没有察觉，马策拉特和她的扬都用手捂着脸在打呼噜，声音像在锯粗细不同的树干。我也一次又一次地从瓦格纳的手指间溜走。末了，奥斯卡终于醒来，因为这时在林地正中央，孤单单地站着一个女人在喊叫。这个黄头发的女人之所以喊叫，是因为一个照明员，可能是那个小福梅拉用一架聚光灯照着她，调戏她。"不！"她喊道，"我痛苦哟！"接着又是一声，"谁使我痛

① "金水"酒，又名但泽利口酒，含金箔细末的露酒。
② 《漂泊的荷兰人》，理查德·瓦格纳的歌剧。写一个荷兰船长被罚永远在海上航行，除非他每隔数年上陆地一次时能得到爱情，才能解脱。下文的"女高音"指剧中女主角、爱上荷兰船长的苏塔。

苦?"可是,那个使她痛苦的福梅拉却不把聚光灯转向别处。这个孤单单的女人(后来妈妈把她叫做女高音),由喊叫变为呜咽,时而喷出银光闪闪的唾沫。这声声呜咽虽然使得索波特森林中树上的叶子过早地枯萎,但对福梅拉的聚光灯却不起任何作用。她的声音虽有天赋,但无实效。这时,奥斯卡不得不挺身而出,对准那没有教养的光源,送去一声音高比蚊子的嗡嗡声还低的、有远程效果的喊声,使那盏聚光灯一命呜呼。

结果,造成了短路,林中顿时漆黑一片,爆出的火花使森林起火,虽被扑灭,却引起了一场混乱。这些,都不是我的本意。在乱作一团的人群中,我不仅丢了妈妈和那两个被人粗暴地摇醒的男人,连我的鼓也给丢了。

这是我第三次同剧院打交道。回家后,妈妈便把瓦格纳歌剧里的歌配上简单的伴奏,在钢琴上弹奏。这还使她生出一个念头来,要带我去见识见识马戏团表演的气氛。到了一九三四年春,这件事果真实现了。

奥斯卡不想谈那些像道道银光破空而过的荡高秋千的女人、马戏团丛林里的老虎以及灵巧的海豹。没有人从帐篷圆顶上摔下来。没有驯兽者被咬坏。海豹要的无非是它们学到的那些玩意儿:顶彩球,接住别人作为犒赏扔过来的活鲱鱼。我感谢马戏团使我开心地度过了几个小时,还结识了贝布拉,那个站在瓶子上演奏《老虎吉米》①并指挥一队矮子的音乐小丑。同他结交,是我一生中的一件大事。

我们是在马戏团囚野兽的笼子前相遇的。妈妈和她的两位先生站在猴子笼前让它们胡闹取笑。这次破例一同来的黑德维希·布朗斯基,领着她的两个孩子在看矮种马。我看罢狮子打呵欠,轻率地同一只猫头鹰冲突起来。我想盯得它不敢再看我,结果反倒被它盯得垂下了目光。奥斯卡垂头丧气地溜走了,耳朵红得发烫,内心受了伤

---

① 《老虎吉米》源自美国南卡罗来纳州港市查尔斯顿的一种狐步舞曲曲名。

害,躺到可用汽车拖的蓝白色活动房屋之间,那里除去几头拴住的矮种羊以外,没有别的动物。

他穿着背带裤和拖鞋,拎着一个水桶,从我身旁走过。我们的目光刚一接触,便都认出了对方。他放下水桶,歪着大脑袋,朝我走来。我估计,他比我高大约九厘米。

"瞧,瞧!"他粗声粗气地怀着妒意冲着我说,"现在才三岁的孩子就不愿再长大了。"由于我没有回答,他便接着说下去,"我的名字叫贝布拉,我是欧仁亲王的直系子孙,他的父亲是路易十四,而不是人家所说的某个萨沃耶人。"因为我还是沉默不语,他又说,"我是十岁生日那天不再长个儿的,晚了点儿,但毕竟是不长了嘛!"

由于他这样开诚相见,我便作了自我介绍,但没有胡诌什么家谱世系,只说我叫奥斯卡。"请告诉我,亲爱的奥斯卡,您有十四岁或者十五岁了吧!也许十六岁了。什么,才九岁半?不可能的事!"现在轮到我来猜他的年纪。我故意说得很小。

"您真会奉承人,我的年轻朋友。三十五岁,那是过去的事了。今年八月,我就要过五十三岁生日了。我可以当您的爷爷喽!"

奥斯卡对他的小丑技艺恭维了几句,说他音乐才能高超,随后,在虚荣心的驱使下,稍稍露了一手。马戏场上三个电灯泡碎了。贝布拉先生大声叫好,好极了,他当即表示要聘请奥斯卡入伙。

我拒绝了。这件事我今天有时还感到遗憾。我心中劝自己不要干,并说:"贝布拉先生,不瞒您说,我宁愿当观众,宁愿私下里磨炼我这点微不足道的技艺,而不愿去博得别人的掌声,但我是少不了要为您的表演热烈鼓掌的。"贝布拉先生竖起皱皮的食指,劝我说:"亲爱的奥斯卡,请您相信一个有经验的同行。像我们这样的人,在观众中是没有容身之地的。像我们这样的人必须登台,必须上场。像我们这样的人必须表演,必须主持演出,否则就会被那些人所摆布。那些人主演,是不会让我们好受的!"

他的眼睛一下子变得十分苍老,几乎凑到了我的耳边,悄悄说道:"他们来了!他们将占据节庆场所!他们将举行火炬游行!他们将建造演讲台,坐满演讲台,从演讲台上说教,宣扬我们的毁灭①。留神哪,年轻朋友,留神演讲台上将要发生的事情,您要想方设法坐到演讲台上去,千万不要站在演讲台前面!"

这时,有人在喊我的名字,贝布拉先生便拎起水桶。"他们在找您,亲爱的朋友。后会有期。我们太矮小了,不会失之交臂的。贝布拉有一句老话:像我们这样的小人物,甚至在挤得没有插足之地的演讲台上,也总能找到立身处的。如果演讲台上找不到地方,演讲台底下总能找到的,只是千万别在演讲台前面。这是贝布拉讲的话,欧仁亲王的嫡系后裔贝布拉。"

妈妈喊着奥斯卡,从一辆马戏团居住车后面转出来,正好看见贝布拉先生吻我的额头,然后他提着水桶,肩膀一扭一歪地向一辆居住车走去。

"你们不想想,"妈妈事后对着马策拉特和布朗斯基一家大发脾气说,"他跑到矮人堆里去了。一个侏儒亲了他的前额。但愿没有任何含意!"

贝布拉亲我的额头,对我来说,含意很多。此后几年的政治事件证实了他的话:在演讲台前举行火炬游行和阅兵式的时期②开始了。

我听取了贝布拉先生的劝告,妈妈也部分地听取了西吉斯蒙德·马库斯的劝告;那天他在军火库巷向我妈妈进言,此后,每逢星期四我们到他的店里去时,他又一再提出。虽说她没有跟马库斯一同赴伦敦——倘若迁居,我也不会有多少异议——然而她仍同马策拉特待在一起,和扬·布朗斯基见面的次数则较少,这就是说,她偶尔去木匠胡同扬出钱租的房间,要么就在我家玩施卡特牌,这对扬来说代价更高,因为他总是输牌。妈妈虽然仍将赌注押在马策拉特身上,但根据马库斯的劝告,并没有把赌注加倍。马策拉特呢,他比较早地认识到秩序的力量,一九三四年就入了纳粹党,不过并没有因此

---

① 此处指纳粹党将上台掌权。
② 指纳粹时期。

而青云直上,只混上了一个支部头目。这次提升,同其他不寻常的事情一样,又使他们三人聚在我家玩施卡特牌。对于扬·布朗斯基在波兰邮局任职一事,马策拉特一再提出劝告,但这一回,他第一次用了比较严厉却又比较忧虑的语调。

除此而外,变化不大。唯有钢琴上方目光阴沉的贝多芬像——这是格雷夫送的礼物——被马策拉特从钉子上取了下来,在同一颗钉子上挂上了有着类似的阴沉目光的希特勒像。对于严肃音乐丝毫不感兴趣的马策拉特,要把这个几乎聋了的音乐家的画像彻底烧掉。可是妈妈却非常喜欢贝多芬钢琴奏鸣曲里的慢乐章,她练过那么两三个,有时也在琴上拨弄,但速度比规定的要慢得多。她坚持要把贝多芬像挂在长沙发或者碗橱上方,结果造成了那种最最阴森可怕的对抗局面:希特勒和这位天才的像相向挂着,他们对视着,互相看透了对方的用心,因此不能愉快地相处。

马策拉特逐渐把制服一件件地买齐全了。如果我记忆无误,他先戴上了“党帽”,即使在晴朗的日子里,他也爱把冲锋帽带勒在下巴底下。有一段时间,他身穿白衬衫,系着黑领带,来配这顶帽子,或者穿一件皮夹克,戴着臂章。接着他买了第一件褐色衬衫,一星期以后,他又要添置屎褐色的马裤和皮靴。由于妈妈反对,又拖了几个礼拜,马策拉特终于穿戴上了全套制服。

一周之内,穿这种制服的机会有好几次,但是马策拉特每周只穿一次就满足了,那是在星期日去体育馆旁边的五月草场参加集会的时候。参加这一集会,他是风雨无阻的,而且不肯带雨伞。“任务是任务,喝酒是喝酒!”马策拉特说。这句话很快就成了他的口头禅。每星期天早晨,他准备好午餐烤肉,就离开我妈妈,使我陷入了尴尬的境地,因为扬·布朗斯基利用这种新的政治局势,抓住星期天这个好机会,一色平民服装,来看我的被遗弃在家的妈妈,而这时,马策拉特正站在队伍里。

三十六计走为上。我只好悄悄溜走。我不想打扰和观察沙发榻上的这两个人。因此,等我穿制服的父亲一走,在穿平民服的扬——

我当时已经认为,他可能是我的生身之父——踏进门之前,我便敲起鼓,离开家门,朝五月草场走去。

您会问,非去五月草场不可吗？请您相信我的话,星期天港口码头歇工,我也不会拿定主意到森林里去散步,而圣心教堂的内景当时对我还没有吸引力。当然还有格雷夫先生的童子军,但是,在童子军集会上那种受压抑的性爱和五月草场上那种喧闹的场面这两者之间,我宁愿选择后者,尽管您现在会把我说成是他们政治上的同路人。

在那里讲话的,不是格赖泽尔①就是区训导主任勒布扎克。格赖泽尔从未特别引起过我的注意。他过于温和,后来他的区长之职被一个巴伐利亚人取而代之,此人名叫福斯特尔②,大胆泼辣得多。照理应当由勒布扎克来取代福斯特尔。是啊,如果勒布扎克不是驼背,那个菲尔特人③就很难在我们这个港口城市称王称霸。纳粹党看出勒布扎克的驼背里蕴藏着高度的智慧,因此量才录用,任他为区训导主任。勒布扎克精通他所干的那一行。福斯特尔只会用他那种令人作呕的巴伐利亚腔大喊大叫"回归帝国",勒布扎克却能详加发挥。他会讲各种但泽方言,谈关于博勒曼和武尔苏茨基④的笑话,懂得如何向席哈乌的码头工人,奥拉的老百姓,埃马乌斯、席德利茨、比格尔维森和普劳斯特的市民讲话。他身上的褐色制服使他的驼背显得更加突出。逢到他对付过分认真的共产党人和答复几个社会党人有气无力的诘问时,听这个矮小子讲话,在当时被认为是一种乐趣。

勒布扎克很机智,会讲俏皮话,这他可以从驼背里信手拈来。他自称驼背勒布扎克,群众一听就乐。勒布扎克说,他宁肯失去驼背,

---

① 阿图尔·格赖泽尔(1897—1946),自1934年起为但泽市参议院议长。他曾与纳粹签订条约,调整波兰与但泽的关系,战后被作为战犯在波兰处死。
② 阿尔贝特·福斯特尔(1902—1948),1930年起为纳粹党但泽区长。1939年9月1日,他宣布关于但泽是自由市的条约无效,但泽并入德国以及他本人为唯一的行政长官。
③ 菲尔特,德国巴伐利亚州一城市。此处指福斯特尔。
④ 博勒曼和武尔苏茨基,但泽笑话中的人物,分别象征德国人和波兰人。

也不能让共产党上台。显而易见,他不会失去驼背,隆肉是不可动摇的。因此,驼背是正确的,纳粹党也是正确的——由此可以得出结论说,一种思想的理想的基础就是隆肉。

无论格赖泽尔和勒布扎克还是后来的福斯特尔,都是站在演讲台上向大家讲话的。这是小贝布拉先生倍加赞扬的那些演讲台中的一个。因此,有很长一段时间,我把站在演讲台上、显得很有天才的驼背勒布扎克当成了贝布拉派来的使者。他身穿褐色制服,站在演讲台上,捍卫贝布拉的事业,从根本上说,也等于捍卫我的事业。

演讲台是干什么用的?建造演讲台的时候,根本不考虑将来登台的是谁,站在台前面的又是谁,但是不管怎么说,它必须是对称的。体育馆旁五月草场上的演讲台,也是以对称为显著特点的。且让我们由上往下看:六面“卐”字旗一字儿排开。下面是大旗、小旗、锦旗。台底下是一排党卫军,黑制服、冲锋帽,帽带勒在下巴底下。接着是两排冲锋队,在唱歌和讲演时,他们用手捏着腰带扣。随后坐着几排一身制服的党员同志。在小讲坛后面,坐着的又是党员同志,一副慈母面容的妇女同盟领袖,穿平民服的市参议院代表,来自德国的宾客,警察局长或他的副手。

演讲台台基前,站着希特勒青年团①,确切地说,是本地少年队的军号队和本地希特勒青年团的军鼓队,使前台显得青春焕发。在某几次集会时,还有队伍左右对称的混声合唱队,或者喊口号,或者唱深受欢迎的《东风之歌》,据歌词中说,旗帜招展,需借东风,至于其他风向,统统不及东风能使旗帜充分展开。

吻过我额头的贝布拉还说过:“奥斯卡,切莫站在演讲台前。像我们这样的人,应当站在演讲台上!”

---

① 希特勒上台后,实行国家“一体化”,即纳粹化,成立各种组织,如劳工阵线、妇女同盟、农民同盟等,此外还控制和毒化青少年。男孩子从六岁到十岁为“学龄团员”,满十岁升入“少年队”,十四岁正式参加“希特勒青年团”(按照与冲锋队相似的准军事方式组织起来的团体);女孩子十岁到十四岁加入“少女队”,满十四岁转为“德国女青年团”团员。

我多半能在妇女同盟的领导们中间找到一个座位。遗憾的是，这些太太在集会期间出于宣传的目的，不停地抚摩我。由于军鼓队不要我的鼓，所以我不得加入到台基前定音鼓、小鼓和军号的队伍里去。我想同区训导主任勒布扎克搭讪，可惜没成功。我完全把他搞错了。他既非如我所希望的那样是贝布拉的使者，对我身材真正的大小也一无所知，尽管他自己的隆肉大有见长的希望。

　　一次星期天集会时，我在演讲台前很近的地方和勒布扎克迎面相遇，我向他行了纳粹党的举手礼，先是目光炯炯地望着他，随后眨巴着眼睛低声向他说："贝布拉是我们的元首！"勒布扎克并没有恍然大悟，而是像纳粹党妇女同盟的人们一样地抚摩我，末了，他让人把奥斯卡从演讲台前领走，因为他得继续演讲。德国女青年团的两个领导把我夹在中间，在整个集会过程中，一直问我"爹娘"的情况。

　　因此，毫不足怪，我在一九三四年夏还没有受到罗姆①政变影响之前，就已经开始对党感到失望。我越是长久地从正面去观察演讲台，越是怀疑那种对称——虽有勒布扎克的驼背，但未能充分将它衬托出来。我的批评首先针对那些鼓手和军号手，这是不难理解的。一九三五年八月一个闷热的星期天，我在集会时同演讲台台基前的鼓手和军号手进行了一番较量。

　　马策拉特九点离家。为让他准时出门，我还帮他擦亮褐色皮绑腿。尽管时间这么早，天气已经热得难以忍受，马策拉特还没到户外，他的汗水已把党衫袖子下面都渍成深褐色了，汗迹越来越大。准九点半，扬·布朗斯基身穿透风的浅色夏装，脚蹬穿孔的浅口便鞋，头戴草帽跨进门来。扬同我玩了一会儿，眼睛却一刻也不离开我妈妈，她昨晚刚洗过头发。我马上察觉，待在此地有碍他们两人谈话，不仅妈妈举止僵硬，扬的动作也受拘束。他显然觉得身上那条夏天

---

① 罗姆（1887—1934），冲锋队参谋长。希特勒出任德国总理后，罗姆提出"第二次革命"的口号，企图控制军队。希特勒于1934年6月30日对罗姆一派进行了血腥清洗，7月1日枪杀罗姆，从而把德国陆军拉到他那一边。

穿的轻薄裤子太紧了。于是,我溜走了,跟着马策拉特的足迹,可是并不把他看做自己的榜样。我不走大街,因为那里满是向五月草场蜂拥而去的穿制服的人群。我第一次穿过体育馆旁边的网球场到集会地点去。这样一绕,使我看到了演讲台背面的全貌。

您可曾从背面看过演讲台吗?我想提个建议,所有的人在他们聚集于演讲台正面之前,应当先了解一下演讲台背面是什么模样。不论是谁,只要从背面看过演讲台,而且看个仔细的话,他就立刻被画上了护身符,从此不会再受演讲台上任何形式的魔术的诱惑。从背面看教堂的祭坛,其结果也类似。这个,下文再叙。

早已具备穷根究底的性格的奥斯卡,并不满足于只看到毫无修饰、丑陋毕露的支架。他想起了自己的老师贝布拉的话。演讲台本来只是供人从正面看的,他却朝它的背面走去。他抱着出门必带的鼓,穿过立柱,脑袋撞上一根凸出的横木,膝盖被一枚恶狠狠地穿透木头的钉子划破,头顶上先是党员同志的皮靴咯咯声,随后是妇女同盟成员小皮鞋的擦地声,终于来到了八月的天气使人闷热得透不过气来的地方。他在台基内部一块胶合板后找到一个藏身之处,既能安安稳稳地享受一次政治集会的音响魅力,又不会被旗帜惹得分心,或者被制服脏了眼睛。

我蹲在演讲台底下。在我的左、右、上方,站着少年队年纪较小的鼓手和希特勒青年团年纪较大的鼓手。他们叉开着腿,在阳光照射下眯缝着眼睛。再就是群众。我从演讲台木板缝里闻到了他们的气味。他们摩肩接踵,身穿假日盛装;有的步行而来,有的搭乘电车;部分人望完早弥撒,感到在那里不能令人满意;有的挽着未婚妻,带她来见见世面;有的想在创造历史①的时刻亲临现场,尽管这一来整个上午就泡汤了。

不,奥斯卡对自己说,不能让他们白跑。他把眼睛贴在木板节孔上,发现从兴登堡林荫大道传来了喧闹声。他们来了!乐队队长高

---

① 这是希特勒的话,指纳粹上台将"创造历史"。

喊口令,挥动指挥棒,队员们举起军号,嘴唇对准吹口,用糟糕透顶的军乐吹奏技法,吹响了他们擦得锃亮的铜管乐器,使奥斯卡听了感到悲痛,他自言自语地说道:"可怜的冲锋队员布兰德,可怜的希特勒青年团员克韦克斯①,你们白白地倒了下去!"

紧接着,在小牛皮蒙的鼓上敲出了密集的咚咚声,仿佛他们要证实奥斯卡为运动的牺牲者发出的这道讣告。从人群中央留出的通道望去,我隐约见到穿制服的人们向演讲台走来。于是,奥斯卡大声喊道:"现在,我的人民,注意了,我的人民!"

我的鼓已经放端正,两手松弛地拿着鼓棒,运用柔软的手腕,巧妙地敲出了欢快的圆舞曲节奏,使人联想起维也纳和多瑙河。我越敲越响,先把第一和第二小鼓手吸引到我的圆舞曲上来,又让年纪大一点的定音鼓手也灵巧程度不一地跟着我给的节奏敲起来。其中当然也不乏死脑筋的,他们毫无审音力,继续"砰砰"地敲着,而我心中想的却是"砰砰砰",是普通老百姓喜闻乐见的四三拍子。奥斯卡已经绝望了,正在这当口,军号手们开了点窍,横笛手们吹出了:"啊,多瑙河,蓝色的河。"只有军号队队长以及军鼓队队长不肯向圆舞曲之王②低头,高喊讨厌的口令。但是,我已经把他们两个给罢免了。现在奏我的音乐,老百姓感谢我。演讲台前响起了笑声,一些人跟着唱了起来:"啊,多瑙河,蓝色的河。"歌声越过整个广场,传到兴登堡林荫大道,传到斯特芬公园。"啊,多瑙河,蓝色的河。"我的节奏跳跃着传开了,我头顶上的麦克风用最大的音量把它传出去。我一边使劲地击鼓,一边从木板的节孔向外窥视,只见群众正在欣赏我的圆舞曲,欢快地跳着,他们都有这种腿上功夫。已经有九对男女在那儿跳舞,又增加一对,圆舞曲之王把他们撮合在一起。勒布扎克来了,

①　这是纳粹时期通俗读物和宣传性影片里的主角,表现希特勒青年团和冲锋队中为纳粹运动卖命的所谓"理想"队员。譬如克韦克斯,在故事中被共产党所杀,他的父亲(一个共产党员)在他死后就转而加入纳粹党。
②　此处指奥地利作曲家约翰·施特劳斯(1825—1899)及其圆舞曲《蓝色的多瑙河》。

带着县长和冲锋队旗官,带着福斯特尔、格赖泽尔和劳施宁①,后面还有一条褐色长尾巴——市党部人员。群众堵住了通往演讲台的通道。勒布扎克站在人群中,七窍生烟,火冒三丈。令人惊异的是圆舞曲节拍并不适合他。他习惯于前呼后拥之下,合着一板一眼的进行曲笔直向演讲台走去。这种轻快的乐音使他失去了对人民的信任。我由木板上的节孔看到了他的烦恼。一股气流穿过节孔,差点儿使我的眼睛发炎,然而我仍看着他,替他惋惜。接着,我改奏一首查尔斯顿舞曲《老虎吉米》,敲出了小丑贝布拉在马戏场里站在喝空了的塞尔查矿泉水瓶上敲击的那种节奏。可是,演讲台前的年轻人根本不知道什么是查尔斯顿舞。他们是另一代人了。他们自然对查尔斯顿舞和《老虎吉米》一无所知。啊,好友贝布拉,他们敲响的不是吉米和老虎的节奏,而是乱砸一气,军号吹得也不成个调子。横笛手则认为怎么吹都一样。军号队队长暴跳如雷,大声骂娘。可是,军号队和军鼓队的孩子们照旧拼命地擂鼓,吹横笛,吹军号。在秋老虎的炎热下,演奏吉米其乐无穷。在演讲台前,成千上万的人民同志②你推我挤,他们终于听出来了:这是《老虎吉米》,它召唤人民,跳起查尔斯顿舞来吧!

在五月草场上,那些还没有跳舞的男人都争先恐后地去抓还能找到的女舞伴。唯有勒布扎克只好驮着他的隆肉跳舞,因为他周围都是穿男上装的人,而且都有了舞伴。至于妇女同盟的那些太太,本来可以帮他摆脱困境,却一个个从演讲台硬邦邦的木板凳上溜了下来,跑得远远的,扔下勒布扎克一个人,孤零零的。但他还是跳起舞来了,这是那块隆肉给他出的主意。吉米音乐尽管可恶,他脸上却装出了喜欢的样子。能挽回他还是要尽力挽回嘛。

---

① 赫尔曼·劳施宁(1887—1982),1933—1934 年任但泽参议会主席,后与福斯特尔有矛盾,1936 年逃到瑞士。

② 纳粹用语。凡属德意志民族者,方称"人民同志"。

但是已经没有挽回的余地了。人民跳着舞离开了，五月草场撤空了，虽然被踩得一团糟，但仍旧是葱绿一片。人民连同老虎吉米进入毗邻的斯特芬公园，逐渐消失在这广阔的园林里。那里有吉米曾经许诺过的热带丛林，天鹅绒爪子的老虎在爬行，还有人造原始森林，可供方才在草场上你拥我挤的人民藏身。法律与秩序的观念烟消云散。比较热爱文明的人，可以到兴登堡林荫大道的街心公园去，那些树木是在十八世纪首次栽种的，一八〇七年拿破仑的大军围城期间被砍伐了，一八一〇年为向拿破仑表示敬意又重新栽上。在这片有历史意义的土地上，跳舞的人可以听到我的音乐，因为在我头顶上的麦克风并没有关掉，因为我的鼓声一直传到了奥利瓦城门，因为演讲台下的我，这个勇敢正直的孩子，毫不松劲，他借助吉米那只解脱了锁链的老虎，撒空了五月草场的人群，只留下丛丛雏菊。

甚至在我给予自己的鼓早该得到的安宁之后，那些年轻鼓手还敲个没完。我的音乐对他们所产生的影响，要过一段时间才能消失。

还需提一笔的是，奥斯卡未能立即从演讲台底下离开，因为冲锋队和党卫军人员还在台上待了一个多小时，皮靴把木板踩得咯咯响。他们钻到一个个角落里，挂破了身上的褐色和黑色制服。他们好像在台上寻找什么，可能在寻找某个社会党人或者某个共产党破坏小组。我不想详述自己使用了哪些妙计来迷惑他们，总而言之，他们没有找到奥斯卡，他们不是奥斯卡的对手。

这个木板搭的迷宫终于安静下来。这个迷宫同先知约拿在它腹内待过并弄了一身油脂的鲸鱼一般大。不，不，奥斯卡可不是先知，他觉得肚子饿了。此地没有上帝说："你起来，往尼尼微大城去，向其中的居民宣告我所吩咐你的话。"这里也没有上帝为我安排一棵蓖麻，使其生长得高过我，而后，却又安排一条虫子，咬这蓖麻，以致枯槁。我既不为《圣经》上的蓖麻，也不为尼尼微大城（即使它叫做但泽也罢）悲泣①。我将自己那面不是《圣经》上所载的鼓藏在毛衣里，集中注意力，从台底钻了出去，既没有撞了脑袋，也没有再被钉子划破。我离开了这个演讲台，它是为举行各种集会搭起来的，大小碰巧相当于吞过先知的那条鲸鱼。

有谁会注意到这个似三岁孩子的少年，他吹着口哨，沿着五月草场的边缘，慢吞吞地朝体育馆的方向走去呢？在网球场背后，我的孩儿们背着军鼓和定音鼓，拿着横笛和军号，在那里蹦蹦跳。我敢断定，他们在进行惩罚性操练。对于这些按着地区领导人的哨声蹦蹦跳的人们，我只感到有那么点儿歉意。勒布扎克离开了他的大批党部人员，独个儿驮着那块隆肉踱来踱去。走到一定的距离，他便用靴子后跟着地向后转，把那儿的草和雏菊统统踩死。

奥斯卡回到家里，午餐已经端上桌子：烤肉饼、盐水土豆、红甘蓝，餐后小吃有巧克力布丁加香草调味汁。马策拉特一声不吭。奥斯卡的妈妈吃着饭思想却开了小差。下午，家庭争吵，因为嫉妒和波兰邮局，闹得不可开交。傍晚时分，凉爽的阵风，突如其来的暴雨，擂鼓似的冰雹，出色地表演了好一阵子。奥斯卡的精疲力竭的鼓可以边休息，边欣赏了。

---

① 据《圣经·旧约·约拿书》载，耶和华派约拿去尼尼微，约拿违命，逃往他施。船上遇海风，舟人将约拿投于海。耶和华安排一条大鱼吞了约拿，他在鱼腹中三日三夜。巨鱼吐出约拿上岸后，他又奉命去尼尼微，宣告说，再等四十日，尼尼微必倾覆。该城的王和人民求告上帝，各人回头离开所行的恶道，丢弃手中的强暴。于是，上帝转意，不把所说的灾祸降与他们了。约拿因此不悦，上帝便以蓖麻为喻，责约拿惜物过于惜人。

橱　窗

有很长一段时间,确切地说,直到一九三八年十一月,我总是带着我的鼓,蹲在演讲台底下,观看较为成功或不太成功的游行,驱散集会,搞得演讲人结结巴巴,语无伦次,把进行曲和颂歌变成圆舞曲和狐步舞曲。

这一切已成往事。尽管我一直热衷于重温旧梦,但毕竟是冷却了的铁,再难重锻。今天,我是一家疗养与护理院的自费病人,能够正确看待当年在演讲台下擂鼓的行为。我从此不存此念:由于我破坏过六七次集会,使三四次列队行进的队伍乱了阵,因此要把自己看做一名反抗战士。今天,"反抗"这个词已经变得非常时髦。您随处可以听到人家在讲什么"反抗精神"啦,什么"反抗集团"啦。人家甚至可以把反抗变为"内心化",美其名曰:"内心流亡"①。更不用提那些精通《圣经》的正人君子了。他们在战争期间,由于一时疏忽,忘了用防空窗帘挡上卧室的窗户,被防空值班员发现,罚过那么一次钱,现在也自称为什么"反抗战士""反抗人士"等等。

还是让我们再来回顾一下演讲台下的奥斯卡吧!奥斯卡曾经用鼓声向人民预言过什么没有?他可曾听从他老师贝布拉的劝告,自己掌握行动的过程,并让演讲台前的人民跳舞?他可曾把那么能说会道、世故老练的区训导主任勒布扎克搞得个晕头转向,一筹莫展?

---

① 此处是讽刺一些拥护过纳粹党或与之合作的人在战后为自己洗刷的现象。"内心流亡"是纳粹上台后一批留在德国的知识分子在战后的托词。

他可曾在一九三五年八月某个吃一锅熬食物的礼拜天①，第一次——以后又有若干次——急速敲击他那面红白两色相间、然而又不是波兰造的铁皮鼓，驱散穿褐色制服者的集会？

所有这些，我都干过了，诸君也不得不承认。难道如今我这个疗养与护理院的病人因此就成了反抗战士吗？对于这个问题，我的回答是否定的，并且也请诸君，不是疗养与护理院病人的诸君，仅仅将我看做是一个有点偏执的古怪的人。他出于私人的以及美学上的原因，把他老师贝布拉的谆谆教导铭记在心，一概拒绝制服的颜色和剪裁，拒绝演讲台上流行的音乐的节拍和音量，因而在一面仅仅是儿童玩具的鼓上，敲出一些抗议的声音来。

当时，还可以用一面毫不足道的铁皮鼓来对付演讲台上面和前面的人们，此外，我得补充说一句，我的舞台功夫同我远距离唱碎玻璃的技艺一样，已经到了登峰造极的境界。我不单单击鼓反对褐色分子的集会。不论赤色分子和黑色分子，童子军和穿菠菜色衬衣的天主教青年会，耶和华目击者和基夫霍伊泽团②，素食者和纯清空气运动的波兰青年，在他们集会时，奥斯卡也蹲在演讲台下。他们应当唱什么，吹奏什么，祈求什么，宣布什么，我的鼓知道得更清楚。

不错，我的事业是破坏性的。凡是我用鼓挫败不了的，我便用声音置它于死地。于是，我除去白天破坏演讲台的对称之外，又开始了夜间活动：扮演诱惑者，时间是在一九三六年和一九三七年之间的冬季。诱惑同类的本领，我最初是从我的外祖母科尔雅切克那儿学来的。那年严冬，她在朗富尔星期集市上摆了一个固定售货摊，换句话说，她穿着四条裙子，蹲在摊子后面，用叹苦经似的声音叫卖："新鲜鸡蛋，金灿灿的黄油，小鹅，不肥也不瘦！"每星期四是集市日。她从菲尔埃克搭乘窄轨小火车，快到朗富尔时，她脱下火车上穿的毡靴，

①　纳粹德国为加紧备战，号召居民节约。
②　基夫霍伊泽团，1900年成立的退役军人联合会，半军事性质的组织，拥护君主政体，属于右翼。第一次世界大战后，同其他退役军人组织合并，成为一个大的联合会，会员人数甚多。

换上没有式样的橡皮套鞋下火车,挎着两只篮子,朝车站街她的固定售货摊走去。货摊上挂着一块小牌子:"安娜·科尔雅切克,比绍"。当时的鸡蛋多便宜啊!一个盾能买十五六个。卡舒贝产的黄油比人造黄油价廉。我的外祖母蹲在两个渔妇之间,她们喊着:"新鲜的比目鱼!""美味的鳕鱼唻!"严寒使黄油冻成石块,使鸡蛋保持新鲜,把鱼鳞磨成极薄的刀片;严寒也使一个男人有活可干,有钱可赚。他名叫施韦特费格尔,是个独眼龙。他生了一堆炭火,把砖头架在火上烤热,用报纸包上,租给赶集的女人。

我的外祖母让施韦特费格尔分秒不差地每小时用铁耙推一块热砖头到她的四条裙子底下去。她刚撩起裙子,施韦特费格尔就把一块冒热气的纸包砖头塞进去,两下动作,一卸一装,接着,他的铁耙把差不多冷却了的砖头从我外祖母的裙子底下拖了出来。

我多么嫉妒储存和散发热量的纸包砖头!今天,我还希望把我当做烤热的砖头放到我外祖母的裙子底下去,而且永远由我来替换我自己。诸君会问:奥斯卡要到他外祖母裙子底下去寻找什么?他是不是要学他外祖父科尔雅切克的样子,对这个老太婆放肆起来?他是想寻找忘却、故乡和最终的涅槃境界吗?

奥斯卡回答道:我要到裙子底下去寻找非洲,可能的话,还要寻找那不勒斯;不游此地,枉过一生,谁都这么说。这里是分水界,江河的汇合处;这里的风也特别,或者根本没有风;这里细雨淅沥,但是坐在雨中,衣裳不湿;这里船只有的拴着,有的起锚;这里,慈爱的上帝坐在奥斯卡身边,他总是喜欢温暖;这里,魔鬼在擦他的望远镜,小天使在玩捉迷藏;在我外祖母的四条裙子底下,永远是夏天,不论是圣诞树点燃的时候,还是奥斯卡寻找复活节彩蛋或者礼拜万圣的时候①。在我外祖母的四条裙子底下,我可以按照日历宁静地度日,那

---

① 圣诞节(耶稣生日)是12月25日,耶稣复活节在每年过春分月圆后第一个星期日,礼拜万圣指万圣节(11月1日)。这里用三个基督教节日代表冬、春、秋三季。

是任何地方也比不上的。

她很少让我钻到她的裙子底下去，在星期集市上，她根本就不让我这样干。我蹲在她身边的小木箱上，她用胳臂搂着我，使我得到温暖。我瞧着热砖送来，凉砖拖走，并从我外祖母那里学到了诱惑术。她用一根线拴住文岑特·布朗斯基的旧钱袋，把钱袋扔在人行道踩实的雪地上。这个诱饵肮脏至极，只有我和我的外祖母能看见那根牵着的线。

家庭主妇来来往往，尽管样样东西都便宜，她们却什么也不想买，也许想让人白送，或者还想捞点什么外快。一位太太，存着这种念头，弯腰去捡扔在地上的文岑特的钱袋，手指头刚刚触上，我外祖母就把钓饵连同这位穿着讲究、多少有点尴尬相的太太一起钓了上来，把这条活鱼引诱到箱子边上，非常客气地对她说："噢，太太，买点黄油吧，金灿灿的，要么来点鸡蛋，一个盾十五六个，好吗？"安娜·科尔雅切克就用这种办法卖掉了她的土产。我呢，学会了这种诱惑术，但不是我们楼里十四岁的男孩把苏西·卡特骗到地窖去玩医生和病人游戏的那种诱惑术。那种事情诱惑不了我，我一见就躲，因为有一次，我们公寓里的顽皮孩子阿克塞尔·米施克和努希·艾克当献血的，苏西·卡特当女大夫，他们把我拉去当病人，硬要我服药，这种药虽然不像上回的砖头汤那样尽是沙子，但是留在我嘴里的是一股烂鱼的臭腥味。我的诱惑术几乎是不触及肉体的，而且同受骗者保持一定的距离。

夜幕早已降临，店铺关门也有一两个钟头了。我从妈妈和马策拉特身边溜走，站到隆冬的黑夜里。街上静悄悄的，几乎没有行人。我从门口挡风的墙壁凹入处，望着街对面店铺的橱窗，有熟食店、缝纫用品店、鞋店、钟表店、珠宝店，陈列的东西既使人垂涎欲滴，又便于顺手牵羊。不是所有的橱窗都亮着灯。我甚至宁愿让店铺前侧的街灯使陈列物处在半明半暗之中，因为灯光吸引所有的人，即使是最普通的人，可是，半明半暗却能使出类拔萃的人在那里逗留。

我所感兴趣的，并非那些过路行人，他们或是朝琳琅满目的橱窗里扫一眼(与其说是看商品,不如说是看价目牌),或是将橱窗当做镜子,看看自己头上的帽子是否端正。在无风而干冷的天气里,在无声地飘落的鹅毛大雪中,或在寒意浓越显得圆的明月下,我等待的是那些好似应召而来站在橱窗前的顾客,他们不是漫无目的地浏览,而是略瞧几眼以后或者一上来就死死地盯住某一件陈列品。

我的计划是猎人的狩猎计划。这需要耐心、冷酷无情以及可靠的敏锐的目力。具备了这些前提,我的声音才能发挥作用,用无痛的、不流血的方式杀死野兽,引诱别人。引诱别人干什么呢?偷窃。我用无声的叫喊把橱窗切了一个圆口,正好在最下一层陈列物的地方,尽可能正对着别人眼睁睁地盯着的那件东西,再用扬起的尾声把切割下的圆玻璃撞落到橱窗内,发出一声迅速消失的声响。这不是玻璃撞碎的声响,连奥斯卡自己都听不到,因为他离得远。可是,那个年轻女人听到了,她身穿兔毛领子褐色冬大衣,大衣面肯定已经翻过一次了。她吓了一跳,连衣领上的兔毛也颤抖了。她想离开,却又站住了,也许因为天在下雪,也许因为在下雪的时候可以没有禁忌,当然这还得是在大雪纷飞的情况下。然而,她还是环顾四周,不信任纷飞的雪片,似乎雪片背后不是雪片而是别的什么。她回头四下瞧着,右手却已经从兔毛暖手筒里溜了出来!她不再回头看,而是把手伸进了切开的圆孔,先把跌落而压在她垂涎的东西上的玻璃推到一边,然后把那双浅黑色的高跟鞋一只接一只地从圆孔里取出来,既没碰坏后跟,也没被锋利的切口划破她的手。这双鞋一左一右进了大衣口袋。奥斯卡见到了她漂亮的、然而毫无表情的侧脸,只有一瞬间,飘落五片雪花的时间,并且脑际闪过一个念头,这也许是施特恩菲尔德商店的时装模特儿,她就不可思议地离去了,消失在稠密的飞雪中,又重现在下一个街灯的昏黄灯光下。随后,她不论是新婚的少妇也罢,还是从橱窗里解放出来的时装模特儿也罢,反正又走出了圆锥形的光柱,飘忽而去。

大功告成——守候、窥伺、不许擂鼓、歌唱和切割坚冰似的玻璃,这些都是艰辛的工作——我同那个女贼一样,怀着一颗一半炽热、一半冰凉的心，返回家去，只是没有赃物。

我的诱惑术并不总能像上述情况那样取得百分之百的成功。我的目标之一是要使一对情侣变成一双窃贼，但每每失败。不是两个人都不干，便是男的刚一伸手，女的就将他的手一把拉回来，或者女的胆量十足，男的却双膝跪下，苦苦哀求，直到女的听从为止，但从此瞧不起他。有一次下雪天里，我诱惑化妆品商店前一对特别年轻的情侣。男的充当了好汉，抢了一瓶科隆香水。女的哭哭啼啼地说，她什么香水也不要。男的要她散发香味，坚持己见，走到第一盏路灯下。可是，那个丫头像是有意要惹我恼火，她在灯光下踮起脚尖，感情外露地亲吻他，直至他沿着自己的足迹跑回去，把科隆香水送还到橱窗里。

有时，我在年岁较大的绅士身上也碰到了类似情况。我本来期待他们的并不仅只是在冬夜里快步行走。他们凝神站在雪茄店的橱窗前，心里想的却是哈瓦那、巴西和布里萨戈群岛①。而当我的声音按一定的尺寸作了切割，并让切下的玻璃落在"黑色智慧"牌的小盒上时，那些绅士的心也怦然一跳，像一柄折刀猛地合上。他们转过身子，摇动手杖，穿过马路，从我和我家大门旁急匆匆地走过，但没有发现我。奥斯卡看到这些老绅士脸色煞白，惊慌失措，像撞见了魔鬼似的，便不由得暗自发笑。这哂笑中含有淡淡的忧虑，因为这些绅士不仅是抽雪茄的老烟鬼，而且都已到了风烛残年，他们出完一身冷汗，又出一身热汗，尤其在变化不定的天气里，大有得感冒的危险。

那个冬天，我们市郊大多数保过偷盗险的店铺，都遭到可观的损失，保险公司不得不给予赔偿。尽管我从未造成大规模的偷盗，并且在切割橱窗时也有意识地限制尺寸，只让别人拿走一两件陈列品，可是，这些被称为破门窗偷盗的案件却日积月累，次数渐增，弄得刑事警察们不得安宁，并被报界骂作饭桶。从一九三六年十一月至一九三七年三月，即在科克上校在华沙组成一届国民阵线政府的时期内，

---

① 这三处均以产雪茄而著称。

在这类破门窗偷盗案中,企图作案的有六十四起,已成事实的有二十八起。当然,在这些中年妇女、穿着过分讲究的年轻店员、女用人以及领养老金的中学教员中,一部分并不是一心想做贼的,刑事警察不久便破案并没收了他们的赃物;还有一些外行小偷,在搞到自己梦寐以求的东西之后,反倒整夜不得安眠,左思右想,结果第二天就到警察局去自首说:"唉,请您千万原谅。我担保不再重犯。昨夜我站在橱窗前,突然玻璃上出现一个窟窿。走到半路,我总算镇定下来,但离开那个橱窗已有三个十字路口。这时我才发现,我把一副极好的、不说买不起也肯定是很贵的鞣皮男手套非法地塞进了大衣左口袋里。"

警察局不相信有什么奇迹。因此,所有的人,不论是被抓到的还是自首的,统统得蹲班房,刑期是四星期至两个月不等。

我本人有时也被关在家里,因为妈妈自然猜到了我的比玻璃更硬的声音同犯罪事件有关,虽然她不说出口,并且很聪明地不去向警察局坦白。

马策拉特则相反,装出遵守法纪的样子,板起面孔,要审问我。我一概拒不招认,并手腕越来越高明地用我的铁皮鼓作护身符,用我永远像三岁小孩似的个子作挡箭牌。每逢马策拉特审问完了,妈妈总是这样大声嚷道:"是那个矮小子的罪过,就是他,他吻了奥斯卡的前额。我当时就预感到,这可不是好事情,因为奥斯卡以前完全不是这样的。"

我承认,我受了贝布拉先生的影响,影响虽不大,但持续时间很长。甚至家庭禁闭也管不住我,我总能遇到一些良机,溜出去个把钟头,而且没有人来盘问我。我于是又用歌声在缝纫用品店的橱窗上割开一个臭名昭著的圆窟窿,使一位看中了橱窗里某件陈列品的有为青年捞到一条真丝的紫红色领带。要是您问我,我把擦得锃亮的橱窗割开一个巴掌大的圆孔,这种诱惑力已经相当不小,是否还有邪恶在左右我增加这种诱惑力呢?奥斯卡的回答是:没错,是邪恶。仅仅由于我站在黑洞洞的大门口,就证明我是受邪恶左右的。因为众所周知,门洞是邪恶最爱待的地方。另一方面,我也不想缩小这种诱惑术的邪恶的性质。因此,今天,在我既没有机会去诱惑别人,也不再有这种癖好的时候,我必须对自己和我的护理员布鲁诺说:奥斯卡,你不仅满足了所有默不作声但心中深爱自己目的物的那些冬季行人较小的和不大不小的愿望,而且还使站立在橱窗前的人们认识了自己。某些体面的、穿着时髦的太太,某些规矩的老绅士,某些笃信宗教以保持青春的老小姐,如果他们没有受到你的声音的诱惑而去偷窃的话,他们是绝不会认识到自己身上还会有窃贼的禀性的,更不用说那些正人君子的转变了,他们在受你诱惑之前,甚至将一个本领不到家的小小扒手都看做是罪该万死的危险家伙。

有一个人,我每天晚上埋伏着窥伺他,他也曾三次拒绝偷窃,最后还是动了手,并且成为从未被警方发现的窃贼。此人便是埃尔温·朔尔蒂斯博士,检察官,州高级法院里令人畏惧的起诉人。他变成了一个温柔、宽容、在判决时几乎最讲人情的司法人员,因为他已经献身于我这个窃贼崇拜的小半仙,并且盗走了一个真獾毛的修面刷。

一九三七年一月间,有一次我久久地忍着冻站在一片珠宝店对面。这家店铺开在市郊一条林荫道上,路上栽种的通常都是槭树。尽管地点偏僻,但是招牌很响。在陈列首饰和手表的橱窗前,有那么一些可以诱惑的对象,要是他们站在别家店铺的陈列品前,譬如女用长筒袜啦、兔绒皮帽啦、利口酒啦等等,我早就毫不犹豫地施展我的法术了。

这就是珠宝对人产生的影响。人一见珠宝,性子就变慢了,变得爱挑剔了,像看珍珠项链似的,可以没完没了地转着圈看下去。我也不再用分秒来计时,而是改用“珍珠年”,因为我考虑到,珍珠比脖子耐久,腐烂的不是手镯而是手腕,在坟墓里挖掘到的不是手指而是戒指;总而言之,我也在慢吞吞地选择,嫌这个看橱窗的人充阔佬充得太过分,因此不配让他戴珠宝首饰,又嫌那个过于小家子气。

珠宝商班泽默尔的橱窗里陈列品并不多。几块精选的手表，瑞士的优质货，天蓝色丝绒上几枚同一种式样的结婚戒指，橱窗中央，有六件，确切地说，七件精选出来的陈列品：一条盘了三圈的蛇，用不同色泽的黄金打成，细工镂刻的蛇头上镶有一块黄玉，还有两颗金刚钻以及两颗作为眼睛的蓝宝石，因此显得格外贵重。我本来是不喜欢黑丝绒的，但是，在珠宝商班泽默尔的这条蛇下面衬上黑丝绒，却是最合适不过了。同样，在因简朴而迷人、以匀称而夺目的银制物品下面衬上灰色丝绒，会产生一种宁静感，吊足观赏者的胃口。一枚戒指，镶着一颗非常可爱的宝石，使人一看便知道这枚戒指将磨坏同样可爱的妇女们的手指，而它自身则变得越来越可爱，直至达到不朽的程度，而不朽则是珠宝所独享的。谁戴了都要受罪的小项链。谁戴了都要磨损脖子的项链。还有一种轻巧的项链，挂在大致模仿颈根肤色的浅黄色丝绒软垫上。一张编织得很精巧的网，织成又破，破了又织。这是一种什么样的蜘蛛，竟能分泌出金丝来把六颗小的和一颗较大的红宝石网住呢？蜘蛛潜伏在哪儿？它守候着什么呢？它当然不是守候着更多的红宝石，而是守候着某个人，这个人的目光被网里似凝结成颗粒状鲜血的红宝石勾引住了——换句话说，这条项链按我的意思，或者按吐金丝的蜘蛛的意思，应该送给谁呢？

一九三七年一月十八日，在被人嘎吱嘎吱踩硬了的雪地上，在一个散发出更多雪的味道的夜里，在一个可以使人存着希望把一切事情都推给雪来负责的黑夜里，我看见扬·布朗斯基从我埋伏处右边横越过马路，头也不抬地走过珠宝店，随后又踌躇不前，不，不如说是应了谁的招呼停了下来。他转过身去，或者说，他被什么力量扭转过身去。就这样，扬站在橱窗前几棵白雪覆盖的无声的槭树间。

这个清秀的、总有点唉声叹气的、在工作上唯命是从、在爱情上劲头十足、半是傻瓜半迷恋于美的扬·布朗斯基，这个靠我妈妈的肉体活着，并用马策拉特的名义生了我（这一点我至今还半信半疑）的扬,此时此刻,身穿时髦的、可能是某个华沙裁缝做的冬大衣,站在橱窗前,一动也不动,成了一座石雕像。他的目光死盯着金项链上的红宝石,就像站在雪地里的帕西伐尔①,直愣愣地盯着雪地上的血迹。

　　我本来可以把他唤走,或者用鼓声把他唤走。我带着铁皮鼓。它在我的大衣里面。我只要解开一个扣子,它就能一跃而出,进入寒夜之中。我只要把手伸进大衣口袋,就能拿到鼓棒。猎人胡贝图斯②见到一只非常奇特的鹿在他的射程内,他不也没有射箭吗?扫罗皈依成为保罗③。罗马教皇莱奥伸出戴戒指的手指,阿提拉一见,便掉转马头撤兵④。但是我呢,照旧射箭,不改变信仰,也不撤兵,照旧当猎人。奥斯卡要达到他的目的,不解开大衣扣子,不让铁皮鼓跳到寒夜里,不用鼓棒敲击冬天般洁白的铁皮,不让一月之夜变成鼓手之夜,而是无声地响了一声,也许像一颗星星,或者像海底的鱼似的喊了一声,先破坏寒夜的结构,使它终于落下新的雪来,随后把声音传到玻璃上,传到厚玻璃上、贵重的玻璃上、便宜的玻璃上、透明的玻璃上,把世界分隔为两个的玻璃上,圣母的、神秘的玻璃上,扬·布朗斯基和红宝石项链之间的橱窗玻璃上,割开一个洞,刚好像我所熟悉的扬的手套那样大小,让割开的玻璃像活门似的倒下,既像天堂的门,又似地狱的门。这时,扬并不畏缩后退,而是将戴着鞣皮手套的手从大衣口袋里伸出来,伸进天国,手套离开了地狱,从天国或者地狱里取走了一串项链,那上面的红宝石能使所有的天使,包括已故的在内,笑逐颜开。他将捏着红宝石和黄金的手又插进口袋里,却始终还站在开口的橱窗前,尽管站在那里是危险的,尽管已没有鲜血似的

---

　　① 帕西伐尔,布列塔尼传说中的英雄。此处指瓦格纳歌剧《帕西伐尔》中的主角。

　　② 胡贝图斯,列日主教,猎人的保护人。据传说,一次狩猎,他看见一头鹿两角之间有一金十字架,于是忏悔行猎之过。

　　③ 保罗,希伯来名为扫罗,原来反对耶稣基督,后归其门下,称使徒保罗。此处为改恶从善之意。

　　④ 阿提拉(约406—453),匈奴王,曾于452年攻入意大利,罗马教皇莱奥一世(440—461年在位)同他签订和约。文中所述,系传说故事。

红宝石硬要他的或者帕西伐尔的目光死盯着那个方向。

圣父、圣子、圣灵啊！现在圣灵该显神通了，否则圣父，扬，就得遭殃。圣子，奥斯卡，解开大衣纽扣，赶紧拿出鼓棒，在铁皮上敲出了呼唤声：父亲，父亲！直至扬·布朗斯基转过身来，很慢很慢地横穿过马路——啊呀，实在太慢了，他在家门口找到了我，奥斯卡。

仍旧木然发呆但快要清醒的扬望着我时，天又开始飘雪花了，这一刻多美啊！他伸出一只手，但是没有戴那只接触过红宝石的手套，搀着我默默地但并非心情郁悒地回家去。在家里，妈妈正在为我担忧，马策拉特还是那副老样子，铁板着面孔，吓唬我要去叫警察，其实并不认真。扬没作解释，也没有久留，尽管马策拉特已经把啤酒摆上桌子并请他玩施卡特，他还是辞别了。临走时，他抚摩奥斯卡的头，我则困惑不解，究竟是扬要我严守秘密呢，还是要得到我的友谊呢？

此后不久，扬·布朗斯基把项链送给了我妈妈。她肯定知道这件首饰的来历，所以只在马策拉特不在家的时候戴着它独自欣赏，或者戴给扬·布朗斯基看，或者还戴给我看。

战后①不久，我在杜塞尔多夫的黑市上，把这串项链换了十二条"吉祥"牌的美国香烟和一只公事皮包。

---

① 指第二次世界大战。

没有出现奇迹

今天，我躺在疗养院的病床上，时常惦念当年我得心应手的那种能力。它将我的声音送进寒夜，融化冰花，割开橱窗，给小偷打开方便之门。

比方说，我现在多么想把病房房门上方三分之一处那个窥视孔的玻璃除掉，好让我的护理员布鲁诺直接观察我。

在我被强制送入疗养院前的那一年里，我的声音失灵了，我可真是苦恼。夜间在街上，我喊出一声，急切地期待它产生效果，但却徒然。这时，厌恶暴力的我，竟捡起一块石头，向杜塞尔多夫市郊一条寒碜的街上某家厨房的窗子扔去，这种事情在当时完全有可能发生。尤其在见到那个装饰师维特拉的时候，我多么想做点示范动作给他看看呀！我见到他时，往往已经过了午夜。他站在国王林荫道上一家男用时髦物品店或者以前的音乐厅附近一爿化妆品店的橱窗玻璃后面。他的上身被帷帘遮着，但我根据那双红绿相间的短统羊毛袜认出了他。虽然他是或者可能是我的信徒，但我仍旧想唱碎玻璃给他瞧瞧，因为我始终难以断定，究竟是叫他犹大好，还是叫他约翰①好。维特拉是贵族出身，他的名字叫戈特弗里德。我唱了几声，毫无效果，好不丢脸，只是轻轻地敲敲那扇完好无损的橱窗玻璃，引那位装饰师注意我。于是，他便走到街上，同我闲扯一刻钟光景，并嘲笑他自己的装饰艺术。这时，我不得不叫他戈特弗里德，因为我的声音已经不能产生奇迹，而我也就没有资格叫他约翰或者犹大了。

---

① 犹大和约翰，都是耶稣的门徒。后来犹大出卖耶稣。

我在珠宝店前那次歌唱,使扬·布朗斯基成了窃贼,使妈妈成为红宝石项链的主人。此后,我便暂告一个段落,不再在陈列令人垂涎的物品的橱窗前耍弄歌唱术了。妈妈变得虔诚了。是什么使她虔诚的呢?同扬·布朗斯基的关系,偷来的项链,过私通生活的女人甜蜜的痛苦,使她变虔诚了,使她在圣礼之后变得欲念更旺。要背一本所犯罪孽的流水账是轻而易举的。礼拜四,在城里会面,把小奥斯卡留在马库斯处,到木匠胡同幽会,多半曲尽其趣,再去魏茨克咖啡馆喝穆哈,吃糕点,到那个犹太人那里去接小儿子,领受马库斯献的一番殷勤,买走一小袋丝线,价钱之廉几乎等于白送。回到五路电车站,我妈妈微笑着享受兜风之乐,脑子却不知想到哪里去了。她乘着电车经过奥利瓦门,穿过兴登堡林荫大道,对体育馆旁边马策拉特每星期日在那里度过午前时光的五月草场,她几乎连一眼都不瞧。电车绕体育馆拐弯时,她咬牙忍受着——方才一场欢喜,见了这方箱形的建筑,能不恶心吗?电车又往左边拐弯,沾满尘土的树木背后,显现出康拉德学校以及戴红帽子的小学生——要是见到小奥斯卡也戴着一顶绣金色"C"①字的小红帽站在那里,那会是多么可爱啊!他十二岁半了,要上学的话,也高小三年级了,现在正开始学拉丁文,他准是个名副其实的康拉德学校的小学生,勤奋用功,还有那么点狂妄自大的劲儿。

过了铁路旱桥下的通道,电车朝帝国殖民区和海伦·朗格学校的方向驶去时,阿格内斯·马策拉特太太仍一个劲儿想着康拉德学校,仍一个劲儿想着她的小儿子奥斯卡错失了的机会。电车又往左拐,经过有葱头状尖顶的基督教堂和马克斯·哈尔贝广场,我们在皇帝食品杂货店门口下车。妈妈瞧了一眼她的竞争者的橱窗,步履艰辛地走进拉贝斯路,就好像向基督被钉死在十字架上的地方走去;又开始冒头的坏脾气,手里搀着的畸形孩子,内疚,消除疲劳的要求,既不满足又觉厌烦,对马策拉特既厌恶又钟爱。在这种复杂感情的折

---

① "C"是 Conradinum(康拉德学校)的首字母。

磨下,妈妈手挽背着新鼓的我,拿着几乎等于白送的一小包丝线,艰难地穿过拉贝斯路,朝店铺走去,走向麦片,鲱鱼小桶旁的煤油,无核小葡萄干,葡萄干,杏仁,姜味烘饼香料,厄特克尔博士发明的发酵粉,贝西尔牌(今天仍叫贝西尔牌)和乌尔宾牌洗衣粉,马吉牌和克瑙尔牌浓汤料,卡特赖纳牌和哈格牌咖啡,维特洛牌和帕尔明牌人造黄油,屈内牌醋以及什锦果酱,走向那两条蜜甜的粘蝇纸,粘在上面的苍蝇发出音区不同的嗡嗡声。那是我妈妈挂在柜台上方的,夏天每两日换一回。而她自己也怀着一颗同样甜蜜的心,一年三百六十天,无论寒暑,诱发出或高或低的嗡嗡声的罪孽,每礼拜六去一次圣心教堂,向维恩克圣下①忏悔。

正如妈妈每星期四带我进城,并使我成为所谓的共犯一样,她每星期六也带我走进教堂大门,踏上冰凉的、天主教的方砖地。她事先把鼓塞在我的套头毛衣或小大衣里,因为不带鼓我是不干的,肚皮前要是没有铁皮,我决不会用手触前额、前胸和两肩,画天主教的十字,并像穿鞋似的单膝跪在地下,我决不会太太平平地坐在磨得锃亮的教堂木板凳上,让鼻梁上的圣水慢慢地干掉。

关于圣心教堂,自我受洗礼那一天起的事情,我都还记得起来。由于他们给我起了一个非基督教的名字,因此遇到了麻烦。在教堂大门口,我的父母坚持用奥斯卡这个名字,我的教父扬也唱同一个调子。于是,维恩克圣下便朝我的脸上吹了三口气,据说这样可以赶走我心中的撒旦②,随后画了十字,用手抚顶,撒了盐,又采取了若干对付撒旦的措施。进了教堂,我们又站定在真正的洗礼唱诗班前。在向我念信经和主祷文时,我一直很安静。之后,维恩克圣下又念了一遍"撒旦离去"。他摸了摸奥斯卡的鼻子和耳朵,以为这样就使我开窍了,其实我是一生下来就懂事的。接着,他想听我清楚而大声地说话,于是问道:"你抛弃撒旦吗?你抛弃他的一切行为吗?你抛弃他

---

① 对神甫的尊称。

② 即魔鬼。

所炫耀的一切吗?"

我还来不及摇头——因为我并不想抛弃——扬就代表我说了三声"我抛弃"。

我并没有讲任何同撒旦断绝关系的话,维恩克圣下便在我的胸口和两肩之间涂了圣油。到了施洗池前,他们再度念了信经,终于将我在水里浸了三次,在我的头皮上涂了圣油,给我穿上一件白袍,准备将来在那上面沾上污点,又给了一支准备在黑暗的日子里点的蜡烛,最后遣散①。马策拉特付了钱。扬抱着我走出圣心教堂大门时,一辆出租汽车在晴转多云的天气下等候着。我问附在体内的撒旦说:"全都顶住了吗?"

撒旦蹦了几下,低声说道:"你看见教堂的窗户了吗,奥斯卡?全是玻璃的,全是玻璃的!"

圣心教堂是在公司滥设时期②建造的,因此在风格上属于新哥特式。由于它是用色泽很快就变暗的砖头砌的,尖顶上包的铜也很快长了一层铜绿,显得年代很悠久。因此,在哥特式和晚近的哥特式砖砌教堂之间的区别,只有行家才能识别并因此而感到不悦。但是,无论新老教堂,听忏悔的方式却是相同的。同维恩克圣下一样,数以百计的圣下们,在星期六机关下班、商店打烊之后,便坐在忏悔室里,把毛茸茸的神甫耳朵贴在一个因磨损而发亮的、微黑的栅格上,教区信徒们便设法把那条罪孽线——罪孽像廉价珍珠似的一颗接一颗地穿在线上——穿过铁丝网,穿到神甫的耳朵里去。

我妈妈通过维恩克圣下的收听渠道,根据《告解箴言》上开列的问题,向这个唯一能救世的教会的主事报告她做了的和只想而没有做的事,还有她的思想、言论和行为。这时,我由于无可忏悔,便从过于光滑的教堂木凳上溜下来,站在方砖地上。

我承认,天主教堂里的方砖地,天主教堂里的气味,以及整个天

---

① 天主教用语,指仪式完毕。
② 约指德法战争后 1871 至 1900 年德国经济的繁荣时期。

主教教义,直到今天还莫名其妙地吸引着我,好似一个红发姑娘使我迷恋,虽然我很想将她的红头发染成别种颜色;我也承认,天主教教义一直向我灌输亵渎神明的灵感,这些渎神的灵感一再表明,我无可变更地已经受了天主教的洗礼,尽管毫无用处。往往在一些毫无意义的过程中,譬如在刷牙的时候,甚至在大便的时候,我突然发现自己在编弥撒的解说词:在大弥撒时,基督重新流血,于是血就流出来洗涤你,这是盛他的血的圣杯,基督的血一流出,葡萄酒就变成真正的血,基督的真正的血就在眼前,见到这神圣的血,灵魂也就洒上了基督的血,珍贵的血,用血清洗,在化体时血流出来,血迹斑斑的圣巾,基督的血的声音渗透到诸天,在上帝面前,基督的血散发出芳香。

我得承认,我多少还保留着天主教的腔调。以前,我可没有耐心等有轨电车,除非一边心中想着童贞女马利亚。我称她为深情的、有福的、受祝福的、童贞女中的童贞女,大慈大悲的母亲。你,受称颂的,你,应受一切尊敬的,你,生育了他的,甜蜜的母亲,童贞女母亲,荣耀的童贞女,让我尝一尝耶稣这个名字的甜蜜,一如你在你这位母亲的心里尝到过的那样,这是真正值得的和正当的,应得的和有益的,女王啊,有福的,受祝福的……

有时,尤其在妈妈带着我每星期六去圣心教堂的时候,"受祝福"这个词使我心中感到万分甜蜜,却又使我中了毒。因此,我要感谢经过洗礼后尚附在我体内的撒旦,感激他给我提供了一种抗毒剂,使我一边亵渎神明,一边挺直身子走过圣心教堂的方砖地。耶稣——这个教堂就是以他的心命名的——不仅在圣礼上显现,而且多次在十字形回廊的彩色小画上显现,另有三次是以五彩塑像的形式,姿势还各不相同。

其中有一尊染色石膏像。耶稣站在金色基座上,长发披肩,身穿普鲁士蓝的长袍,脚踏便鞋。他解开长袍,袒露前胸,违反自然地从胸腔中央掏出一颗西红柿那样红的、美化了的、鲜血淋漓的心。这样一来,这所教堂就可以用这个器官来命名了。

我初次见到这位剖胸掏心的耶稣,当即断定,这位救世主酷肖我的教父、表舅与假想之父扬·布朗斯基。瞧这双流露出天真的自信和想入非非神情的蓝眼睛！这张随时准备号啕痛哭、似盛开玫瑰的接吻的嘴！这种使双眉紧蹙的男性的痛苦！等着挨揍的丰满而通红的面颊！简直一模一样！他们两个都有那种引诱女人抚摩的挨耳光的嘴以及一双疲倦的、女人似的娇嫩的手，不事劳作，精心保养，它像展示为亲王宫廷做活的珠宝匠的杰作一般展示基督的创伤。布朗斯基的眼睛使我误以为他是我的父亲，现在这双眼睛又画到了基督脸上，使我见后伤透脑筋。因为我也有那么一对蓝眼睛，那目光只能鼓舞人的热情，但不能使人产生信心。奥斯卡转身离开中堂右侧的耶稣的心，从十字回廊的第一站即耶稣背起十字架这一站起，快步走到第七站即他不堪重负第二次摔倒在地的那一站①，然后走到主祭坛前，那上面挂着另一尊耶稣全身塑像。这个耶稣闭上了眼睛，或许由于过度疲乏，或许是为了使出最后的力气。瞧这个人的一身肌肉！一见这个十项运动员的身材，我顿时把圣心布朗斯基忘了个一干二净。每当妈妈向维恩克圣下忏悔时，我便站在祭坛前，凝神观看这个运动员。您见了准会以为我在祈祷。我称他为可亲的运动员，运动员中的运动员，是被人用规定尺寸的钉子钉在十字架上的这项运动的世界冠军。他不抽搐，不抖动。永恒的光尚且抖动，但他却以最高分完成了这个项目。跑表嘀嗒作响。人们在计算他的时间。在圣器室里，辅弥撒者不干不净的手已经在擦那面准备奖给他的金牌。但是耶稣搞体育运动不是为了争荣誉。我顿时想到了信仰。只要我的膝盖允许，我就屈膝跪下，在我的鼓上画十字，并设法把"受祝福的"或"痛苦万分的"这类词同杰西·欧文斯和鲁道夫·哈比希②联系在一起，同前一年在柏林举行的奥林匹克运动会联系在一起；不过，这

---

① 此处指耶稣背负十字架到受难地的组画，一般称作"十四幅耶稣受难像"。

② 欧文斯是美国黑人运动员，在第三十六届奥运会上获跳远、一百米、二百米和四百米接力四块金牌；哈比希为德国运动员，获四百米、八百米和一千米世界冠军。

一点我并不能每次都做得到，因为我不得不指出，耶稣同那两个盗贼①的比赛并不光明正大，因此只好取消他的比赛资格。我向左边转过脸去，见到圣心教堂内堂里这位天国运动员的第三个塑像，于是产生了新的希望。

"我第三次见到你时，我就先祈祷。"我结结巴巴地说着，又用鞋底找到了方砖地，按照这个棋盘的方格朝左侧祭坛走去。我每走一步都感觉到，他在目送你，圣徒们在目送你。有彼得，人家把他头冲下钉在十字架上；还有安得烈②，人家把他钉在歪斜的十字架上，它因此而得名，称圣安得烈十字架。此外，在拉丁十字架或称受难十字架旁有一个希腊十字架。描摹在衣料、图画和书籍上的，有双十字架、条顿十字架、基督受难地十字架。我在浮雕上见到爪形十字架、锚形十字架和苜蓿叶十字架。格雷芬十字架真美，马耳他十字架使人垂涎，带钩十字架③已被禁止，还有戴高乐十字架，洛林十字架，在海战上则叫做圣安东尼十字架，"T"字形十字架，挂在链条上的刽子手十字架，难看的盗贼十字架，教皇气派的教皇十字架，又名拉萨路十字架的俄国十字架。此外还有红十字。不掺酒精的标志是蓝十字。黄十字毒气毒死你，巡洋舰自己凿沉，十字军使我改宗，十字纹蜘蛛互相吞食，在十字路口我与你失之交臂，纵横交叉，诉讼双方对证人发问，纵横填字字谜在说：解开我吧！我累得腰酸背疼④，转身，背对十字架，也背对十字架上的运动，冒着被他踢腰背的危险，因为我是向童贞女马利亚走去，她一手把童子耶稣抱在她的右大腿上。

奥斯卡站在左耳堂左侧祭坛前。马利亚的脸部表情，他的妈妈过去肯定有过，那是她十七岁在特罗伊尔当店员的时候，因为没钱买电影票，只好对着阿斯塔·尼尔森演的电影的招贴画望梅止渴，感同

---

① 指同耶稣一起被钉上十字架的两名罪犯。
② 彼得，原名西门，同安得烈是兄弟，都是基督门徒。
③ 指纳粹党标志：卐。
④ 自"巡洋舰"以下，德语原词中均含"Kreuz"（"十字"），系文字游戏，但都是当时经常出现并与军事、政治有关的词汇。

身受。

她对耶稣并无兴趣,而是瞅着右膝前的另一个男孩,为了避免误会,还是让我赶紧说出他的名字来吧!他是施洗者约翰①。这两个男孩同我一样高矮。可是耶稣看上去要高两厘米,尽管根据《圣经》所载,他比施洗者年轻。把这个三岁的救世主塑造成一个一丝不挂的、粉红色的形象,必定使雕塑匠感到挺有趣的。约翰由于后来要进沙漠,所以他身披一块巧克力色的蓬乱的毛皮,盖住了半个胸脯、肚皮和"小洒水壶"。

奥斯卡真不该接近这两个孩子,倒不如站在主祭坛前或者自由自在地待在忏悔室旁边为好。这两个孩子的目光同奥斯卡的目光相像得吓人,而且也相当早熟。他们自然也是蓝色的眼睛,也是他那种栗色的头发。所缺的就是雕塑匠没把他们蠢乎乎的螺旋形卷发剪掉,让他们同奥斯卡一样留一个平头。

我不想同那个施洗童子多纠缠。他用左手的食指指着童子耶稣,仿佛正要开口念点数游戏的急口令:"我和你,缪勒的牛……"我不理这一套,而是仔细打量耶稣,并且断定,他简直同我长得一模一样。他可能是我的孪生兄弟。他不仅体态与我相仿,就连当时只用来撒尿的"洒水壶"也同我的毫无区别。他用来看世界的也是我那双钴蓝色的布朗斯基的眼睛,而最使我生气的是他打着我的手势语。

这个耶稣,我的写照,举起双臂,两手松松地握成拳,正好能把什么东西,譬如说,我的鼓棒塞进去。如果雕塑匠在他粉红色的大腿上也用石膏塑造一面红白相间的鼓,那他不就成了我吗?成了完美无缺的奥斯卡,坐在童贞女的膝上,击鼓召集教会的会众。在这个世界上,有些事情——尽管如此神圣——人家却偏偏不让它任其自然地发展!

走上铺着一条地毯的三级阶梯,便是穿银绿色衣服的童贞女、披

---

① 施洗者约翰,《圣经》人物,在沙漠讲道的先知,在约旦河给耶稣施洗,后被希律王所杀。

巧克力毛皮的约翰以及肤色似煮熟的火腿的童子耶稣。那里有一个圣母祭坛，上面插着像患了贫血症一般的白蜡烛和价钱不一的鲜花。绿色童贞女、棕色约翰和粉红色耶稣的后脑勺上都粘着盘子大小的灵光圈。上面贴的金箔使这三个盘子更显得昂贵。

要是祭坛前没有阶梯，我就休想上去。当时，阶梯、门把和橱窗对奥斯卡都具有诱惑力，甚至于今天，在他除了病床之外别无所求的时候，对他也不是无所谓的。他被一级一级地引诱上去，脚下踩的始终是同一条地毯。奥斯卡走近圣母小祭坛上这尊三人像，半是蔑视、半是尊敬地用指关节敲了敲他们。他用手指甲刮了一道，露出了石膏像的本色。童贞女的衣服褶裥合着她的形体，曲曲弯弯地一直延伸到踩着云带的脚趾上。隐约显出的童贞女胫骨的线条，使人推测到，雕塑匠是先塑肉身，然后再按形体的线条，加出衣服的褶裥来。童子耶稣的"洒水壶"没有割除包皮，这可是大错特错。奥斯卡伸手去摸了摸，小心翼翼地按了按，想使它动弹，却感觉到自己的"洒水壶"有一种半是舒适半是新奇的骚扰感，于是我就缩回手不再摸他的，也希望耶稣别再碰我的。

至于耶稣究竟有没有割除包皮，我也不再深究。我从套头毛线衫下掏出鼓，从脖子上取下，挂到耶稣的脖子上，同时又注意不碰坏他的灵光圈。这真叫我费了点劲，因为我个头太矮，我不得不爬上塑像，踩在作为基座的云带上，让耶稣有鼓可敲。

奥斯卡干这件事，不是在一九三六年一月他受洗礼后第一次上教堂的日子，而是在同年复活节前的一周。整整一个冬天，他的妈妈一直借忏悔来维持同扬·布朗斯基的关系。因此，奥斯卡有充裕的时间反复推敲他的计划，否定又肯定，斥之为无理又申辩为有理，拟新的计划，从各个角度阐明它，末了，抛弃全部旧计划，改在复活节前的星期一，借在十四幅耶稣受难像前默祷之机，实行我的预谋。由于妈妈在复活节的生意达到高峰之前就急于要去忏悔，她便在复活节前的星期一晚上挽着我的手出了门，沿拉贝斯路拐过新市场入埃尔森街，再到马利亚街，经过沃尔格穆特肉店，沿小锤公园向左拐弯，穿过总有恶心的黄汤滴下来的铁路旱桥桥洞,到了铁路路堤对面的圣心教堂,走进大门。

我们来晚了。只剩下两位老太太和一个受了惊吓的小伙子等在忏悔室前。当妈妈检查良心的时候——她舔湿了大拇指,像翻账本似的翻阅《告解箴言》,仿佛在编造税收申报书——我溜下橡木凳子,避而不看耶稣的心和那个运动员,径直朝左侧祭坛走去。

虽然事不宜迟,必须从速进行,但我还得按照弥撒仪式先唱登坛经,走上三个阶梯,"登上主的祭坛"①,朝从小就给我欢乐的主走去。我将鼓从脖子上取下,一边拖长声调唱着"求主怜悯",一边登上作为基座的云带,不再去摸"洒水壶"免得耽搁,而是在唱"荣耀归在天之主"前,把鼓挂到耶稣的脖子上,小心翼翼地不碰坏灵光圈,下了云带,唱"减罪、赦罪和宽恕"。但在此之前,我把鼓棒插入耶稣大小正合适的拳头缝里,一、二、三,下了阶梯,"我仰望群山",再走过一段地毯,踏上方砖地,那儿有一张为奥斯卡祈祷用的小矮凳。他跪在小软垫上,将鼓手的双手举到面前,合十礼拜——"荣耀归在天之主"——目光从合掌的双手旁投向耶稣和他的鼓,期待着奇迹出现:他敲起鼓来。他不会敲呢还是不准他敲呢?他要么敲起鼓来,否则他就不是真耶稣。如果他还不敲鼓,那么,他就是假的,而奥斯卡便是真耶稣了。

谁想要看到奇迹,谁就得善于等待。好吧,我等着,开始时,我还耐心,或许已经不够耐心了,因为我越是长久地重复"众人的眼睛都期待着你,主啊"这句经文——一边在必要的时候还用"耳朵"替换"眼睛"这个词——跪在小软垫上的奥斯卡就越发感到失望。虽然他给主提供了种种机会,闭上了眼睛,这样,耶稣就不必害怕自己开始时手法不熟练,而是在没有人看的情况下,下定决心敲起来,可是最后,唱完第三遍信经,天父,造物主,能看见的和不能看的,独生子,出自天父,真正的父的真正的子,他由父所生而非父所造,与父为一

----

① 这里的引号中均为弥撒经文。

体,通过他,为我们世人和我们的拯救从天而降,被接纳,排出,化为肉身,为我们,他生活在我们之中,被埋葬,复活,升天,坐在天父右边,归于天父,死者,不死,我信,他与天父同在,天父通过他讲话,我信唯一的、神圣的、天主教的……

不,天主教信条只留存在我的味觉中。再也谈不上有什么信仰了。就算是它那股味道吧,我也不感兴趣了。我需要点别的东西。我需要听我的铁皮作响。耶稣应当敲出点名堂来给我听。哪怕声音很小,也终究是个小小奇迹嘛!我又不要求他敲出雷鸣般的巨响,吓得副神甫拉斯切亚冲到出事地点,连维恩克圣下也拖着他那一身肥肉吃力地来目睹奇迹,随后将一份份报告送到奥利瓦主教管区,主教又将验证书呈报梵蒂冈。不,我可没有这份野心。奥斯卡并不想在死后被封为圣徒。他只要求耶稣私下里显一下小小的奇迹,让他听到或看到点什么,从而一劳永逸地确定奥斯卡究竟是击鼓赞成呢还是击鼓反对,并且就此揭晓:这两个身材体形一模一样又都是蓝眼睛的孩子,今后究竟谁该称自己为耶稣。

我坐等着,但不由得担起心来,因为妈妈已经进了忏悔室,可能背完第六诫了①。那个总是在教堂里摇摇晃晃来回走动的老头儿,拖着无力而不稳的脚步走过主祭坛,末了经过左侧祭坛,向童贞女和两个男孩敬礼。他也许看到了鼓,可是不晓得是怎么回事。他拖着脚步走了过去,越走越显得苍老。

时间在流逝,耶稣却不敲鼓。我听到传来了唱诗班的声音。我不禁担起心来,但愿没人奏管风琴。如果他们开始为复活节排练的话,那么,管风琴的喧闹声就会盖住耶稣低得像呵气似的鼓声,假如他当真敲起来的话。

幸好没人奏管风琴。但是耶稣也不敲鼓。没有出现奇迹。我便从软垫上站起来,膝盖咯咯地响,心烦意乱、垂头丧气地踏上地毯,一级一级地走上去,顾不得再念我熟悉的那一套套的祈祷文,爬上石膏

---

① 基督教的十诫,第六诫为不可奸淫。

制的云带,把一些中等价钱的花扔在地上,一心只想从那个愚蠢的赤膊童子身上取回我的鼓。

我不仅今天这么讲,而且还要经常讲,反复讲:想要教他点什么,这本身就是一个错误。我真不知道自己是怎么想出这个念头来的。我把鼓棒取下来,鼓还留在他身上,先是轻轻地敲着,给这个假耶稣做点示范,随后就像一个不耐烦的老师似的敲了起来,接着,又把鼓棒塞进耶稣手里,给他一个机会来证明自己已从奥斯卡身上学到了一点本领。

我正要不顾那个灵光圈从天底下最冥顽不灵的学生身上取下铁皮鼓,从他手中取鼓棒的当口,维恩克圣下已经站在我的背后——因为我的鼓声已经传遍了教堂的每一个角落——副神甫拉斯切亚也站在我背后,妈妈也站在我背后,那个老头儿也站在我背后。副神甫一把将我拉下来,神甫给了我一巴掌,妈妈对着我放声痛哭。维恩克圣下对我耳语,副神甫先屈膝行礼,随后爬上去,将鼓棒从耶稣手里拿下来。他手拿鼓棒,再次屈膝行礼,又爬上去,从耶稣身上把鼓取下来,折断了灵光圈,撞上了他的“洒水壶”,把云带也踩坏了一块,下跪,走下阶梯,又下跪。他不想把鼓还给我,这就使我比方才更加恼火了,逼得我用脚踢神甫,又让妈妈丢了脸。她自己羞得脸都没处搁,因为我又踢、又咬、又抓,随后挣脱了神甫、副神甫、老头儿和妈妈的手,奔到主祭坛前。这时,我觉得撒旦在我身上蹦跳,听到它又像在我受洗礼那天低声对我说:“奥斯卡,快瞧啊,周围都是窗户,全是玻璃的,全是玻璃的!”

我唱了一声,歌声越过十字架上那个既不抽搐又默默无语的运动员的头顶,传向教堂半圆形后殿高处的三扇窗户,蓝的底色上用红、黄、绿三种颜色画着十二个使徒。我的目标既不是马可,也不是马太,而是他们头顶上那只鸽子,它头冲下,庆贺圣灵的降临。我对准圣灵,发出颤音,用我的金刚钻对付那只鸟。是我的失误吗?是那个运动员由于不抽搐而提出抗议的缘故吗?这是谁也不理解的奇迹吗?他们看着我浑身颤抖,对着后殿无声地呵气,除了妈妈以外,都以为我在祷告,而我却是要唱碎玻璃。但是奥斯卡没有成功,这不是他大显身手的时候。我躺倒在方砖地上,辛酸地哭泣,因为耶稣不灵了,奥斯卡也不灵了,因为圣下和拉斯切亚误解了我,一见我这个样子,就瞎扯什么我后悔了。只有妈妈没有使我失望。她知道我为什么流泪,尽管她必定暗自高兴,因为玻璃没有碎掉。

妈妈把我抱了起来,请副神甫归还鼓和鼓棒,答应圣下赔偿损失,并请他补给一份赦罪文,因为我打断了忏悔;甚至奥斯卡也受到了祝福。可是这对我毫无影响。

妈妈抱着我走出圣心教堂的路上,我扳着指头计算:今天是复活节前的星期一,明天是星期二,星期三,绿色星期四,耶稣受难日①,那个家伙完蛋了,他不会敲鼓,也不给我享用唱碎玻璃的乐趣。他同我一模一样,不过是个假的。他非进坟墓不可,而我则继续敲鼓,继续敲鼓,但不再要求显示什么奇迹了。

---

① 复活节前的星期五。

耶稣受难日的菜谱

两相矛盾,这个字眼或许可以用来形容我从复活节前的星期一到耶稣受难日之间的心情。一方面,我为那个石膏做的童子耶稣不愿敲鼓而生气,另一方面,我又为这面鼓如今归我一人所有而高兴。一方面,我的声音失灵了,未能唱碎教堂的玻璃窗,另一方面,鉴于这神圣的彩色玻璃,奥斯卡保留下了对天主教的残存信仰,而正是那点残存的信仰,还将给他灌输许多令人绝望的亵渎神明的灵感。

可是,两相矛盾这个字眼的含义还不止这些。一方面,从圣心教堂回家途中,我试验性地唱碎了一个顶楼上的玻璃,另一方面,我觉得非常奇怪,为什么我的声音对世俗的目标能够奏效,可是在教会的范围内却失灵了。两相矛盾,我自言自语道。这道裂痕一直存在,无法弥合,至今犹与我同在,尽管我既不是住在教会范围内,也不是住在世俗的地区内,而是住在离开这两处的一家疗养与护理院里。

妈妈赔偿了左侧祭坛的损失。复活节生意兴隆,尽管店铺在耶稣受难日没有开门,因为马策拉特是新教徒,他坚持不开门营业。平时妈妈一贯独断专行,但是每逢耶稣受难日她就让步,店铺关门,停止营业。不过,她又反过来根据天主教的理由,要求在基督圣体节①殖民地商品店歇业一天,并把橱窗里的贝西尔肥皂粉的盒子和哈格牌咖啡的样品,换成电灯照明的彩色小圣母像,还参加在奥利瓦举行的天主教士与教徒的列队游行。

---

① 复活节后的第七个星期日是降灵节,降灵节后的第一个星期日是三一节(复活主日),三一节后的星期四是基督圣体节。

我们有一块硬纸板。一面写着:耶稣受难日,歇业一天。另一面写着:基督圣体节,歇业一天。过了那个既无鼓声也无唱碎玻璃声的星期一,耶稣受难日接着来临,马策拉特把硬纸板挂进橱窗,写着"耶稣受难日,歇业一天"的那一面朝外。吃完早饭,我们就乘电车去布勒森。两相矛盾这个字眼也适用于拉贝斯路的景象。新教徒都上教堂去了,天主教徒在家擦玻璃窗,在后院拍打所有的毯子一类的东西。他们拍打的劲头真大,回声四起,让人听了真以为在每幢公寓的院子里,都有《圣经》上的兵丁把有分身法的救世主钉到十字架上去。

　　受难节的地毯拍打声远远地落在我们背后了。妈妈、马策拉特、扬·布朗斯基和奥斯卡,这久经考验的一组人乘上九路电车,穿过布勒森路,经飞机场、旧练兵场、新练兵场,在萨斯佩公墓附近的道岔旁下车,等候从新航道驶往布勒森的电车。妈妈利用等车的机会,微笑着发表了厌倦生活的观感。在那个废弃的教会小坟场上,畸形的沙滩矮松下,上世纪的墓碑歪歪斜斜,杂草丛生,妈妈却说那儿很美,浪漫而又迷人。

　　"如果那个公墓还有人管理的话,我真想将来在那儿安息。"她如醉如痴地说着。但是,马策拉特却认为那儿的土沙性太大,还挑剔说那儿到处长满了飞廉草和野燕麦。扬·布朗斯基讲了他的顾虑,这个地方本来倒真是一块乐土,可是,从飞机场传来的噪声以及在公墓附近掉头的电车都会破坏那儿的宁静。

　　开来的电车在我们身边调头,售票员按了两次铃,我们上车。电车离开萨斯佩和它的公墓,朝布勒森驶去。布勒森是个浴场所在地,那时节,将近四月底,景象却相当荒凉。饮食铺钉上板条,疗养院大门紧闭,海滨散步小道上不见三角旗,游泳场上,二百五十个帐篷空空荡荡地一字儿排开。写天气预报的黑板上,还留着去年写的粉笔字痕迹——气温:二十摄氏度;水温:十七摄氏度;风向:东北;天气形势:晴转多云。

　　起先,我们要徒步去格莱特考,后来,大家一句话也没说,就走向了相反的方向,朝防浪堤走去。辽阔的波罗的海懒洋洋地舔着沙滩。直到夹在白色灯塔和有航标的防浪堤之间的入港航道为止,一路上不见人影。昨天下的一场雨,在沙土上留下了规则的印痕;踩掉它们,换上自己的脚印,真是件开心事。妈妈和我都脱掉了鞋袜在沙上走着。马策拉特拣起银币大小的砖头碎片,轻轻撇出去,让它贴着绿色水面接二连三地跳跃,想逞一逞能。扬·布朗斯基手法不灵巧,在用砖头片打水漂的间歇中,寻找琥珀,而且也真的找到了一些小碎片,其中一块,有樱桃核那样大小,便拿来送给了我妈妈。这时,妈妈正同我一样,光着脚在奔跑,她不时地回头看看,像是爱上了自己的脚印。太阳谨小慎微地照射着。阴凉,无风,清爽;遥望天边,可见一条灰带,那是赫拉半岛。还有两三道逐渐消失的黑烟以及时而跃出海平线的一艘商船的上层建筑。

我们四人,有前有后,间隔的距离不等,相继来到宽阔的防浪堤基部的花岗岩石上。妈妈和我又穿上鞋袜。她帮我系鞋带时,马策拉特和扬已经在高低不平的防浪堤顶上从一块石头跳到另一块,向空荡荡的大海蹦去。坝基隙缝里散乱地长着一丛丛蓬乱的海草。奥斯卡真想用梳子给它们梳理一下。但是妈妈搀着我的手,我们跟在那两个像小学生似的乱蹦乱跳的男人后面走去。每走一步,鼓就撞一下我的膝头,然而我不愿把它取下来。妈妈穿一件带覆盆子色翻边的天蓝色春大衣。花岗岩凹凸不平,她穿着高跟鞋走起来非常吃力。我身穿金锚纽扣的水手大衣,这是我的星期日和节日服装。水手帽上的飘带,绣着"皇家海轮赛德利茨"号字样,那是格蕾欣·舍夫勒的纪念品。如果有风的话,它会飘舞的。马策拉特解开了棕色长大衣的纽扣。扬一向很讲究,穿一件闪亮的天鹅绒领双排扣大衣。

我们蹦蹦跳跳地来到防浪堤尽头的航标处。航标下坐着一个年岁较大的男人,头戴装船工帽子,身穿棉上装。他身边有一条装土豆的口袋,里面有什么东西在抽搐,在不停地掀动。这个男人——我猜他的家不是在布勒森就是新航道——手拿着晾衣绳的一头。这根缠上海草的绳子,另一头隐没在莫特劳河入海口咸淡相混的水里。这里的河水依旧浑浊，虽无大海推波助澜，却不停地拍打防浪堤的石块。

我们都想知道，这个戴装船工帽子的人为什么用普通的晾衣服绳子钓鱼，而且显然没有浮标。妈妈亲切地开着玩笑问他，并叫他"大叔"。这位大叔咧嘴一笑，露出了被烟草染成褐色的残缺的牙齿，也不作解释，却从嘴里吐出一长条嚼碎了的烟草渣儿，烟草渣儿在空中翻了几个筋斗，落在下面涂了沥青和油漆的花岗岩之间的烂泥地上。吐出的烟草渣儿还在那里摇晃，最后飞来一只海鸥，灵巧地绕过石块，在飞翔中把它叼走，招来了另一些海鸥，尖叫着在它后面追逐。

我们都想走了，因为防浪堤上很凉，太阳的照射也不能增添暖意。这时，那个戴装船工帽子的人开始一把一把地往回收绳子。尽管如此，妈妈还是想走。但是马策拉特不愿动弹。扬往常是不违背我妈妈意愿的，这一回也不支持她。奥斯卡反正走与不走都无所谓。由于大家都站着不走，我就注意地看着。装船工均匀地一把一把拽着，每拉一把，便把绳上的海草捋掉，并将绳子聚拢在两腿间。与此同时，我注意到，那艘商船，在差不多半小时以前，上层建筑刚露出地平线，现在已经改变了航向；它吃水很深，正朝港口驶去。奥斯卡心中估计着：吃水这样深，准是一条运铁矿砂的瑞典船。

当装船工慢吞吞地站起身来时，我也将目光从那条瑞典船上转移过来。"好吧，现在咱们来瞧瞧是怎么回事。"他对马策拉特这样说。马策拉特根本就莫名其妙，但却对他频频点头。"现在咱们来瞧瞧……"装船工一边拽绳子，一边不断地重复说着。这时，他更使劲了，并拉着绳子，从石堆上走下去，伸出双臂，探进花岗岩石间咕噜咕噜冒泡的小湾子里，摸着，抓到了什么东西（妈妈没有及时地背过脸去）。他使劲抓住，拉上来，大声叫我们闪开，接着把一个水淋淋的沉重家伙，一团活生生地扭动着的东西，扔在我们中间：一匹马的头，一匹刚宰的真马的脑袋，一匹黑马的头，一匹黑鬃马的头。这匹马昨天或前天肯定还在嘶鸣，因为它的头没有腐烂，也没发臭，至多带一点莫特劳河水的气味,但是接着,防浪堤上的一切都染上了这股气味。

那个戴装船工帽子的人——此刻,帽子已经滑到后脑勺上了——叉开两腿站在马头旁,浅绿色的小鳗鱼像发狂似的从上面游下来。那个人费劲地抓它们;因为那些石块又湿又滑,鳗鱼游动得又快又机灵。随即飞来了海鸥,在我们头顶上乱叫。它们冲下来,三四只海鸥争抢一条小的或者不大不小的鳗鱼,轰也轰不走,因为防浪堤是它们的天下。尽管如此,那个装船工一边挥拳轰海鸥,一边抓鳗鱼,大约有二十四五条较小的鳗鱼被他塞进了口袋里;马策拉特帮他张着口袋,他一向乐于助人。因此,他也就没有看见妈妈脸色变白,先是把手后来又把脑袋靠在扬的肩头和天鹅绒大衣领上。

小的和不大不小的鳗鱼统统被塞进口袋里去以后,那个装船工——在忙碌中头上的帽子已经掉了——动手从马嘴里把更粗的黑鳗鱼抠出来。这时,妈妈站不住了,只好坐下来。扬要她转过脸去,但她不听,而是瞪大了牛眼睛直愣愣地看装船工抠鳗鱼。

"瞧瞧吧!"他间或哼出那么一句半句,"现在让咱们来瞧瞧吧!"他用胶靴帮着掰开马嘴,在上下颚之间撑进一根短棍,露出了完整无缺的黄马齿,仿佛马在咧嘴发笑。装船工——现在我才看清,他的秃脑瓜活像一只鸡蛋——用两只手伸到马的喉咙里去抓,每次都拽出两条至少有胳膊那么粗、胳膊那么长的鳗鱼来。这时,我妈妈的上牙和下牙也分开了,把吃下的早饭全部吐了出来,结成块的蛋白,夹在泡过牛奶咖啡的白面包团里拉丝的蛋黄,统统喷在防浪堤的石块上。她还在呕,但已经吐不出东西来了,因为她早餐时吃的就是这些。因为她体重超过正常标准,非要减轻不可,于是试了各式各样节制饮食的方法,不过难得坚持到底——她偷偷地吃——唯独星期二妇女同盟的体操她是非去不可的,谁也改变不了她的主意,尽管当她提着运动包出门时,扬甚至于马策拉特都讥笑她。她穿着发亮的蓝色运动服,同那些滑稽可笑的女人们一起做棍棒操,然而体重仍不见减轻。

那天,妈妈吐在石头上的东西充其量也不过半磅。她想尽量地呕吐,但再也减轻不了分量了,除绿色的黏液外,吐不出别的来——海鸥却飞来了。她刚开始呕吐,它们就来了,盘旋着,越飞越低,肥壮而光滑的身躯直冲下来,争食我妈妈的早餐。它们不怕自己变胖,也不怕别人驱赶——何况又有谁去驱赶它们呢?——因为扬·布朗斯基害怕海鸥,双手护住了自己那双漂亮的蓝眼睛。

它们也不理会奥斯卡,虽说他已拿出鼓来对付这些海鸥,用鼓棒急速敲击白漆皮来对付这些白东西。可是这也无济于事,至多只是使海鸥变得更白。马策拉特则全然不顾我妈妈。他笑着,模仿那个装船工,装出一副神经坚强、毫不在乎的样子。装船工快抓完了。末了,他从马耳朵里拽出一条又粗又长的鳗鱼,并把麦糊似的脑浆也全部带了出来。马策拉特顿时脸色煞白,但是仍旧假装若无其事。他用很少的钱向装船工买了两条不大不小的,两条粗壮的鳗鱼,鳗鱼到手后,他还要杀价。

我不由得称赞扬·布朗斯基。他自己那副面孔简直就要哭出来了,尽管如此,还是把我妈妈搀扶起来,一条胳臂搂着她的腰,另一条胳膊横在她前面,领着她离去,那样子十分滑稽。妈妈穿着高跟鞋踉跄地在乱石间向海滩走去,一步一屈膝,但总算没有扭伤脚踝骨。

奥斯卡还留在马策拉特和装船工身边。装船工重新把帽子戴上,指着那个盛土豆的口袋向我们解释为什么要放半口袋的粗盐粒。他说,鳗鱼钻进盐里就死了,盐还能去掉鳗鱼皮上和体内的黏液。鳗鱼钻进盐里后,仍不停地游动,直到死了为止,这样,就把黏液都留在盐里了。如果要做熏鳗鱼的话,就得用这个办法。虽然警察局和动物保护协会禁止这样干,但也管不了。要去掉鳗鱼皮上和体内的黏液,除去用盐没有别的办法。去掉了黏液,再用干煤泥细心地把死鳗鱼擦干净,放进熏罐,挂在山毛榉火堆上熏制。

马策拉特认为让鳗鱼在盐里游动是有道理的。他说,鳗鱼不是也钻到马头里去了吗!装船工说,它们还钻到人的尸体里去哩!据说,尤其在斯卡格拉克海战①以后,鳗鱼变得又肥又粗。几天前,疗养和护理院的一位医生还对我说,有一个已婚妇女用一条活的鳗鱼来搞肉体享乐。结果鳗鱼咬住不放,她被人送进了医院。据说,从此以后她再也不会生育了。

装船工扎上装盐和鳗鱼的口袋,熟练地扛上肩,把卷起的晾衣服绳子套在脖子上,踏着沉重的步子朝新航道走去。这时,那艘商船也往那个方向停靠。这条轮船大约一千八百吨,不是瑞典的而是芬兰的,也不是运铁矿砂而是运木材的。扛口袋的装船工可能认识那条芬兰船上的一些人,因为他在向那条生锈的船挥手并喊话。芬兰船上的人们也向他挥手并喊话。可是,马策拉特干吗也挥手,也喊着毫无意义的"船上的,啊嗬咿!②"呢?我真是捉摸不透。他是个土生土长的莱茵兰人,对航海一窍不通,至于那些芬兰人,他一个也不认识。只能说,这是他的一种陋习,别人挥手,他也挥手,别人喊叫、大笑、鼓掌,他也喊叫、大笑、鼓掌。正因为如此,他入党比较早,那个时候,根本没有必要这样做,也没有给他带来任何好处,仅仅浪费了他星期日上午的时光。

奥斯卡跟在马策拉特、那个新航道人和那艘超载的芬兰船后面慢慢走着。我不时地回转身去,因为装船工把那个马头留在了航标下,不过,现在已经看不到了。一群海鸥把它遮住了,像酒瓶绿的大海中一个闪闪发光的白窟窿,又像一片新洗干净的云,随时可以整洁地升到空中去。它们尖叫着遮掩了那匹马头,那只不再嘶鸣而在尖叫的马头。

我看够了以后,便跑步离开了海鸥和马策拉特。我连蹦带跳地跑着,一边用拳头捶铁皮鼓,赶过了现在正抽着短烟斗的装船工,来到防浪堤起点旁扬·布朗斯基和妈妈身边。扬还像方才那样扶着我

---

① 斯卡格拉克是丹麦与挪威之间的海峡。第一次世界大战中,德、英两国海军于1916 年 5 月 31 日至 6 月 1 日在此大战。

② "啊嗬咿!"是船员招呼船只或人的喊声。

妈妈，只是另一只手伸到她的大衣领子下面。妈妈的一只手也插在扬的裤兜里。可是马策拉特看不见这些，他离我们还远，并且正在用一张在防浪堤乱石间捡到的报纸，包那四条被装船工用石头砸晕了的鳗鱼。

马策拉特赶上来了，挥动着那一捆鳗鱼，夸口说："他要一个半，我给他一个盾就买下来了。"

妈妈的脸色又见好了，两只手搁在一起。她说："你休想我会吃你的鳗鱼。我今后不吃鱼了，鳗鱼更不吃了。"

马策拉特笑着说："别装模作样，姑娘。人家怎么抓鳗鱼，你可是知道的，过去你还不是照样吃，甚至吃新鲜的。等我做了，加上各种配料，再来点蔬菜，看你吃不吃。"

扬·布朗斯基没吭声，他已经及时地把手从我妈妈大衣里抽了出来。我敲起鼓，让他们别再谈鳗鱼，就这样一直到了布勒森。在电车站上以及上了拖车以后，我还敲鼓，阻止这三个成年人谈话。鳗鱼也没怎么动，比较安稳。到了萨斯佩，我们没有逗留，因为电车已经停在站上。刚过飞机场，尽管我还在敲鼓，马策拉特却开了腔，说他现在饿得慌。妈妈没有搭理，她的目光避开我们三人，望着别处。末了，扬递给她一支"雷加塔"牌香烟，她才转过脸来。扬给她点火，她把金色烟嘴塞进嘴唇中间去时，朝马策拉特莞尔一笑，因为她知道，马策拉特不愿看她在公共场合吸烟。

我们在马克斯·哈尔贝广场下车，不管怎么说，妈妈挽起马策拉特而不是扬的胳臂，这个我已经料到了，扬同我并排走，搀着我的手，把妈妈抽剩的香烟吸完。

进了拉贝斯路，信天主教的家庭主妇们还在那里拍地毯。马策拉特开寓所门时，我见到住在五楼的小号手迈恩隔壁的卡特太太正在下楼梯。她右肩上扛着一条卷起的浅棕色地毯，用紫红色的粗壮胳膊扶着。两个胳肢窝里被汗水腌咸并粘结在一起的金色腋毛在闪光。地毯的两头，一前一后地搭拉下来。要是她的丈夫喝醉了酒，她也会这样扛他的；但是她的男人已不在人世了。她一身肥肉，穿着黑亮的塔夫绸罩衫,从我们身边走过,难闻的气味直冲我的鼻子:阿摩尼亚味,酸黄瓜味,电石味——日子不同,味道也不同。

接着,我听到从院子里传来那种均匀的拍打地毯的声音。它把我赶进屋里,仍紧追不舍,末了,我只好躲到卧室的衣柜里去,因为柜子里挂着的冬季大衣能起隔音作用,挡住复活节前那种噪音中最厉害的一部分。

我躺进衣柜里,不仅由于拍地毯的卡特太太的缘故。妈妈、扬和马策拉特还没脱掉大衣,就已经为耶稣受难节的菜谱争吵起来。但是争吵的内容已不限于鳗鱼,同往常一样,又把我给搬了出来,当然是我从地窖阶梯上摔下去那个著名事件:全怪你,全怪你!——我现在去做鳗鱼汤,别那样装腔作势的!——你做什么都行,就是别做鳗鱼。地窖里罐头有的是。去拿个鸡油菌罐头上来!把活板门关上,可别再出什么事。——别再念这本经啦!这里有鳗鱼,就是它了,加上牛奶、芥末、香菜和盐水土豆,再来一片月桂叶,加点丁香。——不要!——阿尔弗雷德,她不要吃,你就别做啦!——你别管,鳗鱼买来不是为扔的,我会收拾干净,洗干净的。——不要,不要!——咱们走着瞧吧!东西端上桌再看究竟谁吃谁不吃。

马策拉特砰的一声关上起居室的门,到厨房里收拾去了。他存心把声音弄得很响。他在鳗鱼头部下面交叉划了两刀。妈妈的想象力也太丰富了,一听这声响就站不住,不得不坐到沙发榻上,扬·布朗斯基马上跟着坐下去。不一会儿,他们两人就手握着手,用卡舒贝话在那里窃窃私语开了。

当这三个大人分成两处的时候,我还没有躲进衣柜,而是待在起居室里。瓷砖面火炉旁有一张儿童椅子。我坐在那上面摆动两腿,扬凝视着我,我知道自己妨碍他们,虽说他们也搞不出更多的名堂来。因为马策拉特同他们只有一墙之隔,虽说看不见,但他像挥舞皮鞭一样地挥舞着半死不活的鳗鱼,显然在威胁他们。所以,他们只能互相握着对方的手,捏着,一个接一个地拉那二十个手指头,弄得嘎巴直响,终于使我再也忍受不住了。从院子里传来的卡特太太拍地毯的声响难道还不够吗？这种声响不是已经透过了一道道的墙壁，虽然没有增加音量，却越发逼近了吗？

奥斯卡从小椅子上滑下来。他不想突然离去，免得惹人注目，便在火炉旁边蹲了片刻，随后，专心致志地敲着他的鼓，跨过门槛，溜进卧室。

我避免发出声响，便半掩了卧室的门，并断定没人会喊我回去，因而很满意。我还考虑了一下，奥斯卡究竟是钻到床底下去好呢，还是藏进衣柜里去。我宁愿藏进衣柜，因为钻在床底下会弄脏我这件过分讲究的、海军蓝的水手大衣。柜子的钥匙我刚好能够着，转了一下，打开镶镜子的门，用木棒把一件件套在衣架上再挂在横木上的大衣和冬装推到一边去。为了够着衣架，挪动这些沉重的服装，我只好踩到鼓上去。柜子中央终于有了一道空隙，虽然不大，但是奥斯卡要爬进去，蹲在里面，那地方是足够了。我费了一点力气，甚至把镶镜子的柜门也拉上了，我在柜底找到一条女用围巾，用它卡住柜门，留出一指宽的缝，既能透气，又能在必要的时候当瞭望孔用。我把鼓放在腿上，不再敲，连极轻的敲击都停止了。我坐在里面，木然地听任冬大衣的气味熏我，渗透到我的身上。

多妙啊！有这么一个柜子，又有这些沉重的、几乎使人透不过气来的衣服，让我差不多把所有的念头都集中在一起，扎成一捆，馈赠给想象中的某个人物，而他十分富有，庄重地接受了我的礼物，心中的快活却几乎没流露出一丝一毫。

同往常一样，每当我聚精会神发挥我的想象力的时候，我就神游布鲁恩斯赫弗尔路那位霍拉茨医生的诊所，重温每星期三就诊时对于我最为重要的那部分内容。我所想的，不是那个医生——他给我做的检查，越来越繁琐了——而是他的助手，护士英格。给我脱衣服、穿衣服的是她，给我量身高、体重以及做试验的也是她，总而言之，霍拉茨医生给我做的试验，均由护士英格实际操作。她做得正确无误，但总有点粗暴生硬，每次都不无嘲讽地报告说：失败。但霍拉茨却称之为部分成功。我难得瞧一眼护士英格的脸，我的目光以及那颗时而被挑动的鼓手的心,仅安于领略她那身由于干净而显得更白的护士服,她当做帽子戴的轻飘飘的织物,以及一枚简朴无华、镶有红十字的胸针。注视她那身护士服一再更新的褶裥可真有意思。她的衣服里面有肉体吗?她那张脸越来越老,她那双手虽然千方百计地保养,却还是瘦骨嶙峋,这都暗示,不管怎么说护士英格还是一个女人。当扬甚至马策拉特掀起我妈妈的衣服时,她身上散发出来的味道,护士英格是没有的,因此这证明她的体格与我妈妈的不同。她身上有一股肥皂味和令人困倦的药味。在她给我这小小的、据说是有病的身体听诊的时候,睡意就向我袭来,这种情形经常发生。那是从她白衣裳的褶裥里产生出来的轻微的睡意,石碳酸味笼罩下的睡眠,无梦的睡眠,但有时候,她的胸针远远地变大了,变成了天晓得是些什么东西:旗帜的海洋,阿尔卑斯山的红光,虞美人盛开的田野,准备起义,反抗谁呢?真是天晓得:反抗印第安人,樱桃,鼻血,公鸡的鸡冠,大量的红血球,直到占据了我的全部视野的一片红色,构成一种热情的背景。这种热情无论当时或现在都是不言而喻的,然而无以名状,因为"红"这个小小的字眼不表达任何意思。鼻血同它无关,旗帜也会褪色,我尽管如此还是称之为"红",红色便唾弃我,把它的大衣里外翻了个个儿:黑黑的,厨娘来了,黑黑的,吓得我脸色发黄,她骗我,说天上的蓝色掉下来了[①],我不信蓝色,她骗不了我,也不能使我变绿,绿色是棺材,我躺在里面吃草[②],绿色盖住了我,使我不见日光变成白色,白色又染黑,黑色吓得我脸色发黄,黄色骗我说是蓝色,我不相信蓝色是绿色,绿草地里开红花,红色是护士英格的胸针,她别着一个红十字,确切地说,别在她的护士服的衣领上;不过,无论在衣柜里还是在别的地方,我的想象很少能停留在这种一切象征中最单纯的颜色上。

　　各式各样的喧闹声从起居室里传来,冲击我藏身的衣柜,把我从

---

①　意为:弥天大谎。
②　这里是回文,一种文字游戏,"棺材"(Sarg)倒读就是"草"(Gras)。

刚刚开始、奉献给护士英格的半睡状态中唤醒过来。我头脑清醒、张口结舌地坐在各种大小式样的冬大衣中间,铁皮鼓搁在膝上,闻着马策拉特的纳粹党制服的气味,边上是皮腰带。带弹簧钩的皮背带。但是,护士服的白褶裥我却再也想象不出来了,我两旁挂着的是毛料、精纺毛料和灯芯绒,头顶上是前四年各种式样的帽子,脚边上是大人鞋,小孩鞋,上蜡的皮靴绑腿,钉和没钉平头钉的鞋后跟。门缝里射进一道亮光,一切都看得清清楚楚。奥斯卡悔不该在镶镜子的门中间留一道缝。

起居室里的那几个,能给我看什么戏呢? 也许马策拉特撞见了沙发榻上那两个,不过这不大可能,因为扬一直小心提防,而且不仅是在玩施卡特牌的时候。很可能是,结果也当真是,马策拉特杀完鳗鱼,剖腹,洗净,煮熟,加佐料,尝过味道,把加盐水土豆的鳗鱼汤盛在大汤碗里,端到起居室的桌上,而由于那两个毫无就座的意思,便自夸鳗鱼汤如何鲜美,又把加的佐料从头到尾数了一遍,像吟诵祈祷文似的背他的烹调法。妈妈大叫大嚷。她用的是卡舒贝话。马策拉特既听不懂又难以忍受,但还得听着,可能听出一点她的意思;反正说是鳗鱼,不会有别的;还有呢,就是我从地窖阶梯上摔下去的事,妈妈每次喊叫,无非是这些。马策拉特回敬了几句。他们各自的台词,都背得滚瓜烂熟。扬插进来指责。缺了他,就没戏了。接着是第二幕:砰地掀开琴盖,没有乐谱,背着弹,两只脚各踩一只踏板,三个人前后不一地吼起《神弹射手》①里的《猎人合唱》来:"世上何物相类似……"哼哼哈哈唱到半中腰,砰的一声琴盖盖上,脚从踏板上抬起,琴罩罩上。妈妈来了,已经走进卧室,还瞧了一眼衣柜镶镜子的门。我从门缝中看去,见她横躺到蓝色华盖下的结婚床上,放声哭泣,绞着手指,一如结婚城堡床头挂的那幅金框彩色画上祈祷的玛格德莱娜。

有很长一段时间,我只听见妈妈的哭声、床发出的轻微的嘎吱声

---

① 《神弹射手》是德国作曲家韦伯(1786—1826)的歌剧。一译《魔弹射手》。

以及起居室里传来的含糊的嘟哝声。扬安慰马策拉特，马策拉特请扬去安慰我妈妈。嘟哝声逐渐消失，扬进了卧室。第三幕：他站在床前，看看妈妈，又看看祈祷的从良妓女，小心翼翼地坐到床沿上，抚摩脸冲下趴着的妈妈的背部和臀部，用卡舒贝话抚慰她。末了，由于光说好话已无济于事，便把手伸到她的裙子下面去，直到她停止啜泣。这时，扬的目光也可以从十指纤纤的从良妓女身上挪开了。这一场是非看不可的。扬干完差事，站起身来，掏出手帕，擦擦手指，随后大声地对妈妈说话。这时，他不再讲卡舒贝话，而且一字一句地，好让留在起居室或厨房里的马策拉特听明白："来吧，阿格内斯，忘了这件事吧！阿尔弗雷德早就把鳗鱼端走了，已经扔进厕所了。让我们开开心心地去玩施卡特牌吧！如果你愿意的话，我们赌四分之一芬尼一点怎么样？忘掉这些事情，恢复了和气，阿尔弗雷德会给我们做蘑菇炒鸡蛋和油煎土豆的。"

妈妈没有搭话，翻身下床，重新扯平了黄色床单，对着衣柜门上的镜子理了理头发，跟在扬后面离开了卧室。我的眼睛从窥视缝前移开去，随即听到他们在洗牌。谨慎而轻微的笑声，马策拉特签牌，扬分牌，随后大家叫牌。我想，现在是扬叫牌，马策拉特是下一家，扬喊到二十三点他就不要了。妈妈接着，一直喊到三十六点，这时扬也不得不让步了。妈妈总算打满了三十六点，真险，差一点她就输了。第二盘打红方块，扬稳稳当当地赢了。第三盘，妈妈打红心三十点，侥幸赢了。

不用说，这场家庭牌戏一直玩到深夜，中间短暂地间断过一次，吃炒鸡蛋、蘑菇和油煎土豆。可是，接下去的牌局，我几乎听不见了。我又重新设法寻到护士英格和她的催人入眠的白色护士服。可是，在霍拉茨医生诊所里的情景却仍旧相当模糊。不仅绿色、蓝色、黄色和黑色一再来破坏红十字胸针的红色，而且今天上午发生的事情也掺了进来：通往听诊室和护士英格的门刚打开，呈现在我眼前的总不是洁净而轻盈的护士服，而是新航道防浪堤上航标灯下那个装船工，他正从水淋淋的马头上把爬满的鳗鱼抓下来。至于呈现为白色的东西,我本想把它同护士英格联系起来,却不料都是海鸥的翅膀,片刻之间,遮盖了马头和马头里的鳗鱼,直到伤口又迸裂,但流出的血不是红色的,而是黑色的,像那匹黑马。酒瓶一般绿的大海,给幻景增添一点锈红色的是那艘运木材的芬兰船,那些海鸥——可别再同我提起鸽子——像云一样遮盖了那个献祭品,用它们的翅膀尖伸进去,拽出鳗鱼来,扔给护士英格。她接着了,赞颂它,并且把自己变成了海鸥,不是鸽子,即使变成了圣灵,也不以鸽子的形骸显现而以海鸥的形骸显现,像云一样,降落在肉上。庆祝圣灵降临节。

我不再白费劲了,而要离开衣柜。我怒气冲冲地踢开镶镜子的柜门,爬出柜子,在镜子前照了照,依然故我,但毕竟很高兴,因为卡特太太不再拍打地毯了。虽然耶稣受难日对于奥斯卡来说已经结束,但是他自己的受难日则要到复活节过后才开始。

棺材一头小

妈妈也是如此。过了这个马头上爬满鳗鱼的耶稣受难日，我们同布朗斯基一家到比绍乡下同外祖母和舅公文岑特一起过完复活节。这时，她的受难日才告来临，甚至明媚的五月天气也无力挽回。

有人说是马策拉特又强迫妈妈吃起鱼来，此话不确。复活节过后两个星期，她莫名其妙地自动大吃起来，像中了邪似的，完全不顾自己身体会发胖，吃的数量之多使马策拉特不得不说："你可别吃这么多鱼，好像别人强迫你吃似的。"

但是，她早餐吃橄榄油浸的沙丁鱼。两小时以后，如果店里没有顾客，她便大嚼板条箱里装的博恩扎克的西鲱鱼。午餐时，她非要吃加芥末调味汁的煎比目鱼或鳕鱼不可。到了下午，她手里又拿着开罐刀，开肉冻鳗鱼、鲱鱼卷和油炸鲱鱼罐头。晚餐时，如果马策拉特拒绝再煎鱼或熬鱼汤，她就不说话，也不骂人，站起身来，离开饭桌，从店里拿回一块熏鳗鱼。这可叫我们两个倒了胃口，因为她用刀子把鳗鱼皮上和肚子里的肥油刮下来吃。她吃鱼总是用刀的。白天，她一次又一次地呕吐。马策拉特既担忧又无计可施，便问她道："你是怀孕了还是怎么回事？"

"别胡说八道。"妈妈会这样答复他，假如她还愿意说话的话。一个星期天，外祖母科尔雅切克来了。一见端上桌来的是在黄油调味汁里游泳的青鳗鱼和新鲜土豆，她气得拍桌子说："怎么回事，阿格内斯，你倒是说呀！你不该吃鱼，却偏吃鱼，你也不说个究竟，简直像个疯子！"妈妈只是摇头，把土豆推到一边，从黄油调味汁里把鳗鱼捞上来，照吃不误。她埋头大嚼，像是在完成一项费力的任务。

扬·布朗斯基一声不吭。有一次,他们两个正在沙发榻上,被我撞见了。他们同往常一样,互握着手,衣服也很凌乱。但是,引我注目的是扬哭得红肿了的眼睛,还有我妈妈对我漠不关心的态度也突然来了个一百八十度大转弯。她跳起来,一把抓住我,把我抱起来,抱得紧紧的,给我看一个深渊,那是无法填满的,即使用巨量的煎鱼、熬鱼、罐头鱼和熏鱼也是填不满的。

没过几天,我看见她在厨房里不仅大嚼普通的、该死的油浸沙丁鱼,还把她保存下来的许多吃剩的罐头里的橄榄油倒进一个做调味汁的小钵里,放在煤气上煮热后喝下去。这时,站在厨房门口的我吓得把手里的鼓都掉在地上了。就在这天晚上,妈妈被送进了市立医院。救护车未到之前,马策拉特又哭又号:"你为什么不要孩子?孩子是谁的,那无所谓。你是不是还因为那个要命的马头?我们真不该去呀!忘了它吧,阿格内斯!我可不是故意的呀!"

救护车来了,妈妈被抬上车。街上聚满了孩子和大人,车开走了。事实证明,妈妈既忘不了防浪堤,也忘不了那个马头。她带着对那匹马——管它叫弗里茨还是汉斯呢——的记忆去医院了。她身上的每一个器官都贮存着对耶稣受难日那次远足的痛苦而清晰的记忆,由于惧怕旧地重游,她身上的器官已经同我妈妈统一了意见,要让她死去。

霍拉茨医生说是黄疸病和食鱼中毒。医院里的人断定,妈妈已怀孕三个月,并让她住进单人病房。我们可以去探望她。有四天之久,她给我们看到的是一张由于恶心和痉挛而无人色的脸。有时,她还一边恶心一边向我微笑。尽管她费力地想使前来探望的人高兴,正如我今天每逢探望日也要费力地显出一副面孔使朋友们都高兴那样,然而她终究无法阻止周期性的恶心迫使她一再把渐渐垮下去的身子探到床外,弯下来,可是却什么也吐不出来了。末了,在那艰苦的死亡过程的第四天,她吐出了那一丝气息——这是每个人最终都要吐掉随后才能去领死亡证书的。

当我妈妈体内再也不会产生恶心来损坏她的美的时候,我们大家都松了一口气。一等她被人擦洗干净，换上寿衣，躺在那里的时候，我们看到的又是她那张亲切的、天真中露出几分狡猾的圆脸。护士长给妈妈合上眼皮，因为马策拉特和扬·布朗斯基哭得什么也看不见了。

我不能哭，因为别人都在哭，那两个男的、外祖母、黑德维希·布朗斯基以及快十四岁的斯特凡都在哭。何况妈妈的死并没有使我感到突然。奥斯卡每星期四陪她进旧城，每星期六伴她上圣心教堂，他怎能不觉察到，多年以来，她一直费尽心机地在寻找这样一种方式来解决他们的三角关系呢？一方面能使或许是她所憎恨的马策拉特对她的死承担罪责，另一方面又能使扬·布朗斯基，使她的扬在波兰邮局继续干下去，并且永远想着：她是为我而死的，她不愿妨碍我的前程，她为我做出了牺牲。

他们两个，妈妈和扬，不仅有深谋远虑的本领，譬如找了个不受人干扰的幽会地点，而且同样显露了干风流韵事的天赋——只要愿意，就可以把他们看作罗密欧和朱丽叶，或者看作据传为深海所阻、不能团圆的王子与公主①。妈妈及时地领受了临终圣礼。在神甫的祷告声中，她冷冰冰地躺着，任凭什么也不能再使她动弹了。这时，我有了时间和空闲去观察那些多半信新教的护士。她们合掌的方式同天主教徒不同。我可以说，她们更加信赖自己。她们称"我们的父"时，用的字眼也同天主教原版经文有差异，并且也不像外祖母科尔雅切克、布朗斯基一家和我那样画十字。我的父亲马策拉特——我有时这样称呼他，尽管他仅仅有可能生育了我——他，这个新教徒，在祷告时却与其他新教徒不同。他不是两手十指交叉握紧了放在胸前，而是手指痉挛着放在下面，大约在生殖器附近，把一种宗教换成了另一种宗教，并且显然羞答答地不愿别人看他祈祷。我的外祖母跪在死者床前，在她哥哥文岑特的身边。她旁若无人地大声用卡舒贝语做祷告，而文岑特只是嘴唇在动，可能讲的是波兰话，圆睁

---

① 这是十五世纪一首德国民歌里的故事。

的眼睛里充满着天神显灵的景象。我真想敲鼓。我毕竟得感激我可怜的妈妈给过我许多红白相间的铁皮鼓。与马策拉特的愿望相反，她答应给我一面铁皮鼓，这是我在摇篮里得到的慈母的许诺。不仅如此，我妈妈的美有时还是我在鼓上敲出的形象的蓝本，尤其是在她还身材苗条、不必去做体操的那段岁月里。我终于再也控制不住自己了，便在我妈妈去世的房间里，再次在我的铁皮鼓上再现出她灰眼睛的美的理想形象来。护士长立即提出抗议，令我惊奇的是马策拉特竟会站在我这一边，悄声地劝护士长说："您就让他敲吧，护士小姐，他们就是这样互相谁也离不开谁。"

妈妈可能非常快活。妈妈可能是非常害怕。妈妈可能很快把一切都遗忘。不过妈妈的记忆力很强。妈妈把我连同洗澡水一起倒走，但同我坐在一个浴池里。我有时把妈妈丢失了，但是，找到她的人却在同她一道行走。当我唱碎玻璃的时候，妈妈便用胶水和玻璃腻子去修补。她有时也会失算，尽管机会有的是。尽管妈妈不露风声，对于我，她却不守秘密。妈妈害怕过堂风，却经常吹牛皮。她靠经销手续费生活，却不乐意纳税。她掩掩盖盖，我了如指掌。如果红心是主牌，她打起来准赢。妈妈死时，我的鼓身周围一圈红火舌也褪了一点颜色；可是白漆却变得更白，刺目地闪光，有时连奥斯卡也不得不闭上眼睛。

我可怜的妈妈并非如她所愿被安葬在萨斯佩公墓，而是葬在布伦陶一处小而幽静的公墓里。那里还埋葬着她那个一九一七年患流行性感冒去世的继父、火药厂工人格雷戈尔·科尔雅切克。送葬的人数众多，这只能理解为我妈妈是一个受人喜爱的殖民地商品店老板娘。不仅有老主顾，而且有好几家公司的商务代表，甚而至于买卖上的竞争对手，譬如，殖民地产品商魏因赖希以及赫尔塔街上那爿食品店的普罗布斯特太太也来了。布伦陶公墓的礼拜堂太小，容纳不下这么多人。那里散发着鲜花的香气和放过防蛀药的黑衣服的气味。在未加盖的棺材里，我可怜的妈妈脸色蜡黄，形容憔悴。在举行冗长繁复的仪式时，我怎么也不能摆脱这种感觉：她马上要抬起头来了,她还得呕吐,她肚子里还有东西要出来,不只是那个三个月的胎儿,他同我一样不知道应该感谢哪一位父亲,不只是他要出来,并且同奥斯卡一样也要一面鼓,而且还有鱼,不是油浸沙丁鱼,我想说的也不是鲽鱼,而是一小段鳗鱼,若干绿白相间的鳗鱼肉纤维,斯卡格拉克海战战区的鳗鱼,新航道防浪堤的鳗鱼,耶稣受难日的鳗鱼,马头里跳出来的鳗鱼,可能是她父亲约瑟夫·科尔雅切克身上钻出来的鳗鱼,他沉没到木筏下面,被鳗鱼吃掉,你的鳗鱼的鳗鱼,因为鳗鱼变成了鳗鱼……

但是她没有恶心。她控制住了。她显然打算把鳗鱼带到地底下去,这样才能最终得到安息。

几个男人抬起棺材盖,正要盖住我可怜的妈妈坚定而难看的脸。安娜·科尔雅切克扑过来抓住他们的胳膊,随后,踩过棺材前的鲜花,扑到她女儿身上,扯她昂贵的、洁白的寿衣,用卡舒贝语大哭大嚷。

后来,许多人都说,她是在咒骂马策拉特,那个可能是我父亲的人,说他害死了她的女儿。据说,也讲到了我从地窖阶梯上摔下去那桩事。妈妈编造的这个故事,她又接过去常挂在嘴上,让马策拉特一辈子记住他的所谓的罪过以及我的所谓的不幸。尽管马策拉特把任何政治上的考虑置之不顾,简直违背了他自己的意志,一直尊敬她,并且在战争期间供给她白糖、人造蜂蜜、咖啡和煤油,她仍一再怨恨他。

蔬菜商格雷夫和像女人一样尖声哭泣的扬·布朗斯基搀扶我的外祖母离开棺材。那几个男人加上棺盖,终于做出了那副面孔——扛棺材的人屈身蹲到棺材下面准备扛起时,都是这么一副面孔。这个半乡村式的布伦陶公墓有一条榆树林荫道,两侧是两片墓地,有一座小教堂,像幼儿园里纸糊的劳作,有一口井以及一个活跃的鸟的世界。送葬的队伍走在耙干净落叶的公墓林荫道上,马策拉特领头,我跟在他后面,这时我生平第一次爱上了棺材的形状。今后,我还常常有机会溜一眼黑色的、棕色的、用于终极目的的木材。我可怜的妈妈的棺材是黑色的。它一头大,一头慢慢缩小,多么协调啊!世界上还有什么别的形状能如此巧妙地吻合人的体形吗?

要是床也一头大,一头慢慢小下去,那该有多好!不论我们平时习惯的或者偶尔摆出来的躺卧的姿势是什么样的,不总是上身大并明显地渐渐往脚那头缩小下去吗?不论我们如何伸展肢体,不总是上面大,头、肩膀、躯体,然而逐渐缩小到脚,缩小到那个支撑我们全身的狭小基础吗?

马策拉特紧跟在棺材后头走。他手里拿着礼帽,尽管一伸膝盖就感到巨大的疼痛,但仍然吃力地慢步走着。每当我看到他的颈项时,我就为他惋惜:他的枕骨突出,两条抽搐的血管从衣领里钻出来,一直伸到头发根上。

挽着我的手的为什么是特鲁钦斯基大娘,而不是格蕾欣·舍夫勒或者黑德维希·布朗斯基呢?她住在我们那幢出租公寓的三层楼上,她可能没有名字,因为谁见了都叫她特鲁钦斯基大娘。

走在棺材前面的是维恩克圣下和拿香的辅弥撒者。我的目光从马策拉特的颈项溜到抬棺材人皱纹纵横的后脖子上。我必须把心头一种强烈的愿望压抑下去:奥斯卡要坐到棺材上去。他要坐到棺材上面去敲。不是敲铁皮鼓,奥斯卡要用他的鼓棒敲棺材盖。他们扛着棺材摇摇晃晃前进时,他要骑上去。奥斯卡要为那些走在棺材后面、跟着神甫祈祷的人们敲棺材盖。当他们把棺材抬到架在墓穴上方的木板和绳子上去后,奥斯卡仍旧坚持要坐在那口木头棺材上。在布道、敲小钟、焚香、洒圣水的时候,他要在木头上敲出拉丁经文来。当他们用绳子把棺材放下去时,他还要坚持坐在上面。奥斯卡要同妈妈和胎儿一起进入墓穴。当遗族和亲友用手抓土扔进墓穴时,奥斯卡仍旧留在下面。他不想上来,他要坐在棺材缩小的那一头上,敲棺材,如果可能的话,到了地下还继续敲,一直敲到手里的鼓棒腐烂了,鼓棒下的木头也腐烂了,一直敲到妈妈为了我,我为了妈妈,各自为对方腐烂了,把肉交给了土地和土里的栖居者为止;如果可能和允许的话,奥斯卡还愿意用小骨头敲胎儿细细的软骨。

没人坐在棺材上，棺材在布伦陶公墓的榆树和垂柳下独自摇晃着。教堂司事的一群杂色母鸡在坟墓中间啄虫子，它们不劳而获。队伍走到桦树间。我走在马策拉特后面，特鲁钦斯基大娘挽着我的手，我身后是我的外祖母——格雷夫和扬挽扶着她——文岑特挽着黑德维希的胳膊，小玛尔加和斯特凡手挽手走在舍夫勒夫妇前面。还有钟表匠劳布沙德、海兰德老先生以及小号手迈恩，他只是没带小号，也不是醉醺醺的样子。

安葬完毕，人们开始吊唁。这时，我才发现西吉斯蒙德·马库斯也来了。他穿一身黑，窘困地夹杂在那些人中间，他们正挨个儿同马策拉特、我、我的外祖母以及布朗斯基一家握手，嘟哝着说上那么几句。我起先不懂亚历山大·舍夫勒干吗找马库斯说话。他们不会认识的，恐怕以前从来没有讲过话。后来，乐师迈恩也插进去同这个玩具店老板谈话。他们站在半人高的树篱后面，那种灌木的绿叶子用手指一搓就会褪色，味道是酸的。这时正好轮到卡特太太带着她那个用手帕捂着嘴在冷笑的、个儿也长得太快了点的女儿，在向马策拉特表示慰问，她还非得抚摩我的脑袋不可。树篱后那几个说话的声音大起来了，不过听不明白。小号手迈恩用食指弹着马库斯的黑上装，逼着他后退，随后抓住他的左胳臂，舍夫勒也动手抓住他的右胳臂。他们两个还得注意那个被拽着的马库斯别让坟墓周围的界石绊倒，并一直把他拉到林荫道上，给他指出出口的方向。马库斯好像感谢了他们给指路，朝出口走去。他戴上礼帽，不再回顾，而迈恩和那个面包师却还在背后目送他离去。马策拉特和特鲁钦斯基大娘都没有发现我从他们身边溜走，不再接受慰问。奥斯卡装着非去不可的样子，转身从掘墓人和他的助手们身边悄悄走过，随后拔腿就跑，也不顾常春藤拦路，奔到榆树下，在公墓门口赶上了西吉斯蒙德·马库斯。

"小奥斯卡！"马库斯不胜惊讶地说，"你说说看，他们为什么这样对待马库斯？我干了什么错事，他们要这副样子对待我？"

我也不知道马库斯干过些什么，便拉住他那汗湿了的手，领他走

165

出公墓的敞开着的铸铁大门。我们两个,我的鼓的保护人和我这个鼓手,也可能就是他的鼓手,我们迎面遇上了舒格尔·莱奥,他同我们一样也相信天堂。

马库斯认识莱奥,因为莱奥是全城的知名人物。我也听人讲过舒格尔·莱奥,当他还在神学院的时候,在红日当空的一天,世界、天主教的七件圣事、信仰、天堂和地狱、生与死在他头脑里全都倒了个儿。从此以后,莱奥对世界的看法虽然是癫狂的,但却完美无缺,光芒四射。

舒格尔·莱奥的职业,是穿着过分宽大而晃动的服装,戴着白手套,在葬礼之后——只要举行葬礼,他就闻风而至,从来也瞒不过他——等候送葬的人们。马库斯和我都知道,他是由于职业的缘故才站在布伦陶公墓的铸铁大门前,戴着悲情满满的手套,转动着清澈如水的眼睛,嘴里一直淌着涎水,对送葬的人们唾沫四溅地大讲废话。

这一天是在五月中旬,阳光明媚。树篱和树林上鸟儿成群。咯咯叫的母鸡通过它们的蛋来象征不朽。空中响着嗡嗡声。大地新披绿装,清新无尘。舒格尔·莱奥戴着手套,左手拿着干瘪的礼帽,右手伸开五指,踏着轻盈的舞步——因为他确实受了神恩——朝马库斯和我迎面而来。虽然没有一丝风,他却仿佛站在风中,身子向我们倾斜,脑袋歪向一边。马库斯先是犹豫了一下,随后把没戴手套的手伸过去,被莱奥戴手套的手握住。这时莱奥流着口水,结结巴巴地说:"多美的日子! 现在她已经到了那个样样都便宜的地方。我们全心归向主。① 你们见到天主了吗? 他刚走过,匆匆忙忙的。阿门。"

我们也说:"阿门!"马库斯不仅附和莱奥关于天气的说法,而且还说他看到了天主。

我们背后的公墓里,送葬人群的声音越来越近了。马库斯从莱

---

① 原文是拉丁文。

奥的手套里挣脱了手,总算还来得及给他酒钱,像他平素那样地瞥了我一眼,仿佛有人追他似的匆匆向停在布伦陶邮局门口等他的出租汽车走去。

汽车扬起尘土,遮掩了逐渐消失的马库斯。我还在目送他时,特鲁钦斯基大娘已经再度拉住了我的手。他们结成大帮小帮地走来。舒格尔·莱奥对所有的人表示慰问,请送葬的人们注意美好的天气,逢人便问是否见到了天主,照例得到了或多或少的酒钱,或者分文也捞不到。马策拉特和扬·布朗斯基付钱给抬棺人、掘墓人、教堂司事和维恩克圣下。圣下窘困地叹着气,让舒格尔·莱奥吻他的手,然后用被吻过的手向渐渐四下散去的送葬者打起祝福的手势。

我们,我的外祖母、她的哥哥文岑特·布朗斯基夫妇和两个孩子、没带妻子的格雷夫以及格蕾欣·舍夫勒,坐上两辆普通的箱式马车,经过戈尔德克鲁格,穿过森林,越过附近的波兰边界,到比绍采石场去赴葬礼晚餐。

文岑特·布朗斯基的农舍坐落在一个坑洼儿里。门前几棵白杨树,据说可以用来避雷电的。他们转动铰链,打开了谷仓的门,让门倒在锯木架上,然后铺上桌布。左邻右舍还来了不少人。做这顿饭花了不少时间。我们在谷仓门口聚餐。格蕾欣·舍夫勒让我坐在她身上。先是油腻的,接着是甜的,随后又是油腻的,土豆烧酒,啤酒,一只鹅,一头小猪,香肠蛋糕,糖醋南瓜,酸乳脂拌果汁麦糊。傍晚,起了点风,吹进敞开门的谷仓,耗子在里面乱钻乱跑,布朗斯基家的孩子同邻家的孩子们占领了院子。

他们点起煤油灯,在桌上玩施卡特牌。土豆烧酒还摆在那里。还有自制的鸡蛋利口酒,这东西引起了大家的兴趣。不喝酒的格雷夫唱了几支歌。卡舒贝人也唱了起来。马策拉特第一个发牌,扬第二,砖窑上的领班第三。现在我才注意到,我可怜的妈妈不在了。他们玩牌一直玩到深夜。可是逢到打红心,三个男的谁也赢不了。有一盘打红心五一点,扬·布朗斯基完全莫名其妙地输了。这时,我听见他小声对马策拉特说:"要是阿格内斯打,准赢。"

我从格蕾欣·舍夫勒的膝上滑下来,在外面找到了外祖母和她的哥哥文岑特。他们坐在一根车辕上。文岑特用波兰语低声对星星说话。外祖母已经哭不出来了,她让我钻进裙子底下。

　　今天有谁让我钻进裙子底下呢?有谁替我隔住日光和灯光呢?有谁给我闻那种溶化着的、易臭的黄油的气味呢?外祖母把它存放在裙子底下,给我吃,使我发胖,我也就尝到了甜头。

　　我在四条裙子底下睡着了,离我可怜的妈妈起源的地方近在咫尺。我同她一样安静,虽然不像躺在一头小的棺材里的她那样不再呼吸。

赫伯特·特鲁钦斯基的背脊

常言道,失去母亲,无以取代。妈妈安葬后不久,我开始惦念我可怜的妈妈了。星期四不再去拜访西吉斯蒙德·马库斯了,再没有人带我去看护士英格的白护士服了。尤其是到了星期六,我更痛心地意识到妈妈死了:妈妈不再去忏悔了。

我于是失去了旧城、霍拉茨医生的诊所以及圣心教堂。我失去了对集会的兴趣。既然诱惑者的职业对于奥斯卡已失去了意义和吸引力,我怎能再去引诱橱窗前的行人上钩呢?曾经带我到市剧院去看圣诞童话剧,并且领我去看王冠或丛林马戏团表演的妈妈,如今不在了。我孤单单一个人,愁眉苦脸地准时去上课,垂头丧气地走过笔直的市郊大街,到小锤路去拜访格蕾欣·舍夫勒。她给我讲"力量来自欢乐"组织的夜半太阳国旅行,而我则不为所动地拿歌德同拉斯普京做比较。这种比较没有止境,忽明忽暗,循环往复,于是我逃避到历史研究中去。《罗马之战》、凯泽的《但泽城历史》和克勒的《船队年鉴》,我这些老一套的标准读物,给予我广博的半瓶醋知识。因此,我至今还能背得出所有参加斯卡格拉克海战被击沉击伤的船只的装甲厚度、装备、完工和下水日期、人员限额的精确数字。

我快满十四岁了,喜欢孤独,经常散步。鼓是我的伴侣,但我却难得敲两下,因为妈妈去世后,就没人及时给我供应铁皮鼓了。

那是在一九三七年秋季还是在一九三八年春季呢?不管怎么说,我沿着兴登堡林荫大道往城里走去,到了离四季咖啡馆不远的地方,落叶纷飞,或者蓓蕾初绽,总而言之,大自然正在起变化;这时,我遇到了我的朋友和师傅贝布拉,这位欧仁亲王的嫡系子孙,因而也就是路易十四的直系后裔。

我们已有三年未见面，但是，相距二十步就已彼此认了出来。他并非孑然一身，而是挽着一位美人儿，南方人，娇小可爱，大约比贝布拉矮两厘米，比我高三指。据贝布拉介绍，她叫罗丝维塔·拉古娜，是意大利最有名的梦游女。

贝布拉请我到四季咖啡馆喝穆哈。我们到水族馆①坐定下来，爱喝咖啡的女常客们就窃窃私语道："瞧这些矮个儿，莉丝贝特，你瞧见了没有？是不是王冠马戏团的？可能的话，咱们也去瞧瞧。"

贝布拉朝我微笑，挤出了上千道几乎看不见的细皱纹。给我们端穆哈来的侍者，个子非常高大。罗丝维塔太太请他来一块小蛋糕时，就像抬头望一座塔楼似的望着这个穿燕尾服的侍者。

贝布拉打量着我说："看来咱们这位毁玻璃能手快快不乐哩！出了什么毛病，我的朋友？是玻璃不听话了，还是声音不灵了？"

奥斯卡年少气盛，当即要小试锋芒，显一显他那远未衰退的技艺。我环顾四周，寻找目标，目光对准水族馆里金鱼和水下植物前的大玻璃板。我刚要唱，贝布拉连忙说："行啦，我的朋友！我们相信你是行的。别破坏，别让水泛滥，别弄死鱼！"

我难为情地道歉，尤其对罗丝维塔太太。她忐忑不安，拿出一把微型扇子扇着。

"我妈妈去世了，"我试图解释我的心境，"她本来不该死的。我怪她自己不好。人家常说，做母亲的样样事都看在眼里，都能体贴，做母亲的样样事都会宽恕。这全都是母亲节的那套废话！我在她眼里，只是个侏儒罢了。只要有可能，她就会甩掉我这个侏儒。她之所以没能甩掉我，那是因为孩子，哪怕是个侏儒，都登记在她的身份证上的，所以没法随便甩掉。还因为我是她生的侏儒，因为她甩掉我就等于甩掉她自己的骨肉，所以甩不成。她问过自己，她和侏儒不能两全，于是就结束了她自己的生命。她什么也不吃，只吃鱼，而且不吃

---

① 指放有养鱼缸可供观赏的咖啡座。

新鲜鱼。她诀别了情人,现在,她长眠在布伦陶。无论她的情人还是我家店铺的主顾,人人都这么说:是那个侏儒敲鼓把她敲死的。因为奥斯卡的缘故,她不想再活下去了。是奥斯卡把她害死的。"

我是故意夸大其词,想尽可能打动罗丝维塔太太的心。其实,大多数人把妈妈的死归罪于马策拉特,尤其是扬·布朗斯基。贝布拉看透了我的心思。

"您言过其实了,我的好友。您纯粹出于嫉妒才怨恨您死去的妈妈。她不是因为您的缘故,而是因为那些令人厌烦的情人的缘故才进了坟墓。所以,您觉得自己被冷落了。您既爱虚荣又调皮捣蛋,这两者,大凡天才,都兼而有之的!"

他接着叹了一口气,斜视了罗丝维塔太太一眼,又说:"像我们这样身材的人挨过这一生,可真不容易啊!虽然是个人,身体却长不起来,多难做到的事情啊!多艰巨的使命啊!"

罗丝维塔·拉古娜,那不勒斯的梦游女,她的皮肤既光滑又多皱纹,我估计她只有十八岁,但是转瞬间,她又变成了一个八九十岁的老妇。罗丝维塔太太抚摩着贝布拉先生那身英国裁缝做的时髦服装,她那双樱桃黑的地中海眼睛送我一道秋波,并用阴沉的声音——像给子女许诺言似的,不仅打动了我,还使我周身麻木——说道:"我最亲爱的小奥斯卡①!我十分了解您的痛苦!跟随我们一起走吧:去米兰、巴黎、托莱多、危地马拉。"

我一阵头晕。我抓住拉古娜的苍老的手。地中海拍打着我的海岸,橄榄树向我低声耳语:"罗丝维塔会像您的妈妈一样,罗丝维塔会理解的。她,伟大的梦游女,看得透任何人的心思,了解任何人的内心,唯独不了解她自己,妈妈呀,唯独不了解她自己。天哪!"

奇怪的是,拉古娜刚开始用梦游女的目光像照 X 光似的透视我,就突然胆怯地缩回了被我捏住的手。难道我这颗十四岁少年的饥渴的心吓着了她吗? 难道她已经明白,不论罗丝维塔是少女还是

① 原文为意大利语。

老太婆,对于我来说,无非是罗丝维塔罢了?她用那不勒斯话低声说着,颤抖着,一次又一次地画十字,似乎她在我身上所观察到的使她产生了无穷的恐惧,随后,一声不吭地把脸藏到扇子后面去了。我不知所措,极想听个究竟,便请贝布拉先生讲一讲。可是,贝布拉尽管是欧仁亲王的直系,却也惊慌失措,说起话来结结巴巴,我好不容易才听懂了他讲的话:"您的天才,年轻的朋友,是天赐神授的,但也肯定有魔鬼授予的成分。这使我的善良的罗丝维塔困惑不解,而我也不得不承认,您身上有一种突然发作的无节制的因素,这是我感到陌生的,虽说并非完全不能理解。不过,"贝布拉打起精神说下去,"不论您有怎样的性格,那都无所谓。您加入到我们中间来吧,参加贝布拉的魔术团吧!只要自己多少约束一点,纵使在今天的政治条件下,您还是能找到观众的。"

我当即明白了。曾经劝过我要永远在台上不要站在台前的贝布拉,自己也混到陆军里去了,尽管他继续在马戏团里登台表演。因此,当我客气地表示遗憾,并拒绝了他的提议时,他丝毫也不觉得失望。我能听到罗丝维塔太太在扇子后面的呼吸声,看到她又朝我露出了那双地中海眼睛。

我们又聊了一小时光景。我让侍者拿来一个空水杯,用歌声在玻璃上刻了一颗心,上面加了漩涡形花饰,下面是一行题词——"奥斯卡为罗丝维塔而作",并把杯子送给她,让她高兴一下。贝布拉付了账,留下不少小费,我们起身离去。

他们两人一直陪我到体育馆。我用鼓棒指着五月广场另一头光秃秃的演讲台,并且——现在我记起来了,那是在一九三八年春天①——把我在演讲台下那段鼓手生涯叙述给我的师傅贝布拉听。

贝布拉尴尬地微笑着,拉古娜则板着面孔。趁这位太太离我们有几步远的时候,贝布拉同我低声话别:"我不行啦,亲爱的朋友,我怎能再当您的老师呢?哦,这种肮脏政治!"

---

① 1938 年 3 月,在希特勒的威胁下,奥地利与德国合并。

随后,他像几年前在马戏团活动房子中间与我相遇时那样吻了我的前额,罗丝维塔太太向我伸出了瓷器般的手,我做作地躬身吻了这个梦游女的手指——一个十四岁的男孩子这样做,似乎显得太老练了。

"我们会再次见面的,我的儿子!"贝布拉先生挥手说,"不论时局怎样,像我们这样的人是不会失去联系的。"

"要原谅您的父亲们!"这位太太告诫我说,"要习惯您自己的生活,这样心灵就得到安宁,撒旦就不能得逞!"

我觉得,仿佛这位太太给我施了第二次洗礼,不过照样徒劳。撒旦,滚开——但是撒旦不走。我心中空虚,悲伤地望着他们两个的背影。当他们登上一辆出租车,完全消失在里面时,我还在挥手;福特牌汽车是为大人们造的,所以,马达一响,汽车开走时,车里不见乘客,却像是开出去寻找主顾似的。

我想法说服马策拉特去看王冠马戏团的表演,但是他不为所动。我可怜的妈妈死后,他完全沉浸在悲痛之中,其实他从来也没有完全支配过她。那么,有谁完全支配了我妈妈呢?扬·布朗斯基也算不上。如果有那么一个人的话,那就是我,因为妈妈去世后,最受苦的是奥斯卡,日常生活被打乱了姑且不说,连活下去都成问题了。妈妈扔下我不管了。对于我的父亲们也没有什么可指望的。贝布拉师傅已经把宣传部长戈培尔当成了他的师傅。格蕾欣·舍夫勒一心一意干她的冬赈①工作。据说是为了不让一个人挨饿,不让一个人受冻。我坚持敲鼓,在原来是白漆的、现在敲薄了的铁皮上,擂出我的孤独来。晚上,马策拉特同我面对面坐着。他看他的烹调书,我则用鼓哀诉。有时,马策拉特哭了,用烹调书挡住脸。扬·布朗斯基成了稀客。鉴于政治局势,这两个男人都认为小心为妙,谁也摸不准风向。玩施卡特牌——如今在他们两人之外,另加了一个男的,而且经常换

---

① 冬赈,纳粹的一项慈善事业,名曰"向饥饿和寒冷开战"。德国人都得被迫为"冬赈"捐款捐物。

人——次数也越来越少，即使玩的话，也很晚才开始，在我家起居室的吊灯下，并且避而不谈政治。我的外祖母安娜，看来连从比绍到拉贝斯路我家里的路该怎么走都忘了。她怨恨马策拉特，也许还怨恨我，我可听她说过："我的阿格内斯是因为受不了鼓声才死的。"

尽管我可怜的妈妈的死，我可能要负一份责任，然而我却更加死抱住受诽谤的鼓不放。妈妈会死的，鼓却不会死，鼓可以买新的，也可以让老海兰德或者钟表匠劳布沙德修理。鼓理解我，始终给我正确的答复，鼓和我相依为命。

我觉得对于一个十四岁的少年来说，房间的天地未免过于狭小，街道则不是太短便是太长，白天没有机会去当橱窗前的诱惑者，而晚上又不是有什么紧急的情况非要我到黑魆魆的门洞里去扮演十拿九稳的诱惑者角色不可，这时，我便跷着脚走上四道楼梯，踩出节拍来，一边数着这一百十六级楼梯，每到一层停留片刻，闻一闻各层住家门缝里透出来的气味，因为气味也同我一样，觉得这两间一套的住房太狭窄了。

起初，我有时还能侥幸碰上小号手迈恩。他烂醉如泥，躺在挂着晾干的床单中间未被水滴湿的地板上，以罕有的音乐感吹着小号，使我的鼓获得快感。一九三八年五月，他戒掉了杜松子酒，逢人便说："我现在开始新生活啦！"他当上了冲锋队骑兵队乐队队员。我看到他脚蹬皮靴，穿着臀部包着皮子的马裤，上楼时一步跨五级。那四只猫——其中一只叫俾斯麦——他还养着，因为可以预料，有的时候杜松子酒还会占上风，并使他乐兴大作。

我很少敲钟表匠劳布沙德的房门。他是一个生活在一百只坏钟中间的沉默的人。这样过分地耗费时光的情况，我每月至少能目睹一回。

老海兰德的小作坊始终还是在公寓的院子里。他始终还是干敲直弯钉子的活。同过去一样，院子里有兔子和兔子的子子孙孙。但是，院子里的孩子却换了人。他们都系黑领带，穿制服，不再煮砖头粉浑汤。那些正在长个儿并超过我的孩子，我一个也叫不出名字来。

这是另一代人,而我那一代孩子已经从学校毕业,都在当学徒了。努希·艾克成了理发师,阿克塞尔·米施克想在席哈乌当焊接工。苏西·卡特在施特恩菲尔德百货公司当见习售货员,已经有了男朋友,关系相当确定了。变化真大啊!不过三四年间的事。拍打地毯用的旧架子始终还屹立在院子里,住房须知的规定也未变:星期四、五拍打地毯,但是每逢这两天,拍打声不多了,拍得羞羞答答,不敢让人听见似的,因为自从希特勒掌权以来,越来越多的人家使用吸尘器;拍地毯架子日渐被人冷落,只为麻雀服务了。

因此,我总是孤单单一人待在楼梯间和阁楼里。我在房顶的波浪形瓦下读我保存的读物。当我需要有人做伴时,便到三楼去敲左边第一个房门。特鲁钦斯基大娘总会开门的。在布伦陶公墓,是她搀着我的手,领我到可怜的妈妈墓旁去的。自那以后,每当奥斯卡用鼓棒敲她家房门时,她总会开门的。

"别敲得这么响,小奥斯卡,赫伯特还要睡一会儿。他昨天夜里又遭罪了,人家用汽车送他回家的。"说完,她拉我进屋,给我倒麦芽咖啡和牛奶,还给我一块用线拴着的褐色冰糖,可以浸到咖啡里去,也可以用舌头舔。我喝咖啡,嚓冰糖,让鼓休息。

特鲁钦斯基大娘的脑袋小而圆,稀疏的灰白头发像薄纱似的蒙着,粉红色的头皮透出微光。有限的头发丝在枕骨最突出的地方扎成一个面包形发卷,尽管很小——比台球还小,不论她怎样转身,别人从任何角度都能看到。发卷是用织针别住的。每天早晨,特鲁钦斯基大娘用代用咖啡的包装纸——红的,褪色的——擦她那笑起来就像是粘上去似的圆脸颊。她的脸形像耗子。她有四个孩子:赫伯特、古丝特、弗里茨和玛丽亚。

玛丽亚和我同年,刚念完国民小学,住在席德利茨一个职员家里学习料理家务。弗里茨在铁路车辆厂工作,别人难得见到他。他有两三个姑娘轮流陪他过夜,他带她们到"奥拉跑马场"去跳舞。公寓院子里的那些兔子,"蓝色维也纳人",也是他养的,但实际上是特鲁钦斯基大娘在喂养,因为弗里茨忙着应付女友们,根本不得分身。古丝特,三十岁左右,沉默寡言,在火车总站附近的埃登饭店当女招待。她始终还没有结婚,同住一流饭店的人物一样,住在埃登大厦最高一层上。赫伯特是老大,是唯一同母亲一起居住的——如果不算装配工弗里茨也偶尔回家过夜的话。他在新航道港口区当侍者。这里要谈的正是他。因为赫伯特·特鲁钦斯基成为我努力探究的目标,在我可怜的妈妈去世后,他给我带来了一段短暂的愉快时光;我至今仍把他称作我的朋友。

赫伯特在施塔布施那里当侍者。施塔布施是"瑞典人"酒店的老板。酒店在新教的海员教堂对面,来客多半是斯堪的纳维亚人,这点从"瑞典人"这块招牌上就可以猜到。不过,也有从这个自由港来的俄国人和波兰人、霍尔姆的装船工以及刚开进港口停泊的德国军舰上的水兵。在这个真正可谓国际性的酒店里当侍者,是不无危险的。赫伯特在去新航道之前,在"奥拉跑马场"当过侍者,仅仅由于在那个三流舞场里积累的经验,才使他能够用郊区方言掺上一句半句英语和波兰语,镇住"瑞典人"酒店里各种语言的喧闹声。然而事与愿违,每月总有那么一两回,人家免费用救护车送他回家。

遇到这样的情况,赫伯特就不得不俯卧在床,呼吸困难,因为他体重一百公斤,而且还得一连躺上数天。在这样的日子里,特鲁钦斯基大娘一个劲儿地骂他,却又不顾疲劳地照料他。每逢她重新扎好发卷之后,总要拔出一根织针来,敲他的床对面挂着的一个玻璃镜框。镜框里是一幅修过的男人照片,这个男人目光严肃而呆滞,长着小胡子,有点像我的照相簿第一页上那个蓄小胡子的人。

不过,特鲁钦斯基大娘用织针指着的这位先生,不是我家的人,而是赫伯特、古丝特、弗里茨和玛丽亚的父亲。

"总有一天你会像你父亲一样完蛋。"她挖苦呼吸困难、痛苦呻吟着的赫伯特。可是,她从来也不明说,黑漆镜框里的那个男人到哪儿去找死的,后来又怎么完蛋的。

"这次是怎么回事?"两臂互抱的灰白头发的耗子脸要知道个究竟。

176

"同以前一样,瑞典人和挪威人呗!"赫伯特侧转身子,床嘎嘎地响。

"同以前一样,同以前一样!别装得好像永远只会是他们干的。最后一次,不是训练舰上那些家伙干的吗?叫什么来着?说呀!对,'施拉格特'号的。我不是说了吗,这次是怎么回事?你偏说是瑞典人和挪威人!"

赫伯特的耳朵——我看不见他的脸——一直红到耳根:"这些该死的水兵,老是瞎吹牛皮,仗势欺人!"

"你让他们去好了,都是些娃娃。关你什么屁事。他们下船休假时,我在内城见到过,看样子都很规矩的嘛!你准是又同他们谈自己对列宁的看法了。人家谈西班牙内战,你准是又插嘴了,是不是?"

赫伯特不再回答,特鲁钦斯基大娘拖着脚步走进厨房喝她的麦芽咖啡去了。

赫伯特背脊上的伤愈合后,是允许我看的。他坐在厨房里的椅子上,背带搭在大腿上的蓝餐巾上,慢慢地脱下羊毛衫,好像有什么难办的想法使他犹豫不决似的。

脊背圆滚滚的,肌肉不停地上下移动。就像是一片粉红色的田地,播满了雀斑。肩胛骨以下,埋在肥肉里的脊骨两边,长满红狐色浓毛,鬈曲地往下爬,最后消失在他夏天也穿的衬裤里。从衬裤裤腰往上直到脖子的肌肉,整个脊背满是一道道的伤疤,切断了浓毛,灭除了雀斑,鼓起的、皱皱巴巴的、天气转变时发痒的、各种颜色的伤痕,从蓝黑色直到白中带绿。他允许我摸这些伤疤。今天,我躺在病床上,几个月来,眺望窗外,观察着疗养与护理院的外楼①和楼后的奥伯拉特森林,那里一览无遗。我想知道,在这些日子里,我可以摸的究竟是什么,那种同赫伯特的伤疤一样坚硬、一样敏感、一样使人糊涂的究竟是什么?这是某些姑娘和妇女的那个部位,是我自己的

---

① 一般指汽车库、仓房等附属建筑物。

那个部位,童子耶稣的石膏"洒水壶",以及两年前那条狗从黑麦地里叼来给我的那截无名指。一年以前,我还保存着它,放在一个密封大口玻璃瓶里,虽然摸不到,却完整而清晰可见①。因此,现在我只要拿起鼓棒,这个手指的每一个关节都历历在目,我可以一一数出来。每逢我要回忆赫伯特·特鲁钦斯基脊背上的伤疤时,我便敲着鼓,面对大口玻璃瓶里的指头坐着,用敲鼓来帮助回忆。每逢我想再现一个女人的形体的时候——这种情况是不常有的,由于女人那个像伤疤似的部位不足信,因此我虚构出来的总是赫伯特·特鲁钦斯基的伤疤。换一种说法,我也能讲清楚的:当我第一次摸我朋友宽背脊上那些隆起的伤疤时,它们就已经答应我熟悉和暂时占有那种女人准备相爱时短暂地出现的东西。同样,赫伯特背上那些标记当时就答应我日后会摸到那截无名指。而在赫伯特的伤疤向我许愿以前,从我三岁生日那天起,我的鼓棒就已经答应我日后会摸到伤疤、生殖器官以及无名指。可是,我还要继续往上追溯:当我还是胎儿时,当奥斯卡根本不叫奥斯卡的时候,我玩自己脐带的游戏,就已经答应我将来会摸到鼓棒、赫伯特的伤疤、年轻和中年妇女有时要爆发的火山口以及无名指,还有就是从童子耶稣的"洒水壶"直到我自己的这件东西,我坚定不移地挂在身上,它是我的无能和有限可能的变幻莫测的纪念碑。

今天,我已经返回我的鼓棒。我按照鼓所作的规定,绕了一个大弯,回忆伤疤、柔软部、我自己的如今只还是偶尔充实的装备。为能再度庆祝我的三岁生日,我不得不跨进三十周岁。读者自会猜到,奥斯卡的目的是返回脐带;正因为如此,他才浪费笔墨停留在赫伯特·特鲁钦斯基的伤疤上。

在我继续描述我的朋友的背脊之前,我先得指出,他那强壮的、无须保护因此目标很大的身躯的正面,除去由奥拉的某个妓女在左锁骨旁留下一处咬伤而外,再别无别的伤疤。他们只能从背后攻击他。

---

① 此情节要到第三篇《无名指》一章才交代。

只能从背后干他,芬兰人和波兰人的刀子,仓库岛①上装船工的短刀,训练舰上军事学院学生的水手刀,都只能在他的背上留下伤痕。

赫伯特吃完午饭——每周三次土豆煎饼,这样薄,不油腻却又松又脆,除去特鲁钦斯基大娘,别人是做不出来的——把盘子推到一边后,我便把《最新消息报》递给他。他解下背带,撩起衬衣,一边读报,一边让我问他背上的伤疤是怎么留下的。我盘问的时候,特鲁钦斯基大娘多半也坐在桌旁,折旧毛线袜,一边评论几句,说赫伯特讲对了或者讲错了,并且从不错过时机,见缝插针地提及那个男人惨死——可以想象是那么惨——的往事;他那帧修过的照片镶在玻璃镜框里,悬挂在赫伯特床对面的墙上。

询问开始。我用手指弹一下他的一处伤疤。有时我用一根鼓棒敲一下。

"再按一遍,小家伙。我不知是哪一道。它们今天像是睡着了。"于是,我再按一下,更使劲一点。

"啊哟,是它!这是乌克兰人留下的。他同一个格丁根②人吵架。他们先是像兄弟一样坐在一张桌子旁。因为那个格丁根人把另一个叫做俄国佬,这下子那个乌克兰人不干了,他什么都行,就是不愿当俄国人。他从魏克塞尔河运木筏下来,先还经过另外几条河,靴筒里满是钱,格丁根人把他叫做俄国佬时,他在施塔布施那儿已经喝掉半靴子。我不得不马上把两个人劝开,非常小心,我一贯是这样的。当然啰,赫伯特两手都端着东西。这时,乌克兰人骂我是波兰水鬼,那个白天在挖泥船上挖污泥的波兰佬也骂了我一句,听起来像是纳粹的骂人话。好,小奥斯卡,你是知道赫伯特·特鲁钦斯基的:那个挖泥船上的家伙,那个脸色苍白像司炉一类的东西,当场抱着肚子,缩成一团躺在衣帽间前面了。我正要告诉那个乌克兰人,波兰水鬼同但泽市民有什么区别,他一刀扎在我的背上——就是这个

---

① 仓库岛,莫特劳河上一个岛,在但泽市区中央,因岛上有木结构大谷仓而得名。
② 格丁根即波兰的格丁尼亚。

伤疤。"

　　每当赫伯特说"就是这个伤疤"时,他总要同时把报纸翻个身来加重他方才那句话,随后喝一口麦芽咖啡,让我按下一道伤疤,有时按一下,有时得按两下。

　　"哎呀,这一道! 这个没有什么了不起。那是两年前,从皮拉乌开来一小队鱼雷艇,在这里抛锚停泊。他们吹牛皮,演《穿蓝制服的小伙子》,姑娘们都疯狂了。施维梅尔怎么混到海军里去的,直到今天我还捉摸不透。他是德累斯顿人,你想,小奥斯卡,德累斯顿人!对,你不会明白的,德累斯顿人当海军,这叫什么名堂!"

　　赫伯特的念头转到易北河畔美丽的城市德累斯顿上出不来了。于是,我再次敲敲他认为没什么了不起的那道伤疤,让他的念头转出来,转回到新航道来。

　　"对,对,我正要说。他是鱼雷艇上一名二等信号兵。他要充好汉,拿一个不声不响的苏格兰人开心,这个苏格兰人的船正在干船坞里。先是谈张伯伦①、雨伞等等。我心平气和地劝他,我一贯是这样的,劝他别再讲这些,尤其是那个苏格兰人一个字也听不懂,只是用烧酒在桌面上画画儿。我说,你别跟这小伙子闹,你在这儿,又不是在家里,你是国际联盟的客人。没想到这个鱼雷艇上的德国兵竟把我叫做'不值钱的德国人',他还用萨克森话说了些什么。我当场给他几个耳光,他倒太平了。半个小时以后,一个盾滚到桌子底下去了。我蹲下去捡,桌子下面很黑,看不见,这个萨克森人乘机拔出刀来,猛刺一刀!"

　　赫伯特笑着翻《最新消息报》,还添了一句:"就是这个伤疤!"随后把报纸推到咕哝着的特鲁钦斯基大娘面前,摆出要站起来的姿势。赫伯特已经撑着桌角站起来了,趁他还没去厕所以前——我从他的脸上看出他想干什么——我赶紧摁了一下一道黑紫色的缝过线的伤

_____

　　① 尼维尔·张伯伦(1869—1940),英国首相(1937—1940年在任)。他按英国人习惯,总是带着雨伞,常遭报界嘲讽。

疤。这个伤疤很宽,足有一张施卡特牌那么长。

"赫伯特要上厕所,小家伙。待会儿给你讲。"我又摁了一下,跺脚,装出三岁孩子的腔调;这个办法总是很灵验的。

"好吧! 你别闹。不过只能讲短点。"赫伯特又坐下来,"那是一九三〇年的圣诞夜。港口所有的活儿都歇了。装船工在街角闲逛,比谁唾得远。午夜弥撒完毕——我们刚调好混合甜饮料——他们全出来了,穿蓝的、白的服装的瑞典人和芬兰人从对面海员教堂出来。我觉得情况不妙,便站在酒店门后望着他们引人注目的虔诚的脸,心想,干吗手里要拿老粗的锚缆呢? 这时,他们已经动起手来了,真是刀长夜短啊! 芬兰人和瑞典人相互间一直过不去。不过,赫伯特·特鲁钦斯基同他们有什么关系呢? 这只有上帝知道。赫伯特有点古怪,只要一动手,总少不了他。我一个箭步蹿到门外,只听见施塔布施在后面喊道:'赫伯特,当心!'但是,赫伯特有他的使命,他要去救那个神甫,那个年轻小个子。他刚从马尔默来,神学院新毕业的,还从来没有同瑞典人和芬兰人一起在一个教堂里度过圣诞夜。我要把他挟在胳膊下,让他不伤一根毫毛回家去。我刚抓住神甫的衣服,明晃晃的家伙已经插在背上了。我还想说一声:'新年愉快!'虽然刚到圣诞夜。我醒过来时,已经躺在店里柜台上了。我的鲜血,多好的血呀,流进啤酒杯里,免费供应。施塔布施拿了红十字会的急救药箱,要给我做所谓的紧急包扎。"

"你干吗要掺和进去?"特鲁钦斯基大娘生气地说,并从面包形发卷里拔出一枚织针,"你从小就没进过教堂。真是岂有此理!"

赫伯特一挥手,拖着衬衫,背带耷拉着,走进厕所。他气恼地走,一边气恼地说:"就是这个伤疤!"他走路的神态,仿佛要同教堂以及与教堂有关的械斗永远一刀两断似的,仿佛只有厕所才是当自由思想者①的地方,当前是,永远是。

没过几个星期,我见到赫伯特时,他一言不发,也不准备回答我

---

① 自由思想者,教会用语,指不信教的人。

的提问。我发觉他愁眉苦脸,然而又不像往常那样背上扎着绷带。他完全正常,仰面躺在起居室的沙发上。他没有受伤,不是俯卧在床,可是,他却像是受了重伤的样子。我听到赫伯特在叹息,他呼喊上帝,呼喊马克思和恩格斯,并且咒骂,时而在房间里的空中挥动拳头,一下捶在自己胸口上,另一只手跟着又加上一拳。他像一个天主教徒似的捶打自己,喊道:"我的罪孽,我的洗不尽的罪孽。"

　　赫伯特打死了一个拉脱维亚船长。虽然法院判他无罪——他是紧急自卫,这种情形,在他这一行来说是经常会发生的。尽管宣判他无罪,可是,那个拉脱维亚人毕竟死了。这位侍者感到心头有千斤重压,虽然据他说,那个船长是一个矮小瘦弱的人,而且有胃病。赫伯特不再上班。他辞职了。老板施塔布施经常来,挨着赫伯特坐在沙发上,或者坐到厨房桌子旁特鲁钦斯基大娘身边。他从皮包里拿出一瓶一九○○年的施托布牌杜松子酒给赫伯特,给特鲁钦斯基大娘半磅没烤过的咖啡豆,是从自由港弄来的。他想方设法劝说赫伯特,又劝特鲁钦斯基大娘去说服她的儿子。但是,可以这么说,赫伯特软硬不吃,他决不到新航道海员教堂对面的酒店里去当侍者了。他不想再当侍者;因为,当侍者的人就要挨刀子,而挨刀子的人总有一天会打死一个矮小的拉脱维亚船长,仅仅因为他不让那个船长近身,仅仅因为他不想挨拉脱维亚人一刀,不想让赫伯特·特鲁钦斯基被扎花了的脊背上,在芬兰人、瑞典人、波兰人、自由市人和德国人留下的伤疤之外,再添上一个拉脱维亚人扎的伤疤。

　　"我宁可到海关去干活,也不再到新航道去当侍者了。"赫伯特说。但是,他没去海关。

尼 俄 柏①

　　一九三八年,关税提高,波兰与自由邦之间的边界暂时封闭。我的外祖母不能再乘窄轨火车到朗富尔来赶星期集市了,现在好似一只母鸡,坐在蛋上,无心孵化。自由港内,鲱鱼臭气熏天,货物堆积如山,国家首脑会晤,达成一致意见。唯独我的朋友赫伯特躺在沙发上,内心矛盾,没有工作,像真正遇到麻烦的人似的在那里苦思冥索。

　　到海关工作,有薪水,有饭吃,还发绿色制服,因为那条绿色边界需要人去把守。赫伯特不去海关,也不想再当侍者,只是躺在沙发上苦思冥索。

　　不过人总得要有工作做才行。不仅特鲁钦斯基大娘这样想。她虽然不同意按照老板施塔布施的意思说服她的儿子再去新航道当侍者,可是她同意设法诱使他从沙发上爬起来。赫伯特自己过不多久也觉得这个两间一套的房间太腻味,他的苦思冥索也仅仅是装模作样而已。有一天,他动手翻阅《最新消息报》上的招工栏,还非常勉强地翻起《前哨报》②来,翻阅前还微微打了一阵寒战。

　　我要是能帮他忙就好了。像赫伯特这样的人,有必要放弃适合他干的工作,在这个港口城市的郊区去找辅助性的活干吗?去当码头装卸工,去当临时工,去埋烂鲱鱼?我可不愿看到赫伯特站在莫特劳河的桥上,对着海鸥啐唾沫,并降低身份,成为一个嚼烟草的。我

---

　　① 尼俄柏是希腊神话中的底比斯王后,因哀哭自己被杀的子女而化为石头。一般比喻丧失亲人而终生哀痛的妇人。
　　② 《前哨报》,但泽的纳粹报纸。

想出一个念头，我可以同赫伯特合伙。每星期，甚至每月，只要集中精力干它两个小时，我们的生活就有了保障。在这方面积累了长期经验并因此而更有头脑的奥斯卡，可以用他那种一直还像金刚钻一样的声音，割开陈列值钱样品的橱窗，同时站在那里望风，而赫伯特马上就可以得手。我们既不需要喷灯、万能钥匙和工具箱，也不需要指节铜套①和手枪。囚车同我们无缘，窃贼的守护神和掌管商业的神墨丘利庇护着我们，因为我是在太阳正处于室女宫时诞生的，我有这个星座的印章，有时把它盖在坚硬的物体上。

这段插曲，略而不谈倒也不必。我简单提一笔吧！但是，读者诸君切莫当做是本人的坦白交代。在赫伯特失业期间，他和我对熟食店进行过两次不大不小的盗窃，还对皮货店干过一次，油水挺大，赃物计有：三张青灰狐皮，一张海豹皮，一个波斯羔羊皮暖手筒，还有一件漂亮的、可也不是贵得了不起的驹皮大衣，我可怜的妈妈要是活着的话，肯定会喜欢穿的。

我们洗手不干了，其原因并非由于那种毫无必要的却又时时袭来的犯罪感，而是由于赃物越来越难脱手。为能多卖些钱，赫伯特就非去新航道不可，因为只有在这个港口区才有用得着的中间人。可是，那个地方总使他想起那个瘦弱的、患胃病的拉脱维亚船长。所以，他哪儿都去就是不去新航道，而偏偏在那儿皮货像黄油一样地容易脱手。他宁可在席哈乌巷、在哈克尔工厂旁、在比格尔维森兜售。因此，我们的赃物久久卖不出去。最后，熟食店的东西进了特鲁钦斯基大娘的厨房，那个波斯羔羊皮暖手筒他也送给了她，说得确切点，赫伯特企图送给她。

特鲁钦斯基大娘一见暖手筒，脸上顿时收起了笑容。熟食店的东西，她一声不吭地收下了，也许她想到的是民间的说法，偷点食品不算犯法。但是，暖手筒意味着奢侈，奢侈即轻率，轻率就要蹲班房。

---

① 指节铜套，套在四指关节上的铜套，握拳时铜套向外，用于打人，可置人于死地。

特鲁钦斯基大娘的想法既简单又正确,眼睛眯成缝,活像耗子眼,从发卷上拔出编织针,拿在手里说:"你会像你老子一样完蛋的!"接着把《最新消息报》或《前哨报》推到赫伯特面前,那意思是说:你去找个职业吧! 我说的是规规矩矩的职业,否则我就不再给你做饭了。

赫伯特又躺在沙发上胡思乱想了一个星期,非常难受,既不愿别人问他伤疤的由来,也不愿去光顾可以让他捞一把的橱窗。我谅解这个朋友,听凭他去饱尝自己最后剩下的痛苦,便到钟表匠劳布沙德和他那些挥霍时间的钟表那里去消磨时光,还去找了一次音乐家迈恩。可是他不再饮酒,只是照着党卫军骑兵队乐队的乐谱吹他的小号,服装整洁,精神抖擞,而他的四只猫——这是他喝得醉醺醺、但却显露出高度音乐才能的时期的遗物——由于没有好好喂养,奄奄一息,快要完蛋了。另外,我经常发现马策拉特在夜深人静时独自坐着,面对一小盅酒,目光呆滞;我妈妈在世的时候,只是逢到有客人来,他才喝点酒。他翻看照相簿,就像我今天那样,想让那些曝光或强或弱的四方形小照片里我可怜的妈妈复活。他哀泣直至午夜,随后同挂在对面墙上、目光越来越阴沉的希特勒和贝多芬攀谈,亲切地用"你"来相称,似乎那位耳聋的天才反倒回答了他,相反,主张绝对禁酒的元首却缄默不语,因为马策拉特这个醉醺醺的小小支部领导人不配领受天意。

在一个星期二(全仗我的鼓,我才能记得这样确切),赫伯特打定了主意,盛装打扮,也就是说,他让特鲁钦斯基大娘用冷咖啡刷干净那条蓝色的、上窄下宽的铃铛裤,两脚硬挤进他那双轻便鞋,穿上有锚形纽扣的上装,在那条从自由港弄来的白色绸领带上洒上科隆香水,这同样也是自由港垃圾堆里的免税商品,戴上蓝色大檐帽,笔挺整齐,准备出门。

"我出去找找工作看。"赫伯特说着,把帽子往左边一推,露出点冒险的劲头。特鲁钦斯基大娘一松手,报纸就掉到桌上。

次日,赫伯特有了工作和制服。他穿的不是海关的绿色制服,而是深灰色的;他当上了航海博物馆的管理员。

正如这个本身就值得保存的城市里一切值得保存的东西一样，航海博物馆的珍宝陈放在一座古老的、本身就可以进博物馆的贵族宅第里。这座宅第，外有石砌门廊和结实的、有浮雕的、已引不起人们好感的正面装饰，里面是雕花的暗色橡木和回形楼梯。这里陈列着这个海港城市的历史，分门别类，甚是精细。该城能引以为豪的，始终在于它能处在许多实力强大、但大多数是贫穷的邻国之间，使自己越来越富，并且保持下去。瞧这些烦琐的条文，烦琐地规定着从条顿骑士团和波兰国王手里买下的特权！瞧这些彩色雕刻，它们再现了对魏克塞尔河口海防要塞的历次围困！瞧那城墙里站着的不走运的施坦尼斯劳斯·莱茨钦斯基①，他与萨克森反王交战，兵败逃回。从油画上可以确切地看到，他是何等惊魂未定。大主教波托斯基和法国公使德·蒙蒂也是惊慌失措，因为俄军在拉斯西将军率领下包围了该城。这些画面，都附有确切的文字说明，甚至停泊处鸢尾花形纹章②下的法国船只的名称也清晰可见。箭头所指的一条船，是八月三日放弃该城后，施坦尼斯劳斯·莱茨钦斯基逃往洛林时所乘。可是，大部分陈列品是历次打赢的战争中的战利品，因为打输的战争甚少，更何况吃了败仗是不会给博物馆留下什么战利品的。

收藏品中能引以为豪的东西，是一艘佛罗伦萨大帆船的船头雕饰。这艘船是佛罗伦萨商人波蒂纳里和塔尼的，本港在布鲁日。一四七三年四月，但泽市的首领兼海盗保罗·贝内克和马丁·巴德维克在泽兰沿岸斯劳伊斯港外巡航时，虏获了这艘大帆船。抢占以后，船长、军官和为数甚众的水手都被他们杀尽。船和船上的货物被弄到但泽。出自画家梅姆林③之手的一张可折叠的画《最后的审判》和

---

① 施坦尼斯劳斯·莱茨钦斯基（1677—1766），1704 年在瑞典国王卡尔十二影响下被推举为波兰国王，1709 年卡尔十二在波尔塔瓦战败，施坦尼斯劳斯逃回；1725 年起为法王路易十五的岳父；1733 年波兰国王奥古斯特二世死后，他又返回波兰称王；1734 年萨克森反王奥古斯特三世围困但泽，他出逃，并于 1735 年退位，为洛林和巴尔公爵领地领主。
② 法国王室纹章。
③ 汉斯·梅姆林（约 1440—1494），尼德兰画派的德国画家，居住在布鲁日。

一个金制洗礼盘——这都是受佛罗伦萨人塔尼的委托,为佛罗伦萨某教堂制作的——成了圣马利亚教堂的陈列品。据我所知,《最后的审判》今天仍使波兰的天主教徒得以一饱眼福。至于那具船头雕饰,战后就下落不明了。在我那个时候,它可是保存在航海博物馆里的。

　　一尊绿色的木雕女像,裸体,丰满,举起双臂,懒洋洋地叉起十指,果敢地挺着乳房,凹陷的琥珀色眼睛直视前方。这个女人,这件船头雕饰,带来了不幸。它是商人波蒂纳里委托一个制作船头雕饰出名的雕刻匠所刻,模特儿是同波蒂纳里亲近的一个佛兰芒姑娘。这件绿色雕像刚挂到大帆船的第一斜桅下面,那个姑娘就因施巫术而受到审讯——这在当时是司空见惯的事情。在烧死她之前,审问了她,她把自己的保护人、那个佛罗伦萨商人牵连了进去,连那个在当地拿她当模特儿的雕刻匠也未能幸免。据说,波蒂纳里由于害怕火刑,上吊死了。那个雕刻匠则被他们砍去了灵巧的双手。这样一来,他今后就没法再拿女巫做船头雕饰了。当审讯还在布鲁日进行,又由于波蒂纳里是个富商而引起轰动的时候,那艘安上船头雕饰的大帆船已经落到了保罗·贝内克为首的海盗手里。二老板塔尼先生在海盗的长柄战斧下一命呜呼。下一个受害者轮到了保罗·贝内克。没过几年,他失去了故乡显贵们的恩宠,在塔楼院子里被溺毙了。贝内克死后,那条船把这件雕饰安在船头,没过多久,船还未出港,就着起火来,火势蔓延到别的船上,统统烧成灰烬,只剩下那件不怕火的船头雕饰。尽管如此,由于它那迷人的造型,在船主中始终不乏爱慕者。可是,这个女人刚被安到船头,原先非常安分的水手们突然哗变,人员因此大减。一五二二年,但泽舰队在天资甚高的埃贝哈德·费贝尔率领下远征丹麦无果,导致费贝尔倒台和市内爆发流血起义。历史书上虽然谈到宗教争端——一五三二年新教牧师黑格,带领一群圣像破坏者冲击了七所教区教堂——但我们还是要把这场影响深远的灾祸归咎于那个船头雕饰,因为它安在费贝尔所乘船只的船头上。

五十年以后，斯特凡·巴托里①徒劳地围困但泽，奥利瓦修道院院长卡斯帕尔·耶施克在忏悔布道时，归罪于这个邪恶的女人。但泽人把她当做礼品送给了这位波兰国王，他把她带回军营，并听取了她所出的坏主意。至于这个木制女人对于瑞典人远征但泽，以及对于长期监禁埃吉迪乌斯·施特劳赫博士究竟起过多大影响，就不得而知了。施特劳赫博士是个宗教狂热分子，他暗中勾结瑞典人，并主张焚毁那个不知怎么一来又返回但泽的绿色女人。据一种含糊的传说称，一个从西里西亚逃亡来的诗人，名叫奥皮茨，在但泽避难数年，他死时还年轻，因为他在一个仓库里找到了这个毁坏了的雕像，便呕心沥血地作诗赞美它。

　　直到十八世纪末，波兰被瓜分的时候，用武力强占但泽的普鲁士人才发布一项普鲁士王国的命令，禁止"木雕像尼俄柏"。这是第一次在官方文件上提到它的名字，并且立刻把它搬进或者不如说监禁到那座塔楼里。保罗·贝内克就是被人溺死在这座塔楼的庭院里的，而我也是在它的走廊里初次成功地试验了我的歌声的远程效果。面对人类想象力的高级产品——刑具，它老老实实地度过了整个十九世纪。

　　当我于一九三二年攀登塔楼并用我的声音对市剧院门廊的窗玻璃施行打击时，尼俄柏——俗称"绿色小姑娘"或"绿姑娘"——被人从塔楼的刑讯室里搬走已有多年了。真是感谢上帝，要不然的话，谁知道我对那座拟古典主义建筑所施的打击能不能成功。

　　一个从外地迁来的、无知的博物馆馆长把尼俄柏从控制她任意发泄怨恨的刑讯室里搬了出来，并在自由邦建立以后，又把她搬进新设的航海博物馆里。过不多久，这位过分热心的馆长在钉一块小木牌时不慎弄破手指，血液中毒，不幸亡故。小木牌上写道，上方陈列的是一具船头雕饰，名叫尼俄柏。他的后任，通晓但泽的历史，小心谨慎，又想把尼俄柏弄走。他打算把这个危险的木刻姑娘送给吕贝

---

　　①　斯特凡·巴托里(1522—1586)，1576年为波兰国王。

克市,恰恰由于吕贝克人没有接受这件礼品,这座特拉弗河畔的小城市连同它的砖砌教堂,虽经日后战争期间的轰炸,损失却微乎其微。

因此,尼俄柏或"绿姑娘"便留在航海博物馆里,在建馆以来的短短十四年间,造成以下数起死亡事件:两名馆长——不包括那位小心谨慎的,他已经要求调离———个年岁较大的神甫倒毙在她的脚下,一名工业大学学生和两名刚幸运地通过考试的圣彼得中学毕业生自杀,还有四个可靠的博物馆管理员(其中三人已婚)死于非命。

所有这些死者,包括那个工业大学学生在内,在被人发现时都容光焕发,胸口插着只有在航海博物馆里才有的利器,诸如水手短刀、夺船铁钩、鱼叉、黄金海岸的细镂矛头、制帆匠用的钢针等;只有最后一个中学毕业生,是先用自己口袋里的小刀,后用圆规,因为在他死前不久,博物馆里的全部利器不是用铁链锁着,就是放在玻璃柜里。

虽说谋杀案侦缉委员会的刑警们声称,死者可悲,均系自杀,但是但泽市内谣言顿起,各家报纸也应声重复,说什么这些都是"绿姑娘亲手干的"。人们当真怀疑尼俄柏弄死了这些活生生的成年与未成年男子。到处议论纷纷,报纸专辟一栏,供市民就尼俄柏案件自由发表意见。但泽市政当局说,搞迷信已不合时宜,又说,在未证明确实发生了所谓不可思议的事情之前,不考虑匆忙采取行动。

因此,这块绿木头仍旧是航海博物馆的珍藏品,而奥利瓦的区博物馆、设在屠夫巷的市博物馆以及阿图斯宫①的管理处,都拒绝接受这个使男人发疯的东西。

博物馆管理人员短缺。不仅管理人员拒绝照管这个木雕少女,参观者也不走进陈列这个琥珀色眼睛的女人的大厅。有很长一段时间,文艺复兴式样的窗户后面静悄悄的,唯有从窗户里透过来一点光线,从侧面照射在那个完全照真人仿制的雕像身上。尘土积存。清洁女工也不再来打扫。摄影记者们也一样,他们一度纠缠不休,后

---

① 阿图斯宫,中世纪的建筑,系骑士们仿效传说中的圆桌骑士阿图斯寻欢作乐的场所。但泽的阿图斯宫(建于 1480—1481 年)最为有名。

来,其中一人在给这个船头雕饰拍照后不久死去,虽然是自然死亡,可是他的同事们却把他的死同给尼俄柏摄影联系在一起。于是,他们不再向自由邦、波兰、德国甚至法国的报刊提供这个杀人雕像的照片,并且把自己档案里的尼俄柏照片销毁。他们只替来往但泽的形形色色的总统、总理和流亡国王摄影,靠给飞禽展览、全国党代会、汽车比赛和春天的洪水拍照谋生。

情况就是如此,而这时,不愿再当侍者也不想进海关的赫伯特·特鲁钦斯基却穿上了博物馆管理员的鼠灰色制服,坐到那个老百姓称之为"绿姑娘闺房"的大厅门口的皮椅子上。

赫伯特上班的第一天,我跟着他一直走到马克斯·哈尔贝广场的电车站。我实在替他担心。

"回家去,小奥斯卡。我可不能带你去呀!"可是我仍旧背着鼓,拿着鼓棒,站在我的大朋友面前,缠住他不放。于是他说:"好吧,我带你到高门,你就乘车回去,你可要听话呀!"到了高门,我还是不愿乘五路电车回去。赫伯特只好带我走进圣灵巷,他又想到了博物馆的台阶上把我打发走。结果,他无可奈何地叹了一口气,在售票处买了一张儿童票。虽说我已经十四岁,应该买全票,不过他们才不管呢!

我们过了安静而愉快的一天。没有人来参观,也没有人来检查。有时我敲半个钟头鼓,有时赫伯特睡上半个钟头。尼俄柏的琥珀眼睛凝视前方,挺起两个乳房,朝着一个目标,那可不是我们的目标。我们根本不注意她。"她不是我喜欢的那种类型。"赫伯特不屑地一挥手说,"你瞧瞧,这一道道的肥肉,瞧她的双下巴。"

赫伯特脑袋一歪,开始冥想:"瞧她的后背,像一个家庭用的小衣柜。赫伯特更喜欢苗条的女人,像小娃娃似的小巧的娘儿们。"

我倾听着赫伯特详详细细地描述他所喜欢的那种类型的女人,瞧着他用铁铲似的大手比画出一个窈窕的女性身材来。多少年来,直到今天,他所描绘的,即使用护士服遮掩起来,也始终是我理想中的妇女形象。

我们在博物馆的第三天,就大胆地离开了门旁的皮椅子。我们借口打扫卫生——这个厅也确实脏透了——擦去尘土,扫掉天花板橡木镶板上的蜘蛛网,使这个地方焕然一新,真正成为"绿姑娘的闺房",一边走近那个在阳光照耀下投射阴影的绿色木雕人像。要说尼俄柏完全引不起我们的热情,情况倒也不是这样。她体态丰满,却不臃肿,只是过分突出自己那种美了。我们观赏她,但并不用那些贪婪地想把她据为己有者的目光,而是用鉴赏家客观精明、仔细琢磨的眼睛。赫伯特和我好似两个美学家,既为抽象的美所陶醉,又头脑清醒冷静,用目测法研究这个女性身材的比例。尼俄柏除去大腿稍短而外,身长正好相当于头的八倍,完全符合古典的理想尺度标准;髋部、肩部、胸部的宽度,则更合乎荷兰的标准而不是希腊的标准。

赫伯特翘起拇指说:"我觉得她要是躺在床上就显得过于主动。赫伯特在奥拉和新航道见识过的角斗可多了。我要女人可不是为了同她摔跤。"赫伯特可是吃够苦头的,"如果她是柳条细腰,一碰就会折断的话,别人就得当心。这样的姑娘,赫伯特倒不反对。"

如果非把问题说穿的话,我们自然也不是不喜欢尼俄柏和她的摔跤运动员的体形。赫伯特当然知道,在裸体和半裸的女人身上他喜欢或不喜欢的被动性和主动性问题,并非体态苗条优美的女人才有,而不算苗条也不算胖的和体态丰满的女人就没有;有的很温柔的姑娘,一躺下来就不太平;而像柏油桶那样的女人,反倒像内陆的死水,一点也不流动。我们是故意简化,把全部问题缩减为两项,并根据原则侮辱尼俄柏,而且越来越不留情。于是,赫伯特把我抱了起来,让我用鼓棒敲这个女人的乳房,直到从蛀虫洞——由于喷了防蛀药水,因此蛀虫无法容身,可是蛀虫洞仍然不计其数——落下一团团可笑的木屑云。我敲的时候,我们盯着她那双琥珀眼睛。它们不眨也不动,没有流泪,更不用说泪水盈眶了。她也没有像威胁似的把眼睛眯成一条缝,流露出仇恨来。那双磨光的、与其说是淡红色不如说是淡黄色的琥珀眼珠,反映着这个展览厅里的全部陈设和部分被阳光照射的窗户,尽管是凸面体成像所产生的畸变。琥珀是骗人的,谁不知道呢！我们也懂得这种被抬高为装饰品的木胶的骗人手腕。然而我们坚持以呆板的男人的方式把女人身上的一切划分为主动的和被动的两种，并以这种有利于我们的方式来解释尼俄柏明显的冷漠无情。我们感到自己很安全。赫伯特不怀好意地咯咯笑着，把一枚钉子敲进了她的膝盖骨里。他每敲一下，我的膝盖就感到一阵疼痛，而她却连眉毛都不动一动。在这个丰满的绿色木雕像的眼前，我们胡闹了好一阵子。赫伯特穿上一个英国海军上将的大衣，把一个望远镜挂在脖子上，戴上了与大衣配套的海军上将帽。我则穿上一件红背心，戴上垂到肩背的假发，扮作海军上将的小听差。我们玩特拉法尔加海战①，炮轰哥本哈根，在阿布基尔歼灭拿破仑的舰队②，绕过这个或那个海角，装扮成历史人物，随后又装扮成当代人物。我们在尼俄柏的眼前玩着，在这个按照一个荷兰女巫的身材制作的船头雕饰的面前。我们认为，她要么同意我们这样胡闹，要么根本就是视而不见。

今天我才知道，样样东西都在看，没有一样不被它们看在眼里，连壁毯的记忆力都比人强。那不是敬爱的、无所不见的上帝。一把厨房的椅子，一个挂衣架，一个半满的烟灰缸，以及名叫尼俄柏的女人的木雕像，今天都可以当见证人，对我们当时的一举一动都记得一清二楚。

我们在航海博物馆里工作了十四天或者更长一些时间。赫伯特送我一面鼓，并给特鲁钦斯基大娘带回两次周薪，外加危险津贴。博物馆星期一闭馆。第三周的星期二，售票处不卖给我儿童票，拒绝我入内。赫伯特问是什么原因。售票处那个男人虽说愁眉苦脸，但还算友好。他告诉我们说，有人上了呈文，要求不准幼儿入内。这个孩子的父亲不同意。如果我留在售票处等候，他本

---

① 1805 年 10 月 21 日，纳尔逊率领的英国舰队在西班牙特拉法尔加打败法国和西班牙舰队，纳尔逊阵亡。

② 1789 年拿破仑进军埃及，军队登陆后，法国舰队停留在阿布基尔港，8 月 1 日至 2 日被纳尔逊率领的英国舰队发现并歼灭。

人并不反对,不过他有公务在身,又是个鳏夫,没有工夫照管我。但要让我进展览厅,进"绿姑娘的闺房",那可是不行的,因为没人对我负责。

赫伯特已经想让步了,我就推他,逼他。于是,他一方面说,售票员讲得有道理,另一方面说我是一个能给他带来好运气的吉祥的人,是他的保护天使,还说,儿童的天真无邪能对他起保护作用。总而言之,赫伯特已经同售票员差不多交上朋友了,并获得他的允许带我进博物馆,不过,如售票员所说,这可是最后一次了。

就这样,我拉着我那位大朋友的手,登上装饰华丽的、不断刷新油漆的回形楼梯,到了尼俄柏所在的三层楼。上午静悄悄地过去了,下午更加静悄悄。他半闭着眼睛,坐在有黄色饰钉的皮面椅子上。我蹲在他的脚边。鼓也无声地待着。我们瞧着纵帆船、三桅炮舰、克尔维特式轻巡航舰、五桅炮舰、西班牙大帆船、单桅小帆船、海岸帆船以及快速帆船,这些船全都悬挂在天花板橡木镶板下等待着刮起顺风来。我们瞧着这些船只的模型,同它们一道守候着清风的到来,对这绿色闺房里寂静无风感到害怕。我们瞧着这些船只的模型,害怕那里无风,只是为了不去瞧尼俄柏,不为她而感到害怕。要是我们能听到蛀虫蛀木头的声音就好了。那就证明蛀虫正慢慢地、但却坚定不移地往这块绿木头里面钻进去并把它蛀空。那样,尼俄柏就要朽坏了。但是,我们听不到蛀虫蛀木头的声音。博物馆的保管员给这个木头身体上了防虫药,使她永远不会朽坏。因此,我们唯一的解脱的办法,便是瞧着那些船只的模型,守候着刮起扬帆的风来。我们耍这种花招来摆脱对尼俄柏的恐惧。我们硬是不瞧她,使劲地忘掉她的存在。如果不是午后的太阳光正好照射在她的左眼上,使琥珀发出光亮的话,我们还真能把她忘了呢。

不过,琥珀发光并不使我们感到吃惊。我们非常熟悉航海博物馆三楼每到下午阳光是怎样移动的。当阳光照射到缘饰或纵帆船上时,我们便知道这时是几点钟或者将敲几点。周围的教堂,右城的、旧城的、普菲费尔城的,都在尽自己的一份力量,用钟声来配合灰尘飞扬的阳光的移动过程,用历史性的钟声来同历史性的收藏品做伴。如果我们觉得太阳是历史性的,阳光是我们博物馆里的一项陈列品,并且我们开始怀疑阳光和尼俄柏的琥珀眼睛在搞什么阴谋的话,那也是不足为怪的。

可是,那天下午,由于我们既无兴致也无胆量去做游戏或者胡闹挑衅,这个本来很迟钝的木头人的目光却以双倍的亮度照射着我们。我们心情压抑地熬过了还得坚持的半个小时。五点正,博物馆闭馆。

翌日,赫伯特独自去上班。我陪他到博物馆门口,但不想在售票处等候,便到这所贵族宅第对面找了一个地方。我带着鼓坐在一个花岗岩圆球上,那背后长着一根成年人当做栏杆用的尾巴。不用说,台阶的另一侧也有同样的圆球,拦着同样的铸铁尾巴。我很少敲鼓,可是敲起来就响得可怕,多半是对过路的女人表示抗议,因为她们都乐意在我身边停留下来,问我的姓名,用出汗的手抚摩我那时已经很美、虽然短但微微鬈曲的头发。上午过去了。在圣灵巷的尽头,在肥胖、臃肿的钟楼下,圣马利亚教堂像一只绿尖顶、红黑色的砖砌的母鸡在那里孵蛋。鸽子在钟楼的墙缝里互相挤着,不断地有鸽子被挤出来,落到我的近旁,咕咕地唠叨不休。它们也不知道孵化的时间还要持续多久,孵化出来的又会是什么,时间已经过了几百年,最后会不会变成为孵化而孵化。

中午,赫伯特来到小巷里。他从饭盒里——特鲁钦斯基大娘给他装得满到盖不上盖——给我拿出一块猪油面包,夹着手指粗的一片血肠。我不想吃,他机械地朝我点头,鼓励我。我终于吃了起来,赫伯特却什么也不吃,只是抽香烟。他回博物馆之前,钻进布罗特本肯巷一家酒店里,喝了两到三杯杜松子酒。他举杯饮酒时,我瞧着他的喉结。我不喜欢他这样把酒往喉咙里灌。他又上了博物馆的回形楼梯,我则坐到那个花岗岩圆球上去。过了好久以后,奥斯卡的朋友赫伯特上下活动的喉结还浮现在我的眼前。

下午的阳光悄悄爬过博物馆淡彩色的正面建筑。它从一个上楣跳到另一个上楣，骑在宁芙①和实心号角上，吞噬了伸手抓鲜花的胖天使，使画上成熟的葡萄串完全熟透，闯入乡村狂欢节的人群，玩捉迷藏，跳上饰有玫瑰花的秋千，把穿扎脚灯笼裤、正在做买卖的市民封为贵族，抓住一只被猎犬追逐着的鹿，最后到了三层楼的那扇窗户。这扇窗户始终允许阳光透进去，并照亮一只琥珀眼睛，尽管时间很短。

我慢慢地从花岗岩球上滑下来。我的鼓在顽石上狠狠地撞了一下。鼓框上的漆碰裂了，从白色的底漆和红色的火焰上掉下好些碎片，红红白白地落在石台阶上。

也许我讲了点什么情况，咕哝着哀求了几声，比画了几下。没过多久，一辆救护车开到了博物馆的大门口。过路行人围住了入口处。奥斯卡设法跟着急救人员一起溜进了博物馆。我比他们先找到楼梯，照道理讲，经过前几次事故，博物馆里的门路，他们是应该很熟悉的。

一见到赫伯特时，我使劲忍住不笑出声来。他面对面地挂在尼俄柏身上，他准是想同那木雕交配。他的头掩住了她的。他的胳膊抱住了她那高举的交叉十指的胳膊。他没有穿衬衫，后来找到了，整整齐齐地叠好了放在门旁的皮椅子上。他的背脊布满了一道道的伤疤。我念着这些手迹，数着这些字母。一道也没有少。但看不清有新留下的印记。

跟在我后面冲进展览厅里来的救护人员，费了九牛二虎之力才把赫伯特同尼俄柏分开。这个情感冲动的男子拉断了保险锁链，拿起一把船上用的双刃斧，一面刃砍进尼俄柏的木头身子里。当他向这个女人扑去时，斧子的另一面刃也嵌进了他的肉里。就这样，他们的上半身完全连在一起了。下半身，在他的裤子解开处，在没有了理性却始终僵硬地挺出的地方，他却未能替他的铁锚找到可以固定的陆地。

---

① 宁芙，希腊神话中居于山林水泽的仙女。此处指建筑物上的雕饰。

他们用印有"市立急救站"字样的布单盖到赫伯特的身上。这时,奥斯卡一如往常他失去什么的时候那样又敲起他的鼓来。当博物馆里的男人们把奥斯卡领出"绿姑娘的闺房",下了楼梯,并用一辆警察局的汽车送他回家时,这一路上,他一直用拳头擂他的鼓。

现在,在这所疗养院里,当他要回忆这番木头和肉体间的爱的尝试时,他也不得不用拳头擂鼓,再一次去探索赫伯特·特鲁钦斯基背上伤疤的迷宫。这些隆起的疤痕五颜六色,坚硬而敏感,预示着并预感到比这些伤疤更坚硬、更敏感的一切。奥斯卡像一个盲人似的读着赫伯特背上的字体。

当他们把赫伯特从他那无情的雕像上抱下来时,布鲁诺,我的护理员,这才扛着梨子形脑袋失望地来到我床边。他小心翼翼地把我的拳头从鼓上移开,把鼓挂到金属床脚横头左边的床柱上,拉平了我身上盖的毯子。

"马策拉特先生,"他劝告我说,"要是您再这样响地敲下去,别处的人就会听见这儿有人敲鼓敲得太响了。您是不是歇一会儿,要么敲得轻一点怎么样?"

好的,布鲁诺,我想试着对我的鼓口授下面这宁静的一章,尽管这一章的主题是需要由饿慌了的、咆哮着的人组成的乐队来演奏的①。

---

① 指下一章将采用童话的公式与套话,这可以引入不同的主题并使之交替重复出现,在结尾作压缩性的总结,这种叙述方式类似音乐上的赋格曲。

有信有望有爱

从前有个音乐家,名叫迈恩,他小号吹得美妙无比。他住在一所五层出租公寓的屋顶室里,喂养四只猫,其中一只叫做俾斯麦。他从早到晚抱着杜松子酒瓶啜饮。他天天如此,直到灾祸临头,使他清醒过来。

奥斯卡今天已不太相信预兆。然而当时预兆却相当多,这暗示一场灾祸将临。这场灾祸穿上越来越大的皮靴,还想迈开越来越大的步伐,把不幸带到四面八方。这时,我的朋友赫伯特·特鲁钦斯基死了,一个木制女人给他的前胸添了一道创伤。这个女人却没有死。她被封存起来了,据称是为了修复而存放在博物馆的地下室里。可是,人们无法将灾祸关进地下室。灾祸同污水一起从下水道流出去,同煤气一道从煤气管道里散出去,到了每个住家。把汤锅放在蓝色火苗上煮的人,谁都没有料到,煮开他的汤的竟是灾祸。

在朗富尔公墓安葬赫伯特时,我第二次见到舒格尔·莱奥,我们初次结交是在布伦陶公墓。舒格尔·莱奥流着口水,伸出戴着闪闪发光的白手套的颤抖的手,向我们大家表示慰问。他的话疯疯癫癫,分不清是欢乐还是悲哀。那天在场的有特鲁钦斯基大娘和她的儿女古丝特、弗里茨和玛丽亚;有胖太太卡特和每逢节日替特鲁钦斯基大娘宰弗里茨喂养的家兔的老海兰德;有我的假想的父亲马策拉特,他摆出慷慨大方的样子(当时还能如此),承担了丧葬费的一半;还有扬·布朗斯基,他简直就不认识赫伯特,他之所以前来,只是为了在这个中立的坟场上见马策拉特一面,或许也为了见我一面。

音乐家迈恩也来了。他半是老百姓的服装,半是冲锋队的制服。

当舒格尔·莱奥的手套颤悠悠地向他伸去时,又出现了一个暗示未来灾祸的预兆。

莱奥突然大惊失色,把白手套甩上了天。它随风飞去,带引莱奥越过坟墓飞跑开去。大家听见了他在叫喊;他那支离破碎的喊声悬挂在坟地的树木上;那是叫喊,不是吊慰。

谁都把迈恩当做音乐家看待。可是舒格尔·莱奥却把他认了出来,把他同送葬的人们区分开。于是,他孤零零地站着,窘迫地吹起他随身必带的小号,在赫伯特的坟上,吹出美妙的音乐。他之所以吹奏得那样美妙,是因为他喝了杜松子酒——他戒酒已有很长时间了——因为与他同年的赫伯特之死打动了他的心。与此相反,我和我的鼓,却因赫伯特之死而沉默。

从前有个音乐家,他名叫迈恩,小号吹得非常美妙。他住在我们这所五层出租公寓的屋顶室,喂养着四只猫,其中一只名叫俾斯麦。他从早到晚拿着杜松子酒瓶往肚里灌,直到他在三十六岁至三十七岁之交加入了冲锋队的骑兵队为止。他在骑兵队的乐队里充当小号手,与别人相比,他的吹奏正确无误,但再也谈不上美妙了,因为他穿上了皮马裤,戒掉了杜松子酒,只能头脑清醒地、响亮地吹奏。

当冲锋队员迈恩青年时代的朋友赫伯特·特鲁钦斯基——他们两个在二十年代先参加一个共产主义青年小组,后成为社会主义红鹰团团员——死后,在他的朋友的棺木行将入土之时,迈恩一手拿起小号,一手拿出一瓶杜松子酒,因为他要美妙地吹奏,而不想清醒地吹奏——在冲锋队的骑兵队里的时候,他一直保护着他那音乐家的耳朵——因此,在公墓他喝了酒。虽说他原先打算穿着褐色制服在坟地上吹奏,不戴帽子,这是理所当然的,然而,当他吹奏时,却并没有脱去制服外面老百姓穿的大衣。

从前有一个冲锋队员,当他在自己青年时代朋友的墓前美妙地、像杜松子酒一样明亮地吹奏小号的时候,他并没有脱去冲锋队骑兵队制服外面的大衣。当每逢举行葬礼都会见到的舒格尔·莱奥向送葬的人们表示吊慰时,人人都听到了舒格尔·莱奥的吊慰。只有这个冲锋队员不得握舒格尔·莱奥的白手套,因为莱奥认出了这个冲锋队员。他大叫一声,抽回了手套,表示哀悼的话也缩了回去。这个冲锋队员没听到哀悼的话,带着他冰凉的小号回家。在我们那所公寓屋顶下他的房间里,他见到了那四只猫。

从前有个冲锋队员,他名叫迈恩。在他每天喝杜松子酒、小号吹得非凡美妙的那段时间里,他在家里喂养了四只猫,其中的一只名叫俾斯麦。冲锋队员迈恩那一天参加了他青年时代的朋友赫伯特·特鲁钦斯基的葬礼回家。他心里悲伤,但已经又清醒了,因为有人拒绝向他表示哀悼。他孤单单地同他的四只猫待在屋里。四只猫蹭他的马靴,于是,迈恩给它们用一张报纸包着的一大堆青鱼头,把猫从他的靴子旁引开去。那一天,他屋里的猫味儿特别重。这四只全是雄猫,其中一只黑色白爪的名叫俾斯麦。但是迈恩屋里没有杜松子酒。因此,猫或者说公猫的气味越来越重。要是他不住在最高一层的屋顶室的话,他也许会到我家店里来买点什么。但是,他既害怕楼梯,又害怕邻居家的人,因为他经常在他们面前发誓,他那音乐家的嘴唇再也不沾一滴杜松子酒,他已经开始过严格而清醒的新生活,从今以后他的座右铭便是:井井有条,不再当一个放纵堕落的青年,同醉生梦死的生活一刀两断。

从前有一个男人,他名叫迈恩。有一天,他孤单单一个人同他的四只猫,其中一只名叫俾斯麦,待在屋顶下他的房间里。他受不了猫的气味,尤其因为他那天上午经历了一些使他难过的事情,也因为他家里没有杜松子酒。他心里越是难过,越是想酒喝,猫的气味就越浓。于是,以前以乐师为业、现在是冲锋队骑兵队的乐队队员的迈恩,从冰凉的连续燃烧炉旁抄起一柄火钳,狠揍那些猫,直到他认为包括俾斯麦在内的四只猫统统呜呼哀哉,尽管房间里猫的气味丝毫未减。

从前有个钟表匠,他名叫劳布沙德,也住在我们那所公寓二层楼一个二居室的套间里,房间的窗户朝着院子。钟表匠劳布沙德没结婚,他是纳粹党人民福利和动物保护协会会员。劳布沙德是个善心人,他帮助劳累的人消除疲劳,帮助有病的动物恢复健康,帮助坏了的钟表重新走动。一天下午,这位钟表匠坐在窗口沉思,回想上午他所参加的一位邻居的葬礼。这时,他见到住在同一公寓屋顶室的音乐家迈恩,扛着一只装了一半东西的土豆口袋,来到院子里。口袋底上好像是潮的,湿漉漉的东西在往外滴。迈恩接着把口袋扔进两个垃圾箱中的一个。垃圾箱四分之三已经满了,迈恩费了好大的劲才关上了垃圾箱的盖。

从前有四只雄猫,其中一只叫做俾斯麦。这些猫是一个名叫迈恩的音乐家养的。由于这些雄猫并没有被阉割过,所以气味特别强烈。一天,这位音乐家用火钳打死了这四只猫,因为他出于特殊的原因,无法忍受这种气味。他把死猫装进一只土豆口袋,扛着它下了四道楼梯,匆匆忙忙把口袋扔进院子里拍地毯的木架旁的垃圾箱里,由于口袋布已经湿透,所以在三层楼上就开始往外滴了。垃圾箱已经相当满,这位音乐家费了好大的劲才用口袋把垃圾压紧,关上了垃圾箱盖。他刚离开院子往街上走去(因为他无意再回寓所,那里虽然没有猫,但猫的气味还在),被压紧的垃圾又胀开来,顶起了口袋,口袋顶起了垃圾箱盖。

从前有个音乐家,他打死了四只猫,把它们埋在垃圾箱里,随后离开了寓所,去找他的朋友。

从前有个钟表匠,他坐在窗口沉思,看着音乐家迈恩把一只半满的口袋塞进垃圾箱里,随后离开院子,迈恩刚走开没多久,垃圾箱盖自己掀了起来,并且还在一点一点地掀起来。

从前有四只雄猫,由于在特殊的一天它们的气味特别强烈,因此被人打死,装进一只口袋,塞进垃圾箱里。但是这些猫,其中一只叫做俾斯麦,还没有完全死掉,而是很坚韧,正如猫都很坚韧一样。它们在口袋里活动,使垃圾箱盖也动了起来,并使一直还坐在窗口沉思的钟表匠产生了疑问:猜猜看,音乐家迈恩塞进垃圾箱的那个口袋里装着什么?

从前有个钟表匠,他再也不能坐着观望垃圾箱里活动的东西。

200

于是,他离开公寓二层楼他的套间,走到公寓的院里,打开了垃圾箱盖和口袋,抱起了四只被揍得皮开肉绽、但还活着的雄猫,回家救护。但是当天夜里,它们就死在钟表匠的手下。他没有别的办法,只好到动物保护协会——他是该会会员——去告状,也向地方党组织领导报告了这件有损党的声誉的虐杀动物的行为。

从前有一个冲锋队员,他杀死了四只雄猫,由于它们没有完全死去,便把他给出卖了,一个钟表匠把他告发了。法院开庭审理,这位冲锋队员被判罚款。冲锋队也讨论了这一事件,鉴于他的行为不配当冲锋队员,便把他开除了。尽管这个冲锋队员在一九三八年十一月八日与九日间的夜里(后来被称作"砸碎玻璃窗之夜"①)表现得特别勇敢,他同另外几个队员放火烧了朗富尔米哈埃利斯路的犹太会堂,并在第二天洗劫事先确定好的许多商店时也相当卖劲,尽管他出了这么大的力,但还是被开除出了冲锋队的骑兵队。他由于不人道地虐杀动物而被冲锋队除名。一年以后,他才得以加入民军,后来,民军又为武装党卫军所接管。

从前有个殖民地商品店老板,他在十一月的某一天关上了店铺的门,因为城里出了事。他拉着儿子奥斯卡的手,乘五路有轨电车到长巷门,因为在索波特和朗富尔的犹太会堂着了火。犹太会堂将近烧毁,消防队只是注意不让火势蔓延到别的房屋上去。穿制服的和穿便服的,把书籍、教堂里的礼拜用具以及奇奇怪怪的东西都堆积在废墟前。这座堆积起来的小山被人点着了,于是,这个老板便利用这个机会,借这堆公众的烈火来温暖他的手和他的感情。可是他的儿子见自己的父亲这样忙碌,这样激动,便悄悄溜走,往军火库巷跑去,因为他担心的是他那些红白漆的铁皮鼓。

从前有个玩具商,他名叫西吉斯蒙德·马库斯,除去别的商品而外,他还卖红白漆的铁皮鼓。上文谈到的那个奥斯卡,是买这些铁皮

---

① 在这一夜,纳粹大规模捣毁并烧毁犹太人的店铺和会堂。后来民间称之为"砸碎玻璃窗之夜"或"水晶夜"。

鼓的主要顾客,因为他是个职业铁皮鼓手,没有铁皮鼓,他就活不成,他也不想活。正由于这个原因,他赶紧离开起火的犹太会堂,朝军火库巷奔去,因为他的铁皮鼓的守护人住在那里;但是,当我见到他时,他是怎样的一个处境呢?看来,他不能再继续出售铁皮鼓了,甚而至于永远也不能在这个世界上出售铁皮鼓了。

我,奥斯卡,本以为离开了那些消防队员,却不料他们赶在我前面光顾了马库斯,用毛刷蘸了颜料,用聚特林字体在他的橱窗上横写了几个大字:犹太猪猡。随后,也许是对自己写的字感到不满意,他们便用靴子的后跟踢碎了橱窗玻璃,这样一来,他们给马库斯加上的那个头衔别人只好去猜测了。他们瞧不上店铺的门,因此不从门里进去,而是由砸碎了玻璃的橱窗进入店铺,这时,正在那儿以他们的那种方式玩儿童玩具。

我来到时,他们正在玩玩具。我也同样由橱窗进入店铺。有几个已经脱下了裤子,把褐色香肠——里面还可以看到消化了一半的豌豆——压在帆船、拉提琴的猴子和我的鼓上。他们个个都像音乐家迈恩,都穿着迈恩的冲锋队制服,不过迈恩并没有在场;正如这些在场的人一样,他们既然在这里,别处就没有他们了。有一个拔出了匕首。他把布娃娃开了膛,他每宰一个,都露出失望的表情,因为从丰满的躯体和四肢里冒出来的只是锯木屑。

我只担心我的鼓。他们不喜欢我的鼓。我的鼓顶不住他们这种怒气,只好跪下来,一声不吭。但是,马库斯却避开了他们的怒火。他们想进他的办公室找他谈话时,并不敲门,而是破门而入,尽管门并没有锁。

玩具商坐在他的办公桌后面。同往常一样,他日常穿的深灰色上衣套着套袖。肩上的头皮屑说明他的头发有病。一个冲锋队员手里拿着木偶卡斯佩勒①,用木制的卡斯佩勒祖母去杵马库斯,但是他已不能说话,不会感觉到受侮辱了。在他面前的写字台上放着一只

_____

① 卡斯佩勒,流行的木偶剧里的滑稽角色。

玻璃杯,就在他们叫喊着砸他店铺的橱窗玻璃的那一刻,他感到口渴至极,便把杯中物一饮而尽。

从前有个铁皮鼓手,他名叫奥斯卡。当他们夺去了他的玩具商的性命,砸烂了玩具商的店铺的时候,他预感到,艰难的岁月临到了像他这样的侏儒铁皮鼓手头上。因此,他在离开店铺时,从被砸烂的东西里,挑选出一面完好的和两面损坏不大的鼓,挂在身上,离开了军火库巷,到煤市去找他的父亲,他的父亲可能也正在找他。外面,是十一月某一天将近中午的时候。在市剧院旁边,在有轨电车站旁边,站着虔诚信教的妇女和冻坏了的难看的姑娘,在那里散发宗教小册子,把钱放进小罐子,在两根竿子中间是一道横幅,上面写着《哥林多前书》第十三章的引文。"有信——有望——有爱"①,这是奥斯卡会念的;在这三个词周围,另有一些词,就像一个小丑在耍瓶子:轻信,希望人兴奋剂②,爱的珍珠,好望冶炼厂,爱之妇女牛奶,信徒大会。你相信,明天会下雨吗?全体轻信的人民相信圣诞老人。我相信,这是核桃味和杏仁味。但这是煤气味。我相信,我们马上要过基督降临节的第一个星期日了。基督降临节的第一个、第二个直到第四个星期日都被拧开了,就像拧开煤气开关一样。这样,就可以让人们信以为真地闻到核桃味和杏仁味了。这样,所有轧碎核桃用的木头小人都可以宽慰地相信:

他来了!他来了!谁来了呢?是童子耶稣吗?是救世主吗?还是天国的煤气抄表员来了,臂下夹着个煤气表,始终嘀嗒嘀嗒地响着?他于是说:我是这个世界的救星,没有我,你们就不能煮饭。他还挺好说话,提出一份优待的收费价目表,拧开刚擦干净的煤气开关,让圣灵喷出来,好让人用它来煮鸽子。他接着分发核桃和杏仁,让大家当即砸起来,里面喷出来的同样是圣灵和煤气。这样一来,所

① 见《圣经·新约·哥林多前书》第十三章。这里借以讽刺基督教会在纳粹骚扰时所采取的旁观态度。

② "希望人"是姓氏"霍夫曼"的意译。此处指医生弗里德里希·霍夫曼(1660—1742)用乙醚和酒精混合而成的兴奋剂。

有轻信的人就很容易地在浓密的淡蓝色气体中间,把商店前面的煤气抄表员们统统看成是圣诞老人和各种尺寸、各种价格的童子耶稣。就这样,他们全都相信了独家赐福的煤气公司,这家公司用指针上升和跌落的煤气表象征命运,并且以正常的价格举办一次基督降临节。许多人相信,到了圣诞夜基督会降临,但过了这个紧张的节日以后,只有那些人活了下来,他们没有分到杏仁和核桃,因为存货不够,尽管人人都相信,存货是足够的。

　　但是,在事实证明对圣诞老人的信仰原来就是对煤气抄表员的信仰①以后,大家不再顾及《哥林多前书》上那句话"有信——有望——有爱"的顺序,却先尝试起爱来了:我爱你,他们说,啊,我爱你。你也爱你吗? 你爱我吗? 说呀,你真的爱我吗? 我也爱我。出自纯真的爱,他们互称小洋萝卜,爱小洋萝卜,互咬,一根小洋萝卜出于爱咬掉另一个的小洋萝卜。他们相互讲述小洋萝卜之间奇妙的、天国的但也是尘世的爱的实例,并且在张嘴咬之前振作地、饥饿地、明确地耳语道:小洋萝卜,说呀,你爱我吗? 我也爱我。

　　但是,在他们出于爱相互咬掉对方的小洋萝卜并且在对煤气抄表员的信仰被宣布为国教之后,在《哥林多前书》上,除了信仰和被提前取走的爱以外,只剩下第三种滞销货了,那就是希望。当他们还在咬小洋萝卜、核桃和杏仁的时候,他们已经在希望,赶紧结束吧,这样他们可以重新开始或者继续前进。在终场音乐奏完之后或者在终场音乐还在演奏的时候,他们就在希望,这收场戏马上就结束了。他们始终还不知道怎样才能结束。他们仅仅希望,马上就要结束了。明天就会结束了,不过,但愿今天还不会结束,因为假如突然结束的话,他们该怎么办呢? 后来,结束了,他们很快把结局变成了希望葱茏的开端,因为在我们这个国家,结局始终是开端,希望存在于每一

---

①　煤气抄表员,影射纳粹在集中营煤气室屠杀犹太人。圣诞老人,指希特勒,因为纳粹宣传部长戈培尔曾在一次为孤儿举行的圣诞晚会上称希特勒为"历代最伟大的圣诞老人"。

个即使是最终的结局之中。书上也这样写着:只要人怀有希望,他将一再重新开始充满希望地结束。

我呢? 我不知道。譬如说,我不知道今天藏身在圣诞老人胡子后面的是谁;我不知道,圣诞老人的口袋里装的什么;我不知道,该怎样关上和调节煤气开关,因为基督降临节又从煤气管道里喷出来了,或者说,一直还在喷;我不知道,是不是在试验;不知道,为谁试验;不知道,我能不能相信,他们如我所愿地充满着爱在擦干净煤气开关,好让它像鸡一样啼叫;我不知道,在哪天早晨,在哪天晚上;不知道,是在白天的哪个时间,因为爱不懂得时间,希望没有尽头,信仰不知道界限,唯独知与无知受时间和界限的制约,多半遇上胡子、口袋和杏仁时就提前结束。所以,我又不得不说:我不知道,啊,不知道,譬如说,不知道他们用什么填满肚肠,有必要被填满的是谁的肚肠,也不知道用什么去填,尽管任何一种填料,或精细或粗糙,都标明价格,一目了然,可我仍然不知道,价格里面包含着什么意义,也不知道,从哪些词典里可以查出填料的名称,不知道他们用什么填满词典以及肚肠,不知道用什么肉,不知道是什么语言:字有意义,屠夫沉默。我切下一片,你翻开词典,我读我觉得有味的,你不知道你觉得有味的是什么:是香肠片还是词典里的引文——我们永远不会知道,谁必须静下来,谁必须沉默。这样,肚肠才能被填满,书本才能出声,塞进去,压紧,写得密密麻麻。我不知道,我预感到:用语言填满词典和用碎肉填满肚肠的是同一个屠夫。不存在保罗其人,这个人名叫扫罗,一个叫扫罗的人,他以扫罗的名义向哥林多人讲了一些关于价廉物美的香肠的消息,他称这些香肠为有信有望有爱,称赞它们容易消化。直到今天,他还化作一再变换着的扫罗的形象,向世人推销这种香肠。

但是,他们夺走了我的玩具商,想连同玩具商一起让玩具也在世界上灭迹。

从前有个音乐家,他名叫迈恩,小号吹得非常美妙。

从前有个玩具商,他名叫马库斯。他出售红白漆的铁皮鼓。

从前有个音乐家,他名叫迈恩。他养了四只猫,其中一只叫做俾斯麦。

从前有个铁皮鼓手,他名叫奥斯卡。他需要玩具商。

从前有个音乐家,他名叫迈恩。他用火钳打死了他养的四只猫。

从前有个钟表匠,他名叫劳布沙德,是动物保护协会会员。

从前有个铁皮鼓手,他名叫奥斯卡。他们夺走了他的玩具商。

从前有个玩具商,他名叫马库斯。他自杀了,把所有的玩具也带着离开了人世。

从前有个音乐家,他名叫迈恩。如果他没有死,那么他今天就活着,又在吹小号,吹得十分美妙。

第 二 篇

废　铁

　　探望日：玛丽亚给我捎来一面新的鼓。她从床栏杆上伸过手来，把铁皮鼓连同发票一齐递给我。我一挥手拒绝了，接着去按床头的电铃，直到我的护理员布鲁诺走进病房来干他已经习以为常的差事。每逢玛丽亚给我捎来用蓝色纸包装的新鼓时，便由布鲁诺接过去，解开绳子，打开包装纸，几乎是庄重地取出鼓来，随后再小心翼翼地把包装纸折叠好。接着，布鲁诺拿着鼓，迈开大步，向水池子走去，放出热水，洗掉鼓箍上的价格标签，同时小心地不刮掉那上面的白漆和红漆。

　　玛丽亚探望我的时间很短，也不花太多的精力。她临走时拿起那面旧鼓，也就是我在描述特鲁钦斯基的脊背、那个木制的船头雕饰以及对《哥林多前书》进行或许有点太过于武断的阐释时敲破的那面鼓，把它带回我家地窖里去，同所有被用坏了的铁皮鼓——它们一部分是我的职业，一部分为我的私人目的服务过——放在一起。玛丽亚走之前对我说："地窖里可是没有多少地方了。我真不知道冬天的土豆该放在哪儿。"

　　我微微一笑，对于从玛丽亚口中说出的这种家庭主妇的责备只当耳边风，而是请她按已有的顺序用黑墨水给这面退休的鼓编上一个号码，再把我在一张纸条上写下的这面鼓的使用日期以及它的简历转抄到一个日记本上去；多年以来，这个日记本一直挂在地窖门背后，对于一九四九年以后我的鼓的情况，它了如指掌。

　　玛丽亚顺从地点了点头，让我吻了她一下，便告辞而去。她始终不理解我的条理感，还感到有点不安。奥斯卡完全理解玛丽亚的这种疑虑,他自己也不明白为什么这样书生气十足地去收藏敲坏了的铁皮鼓。更令人费解的是,他这一辈子也不想再看到别尔克公寓土豆窖里存放的那一堆废铁。经验告诉他,父辈的收藏物儿女是瞧不上眼的。所以,他的儿子库尔特有朝一日继承遗产时,如果对这堆不幸的鼓吹声口哨①的话,那就算不错了。

我为什么每隔三个星期就要这样吩咐玛丽亚一次呢?如果她每次都照办不误,那么总有一天,我们存放东西的地窖就会满的,冬天的土豆就没处可放了。

在地窖里已经存放了几打鼓以后,我曾产生过一个固执的念头:总有一天,哪一个博物馆会对我这些伤残而退休的鼓感兴趣。但是,这个念头在我脑子里闪过的次数越来越少了。所以,我的收藏热的真正原因并不在此。我越是深入探究,便越是觉得这种收藏热的原因在于一种简单的变态心理:我担心有朝一日铁皮鼓会脱销,会日渐稀少,会被禁止,会被销毁。有朝一日,奥斯卡不得不请哪位白铁匠把若干面损坏得不太厉害的鼓修补好,请他助我一臂之力。这样,我便可以用几面经过修补的旧鼓,凑合着度过可怕的没有鼓的时代。

疗养院的医生们对我这种收藏热的原因分析的结果,同我自己的分析相似,只是他们的用语不一样。霍恩施泰特博士小姐甚至想确切知道这种变态心理产生的日期。我可以相当确切地告诉她,那是一九三八年十一月九日,因为就在那一天我失去了西吉斯蒙德·马库斯,我的铁皮鼓仓库管理员。我可怜的妈妈死后,要想及时弄到一面新鼓已经很困难了,因为星期四不再去军火库巷,马策拉特又总是拖拖拉拉,不会及时给我买新鼓,至于扬·布朗斯基,他越来越少上我家的门了。而现在,玩具店又被捣毁了,我真是面临绝境。我一见到马库斯坐在空空如也的写字台旁,当即就明白了:马库斯不会再送我铁皮鼓了,马库斯不再卖玩具了,马库斯永远断绝了同那家公司之间的业务关系。迄今为止,这家公司一直为我生产和供应油

---

① 吹声口哨,不屑一顾之意。

漆得很漂亮的、红白相间的铁皮鼓。

然而，当时我并不以为玩具商一死，先前那种比较快活的游戏时代也就告终了。从已成废墟的玩具店里，我挑出了一面完好的、两面铁皮边缘撞了两道凹痕的鼓，把它们带到家中，自以为已经备无患，可以应付艰难的时世了。

对这些鼓，我倍加小心，若非必要，很少去敲。我自行规定，整个下午不再敲鼓，还无可奈何地取消了在早餐时敲鼓，而迄今为止，这样做能使我熬过这一天的时间。奥斯卡苦修苦行，他逐日消瘦，被带到霍拉茨医生和他那位愈来愈显得皮包骨头的女助手护士英格那儿去就诊。他们给我甜的、酸的、苦的、无味的药，说是我的腺有毛病，据霍拉茨医生讲，腺功能不稳，忽而亢进，忽而衰减，使我感到不适。奥斯卡不想去听霍拉茨胡扯，便节制苦行，于是他的体重复又增加。到了一九三九年夏天，他又恢复到十三岁时的奥斯卡那个老样子，他的面颊又圆胖了，那是彻底敲坏从马库斯那儿弄来的最后几面鼓才换得的。铁皮裂了，满是窟窿，红白油漆脱落了，长锈了，垂头丧气地挂在我的肚皮前面。

请马策拉特帮个忙，那简直是白费劲，虽说他天性助人为乐，甚至很和善，可是，自从我可怜的妈妈死后，这个男人一心只想他那个党的事情。他想散散心时，便同另外一些党支部领导人开会，要不然就在午夜，喝饱了老酒以后，独自坐在我家起居室里，同墙上黑框里的希特勒和贝多芬像聊天。他大声而又亲切地聊着，让那位天才给他解释命运，让那位元首给他解释天意。当他清醒的时候，就把为冬赈募捐看作是上天给他安排的命运。

我不喜欢回忆这些外出募捐的星期天。其中有一天，我做了一次尝试，想弄到一面新的鼓，可是枉费心机。那天上午，马策拉特在大马路上艺术片电影院门前，在施特恩菲尔德百货公司门前募捐，中午回家，替他自己和我热柯尼斯贝格肉丸子。马策拉特虽然死了老婆，但仍然非常喜欢烹调，而且确实手艺高超。这顿饭美味可口，我今天还记得起来。饭后，这个困倦的募捐者躺到沙发榻上去打盹。

他的呼吸声刚表明他睡着了的时候,我马上把钢琴旁边那只募捐箱提了起来,溜进店铺,钻到柜台底下。那个募捐箱的形状像是一个罐头箱,我全神贯注地瞧着这个一切铁皮罐头中最可笑的家伙。我并不想偷里面的铜板来发财。我想出了一个荒唐的念头,想把这个募捐箱当做铁皮鼓来试试。但是,不管我怎么敲,怎么耍弄鼓棒,它始终只有一个回答:为冬赈捐点吧! 不要让一个人挨饿! 不要让一个人受冻! 为冬赈捐点吧!

半个小时以后,我便放弃了这次尝试。我从钱柜里拿出五芬尼,把它们捐献给冬赈工作,再把增加了五芬尼的募捐箱放回到钢琴旁边,好让马策拉特敲着它去度过星期天剩余的时间。

这次不成功的尝试,从此治愈了我的荒唐念头。我不再认真地尝试把罐头盒、翻过个的桶、底朝天的洗澡盆当做鼓来使用。然而我有时仍不免要这样试试,那也是为了努力忘却这些不光彩的插曲,为了在这页稿纸上不给它们地位,或者给予尽可能小的地位。罐头不是铁皮鼓,桶就是桶,洗澡盆是人家用来洗澡或者洗长袜子的。铁皮鼓是没有代用品的,今天没有,当时也没有。一面白底红火焰的铁皮鼓自己替自己说话,因而不需要代言人。

奥斯卡孤立无援,被人背叛,被人出卖。在这最紧要的关头,如果没有鼓的话,他该如何保持自己三岁时的面孔经久不变呢? 多年以来,他一直在做各种骗人的假象,譬如说,有时夜里尿床,每天晚上像孩子一样咿咿呀呀地做晚祷,害怕圣诞老人(他其实名叫格雷夫),不厌其烦地提出一些三岁小孩的典型的古怪问题:为什么汽车有轮子? 所有这些硬做出来的假象,大人们已经习以为常,见不着时,反倒觉得奇怪,而我呢,不得不在没有鼓的条件下来做这一切。我快要放弃不干了。在绝望之中,我去寻找那个男人,他虽说不是我的父亲,可是我最有可能是他生的。奥斯卡来到环行路波兰居民区等候扬·布朗斯基。

我可怜的妈妈死后,马策拉特和我那位其间已提升为邮局秘书的表舅之间的关系也告吹了,尽管他们有时几乎很友好,尽管他们有着最美好的共同的回忆。这种关系不是突如其来地说吹就吹的,而是逐渐变化的,政治局势越趋激化,他们的关系破裂得也越彻底。我妈妈苗条的灵魂和丰满的肉体死灭了,这两个男人之间的友谊也就瓦解了。他们两个都曾在她的灵魂中得到反映,都曾以她的肉体为食,而现在,他们失去了这件食物,这面凸透镜,找不到别的东西替代,唯有去参加政治上对立的、可是抽的烟叶却相同的男人们的集会。但是,无论是波兰邮局还是同只穿衬衫的支部领导人开会,都代替不了一个美丽的、尽管通奸但仍感情丰富的女人。因此,从我可怜的妈妈去世到西吉斯蒙德·马库斯丧命这段短短的时间内,这两个都有可能是我父亲的男人又小心翼翼地会过几次面——马策拉特防着顾客和他的党,而扬则防着邮政局领导。

每月有两到三次,可以听见扬在午夜时分用指关节敲我家起居室的窗玻璃。于是,马策拉特掀起窗帘,把窗户打开一条缝。这时,双方都窘迫万状,最后,不是这一个便是那一个找到了一句摆脱窘境的话,建议在夜深人静时玩施卡特牌。他们又把蔬菜店的格雷夫请了来,如果他不愿来的话——多半由于扬的缘故,也因为他是前童子军指导员(在此期间,他已将自己那个队解散了),不得不小心点,加之,他不太喜欢玩施卡特牌,也打不好——往往由面包师亚历山大·舍夫勒来当第三家。这位面包师虽说不愿意同我的表舅扬同桌而坐,但是,一来由于对我可怜的妈妈的爱慕(它像遗产一样由马策拉特继承下来了),二来由于舍夫勒坚持零售商必须协力同心的原则,所以,这个短腿的面包师还是给马策拉特叫来了,由小锤路匆匆来我家,到起居室桌旁坐下,用他那苍白的、像被蛀虫蛀过的、粘着面粉的手指洗牌,发牌,就像将小圆面包分发给饿慌了的老百姓似的。

这些被禁止的牌局多半是在半夜才开始,到凌晨三点结束,因为舍夫勒必须到面包房去。我很少能够穿着睡衣,不出声响,从小床上下来,又不被人发现,同时也没有鼓,钻到桌下阴暗的角落里去。

正如读者先前已经注意到的那样,待在桌子底下曾使我获得了一种最简便的观察方法:我可以进行比较。可是,自从我可怜的妈妈去世以后，一切都变了样！扬·布朗斯基不再像过去那样，在桌面上小心谨慎，然而还是输了一盘又一盘，可是在桌子下面却胆大妄为，用他脱了鞋子只穿袜子的脚去占据我妈妈两腿间的地盘。在那些年头的施卡特牌桌底下已不再有色情，更不用说爱情了。六条男人的腿，被裤子绷紧着，布料上呈不同的人字形花纹，有时赤裸着，或者只穿衬裤，汗毛或多或少。这六条腿在桌子底下都尽量避免接触，哪怕是偶然的接触。腿以上的延长部分——躯干、脑袋、胳膊则一门心思地在玩牌，出于政治上的原因，本来是禁止他们在一起打牌的，因为每输一盘或者每赢一盘，都会引起垂头丧气或者得意扬扬的反应：波兰输掉了无主牌的一局，而自由市但泽则为大德意志帝国赢了红方块为主牌的一局。

这种耍手腕的牌戏结束的日子是不难预见的——犹如所有的军事演习有朝一日都会停止，并鉴于某种所谓的紧急情况，在更广大的范围之内真枪实弹地打起仗来。

到了一九三九年夏初，事情就明朗了，马策拉特在每周一次的党支部领导人会上找到了新的牌友，他们不像波兰邮局职员和前童子军指导员那样危险。扬·布朗斯基也不得不考虑命运规定他所属的阵营，并同邮局的人搞在一起，譬如说，同残废的看房人科比埃拉。他曾在马尔察莱克·毕尔苏德斯基的传奇般的军团里服役，从此以后，他的一条腿就比另一条腿短了几厘米。尽管瘸了一条腿，科比埃拉仍是一个能干的看房人，此外又是一个手艺很巧的人，我希望他有可能发发善心替我修理我那些残破的鼓。因为只有通过扬·布朗斯基才能找到科比埃拉，所以我几乎每天下午六点左右，甚至不顾八月天异常的闷热，站在波兰居民区附近，等候下班后多半准时回家的扬。我也不问自己一下，你那位假想的父亲下班后会去干什么，便站在那里，等到七点钟，等到七点半，但是，他没有来。我本来是可以找表舅妈黑德维希的。扬可能病了，发烧了，或者断了腿，上了石膏。可是奥斯卡却站在原地不动，只满足于时而凝视一下那位邮局秘书寓所的窗户和窗帘。一种奇怪的羞怯心理阻止奥斯卡去走访表舅妈黑德维希,她那双慈母般的温柔的牛眼睛里射来的目光使他感到悲哀。他也不很喜欢布朗斯基夫妇的孩子,他们可能是奥斯卡同父异母的兄妹。他们就像对待玩偶似的对待他。他们愿意同他玩,把他当做玩具。同奥斯卡差不多同年的、十五岁的斯特凡,有什么权利那样傲慢地对待他,像老子对待儿子似的老是教训他呢?还有那个玛尔加,扎着小辫,胖胖的脸蛋像初升的圆月,她哪儿来的权利把奥斯卡当做没有意志的时装木偶,一连几个小时地替他梳头、刷衣服,摆布他,教他这个那个呢?他们两个自然把我看做一个畸形的、令人同情的侏儒孩子,觉得他们自己很健康,前途无量,又是我外祖母科尔雅切克的宠儿,而她是不会把我当做心肝宝贝的,因为我总是使她感到很难对付。用几本童话和连环画是笼络不了我的。我所期待外祖母的,甚至今天想象起来也是莫大的享受,那是非常简单的,因此也是很难获得的。奥斯卡一见到她,就要极力效法自己的外祖父,钻到她的裙子底下去避难,而且如果可能话,那就永远也不再从这个避风港里探出头来呼吸外面的空气。

为能钻到外祖母的裙子底下去,我可是想尽了一切办法!我不相信她当真不喜欢奥斯卡坐在她的裙子底下。她总是犹豫,多半拒绝我。我想,任何一个人,只要有一半像科尔雅切克,她就会让他去避难的。而唯独我,既无外祖父的身材,又无那位纵火犯一划就着的火柴,所以不得不巧施特洛伊木马计,方能进得那个城堡。

奥斯卡看着自己像一个真正的三岁孩子那样在玩皮球,瞧着那个奥斯卡让皮球碰巧滚进了裙子底下,他立即以拾球为借口,在外祖母看穿这种诡计并把皮球还给他之前,就蓦地钻了进去。如果有大人在场,外祖母就不会允许我在裙子底下逗留太久。大人们嘲笑她,往往用含沙射影的话使她回想起那年秋天在土豆地里当新娘的往事,弄得天生就不白的外祖母满脸通红,久久不消。这红晕配上几乎全白的头发,并不使这位年过六旬的老人显得难看。

可是,当我的外祖母安娜单独一人的时候——这种情况很少见,自我可怜的妈妈去世后,我见到她的次数越来越少,自从她不再在朗富尔每周一次的集市上摆摊以来,我简直就见不到她了——她倒是比较自愿地让我在裙子底下待得更久一些,我不需要再用皮球耍愚蠢的花招。我拿着鼓滑过地板,弯下一条腿,另一条撑着家具,往外祖母这座大山的方向移动,到得山脚下,我用鼓棒一下撩起四层幕布,钻了进去,让四层幕布同时落下,静静地待了一分钟,用全身的小孔呼吸着,沉湎于那股强烈的、易臭的黄油的气味之中。这黄油不受季节变化的影响,它的气味弥漫在那四条裙子之下。在这之后,奥斯卡才开始击鼓。他知道外祖母喜欢听什么,于是,便敲出了十月的雨声,一如她当年坐在土豆秧火堆后所听到的,而就在这雨声中,科尔雅切克带着被人紧紧追踪的纵火犯的气味,钻到了她的裙子底下。我让一阵斜飘的细雨落到我的鼓上,直至我头顶上响起了叹息声和圣者名字的呼唤声。现在,该由读者自己去重新辨认出在一八九九年曾经响起过的那种叹息声和圣者名字的呼唤声了,那时,我的外祖母坐在雨中,科尔雅切克则在干燥处。

在一九三九年八月的那些日子里,当我在波兰居民区对面的街头等候扬·布朗斯基时,我经常想起我的外祖母。她可能在表舅妈黑德维希那儿做客。坐在裙子底下,呼吸臭黄油味,这种想法多吸引人哪!然而,我还是没有登上三层楼,在挂着"扬·布朗斯基"名牌的门上按铃。奥斯卡能给他的外祖母什么呢?他的鼓敲破了,什么声音也敲不出来了,他的鼓忘了十月落在那土豆秧火堆上斜飘的细雨是什么声音。由于奥斯卡的外祖母只能用秋雨的瑟瑟声来对付,所以,奥斯卡仍站在环行路上,瞧着沿陆军草场丁零当啷开来开去的五路电车,瞧着它们迎面驶来,又目送它们远去。我还等不等扬?我没有放弃等待,还站在原地不动,是因为我一时想不出一种可以行得通的方式离去吗?长久等待会起教育作用。但是,长久等待也会诱使等待的人把他所盼望的会面的情景想象得栩栩如生,因此,被等待的人无从使他喜出望外,因为他什么情况都想象到了。然而,扬还是使我吃了一惊。我一心只想先看见他,并对这个毫无思想准备的人敲起鼓的残骸来,因而紧张地站在原处,随时准备抽出鼓棒来。我想让铁皮大叫大嚷,使他明白我目前绝望的处境,而自己就不必费口舌去解释了。我对自己说道:再等五辆电车,再等三辆,再等一辆就不等了;我焦急万分,开始想象布朗斯基一家如何根据扬的主意搬到莫德林或华沙去了,还仿佛见到他在布罗姆贝格和托恩当邮政局长。我取消了方才赌的咒,又等了一辆,随后转身朝回家的路走去。这时,有人在背后抓住了他,一个大人用手捂住了他的眼睛。

我感觉到这是一双男人的手,柔软、没汗而令人舒服,散发着优质肥皂的香味,我感觉到这是扬·布朗斯基。

他松开手,引人注意地大声笑着,将我扳过身去面对着他。这时,我已经来不及拿鼓来说明我的不幸处境了。因此,我把鼓棒插在齐膝裤亚麻布背带后面。在那时,由于无人照管,裤子很脏,口袋边也全磨损了。两只手空出来后,我这才把用可怜巴巴的绳子挂着的鼓举起来,像控诉似的举起来,举过眼睛,一如维恩克圣下在望弥撒时高举圣饼那样。要是我也能像他那样说"这是我的肉和血",那该有多好,但是我只字未吐,只是高举这剥了漆皮的金属,也不想来一个彻底的、可能是奇特的化体①,我只要求修理我的鼓,别无其他。

扬立即停止了他的不合时宜的笑声。我听得出来,他方才是神经质地使足了劲在笑。他瞧着举在他眼前的鼓,又把目光从残破起卷的铁皮上挪开,寻找我那双明亮的、始终还是正直坦率的三岁孩子的眼睛,起先只看到两个同样的、无言的蓝色眼珠,看到里面的闪光、映像以及人们错误地说成是眼睛的表情的一切,在他不得不断定我的目光同街上任何一个好玩的水坑并无区别之后,他才拿出全部的好意,集中了他那尚未淡薄的记忆,强迫自己从我的眼睛里重新寻获我妈妈那双虽说是灰色的、但形状相似的眼睛;若干年来,这双眼睛对他显露过善意直至热情。但或许使他惊诧不已的,是他在我的眼

---

① 弥撒仪式中的第二部分,使圣餐面包和酒变成耶稣的肉和血。此处比喻把破鼓变为奥斯卡的血和肉。

睛里看到了他自己的影子,尽管这并非一定意味着扬是我的父亲,更确切地说,是我的生育者。因为无论他的、妈妈的以及我的眼睛,特点都相同,天真玲珑,闪闪发光,含有傻乎乎的美。布朗斯基家的人几乎都具备这种美,斯特凡如此,玛尔加·布朗斯基少一点,我的外祖母和她的哥哥文岑特又多一点。除去我是黑睫毛、蓝眼睛而外,还不能否认我身上掺进了纵火犯科尔雅切克的血液——只要联想到我唱碎玻璃的本领就够了——可是,要指出我有莱茵兰人马策拉特的特征,倒真不容易。

在我举起鼓并让眼睛发挥作用的那一瞬间,平日遇到别人单刀直入地发问时总喜欢躲躲闪闪的扬也不得不承认:"瞧着我的是他的母亲阿格内斯。也许是我自己瞧着自己。他的母亲和我,我们有许许多多共同之处。但也可能是我的舅舅科尔雅切克在瞧着我,他现在在美国,或者在海底。只有马策拉特没在瞧着我,这倒不错。"

扬从我手里接过鼓去,转了转,敲了敲。他手很笨,连削铅笔都不会,但他现在的样子,好像他知道点修理鼓的门道似的。这个很少下决心的人显然下了决心,一把抓住我的手,动作之快,使我吃惊,这是以前未曾有过的。他搀着我穿过环行路,到了陆军操场的无轨电车站,电车一到,他拉着我上了五路车允许吸烟的拖车。

奥斯卡猜到,我们正乘车进城,去黑维利乌斯广场,到波兰邮局去找看房人科比埃拉。他既有工具,又有技能,数星期以来,奥斯卡的鼓一直在盼望着。

如果这一天不是一九三九年九月一日①的前夜的话,我们这一趟会又清静又高兴。可是,从马克斯·哈尔贝广场起,五路电车连同拖车都挤满了从布勒森海滨浴场回来的疲惫不堪但仍吵吵嚷嚷的游客,丁丁当当朝城里驶去。如果韦斯特普拉特对面的港口没有停泊

---

① 此日凌晨,纳粹德国一百五十万大军入侵波兰,接着,英、法对德宣战,第二次世界大战爆发。

着那两艘战列舰"石勒苏益格"号和"石勒苏益格－荷尔斯泰因"号①，如果它们的钢铁船身、可旋转的炮塔和大炮不出现在红砖墙后面的话，等待着我们的该是一个多么美好的夏末的夜晚啊。我们把鼓交给科比埃拉以后，就会去魏茨克咖啡馆，摆上两瓶果汁汽水，插上两根麦管。如果在最近的几个月内，邮局内部没有装上钢板而使之成为一个要塞，如果善良的邮局职工、官员和邮递员每周周末没有在格丁根和奥克斯赫夫特受训而变成一支要塞守军的话，那么，走到邮局前，按门房的铃，并把无害的儿童玩的铁皮鼓托看房人科比埃拉修理，那该是件多么美好的事情啊！

我们快到奥利瓦门了。扬·布朗斯基满身是汗，直愣愣地盯着兴登堡林荫大道蒙上一层尘土的绿树。他一支接一支地抽金色烟嘴香烟，数量之多已超出了他的节约原则所许可的范围。奥斯卡还没见过他假想的父亲这样汗水淋漓，除了过去有过那么两三次，那是扬和妈妈待在沙发榻上的时候。

但是，我可怜的妈妈去世已久。为什么扬·布朗斯基还出汗呢？于是我发现，几乎每逢快到一个站的时候，他就想下车，每回刚要下车，他就想起我在跟前，是我和我的鼓使他重新坐了下来。这时我方才明白，他是由于波兰邮局的缘故才出汗的，他是国家官员，必须去保卫它。他先是从邮局溜了出来，后来在陆军操场拐角环行路旁遇见了我和我的破鼓，于是决定回去履行他的职守，并把我也拉了去，他这才出汗和拼命吸烟。可我呢？既不是官员，对于守卫邮局大楼也毫无用处。他为什么不再次下车呢？我肯定是不会拦阻他的。他当时正是有为之年，还不到四十五岁，蓝色的眼睛，棕色的头发，双手习惯性地颤抖着。他要不是出汗出成这样一副可怜相，那么，传到坐在这位假想的父亲身边的奥斯卡鼻子里来的，将是科隆香水味，而不是冷汗味。

---

① 1939 年 8 月 25 日，这两艘军舰以访问为名，驶入但泽，1939 年 9 月 1 日清晨 4 时 45 分左右，炮轰韦斯特普拉特的波兰军火库和驻军。

我们在木材市场下车,步行下了旧城壕沟。这是一个无风的夏末之夜。同往常一样,八点钟时,旧城的钟声响彻天空,惊起了满天鸽子。钟声唱道:"你要一生忠诚老实,直至进入冰冷的坟墓。"钟声真美,催人泪下。但是随处都在欢笑。女人领着被太阳晒黑了的孩子,身穿毛巾浴衣,手拿彩色气球和帆船,从电车上下来,一辆辆电车从格莱特考和霍伊布德载来了成千个刚游完泳的人。年轻姑娘,睡眼惺忪,伸出舌头,在舔覆盆子冰淇淋。一个十五岁的女孩,把冰淇淋掉在了地上。她已经弯下身子要把它重新拾起来,但又犹豫了,仍把它留在路面上,让勇敢的路人的鞋底去踩踏这融化了的冷饮。这个姑娘不久就要加入成年人行列,不能再在大街上舔冰淇淋了。

在施奈德米尔巷口我们往左拐弯。巷口的黑维利乌斯广场,被党卫军属下的民军封锁了。他们一组一组地站在那里,有年轻小伙子,也有已是一家之主的男人,戴着臂章,拿着保安警察的枪。躲过这道封锁线是很容易的,只要绕一点路,从雷姆穿出去也能到达邮局。扬·布朗斯基却朝那些民军走去。他的意图是再清楚不过的。他的上司肯定派了人从邮局大楼观察黑维利乌斯广场的动静。扬想让他们眼看自己如何被人拦住,挡了回去,这样一来,他至少成了一个半截子英雄,只是被人拦住了去路,因此荣辱各半,于是乎便可搭乘载他来的五路电车返回家中去了。民军偏偏把我们放了过去,可能他们根本没想到,那位服饰讲究的绅士,又领着一个三岁孩子,是去邮局大楼的。他们很客气地劝我们多加小心,只是当我们进了铁栏杆门,站在邮局大门前时,他们才大声叫喊:"站住!"扬动摇了,转过身去。这时,沉重的门已经开了一道缝,我们被人家拽了进去。我们进了波兰邮局,站在半明不暗、阴凉宜人、到处是柜台窗口的营业厅里。

扬·布朗斯基的同事们向他打招呼,但并不亲切友好。他们不信任他,可能已经对他不抱希望了,也有的大声而坦率地说,他们已经在怀疑他:邮局秘书扬·布朗斯基要开小差。扬费劲地为自己辩解。人家根本不听他的,只是把他推到那排成一条长龙的人们中间去,这些人的任务是把沙袋一个个从地窖里传运到营业厅的窗户底下去。他们把沙袋和类似的废物堆在窗下,把文件柜之类沉重的家具推到大门旁边,以便在必要时可以迅速把大门堵上。

有人问我是谁,但是没等扬回答,那人就回头走开了。他们都很神经质,说起话来,一会儿非常大声,一会儿又小心翼翼,压低了嗓门。我的鼓以及我的鼓之所急,看来已经被忘得一干二净了。我本来寄希望于看房人科比埃拉,想请他帮帮忙,把我肚皮前面那堆废铁修理出个模样来,可是他没有露面。也许他在邮局的二楼或者三楼,同大厅里的邮递员和职员一样拼命地在码鼓鼓囊囊、据说可以防弹的沙袋。奥斯卡待在这里,使扬·布朗斯基感到难堪。所以,我乘扬听一个男人向他发指示之际溜走了。这个男人头戴波兰钢盔,人家叫他米尚博士,显然就是邮局局长。我小心翼翼地绕过这位米尚先生,探头寻找,终于找到了上二楼的楼梯。在二楼过道尽头,我又找到一间中等大小、没有窗户的房间,那里没有拖弹药箱的男人,也没人在码沙袋。

地板上放着可以滚动的放洗换衣服的篮子,篮子里盛满了贴有各色邮票的信件。这个房间低矮,糊墙纸呈赭色。屋里有一股淡淡的橡皮味儿。一个电灯泡亮着,没有灯罩。奥斯卡疲倦已极,没去找电灯开关。远处,圣马利亚教堂、圣卡塔琳娜教堂、圣约翰教堂、圣布里吉特教堂、圣巴巴拉教堂、三一教堂、圣体教堂的钟声在说:九点了,小奥斯卡,你该去睡了!——于是,我躺到一个邮件篮里,让同样精疲力竭的鼓躺在我身边,昏昏入睡。

波 兰 邮 局

我睡在放满信件的篮子里,这些信件有的寄往罗兹、卢布林、利沃夫、托伦、克拉科夫和琴斯托霍瓦,有的来自罗兹、卢布林、利沃夫、托伦、克拉科夫和琴斯托霍瓦。但是我既未梦见琴斯托霍瓦的圣母,也未梦见黑圣母。我没有梦见自己在啃那颗保存在克拉科夫的马尔察莱克·毕尔苏德斯基的心,或者啃那种使托恩城扬名的姜饼。我也没有梦见我那面始终未修理好的鼓。我躺在可以滚动的篮子里的信件上,没有做梦。奥斯卡没听见任何窃窃私语、低声耳语、闲聊以及不慎的言语。据说,把许多信放在一堆,就能够听得到它们说话。这些信件没对我讲一句话。我从未等待过邮件,谁也没有任何根据把我看做收件人,更不能把我当做寄件人。我收回了天线,躺在一座邮件的山上。这座山可能同全世界一样怀着孕,一件新闻将要脱胎而出。

总而言之,唤醒我的不是那些信件,不是住在华沙的某个名叫莱希·米勒夫茨克先生写给他住在但泽的席德利茨的侄女的信,这封告急信足以惊醒千年的乌龟。唤醒我的不是近处的机枪声,便是远处自由港里那两艘战列舰双炮塔炮隆隆的齐射声。

机枪,双炮塔炮。就这样随随便便地落笔写下来吗?会不会是一阵暴雨,一场冰雹,一场类似我诞生时那种由远而近的夏末的暴风雨呢?我睡得太死了,不可能作此类推测,并且,我是在响声还在耳中未消时,便同所有沉睡的人们一样,一下子确切地说出了这是怎么回事:他们打起来了!

奥斯卡刚从篮子里爬出来,穿上凉鞋,还没有站稳,就即刻为他那面经不起磕碰的鼓的安全操起心来。他用双手在他睡觉的那个篮子里的虽然很松、但是层层叠叠的信件中挖了一个洞。不过，他的动作并不粗鲁，没有把信件撕坏、折断甚至毁掉，而是小心翼翼地把乱七八糟地叠在一起的信理齐，细心地拿起每一封信（多半贴着紫色的、有"波兰邮政"字样的邮票），拿起每一张明信片，还注意不使信封开封，因为尽管面临这不可逆转并将改变一切的事件，通信秘密还是应当始终得到保障的。

机枪声越来越猛烈，那只放满信件的篮子里的洞也越挖越大。最后我认为可以了，便把我那奄奄一息的鼓放进新筑的工事里，上面厚厚地盖上了三层，不，不止三层，足有十层至二十层信封，并且是像泥瓦匠砌坚固的墙时那样把砖头一块咬一块的码法。

我希望这种防护措施能使我的鼓挨不着弹片和子弹。我刚干完，第一颗反坦克炮弹在邮局大楼临黑维利乌斯广场的正面大约同营业大厅一般高的地方爆炸了。

波兰邮局是一座坚实的砖墙大楼，挨几十发这样的炮弹是没问题的，不必担心会很快被炸开一个缺口，大到足以让民军像平时经常练习的那样从正面冲进来。

我离开了那间安全的、没有窗户的、周围是三间办公室和二楼过道的信件存放室，去寻找扬·布朗斯基。当我寻找我假想的父亲扬时，我自然也在找残废的看房人科比埃拉，而且怀着更为急切的心情。昨天晚上，为了修鼓，我没吃晚饭，乘电车进城，来到黑维利乌斯广场，进了这个波兰邮局（要不是为了修鼓，邮局同我是不相干的）。因此，如果我不能及时地，也就是说，在肯定要发起的进攻之前找到这位看房人，我那面不成模样的鼓就休想再能修复了。

因此，奥斯卡找的虽然是扬，脑子里想的却是科比埃拉。他双臂交叉在胸前，在地面铺砖的长过道里走了几个来回，但除了他自己以外再也找不到一个人。他能区分出那零星的子弹是从邮局射出去的，而连续射击的则是对方挥霍弹药的民军。这些节约的守卫者必定是在他们的办公室里把邮戳换成了另一种工具，但仍然一下一下像盖邮戳似的使用这种工具。过道里没有一个坐着、站着或躺着的人准备可能发起的反冲锋。只有奥斯卡在巡逻,没有武器,没有鼓,在凌晨时刻,听着创造历史的登坛经①,但它带来的是铅弹而不是口含黄金②。

在邮局院子旁边的办公室里也空无一人。我心想,他们真是粗心大意。朝施奈德米尔巷这个方向是非有人防守不可的。那儿有一个警察分局,同邮局院子和装卸包裹的平台只隔一道木栅栏。这真是只有在连环画上才能找到的有利的进攻阵地。我逐一推开办公室的门;挂号信件室,送汇票的邮递员的房间,工资科,电报接收室。他们在那儿。他们趴在钢板、沙袋以及横倒的家具后面射击,很节省弹药,隔相当长时间才放一枪。

大多数办公室里,一些窗玻璃已经挨了民军的机枪子弹。我匆匆看了一眼破碎的窗户,把它们同我在可以平静地深呼吸的和平时期用钻石声音唱碎的玻璃作了一番比较。这时,我心想,如果有人要求我为保卫波兰邮局出一份力的话,如果那个矮小壮实的米尚博士来找我,不是以邮局局长而是以守卫邮局的军队指挥官的身份招募我入波兰军队服役的话,我的声音便可以发挥它的作用。为了波兰,为了乱开花但又始终结出硕果的波兰经济,我把对面朝黑维利乌斯广场的房子的玻璃,沿雷姆河的房子的玻璃,施奈德米尔巷上整排的玻璃窗,也包括警察分局的玻璃,再同从前一样用远程效果把旧城沟和骑士巷上擦得很亮的玻璃,在几分钟之内都打上一个个通风的黑窟窿。这将在民军和旁观的市民中造成混乱。这将产生许多架重机枪所产生的效果,并将使大家在战争一开始的时候就相信奇迹武器③。不过,这还是救不了波兰邮局。

奥斯卡并没有出这份力。那个脑袋上戴着波兰钢盔的米尚博士

---

① 弥撒仪式中神甫登上祭坛时唱诗班唱的经文。此处喻序曲。
② 意为美好的祝愿。
③ 此处指纳粹后来使用的 V-1 飞弹和 V-2 火箭等。1944 年,戈培尔曾大肆宣传过。

224

并没有征我入伍,当我匆匆下了楼梯闯进营业厅时,正巧绊到了他的腿上,他给了我一记火辣辣的耳光,刚揍完,便又大声用波兰话咒骂着,忙他的保卫工作去了。这一记耳光,我只好忍了。所有的人都很激动,都很害怕,尤其是米尚博士,他毕竟是责任在身,所以情有可原。

营业厅里的时钟告诉我,现在是四点二十分。时钟走到四点二十一分时,我这才假定,最初的战斗并没有损坏时钟的机件。钟还在走。时间照旧流逝,安之若素,我不知道这种兆头是好还是坏。

无论如何我得先在营业厅里找寻扬和科比埃拉。我注意躲开米尚博士,但既找不到我的表舅也找不到看房人。我注意到营业厅里玻璃的损坏情况以及大门两旁墙上灰泥的裂缝和难看的窟窿,还目睹他们抬走最先受伤的两个人。一个是位年纪较大的先生,灰白头发,细心梳理的分头一点没乱。一颗子弹擦伤了他的上臂,别人替他包扎伤口时,他不断地说话,神情激动。人家刚用白纱布包扎好他的较轻的伤口,他就想一跃而起,去抓他的枪,重新趴到那些显然不能防弹的沙袋后面去。幸亏由于失血引起的一阵轻微眩晕强迫他又摔倒在地并且安静下来。这时,那个头戴钢盔、便服前胸小口袋露出骑士手绢一角的矮小壮实、五十来岁的人,那个名叫米尚的博士先生,那个昨晚详详细细盘问过扬·布朗斯基的局长,打着文官骑士的高雅手势,命令这位负了伤的老先生以波兰的名义保持安静。

第二个受伤的人躺在一个干草袋上,呼吸困难。他没有想要回到沙袋后面去的表示。他每隔一段时间大叫一声,也不怕难为情,因为他腹部中了子弹。

奥斯卡正要再次检查伏在沙袋后面的那一排人,看看他要找的那两个是不是在里面。此时,两发炮弹几乎同时在大门上方和旁边炸开了,震响了营业厅。他们挪到大门口的柜子被震开了,一捆捆的单据掉了出来,散了捆,满天飞,随后又飘下来,在地上滑行,铺满了方砖地。这哪里是单据的用途呢?不用说,剩余的窗玻璃都碎了,大块小块的灰泥从墙上、天花板上落下来。他们把第三个伤员从石灰烟雾里拖到大厅中央,随后,根据戴钢盔的米尚博士的命令,把他抬到二楼去。

每上一级楼梯,这个受伤的邮局职员就呻吟一声。奥斯卡跟在他和抬他的男人后面。没有人把奥斯卡喊回来,没有人问他跟上去干吗,也没有人像米尚方才那样扇他耳光。他也尽量小心,不去绊这些邮局保卫者的腿。

我跟在那些慢慢爬上楼梯的男人后面,到了二楼。这时,事实证明我猜对了。他们把伤员抬进了我待过的那间没有窗户因而很安全的信件存放室。他们也认为,在没有床垫的情况下,放信件的篮子虽说太短,但对于伤员来说毕竟是个比较软和的地方。我悔不该把自己的鼓埋在放满没法寄出的信件、可以滚动的篮子里。这些皮开肉绽、穿了窟窿的邮递员和营业员的鲜血会不会透过十至二十层邮件,染红我那面迄今只用油漆染色的鼓呢?我的鼓同波兰人的血有何干系?让他们用自己的血去染红他们的单据和活页纸吧!让他们把墨水瓶里的蓝墨水倒出来,随后灌上红的血吧!让他们把自己的手绢和上浆的白衬衫染上一半鲜血,变成红白两色的波兰国旗吧!现在是事关波兰而与我的鼓无关啊!如果他们坚持认为,即使波兰丧失了,也要让她保持红白两种颜色的话,那么,难道我的鼓也非得染上鲜血不可,使它有足够的波兰味儿,从而跟着一道丧失吗?

我慢慢地才把自己的想法固定下来:他们所关心的根本不是波兰,而是我的不成形状的鼓。扬把我引诱到邮局里来,是为了给职工们带来报警的烽火,而波兰不足以成为召集他们的信号。夜间,当我睡在可以滚动的信件篮里时(篮子没有滚动,我也没有做梦),那些醒着的波兰人低声耳语,像是在传一道口令:一面奄奄一息的儿童玩具鼓到我们这里来避难了。我们都是波兰人。我们必须保护它。更何况英国和法国已经跟我们签订了一项保证条约。

正当我在信件存放室半掩的门前作这些无谓的抽象思考因而限制了我的行动自由时,邮局院子里首次响起了机枪声。果然不出我之所料,民军从施奈德米尔巷的警察分局出动,发起了首次进攻。我们大家随即乱作一团。停邮政汽车的装卸台上方包裹室的门被民军炸了个粉碎。他们随即进入包裹室，又到了包裹接收室，通往营业厅的大门已经打开了。

把伤员抬上楼、放进我埋藏鼓的信件篮里的男人们，一下子冲了出去，其余的人跟在他们后面。我根据声响断定他们在底层的过道里战斗，随后打到了包裹接收室。民军不得不撤退了。

奥斯卡先是犹豫、后又有目的地走进信件存放室里。那个伤员脸呈黄绿色，露出了牙齿，闭上的眼皮底下眼珠在转动。血丝从嘴里挂下来。他的头耷拉在信件篮子边上，所以信件被血浸透的危险并不大。奥斯卡不得不踮起脚尖才够到了篮子里面。那个男人的屁股正好压在我埋鼓的地方。奥斯卡先是小心翼翼地注意不碰到那个男人，不撕坏信件，接着便使劲地抽，末了连撕带扯地从那个呻吟着的男人身子底下掏出数十封信来。

今天我想说，当时我已经摸着鼓的边沿了。这时，那些男人又冲上楼梯，沿着过道走来了。他们把民军赶出了包裹室，成了最初的胜利者。他们回来了。我听到他们在笑。

我躲在门旁边一个信件篮子后面等着，直至他们到了那个伤员身边。他们先是大声说话，做着手势，后又低声咒骂，一边给那个伤员包扎。

两颗反坦克炮弹接连在营业厅上方爆炸，随后又沉寂下来。自由港韦斯特普拉特对面的两艘战列舰的齐射很有规律，像是一个好脾气的人在嘟哝。这声音人们已经习惯了。

我没让那个伤员身边的男人们发现，溜出了信件存放室。我扔下鼓不管了，又去找扬，我的假想的父亲和表舅以及看房人科比埃拉。

三层楼是邮局秘书长纳恰尔尼克的宿舍。他已经及时地把家属送到了布朗堡或华沙。我先到靠邮局院子一边的几间贮存室去找了一通，后来在纳恰尔尼克宿舍的儿童室里找到了扬和科比埃拉。

这是一间明亮而宜人的房间，糊墙纸的颜色叫人看了高兴，可惜被流弹毁坏了好几处。有两扇窗户，天下太平时，可临窗眺望黑维利乌斯广场，那样想必有一番乐趣。一具未损坏的摇木马，各种皮球，一座骑士城堡以及许多翻倒的小铅兵，有骑兵，也有步兵，一只打开的纸箱，内装许多小铁轨和小火车，不少玩偶，破烂的程序不一，玩偶的小屋，屋里乱七八糟，总而言之，这一大堆玩具说明，邮局秘书长纳恰尔尼克是两个娇生惯养的孩子的父亲，而且准是一个男孩，一个女孩。真走运，他们已被疏散到华沙去了，也省得他们找我的麻烦，这种遭遇我在布朗斯基兄妹那儿是深有体会的。邮局秘书长的男孩子同他这个布满铅士兵①的儿童乐园告别时，一定很伤心。我想到这里，颇有点幸灾乐祸。或许那孩子把几个长枪骑兵塞进了裤兜里，日后在保卫莫德林要塞的战斗中，好用它们来增援波兰骑兵。

关于铅士兵，奥斯卡讲得太多了。然而，他仍不能绕过一件事实不谈。那里的一个架上，放着玩具、图画书和游戏用具。架子的最高一层，放着小型乐器。一支蜂蜜黄的小号，无声地摆在一套小钟边上，这套小钟随着投入战斗，也就是说，随着炮弹爆炸而叮当作响。右边外侧是一架手风琴，色彩鲜艳，风箱打开着。做父母的准是操之过急，送给了他们的后代一把小提琴，尺寸小一点，但同真的一样，也是四根弦。小提琴旁边，有一件圆东西，白色，完好无损，周围挡着一些积木以防它滚下来，真叫人没法相信，一面红白漆的铁皮鼓。

我起初根本没想靠自己把鼓从架子上取下来。奥斯卡明知自己是够不着的，由于他的身材像侏儒，所以每当他束手无策时，便只好请成年人帮忙。

扬·布朗斯基和科比埃拉趴在沙袋后面，沙袋码到落地长窗三分之一的高度。扬在左边那扇窗下。右边窗下是科比埃拉。我立即醒悟到，这位看房人现在不会有工夫去把我那面压在伤员身子底下、肯定越压越扁的鼓取出来修理。因为科比埃拉正忙得不可开交。他每隔一段时间就从沙袋墙中留出的孔眼里朝黑维利乌斯广场那头施

---

① 铅铸的士兵，儿童玩具。过去被误译为"锡兵"。

奈德米尔巷拐角处开枪射击,那儿在拉道纳桥前面不远,刚架上了一门反坦克炮。

扬缩成一团,趴在那儿,脑袋不知藏到哪里去了,浑身不停地哆嗦。我只是凭他那身时髦的深灰色衣服才认出他来,而他的这身衣服上,现在也满是灰膏和沙土。他的皮鞋也是灰色的,右脚的鞋带松了。我蹲下来,给他系上鞋带。我正系时,扬抽搐了一下,他那双过分蓝的眼睛从左衣袖上露出来,凝视着我,水汪汪的,蓝得不可理解。奥斯卡粗粗一瞧,断定他没有受伤,然而,他却在无声地哭泣。扬·布朗斯基心里害怕。我只当没看见他在哭,用手指着纳恰尔尼克已疏散的儿子的铁皮鼓,用明显的手势要求扬倍加小心地利用儿童室的死角,去到架子前,替我把鼓取下来。我的表舅不懂我的意思。我假想的父亲不理解我。我可怜的妈妈的情夫心里害怕,只顾得上害怕,因此,我打手势求他帮助,只能增添他害怕的心理。奥斯卡真想向他大喊大叫,但又担心被似乎一心只听着自己的枪声的科比埃拉发现。

于是,我趴到沙袋后面扬的左边并紧挨着他,把我沉着镇静的心情传给我不幸的表舅和假想的父亲。没多久,我觉得他镇静了一些。我的均匀的呼吸使他的脉搏也大致均匀了。我再次让扬注意纳恰尔尼克的儿子的铁皮鼓。我慢慢地、温柔地转动他的脑袋,直到对准了放玩具的架子。可是,我又操之过急了,扬仍旧没懂我的意思。恐惧从脚心钻到头顶,从头顶钻到脚心,也许由于鞋垫和鞋底的缘故,被挡住了。恐惧想要发泄出来,便又反弹回去,经过肝、脾、胃,占据了他那可怜的脑袋,挤得他那对蓝眼珠快要夺眶而出了,眼白上显出了错综的微血管。以前,奥斯卡从未有机会看到过他假想的父亲这对眼珠。

我花了一点工夫,费了一点劲,才让表舅将眼珠缩回去,使他的心也跳得略为均匀一些。我按照美学要求所做的这些努力又全都白费了。民军首次使用野战榴弹炮,用望远镜瞄准,想轰平邮局大楼前的铁栅栏。他们把砖柱一根接一根地轰倒,使铁栅栏连根拔了出来。

射击的准确度令人赞叹，说明他们平日的训练达到颇高的水平。砖柱有十五到二十根，每轰倒一根，我可怜的表舅扬的心和灵也就受到一次打击，仿佛炸毁的不仅是柱基，还有柱基上的虚构的神像，那是我表舅所熟悉的，也是他生命中必不可少的。

只有这样设想，才能解释为什么榴弹炮每击中一根墙柱，扬就要尖叫一声，并且他也许是有意识、有目的地喊得一如我那种毁玻璃的叫声，它可能也具有割玻璃的钻石的功效。扬虽然热情地叫着，但却无的放矢，最后只是让科比埃拉把他那残废的、皮包骨的看房人的身子撂倒在我们身边，抬起了瘦削的、没睫毛的鸟脑袋，水汪汪的灰色的眼珠对着我们这一对难友滴溜溜地转动。他摇晃扬的身子。扬只顾自己呜咽。他撩起扬的衬衫，迅速地检查他身上有无伤口——我差点儿笑了出来——他找不到一点伤痕，又把扬翻过身来，仰面朝天，捏着扬的下颚，摇得它咯咯直响，硬让扬的蓝眼睛瞧着科比埃拉水汪汪的灰眼睛，用波兰话骂他，用唾沫啐他的脸，末了把枪扔给他。这把枪，扬一直放在射击孔里，一枪也没有放过，连保险机都还没有打开。枪托正好撞在他的左膝盖骨上。在饱尝了心灵的痛苦之后，扬第一次尝到了肉体痛苦的滋味，看来他倒觉得挺好受，因为他抓住了枪。但是，当枪的金属部分把冰冷的感觉从手指传到他的血液里时，他又害怕了，可是，在科比埃拉连劝带骂的鼓励下，他终于向自己那个射击孔爬去。

我的假想的父亲虽然脑子里充满女人气的幻想，但对战争的看法却非常现实，简直没有一点想象力，因此他很难，甚而至于根本不可能鼓起勇气来。他既不通过射击孔瞧一眼归他控制的射击面，也不搜寻一个值得射击的目标去瞄准，只是把枪斜架着，自己的身子离枪很远，枪口则朝着黑维利乌斯广场另一面房子的屋顶上方，迅速而盲目地打空了弹仓，于是，空出了两手，便又爬回到沙袋后面去。扬从藏身处向看房人投去了请求宽恕的目光，正像一个小学生没有完成作业，又羞又恼地承认自己的错误。科比埃拉好几回把牙齿咬得咯咯响，随后放声大笑，仿佛不想再停止这笑声似的，但又突然停止了,把人吓了一跳,并朝布朗斯基的胫骨上一连踢了三四脚,虽说扬是邮局秘书,是他的上司。科比埃拉又把他那只穿着没模样的鞋子的脚抽回去,正要朝扬的肋骨上踢去时,一阵机枪子弹打碎了儿童室上方剩下的玻璃,打得天花板烟尘滚滚。他赶忙把那只整形鞋踩到地上,一下子扑到他的枪后面,气鼓鼓地快速射击,一枪紧接一枪,似乎他要补救被扬耽误了的时间。他射出的子弹,不管怎么说,也在第二次世界大战弹药总消耗量中占一个小小的份额。

看房人没有发现我吗?他平常总是一本正经,难以接近,一如那些伤兵,总要求别人尊重他们并保持一定的距离。可是,现在他却让我留在这间通风的、充满铅弹味的小房间里。或许科比埃拉是这样考虑的:这是一间儿童室,奥斯卡因此可以留下来,在战斗间歇的时候玩一玩。

我不知道,我们这个样子在那里躺了多久。我躺在扬和左墙之间,我们两个都在沙袋后面。科比埃拉趴在他的枪后面,一个人替两个人射击。大约十点左右,枪声渐次平息。多静啊!我能够听到苍蝇的嗡嗡声,听到从黑维利乌斯广场那一边传来的人声和口令,港湾里那两艘战列舰也间或把低沉的隆隆声传到我耳朵里来。这是一个晴转多云的九月的白天,太阳把一切都抹上了一层陈金色,空气稀薄、敏感,但传声却不佳。再过几天就是我十五周岁生日了。我希望像每年九月那样,得到一面铁皮鼓。还有什么比铁皮鼓更不值钱的呢?我放弃世上一切珍宝,坚定不移地一心只想着一面红白漆的铁皮鼓。

扬纹丝不动。科比埃拉均匀地深呼吸,奥斯卡一听,知道他睡着了。他利用这个短暂的战斗间歇打一个盹儿,毕竟所有的人,哪怕是英雄,也总要抓时间打个盹儿消除疲劳的。唯独我一人醒着,一心想着铁皮鼓,像我那样的年岁,就是那么死心眼儿。越来越静了,只有一只苍蝇在酷暑下疲惫不堪,发出有气无力的嗡嗡声。不,不是现在我才想起小纳恰尔尼克的铁皮鼓的。在交火时,在周围一片枪炮声中,奥斯卡也一直眼睁睁地盯着它。不过,现在我才看到机会来了,无论如何不能错失这个大好时机。

奥斯卡慢慢地站起身来，动作很轻，绕过玻璃碎片，目标明确地朝放玩具的木架子走去。我心里想着，用一把儿童椅子，摞上积木匣，搭一个台阶，不仅稳当，高度也完全够了，我马上可以占有这面闪闪发光的崭新的铁皮鼓了。这时，科比埃拉一声喊，叫住了我，接着，这个看房人无情地一把抓住了我。我拼命地指着近在眼前的铁皮鼓。科比埃拉把我拽了回去。我朝着铁皮鼓伸出两条胳臂。这个残疾人犹豫了，刚要把手伸得高高的，而我就要成为幸运儿的当口，一阵机枪射进儿童室，反坦克炮弹在大门前开了花。科比埃拉把我推到扬躺的那个角落里去，自己又卧倒在枪后射击，并且已经在发射第二次装的子弹了，而我的眼睛始终还没有离开那面铁皮鼓。

奥斯卡躺在那里。当这个畸足、眼睛水汪汪、没有睫毛的鸟脑袋把我从快达到的目标前拽回来，又推到沙袋后那个角落里时，扬·布朗斯基，我的有一对可爱的蓝眼睛的表舅却连头都没抬。奥斯卡哭了？没有！我只是心里越来越火了。肥的、蓝白色的、没有眼睛的蛆正在繁殖，并寻找着一具可口的尸体。波兰同我有什么关系？那些波兰人又同我有什么关系？他们有自己的骑兵！让他们上马吧！他们吻贵夫人的手，待他们发现时，已经太晚了，原来他们吻的不是贵夫人憔悴的手指，而是野战榴弹炮未抹口红的炮口。这时，克虏伯生的童贞女①开始发泄自己的感情。她咂着嘴，拙劣而又真实地模仿枪炮声，一如她在每周新闻片上所听到的，又往邮局大门扔内装不能吃的糖果的彩色爆竹，想要打开一个缺口，如果真打开了缺口，还要穿过打破缺口的营业厅，把楼梯啃掉一口，这样一来，谁也上不去，谁也下不来。随后来了她的扈从，在机枪的掩护下，还有的乘着时髦的装甲侦察车，车身上油漆着漂亮的名字："厄斯特马克"和"苏台德"。它们没有知足的时候，开起来发出嘎嘎的声响，披着装甲，侦察着在邮局前来来回回。这是两位热心于文化的年轻太太，她们要参观一

----

① 克虏伯，德国钢铁公司。克虏伯生的童贞女，指该厂制造的大炮。

座宫殿,但宫殿的大门未开。这两位美人儿可是娇宠惯了的,什么地方都要进去看看,这下子,她们可不耐烦了,便把自己的目光,铅灰色的、咄咄逼人的、同一口径的目光,投进宫殿的每一间可见到的房间里去,使宫殿的主人觉得这些房间发热、发冷、变窄了。

正当一辆装甲侦察车——我记得是"厄斯特马克"——又从骑士巷向邮局驶来时,扬,长久以来就像死人一样的我的表舅,把他的右腿抬到射击孔后,希望侦察车能够发现他的这条腿,向它射击;或者哪一颗流弹开开恩,擦伤他的小腿肚或脚跟,而这一处伤,便可以允许这位士兵夸张地一瘸一拐地撤下火线去。

这样的姿势要坚持下去是十分费劲的。扬·布朗斯基不得不过一忽儿就把腿放下来。于是,他翻过身,仰面朝天,这样他便有了足够的力量用双手支撑着腘窝,让腿肚子和脚跟悬在射击孔后面,使流弹或瞄准着射来的子弹射中它的可能性更增大了。

无论当时还是今天,我对扬的心理可是摸透了的。因此,当科比埃拉见到他的上司、邮局秘书布朗斯基竟摆出这么一副可鄙而绝望的姿势,并大发其火时,我也完全可以理解。这位看房人一跃而起,再一纵身就到了我们身边,到了我们头顶上,扑过来,抓住扬的衣服,把扬连衣服带人举起来,又扔下去,又抓住他,撕破了衣服,并动手揍开了,左一下,右一下,刚抽回右手,左手已经打下来了,右手刚举到空中,左手便已凑上来,两手握成一个大拳,向扬·布朗斯基,我的表舅,奥斯卡的假想的父亲狠命地捶下来。这时,一声巨响,也许是天使礼拜上帝时扇动翅膀而发出的声响,这时,唱了一声,好似无线电里的以太声,这时,被击中的可不是布朗斯基,被击中的却是科比埃拉;这时,炮弹开了一个好大的玩笑,砖头笑得裂开了,碎片化为尘土,灰膏变成粉末,木头找到了斧子,这间可笑的儿童室用一条腿在蹦,克特-克鲁泽设计的玩偶破裂了,摇木马从一头滑到另一头,它多么想驮一个骑士好把它甩下来呀!积木匣里全都乱了套,波兰枪骑兵同时占领了儿童室的四个角落,末了,放玩具的木架子终于倒下来了,那套小钟敲响了复活节的钟声,手风琴放声大叫,小号像是吹出了什么声音,总而言之,所有的东西都同时发出音响,像是一个正在排练的乐队,发出叫喊声、爆裂声、嘶鸣声、钟声、撞碎声、噼啪声、嘎嘎声、吱吱声、啾啾声,尖声在高处回荡,低音钻到了地板下面。我呢,就像一个三岁小孩应有的样子,在炮弹击中的时刻紧靠窗户,待在儿童室里安全的地方。这时,铁皮,那面铁皮鼓,落在了我的跟前。它只是进掉了几块漆,连一个窟窿也没有。奥斯卡的新鼓啊!

当我把目光从出其不意直接滚到我脚边来的新鼓上抬起来时,我立即感到必须去帮扬·布朗斯基一下。看房人沉重的躯体压在他的身上,他怎么也推不开。我起先以为扬也被击中了,因为他的呜咽声非常自然。末了,当我们把同样很自然地呻吟着的科比埃拉滚到一边去后,我才明白扬身上的伤是微不足道的。仅仅是玻璃碎片划破了他的右颊和一只手的手背。我匆匆作了一番比较,断定我假想的父亲的血与看房人的血相比,要鲜红得多。看房人裤子上大腿那一段已经染上了暗红的血浆。

是谁把扬那件雅致的灰上装撕碎并弄成七歪八扭的,我就搞不清楚了。究竟是科比埃拉呢,还是炮弹呢?反正肩头撕破了,衬料露了出来,扣子掉了,针脚裂开,口袋也翻出来了。我请求大家原谅可怜的扬·布朗斯基。他在我的帮助下把科比埃拉拖出儿童室之前,先忙着捡经过这场暴风雨从他口袋里掉出来的东西。他重新找到了自己的梳子,他的情妇们的照片——其中有我可怜的妈妈的一张半身照——以及还没有打开过的钱包。他一个人在那里捡撒了满屋子的施卡特牌,这对于他来说不仅吃力,而且不无危险,因为掩护用的沙袋有一部分已经被轰掉了。他要找齐那三十二张牌。可是,第三十二张他却没有找到,便显出不幸的样子。奥斯卡在两座乱糟糟的玩偶小屋之间找到后,递给了他,他微笑了,虽然这是一张黑桃七。

我们把科比埃拉拖出儿童室,终于到了过道上时,这位看房人才有气无力说了几句扬·布朗斯基能听懂的话:"一样也没缺吗?"这个残疾人操心地问道。扬把手伸进他的裤子里,在这老人的两腿之间满满地捏了一把,随后向科比埃拉点了点头。

我们大家都很幸运:科比埃拉保住了他的骄傲,扬·布朗斯基重新找到了三十二张牌,包括黑桃七,奥斯卡得到了一面新的铁皮鼓。他每走一步,鼓便撞一下他的膝盖。扬和一个扬喊作维克托的人,搀扶失血而虚弱的看房人下到二层楼,进了信件存放室。

纸 牌 屋

维克托·韦卢恩帮我们架走失血越来越多、身体却越来越重的看房人。高度近视的维克托这时还戴着眼镜,所以在楼梯间里他没有绊在石梯上摔跤。维克托是送汇票的邮递员。一个近视眼干这种差事,真叫人不敢相信。今天,一提到维克托,我就把他叫做可怜的维克托。我的妈妈由于全家去港口防浪堤郊游,就变成了我的可怜的妈妈。送汇票的维克托也一样,由于丢了眼镜而变成了可怜的、没有眼镜的维克托,只是原因不同罢了。

"你后来见到过可怜的维克托吗?"每逢探望日,我便问我的朋友维特拉。可是,自从那一回我们乘有轨电车从弗林格恩去格雷斯海姆之后——此行下文再叙——我们便失去了维克托·韦卢恩。唯一可以希望的是跟踪他的密探白找了一场,而他却又找到了自己的眼镜或者一副符合他的度数的眼镜。如果有可能的话,还同从前一样,即使不在波兰邮局,那也在联邦德国的邮局里当邮递员,送汇票,虽然是近视眼,但戴着眼镜,把五光十色的钞票和硬币送上门,给人们带去幸福。

"那不吓死人吗?"在左边扶着科比埃拉的扬气喘吁吁地说。

"要是英国人和法国人不来的话,天晓得会是什么个结局!"在右边扶着看房人的维克托担忧地说。

"他们会来的! 里茨–斯密格莱①昨天还在电台上这么说。我们

---

① 爱德华·里茨–斯密格莱(1884—1941),波兰元帅,继毕尔苏德斯基之后任波兰军队总司令,1939 年 9 月德军入侵波兰后逃亡。

得到了保证①：如果打起来，整个法国就会像一个人似的挺身而出！"扬好不容易才保持住自己的信心直到讲完这句话，因为他见到了自己被划破的手背上淌出来的鲜血，这虽然没有使他怀疑法波保证条约的可靠性，但却使他担忧，在整个法国像一个人似的挺身而出，信守许诺下的保证并跨过西壁②之前，自己或许会由于流血过多而一命呜呼的。

"他们肯定已经踏上征途了。英国舰队已经在横渡波罗的海了！"维克托·韦卢恩喜欢把话说得有力量，有效果。他在楼梯上站住了，右手因扶着受伤的看房人而不得动弹，左手却在空中挥动，像在舞台上似的，让五个手指齐声喊道："来吧，你们骄傲的不列颠人！"

他们两人，一边一再权衡着波兰、英国和法国的关系，一边慢慢地把科比埃拉扶到临时野战医院去。这时，奥斯卡却想起了格蕾欣·舍夫勒那本书里的有关段落。凯泽在《但泽城历史》中说："在一八七〇年至一八七一年德法战争期间，四艘法国战舰于一八七〇年八月二十一日下午驶入但泽湾，在停泊场游弋，船上的大炮已对准港口和城市，到了夜间，德国船长魏克曼指挥的螺旋桨推进的克尔维特轻型护卫舰'宁芙'号迫使停泊在海湾的法国舰队撤离。"

在我们快到二楼信件存放室之前，我几经考虑便得出了如下看法（日后得到了证实）：在波兰邮局和整个波兰遭到攻击的时候，英国本土舰队隐蔽在北苏格兰某处港湾内；庞大的法国陆军还在吃午饭，他们派出几支小部队到马其诺防线③附近搞点侦察活动，就算履

---

① 指 1939 年 5 月 19 日签订的法波军事协定，规定"一旦德国以主力进攻波兰，法国将从法国总动员开始后第十五天起，以其主力部队对德国发动攻势"。实际上，法国根本没有发动攻势，西线只是"静坐战"，至于英国，到了 10 月 11 日，波兰战事结束三个星期以后，才派了四个师到法国去。
② 指德国的西部防线。
③ 马其诺防线，法国于 1929 年至 1932 年在东北边境修筑的防御工事体系，以当时的国防部长命名。

行了《法波保障条约》。

在信件存放室兼临时医院门口，我们被米尚博士截住了。他还戴着钢盔，骑士小手帕插在胸袋里露出一个三角。他身边是一个叫康拉德的从华沙来的特派员。扬·布朗斯基的恐惧心理立即开始作祟。他装成身负重伤的样子。维克托·韦卢恩没有受伤，又戴着眼镜，因此是一名可以派用场的射手，并被派到楼下营业厅去。我们则受命留在这间没有窗户的房间里，点亮应急用的蜡烛，因为但泽市电厂已不愿再给波兰邮局供电。

米尚博士并不真正相信扬受了重伤，可是又知道他没有打仗的本领，保卫邮局不一定非靠他不可，便命令他当护士，照顾伤员和我，一边匆匆地、绝望地（我觉得是这样）抚摩了一下我的头，要扬小心照看，切莫让这个可怜的孩子陷到战火中去。

野战榴弹炮射中了营业厅大门上方。我们全都摇晃了起来。戴钢盔的米尚、华沙来的特派员康拉德以及送汇票的韦卢恩飞奔下楼，到他们的战斗岗位上去了。扬和我走进那间密封的、可以减弱枪炮声的屋子，见到里面已经躺着七八个伤员。外面榴弹炮正在大耍威风，震得屋里的烛火闪烁不定。尽管有那些呻吟的伤员，或者说，正是由于伤员在呻吟，因此屋内一片寂静。扬急急忙忙、笨手笨脚地从床单上撕下布条，包扎好科比埃拉的大腿，接着要给自己护理。但是，我表舅的面颊和手背上已经不流血了。划破的伤口已经硬结，不过有点痛，这助长了扬的惧怕心理，但在这间低矮而不通风的屋里又无处发泄。他到处乱摸自己的口袋，摸到了一副纸牌，一张不缺。施卡特！我们玩施卡特，一直玩到保卫战彻底失败。

三十二张牌，洗牌，签牌，分牌，出牌。所有盛信件的篮子都已被伤员占了，我们只好让科比埃拉背靠一只篮子坐下。由于他常常要倒下身子，我们最后用另一个伤员的裤背带把他绑住，让他保持一种固定的姿势，还不准他把手里的牌掉下来，因为我们需要科比埃拉。施卡特必须三个人玩，二缺一我们不就打不成了吗？躺在篮子里的那些人，已经很难分清红色与黑色，他们也不想再玩施卡特。本来连科比埃拉也不想再玩施卡特了。他要躺下去。看房人想要让一切听其自然。他懒得动手,闭上没有睫毛的眼睛,只想看邮局大楼最后被拆毁①。但是我们不赞成他这种宿命论的态度,便把他紧紧捆住,硬要他当第三家。奥斯卡当第二家——这个小矮个儿也会打施卡特?!但是,没有一个人对此感到惊讶。

当我第一次用我的声音讲成年人的语言并说"十八点!"时,扬从牌上抬起眼睛,向我投来短暂的、莫名其妙的蓝色目光,随后点头表示"要"。我接着叫:"二十点呢?"扬毫不犹豫地说:"还要。"我又说:"二十二? 二十三? 二十四点?"扬惋惜地说:"不要。"科比埃拉呢? 尽管被背带捆着,他仍要倒下身子。但是我们又把他拉起来,等到我们的牌室外面较远处一颗炮弹击中时发出的噪声过去后,扬在接着开始的沉寂中悄悄说:"二十四点,科比埃拉! 你没听见这孩子在叫牌吗?"

我不知道看房人是从哪儿、从哪处深渊里突然冒出来的。看来他是用螺旋式绞车把他的眼皮吊了起来。最后,他的湿乎乎的眼睛迷迷糊糊地瞧着那十张牌,那是扬方才周到地塞在他手里的,并且没有搞任何偷看之类的鬼把戏。

"不要。"科比埃拉说。其实,这是我们根据他的嘴唇的嚅动判断出来的,因为他的嘴唇已经干得说不出话来了。

我打一盘梅花主牌。扬叫了"加倍"。要出牌了,扬冲着科比埃拉大声召唤,轻轻地捅了一下他的肋骨,让他抖擞精神,跟着出牌。我先把他们手上的王牌吊出来,牺牲了梅花K,让扬用黑桃J吃掉②。扬出方块十,被我用王牌吃掉,因为我方块缺门。我出牌,用红心J吊出扬的十,科比埃拉垫掉方块九。我甩出一手红心顺子,十拿九稳地赢了。我计算:总共四十八点,合十二芬尼! 下一盘,我冒险打缺

---

① 德军占领但泽后,拆毁了波兰邮局的大楼。
② 施卡特牌中,J是王牌,大小顺序为梅花、黑桃、红心、方块。若打有主,则某一花色的牌也是王牌,大小顺序为A、十、K、Q、九、八、七。

两张王牌的无主时,这才比较紧张。科比埃拉手里捏着两张J,但他只叫到三十三点就不要了。他用梅花J吃掉了我的方块J。这个看房人吃了对手的牌,劲头也就上来了。他出方块A,我出了一张同样花色的牌,扬出了一张十给添分,科比埃拉得手。他又出K,我本该吃掉它的,但没有吃,却垫了一张梅花八,扬吃掉,他打出一张黑桃十,我出了一张比它大的牌,该死! 科比埃拉打出了黑桃J,吃了,我忘了这张牌,也可能以为在扬手上,实际却在科比埃拉手里。他自然又出黑桃,我垫牌,扬又添分。随后他们出红心时我才得手,但已经无济于事了。我数来数去只有五十二点。输了一百二十点,合三十芬尼。扬借我两个盾的零钱。我正在数钱时,科比埃拉虽说赢了牌,却又倒下了,不要人给他钱了,甚至在那一刹那间,第一次击中楼梯间的反坦克炮弹的爆炸声他也听之任之了,尽管这是他的楼梯间,是他多年以来不知疲倦地清扫的地方。

这时,信件存放室的门开始摇晃,烛火不知出了什么意外,不知朝哪一个方向倒伏为好,扬又害怕起来了。楼梯间里又比较平静了,接下来的一发反坦克炮弹只是在远处,在邮局正面的墙上爆炸,可扬在洗牌时仍旧像发了疯似的。他发错了两次牌,但我什么话也没说。只要他们还在射击,扬是听不见别人说话的。他太紧张了,发错牌,甚至忘了把最后的两张牌合上,一直用他那两只小巧、精致、肉感的耳朵中的一只窥听着外面的动静,而我们则不耐烦地等着他叫牌、出牌。扬越来越心不在焉,科比埃拉却是全神贯注地玩施卡特,虽说随时随地要捅一下他的肋骨,不让他的身子倒下。他的情况很糟,但是牌玩得并不坏。每逢他赢了自己打的那一盘,或者让叫了"加倍"的扬倒霉,或者破坏了我打的无主以后,他的身子总要倒下来。他对输赢已经不感兴趣。他仅仅是为打牌而打牌。当我们打完一盘算分数的时候,他那被我们用借来的背带捆住的身子便往一边歪斜,仅仅用可怕的活动着的喉结来表示看房人科比埃拉还剩有一口气。

奥斯卡也费了很大的力气来玩这种三人施卡特。围攻和保卫邮局的战斗以及由此而起的喧哗和震动,并没有使他的神经过分紧张。

使他疲乏的倒是由于他第一次突然撕下了自己的全部伪装——当然，我只是暂时如此。到那一天为止，我只是在贝布拉师傅和他那位梦游夫人罗丝维塔面前露出过本相，现在，我在我的表舅和假想的父亲、一个残废的看房人以及那些今后决计不会出来当证人的伤员面前复原，使他们见到一个与我的出生证记载相符的十五岁的半成年人在那里玩施卡特，牌打得有点莽撞，但手法不算不熟练。我是有意不再伪装的，但对于我这个侏儒般的身体来说却非常吃力，结果，玩了近一小时的牌以后，我的四肢和脑袋都剧烈疼痛。

奥斯卡想洗手不干了。他满可以在一发炮弹击中，楼房摇晃，紧接着打来的炮弹将到未到之际溜走。但是，一种他从未有过的责任感吩咐他坚持下去，用唯一有效的手段——玩施卡特牌来对付他假想的父亲心中的恐惧。

于是我们继续玩牌，并且不让科比埃拉死掉。他顾不上去死，因为我费尽心机不让牌局停下来。当炮弹在楼梯间里爆炸，蜡烛统统倒下，烛火全部熄灭时，唯一想到下一步该怎么办的人就是我。我从扬的口袋里掏出了火柴，顺手把扬的金色过滤嘴香烟也掏了出来。我给这个世界重新带来了光明，给扬点上一支雷加塔牌香烟，让他镇静镇静。科比埃拉还来不及利用这一片黑暗的时机离开人世，我就在黑暗中把蜡烛一支接一支地点亮了。

奥斯卡把两支蜡烛粘在他的新鼓上，把香烟放在身边，自己并不抽，但过一段时间就递给扬一支，也让科比埃拉歪了的嘴上叼上一支。情况好转，牌局也活跃起来，香烟起了安慰和镇静作用，可是扬还不免一盘接一盘地输掉。扬·布朗斯基在出汗，并且如同他专心干某件事情时那样，舔着他的上嘴唇。他专心致志地打牌，玩得那样起劲，竟把我叫做阿尔弗雷德或马策拉特，把科比埃拉当成是陪他打牌的我的可怜的妈妈。当有人在过道里喊"康拉德挂了！"时，扬用责备的目光瞧着我并说："我求求你，阿尔弗雷德，你把收音机关了吧！连自己的说话声音都听不清了！"

当他们打开信件存放室的门，把已经完蛋的康拉德拖进来时，可怜的扬真的发火了。

"关门,有风!"他抗议道。当真带进了风。烛火摇摇摆摆,差点儿灭了。一直等到他们把康拉德砰地撂在角落里,转身出去,带上了身后的门,烛火才平静下来。我们三个人的模样一定很奇特。烛光由下往上照射着我们,使我们看上去好似万能的魔术师。科比埃拉要打缺两张王的红心,他叫牌:二十七点,三十点,不,他发出的是漱喉咙似的咯咯声,一边不断地翻白眼,右肩膀里像是有什么东西想要钻出来,抽搐着,发疯似的跳动着,最后平静了下来。可是,这却使得科比埃拉往前扑倒,并使得同他的身子捆在一起的洗衣篮子、篮子里面的信件以及那个没了背带的死人也一齐倒下来。说时迟,那时快,扬使足全身力气,一下子扶住了科比埃拉和篮子。想溜之大吉的科比埃拉被抓回来后,他的喉咙里终于咕噜出一声"红心",扬接着从牙缝里轻吐了一声"加倍",科比埃拉又硬挤出一声"再加倍"。此时此刻,奥斯卡懂得了,波兰邮局的保卫战胜利了,那些进攻者刚发动战争就已经打输了,即使他们在战争进程中可能占领了阿拉斯加和西藏,复活节岛①和耶路撒冷。

唯一糟糕的是,扬手里捏着四张王牌,稳打一盘无主一百二十点,若打赢还能加四十八点,但是这一盘却没能打完。

扬先出梅花顺子。这时,他叫我阿格内斯,把科比埃拉当做他的情敌马策拉特。随后,他虚晃一枪,出了一张方块 J——我宁肯被他误认作我可怜的妈妈,也不愿被他当做马策拉特——接着打出红心 J——我无论如何也不愿被人误认做马策拉特——扬不耐烦地等着,直到那个马策拉特(他实际上是残废的看房人,名叫科比埃拉)垫了牌;他过了良久才垫出这张牌,可是,在扬把红心 A 啪的一声甩到地板上后,他不能也不想理解,他永远也不会理解,因为他仅仅是有一双蓝眼睛的孩子,身上散发着科隆香水味,永远什么也不理解,因此他也不懂得,为什么突然间科比埃拉让手里的牌全都掉了下来,翻倒

———————————

　　① 复活节岛属荷兰。

了篮子、篮子里的信和信上躺着的死人。先滚下来的是那个死人,继而是那一篮子信件,末了倾倒的是空空如也的篮子。信件似潮水般地向我们涌来,仿佛我们是收信人,仿佛现在我们应该把施卡特牌挪到一边而去读文笔讲究的书信或者收集邮票。但是,扬既不愿读信,也不想收集邮票——他从小集邮,收藏过多——现在他只想打牌,打成他的无主。扬要赢牌,要获胜。于是他扶起科比埃拉,让篮子轮子着地,但听凭另外那个死人躺在地上,也不把信件捡回去加重篮子的力量(尽管这点分量是不够的)。他只是一味地惊讶,看着科比埃拉。科比埃拉挂在分量很轻、摇摇晃晃的篮子上,显出一副心不定、坐不住的样子,又慢慢地倒下来。扬终于冲着他嚷起来:"阿尔弗雷德,我求求你,打下去,别捣乱,你听见吗? 就这一盘了,打完我们就回家,你可听我说呀!"

奥斯卡疲乏地站起身来,四肢和脑袋越来越痛。他咬牙忍着,把他那只坚强的、鼓手的小手搭在扬·布朗斯基的肩上,强使自己说出了下面的话,声音虽小,却能打动人心:"让他去吧,爸爸。他死了,不会再玩牌了。要是你愿意的话,我们来玩六十六点吧!"

我刚叫了他一声爸爸,扬便松开了看房人灵魂已经出窍的躯壳,用他蓝蓝的、像洪水泛滥似的眼睛盯着我,大声哭喊着:"不不不不不……"我抚摩他,但他照旧"不不"地哭。我意味深长地亲吻他,他却一心只想着没有打完的无主。

"我本来会赢的,阿格内斯。我肯定会打赢这一盘回家的。"他把我当成了我可怜的妈妈,并这样诉说着,而我——他的儿子——干脆扮起了这个角色,表示同意他的话,指天誓日地说,他本来会赢的,他实际上也已经赢了,他只消坚信这一点,只消听他的阿格内斯的话。但是,扬既不信我,也不信我的妈妈。他先是大声哭诉,随后小声地不成调地哼哼起来,从科比埃拉冰山似的躯体下面把施卡特牌掏出来,随后又在自己的两腿间寻找,使一些信件像雪崩似的滚落。他一刻不停,直到找齐了三十二张牌为止。他擦掉牌上黏糊糊的血浆,那是从科比埃拉裤子里渗出来的。他一张张擦干净后,便开始洗牌,还想发牌,他的头脑——脑门形状很好,一点也不低,只是额头皮肤太滑,不太容易渗透罢了——他的头脑终于明白了,在这个世界上不再有第三个人同他一起玩施卡特了。

信件存放室里变得非常之静。外面也静了足足一分钟,来为这最后一位施卡特牌友和"第三个人"默哀。门轻轻地打开了。觉察到这动静的又是奥斯卡。他抬头望去,期待着出现超凡的现象,但他见到的是维克托·韦卢恩的脸,没了眼镜,瞎乎乎地眯缝着眼。"我眼镜丢了,扬。你还在吗?我们逃吧!法国人不来了,或者来得太晚了。跟我一起走,扬。领着我,我把眼镜丢了!"

可怜的维克托也许以为走错了房间,因为没人回答他,没人给他眼镜,扬也没有向他伸过手去准备领着他逃跑。于是他缩回了没了眼镜的脸,关上门,我还听见维克托的脚步声,他在眼前的一片迷雾里摸索着逃走了。

天晓得扬的小脑袋里又转着什么可笑的念头。他泪流满面,但却笑了起来,先是小声,接着变成大声,笑得非常开心,戏弄着他的粉红色的、尖尖的舌头,把施卡特牌抛到空中,复又抓住。室内只有无声的人和无声的信,因此气氛就像一个无风而寂静的星期天。末了,扬开始屏住呼吸,用精细的动作搭一座极易损坏的纸牌房屋①。他用黑桃七和梅花 Q 当墙,上面架一张方块 K,搭成底层。又用红心九和黑桃 A 当墙,上架梅花八,搭成又一间底层。他用十和 J 当墙,Q 和 A 当顶,在两间底层上架起第二层,各个小间互相支撑。他继而决心在第二层上加一个第三层。他的手像画符咒似的,与另一种宗教仪式相仿,我可怜的妈妈必定是很熟悉的。当扬把红心 Q 和红心 K 靠在一起时,这座建筑物并没有倒塌;不,它是通风的,在那间躺满不再呼吸的死人和坐着两个屏住呼吸的活人的信件存放室里,这座建筑物也在轻微地呼吸,让我们交叉两手坐着观赏,让怀疑着的奥斯卡——他是熟悉搭纸牌房屋的规则的——忘却了从信件存放室

---

① 用纸牌搭房屋,也是一种儿童游戏,又比喻不牢靠的计划或空中楼阁。

244

的门缝里透进来的呛人的浓烟和焦臭味,并使人觉得信件存放室和里面的纸牌房屋同地狱相邻,只隔着一道墙、一扇门。

他们不再正面进攻,而是使用了喷火器,非把最后的几个守卫者熏出来不可。他们把米尚博士逼得走投无路,只好摘下钢盔,抓起一块床单布,觉得还不够,又抽出他的骑士小手绢,两只手各执一块,使劲摇晃,表示波兰邮局投降了。

他们,三十个半瞎的、被烧伤的男人,举起手,抱住后颈,离开邮局大楼,从左旁门出来,站到院子围墙前,等候慢慢走近的民军。后来据说,在这短短的时间内,即当守卫者站在院子里,而进攻者正在半路上还没到达的时候,有三四个人逃跑了。他们从邮局的车库穿过相邻的警察分局的车库,溜进雷姆河畔居民已被疏散而又无军队据守的房子里。他们在那儿找到了衣服,甚至找到了党徽,洗了澡,打扮整齐出了门,一个个地溜掉了。据说,其中有一个,到了旧城沟的一家眼镜店里,买了一副眼镜,因为他原来那副在邮局的战斗中丢失了。这当然就是维克托·韦卢恩。他戴上新配的眼镜,还在木材市场喝了一杯啤酒,后来又喝了一杯,因为他被喷火器烧得唇焦口渴。他的新眼镜虽说不如旧的那副,但毕竟拨开了一点他眼前的迷雾。他逃跑了,直到今天,他还在逃跑,因为他的追踪者紧追不放。

其余的人——我指的是没有下决心逃跑的三十个人——站到对着旁门的墙下时,扬正好把红心 Q 和红心 K 靠在一起,随后乐滋滋地缩回了他的手。

我还说些什么呢?他们找到了我们。他们拽开了门,喊着:“出来!”气流灌入,风吹进来,刮倒了纸牌房屋。对于这样的建筑术,他们是一窍不通的。他们只相信水泥。他们只造永久性的建筑物。邮局秘书布朗斯基受了冒犯,怒容满面,但他们不屑一顾。他们把他拽出去的时候,并没有看见扬再次伸手从牌堆里拿了点什么。他们也没有看见我,奥斯卡,把自己新获得的鼓上的蜡烛头扫到地上,带走了鼓;蜡烛头已经没有什么用了,因为他们用许许多多的手电照着我们;可是,他们没有注意到,手电的光照得我们睁不开眼睛,也找不到房门。他们在手电的光背后端着冲锋枪,只顾喊着:"出来!"扬和我已经站在过道里时,他们还一味地叫喊:"出来!"他们在叫科比埃拉,叫华沙来的康拉德,叫波贝克,叫生前在电报接收室工作的维施涅夫斯基。这些人竟然不听命令,这使他们害怕了。他们厉声吼着:"出来!"我忍不住放声大笑,民军这才明白,他们在我和扬面前出了洋相,于是停止了吼叫,并说道:"噢,全挂了。"民军把我和扬带到邮局院子里,同那三十个人站在一起。他们都举起胳臂,手抱着后脖子,口渴难忍,被摄进了新闻纪录片。

民军刚把我们从旁门里押出来,新闻片的拍摄者就转动固定在一辆小轿车上的摄影机,把我们拍进那部很短的影片里。后来,这部短片在所有的电影院里放映过。

他们把我从站在墙下的那批人里拉出来。此时,奥斯卡想起自己是个侏儒,想起三岁孩子对任何事情都无须负责,又感觉到自己的脑袋和四肢疼痛难当,并让自己抱着鼓跌倒在地上挣扎。这次发作,半是真的,半是装假,并且始终紧紧抱住了我的鼓。他们把我抬起来,塞进一辆党卫军民军部队的汽车里,准备把我送到市立医院去。汽车开时,奥斯卡见到扬,可怜的扬痴呆而幸福地独自在傻笑,举起的手里捏着几张牌,左手捏着一张牌——我相信,那是红心 Q——朝着乘车离去的儿子奥斯卡挥动。

他躺在萨斯佩

我刚把上次写的一段又读了一遍。虽说我并不满意,但这反而更像是出自奥斯卡笔下的文字。为了写得简明扼要,他的笔有时根据有意写得简明扼要的文章的要求作一些夸张,如果不是撒谎的话。

不过,我想坚持真实性,给奥斯卡的笔来一个出其不意,因此还要在这里补充两点。其一,扬最后那一盘牌,也就是他非常遗憾地未能打完又可能会赢的那一盘,不是无主,而是缺两张王牌的方块。其二,奥斯卡在离开信件存放室时,不只是拿了那面新鼓,还拿了那面破裂的旧鼓。它是同那个没了裤背带的死人以及信件一起从篮子里倾倒出来的。此外,还要补充一点。当时,民军一个劲地喊:"出来!"用手电照着,拿冲锋枪逼着,我和扬只好从信件存放室走出来。我们刚出门,奥斯卡便站到两名民军中间寻求保护。他觉得这两个倒像他的表舅似的,心肠很好,便假装悲泣,一边指着扬,他的父亲,打着手势控诉,把这个可怜人比画成一个凶恶的人,就是他,把一个无辜的孩子拖进波兰邮局,用波兰人那种不人道的做法,把这个孩子当做防弹的盾牌。

奥斯卡指望扮演犹大能保住他的好鼓和破鼓,而且果真如愿以偿。民军踢扬的腰背,用枪托杵他,却让我拿着两面鼓。一个中年民军,鼻子和嘴巴旁有一家之主担忧操心而留下的皱纹,他抚摩我的脸。另一个淡金色头发的小伙子,他一直笑得眯缝了眼睛,因此别人

247

看不清他眼睛的颜色。他把我抱了起来,弄得我既难受又尴尬①。

今天,我不时为这种不体面的姿态感到羞愧,因此我总是说:扬当时不曾察觉到,他的心仍在牌上,后来也是如此,不论民军想出什么招数,取笑也罢,残酷对待也罢,都不能把他从施卡特牌上引开。当扬已经进入纸牌房屋的永恒王国,并幸福地居住在这样一所空中楼阁中时,我们,民军和我——因为奥斯卡是属于民军之列的——则站在砖墙间,站在门廊的石板地上,在镶有石膏上楣的天花板下。天花板与外墙及隔墙是互相咬住的,然而一想到那些日子里所发生的最糟糕的事件,就不免使人提心吊胆,因为所有这些我们称为建筑的拼凑物,在这种或那种情况下,是会失去它们的聚合力的。

当然,以上这种看法是日后才有的,它并不能开脱我的罪过。这尤其是因为,把纸牌房屋看作是唯一符合人的尊严的住宅这一信念,当时对我来说并不陌生——今天,我一见到脚手架就会联想到拆除房屋。除此而外,还有一个因素,那就是怕自己是扬的亲戚而受到牵连。那天下午,我坚信扬不只是我的表舅,我的假想的父亲,而且是我真正的父亲。这使扬一跃而居于领先地位,并永远同马策拉特区别开来,因为马策拉特要么是我的父亲,要么什么也不是。

在一九三九年九月一日——我假定读者在那个不幸的下午也已承认那个不幸的、玩纸牌的扬·布朗斯基是我的父亲——在那一天,我犯下了第二桩大罪过。

尽管我抱憾终生,但我不能否认,我的鼓,不,我本人,鼓手奥斯卡,先葬送了我可怜的妈妈,之后又将扬·布朗斯基——我的表舅和父亲送进了坟墓。

可是,在那些日子里,一种罪责感在我心中纠缠不休,怎么也驱不走。它毫不客气地逼得我把头埋在医院病床的枕头里,于是,我也就像每个人一样,原谅了自己的蒙昧无知。那时节,蒙昧无知是一种

---

① 此处写奥斯卡同童话里的大拇指一样常同敌人合伙,甚至扮演出卖耶稣的犹大的角色。

时髦，直到今天，它还像一顶时髦的小帽子似的戴在某些人的头上。

奥斯卡，狡猾的无知者，波兰人的暴行的无辜牺牲品，发高烧，患神经炎，被送进了市立医院。他们通知了马策拉特。那天晚上，他已向警察局报告我走失了，虽说我是不是他的私产还始终没有定论哩。

那三十个人，外加扬·布朗斯基，举着双臂，两手抱着后脖子，在拍完新闻片之后，先被带到撤空了的维克托里亚学校，随后关进席斯施坦格监狱，末了，在十月初，把他们移交给废弃了的萨斯佩旧坟场围墙后面松软的沙土。

奥斯卡是从哪里知道的呢？我从舒格尔·莱奥那儿得悉的。官方自然不会公布在哪儿的沙土地上，在哪儿的墙下，枪毙了这三十一个男人，又如何把他们埋在怎样的沙土里。

黑德维希·布朗斯基先接到一份通知，要她搬出环行路的寓所，让给一个级别较高的空军军官的家眷居住。她在斯特凡的帮助下收拾箱笼什物，准备搬到拉姆考去，她在那里有几公顷土地和森林，佃户的住房也是她的。正在这当口，当局又给这位寡妇寄来一纸公文。她的眼睛虽然反映出了这个世界的痛苦，但却不能理解这种痛苦。她在儿子斯特凡的帮助下才慢慢搞清楚白纸上黑字的含意。

通知如下：

军事法庭办公室，埃贝哈特·St. L. 小组41/39

黑德维希·布朗斯基太太：

　　布朗斯基，扬，因参加游击队活动，被军事法庭判处死刑，并已被处决，特此通知。

军法总监

策勒夫斯基

一九三九年十月六日于索波特

读者自会看到，通知中对萨斯佩只字未提。他们体恤家属，免去他们修坟墓的费用。那是一座合葬坟，墓穴极大，需要扔下无数鲜花。安葬费，也许连运输费，都由当局自己包了。他们填平了萨斯佩的沙土地,捡走了子弹壳——只有一颗除外,它一直留在地里——因为遍地子弹壳会破坏一所体面的公墓的外观,虽说这座公墓早已废弃了。

但是,这一颗始终留在那里并与我们大有关系的子弹壳,却被舒格尔·莱奥找到了。不论什么葬礼,纵使严加保密,都瞒不过他。此人是在安葬我可怜的妈妈,安葬我那位满身伤疤的朋友赫伯特·特鲁钦斯基时认识我的。他肯定也知道,他们把西吉斯蒙德·马库斯埋在哪里,可是我从未向他打听过。十一月底,人家刚把我从医院里放出来,他遇见了我。由于能够把这颗泄露天机的子弹壳交给我,他感到非常高兴,几乎到了欣喜若狂的地步。

在我拿着那颗子弹壳(它的铅子儿也许就是扬挨上的),跟随着舒格尔·莱奥,并引领您,读者诸君,去萨斯佩公墓之前,我不得不先请诸君将但泽市立医院儿科病房的金属床同此地疗养与护理院的金属床作一番比较。这两张床都漆上白瓷漆,然而仍有区别。若用折尺去量的话,儿科病房的床比较短,床栏杆却比较高。虽说我宁愿睡一九三九年那种短而高的笼子,但是,我在今天这张为成年人用的床上仍然达到了清静无为的境地。几个月以来,我一直在要求换一张栏杆更高而照旧是白瓷漆的金属床,但是同意与否,我则听凭疗养院领导去决定。

今天,我与来访者之间几乎无屏障可言。可是,当年在儿科病房时,每逢探望日,那高耸的栅栏便将我同来访者马策拉特,同来访者格雷夫和舍夫勒夫妇隔离开来。到我快出院时,我的床栏杆还把那座以外祖母安娜·科尔雅切克命名的、活动的、四条裙子的大山分割成若干块。她来了,焦虑,叹息,呼吸困难,时而举起她那双多皱纹的大手,展开粉红色的皲裂的手掌,随后又胆怯地放下她的手掌,垂下她的手,啪的一声打在自己的大腿上。这一声响今天犹在我耳边回响,不过,我只能在鼓上模仿出一个大概来。

她初次来探望,就把自己的哥哥文岑特·布朗斯基也带来了。文岑特抓住床栏杆,无休止地或讲或唱或边唱边讲波兰女王,童贞女马利亚,声音虽小,却咄咄逼人。奥斯卡真希望有名护士留在这两位老人身边。因为他们两个指摘我,用布朗斯基家炯炯的目光盯着我,不顾我正苦于在波兰邮局打施卡特而引起的头痛和发烧,期待我作出表示,说出一句使他们宽慰的话,告诉他们,扬在最后几个小时里一直在玩施卡特牌并且胆怯害怕。他们要我作证,说明扬是无罪的,似乎我能够洗清扬的罪,似乎我的证词会有什么分量和说服力。

如果我给埃贝哈特小组的军事法庭打这样一份报告的话,该怎么写呢? 我,奥斯卡·马策拉特承认,在九月一日前夕曾守候过回家途中的扬·布朗斯基,用一面急需修理的鼓把他引诱到那个波兰邮局里去,扬·布朗斯基本来已经离开了那个邮局,因为他不想守卫它。

奥斯卡没有写这样的证词来为他假想的父亲开脱罪责。当他决心把当时的经过情形告诉这两位老人时,他就开始痉挛,弄得护士长只好缩短探望时间,并禁止他的外祖母安娜和他假想的祖父文岑特再来医院。

这两位老人——他们从比绍步行到这里,还给我带来了苹果——离开了儿科病房。他们真是乡下佬,走起路来小心翼翼,手足无措。外祖母飘荡着的四条裙子和她哥哥散发着牛粪味的星期日服装越去越远,我的罪责,我的极大的罪责,越来越大。

这么多的事情一下子同时发生了。当马策拉特、格雷夫夫妇和舍夫勒夫妇捧着水果和点心拥到我的床前时,当我外祖母和她哥哥文岑特由于从卡特豪斯到朗富尔的铁路还不通,便从比绍经戈尔德克鲁格和布伦陶步行到我这里来时,当护士们穿着使人知觉麻木的白服装,喋喋不休地讲着医院里的种种闲话,在儿科病房里代替了天使时,波兰还没有丢失,但过不久就要丢失了。末了,在举世闻名的十八天之后①,波兰丢失了,尽管不久又证明,波兰还没有丢失;今天

---

① 这是希特勒在但泽讲演时说的话。1939 年 9 月 17 日,波兰政府和军部撤到罗马尼亚,波兰军队抵抗到 10 月。

也是如此,不顾西里西亚和东普鲁士同胞的意愿,波兰还没有丢失。

啊,你疯狂的骑兵!——在马背上摘乌饭树的紫黑浆果。手执饰有红白两色小旗的长枪。忧郁的骑兵中队,传统悠久的骑兵中队。图画书里的进攻。在罗兹和库特诺附近越过战场。代替了要塞的莫德林。啊,策马驰骋,多精湛的骑术!一直在等待着晚霞。当前景和背景都能入画时,骑兵才开始进击①——因为战斗是可以入画的,死神是画家的一个模特儿——在奔驰中保持平衡,随后倒下,偷吃乌饭树的紫黑浆果,野蔷薇果噼啪爆裂,使骑兵浑身发痒,否则他们绝不会蹦。枪骑兵,他们身上又发痒了,连马带人在干草堆里翻滚——这又是一幅画——他们聚集在一个人后面,在西班牙,他名叫堂吉诃德,在波兰,他叫潘基霍特,一个纯血统的波兰人,高贵得可悲的形象,他曾教枪骑兵如何在马背上吻女人的手,于是他们此刻连连端庄地吻死神的手,仿佛死神是位贵夫人。不过,在此之前,他们先要集合,背后是晚霞——因为浪漫情调是他们的后盾——前面是德军的坦克,克虏伯·封·博伦和哈尔巴赫②的养马场里的种马,举世无双的纯种马。可是,那位半是西班牙半是波兰的骑士,误把死神当做贵妇人的骑士,天才的潘基霍特,真是天才过分了!他手里系小旗的长枪落地,白红两色。他呼唤自己的部下去吻贵妇人的手。鹳立在屋顶上,白红两色,晚霞,樱桃吐出核来,白红两色,潘基霍特呼唤骑兵:"马背上高贵的波兰人,那不是钢甲坦克,那只是风磨,或是羊群,我请你们去吻贵妇人的手背吧!"

于是,骑兵中队向土灰色钢甲坦克的侧翼冲去,使晚霞增添了更多淡红的光辉。奥斯卡希望读者能原谅他在描写这场战斗时所采用的诗的效果。或许更正确的方法是列举波兰骑兵的伤亡数字,用干巴巴但却有说服力的统计数字来纪念所谓的波兰战役。另一种办法

---

① 指波兰骑兵对缺汽油而停下的德军坦克的一次进攻。
② 克虏伯工厂的第三代继承人贝尔诺·克虏伯,嫁给前教皇公使馆参赞古斯塔夫·封·博伦和哈尔巴赫,后者改称克虏伯·封·博伦和哈尔巴赫。

是保留诗的写法,但需加上一个脚注。

直至九月二十日左右,我躺在医院的床上还听到架设在耶施肯山谷森林和奥利瓦森林高地上的大炮在轰鸣。接着,最后一个抵抗据点海拉半岛投降。于是,汉萨同盟的自由市但泽可以庆祝它的哥特式砖砌建筑并入大德意志帝国,并欢呼着瞧一瞧那位不知疲倦地站在黑色梅赛德斯牌轿车里、几乎不停地行举手礼的元首和总理阿道夫·希特勒那双蓝眼睛①,它们同扬·布朗斯基的蓝眼睛有一点是共同的,即在女人身上获得成功。

十月中旬,奥斯卡被从市立医院释放。我同护士们真是难分难舍。当一位护士(我想,她的名字不是贝尔尼就是埃尔尼),当埃尔尼或贝尔尼护士把我的两面鼓递给我时,一面破鼓,它使我犯下罪过,一面完好的鼓,它是我在保卫波兰邮局期间占有的,这时,我方才意识到,几个星期以来我一直把铁皮鼓丢在了脑后,因此,在这个世界上,除去铁皮鼓而外,对我来说,还存在一样东西:护士!

我带着乐器,怀着新获得的知识,离开了市立医院。由于我那三岁孩子的脚还有点站不稳,马策拉特便搀着我的手回到拉贝斯路。迎来的是战争头一年的日常生活,平日的无聊以及更其无聊的星期日。

十一月下旬一个星期二——过了几星期的恢复期后我第一次上街——奥斯卡愁眉苦脸地敲着鼓,不顾湿冷的天气,在马克斯·哈尔贝广场和布勒森路的拐角上遇到了前神学院学生舒格尔·莱奥。

我们面对面站了一段时间,尴尬地微笑着,待到莱奥从他的礼服口袋里掏出细软羊皮手套,并将这黄白色、皮肤似的遮蔽物套住他的手指和掌心时,我这才明白自己遇上了谁,领悟到这次会面将会给我带来什么——奥斯卡害怕得心里直打鼓。

我们还瞧了瞧皇帝咖啡食品店的橱窗,目送若干辆在马克斯·哈尔贝广场上交叉而过的五路和九路有轨电车驶去,随后沿着布勒

---

① 希特勒于 1939 年 9 月 19 日到但泽并演讲。

森路同一式样的房屋,绕着街上一根广告柱转了几圈,细读通知把但泽盾换成帝国马克的布告,用指甲刮破一张贝西尔洗衣粉广告,在蓝白色之下见到一点红色,这使我们心里感到满意。正要返回广场的当口,舒格尔·莱奥用他戴手套的双手把奥斯卡推进一个门道里,戴手套的左手在身后抓,接着伸到礼服的后摆底下,伸进裤兜里,掏着,找到了什么东西,在兜里摸着找到的东西,断定是他所要找的,便握在手里,把手伸出口袋,让后摆落下,戴手套的拳头慢慢地向前伸,一个劲儿地向前伸,把奥斯卡顶到门道的墙上,他的胳臂真长,但是墙壁可一步不让——在他摊开戴着手套的手之前,我简直以为他的胳臂会从肩关节上跳出来,自行朝我的胸膛打过来,穿透它,从我的两根锁骨中间穿出去,钻进霉味很浓的门道的墙里去,而奥斯卡将永远也看不见莱奥手里捏的是什么,只记得墙上贴的布勒森路住房守则,它同拉贝斯路的住房守则大同小异。

莱奥的手快碰到我的水手大衣,已触着大衣上一颗锚形纽扣时,他飞快地摊开手。我只听得他的指关节咯咯作响,顿时见到在有霉点的、发亮的、保护着他的手的手套上放着一个子弹壳。

当莱奥又捏上拳头时,我已经决心跟他走了。这一小块金属同我直接说了话。我们并肩沿布勒森路走去,奥斯卡在莱奥的左边,无论橱窗、广告柱都不能使我们留步,我们穿过马格德堡街,布勒森街尽头两幢方箱形的高楼落在了我们背后。在这两幢楼上,夜间亮起了警告灯,指示着起飞和降落的飞机。我们先在铁丝网围住的飞机场边沿费力地走着,终于上了较干的柏油路,跟着通往布勒森方向的九路电车轨道前进。

我们不说一句话,但莱奥仍一直把子弹壳捏在手套里。因为天气又湿又冷,当我踌躇不前想往回走时,他又摊开手,让那块金属在掌心里跳跃,引诱我一百步、一百步地向前走。快到市有的地产萨斯佩、我当真下决心转身往回走时,他甚至求助于音乐来挽留我。他鞋跟着地,转过身来,把子弹壳空的一头朝上,像长笛的侧口似的贴在凸出的、流涎水的下唇上,在开始越下越大的雨中吹出一声尖厉的、时而震颤、时而像被浓雾压抑的音响。奥斯卡冷得发抖,不仅由于子弹壳上吹出来的音乐,还因为这种糟糕的天气——它好像是事先安排好的,并且由于这个特定的场合而显得更糟糕——因此,我根本不想花力气来掩饰自己受冻的狼狈相。

是什么引诱我去布勒森的呢?不错,是那个捕鼠者莱奥,吹着子弹壳的莱奥。但是,传到我耳中的声响还不只这点。从碇泊场,从十一月的浓雾笼罩下的新航道,传来了轮船的汽笛声以及一艘经苏格兰、舍尔米尔和帝国殖民区到我们这里、如今正要进港或出港的鱼雷快艇饿狼似的噪声。因此,莱奥轻而易举地借助报雾信号声、汽笛声和子弹壳里吹出来的尖声,拖着冻坏了的奥斯卡跟他一起往前走。

一道拐向佩朗肯方向的铁丝网把飞机场同新练兵场和青格尔沟隔开。就在那儿的高地上,舒格尔·莱奥站住了,歪着脑袋,淌着口水,瞧了半天我那颤抖的身子。他吮住子弹壳,用下唇抿住,好似灵机一动,猛地一伸胳臂,脱下烤肉色的燕尾服,把这件散发着湿土味的沉重的衣服披在我的脑袋和肩膀上。

我们又上路了。我不知道奥斯卡是否不那么冻得发抖了。有时,莱奥一跳五步远,随后站住。他穿着满是褶纹但非常白的衬衫,活像一个想要冒险从中世纪的城堡主楼或塔楼里跳下逃走的人,他身上那件洁白耀眼的衬衫应规定作为精神病患者的时装。莱奥的目光一接触身穿烤肉色礼服、踉踉跄跄地走着的奥斯卡,总要爆发出一阵狂笑,并像一只呱呱叫的乌鸦似的拍拍翅膀,止住笑声。实际上,我自己肯定也像一只滑稽可笑的鸟,不像渡鸦也似乌鸦。另外,上装的下摆有一截拖在我身后,像裙裾扫着柏油路面。我像皇帝陛下似的留下一条宽大的尾迹,奥斯卡回头看了第二眼后,便顿感自豪。这条尾迹,如果不说象征着,那也是暗示着在他身上微睡着的、还没有足月临产的悲剧性命运。

还在马克斯·哈尔贝广场上,我已经预感到,莱奥并不想带我去布勒森或者新航道。我一开始就很清楚,我们步行的目的地只能是萨斯佩公墓和青格尔沟,因为那旁边就是保安警察的一个现代化打靶场。

从九月底到四月底,海滨浴场沿线的电车每三十五分钟发一辆。我们过了市郊朗富尔最后一排房屋时,一辆无拖车的电车迎面驶来。接着,另一辆在马格德堡街道岔上等对开来的车到后再出发的有轨电车赶过了我们。萨斯佩公墓附近也有一处岔道。我们快到公墓时,一辆电车从后面赶过我们,随后,另一辆电车迎面开来。我们早就看到它在雾气中等着了,由于看不清道路,车前亮着一盏湿乎乎的黄灯。

对面开来的车子里司机那张显然愁眉苦脸的面孔还映在奥斯卡的眼帘里尚未消失时,舒格尔·莱奥已把奥斯卡从柏油路上拖到松软的沙土地上,它使人一踩就猜出是海滩的沙土。公墓是方形的,周围有一道围墙。朝南有一扇小门,门上有许多长了锈的花体字,似锁非锁,于是我们推门入内。墓碑是瑞典黑花岗岩或闪长岩凿成,正面磨光,背面和两侧很粗糙,有的挪了位置,有的歪歪斜斜,有的扑倒在地。可惜,莱奥不给我时间去仔细观看。墓地树木极少,只有五六棵蛀坏了的、长得歪歪扭扭的海滩矮松。妈妈活着的时候曾在电车上说过,任何其他清静的处所都不及这一小块荒芜的地方好。如今她躺在布伦陶。那儿土地比这里肥,长着榆树和槭树。

在这富于情调的荒冢之间,我思绪万千。我还来不及整理,莱奥便领我出了北墙的一扇开着的、没有了栅栏的小门,离开了公墓。我们站在墙外平坦的沙土上。在蒸腾的水雾中,一片金雀花、矮松和野蔷薇果丛向岸边延伸。我回头去看那公墓,一眼就发现,北墙上有一段是新刷上白灰的。

莱奥在这面显得很新、像他的皱皱巴巴的衬衫一样耀眼刺目的白灰墙前忙碌着。他使劲地迈开大步,好像在用脚步计量。他大声数着,奥斯卡今天还记得他说的是拉丁文。他还唱着经文,这无疑是在神学院的课堂上学会的。在离墙大约十米的地方,莱奥插上了一根木头,又在新刷的、我记得连灰泥也是新填补过的墙前不远处插上了一根木头。这一切,他是用左手干的,因为他的右手仍拿着子弹壳。他测量了好久,终于把子弹壳放在离墙较远的那根木头旁边。这截空心金属前头稍窄,那里曾经居住过一颗铅子儿,后来,有某个人弯曲了一下食指,在子弹壳的屁股上撞出一个凹点,但又没有撞透,以此向铅子儿宣布,解除它的住房契约,命令它搬家,并给另一个人带去了死亡。

我们站着,站着。口水从舒格尔·莱奥的嘴里流出,一丝丝地挂下来。他那双戴手套的手十指交叉,起先还唱那么几句拉丁文,后来便沉默了,因为这里没有会吟唱应答连祷文的人。莱奥转过身子,恼怒地、不耐烦地越过围墙往布勒森公路望去,而每当多半没有乘客的电车一辆开进一辆开出,打着铃在岔道上紧靠着相向驶过时,他又往那个方向掉过头去。莱奥也许是在等待送葬的人。但是,电车上没人下来,步行来的也没有,没见一个莱奥可以伸出白手套向他表示哀悼的人来到这里。

几架准备着陆的飞机在我们头顶上轰鸣而过。我们没有抬头仰望,而是忍受着发动机的噪声,不想让自己确有把握地断定这三架机翼顶端灯光闪亮、正准备着陆的飞机是容克52型。

飞机刚离开我们不久(寂静真折磨人,就像我们面前白色的墙一样),舒格尔·莱奥便从衬衫里掏出了什么东西,一下子站到我的身旁,扯下奥斯卡肩上他那件乌鸦羽衣,朝金雀花、野蔷薇果和矮松丛的方向跳去,朝海滨跳去。在跳着离去的时候,他扔下了什么东西,手的动作故意做得很显眼,好让别人去捡。

莱奥像幽灵似的在我的视野内游荡,最后被牛奶似的、粘在地面上的雾气所吞噬。当他终于消失,只剩下我孤单单一个人站在雨中时,我才捡起了插在沙里的那张硬纸片:是施卡特牌黑桃七①。

我去萨斯佩公墓后没过多少天,在朗富尔的每周集市上遇见了外祖母安娜·科尔雅切克。比绍一带已不再设关卡,她又可以到市场上去卖蛋、黄油、羽衣甘蓝和可以贮藏过冬的苹果了。人们争先恐

---

① 指扬·布朗斯基最后捏在手里的牌。"黑桃七"在俗语里意指"没用的人"。

后地购买,因为生活必需品不久就要由国家统一经营了,大家都想搞点东西储存起来。就在奥斯卡见到外祖母蹲在摊子后面的那一刹那间,他感觉到了大衣、套头毛衣和汗衫里面贴身藏着的那张施卡特牌。我那天乘电车——一个售票员让我免费乘坐回家——从萨斯佩返回马克斯·哈尔贝广场的途中,原来是想把这张黑桃七撕掉的。

奥斯卡没有撕掉这张牌。他把它交给了外祖母。蹲在羽衣甘蓝后面的外祖母一见奥斯卡来了,吓了一跳。也许她心里是这样想的,奥斯卡一来就没有好事。不过她还是招了招手,叫这个在鱼筐后面半掩半藏的三岁孩子到她身边去。奥斯卡磨蹭了好一会儿,他先看了看潮湿的海草上的一条差不多有一米长的活鳕鱼,随后又瞧瞧从奥托明湖抓上来的螃蟹,总共有几十只,正一个劲儿地在小篮子里爬来爬去。奥斯卡也学螃蟹横着身子走,水手大衣的背面对着外祖母,慢慢向她的摊子靠过去,直到撞上了货摊的一个木头架子,弄得苹果来回滚动,我这才让她看到了大衣上的金色船锚纽扣。

施韦特费格尔送来了裹上报纸的热砖头,推到我的外祖母的裙子底下,同过去一样用耙子将冷砖头钩出来,在挂在脖子上的石板上画一横道,然后转到隔壁一个货摊去。我的外祖母递给我一个亮晶晶的苹果。

她给了他一个苹果,奥斯卡又能给她什么呢?他先递给她那张施卡特牌,继而交给她那个子弹壳——他同样不愿把它留在萨斯佩公墓。安娜·科尔雅切克久久地盯着这两件毫不相干的东西发呆,真有点丈二和尚摸不着头脑。这时,奥斯卡把嘴凑到她包着头巾的老妇人的软骨耳朵旁,同时联想到了扬的粉红色、长耳垂、小而肉感的耳朵,不再小心伪装,低声向她耳语道:“他躺在萨斯佩。”奥斯卡说完拔腿就跑,撞翻了一篓青菜。

玛 丽 亚

当历史扯开嗓子广播了一条接一条的特别新闻,并像上足了润滑油的运载工具,驶过欧洲的公路、水道和天空,占领了沿途的一切。而我的事业——仅限于敲破儿童玩的、上了漆的铁皮鼓——却很糟糕,进行得迟疑不决,甚至停滞不前。那些制造历史的人十分浪费地把大量珍贵的金属向周围扔去,而我的铁皮鼓却又坏了。虽说奥斯卡从波兰邮局里拯救出了一面几乎没有刮掉一点漆皮的新鼓,并因此而使波兰邮局的保卫战有了那么一点意义,但是小纳恰尔尼克先生的铁皮鼓对于我来说简直无济于事!因为我,奥斯卡,在我最美好的岁月里只需要八个星期就可以把一面铁皮鼓变成一堆废铁。

我从市立医院出院以后,一边为失去了我的护士而感到难过,一边立即开始拼命地擂鼓。在萨斯佩公墓度过了那个阴雨霏霏的下午回来后,我也没有松劲,相反,我使出了双倍的气力,一心要消灭那个目睹我同民军勾勾搭搭的证人,也就是那面鼓。

但是,这面鼓却顶住了我对它的打击。我打下去,它打回来,像是在控告我。我的目的仅仅是为了抹掉自己这一段历史。奇怪的是,每当我这样拼命敲打的时候,我总想起送汇款单的维克托·韦卢恩,虽说他是个近视眼,不大可能充当目击我所干的丑事的证人。不过,这个近视眼不是反倒逃之夭夭了吗?难道情况不可能是这样的吗?近视眼看到的东西反而更多,韦卢恩——我多半把他叫做可怜的维克托——像看黑白剪影似的看到了我的动作和姿势,判断出了我是在干犹大的勾当,如今他逃跑了,把奥斯卡的秘闻丑事传遍了全世界。

259

到了十二月中旬,挂在我脖子上的上了漆的、喷射着红色火焰的良心对我的谴责才渐渐变得无力了。油漆上出现了头发丝似的细缝,漆皮剥落下来。铁皮变软了,变薄了,在变得透明以前开裂了。当一个奄奄一息的人受着临终前的痛苦时,目睹这种痛苦的人总想缩短这种痛苦,让他尽快结束生命。奥斯卡也是如此。他加快了速度,在基督降临节的最后一周内,他敲得众邻居和马策拉特都捂住了耳朵。奥斯卡预计要在圣诞夜前结束,因为我希望得到一面新的、不会带来精神负担的铁皮鼓作为圣诞节礼物。

我达到了目的。十二月二十四日前一天,我把支离破碎的、残片互相碰撞着的、生锈的、使人联想起相撞后的汽车的一堆玩意儿从身上,也从灵魂上解下来;对于我来说,到了这时,波兰邮局的保卫战才如我所愿地被彻底击败了。

从来不曾有过哪个人——如果您愿意把我当人看待的话——像奥斯卡那样过了一个如此令人失望的圣诞节。圣诞树下有一份礼物是给我的,样样俱全,唯独缺了一面铁皮鼓。

那里摆着一盒积木,我根本就没有打开过。一只可以骑上去摇动的天鹅,它将把我变成洛恩格林,在大人们的眼里,这是一件不同寻常的礼物。他们竟敢在礼品桌上放了三四本连环画,这分明是要惹我生气。在我的眼里,只有一副手套、一双系带的靴子、一件由格蕾欣·舍夫勒编织的红色套头毛线衫还有点实用价值。奥斯卡大为震惊,他的目光从积木溜到了天鹅上,又死盯着一本连环画里的一幅画,画的是一些被认为是很滑稽的玩具熊,前爪抱着各种乐器。这些装出一副聪明伶俐样子的野兽中间,有一头身上挂着一面鼓,它看上去像是会敲鼓的,仿佛它正拿着一根鼓棒敲下去,仿佛它正在擂鼓。我得到一只天鹅,但是没有鼓,我有了一千多块积木,可是没有鼓,在这个无比寒冷的圣诞夜,我有了一副手套,但却两手空空,而我本该捧着一面圆滚滚的、滑溜溜的、漆和铁皮冰冷的鼓走进隆冬的黑夜,给严寒听到一点洁白的声音。

奥斯卡暗自思忖,也许是马策拉特把鼓藏着还没有拿出来。也许是格蕾欣·舍夫勒——她是同她的丈夫、面包师亚历山大一起来我家分享圣诞节肥鹅的——把鼓坐在屁股底下。他们要我先享受一下玩天鹅、搭积木、看连环画的乐趣，随后才把真正的宝贝拿出来。我让步了，先像傻瓜似的翻阅连环画，随后骑到天鹅背上摇了起来，至少有半个小时之久，我心里则是厌恶到了极点。接着，我还听任他们给我试穿一下套头毛线衫，尽管屋里炉火太旺，温度很高。格蕾欣·舍夫勒又帮我穿上了系带皮靴。在这段时间里，格雷夫夫妇也到了，因为肥鹅本来就是为六个人准备的。马策拉特的烹调手艺高超，那只填满干果的肥鹅喷香可口。大家狼吞虎咽把它消灭之后，正在品尝餐后点心——米拉别里李子和梨——我绝望地捧着一本连环画；那是格雷夫在已有的四本之外又新添的一本。喝完汤，吃罢肥鹅、红甘蓝、盐水土豆、米拉别里李子和梨，在火势旺盛的瓷砖炉里冒出的热气烘烤下，我们大家——包括奥斯卡在内——唱起了圣诞夜之歌，还唱了一段："纵情欢乐吧，啊，枞树啊枞树四季常青你的小铃铛年复一年叮当叮当叮。"屋外，钟声四起。这时，我终于提出要我的鼓了。喝得醉醺醺的吹奏乐小组——音乐家迈恩过去也是其中的一员——也开始演奏，吹得冰柱从窗槛上……我要鼓，他们不给，他们不拿出来。奥斯卡："给！"其余的人："不！"这时，我叫喊了，我已经有很长时间没有叫喊了。这时，我在较长时间的间歇之后重新把我的声音削成尖利的切割玻璃的工具，我不毁花瓶，不毁啤酒瓶和电灯泡，不切割玻璃柜，不粉碎眼镜，我的声音对准装饰圣诞树、制造节日气氛的小铃、小球、易碎的银色肥皂泡，一阵乒乓乱响，圣诞树的装饰品全都成了碎片。枞针也纷纷摇落，足有几畚箕之多。蜡烛却依然宁静而神圣地在燃烧。尽管如此，奥斯卡还是没有得到铁皮鼓。

马策拉特是个没有见识的人。我不知道他究竟是要我戒掉敲鼓的习惯呢，还是根本不想及时向我提供足够数量的鼓。眼看灾难就要临头了。我的日子越来越不好过，我家的殖民地商品店在经营管理上也越来越乱，已经到了无法掩饰的田地，鉴于这种状况，需要及时请一个帮手来照料我和我家的店铺；正如人到了走投无路的时候，总会这样考虑的。

奥斯卡个子小，没法站在柜台后面出售松脆面包片、人造黄油、人造蜂蜜，何况他也不愿意，于是，马策拉特——为了简便起见，我又把他称做我的父亲——把玛丽亚·特鲁钦斯基，我那位可怜的朋友赫伯特最小的妹妹，请来经营我家的店铺。

她不仅名叫玛丽亚，而且也确实是位圣母①。她在几个星期之内就恢复了我家店铺过去的良好声誉。她非常友好，全力以赴地经营，马策拉特也心甘情愿地服从她。除此之外，她多少还有点眼力，能够察言观色，理解我的心情。

玛丽亚还没有到我家店铺来帮忙以前，每当见到我怨气冲天、肚皮前面挂着那一堆废铁，踩着脚走进楼梯间，在那一百多级的楼梯上走上走下时，她曾多次给过我一个旧洗衣盆，让我把它当做鼓的代用品。但是，奥斯卡不要代用品。他硬是拒绝把洗衣盆翻过底来当鼓敲。玛丽亚刚在我家店铺里站稳脚跟，就不顾马策拉特的意愿来满足我的要求。不过，奥斯卡死活也不肯让她挽着手走进玩具店去。店里琳琅满目的陈列品肯定会使我痛苦地联想起西吉斯蒙德·马库斯的被砸烂的店铺。玛丽亚温柔而顺从，她让我站在玩具店外面等候，或者自己一个人去采购，根据需要，每四到五星期给我一面新的鼓；到了战争的最后几年，甚至连铁皮鼓也成了稀有物资，由国家统购统销，玛丽亚不得不同商人进行柜台下面的交易，用白糖或十六分之一磅的咖啡豆换取我的铁皮鼓。她干这种事情的时候从不叹息、摇头，也不抬起眼睛朝天看，而是全神贯注，严肃认真，怀着那理所当然的心理，一如她在给我穿洗干净、缝补好的裤子、袜子、罩衫时那样毫不拘束。在此后的岁月中，尽管玛丽亚和我的关系不断发生变化，甚至今天还没有定论，但是，她把鼓递给我时的方式却始终不变，纵使今天儿童铁皮鼓的价格要比一九四〇年时高得多。

今天，玛丽亚是一份时装杂志的长期订户。每逢探望日她来看

---

① 玛丽亚是按圣母的名字命名的。圣母的名字通常译作"马利亚"。

262

我时,穿戴回回变样,而且越来越时髦。当年又怎样呢?

当年的玛丽亚美吗?她有一张刚洗干净的圆脸,睫毛短而密、有点鼓得太厉害的灰眼睛里射出了冷淡的但并非冷冰冰的目光,浓黑的眉毛在鼻根处连在了一起。颧骨轮廓分明(在严寒之中,颧骨上的皮肤呈淡蓝色,紧绷着,痛苦地跳动着),构成了她的扁平的脸,并使之具有一种平衡感,她的小鼻子——不是不美,更不是滑稽可笑,而是很端正、很纤巧的小鼻子——也无损于这种平衡。她的额头圆而低矮,鼻根上双眉联结处有几道竖的皱纹,那是年纪轻轻就用心思太多而留下的。她的微鬈的棕色头发——至今保存着那种湿树干的光泽——从两鬓开始绷紧在小圆脑袋上——同特鲁钦斯基大娘一样,她几乎没有后脑勺。玛丽亚穿上白罩衫到我家店铺里来站柜台的时候,还梳着辫子,吊在她那两只一下子就会变得通红的、硬挺挺的耳朵后面,可惜耳垂不是悬着的,而是直接长入了下颚上方的肉里,虽说没有什么难看的皱纹,但也是十足的退化现象,使人可以由此推断出她的天性来。后来,马策拉特不断地劝说这个姑娘用头发遮掩住她的耳朵。今天,玛丽亚在她那时兴的蓬乱的短头发下面只露出她的耳垂,并用一副有点难看的大耳环来掩盖她的美中不足。

一如玛丽亚那个一把就能捏住的小脑袋却有丰满的面颊、高高的颧骨以及不显眼的小鼻子两侧的一对大眼睛那样,她的矮小的躯体却有过宽的肩膀、从腋窝下就开始隆起的胸脯、大骨盆和丰满的臀部,而支撑这臀部的则是两条太细的腿,虽然细到两腿间有一道缝隙,但劲道还是挺大的。

也许当年的玛丽亚稍微有点膝盖内翻的毛病。此外,她的身体已经发育成熟、比例定型了,相形之下,她那双始终是红红的小手在我的眼里却还像小孩的手似的,手指头则像是香肠。直到今天,她也不能完全否认自己的手像小孩子的。可是,她的脚——先穿着笨重的徒步旅行鞋,稍后穿起了我可怜的妈妈的高跟鞋,制作精致但式样已旧,而且不合玛丽亚的脚。尽管她穿着别人穿过而尺寸又不合的鞋,她的脚还是渐渐地失去了孩子的红肤色和滑稽可笑的模样,并且适应了西德出品的甚至是意大利出品的时髦皮鞋的款式。

玛丽亚话不多，但却喜欢唱歌，既爱在洗餐具时唱，也爱在她把白糖分别装到盛一磅和半磅的蓝色纸口袋里时唱。在店铺关上后，在马策拉特结账时，甚至在星期天，一俟她得到半个钟点的休息，玛丽亚便吹起口琴来。这把口琴是她哥哥弗里茨被征入伍、派到大博施波尔去时留赠给她的。

玛丽亚吹的口琴曲几乎什么都有。譬如漫游歌曲，那是她在德国少女同盟的晚会上学来的，又如轻歌剧里的曲调和流行歌曲，有的是她从收音机里听来的，有的是她哥哥弗里茨在一九四〇年的复活节出差到但泽的那几天内，在家里哼唱时被她听会的。奥斯卡还记得，玛丽亚曾用舌尖拍打口琴，奏出《雨点》一曲，还吹奏过《狂风教过我一支歌》，但并没有模仿察拉·莱安德尔①的唱法。可是在店里上班的时候，玛丽亚从不掏出她的霍纳牌口琴来。甚至在没有顾客登门的情况下，她也不卖弄她的音乐，而是坐在那里，用稚气的圆体字写价格牌和商品清单。

还有一点同样不可忽略，真正主管我家店铺的是玛丽亚。我可怜的妈妈死后，由于竞争不过人家，一部分顾客不再登门。如今，玛丽亚又把他们争取回来，使他们成为固定的主顾。尽管如此，她对马策拉特则是毕恭毕敬，甚至到了低声下气的地步，但又从来不让一向自以为了不起的马策拉特感到尴尬。

每当蔬菜商格雷夫和格蕾欣·舍夫勒挖苦他的时候，他总是振振有词地说："这个女孩子毕竟是我雇来的，是我教会她做生意的。"这个人的思路就是这么简单，他只有在干自己心爱的行当时，也就是在烹调的时候，才变得敏感机巧，有辨别能力，因而值得人家赞许。因为奥斯卡不得不替他说句公道话，他的卡塞尔排骨加酸菜、芥末调味汁猪腰、油炸维也纳肉排以及他最拿手的奶油鲤鱼加萝卜，确实是色香味俱全。他在店铺里对玛丽亚的指点实在有限，因为第一，这个

---

① 察拉·莱安德尔(1907—1981)，瑞典女电影明星。

姑娘天生就有做小本生意的本领,再则,马策拉特对柜台上做交易的手腕几乎一窍不通,他只适合于在大市场上搞采购,可是,在煨、炖、蒸、煎、炸等烹调方面,他倒是能教给玛丽亚几手。玛丽亚虽说在席德利茨一个职员家里当过两年女佣,可是,当她刚到我家时,连水都烧不开。

过不多久,马策拉特的生活日程同我可怜的妈妈在世时也就差不多少了:厨房是他的天下,星期日烤肉的质量一次比一次强,他可以心满意足地没完没了地洗餐具,顺便到大市场的公司和经济局去采买和订货(这在战时一年比一年更困难)以及结账,耍一些狡诈手腕同税务局通信,每两个星期布置一回橱窗,证明他在这方面颇有想象力,格调不低,一点也不笨手笨脚。他还认真负责地处理他那些琐细的党务,总而言之,他显得非常忙碌,因为有玛丽亚坚守柜台。您可能会发问:花这么多笔墨来交代,这样不厌其烦地一一描述一个年轻姑娘的骨盆、眉毛、耳垂、手脚,究竟用意何在?我完全同意您的意见,我同您一样反对这样去描写一个人。可是,奥斯卡深信他已经成功地歪曲了玛丽亚的形象,如果不是一劳永逸地加以歪曲的话。因此,我要再添上一句话,但愿能以此说明原委:如果撇开所有不知姓名的护士不谈,玛丽亚是奥斯卡的头一个情人。

我是怎么意识到这一点的呢?有一天,我倾听着自己的鼓声(我是很少这样做的),不禁发现,奥斯卡用新的鼓点,急切然而谨慎地把他的激情传递了铁皮鼓。玛丽亚专心地倾听这鼓声。然而,当她把口琴放到嘴边,额上蹙起许多道讨厌的皱纹,并认为非要给我伴奏不可时,我并不特别喜欢。可是,当她织补长筒袜或者把白糖分装到纸口袋里时,她常常垂下双手,脸上的神色非常镇静,严肃地注视着我和我的鼓棒,在她重新拿起袜子织补以前,睡眼惺忪地用手轻轻抚摩一下我那剪得很短的头发茬。

奥斯卡本来是受不了这种表示温柔的动作的,但却听任玛丽亚用手抚摩,而且着了迷,竟至于往往一连数小时之久有意识地在铁皮鼓上敲出引诱玛丽亚抚摩的节奏来,直到她的手最后听从了并使奥斯卡得到满足为止。

过了一段时间，每天晚上由玛丽亚领我上床。她给我脱衣服，替我洗澡，帮我穿睡衣，要我在睡觉以前再去清一清膀胱。虽然她是信新教的，但却同我一起祷告，念一遍"我们的天父"，三遍"祝福你马利亚"，有时也念"耶稣我为你生耶稣我为你死"。末了，她脸上装出一副友善但又困倦的样子，替我盖上被子。

虽然关灯以前的最后几分钟是这样的美好（我慢慢地把"我们的天父"和"耶稣我为你生"换成了"海上的星我向你致意"和"爱恋马利亚"来隐喻柔情），但是天天晚上这样准备上床安眠则使我感到难受，差点儿断送了我的自制能力，并使时刻注意隐藏真面目的我像抱着幻想的少女和受折磨的小伙子那样羞怯得满脸通红，泄露出内心的秘密。奥斯卡坦率地承认，每当玛丽亚用双手给我脱衣服，把我抱进锌制的澡盆，用毛巾、刷子和肥皂擦洗鼓手皮肤上一天的尘土时，每当我意识到，我，一个将近十六岁的小伙子，赤条条地站在一个快满十七岁的姑娘面前时，我就满脸通红，经久不消。

可是，玛丽亚似乎并未察觉我的肤色的变化。难道她以为是毛巾和刷子把我搓热了？难道她心里说，这是保健术使奥斯卡周身血液流通的结果？难道玛丽亚既羞怯又非常老练地看透了为什么我的脸上每天泛起晚霞，却仍然视而不见？

我至今还动辄就涨红了脸，往往延续五分钟或更长的时间，而且无法掩饰。我的外祖父，纵火犯科尔雅切克，一听到"火柴"这个词儿，脸就涨得像火红的公鸡一般。我呢？同他一样，一听到有人，哪怕是素不相识的人，在我的近旁讲到每天晚上用毛巾和刷子给澡盆里的小孩子洗澡，我的血管里就充满了血。奥斯卡站在那儿，活像一个红种印第安人。周围的人都讥笑我，说我古怪，说我中了邪，因为对于我周围的人来说，给小孩子抹肥皂、搓洗，用毛巾擦他最见不得人的地方，本来就是件很平常的事。

可是玛丽亚，这个自然之子，竟能在我眼前做出种种极其放肆的事情而毫无愧色。譬如说，每当她动手擦洗起居室和卧室的地板以

266

前,就从腿上脱下那双长筒袜,因为那是马策拉特送给她的,她很珍惜。有一个星期六晚上,商店关门后,马策拉特有事去支部办公室,只剩下我和玛丽亚两人。她脱下裙子和短上衣,只穿着单薄而干净的衬裙,靠着起居室的桌子站在我身旁,用汽油擦掉裙子和人造丝短上衣上的污渍。

玛丽亚一脱下短上衣,汽油味刚一消散,就能从她身上闻到一股宜人并且是质朴诱人的香草味,这是怎么回事呢?难道她用香草的根擦过自己的身子不成?难道有散发出香草味的廉价香水出售?要么这种香味是她特有的,一如卡特太太总有一股子氨水味,又如我的外祖母科尔雅切克的四条裙子底下总有一股子淡淡的臭黄油味?奥斯卡对样样事情都爱穷根究底,这种香草味究竟从哪里来的,他也要弄个水落石出。玛丽亚不曾用香草根擦过自己的身子。玛丽亚身上就有这么一股味儿。是啊,直到今天我还深信,她根本不知道自己身上天生有这么一股香味,因为有一个星期天,我们吃完奶油菜花、土豆泥和煎小牛肉之后,餐桌上一盘香草布丁在那里晃荡(那是由于我用靴子踢了一下桌子腿),可是玛丽亚只吃那么一点,而且很勉强,她就爱吃果汁麦粥,奥斯卡则相反,他直到今天还深深地爱着所有的布丁里这最普通、也许是最乏味的一种。

一九四○年七月,特别新闻广播报道了法国战场势如破竹的胜利进展之后不久,波罗的海海滨的游泳季节开始了。正当玛丽亚的哥哥弗里茨中士从巴黎寄来了第一批风景画明信片的时候,马策拉特和玛丽亚决定让奥斯卡到海滨去,因为那儿的空气有益于他的健康。马策拉特说,在午休时间——商店从一点到三点停止营业——由玛丽亚陪我去布勒森海滩,如果她在那里一直待到四点钟,那也没有关系,他很愿意偶尔站站柜台,在顾客前露露面。

他替奥斯卡买了一条绣有铁锚图案的蓝色游泳裤。玛丽亚已经有了一条红边绿色的游泳衣,是她姐姐古丝特送的坚信礼礼物。游泳包是我妈妈那时候用的,里面塞了一件白色软毛绒浴衣,这也是我妈妈的遗物,此外还有一个小桶、一柄小铲和若干用沙做糕饼的玩具模子,纯属多余。玛丽亚挎着包。我自己带着鼓。

电车要经过萨斯佩公墓,奥斯卡对此感到害怕。他能不担心一见到这个如此寂静却又如此意味深长的地方,会败坏他对游泳本来就不太高的兴头吗?奥斯卡暗自问道,当坑害扬·布朗斯基的人身穿单薄的夏装,乘着电车叮叮当当从他的坟墓边上驶过的时候,他的幽灵会采取什么态度呢?

九路电车停了下来。售票员喊道:萨斯佩到了。我的目光从玛丽亚身旁掠过,死盯着布勒森方向,另一辆电车正从那里对开过来,慢慢地由小而大。决不能让目光往一侧溜去!那里有什么可看的!可怜巴巴的海滩矮松,雕有花体字的生锈的栅栏门,东歪西倒的墓碑,只有蓟草和不结实的野燕麦喜欢读碑上的铭文。还不如从打开的车窗里抬头望望天空呢:它们在那儿轰鸣,肥胖的容克52型,似乎只有三个发动机的飞机或者肥壮的苍蝇才能在这万里无云的七月的天空中轰鸣。

我们又叮叮当当地开走了,对面开来的电车挡住了我们的视线。拖车刚过去,我扭转脑袋,整个颓圮的墓场正好全收眼底,包括那一段北墙,上面那片醒目的白色的地方虽说是在阴影里,却仍使我感到十分难堪……

终于离开了那个地方,我们快到布勒森了,我的目光又回到了玛丽亚身上。她穿一件薄花布连衣裙。皮肤微微发亮的圆脖子,高高的锁骨上挂着一串红色木雕樱桃项链,个个一样大小,像是熟透了快爆裂似的。是我想象出来的呢,还是当真闻到的呢?玛丽亚带着香草味去波罗的海海滨。我微微弯过身子,深深地吸那芳香,暂时忘掉了正在腐烂的扬·布朗斯基。在保卫战士的肉尚未从骨头上烂掉之前,波兰邮局的保卫战已经成为历史。幸存者奥斯卡满鼻孔的气味,完全不同于他的一度是那么时髦、如今则在腐烂的假想的父亲可能散发出来的气味。

到了布勒森,玛丽亚买了一磅樱桃,搀着我的手(她知道我只允许她这样做),领我穿过矮松林向浴场走去。尽管我已经快满十六岁了(浴场管理人是看不出来的),却还是让我进了女更衣室。黑板上写着——水温:十八摄氏度;气温:二十六摄氏度;风向:东风;天气形势预报:晴。黑板旁边,是救生协会的布告,写的是急救方法,配有几幅笨拙的旧式画。被淹的人都穿着条纹游泳衣,救生员都留着小胡子,头戴草帽,在变幻莫测的危险的海水里游泳。

　　光脚的浴场姑娘走在前面。她像一个忏悔者似的身上系着一根绳子,绳的一端是一个可以打开所有的小间的大钥匙。步桥。步桥上的扶手。沿着所有的小间是一长条椰棕垫子。给我们的小间是五十三号。小间的木板是热的、干的,颜色是自然的白里带蓝,我真想把它叫做瞎子眼睛的颜色。小间窗户旁有一面镜子,但严格说来已经不成其为镜子了。

　　首先得奥斯卡脱衣裳。我脸朝着墙脱下衣裳,无可奈何地让玛丽亚给帮忙。接着,她讲究实际地使劲一把转过我的身子,把新的游泳裤递给我,不管三七二十一,硬让我穿上这条紧身羊毛裤。我刚系上背带的扣子,她就把我抱到小间背墙前的木板凳上,把鼓和鼓棒搁在我的大腿上,自己用迅速而有力的动作脱掉衣裳。

　　我先敲了几下鼓,数着地板上的节孔。接着,我停止了数数和敲鼓。玛丽亚滑稽地噘起嘴唇吹起口哨来了,真弄得我莫名其妙;她吹两声高音,脱掉鞋子,吹两声低音,脱掉短袜子。她像送啤酒的马车夫似的吹着口哨,脱掉了花布连衣裙,她吹着口哨把衬裙挂在连衣裙上,摘下胸罩。她一直使劲吹着,但吹不出一个曲调来,同时,把短裤——原来是条运动裤——拉到膝上,褪到脚上,把脚从拧成麻花的裤腿里褪出来,用左脚把它踢到了角落里。

　　玛丽亚毛茸茸的三角形使奥斯卡吃了一惊。虽说他从自己可怜的妈妈那儿知道,女人的下身不是光秃秃的,但是,他觉得玛丽亚不是那种意义上的女人,不是马策拉特或扬·布朗斯基眼里的他的妈妈那种意义上的女人。

　　顿时,我认识了她的本来面目。我生气、羞惭、愤怒、失望,我的洒水壶在游泳裤里半是滑稽可笑、半是疼痛地开始变硬,由于有了这根在我身上新长出来的棍儿,我忘掉了鼓和那两根棒。

　　奥斯卡一跃而起,向玛丽亚扑去。她的毛发截住了他。他把脸凑上去。毛发长到了他的唇间。玛丽亚哈哈大笑,想把他拉开。但是,我越来越多地咬住毛发,追寻着香草味的发源地。玛丽亚一直还在笑。她甚至让我待在她的香草丛中,看来这样使她很开心,因为她一直不停地在笑。我脚下一滑摔倒了,我这一滑把她弄痛了(因为我不松开毛发或是毛发不松开我),香草使我流出了眼泪,我闻到了蘑菇或其他辛辣的味道。这时没有香草味了,只有玛丽亚用香草味掩盖住的泥土味,这种泥土味要把正在腐烂的扬·布朗斯基钉在我的额头上,并永远用这种腐烂的气味来毒害我,到了这时,我才松开。

　　奥斯卡滑倒在小间里白里带蓝的木板地上,哭个不停。玛丽亚却又笑了。她把他扶起来,抱在怀里,抚摩他,让他贴着她身上唯一挂着的木雕樱桃项链。

　　她从我的嘴唇间取下她的毛发,连连摇头,惊讶地说:"你这个小淘气!你瞎闹,又不懂是什么,就哭起来。"

汽 水 粉

读者可知道这个词儿吗？早先在任何一个季节里都可以买到用扁平的小口袋装的汽水粉。我妈妈也在我家店铺里出售用催人呕吐的绿色小口袋装的车叶草汽水粉。另一种口袋的颜色像未熟透的橙子,里面装的据称是甜橙味汽水粉。还有草莓味的和其他种类的汽水粉。你用自来水冲下去,它就发出咝咝声,冒泡沫,翻腾起来,趁它还没有平静下来的时候喝一口,会觉得有那么一点点柠檬味,玻璃杯里也是柠檬的颜色,只是更深一些,是一种可以冒充毒药的人造黄。

在小口袋上,除了味道以外,还印着什么呢？天然产品——专利权所有,仿制必究——防潮——在一道虚线下印有:由此撕开。

还有哪些地方可以买到汽水粉呢？不仅在我妈妈的店里,在任何一家殖民地商品店里(除去皇帝咖啡食品店和日用品商店之外),都可以买到上述汽水粉。在那里以及在所有的饮食店里,一袋汽水粉的价钱是三芬尼。

玛丽亚和我是用不着花钱买汽水粉的。只是当我们连回到家里都等不及的时候,才不得不到殖民地商品店或饮料店去,花上三芬尼,甚至六芬尼,因为我们总是喝不够,常常要买两包。

谁先用汽水粉开的头？这是恋人之间争论不休的老问题。我说,玛丽亚先开的头。玛丽亚却从来不说是奥斯卡先开头的。她不予回答,如果问急了,她也许会说:"汽水粉先开的头。"

自然啰,人人都会讲玛丽亚说得有道理。唯独奥斯卡认为这样推诿是没有道理的。我从来也不会承认,一袋售价三芬尼的汽水粉能引诱得了奥斯卡。我已经十六岁了。在必要的时候,我会自己担当责任的,或者把责任归到玛丽亚身上,但我决不会推诿过于需要防潮的汽水粉。

我过完生日后没有几天,事情就开始了。根据日历看,游泳季节已经结束。可是,从天气看,根本不像是九月的样子。阴雨连绵的八月过后,炎夏大耍威风,秋老虎的厉害可以从钉在浴场管理员小屋上的救生协会布告旁的黑板上读到——气温:二十九摄氏度;水温:二十摄氏度;风向:东南;天气形势预报:以晴为主。

空军中士弗里茨·特鲁钦斯基从巴黎、哥本哈根、奥斯陆和布鲁塞尔寄来了明信片。这小子一直在作出差旅行。在这段时间里,玛丽亚和我被太阳晒成了棕褐色。七月份,我们一直坐在家庭浴场的帐篷前面。由于康拉德学校的学生恣意胡闹,佩特里中学的一个学生没完没了地表白爱情,玛丽亚吃不消了。八月中旬,我们离开了家庭浴场,在妇女浴场靠海处找到了一个清静得多的小小地盘。肥胖的女人,气喘吁吁,呼吸的短促如同波罗的海短促的海浪。她们站在海潮中,海水刚没过她们腘窝里曲张的静脉。全身精光、不懂规矩的小淘气们也在水里同命运搏斗,也就是说,他们用沙子堆城堡,堆一回就被海水冲垮一回。

妇女浴场。如果说,妇女们以为在这样的场所是不会有人观察她们的,那么,一个年轻男人,譬如说,奥斯卡当时就是一个掩盖了本相的年轻男人,就应该闭上眼睛,免得成为不受拘束的妇女体态的目击者——当然不是自愿的。

我们躺在沙里。玛丽亚穿着红边绿色游泳衣,我穿着蓝色游泳裤。沙在睡觉,海在睡觉,贝壳都被踩碎了,它们没在偷听。据说是永远醒着的琥珀,只是别处才有。风,根据黑板上所写,来自东南方,也慢慢入睡了。广阔的天空,肯定是劳累过度了,不停地在打呵欠。玛丽亚和我也有些疲倦了。我们已经下过水了,我们已经吃过东西了,但不是在游泳之前,而是在游泳之后,我们吃的是樱桃,只剩下湿的核,扔在海滩上,杂在往年留下的、变得又轻又白的干的樱桃核中间。

眼见这许多往昔的景象,奥斯卡情不自禁地抓起一把沙子,里面掺有刚吐出的以及有一年或千年之久的樱桃核,往他的鼓上撒去,于是他化为沙漏,同时,又玩起骨头来,设想自己扮演着死神的角色。我想象着玛丽亚温暖的、熟睡的皮肉下面她那肯定清醒着的骨骼的某些部分,享受着在她的尺骨与桡骨间进行透视的乐趣,顺着她的脊骨攀上攀下做计数游戏,穿过两个髂骨窝进去,拿她的胸骨来作乐。

我扮演死神,玩弄沙漏,娱乐消遣,玛丽亚却全然不顾我的乐趣,她的身子开始活动了。她伸手抓游泳包,听凭手指去瞎摸,然后寻找着什么,而我则将手中剩余的沙子和最后几颗樱桃核撒到已经有一半蒙上了沙子的鼓上。玛丽亚要找的可能是她的口琴,由于没找到,她把游泳包倒转过来,紧接着掉到浴巾上的不是口琴,而是一袋车叶草汽水粉。

玛丽亚装出意想不到的样子。也许她真的感到出乎意料。我可是真的感到惊讶。我过去反复这样讲,今天我仍旧这样讲:这包汽水粉,这种只有工人和装船工的孩子由于没钱买真正的柠檬水喝才去买的便宜货,这种滞销货,究竟是怎么会跑到我们的游泳包里来的呢?

奥斯卡还在左思右想的时候,玛丽亚觉得口渴了。我也不得不违心地中断思索,表示我也渴得厉害。我们没带杯子。此外,还得走到有饮用水的地方去。如果玛丽亚去,至少走三十五步,如果我去,至少得走五十步。如果打算到浴场管理员那里借一只杯子,再到管理人小屋旁拧开自来水龙头,那就得穿过或仰卧或俯卧、尼韦阿油油光锃亮的肉山,忍受沙滩烫脚之苦。

我们两个都害怕走这段路,谁也不去捡浴巾上那袋汽水粉。末了,在玛丽亚想要拿起它来之前,我把它拿到了手里。可是,奥斯卡又把它放回到浴巾上,好让玛丽亚抓着它。玛丽亚不伸手。于是,我把它拿了起来,交给玛丽亚。玛丽亚把它还给奥斯卡。我表示感谢,又送还给她。但她不想接受奥斯卡送的礼品。我只好又把它放回到浴巾上。它一动不动地在那儿待了一段时间。

奥斯卡断言,在这令人难以忍受的间歇之后,是玛丽亚拿起了这袋汽水粉。不仅如此,她顺着下面印有"由此撕开"的虚线,撕下了一小条纸。然后,她把这个撕开的小口袋向我递过来。这一回,奥斯卡谢绝了她,玛丽亚可算是被得罪了。她二话不说,把打开的小口袋放到了浴巾上。我没有别的办法,只好在海滩的沙子掺进小口袋里之前,一把拿起来,把小口袋递给玛丽亚。

奥斯卡断言,是玛丽亚把一个手指头伸进小口袋里,又伸出来,并伸直手指给我看,手指尖上有点蓝白色的东西,汽水粉。她向我伸过手指头。我自然领受了。虽然汽水粉的味道直冲鼻子,我的脸上却装出味道很好的样子。是玛丽亚摊开了手掌。奥斯卡别无办法,只好撒一些汽水粉在这粉红色的碗里。她看着这一小堆粉,不知怎么办。她觉得自己手心里的这座小丘过于新奇。于是,我探过身子去,把所有的唾液集中起来,吐在汽水粉上,接着又来一次,随后直起腰来,因为我已经弄不出唾液了。

玛丽亚的掌心里开始发出嗞嗞声,并泛起泡沫。车叶草像一座火山似的爆发了。我不知道是哪一国的人民在那儿发出狂怒。那里发生了玛丽亚还从未见过、从未感觉过的事情,因为她的手在抽搐,在颤抖,想要溜走,因为车叶草在咬她,因为车叶草钻进了她的皮肤,因为车叶草刺激了她,给了她一种感情,一种感情,一种感情……

车叶草的颜色越来越绿,玛丽亚的脸也变红了。她把手放到嘴边,伸出长舌头去舔掉她手心里的东西。她舔了好几次,无可奈何,奥斯卡差一点以为她的舌头平息不了如此刺激她的车叶草感情,反倒使它发展到了甚至还可能超过了在正常情况下约束任何感情的界限。

接着,这种感情渐渐平息了。玛丽亚哧哧地笑,她四下张望,看看有没有人目击方才的情景。她见到四周穿游泳衣的、气喘吁吁的海牛,涂满尼韦阿油、棕褐色的一片,麻木不仁地躺在那里,她便又倒下身子,躺到浴巾上;在这白色浴巾的衬托下,她脸上羞怯的红晕渐渐地消退了。

要不是玛丽亚在短短半小时以后又竖起身子来，拿起那半包汽水粉的话，那天中午浴场的天气或许会催我入睡的。我不晓得，她在把剩余的汽水粉倒到对车叶草的作用已不再感到陌生的那只手里去以前，内心是否有过斗争。她左手拿着纸口袋，右手摊开，像一只粉红色的小碗，但又一动不动地对峙了一会儿，相当于别人擦一擦眼镜所需的时间。她的目光既不对着纸口袋，也不对着她的掌心，她的目光并不在半空的口袋和空的手心之间徘徊，玛丽亚乌黑的眼睛穿过纸口袋和她的手之间望去，目光严肃。但是，她那严肃的目光毕竟挡不住半空的纸口袋。纸口袋向摊开的手掌靠近，手掌向纸口袋凑上来。她的目光失去了带有几分忧郁的严肃，变得好奇，最后变成贪婪。玛丽亚煞费苦心地装得若无其事，把剩余的车叶草汽水粉倒在窝成碗状的手心里（尽管炎热，她的手没出汗，是干的），扔掉了纸口袋，也撕下了镇静的假面具，用空出的手托着满握的手，灰色的眼睛还瞧了一会儿汽水粉，随后瞧着我，朝我投来灰色的目光，灰色的眼睛有求于我。她要我的唾液，她为什么不用自己的，奥斯卡可是没有了，她肯定有许许多多，唾液可不会这么快又出来的，她能不能用自己的呢？她的唾液虽不说比我的好，也是不相上下，无论如何她一定比我多，因为我不能那么快又弄出唾液来，更何况她岁数比奥斯卡大。

玛丽亚要我的唾液。我的唾液出不来了，这一开始就是明摆着的。她的目光却不离开我，仍旧在向我提出这一要求。她这样残忍，一步不让，我认为是她那不是自己悬着而是长在肉上的耳垂的罪过。于是，奥斯卡连连地咽着，想象着平日会使他嘴里生津的东西。可是，我的唾液腺不灵了，这只怪那海滨的空气，咸的空气，海滨的咸空气。在玛丽亚的目光的要求下，我只好站起身来，朝那边走去。我不敢东张西望，径直在滚烫的沙上走了五十多步，登上更烫的台阶，到得浴场管理员的小屋旁，拧开水龙头，歪过头去，张开嘴，在下面接着，喝着，喷着，咽着，直到奥斯卡又有了唾液。

尽管这段路似乎没有尽头，周围的景象又是那么可怕，奥斯卡还是从浴场管理员的小屋回到了我们的白色浴巾旁,但见玛丽亚俯卧在那里。她交臂抱头。辫子歪斜在圆滚滚的背上。

我推了她一下,因为奥斯卡现在有唾液了。玛丽亚纹丝不动。我又推了她一下。她不要。我小心翼翼地掰开她的左手。手被掰开了:空空如也。仿佛它从未见过车叶草似的。我掰开她的右手,粉红色的掌心,条条手纹,又湿又热,然而也是空空如也。

是玛丽亚用了她自己的口水?是因为她等不及了?还是她把汽水粉吹走了,在感觉到它之前就把这种感觉窒息了,并在浴巾上蹭干净自己的手,直到玛丽亚那熟悉的、有点迷信的月亮山、肥胖的水星和绷紧填实的金星环的小手心又露了出来?

那天,我们随即回家去了,奥斯卡永远不会知道玛丽亚是否第二次让汽水粉泛起了泡沫,或者在若干天之后,用我的口水掺和汽水粉是否重又成为她和我的一种恶习。

偶然的机遇,或者说,顺从我们愿望的偶然机遇来了。在上文所述去浴场的那天晚上,我们喝着乌饭树紫黑浆果汤,又吃油煎土豆饼。马策拉特唠唠叨叨地对玛丽亚和我说,他所在的那个地区党部内,成立了一个施卡特俱乐部,他也加入了,新牌友都是支部领导人,他将每周两次到施普林格饮食店去聚会,新任的地区党部领导人塞尔克有时也来,单凭这一点他就非去不可,所以只好让我们两个自己待在家里了。他又说,逢到他晚上去打施卡特时,最好奥斯卡到特鲁钦斯基大娘家去过夜。

特鲁钦斯基大娘欣然同意,她甚至觉得这个办法比马策拉特头天背着玛丽亚向她提出的建议要强得多。也就是说,我不去特鲁钦斯基大娘家过夜,而是让玛丽亚每周两次到我们家来,睡在沙发榻上。

玛丽亚原先睡在那张宽大的床上,从前那是我的朋友、背上伤疤累累的赫伯特的卧床。这张笨重的床放在较小的后屋里。特鲁钦斯基大娘的床在起居室里。古丝特·特鲁钦斯基一如既往在埃登饭店的冷餐柜台当服务员。她住在饭店里,遇到假日有时也回来,但很少在家过夜,万一过夜的话,便睡在沙发上。如果弗里茨·特鲁钦斯基从远方哪个国家回来休假,这位休假或出公差的军人便睡在赫伯特的床上,玛丽亚则睡到特鲁钦斯基大娘的床上,而那位老妇人便拿沙发当床铺。

这种固定的安排被我的要求打乱了。起先是要我睡在沙发上的。我干脆拒绝了这一无理要求。于是,特鲁钦斯基大娘让我睡在她那老太婆睡的床上,自己宁可睡沙发。这时,玛丽亚提出异议,她不愿意自己年迈的母亲因为不舒适而夜里睡不踏实,并直截了当地说,她愿意同我一起睡在赫伯特以前睡的床上。"我可以同小奥斯卡睡一张床,"她说,"他占不了多少地方。"

就这样,从接着到来的那个星期起,玛丽亚每周两次把我的睡具从底层我家屋里抱到三层楼上,替我和我的鼓在她的左侧弄了个过夜的地方。在马策拉特去打施卡特牌的头一夜,没有发生任何事情。我觉得赫伯特的床很大。我先躺下,玛丽亚稍后才来。她在厨房里洗了澡,身穿一件长得可笑、式样旧而发硬的睡衣走进卧室。奥斯卡本以为她会光着身子来的,因此一上来很失望,继而却又很满意,因为这件由曾祖母传下来的睡衣好似架起了一座令人愉快的桥,使他联想起护士带褶裥的白衣。

玛丽亚站在五斗橱前解她的辫子,一边吹着口哨。每当玛丽亚穿衣或者脱衣,解或编辫子时,她总要吹口哨。甚至在梳头时,她也总要不停地从噘起的唇间吹出两个音来,却不进而吹出一个曲调。

玛丽亚一放下梳子,口哨声随即中断。她转过身,摇了摇头发,很快几下子就把五斗橱上的东西整理好,井井有条使她感到欢喜,于是向黑檀木框里她的大胡子父亲的修过的照片来了一个飞吻,用过分的力量纵身一跳,躺到了床上,上下弹了好几回,最后一次弹起时,她抓住羽绒被,钻进这座山底下,下巴颏以下的身子全都消失了。她根本不碰躺在她身旁盖着自己的羽绒被的我,却从羽绒被下伸出睡衣袖子滑了下来的、圆滚滚的胳膊,寻找着自己头顶上那根可以把灯拉灭的绳子,找到了,咔嚓一声关了灯。在一片黑暗之中,她才用过

277

大的声音向我说一声:"晚安!"

玛丽亚的呼吸很快就变得均匀了。她可能不仅装成这样,而且确实很快就睡着了,因为她白天干活卖劲,晚上非得睡得踏实不可。

奥斯卡久久未能入睡,他的眼前升起了值得一看的画面,驱走了睡意。尽管窗上的挡亮纸和四壁之间如此漆黑一团,他仍然见到金发的护士站在赫伯特满是伤疤的背后,见到舒格尔·莱奥起皱褶的白衬衫——因为它就在近旁——变成一只海鸥,它飞啊,飞啊,在一道公墓的墙上撞了个粉碎,使这道墙看上去像是新粉刷过似的,如此等等。当一股越来越浓、使人困倦的香草味使这些画面闪烁不定,忽隐忽现,最后消失时,奥斯卡才像玛丽亚早已如此那样,开始均匀地呼吸起来。

三天以后,玛丽亚同样正经地给我表演了一次少女上床的姿态。她穿着睡衣进来,吹着口哨解辫子,吹着口哨梳头,放下梳子,不再吹口哨,整理五斗橱上的东西,向照片掷去一个飞吻,过分使劲地一跃上床,上下弹了几回,抓住羽绒被,瞧见——我瞧着她的背脊——她看到一个小口袋——我欣赏着她那美丽的长发——她发现在羽绒被上有样绿色的东西——我闭上眼睛,决心等她慢慢习惯于看到眼前这包汽水粉——弹簧在倒下身去的玛丽亚底下吱吱作响;这时,只听咔嗒一声。当我因为这咔嗒声睁开眼睛时,奥斯卡证实了他所料到的事情:玛丽亚已关上了灯,在黑暗中不均匀地呼吸着,她还是不习惯于见到这包汽水粉;可是,看来她一手制造的黑暗,会不会使汽水粉增加分量,使车叶草茂盛,使黑夜中掺上苏打发酵的气泡,还是成问题的。

我几乎认为,黑暗是站在奥斯卡一边的。因为在短短几分钟之后——如果在漆黑的房间里还可以谈什么分秒的话——我觉得床头有动静;玛丽亚在钓那根绳子,绳子上了钩,紧接着,我又能欣赏坐着的玛丽亚那睡衣上美丽的长发了。带褶的灯罩下电灯泡均匀的黄光照亮了屋子。羽绒被仍然叠得好好的放在脚那头,鼓鼓囊囊的,没有动过。床上的小纸袋在方才的黑暗中也未曾敢动一动。玛丽亚祖传的睡衣沙沙响,睡衣的一只袖子连同里面的小手一齐抬起来,奥斯卡嘴里积聚好了口水。

在此后的几个星期之内,我们两个弄光了一打以上的汽水粉,多半是车叶草味的。末了,车叶草味的没了,便换成柠檬和草莓味的。方法始终是一个,我用口水使它发酵,助长了一种滋味,而玛丽亚也越来越懂得品尝这种滋味。我搞了一些积口水的练习,使用一些妙法,使口水又多又快地流到嘴里来,并能够接连三次,每次间隔很短的时间,使小口袋里的汽水粉增添了玛丽亚所渴求的滋味再赠给她。玛丽亚对奥斯卡很满意,有时把他搂在怀里,并在受用了汽水粉以后亲吻他的脸,甚至两回三回地亲他。关灯以后,奥斯卡还听她在黑暗里咯咯地笑了一阵,随后她往往很快就睡着了。

我可是越来越难以入睡了。我十六岁了,思想活跃,需要驱走睡意,并使我对玛丽亚的爱同别的、更令人惊异的方法结合在一起,而不要老是用汽水粉加我的口水,老是一个滋味。

奥斯卡不仅在关灯以后进行思考。白天,我也敲着鼓思索,翻阅那本被我读烂了的关于拉斯普京的书的选段,回想早年在格蕾欣·舍夫勒那里上课时她同我可怜的妈妈之间的放荡行为,也问了问歌德,因为我不仅有拉斯普京的,而且有歌德的《亲和力》的选段,于是,我接受了那位信仰治疗家的性欲冲动,并用这位诗国王侯的包容全世界的自然感情加以冲淡。在我的眼里,玛丽亚忽而容貌似俄国皇后,兼有大公爵夫人安娜斯塔西亚的特征,忽而又像是从拉斯普京的乖僻的贵族追随者中挑选出来的贵妇人,在过分的兽性使我感到厌恶的情况下,我眼里的玛丽亚忽而又如奥蒂莉一般像天空似的透明,或者藏身于夏绿蒂高雅的、控制着的激情背后。在奥斯卡的眼里,他自己也在变换,先是拉斯普京本人,后是他的谋害者,常常成了上尉,很少变为夏绿蒂的无常的丈夫,有一回——我得坦白交代——竟成为一个具有人人熟悉的歌德的外形并在沉睡的玛丽亚上方飘浮着的天才。

奇怪的是,我期待着从文学中比从赤裸裸的、切切实实的生活中得到更多的启发。譬如说扬·布朗斯基,我过去经常看到他对我妈妈动手动脚,他却教不了我什么。虽然我知道,妈妈和扬,或者马策拉特和妈妈,轮换着抱成一团,喘息、紧张,末了乏力地低吟,黏黏糊糊地分开,而这就意味着爱,可是奥斯卡始终不愿意相信这种爱是爱,并要从这种爱里找出另外的爱来,但一再想起的却是这种抱团的爱,而且在他把它当做爱去实践,并不得不把它视为唯一可能的爱加以维护之前,一直憎恶这种爱。

　　玛丽亚躺着尝汽水粉。汽水粉一开始起泡沫,她的两条腿就抽搐和踢蹬开了,这已经成了一种习惯。因此,有好几回,她刚尝到味道,身上的睡衣已经向上滑到了大腿根。汽水粉第二次起泡沫时,她的睡衣就爬到了肚皮上方,卷起到乳房下面。有好几个星期之久,我总是把汽水粉倒在她的左手上,而这天夜里,我没有考虑到事先要去读一读歌德或拉斯普京,便自发地把草莓汽水粉小口袋里剩余的部分倒在了她的肚脐眼上。她还来不及抗议,我的口水就已经向那上面流去,而当这个火山口开始沸腾之后,玛丽亚就失去了提抗议所必需的理由,因为沸腾的、泛起泡沫的肚脐眼比空手心有更多的优点。虽然汽水粉还是同样的汽水粉,我的口水依旧是我的口水,味道也没变,只是更浓,浓得多。味道越来越浓,使玛丽亚再也憋不住了。她向前探过身子去,想用舌头去扑灭她的肚脐眼小罐里泛泡沫的草莓,一如她过去消灭手掌上的车叶草一样,但是她的舌头不够长;她的肚脐眼距离她的舌头比亚洲或者火地岛更遥远。可是,玛丽亚的肚脐离我很近,我便把舌头伸过去,寻找草莓,并且找到的也越来越多,我就这样在采集的时候迷了路,到了一个地方,那里没有护林人问你要采集执照,我感到有义务采集每一个草莓,我的眼睛、思想、耳朵和心里只有草莓,这里只有草莓的味道,由于我如此专心致志地采集草莓,因此奥斯卡只是顺带对自己说:玛丽亚对你这样努力地采集感到很满意哪!因此,她关上了灯。她放心地睡着了,并允许你继续去寻找,因为玛丽亚身上有许许多多的草莓。

　　当我再也找不到草莓的时候,我十分偶然地在另一个地方找到

280

了蘑菇。它深藏在苔藓下面,我的舌头够不到,于是,我让自己长出了第十一个手指,因为我那十个指头同样派不了用场。于是,奥斯卡获得了第三根鼓棒,它的年头已经够派这种用场了。我不敲鼓,而是敲苔藓。我完全搞不清楚了:是我在敲吗?这是玛丽亚吗?这是我的苔藓还是她的苔藓?苔藓和第十一个手指是属于别人的,而只有蘑菇是属于我的吗?下面的这个小先生有他自己的头脑、自己的意志吗?这一切都是谁干的:是奥斯卡、他还是我?

玛丽亚上半身睡着,下半身醒着,无害的香草和苔藓底下的味道强烈的蘑菇,都要汽水粉,不要这个小先生,甚至我也不要他,他已经宣布独立自主了,他证明自己是有头脑的,他吐出的东西,我可不曾灌给他,我躺下的时候他站着,他做着不同于我的梦,他既不会念书也不会写字,然而他却替我签了字,他至今还独行其是,从我感觉到他的那一天起,他就同我分开了,他是我的敌人,而我不得不一再同他结盟,他背叛我,在我危难时舍弃不顾,我想背叛并出卖他,我为他感到羞惭,他厌烦我,我替他洗澡,他却把我弄脏,他什么也看不见,但能嗅到一切,对我来说,他是个陌生人,我真想用"您"称呼他,他的记忆力与奥斯卡完全不同。因为今天,当玛丽亚走进我的病房,看护布鲁诺细心周到地退避到走廊上去时,他再也认不出玛丽亚来了,不愿意,也不能够,至多是冷淡地摆着吊儿郎当的姿势。与此相反,奥斯卡的心激动万分,结结巴巴地说道:"玛丽亚,仔细听听这些多情的建议吧:我可以买一个圆规,在我们周围画一个圆。我可以用这同一个圆规,在你阅读、缝补或者像现在这样拧我的手提式收音机的钮时量你的脖子的倾斜角。别弄这收音机,听听这些温柔的建议吧:我可以让人给我的眼睛打预防针,让它们重新流出眼泪来。奥斯卡可以到就近的肉铺里把自己的心放在绞肉机里绞,如果你把你的灵魂也同样这么绞的话。我们可以买一只剥制的动物,让它安静地待在我们俩之间。如果我下决心去掘虫子,而你有耐心的话,那我们就一起去钓鱼,使我们更加开心。要么去买当年的汽水粉,你记得吗?你把我叫做车叶草,我起泡沫,你要了又要,我把剩余的都给了你——玛丽亚,汽水粉,多情的建议!"

"你为什么拨我的收音机,为什么现在还只听收音机,就好像你对特别新闻有一种疯狂的渴念似的?"

特 别 新 闻

在我那面鼓的白色圆面上是做不好实验的。这一点我本来应该知道。我的铁皮始终只需要同样的木头。它愿意人家敲击着向它提问,敲击着由它回答,或者在急速敲击下无拘无束地闲聊,把问题和回答都搁置一旁。因此,我的鼓既不是煎锅,经人工加热后可以把生肉吓得魂飞魄散,也不是舞池,可以供未知能否终成眷属的舞伴翩翩起舞。因此,即使在最孤独的时候,奥斯卡也不把汽水粉撒到他的鼓上,再积聚口水流上去,让那出多少年来他再没有看到过的戏重新上演。可我又是多么惦念它呀!说实在的,奥斯卡不能完全放弃用上面所说的粉末做实验,可是,他宁愿自己直接去做,而不愿让鼓来参与;这样一来,我就会丢丑现眼,因为没有鼓,我便始终是个丢丑现眼的人。

首先,要弄到汽水粉就很难。我派布鲁诺跑遍伯爵山所有的殖民地商店,让他乘电车去格雷斯海姆。我也请他到城里去试试,可是,即使在电车终点站可以找到的那种冷饮店里,布鲁诺也买不到汽水粉。年轻的女售货员根本不知道,年纪较大的冷饮店老板回忆起来话可多了,据布鲁诺讲,他们搓搓额头沉思着说:"伙计,您要什么?汽水粉吗?这是哪个年代的东西啦!在威廉时代,在阿道夫时代的头几年,还出售这种玩意儿。那可是很久以前的事啦!现在么,给您来一瓶果汁汽水或者可口可乐怎么样?"

于是,我的护理员用我的钱喝了好几瓶果汁汽水和可口可乐,可就是没有给我买来我所要的东西。不过,他还是帮了奥斯卡的忙。布鲁诺一点也没泄气,昨天他给我带来一个没有印字的白色小口袋。

疗养与护理院的女化验员，一位名叫克莱因的小姐，表示了充分的理解，愿意帮忙，并摊开参考书，打开抽屉和瓶瓶罐罐，这儿取几克，那儿取几克，经过多次试验，终于配制成了汽水粉。布鲁诺告诉我说，它会起泡沫，有刺激性，会变绿，并且有车叶草味。

今天是探望日。玛丽亚要来。可是头一个来的是克勒普。我们一起就一些只配遗忘的事情笑了三刻钟之久。我想方设法不让克勒普以及他的列宁主义者感情冲动起来，便避而不谈现实问题，只字不提我从手提式收音机——这是玛丽亚在几个星期以前送给我的——听来的特别新闻，也就是关于斯大林逝世的报道。不过，看来克勒普肯定是知道的，因为他的棕色方格纹大衣袖上缝着黑纱，只是缝得很不像样。接着，克勒普站起身来，维特拉进屋。这两位朋友看来又要争吵了，因为维特拉笑着向克勒普打招呼，并把手指弯曲成魔鬼头上的角那样："今天早晨刮胡子的时候，斯大林去世的消息把我吓了一跳！"他一边嘲讽，一边帮克勒普穿大衣。克勒普香脂抹得发亮的宽脸上露出虔敬的表情。他抬起手臂，晃了晃大衣袖子上的黑纱。"就因为这个我才戴黑纱。"他叹息道，并模仿阿姆斯特朗①的小号声，哼起了最初几小节具有新奥尔良功能的葬礼音乐：特拉——特拉哒哒——特拉——哒哒——哒哒哒……随后，他滑着舞步出了房门。

维特拉留下了。他不想坐，宁愿站在镜子前面跳跳蹦蹦。我们两个会心地相对微笑了一刻钟左右之久，但与斯大林无关。

我不知道自己究竟是要向维特拉吐露秘密呢，还是蓄意把他赶走。我招手叫他到床前来，招手叫他把耳朵凑过来，对着他的大耳垂的耳朵低声说道："汽水粉！你知道是什么名堂吗，戈特弗里德？"维特拉恐怖地从我的栏杆床旁跳开；他马上做起他的拿手好戏来，用食指指着我，以激动的腔调说："撒旦啊，你为什么要用汽水粉引诱我？你难道还不知道我是个天使吗？"

维特拉像个天使似的，先对着洗脸盆上方的镜子照了照，然后翻

---

① 路易·阿姆斯特朗(1900—1971)，美国著名爵士乐小号手。

然离去。疗养院外面的年轻人真古怪,都喜欢装腔作势。

接着玛丽亚来了。她让裁缝做了一套时新的春装,配上一顶时新的鼠灰色帽子,带有精致的稻草黄的装饰物,她甚至进了我的病房也不肯摘下这件艺术品。她草草地问候了我一声,不让我吻她的面颊,随即打开了那只手提式收音机。这东西虽说是她送给我的,但看来完全是为了她自己派用场,因为每逢探望日,这只讨厌的手提式收音机总要代替我们之间的一部分谈话。"你听到了今天早晨的广播没有?真叫人激动。不是吗?""是这样,玛丽亚,"我耐心地回答说,"他们连斯大林的死讯都不想对我保密,不过,还是请你把收音机关了吧!"

玛丽亚一声不吭地照办了。她坐下来,始终还戴着那顶帽子。于是,我们像往常那样谈起小库尔特来了。

"你看怎么办,奥斯卡,那个小淘气已经不愿再穿长筒袜子了。现在还只是三月份,天气还会变冷,广播里这么说的。"对于天气预报,我只当没听见,并在穿不穿长筒袜子的事情上,替小库尔特说话。"这孩子现在十二岁了,他不好意思穿长筒袜子上学,因为同学会拿他寻开心的。"

"我更关心的是他的健康,长筒袜子他得穿到复活节。"这个日期她讲得毫不含糊。我只好退让一步:"那么你得给他买条滑雪裤,羊毛长筒袜子确实很难看。你回想一下你在他那个年纪的时候。在拉贝斯路我们的院子里。小矮个儿总是穿长筒袜子一直穿到复活节,你回想一下,当年他们是怎么对待他的?努希·艾克,他死在克里特岛,阿克塞尔·米施克,战争快结束时死在荷兰,还有哈里·施拉格尔,他们这几个当年是怎么对待小矮个儿的?他们用柏油涂在羊毛长筒袜上,结果袜子同皮肤粘在一起,小矮个儿被送进了医院。"

"这是苏西·卡特的过错,不关长筒袜子的事!"玛丽亚大声说道,她发火了。虽说苏西·卡特在战争一开始就当了女通信兵,后来在巴伐利亚同人结了婚,可是,玛丽亚对比她大几岁的苏西始终怀着宿怨。这种事只有女人才干得出来,她们能把少年时结下的怨恨一直记到当老祖母的时候。然而,我提到小矮个儿那双被人涂了柏油的羊毛袜,多少起了点作用。玛丽亚答应给小库尔特买一条滑雪裤。我们的谈话可以转题了,关于我们的小库尔特还有些好消息。在最近一次家长会上,校长克内曼表扬了他。"你瞧,他是全班第二名。他还在店里帮我的忙。他可是帮了大忙啦。"

我点点头表示赞许,接着还听她讲了讲最近为美味食品店购置的东西。我鼓励玛丽亚在上卡塞尔再开一片分店。我说,现在时机有利,市面将继续保持繁荣(这是我刚从收音机里听来的)。随后,我认为时机已到,便按铃叫布鲁诺。他走进病房,递给我一个白纸袋汽水粉。

奥斯卡的计划是经过周密考虑的。我没有作任何解释,就请玛丽亚把左手伸给我。她先想伸右手,又改伸左手,一边摇头一边笑,把左手背伸到我面前,也许是指望我会吻她的手背。但我把她的手翻转过来,将纸袋里的粉末倒在她手心上的月亮山和金星山之间,这时,她才露出了惊异的神色。不过她还是允许我这么做了,只是当奥斯卡探过身子去,让满口的唾沫流到这座汽水粉的山头上去时,她害怕了。

"别胡闹,奥斯卡!"她恼火了,一跃而起,退后几步,惊愕地瞧着这正在发酵的、起绿色泡沫的粉末。玛丽亚的脸从额头开始渐次涨得通红。我正以为有希望的时候,她迈出三大步走到洗脸池旁,用水,讨厌的水,先是凉的、随后是温和的水,冲掉了我们的汽水粉,用我的肥皂洗干净她的手。

"你有时真叫人没法容忍,奥斯卡。明斯特贝格先生会对我们产生什么想法?"她为了替我请求宽恕,眼睛望着布鲁诺,他在我做实验的时候一直站在我的床脚旁。我为了使玛丽亚不再感到害羞,便把护理员打发走。房门刚锁上,我就再次请玛丽亚到床前来:"你记不得了吗?你回忆一下吧!汽水粉!一小包三芬尼!回忆一下:车叶草味的,草莓味的,发酵,起泡沫,多美啊!还有感情,玛丽亚,感情!"

玛丽亚记不得了。她傻乎乎地害怕起我来,身子有点发抖,藏起她的左手,紧张地另找话题,又向我谈起小库尔特在学校里的成绩、斯大林的死、马策拉特美味食品店新添置的冰箱以及在上卡塞尔开分店的打算。我却矢忠于汽水粉,只谈汽水粉。她站起身来,汽水粉,我恳求着。她匆匆告别,戴上帽子,又不知该走还是该留,便打开了收音机。我放开嗓门,压过收音机的嘈杂声喊道:"汽水粉,玛丽亚,回想一下吧!"

这时,她站在门口,哭泣,摇头,留下我一个人和这台嘎嘎响吱吱响的手提式收音机。她小心翼翼地关上门,仿佛离开一个垂死的人似的。

这么说,玛丽亚已经记不起汽水粉来了。可是,只要我还在呼吸,还在击鼓,对于我来说,汽水粉就不会停止发酵泛沫;因为正是我的唾液在一九四〇年晚夏使车叶草和草莓获得了生命,唤醒了感情,派我的肉身去寻找,把我训练成香菇、羊肚菌以及其他我叫不出名字但仍可享用的蘑菇的收集者。它使我成为父亲,是的,父亲,非常年轻的父亲,收集和生育;因为到了十一月初已不存在任何疑问了,玛丽亚怀孕了,玛丽亚有了两个月的身孕,我,奥斯卡,就是父亲。

我今天还相信这一点,因为玛丽亚同马策拉特的那件事是后来晚得多的时候才发生的。那是我在玛丽亚那背上满是伤疤的哥哥赫伯特的床上,面对着她的二哥、那位上士寄来的军用明信片,然后在熄了灯的房间里,在防空遮光纸和四壁之间,使熟睡的玛丽亚怀了孕以后两个星期,不,十天之后才发生的。那时,我在我家的沙发榻上撞见了玛丽亚。她没有睡着,而是张大了嘴忙着吸气;她躺着,在马策拉特下面,上面是马策拉特。

奥斯卡从阁楼来,他在那里思考了一阵,下楼,脖子上挂着鼓,从门道里走进起居室。那两个人没有发现我。他们两个的头都冲着瓷砖面火炉。他们两个没有规规矩矩地脱掉衣服。马策拉特的内裤挂在他的膝窝上。他的长裤堆在地毯上。玛丽亚的裙子和衬裙一直撩到胸罩以上、胳肢窝以下。内裤缠在她的右脚上,右腿可憎地扭曲着,悬在沙发榻外。左腿弯曲,搁在靠背垫上,好像不感兴趣似的。在这两条腿之间的是马策拉特。他用右手把她的头扭向一边,另一只手在做手脚。玛丽亚从马策拉特叉开的手指间把呆滞的目光投向一侧的地毯,仿佛跟踪着地毯上的图案一直望到桌子底下。他咬住一只丝绒套垫子,只是当他们两个说话时,他才松开牙齿不再咬那丝绒。他们时而说话,却没有中断。只是当时钟敲响三刻钟时,他们才停顿,直到时钟敲罢,他又像敲钟前那样继续下去,并说:"现在是三刻。"接着他问她这样行不行。她连声说行,还要他留点神。他答应她,一定小心。她吩咐他,不,她恳求他这次得特别注意。接着他问她,是不是马上到时候了。她说,马上就到了。这时,她悬在沙发榻外边的那只脚抽搐了一下。她一脚踢了个空,内裤仍挂在上面。他又去咬丝绒套垫子,而她嚷:"滚开!"他也想滚开,但已经滚不开了,因为在他滚开之前,奥斯卡已经骑到了他们两个上面,因为我已经把鼓放到他的腰上,抡起鼓棒敲铁皮,因为我再也听不见"滚!滚开!"的叫声,因为我的鼓声比她喊"滚!"的声音响,因为我不能容忍他滚开,就像扬·布朗斯基过去总是从妈妈身边滚开那样;因为妈妈过去也总是说"滚",对扬说"滚",对马策拉特也说"滚"。接着,他们分开了,他们朝什么地方甩鼻涕,甩在专用的毛巾上,如果毛巾不在手头,就甩在沙发榻上,也有可能甩在地毯上。但我看不下去。不管怎么说,我没有滚开过。我是头一个没有滚开过的人,因此,我是父亲而不是那个马策拉特。他始终相信,直到最后也相信,他是我的父亲。但那是扬·布朗斯基。我得到扬的遗传,我抢在马策拉特之前,但我没有滚,我留下了,留在里面了,出来的,那是我的儿子,不是他的儿子! 他根本就没有儿子! 他根本不是真正的父亲! 哪怕他同我可怜的妈妈结婚十次,哪怕他娶了玛丽亚! 因为她已经怀孕了。他想,公寓里的和这条街上的邻居肯定会这样想的。他们自然会这样想,马策拉特把玛丽亚的肚子搞大了,他娶了她,她十七岁半,他呢,四十五岁。就她这个年龄来说,她可真是个能干人。至于小奥斯卡,他会因为有了这么个后娘而高兴的,因为玛丽亚对待这个可怜的孩子并不像后娘似的,倒像一个真正的母亲,虽说小奥斯卡脑筋不那么太清楚,本来是应当送进银锤陆军医院或者送进塔皮奥疗养院去的。

马策拉特听从格蕾欣·舍夫勒的劝告,决定娶我的情人。如果我把他,我的假想之父称为父亲的话,我就不得不确定如下事实:我的父亲娶了我未来的妻子,之后,我把我的儿子库尔特叫做他的儿子库尔特,他因此要求我承认他的孙子是我的同父异母的弟弟,要求我把我所爱的、散发出香草味的玛丽亚认做继母,容忍她躺在他那一股鱼子臭腥味的床上。但如果我证实了,这个马策拉特根本不是你的假想的父亲,他是一个陌生人,既不值得你去同情也不值得你去厌恶,他烧得一手好菜,只因为你的可怜的妈妈把他留给了你,他便勉勉强强顶替了父亲的位子,给你做好吃的,照料你直到今天,他现在当着众人的面从你手里夺走了最好的女人,硬把你变成了一场婚礼以及五个月以后的一次婴儿洗礼的目击者,变成了两次家宴的宾客,而这次婚礼和婴儿洗礼本来该由你来举行,应该由你领着玛丽亚去户籍登记处,应该由你来决定谁当教父和教母,如果让我来检查这出悲剧的主角,不得不发现,这出戏是在主角被别人顶替了的情况下演出的,我会对这出戏感到绝望,因为奥斯卡,真正的主角扮演者,却被派去跑龙套,而且,这个龙套本来在戏里是应该删掉的。

在我给我的儿子冠以库尔特这个名字之前,在我这样称呼他,似乎他从来也不曾有过名字——其实,我曾经用他真正的祖父文岑特·布朗斯基的名字来命名他——之前,也就是说,在我容忍库尔特这个名字之前,对于在玛丽亚怀孕期间奥斯卡如何阻挠按期生育一事,他并不想保持沉默。

那天晚上,我撞见了沙发榻上的那两个,敲着鼓骑在马策拉特汗涔涔的背上,使他不能像玛丽亚所要求的那样小心行事,之后,我又拼命做了尝试,想夺回我的情人。

当时,马策拉特终于把我从他的背上摇晃下来,但为时已晚。他因此揍我。玛丽亚保卫奥斯卡,责备马策拉特没有成功,未能小心行事。马策拉特像个老年男人似的为自己辩护。他说,这是玛丽亚的过错,她本来该满足的,可她总是不过瘾。玛丽亚一听就哭了。她说,她可不能那么快,三下两下就完事,要是这样,他本该另找一个女人,她虽说自己没有经验,不过,她的姐姐在伊甸饭店工作,古丝特是在行的,古丝特告诉过她,这么快是不行的,还要她留神,古丝特说过,就有这样的男人,他们只是为了把鼻涕甩出来就完事,他,马策拉特,准是这样的男人,她再也不干了,她呀,非要铃铛同时响不可。因此,他本该小心行事,不管怎样也得如此,就那么一点体贴他都不考虑。她说罢就哭了,还一直坐在沙发榻上。穿着内裤的马策拉特嚷嚷起来,说他不想再听这种哭哭啼啼的腔调;接着,他又觉得自己发火不对,又对玛丽亚动起手来,也就是说,他要伸手到她的裙子下面还光着的地方去抚摸,这一下可把玛丽亚给惹火了。

奥斯卡还从来没有看到过她这副样子。她的脸上出现了红斑,灰眼睛也变得越来越暗了。她把马策拉特叫作脓包,马策拉特只好伸手去拿裤子,穿上,系好扣子。玛丽亚嚷道,他可以拍拍屁股走了,去找那些党支部头头,那帮人同他一样,也是脓包。马策拉特抓起上装,接着捏住门把,说,他现在要去换换胃口了,女人的麻烦事他受够了,如果她真是这样一个骚货,她本该去勾引外籍工人,勾引那个送啤酒的法国佬,他肯定要强得多。他,马策拉特,心目中的爱情不只是干这种龌龊事情,他现在要去玩施卡特牌了,干这种事情,他心里有底。

于是,起居室里只剩下我和玛丽亚两人了。她不再哭泣,沉思着穿衣,吹几声口哨,穿好内裤。她花了不少时间去抚平方才在沙发榻上受了罪的裙子。接着,她打开收音机,当报告魏克塞尔河和诺加特河的水位时,她专心地听着,当报告完下莫特劳河的水位后,预告播放华尔兹而音乐也开始了时,她突然又脱掉内裤,走进厨房。我听到她拿盆、放水和煤气咝咝的声响,我猜想,玛丽亚准是打定主意要洗个澡了。

为了避免去作这种有点难堪的想象,奥斯卡集中心思去听华尔兹。如果我没有记错的话,我甚至跟着施特劳斯①的音乐敲了几小节的鼓,觉得挺有意思。接着,由广播大楼播放的华尔兹音乐突然中断,开始报告特别新闻。奥斯卡猜想是关于大西洋战事的消息,而且果然猜中了。多艘潜艇在爱尔兰以西击沉七八艘船,总计若干千吨位。此外,另有潜艇在大西洋击穿了几乎是同样多吨位的船只的船底。海军上尉谢普克——也可能是海军上尉克雷特施马尔——反正是这两个中间的一个或者是第三个著名海军上尉指挥的潜艇干得尤其出色,它击沉的吨位数最多,此外还包括或者外加一艘英国的 XY 级驱逐舰。

我跟着特别新闻后播放的英国歌曲在我的鼓上敲起变奏来,差点把那支歌曲变成了一支华尔兹。这时,玛丽亚臂上搭着一条毛巾走进了起居室。她压低声音说:"听见了没有,小奥斯卡,又有一条特别新闻!要是他们这样干下去的话……"她没有告诉奥斯卡要是这样干下去的话会怎么样,便坐到了一张椅子上,通常马策拉特总把他的上装搭在这张椅子的扶手上。玛丽亚把湿毛巾拧成香肠状,跟着那首英国歌曲相当响地而且正确地吹起了口哨。收音机里的歌声停止以后,她还重复吹了一遍那支歌曲的结尾,那不朽的华尔兹刚响起,她就关掉了碗橱上的收音机。她把香肠状的毛巾放在桌上,坐下来,把两只小手搁在大腿上。

这时,我家的起居室变得非常寂静,只有落地钟的说话声音越来越大。玛丽亚似乎在考虑把收音机重新打开是不是更好些。但她接着却拿定了另一个主意。她把额头贴到桌面上的毛巾香肠上,两臂沿膝垂向地毯,默默地、有规律地、一阵阵地哭泣。

奥斯卡心里琢磨,玛丽亚是不是害羞了,因为我在这种难堪的场合下给她来了个突然袭击。我打定主意要让她高兴起来,便溜出起居室,走进昏黑的店铺,在小盒布丁和胶水纸旁边找到了一个小口袋,又在半明半暗的过道里看清这是一小包车叶草汽水粉。奥斯卡

---

① 约翰·施特劳斯(1825—1899),奥地利作曲家,人称"圆舞曲之王"。

对自己摸到的东西很高兴,因为在各种香味中间玛丽亚最喜爱车叶草味。

我走进起居室时,玛丽亚的右脸还枕在拧成香肠状的毛巾上。她的双臂还像方才似的在两腿之间摇摆,不知往哪儿搁才好。奥斯卡从左边走近她时,发现她两眼紧闭,并没有眼泪,便觉得挺失望。我耐心地等着,直到她的眼皮连同有点粘在一起的睫毛一道抬起时,便把小纸袋递给她。可是,她没有注意到这车叶草,她对这小纸袋和奥斯卡就像视而不见似的。

我原谅了玛丽亚,她也许是被泪水迷糊了眼睛。我心里盘算了一下以后,便决心采取更直接的行动。奥斯卡爬到桌子底下,蹲在玛丽亚略微朝里撇的双脚之间,抓住她的手指尖几乎蹭到地毯的左手,把它翻转过来,直到我能够看见她的手心,随后用牙齿撕开小纸袋,把半包粉末撒在这任我摆布的手心里,让唾沫流上去。我还在观察粉末刚开始起泡沫的时候,胸口便挨了玛丽亚一脚,好痛啊,她把奥斯卡踢倒在起居室桌子下面正中央的地毯上。

我不顾疼痛立即站起来,从桌子底下钻出来。玛丽亚也站了起来。我们面对面站着,气喘吁吁。玛丽亚一把抓起毛巾,擦干净她的左手,把这一团东西扔到我的脚前。她把我叫做该死的脏猪,坏心眼的矮子,精神失常的侏儒,就该送进疯人院去。她说罢抓住我,打我的后脑勺,骂我的可怜的妈妈,说她竟然生下了像我这样的一个淘气鬼。我正想叫喊,正想向起居室里的和全世界的玻璃宣战的时候,她把那团毛巾塞进了我的嘴里。我一口咬下去,它比老牛肉还硬。

直到奥斯卡的脸色发紫发青的时候,她才罢休。这时,我本来可以喊叫,不费吹灰之力就震碎所有的玻璃器皿、窗玻璃以及落地钟指针前面的玻璃罩。但是我没有叫喊,而是让一种仇恨占据了我的心灵。这种仇恨盘踞在那里,直到今天,我一见玛丽亚踏进我的房间,就会感觉到这仇恨还像是在我的牙齿间咬住的那团毛巾。

玛丽亚的脸色真是说变就变。她不再整我,和气地笑了起来,一伸手又打开收音机,跟着华尔兹音乐吹口哨,一边朝我走来,想抚摩我的头发表示和解,因为我过去是很喜欢她这样做的。

　　奥斯卡让她走到跟前,接着用双拳由下而上打她放马策拉特进去的地方。我要打第二下时,她抓住了我的拳头,我却一口咬住了那个该死的地方,紧咬着同她一起倒在了沙发榻上。虽然听到了收音机里又在播送另一条特别新闻,但是奥斯卡不想听这些;所以,他也就无法告诉读者,谁击沉了什么以及击沉多少,因为一阵哭泣前的剧烈的痉挛使我松开了牙齿。我一动也不动地伏在玛丽亚身上,她由于疼痛而哭泣,奥斯卡则由于仇恨而哭泣,也由于爱而哭泣,这种爱已经变成了昏厥,但仍然没有停止。

把昏厥带给格雷夫太太

我不喜欢他,格雷夫。他,格雷夫也不喜欢我。后来,格雷夫给我制造了擂鼓机械,但我仍旧不喜欢他。持久地对某人抱有反感,这需要毅力。奥斯卡虽然没有这种毅力,却直到今天仍旧不喜欢他,虽说已经根本不存在他这么个人了。

格雷夫是个蔬菜商。请读者切莫误解。他既不信仰土豆也不信仰皱叶甘蓝,但他对于蔬菜种植却有广泛的知识,喜欢摆出一副园艺师、大自然之友和素食者的面孔。正因为格雷夫不吃肉,所以他不是一个真正的蔬菜商。他不可能像谈农产品那样谈论农产品。"请您看看这种不一般的土豆,"我经常听见他这样对顾客说,"瞧这种丰满的、胖鼓鼓的、一再设计出新形状然而又是那么清白的果肉。我爱土豆,因为它属于我!"自然啰,一个真正的蔬菜商绝对不会讲这样的话弄得顾客尴尬不堪的。我的外祖母安娜·科尔雅切克是在土豆地里活到老的,在土豆收成最好的年头她也不会说出这样的话来:"今年的土豆比往年大那么一点。"此外,安娜·科尔雅切克和她的兄弟文岑特·布朗斯基完全靠土豆的收成生活。蔬菜商格雷夫就不是这样,往往是李子的丰年弥补了土豆的歉年给他带来的损失。

格雷夫事事夸张。难道他在店铺里的时候就非得穿一条绿色围裙不可吗?他脸上堆笑,自作聪明地在顾客面前把这条菠菜绿的围嘴儿叫做"亲爱的上帝赐予的绿色园丁围裙",这是多么狂妄啊!此外,他放弃不了童子军那套玩意儿。虽说他在一九三八年已经不得不解散了他的团体,人家也已经让男孩子们穿上了褐衫和合身的黑色冬季制服,然而,以前穿制服或穿平民服的童子军还经常地定期来

294

看望他们从前的童子军指导。格雷夫则身穿他那条由亲爱的上帝赐予的园丁围裙,拨弄吉他,同他们一道唱晨歌、晚歌、漫游歌、雇工歌、收获歌、童贞女颂歌、本国民歌以及外国民歌。格雷夫总算及时地摇身一变成了纳粹摩托队队员,从一九四一年起,他不仅自称是蔬菜商,而且自称是空袭民防队员。除此之外,还有两个前童子军可以当他的靠山,这两个人在年轻人里出了点风头,当上了希特勒青年团的旗队长和分队长,所以,在格雷夫的土豆窖里举行的歌咏晚会,可以看作是希特勒青年团地方支部批准的。区训导主任勒布扎克也曾请格雷夫在延考的训导城堡举办训导班期间组织过歌咏晚会。一九四〇年年初,格雷夫同一位国民小学教师一起,受委托为但泽-西普鲁士区编一本题为《大家唱》的青年歌集。这本歌集编得很不错。蔬菜商格雷夫收到一封从柏林寄来的、由帝国青年领袖亲笔签名的信件,邀请他赴柏林参加一次歌咏队长会议。

所以,格雷夫是个能干人。他不仅谙熟所有的歌曲和所有的歌词,还会架帐篷,会点燃和熄灭营火而不致酿成森林火灾。他能靠指南针行军到达终点,叫得出所有肉眼能看见的星星的名称,善于讲趣闻和冒险故事,通晓魏克塞尔河地区的传说,能做题为《但泽和汉萨同盟》的报告,逐一列举骑士团所有的首领以及与他们有关的各种日期。但他并不以此为满足,还进而海阔天空地大谈在骑士团的疆域内德意志民族的神授使命,而且很少把人家一听就知道的童子军术语掺进他的报告里去。

格雷夫喜爱年轻人。他喜爱男孩子甚于喜爱女孩子。他其实根本不喜爱女孩子而只喜爱男孩子。他对男孩子的爱远超出他通过唱歌所表达的。他的妻子,格雷夫太太,是个邋遢女人,总戴着油迹斑斑的胸罩,穿着满是窟窿的长筒袜。可能是这个缘故逼得格雷夫到强壮的、整洁的男孩子中间去寻找纯洁的爱。格雷夫太太的内衣一年四季都如此肮脏或许还有另一个原因。我是说,格雷夫太太之所以变得邋遢,是因为蔬菜商和空袭民防队员格雷夫未能充分赏识她那不加约束的、呆笨的肥胖身躯。

格雷夫喜爱强壮的、肌肉发达的、经过锻炼的人。当他说到"自然"这个词的时候,他脑子里想的是"禁欲"。当他说到"禁欲"这个词的时候,他的意思是指一种特殊的体育锻炼方法。格雷夫善于体育锻炼。他不怕麻烦地锻炼他的身体,让它经受烈日的曝晒和严寒的考验,这后一种尤其具有创造性。奥斯卡能用具有近程和远程效果的歌声震碎玻璃,偶或也能融化玻璃上的冰花,使冰柱脱落,掉到地上发出清脆的声响,而这位蔬菜商则是一个会用工具攻击坚冰的人。

格雷夫会在冰上凿洞。每到十二月、一月和二月,他就用斧头在冰上刨开窟窿。他一大早,在天还没亮的时候,就把自行车从地窖里扛出来,用一个盛葱头的口袋裹上斧子,然后骑车经过萨斯佩到布勒森,再从布勒森沿白雪覆盖的海滨林荫道朝格莱特考方向蹬去,在布勒森和格莱特考之间下车。这时,天慢慢亮了。他推着自行车,车上夹着裹在盛葱头的口袋里的斧子,走过结冰的沙滩,随后,在冰封的波罗的海上往前走出二至三百米远。那里,迷漫着滨海浓雾。从岸上望去,谁也无法瞧见格雷夫如何放倒自行车,打开盛葱头的口袋取出斧子,可疑地、一动不动地站了片刻,倾听着停泊场上被冰冻住的货轮拉响的雾笛,接着,脱掉短大衣,做了几下体操。末了,他开始有力而均匀地抡斧子,在波罗的海上凿出一个圆形窟窿。

格雷夫花了整整三刻钟的时间凿好他的窟窿。诸君请勿问我是从何得知这一切的。奥斯卡当时差不多样样事情都知道。所以,我也知道格雷夫在冰层上凿出他的窟窿需要多少时间。他出汗了,他的汗珠从高高拱起的额头上带着咸味蹦进雪里。他干得很熟练,用斧子在冰上凿出一个圆形的深沟,等到这个圆形的两端相连接时,他便脱掉手套,从辽阔的、可以有把握地认为一直延伸到赫拉半岛甚至延伸到瑞典的冰层中拽出大约二十厘米厚的冰块。窟窿里的水,年代久远,颜色灰暗,漂着冰碴。窟窿里冒出水汽,然而这不是温泉。窟窿吸引鱼。我的意思是,据说冰窟窿吸引鱼。现在,格雷夫或许能够钓到七鳃鳗或者一条重二十磅的鳕鱼。但是他并没有钓鱼,却开始脱衣服,脱了个精光,因为格雷夫要么不脱衣服,一脱起来就得脱光。

奥斯卡并不想让读者诸君打起严冬时分的寒战来。所以,我只作简短的报道:冬季里,蔬菜商格雷夫每周两次在波罗的海里洗澡。每星期三,他一大早独自一人去洗澡。他六点钟出发,六点半到得那里,七点一刻把窟窿凿好,脱掉身上的衣服,动作迅速而夸张,先用雪搓身体,随后跳进窟窿里,在窟窿里叫喊。有时候,我听见他在唱"野鹅振翅飞过夜空",或者唱:"我们爱风暴……"他边唱歌边洗澡,吼叫两分钟,最多三分钟,接着便纵身一跃上了冰层,形象鲜明:冒着水汽的、熟虾一样红的一团肉,绕着冰窟窿狂奔,一直吼叫不停,容光焕发。最后,他穿上衣服,跨上自行车。快到八点钟时,格雷夫又回到拉贝斯路,他的蔬菜店准时开张营业。

格雷夫第二次洗澡是在星期日,由几个男孩子陪同。奥斯卡不想说他看到过那番情景,实际上也未曾看到过。后来,大家都议论这件事。音乐家迈恩知道蔬菜商的种种事情,他吹起小号,在整个居民区里把这些事弄得家喻户晓。这些通过小号传播的轶事之一称:冬季里,每逢星期日,格雷夫都由好几个男孩子陪着去洗澡。不过,即使是迈恩他也没有说,蔬菜商格雷夫曾经强迫那些男孩子同他一样赤身裸体地跳进冰窟窿里。见到这些半裸的或者几乎全裸的孩子,个个肌肉发达,意志顽强,在冰上嬉闹,互相用雪搓身子,格雷夫本该满意了。是啊,这些雪地里的孩子确实使格雷夫兴高采烈。他禁不住在洗澡前或者洗澡后也常常同他们一起嬉闹,帮这一个或那一个孩子用雪搓身子,也让这帮孩子帮他搓身子。音乐家迈恩声称,尽管迷漫着海滨浓雾,他还是从格来特考的海滨林荫道上看到过:一丝不挂的格雷夫,唱着歌,吼叫着,把他的两个光着身子的徒弟一把拽到自己身边,举起来,驮上一个再驮另一个,像一辆嘶叫着的脱缰的三驾马车在波罗的海厚实的冰层上狂奔。

格雷夫不是渔家子,这一点不难猜想,虽说在布勒森和新航道住着许多姓格雷夫的渔民。蔬菜商格雷夫是梯根霍夫人,可是,莉娜·

格雷夫,娘家姓布拉施,却是在普劳斯特认识她的丈夫的。他在那里协助一位有事业心的年轻的副主教管理天主教的学徒协会,而莉娜则由于这位副主教的缘故,每逢周末都要到教区住宅去。根据一张照片看——这张照片想必是格雷夫太太送给我的,因为它直到今天还贴在我的照相簿里——那时,年方二十的莉娜健壮、丰满、快活、舒畅、轻率、愚蠢。她的父亲在圣阿尔布雷希特有一个较大的园圃。她二十二岁时嫁给了格雷夫,如她日后一再声称的,当时她完全没有经验,只是听从了副主教的劝告。她还用她父亲的钱在朗富尔开了一片蔬菜店。她所出售的大部分蔬菜以及差不多全部的水果,都由她父亲的园圃按低价提供,所以生意做得挺好,不必花什么心思,格雷夫也不会拆什么墙脚。

如果蔬菜商格雷夫没有那种孩子的爱好去发明什么机械装置的话,本来可以把这片蔬菜水果店变成一个金矿。因为它条件优越,设在市郊,没有各种竞争,那里孩子又那么多。可是,当计量局的官员第三次和第四次去那儿检查蔬菜秤,没收了砝码,禁止使用这台秤,还让格雷夫付了大笔小笔的罚款之后,一部分老主顾便不再登门,而到每周一次的集市上去采购。他们说,虽然格雷夫店里的东西质量总是一流的,价钱也不贵,可是,你瞧,检查员又上他那儿去了,这里面总有点鬼名堂吧!

不过,我是有把握的,格雷夫并没有行骗的打算。实际情况是,这位蔬菜商把那台大型土豆秤改装了一下,称出的分量低于实际分量,反倒使他吃亏。所以在战争爆发前不久,他在那台秤里装上了一个钟琴装置。它按照称出的土豆的分量,分别奏出不同的小曲来。比如称二十磅土豆,顾客就能听到一段《阳光灿烂的萨勒河岸》,算作一种饶头;称五十磅土豆,就放出一段《至死忠诚无欺》;称一公担土豆便能诱使钟琴奏出《塔拉乌的小安娜》这首小曲天真迷人的旋律。

虽然我深知计量局不会喜欢这种用音乐开的玩笑,但奥斯卡本人倒能赏识蔬菜商的这种怪癖。莉娜·格雷夫也谅解她的丈夫的这些怪癖,因为格雷夫夫妇的婚姻恰恰在于夫妻两人能够谅解对方的任何怪癖。所以,可以说,格雷夫夫妇的婚姻是美满的婚姻。这位蔬菜商从不动手打他的妻子,从不欺骗她并同别的女人厮混。他既不是酒鬼也不肆意挥霍,反倒是一个快活的、衣着整洁的人,不仅在青年人的心目中是如此,而且在前来买土豆并听取一段音乐的顾客中间也是如此。这些顾客由于他生性好交游并乐于助人,因而十分喜爱他。

就这样,格雷夫抱着谅解的态度若无其事地眼看着他的莉娜变成了一个邋遢女人。她身上的气味一年比一年更加难闻。当那些同他有交情的人把莉娜叫做邋遢女人时,我看到他总是一笑了之。我有时还听到过他同马策拉特的谈话。马策拉特对格雷夫太太很反感,格雷夫则对着他那双尽管老同土豆打交道却保养得很好的手呵口气,接着又搓了搓手,随后说:"阿尔弗雷德,你说的当然完全正确。她是有点邋遢,这个好莉娜。不过,你和我,我们就没有缺点吗?"当马策拉特仍旧坚持己见时,格雷夫便用坚决而友好的语气结束了这种讨论:"你在某些方面的看法可能是正确的,然而她有一颗善良的心。我了解我的莉娜。"

他了解她,这是可能的。可是,她却不怎么了解他。她同邻居和顾客一样,把格雷夫同那些常来找他的男孩子和男青年之间的关系仅仅看作是年轻人对一位虽属业余但全心全意的青年教育家和青年之友的热情景仰。

格雷夫既激励不了我,也教育不了我。奥斯卡也不是他那种类型的人。如果我决心长高的话,我也许会长成他那种类型的人,因为我的儿子库尔特——他现在大约十三岁了——就他的瘦高个儿的模样来看,就是格雷夫那种类型,虽说他酷似玛丽亚,像我的地方不多,但是同马策拉特则毫无相像之处。

格雷夫和回乡休假的弗里茨·特鲁钦斯基是玛丽亚·特鲁钦斯基同阿尔弗雷德·马策拉特之间那次婚礼的证婚人。由于玛丽亚同她的丈夫都信仰新教,所以只需到户籍登记处去。时当十二月中旬。

马策拉特身穿党的制服念了婚誓。玛丽亚则已经有了三个月的身孕。

我的情人的肚子越大,奥斯卡的仇恨越深。我并不反对她怀孕。仅仅因为由我而结的果实有朝一日却要姓马策拉特这个姓,这就夺走了我所指望的继承人将带给我的一切欢乐。所以,当玛丽亚怀孕五个月的时候,我第一次企图给她打胎,自然为时已晚。那是在谢肉节期间。玛丽亚想在挂香肠和肥肉的柜台上方那根黄铜杆上,绑上几条纸蛇和两个大鼻子小丑面具。平常稳稳当当靠在书架上的梯子,现在摇摇晃晃地靠在柜台上。玛丽亚在梯子顶上,双手在绑纸蛇,奥斯卡在下面梯子腿旁边。我利用鼓棒作杠杆,借助我的肩膀和我的坚定决心,将横档撬起来,接着使梯子倾向一侧:在纸蛇和小丑面具中间的玛丽亚失声惊呼,但声音微弱。这时,梯子已经在摇晃,奥斯卡跳到一边。接着,玛丽亚拽着彩纸、香肠和面具摔倒在他的身边。

实际情况不像表面看上去那么糟。她只不过扭伤了脚,必须卧床休息,别处都没受伤。她的体形越来越不成样子,不过她没有告诉过马策拉特是谁使她扭伤了脚。

到了第二年的五月,在预产期前大约三个星期,我才企图第二次给她打胎。她告诉了她的丈夫马策拉特,但没有说出全部真情。吃饭时,她当着我的面说:"小奥斯卡近来玩耍时挺野,几次捶我的肚子。在孩子出世以前,咱们让他跟我妈去住吧!她那儿有空房间。"

马策拉特听完这番话后信以为真。事实是,一个谋杀的念头使我同玛丽亚之间进行了一场遭遇战,跟她所说的情形完全不同。

午休时,她躺在沙发榻上。马策拉特洗完午餐用的餐具以后,在店铺里装饰橱窗。起居室里静悄悄的。也许有一只苍蝇,时钟同往常一样,收音机正低声报道伞兵在克里特岛成功降落①。当他们让了不起的拳击师马克斯·施梅林讲话时,我才竖起耳朵去听。就我

---

① 1941 年 5 月底德军用伞兵袭击,从英军手中夺取了克里特岛。

听懂的而言,在跳伞着陆并踩上克里特岛坚硬的岩石时,这位世界冠军扭伤了脚,现在不得不卧床休养;同玛丽亚一模一样,她从梯子上摔下来后也不得不卧床休养。施梅林讲起话来心平气和,声调不高不低,随后他讲述那些不太知名的伞兵的事迹,奥斯卡不再听下去:静悄悄的,也许有一只苍蝇,时钟同往常一样,收音机的声音很轻很轻。

我坐在窗前自己那张小板凳上,观察着沙发榻上玛丽亚的肚子。她呼吸相当困难,两眼紧闭。我闷闷不乐地间或敲几下铁皮鼓。但是她没有动静,并且强迫我不得不在同一间屋里随着她的肚子的起伏一起呼吸。不错,这儿还有时钟,夹在窗玻璃和窗帘中间的苍蝇以及以克里特岩石岛为背景的无线电广播。片刻之后,对于我来说,这一切都不复存在了。我只看到那个肚子,我既不知道它是在哪间房间里变大的,也不知道它是属于谁的,我甚至不太清楚是谁把它搞成这么大的,而只有一个愿望:必须弄掉它,这个肚子,这是一个错误,它挡住你的视线,你必须站起来有所行动!于是,我站起身来。你必须看看能采取什么行动。于是,我朝那肚子走去,一边走,一边顺手操起一样物件。这是一种恶性膨胀病,你应当给它放点气。于是,我举起方才走近前来时顺手操起的物件,在玛丽亚搁在她的肚子上的那双一同呼吸着的小手间寻找一个地方。你现在应该最后下定决心了,奥斯卡,要不然,玛丽亚会睁开眼睛的。我已经感觉到自己被注视着,但我继续盯着玛丽亚微微颤抖的左手,虽然我发觉她抽走了右手,这右手准备有所动作,当玛丽亚用右手拧走奥斯卡握在手中的剪刀时,我也并没有特别感到吃惊。我也许还举着掌中无物的空拳站了几秒钟,听着时钟、苍蝇、收音机里报告有关克里特岛的报道到此结束的播音员的声音,随后转过身去,在下一个节目——两点到三点播放的轻音乐——开始之前,离开了我们的起居室,面对一个填满空间的大肚子,我觉得这个房间变得过于狭窄了。

两天以后,玛丽亚给我买了一面新的鼓,并把我带到三层楼上特鲁钦斯基大娘家去,那儿,满屋子散发着代用咖啡和煎土豆味。起初,我睡在沙发上,因为奥斯卡拒绝睡在赫伯特以前睡过的床上,我担心,那床上还一直留有玛丽亚身上的香草味。一个星期以后,老海兰德把我的小木床扛到了楼上。我同意把它放在那张床旁边,那张床曾经窝藏过我、玛丽亚以及我们共有的汽水粉。

在特鲁钦斯基大娘家,奥斯卡冷静了下来,或者说,变得无所谓了。我现在看不到那个肚子,因为玛丽亚怕爬楼梯。我也不到底层的房间里去,不到店铺里去,不上街,甚至连公寓的院子也不去,由于食物供应的状况越来越糟糕,院子里又养起兔子来了。

奥斯卡大部分时间坐在那儿看士官弗里茨·特鲁钦斯基从巴黎寄来的或者带回来的明信片。我对巴黎这个城市有了这样或那样的印象。特鲁钦斯基大娘递给我一张印有埃菲尔铁塔风景照的明信片。我同意研究这个大胆建筑的铁结构,开始擂鼓来表现巴黎,敲出一支弥赛特曲①,虽说我以前从未听过演奏弥赛特曲。六月十二日(根据我的推算早了十四天),在双子宫这个时辰(并非如我所估算的在巨蟹宫这个时辰),我的儿子库尔特出世了。父亲生在木星年,儿子生在金星年。父亲受处在室女宫的水星所主宰,这使他生性多疑,富于想象力;儿子也同样由水星所主宰,但水星却正好位于双子宫,这使他头脑冷静,有进取心。我身上的某些素质,被我的命宫里的天秤宫的金星所减弱,但在我的儿子身上,却被他的命宫里的白羊座所恶化;我将来会感受到他命里的火星所带来的后果。

特鲁钦斯基大娘心情激动、像老鼠那样吱吱喳喳地把这条新闻告诉了我:"你想象一下,小奥斯卡,天上的鹳给你带来了一个小弟弟②。我已经想过了,只要不是个姑娘就好,要是个姑娘啊,往后会带来苦恼的!"我几乎没有中断击鼓来再现埃菲尔铁塔和新添加进来的凯旋门的景象。特鲁钦斯基大娘觉得即使摆出一副特鲁钦斯基

---

① 弥赛特曲,模仿风笛音调的小曲。

② 西方谚语"翔鹳临门"意指孩子出世。

外婆的面孔,也休想指望得到我的道贺。虽然今天不是星期日,但她打定主意要抹上点红颜色,便抓起常备的菊苣根包装纸,像抹胭脂似的用它搓着面颊,色泽鲜艳地出了门,下楼去,到底层给那个所谓的父亲马策拉特帮忙。

　　方才已经讲过,时当六月。一个骗人的月份。前线处处得胜——如果把巴尔干半岛的胜利①也说成是胜利的话——在东方②,可望得到更大的胜利。那儿,一支庞大的军队在挺进。铁路运输繁忙,就连一直轻松愉快地待在巴黎的弗里茨·特鲁钦斯基,也不得不踏上方向朝东的旅途。这次旅行不会马上停止,不该把它同前线的休假旅行混为一谈。可是,奥斯卡却安静地坐着,面对那些光亮的明信片,逗留在温柔的、初夏的巴黎,轻轻敲着《三个年轻鼓手》,同德国占领军毫无瓜葛,所以也用不着担心游击队会把他从塞纳河桥上推下水去。可不是吗,我身穿平民服装,带着我的鼓,登上了埃菲尔铁塔,在塔顶,理所当然地享受远眺四野的情趣,心旷神怡。尽管身在高处诱我起念自尽,但我还是摆脱了这种既苦又甜的念头。待到下来以后,九十四公分高的我站在埃菲尔铁塔脚下时,我这才回头想到我的儿子已经出世了。

　　在那儿,一个儿子! 我心中想。等他到了三岁的时候,他也应该得到一面铁皮鼓。咱们走着瞧吧,在这儿究竟谁是父亲——是那个马策拉特先生呢还是我,奥斯卡·布朗斯基。

　　在炎热的八月——我记得,正是广播又一次胜利地结束了一场围歼战,即斯摩棱斯克那一场战役的时候,我的儿子库尔特受洗了。我的外婆安娜·科尔雅切克和她的兄弟文岑特·布朗斯基也被请来参加洗礼,这是怎么回事呢? 如果我坚持那种说法的话,也就是说,扬·布朗斯基是我的父亲,不吭声的、脾气越来越古怪的文岑特是我的祖父,那么,邀请他们来参加洗礼的理由是非常充分的。这么一

---

① 指 1941 年 4 月德军入侵南斯拉夫和希腊。

② 指入侵苏联。

来,我的祖父母就是我的儿子库尔特的曾祖父母了。

马策拉特自然决不会想到做这样的推论,尽管是他开口邀请他们的。他甚至在自己最没有把握的时刻,比如说玩施卡特输得一败涂地以后,仍旧认为自己是双重父亲:生身之父和养育之父。奥斯卡重新见到他的祖父母也是由于别的原因。人家已经使这两个可爱的老人德意志化了。他们不再是波兰人,仅仅做着卡舒贝人的梦。人家把他们叫做第三民族集团的德意志人。此外,扬的遗孀,黑德维希·布朗斯基嫁给了一个波罗的海东岸地区的德意志人,农民同盟拉姆考地方负责人。一些法案正在审议中,一旦批准执行后,马尔加·布朗斯基和斯特凡·布朗斯基都得改姓他们的继父埃勒斯的姓。十七岁的斯特凡自愿报名参军,现在在格罗斯博施波尔军训营接受步兵训练,大有希望到欧洲的战争剧院去看戏。奥斯卡呢,虽然马上就要到可以参军的年龄,却不得不待在他那面鼓的后边等待着,直到陆军或者海军甚而至于空军需要一名三岁的铁皮鼓鼓手时才会有参军的机会。

地区农民负责人埃勒斯开了个头。洗礼前十四天,他坐在双套马车的车座上,身边坐着黑德维希,来到了拉贝斯路。埃勒斯是罗圈腿,有胃病,根本没法同扬·布朗斯基比。他坐在起居室的桌旁,比他身边的牛眼睛黑德维希矮了一头。他的来访连马策拉特都感到突然。一时不知谈什么好。于是先谈天气,接着谈到东方发生的种种事情,那里军队紧张地向前挺进,比一九一五年①顺利,马策拉特回忆着,一九一五年他就在那里。他们煞费苦心地避而不谈扬·布朗斯基。末了,我结束了他们这种回避的打算,做出小孩子的那种滑稽的嘴形,连连大声呼唤奥斯卡的舅舅扬。马策拉特硬着头皮替他以前的朋友和情敌说了几句好话,又说了几句发人深思的话。埃勒斯当即附和,话还挺多,虽说他从来没有见到过他的前任。黑德维希甚至找到了几滴真心的眼泪,泪珠缓缓地从脸上淌下来。末了,她还找

_____

① 指第一次世界大战德俄之战。

304

到了一番话来结束关于扬的话题："他可是个好人哪。连苍蝇他都不会去伤一根毫毛的。谁料到他竟这样到了九泉之下，在那儿他会害怕的，无缘无故地就会吓得要死。"

聊完这一席话后，马策拉特让站在他身后的玛丽亚去取瓶装啤酒，接着问埃勒斯会不会玩施卡特。埃勒斯不会，感到十分抱歉，但马策拉特颇有气度，并不计较这位地区农民负责人这样一个小缺点。他甚至拍了拍埃勒斯的肩膀，并且说——这时啤酒已经斟到酒杯里了——即使他对施卡特一窍不通，那也没啥关系，照样可以成为好朋友。

就这样，黑德维希·布朗斯基以黑德维希·埃勒斯的身份又来到我们家，除了她那个地区农民负责人之外，还带着她以前的公公文岑特和他的妹妹安娜一同前来参加洗礼。马策拉特看来是知道的，他站在大街上邻居家的窗户下面亲切地大声招呼这两个老人，进了起居室。当我的外婆从四条裙子底下掏出洗礼的礼物——一头催肥的鹅时，马策拉特又说："这可没有必要啊，妈妈。要是你空着手来，我也高兴啊。"这番话我的外婆不爱听，她要知道人家对她的鹅是怎么评价的。她摊开大巴掌，拍了拍这只肥鹅，抗议说："别大惊小怪的，小阿尔弗雷德。这不是卡舒贝肥鹅，是一只德意志民族的家禽，吃起来味道同战前一模一样！"

这样一说，所有的民族问题都解决了，只是在洗礼以前又出现了一些麻烦，因为奥斯卡不愿进新教教堂。他们把我的鼓拿下出租汽车，用这铁皮鼓来引诱我，还再三再四对我讲，谁都可以公开地带着鼓进新教教堂。然而，我仍旧坚守我的最忠诚的天主教徒的立场。我宁肯对着维恩克神甫的耳朵作一次简明扼要的忏悔，也不愿去听新教牧师的洗礼布道。马策拉特让步了。他显然是害怕我的声音以及由它造成的损失和别人提出的赔偿要求。于是，在教堂里举行洗礼的时候，我就待在出租汽车里，观赏司机的后脑勺，打量反光镜里映出的奥斯卡的容貌，回想若干年以前我自己的洗礼以及维恩克神甫所作的据说能从受洗婴儿奥斯卡身上驱走撒旦的种种尝试。

洗礼以后，便是聚餐。他们把两张桌子拼在一起。先上来的是小牛头做的假甲鱼汤。汤匙和汤盆。乡下来客们咂咂地啜饮起来。格雷夫翘起小拇指。格蕾欣·舍夫勒连喝带嚼。古丝特端着汤匙咧开大嘴微笑。埃勒斯嘴含汤匙仍在说话。文岑特手发颤，寻找着汤匙没捞到的东西。只有两位老太太，外婆安娜和特鲁钦斯基大娘，一头扎在汤匙里。奥斯卡呢，这么说吧，从汤匙里掉了出来。他溜了，而别人还在喝汤，他到卧室里去寻找他的儿子的摇篮，因为他要为他的儿子考虑考虑，而那些端着匙子的人，虽然一匙匙地往肚里灌汤，头脑却被掏空了，思想越来越干瘪。

带轮子的摇篮上方笼罩着浅蓝色的薄绢天宇。由于摇篮的边沿太高，我起先只看到蓝红色的起皱的东西。我把鼓垫在脚下，这样一来我就可以仔细看看我的儿子了。他睡着，在睡梦里神经质地抽搐着。啊，父亲的骄傲，它始终在寻找伟大的字眼！眼望着婴儿，我想不出别的言辞，只有那简短的一句话：等他到了三岁的时候，他也应该得到一面铁皮鼓。我的儿子不让我了解他的智力状况。我只好希望他同我一样属于听觉敏锐的婴儿。我因此再三再四地向他许下诺言，在他三岁生日时给他一面铁皮鼓，随后从我的铁皮鼓上下来，又去同起居室里的成人们凑热闹。那边，他们刚好喝完假甲鱼汤。玛丽亚端上碧绿的、甜的奶油拌罐头豌豆。负责烤小猪的马策拉特，亲手端上大盘子。他脱去上装，只穿衬衫一片接一片地切着，面对这熟软、多汁的肉做出一副温柔得失常的面孔，以至于我不得不扭过头去看别处。

蔬菜商格雷夫得到特殊供应。给他的是罐头芦笋、煮得很老的鸡蛋和鲜奶油拌萝卜，因为素食者不吃肉。可是，他同别人一样，盛了一大匙土豆泥，但不浇肉汁而是浇上热黄油享用，热黄油盛在一个还在咝咝作响的小钵里，由玛丽亚小心翼翼地从厨房里端来给他。别人都喝啤酒，格雷夫杯子里盛的是甜果子汁。他们谈论着基辅围歼战，掰着手指头算俘虏的人数。波罗的海东岸地区的德意志人埃勒斯,在这件事上显得特别机灵,每数到十万人时他就竖起一个指头,当十个指头都竖起表示有一百万人时,他又一个指头接一个地弯下去,继续计算。俄国战俘由于数目越来越大而变得越来越没有价值,越来越没有意思。这个话题他们终于谈腻了,舍夫勒便讲起戈滕港的潜水艇来。马策拉特对着我外婆安娜的耳朵小声说,在席哈乌每周有两艘潜艇从船台下水。蔬菜商格雷夫接着向所有来庆贺洗礼的客人解释,为什么潜艇是横着从船台上下水的而不是船尾先下水。他想让人一听就明白,便一边讲,一边打手势比画。一部分被潜艇制造迷住了的客人全神贯注地却又笨拙地模仿着他的手势。文岑特·布朗斯基正用左手比作一艘冒出水面的潜艇时,却碰翻了他的啤酒杯。我的外婆正要骂他一通时,玛丽亚过来打圆场,连声说没关系,桌布明天反正是要洗的;洗礼聚餐时,桌布上有油迹污斑是很自然的事情。特鲁钦斯基大娘拿来一块大抹布,擦掉那一大摊啤酒。她左手端着一个大水晶碗,里面盛的是杏仁屑巧克力布丁。

唉,巧克力布丁如果根本不加调味汁或者加上别的调味汁该多好啊!可是偏偏加了香草调味汁。黄色的、黏而稠的香草调味汁。一种极平常、极普通然而又极独特的香草调味汁。在这个世界上,再没有比香草调味汁更加快活和更加悲哀的东西了。柔和的香草味飘散开去,把我团团围住,使我陷在玛丽亚的气味中,因为她是一切香草味的发源地,而她却坐在马策拉特身边,手握着他的手,我再也不能看下去,再也忍不住了。

奥斯卡从他那张儿童小椅子上滑下去,一把抓住格雷夫太太的裙子,躺倒在正吃着布丁的格雷夫太太的脚下,头一回领教了莉娜·格雷夫所特有的难闻气味,这股气味立即压倒、吞没、消灭了所有的香草味。

尽管我闻到一股酸味,但我仍然坚持迎向这股新的气味,直到我觉得一切同香草味有联系的记忆都被麻醉为止。一阵起解脱作用的恶心向我袭来,缓慢地,既不发出声音,也没有使我痉挛。当假甲鱼汤、成块的烤猪肉、几乎是完整无损的罐头豌豆以及那几小匙香草调味汁巧克力布丁从我的嘴里吐出来时,我才明白我昏厥了。我在昏厥中游泳,奥斯卡的昏厥扩展到莉娜·格雷夫的脚下——于是,我打定主意,从今以后我每天都要把昏厥带给格雷夫太太①。

_____

① 前一章末尾说:"爱已经变成了昏厥"。

七十五公斤

　　维亚茨马和布良斯克①；接着，泥泞时期来到了②。一九四一年十月中旬，奥斯卡也开始在烂泥地里使劲挖掘。读者或许会原谅我把中央集团军在泥泞地里的战果同我在莉娜·格雷夫太太的那片无法通行、同样泥泞不堪的地区内所取得的成果作对比。在离莫斯科不远的地方，坦克和载重汽车陷在泥里，而我也同样陷在泥里；在那里，车轮仍在转动，翻起烂泥，而我呢，也不善罢甘休——我在格雷夫太太的泥泞地里成功地搅出了泡沫。此话一字不假，虽然如此，占领土地却谈不上了，不论在离莫斯科不远的地方，还是在格雷夫寓所的卧室里。

　　我始终还不想放弃这种对比：正像未来战略家们将从搞糟了的泥泞作战行动中吸取他们的教训那样，我也从同格雷夫太太这种自然现象的斗争中得出了我自己的结论。我们不应低估第二次世界大战中本土战线上的种种行动。奥斯卡当年十七岁，尽管有过少年时的胡闹，却在莉娜·格雷夫那片看不清全貌又隐伏着危险的演习区内被训练成了堂堂男子汉。我现在放弃了同军事行动作类比，转而借助艺术家的概念来衡量奥斯卡的进步。我于是说：玛丽亚在具有幼稚的诱惑力的香草雾里劝说我运用小巧的形式，使我熟悉了诸如汽水粉和采蘑菇之类抒情诗体，那么，在格雷夫太太的酸性强的、多

---

①　1941 年 10 月，纳粹德国进逼莫斯科，在此二地围歼两支苏联部队。

②　1941 年 10 月 6 日，苏联境内开始降雪，道路泥泞。此处比喻纳粹德军攻势受阻。

层次结构的云雾圈里,我学会了作那种宽广的叙事诗式的呼吸,这使我有可能在今天把前线的战果同床上的战果相提并论。音乐!从听玛丽亚稚气的多愁善感的然而又是那么甜蜜的口琴吹奏开始,我一步登上了指挥台,因为莉娜·格雷夫为我提供了一支管弦乐队,编制大而全,这样的乐队恐怕只有在巴伐利亚或者萨尔茨堡才能找到。在乐队里,我学会了吹、弹、奏、拨、拉,不论是通奏低音还是对位法,不论是十二音体系还是传统和声,我全都掌握,还有谐谑曲的引子、行板的速度,我的激情表现得既刻板枯燥又柔和流畅;奥斯卡让格雷夫太太这支乐队尽情发挥,然而他始终不满意,虽说不是没有得到满足,就像一位理所当然也有此感的真正的艺术家那样。

从我们的殖民地商品店到格雷夫的蔬菜店只需迈二十小步。蔬菜店就在斜对面,它的地位好,远比小锤路面包师傅亚历山大·舍夫勒寓所的地位要好一些。我对女性解剖学的学习成绩比我对我的师傅歌德和拉斯普京的学习成绩稍强一些,其原因恐怕就在于蔬菜店占据着更为有利的地势。这种至今犹存的教养上的截然不同之处,也许可以用我的两位女教师的差异来解释,甚而至于可以以此来辩解。莉娜·格雷夫根本不想教我,而是谦逊而被动地把她的财富提供出来,给我作为观察和实验的材料。与此相反,格蕾欣·舍夫勒则过于认真地对待她的教育使命。她要看到成绩,要听我高声朗读,要注视我的漂亮地书写着的鼓手的手指,要我同可爱的语法结为朋友,同时,她本人又从这种友谊中获利。可是,奥斯卡不让她看到任何明显的迹象,说明他自己已经取得了某种成绩。这时候,格蕾欣·舍夫勒也就失去了耐心。在我可怜的妈妈死后不久,也就是在她授课七个年头之后,她又转而热衷于她的编织。由于这一对面包师傅夫妇仍旧没有子女,所以她照旧把自己编织的毛衣、长筒袜和连指手套送给我,但她也只是偶尔送了,主要在遇到重大节日的时候。我同她之间再也不谈歌德和拉斯普京了,只有这两位师傅的著作的那些残篇我还一直保存着,时而放在这里,时而放在那里,多半放在这幢公寓的晾衣阁楼上。多亏了这些残篇,奥斯卡才没有完全荒废他的这一部分学业;我自学成才,形成了自己的见解。

可是,虚弱多病的莉娜·格雷夫却缠绵病榻,她不能回避我,也不能离弃我。她的病虽说是慢性的,但还没有严重到死神会提前夺走我的这位女教师莉娜的地步。不过,在这个星球上并不存在任何恒常的事物,所以,奥斯卡在自认为他的学业已经告成的时刻,便离弃了这个卧病在床的女人。

诸君会说:这个年轻人是在多么狭小的天地里受教育成长的呀!他竟然是在一家殖民地商品店、一家面包房和一家蔬菜店之间为日后像男子汉一般生活配齐了他的装备。尽管我不得不承认,奥斯卡是在相当陈腐污浊的小市民的环境里收集到了他的头一批如此重要的印象的,然而毕竟还有第三位教师。留待这位男教师去做的事情,便是为奥斯卡打开世界的大门,使奥斯卡成为他今天这个样子,成为一个人,由于缺少更贴切的名称,我只好给他安上这样一个不能充分说明其特性的头衔:世界主义者。

正如读者诸君中最细心者已经发现的那样,我讲的是我的教师和师傅贝布拉,那个欧仁亲王的直系子孙、路易十四王族的后代、侏儒和音乐小丑贝布拉。我讲到贝布拉的时候,我自然也想到了他身边的那位女人,伟大的梦游女罗丝维塔·拉古娜,超越时间的美女,在马策拉特夺走了我的玛丽亚的那些个黑暗的年头里,我不得不经常惦念她。她有多大年纪了,这位夫人?我暗自问道。她是位芳龄二十(如果不是十九的话)、如花盛开的少女吗?难道她是那位九十九岁的颇有风韵的老妪,在今后的百年间,她还将永不衰老地体现着永恒青春的小巧玲珑的体态?

如果我没有记错的话,那么,我巧遇这两位同我之间亲缘关系如此之近的人是在我可怜的妈妈去世后不久。我们一起在四季咖啡馆喝穆哈,随后分手,各走各的路。我们之间存在着微小的却又不是微不足道的意见分歧;贝布拉跟帝国宣传部关系密切,从他的种种暗示中我不难听出,他出入于戈培尔和戈林先生的私宅,他还想方设法向我解释他这种出轨行为并为之辩解。他讲述了中世纪宫廷小丑的地位如何富有影响。他拿出西班牙画家的画的复制品给我看,画中人是某位菲利普或卡洛斯国王及其宫廷侍从。在这些刻板的人丛中,可以让人辨认出几个小丑,身穿皱皱巴巴、带棱带角、色彩斑斓的服装,身材同贝布拉也同我——奥斯卡相差无几。恰恰由于我喜爱这些画——今天我可以自称是天才画家迪埃戈·委拉斯开兹①的热情欣赏者——所以我不愿让贝布拉轻易地说服我。他于是不再拿西班牙腓力四世宫廷里的小丑同他在莱茵区暴发户约瑟夫·戈培尔身边的地位作比较了。他谈到了艰难的时世,谈到了不得不暂时退避的弱者,谈到了以隐蔽的形式兴起的反抗。他当时说出了这个小小的字眼——“内心流亡”,正因为如此,奥斯卡跟贝布拉分道扬镳了。

这并不是说,我当时对这位师傅发了一通火。在此后的数年间,我一直在广告柱上张贴的杂耍团和马戏团的海报上寻找贝布拉的名字,我曾经两次见到他的名字同拉古娜夫人的名字并列在一起,然而我并没有采取任何行动,使我能重新见到这两位朋友。

我指望着会有一场巧遇,可是巧遇并未发生。如果贝布拉和我在一九四二年秋②而不是在一九四三年就走到一条路上去,那么,奥斯卡就永远也成不了莉娜·格雷夫的学生,却会当上贝布拉师傅的徒弟。就这样,我日复一日地穿过拉贝斯路,多半是在上午的第一个小时跨进蔬菜店,出于礼貌,总是先在店主格雷夫身边站上半个钟头。这位商人渐渐变成了一个古怪的制作爱好者,我瞧着他制造他那些发出丁零声、呜呜声和吱吱声的古怪机械,当有顾客进店来的时候,我就捅他一下,因为格雷夫那时候对周围世界几乎不加注意。这是怎么回事呢?是什么事使得这个以往那么开朗、总是愿意开玩笑的园圃种植者和青年之友变得如此沉默,是什么事使他变得如此孤僻,成了怪人,成了不大讲究仪容的苍老的男子呢?

---

① 迪埃戈·委拉斯开兹(1599—1660),西班牙塞维利亚画派的大师,作品除宗教内容以外还有群像图(如腓力三世和四世)。《侏儒赛巴斯蒂安》(又名《小丑赛巴斯蒂安》)是他的杰作。

② 根据前文,应是1941年秋。

再也没有年轻人登他的门了。在这里长大的人都不认识他。童子军时代里他的追随者被这场战争拆散，分送到了各条战线上。他们寄来了战地书信，后来只寄战地明信片了。有一天，格雷夫间接得到消息，他的宠儿霍斯特·道纳特，最初是童子军，后来是青年团旗队长，末了当上少尉，在顿涅茨河畔阵亡了。

从那一天起，格雷夫日渐衰老，很少注意他的外表，全身心地沉湎于制造机械。结果，人家在他的蔬菜店里看到的丁零响的机器和呜呜叫的机械竟比土豆和甘蓝叶球还要多。普遍的食物匮乏的状况自然也是一个原因；人家很少向蔬菜店供货，即使供应也不定期，而格雷夫又不像马策拉特那样有门道，跑大市场，拉各种关系，适合于当个能干的采购者。

这爿蔬菜店看去真是可怜巴巴的，不过，格雷夫用毫无意义的噪音机械填补了空间，虽说离奇古怪，却也起了装饰作用，人家看了本该高兴的。从格雷夫这个业余制作匠越来越混乱的头脑里产生出来的制品，我倒挺喜爱的。今天，我一看到我的看护布鲁诺用打包绳子编织的产物，我就会回想起格雷夫的那些陈列品。今天，布鲁诺看到我对他手工编织的玩意儿所表现出来的半是取笑半是认真的兴趣，感到满心欢喜，那时，每当格雷夫发现这一架或那一架音乐装置唤起了我的乐趣时，他也神思恍惚地感到高兴。多年以来，格雷夫从不把我放在眼里，可那时，当我待了半个钟头以后离开他那变成了作坊的店铺去看望他的妻子莉娜·格雷夫的时候，他却露出了失望的神情。

我在这位卧床不起的女人身边多半要待上两到两个半小时，可这些事情有多少可以向诸君讲述的呢？奥斯卡一进屋，她就在床上招手："噢，是你呀，小奥斯卡。再走近点，你想钻进羽绒被里来吗？房间里可冷啦！格雷夫没把屋子烧暖。"于是，我钻到羽绒被下她的身边，把我的鼓和那两根正在使用的鼓棒留在床前，只让那第三根用旧了的纤维状的鼓棒随同我一起去拜访莉娜。别以为我爬上莉娜的床之前已经脱掉了衣服。我穿着羊毛的和天鹅绒的衣裤以及皮鞋上了床，在过了相当长的时间之后，尽管这种取暖的活计很费力，我从乱成一团的羽绒被里钻出来时仍然穿着这一身衣服,而且几乎没有被弄皱。

我离开了莉娜的床后不久,便去拜访蔬菜商,身上还带着他妻子的臭味。这样若干回以后,格雷夫就立下一条规矩,那是我也非常愿意遵守的。当我还待在格雷夫太太的床上,做着我的最后几项练习的时候,蔬菜商便走进卧室,端来满满一盆热水,放在一张小凳子上,还留下了毛巾和肥皂。他不朝床上看一眼,无言地离开了卧室。

奥斯卡多半迅速地从为他提供的温暖的窝里挣脱出来,走到洗澡盆前,给自己以及那根在床上大显神通的旧鼓棒来一次彻底的清洗。格雷夫忍受不了他老婆的臭味,即使这臭味是过了一道手才向他迎面扑去的,这一点,我是能够理解的。就这样,刚洗完澡的我便受到了这位业余制作家的欢迎。他为我发动了他的全部机器,让我听它们各种各样的噪音。直到今天我还百思不解,奥斯卡同格雷夫之间尽管姗姗来迟地产生了这种亲密的关系,却始终未能结下友谊。格雷夫照旧使我感到陌生,他虽说唤起了我的关注,却从未唤起过我对他的同情。

一九四二年九月,我刚刚既无歌声也无乐音地度过了我的十八岁生日,在无线电广播里,第六军攻占了斯大林格勒。此后不久,格雷夫制作了一台擂鼓机。在一个木架两端,他挂上了两个盘子,盛满土豆,重量相等。接着,他从左边的盘子里取走了一个土豆,天平的一头就翘了起来,打开了一个止动装置,使安装在木架上的擂鼓机运转起来:它发出急速敲击声、隆隆声、嘎嘎声、嗒嗒声,钹打响了,锣敲响了,这一切声响合成了一支短暂的、铿锵的、悲怆得不和谐的终曲。我喜爱这台机器。我一再让格雷夫启动它给我做表演。不过,奥斯卡认为这位爱好制作的蔬菜商是灵机一动并为奥斯卡发明和制造了这台机器的。过不多久,我就十分清楚地悟到了我的猜测是错误的。格雷夫也许从我那里得到了启发,不过,这台机器却是专为他自己制造的,因为这台机器的终曲也是他的终曲。

这是十月间一个清洁的早晨,只有在东北风扫除了屋前的垃圾时才能这样清洁。我按时离开特鲁钦斯基大娘的住所,来到街上,正遇上马策拉特在拉店铺门前的卷帘式挡板。我站到他的身边,他正好嘎嘎地拉起了绿漆挡板,先是一团殖民地商品店气味的云雾扑鼻而来,这是昨天夜间贮存在店堂里的;接着,我迎来了马策拉特的清晨的亲吻。在玛丽亚露面之前,我穿过拉贝斯路,朝西边的石头路面投下长长的身影,因为我的右边,在东方,在马克斯·哈尔贝广场上空,太阳靠自己的力量把自己高高拽起,它所采用的手段,正是闵希豪森男爵①揪住自己的辫子把自己从沼泽地里拔起来时所使用的窍门。

如果有谁像我这样了解蔬菜商格雷夫,那么,当他见到在这种时候他的店铺的橱窗还被挡板挡着,门还上着锁,他会立刻感到惊讶的。虽说最近几年格雷夫已变成了一个越来越古怪的格雷夫,然而他一向是准时开门营业的。他或许病了,奥斯卡想着,但随即又打消了这个念头。格雷夫去年冬天还在波罗的海凿冰窟窿洗全身浴呢,虽说不再像往年似的定期前去,可是,这个热爱大自然的人,尽管显露出了若干衰老之态,怎么可能一夜之间就病倒了呢?格雷夫太太毫不懈怠地行使着卧床特权;我也知道,格雷夫瞧不上柔软的床铺,他宁肯睡行军床或者硬板床。根本不可能有任何疾病把这个蔬菜商束缚在床上。

我来到门窗紧锁的蔬菜店前,回头望了望我们家的店,见到马策拉特正在店堂里,随后我才在我的铁皮鼓上急速地击了几小节,我寄希望于格雷夫太太的灵敏的耳朵。用不了多少声响,店门右侧的第二扇窗户已经打开了。格雷夫太太身穿睡衣,一脑袋卷头发夹子,胸前抱着个枕头,在结着冰花的窗槛花箱上方露出脸来。"快进来呀,小奥斯卡!你还等什么呀,外面冷着呢!"

我举起一根鼓棒,敲了敲橱窗前的铁皮铺板说明原因。

"阿尔布雷希特!"她喊道,"阿尔布雷希特,你在哪里?怎么回

---

① 德国民间童话《闵希豪森男爵历险记》(1786)中的主角。

事啊?"她继续喊她的丈夫,一边离开了窗户。房门打开了,我听见她在店堂里走路的声响,紧接着她又叫喊开了。她在地窖里喊叫,可是我看不见,不知她为何喊叫,因为地窖的窗洞也封着;在进货的日子里,便由这个窗洞倒进土豆去,在打仗的年头里,进货的次数越来越少了。我把一只眼睛贴在窗洞前涂焦油的厚木板缝上,于是我看到地窖里亮着电灯。我可以看到地窖楼梯上面那一段,有个白东西横在那里,可能是格雷夫太太的枕头。

想必她把枕头丢在楼梯上了,因为她已经不在地窖里了。她又在店堂里叫喊,紧接着又跑到卧室里去叫喊。她摘下电话听筒,叫喊着,拨着号码,接着又冲着电话叫喊;但是奥斯卡听不明白这究竟是为了什么。他只是偶然之间听到了"事故"二字,还有那地址,拉贝斯路二十四号。她吼着重复了好几遍,然后挂上听筒。紧接着,她身穿睡衣,没了枕头,却依旧是满脑袋卷头发夹子,叫喊声灌满了窗框,把我所熟悉的她那整个双料肥躯浇铸到窗槛花箱里的冰花上,两手捂住粉红色的肉瘤,在楼上大声叫嚷,嚷得街道都变狭窄了。奥斯卡以为格雷夫太太也开始砸碎玻璃地歌唱了,不过连一块玻璃也没有碎掉。窗户被使劲拉开了,邻居们露面了,妇女们大声问出了什么事,男人们从邻近的门洞里冲出来:钟表匠劳布沙德,两条胳臂只有一半伸进外套的袖筒里,老海兰德,赖斯贝格先生,裁缝李比舍夫斯基,埃施先生,甚至普罗布斯特,不是那个理发师,而是煤店的那个,也带着他的儿子来了。马策拉特身穿白色工作服,像一阵风似的刮来了,抱着小库尔特的玛丽亚,则站在殖民地商品店的门洞里。

我轻而易举地隐没在这些慌慌张张的大人丛中,躲过了正在找我的马策拉特。马策拉特和钟表匠劳布沙德是最先想要采取行动的人。他们想爬窗户进屋。可是格雷夫太太不让任何人爬上去,更不用说进屋去了。她一边抓着、打着、咬着,一边总还能找到时间叫喊,喊声越来越大,有一些话甚至能让人听清楚了。先得等事故急救队来了再说,她早就打过电话了,别人用不着再去打电话,她知道出了这样的事情该怎么办。大家应当去照管各自的店铺。这儿的事情已经够糟的了。好奇，无非是好奇，这一回又看清楚了，当不幸的事故临头时，一个人的朋友究竟哪儿才有。她在大唱哀歌时，必定在窗下的人群中发现了我，因为她在喊我，她把那些男人们推下去以后，把赤裸的胳臂向我伸来。有人——奥斯卡今天还相信，那是钟表匠劳布沙德——把我举了起来，不顾马策拉特的反对，把我送进窗户去，刚到结着冰花的窗槛花箱前，马策拉特也快要抓住我的时候，莉娜·格雷夫已经抱住了我，把我紧贴在她那温暖的睡衣前。这时她不再叫喊，只是用假声呜咽着，在假声呜咽的空隙间大口地吸气。

方才，格雷夫太太的喊叫驱策邻人们做出了激动、无礼的动作。这时，她那细细的假声呜咽以同样的效果使拥挤在冰花下的人们变成了无声而窘迫地聚集着的人群。他们几乎不敢看她一脸的哭相，他们把所有的希望、所有的好奇和关注都转移到了有指望到来的急救车上去了。格雷夫太太的呜咽也使奥斯卡感到不舒服。我设法往下滑一点，使我不至于离她那充满悲痛的声音那么近。我松开了搂住她脖子的手，半个屁股坐在了窗台花箱上。奥斯卡感觉到有人在盯着他，因为玛丽亚正怀抱孩子站在店铺门洞里。就这样，我又放弃了我坐的地方，意识到我的处境的难堪。同时，我只想着玛丽亚，众邻居对于我来说是无所谓的。我从格雷夫太太这个河岸边撑开去，我觉得它颤动得太厉害，并且使我想到了床。

莉娜·格雷夫并没有发现我溜了，或许她再也没有力气抱住那小小的身体了。在很长的时间里，这身体曾经卖力地向她提供了一个替身。莉娜或许也预感到奥斯卡将永远从她身边溜走了。她预感到随着她的大声喊叫有一种嘈杂的声音降到了人世，它一方面成为缠绵病榻的女人和鼓手之间的高墙和音障，另一方面又推倒了玛丽亚和我之间存在的高墙。

我站在格雷夫夫妇的卧室里。我的鼓斜挂着，不太稳当。奥斯卡熟悉这间房间，他能背出这淡绿色糊墙纸的长度与宽度。盛着上一天的灰色肥皂水的洗澡盆还放在小板凳上。所有的物件都有它的位置，然而我觉得拉坏、坐坏、躺坏和碰坏的家具面目一样，至少是被修整一新了,仿佛所有这些硬挺挺地用四只脚或者四条腿靠墙站着的家具需要莉娜·格雷夫的叫喊以及随后的假声呜咽,这才能得到新的、冷得吓人的光泽。

通往店堂的门开着。奥斯卡不想走进那间散发着干土和洋葱味的屋里去,却又身不由己地进去了。日光透过橱窗挡板的裂缝,用挤满尘粒的光带把这间屋子分割成条条块块。格雷夫的大部分噪音和音乐机械处在半昏暗中,光线仅仅照亮了某些细部、一口小钟、胶合板斜撑和擂鼓机的下半部,还使我看到了待在天平上的土豆。同我们店里完全一样的、柜台后面盖住地窖口的那扇吊门敞开着。这扇厚木板门没有任何东西支撑着,有可能是格雷夫太太大声喊叫的时候在匆忙之中拉开的,但她没有用门上的钩子扣住柜台边上的环。奥斯卡只需轻轻一碰,这吊门就会倒下,封住地窖口。

我一动也不动地站在这块散发出尘土味和霉味的厚木板后面,凝视着那个被灯光照亮的四方形,它框住了楼梯的一部分和地窖里的一块水泥地。一个构成台阶的小平台的一部分从右上角伸进这个四方框里来。这个小平台想必是格雷夫新近添设的,因为我以前也偶或到地窖里去过,却从来没有见到过它。为了看一个小平台,奥斯卡是不会如此着魔地、如此长久地把目光送进地窖里去的,可他这样做了,那原因是由这幅画面的右上角伸出了两只填满了的羊毛袜和两只系带黑皮鞋,而且是奇怪地缩短了的。尽管我看不到鞋底,可我马上认出这是格雷夫的远足鞋。这不可能是格雷夫,我暗自想道,他做好了去远足的准备又怎么会这样地站在地窖里?因为鞋子不是底朝下,而是自由飘浮在小平台上方;那笔直朝下的鞋尖勉强触到了小平台的木板,接触得很少,但毕竟还是触到了。我用一秒钟的时间想象着一个用鞋尖站立的格雷夫,因为我相信他,这位体操运动员和爱好大自然的人,是做得出这种滑稽可笑却又很费力气的练习来的。

为了让我确信我这种假设是正确的,也为了情况确实如此时狠狠地嘲笑一下这个蔬菜商,我于是小心翼翼地爬到很陡的楼梯上,一级一级往下走去。如果我没有记错的话,我一边还敲着这制造恐惧和驱赶恐惧的工具:"黑厨娘,你在吗? 在在在!"

当奥斯卡稳稳当当地站在水泥地上的时候,他才让目光经由曲折的道路,从一捆空洋葱口袋上方越过,再滑过摞成堆的同样是空的水果箱,掠过以前从未瞧见过的横梁构架,直至接近格雷夫的远足鞋悬吊着或者用鞋尖站立着的地方。

我自然知道格雷夫悬吊着。鞋悬吊着,编织得很粗糙的深绿色袜子也悬吊着。长筒袜口上方赤裸的男人膝盖,大腿毛茸茸的直到短裤裤边;这时,一阵又刺又痒的感觉从我的生殖器慢慢地延伸开去,接着到了臀部,又上升到变麻木的背部,沿着脊椎骨往上爬,继而到了后颈,弄得我热一阵冷一阵的。这感觉从那里又一路扎下去到了两腿之间,使我那根本来就很小的圆木棍干瘪下去,接着它再次跳过已经弯曲的背部到了后颈,在那里渐渐收缩——今天,只要有人在奥斯卡面前说到悬吊这个词,甚至说到把洗净的衣服挂起来①时,他就会产生这种又刺又痒的感觉。悬挂在那里的不仅是格雷夫的远足鞋、羊毛袜、膝盖和短裤,格雷夫整个人靠脖子悬吊着,在绳子上露出一张龇牙咧嘴的脸,仍没有摆脱舞台上那种装腔作势的表演。

又刺又痒的感觉骤然消失,快得令人惊讶。我觉得格雷夫的姿势又恢复正常了;因为一个吊着的人的身体姿势基本上同一个用手撑地行走的人、一个头足倒立的人、一个想骑马而跃上一匹四条腿的马却采取了真正不幸的姿势的人的模样是一样正常和自然的②。

此外还有布景。奥斯卡这时才理解了格雷夫过去所花费的精力。格雷夫吊在其中的框架和布景是精选出来的,几乎是铺张的。这位蔬菜商曾经寻找过一种适合于他本人的死的形式,他找到了一种两头平衡的死法。他,在他活着的时候,计量局的官员曾多次找他麻烦,他们之间有过不愉快的信件往来,他们曾多次没收过他的天平和砝码。他,由于水果和蔬菜的重量称得不准确,曾经付过罚款。这

---

① 在德语里,"悬吊"和"挂"是一个词。

② 指采取这些姿势时,脚尖都是朝下或朝上的。

一回,他用土豆同他的身体保持平衡,一克不差地保持平衡。

一根光泽暗淡、或许用肥皂抹过的绳子,由滑轮引导,穿过两根横梁上方,这两根横梁是格雷夫为他的末日架在一个支架上的。这个支架只有一个用途,就是用作他的末日支架。他浪费了上好的木料,我由此推断出,这个蔬菜商没想到要节约。在那些建筑材料紧缺的战争年代里,要搞到横梁木和木板想必是非常困难的。在这之前,格雷夫一定干过实物交易,他用水果换来了木材。所以,在这个支架上也不缺少纯属多余的、只为装饰用的角撑。构成台阶的三段式小平台——奥斯卡方才在上面店堂里已经看到了它的一角——把这整个横梁构架提高到了几近于庄严的程度。那台擂鼓机看来是这个业余制作家用作模型的。同那台机器的情形一样,格雷夫和他的衡重物都挂在支架的内部。在他和同样摇晃着的土豆之间,有一把精巧的绿色小梯子,同四根抹白灰的角梁形成鲜明的对比。他用一个童子军才会打的、富有艺术性的套结把几个土豆筐系在那根主绳上。四个涂白漆但光线仍然很强的电灯泡照亮了支架内部。因此,奥斯卡无须登上并玷污那个庄严的小平台,便能从土豆筐上方一张用铁丝固定在童子军套结上的小硬纸片上读出那一行字:七十五公斤(少一百克)。

格雷夫身穿童子军指导的制服挂在那里。他在自己的末日又恢复穿战前年代的制服。这套制服穿在他身上已经显窄了。他无法扣上最上面的两个扣子和腰带,要不然的话,他这身打扮挺整洁,现在却添上了叫人讨厌的怪味儿。格雷夫按照童子军的规矩交叠着左手的两指。这个吊死鬼在上吊之前把童子军帽子系在右手腕上。他无法扣上衬衫领口的扣子,也同样无法扣上齐膝短裤最上面的扣子,于是,他的鬈曲的黑色胸毛就从这空当里钻了出来。

小平台的台阶上有几株紫菀,还不相宜地杂着香菜茎。也许花已经被他撒完了,因为他把多一半的紫菀还有几朵玫瑰都用来装饰挂在支架的四根主横梁上的那四幅小像了。左前方一根上挂着童子军创始人巴登-鲍威尔爵士像,有玻璃框。左后方是圣徒圣乔治,无框。右后方是米开朗琪罗画的大卫头像,无玻璃。在右前方的立柱上,一个表情丰富的、漂亮的、大约十六岁的男孩的相片在微笑,相片既有框,又有玻璃。这是格雷夫的宠儿霍斯特·道纳特从前的相片,他后来当了少尉,在顿涅茨阵亡。

也许我还得提一笔小平台台阶上紫菀与香菜间一张被撕成四片的纸。这些碎片扔在那里,却可以让人毫不费力地拼在一起。奥斯卡这样做了,他辨认出这是一张曾经多次盖上风纪警察局印章的法院的传票。

还有待我来报道的,便是急救车催人的笛声唤醒了正在考察一个蔬菜商死因的我。紧接着,他们跌跌撞撞地下了楼梯,登上小平台,把手伸向吊着的格雷夫。可是,他们刚把这个商人稍稍托起,用作衡重物的土豆筐就纷纷落下、翻倒。同擂鼓机一样,格雷夫机巧地用胶合板遮住的支架上面的机械在止动装置打开后便运转起来了。下面,土豆砰砰地落到小平台上,又从小平台落到水泥地面上;上面,敲击着铁皮、木头、铜和玻璃,上面,一支摆脱羁绊的鼓乐队敲响了阿尔布雷希特·格雷夫的大型终曲。

时至今日,奥斯卡最艰巨的任务之一,便是让雪崩似的土豆坠落的噪声——顺带说一句,几个急救员赖此发了财——让格雷夫的擂鼓机的有机喧闹声在他的铁皮鼓上响起回声。也许因为我的鼓对格雷夫之死的形象塑造产生过决定性的影响,所以,我有时也成功地在奥斯卡的铁皮鼓上奏出一首经过修饰的格雷夫之死的改编曲。我的朋友们以及护理员布鲁诺曾问及这首鼓曲的标题,我于是给它起名为:七十五公斤。

贝布拉的前线剧团

　　一九四二年六月中旬,我的儿子库尔特一周岁。奥斯卡,父亲,以冷静的态度对待此事,暗自想道:还要等上两年。一九四二年十月,蔬菜商格雷夫在一座形式如此完善的绞刑架上自缢,因此,我,奥斯卡,一再把这次自杀列为庄重的死法之一。一九四三年一月,大家对斯大林格勒这座城市谈论得很多。由于马策拉特像以前强调珍珠港、托布鲁克和敦刻尔克那样地强调这座城市的名称,我因此不再去关注这座遥远的城市里所发生的事件,而去注意我从特别新闻广播里所了解到的其他城市;因为对奥斯卡来说,国防军报道和特别新闻广播乃是一种地理课。要不然的话,我怎么会知道库班河、缪斯河和顿河是在哪儿流着呢? 有谁能比关于远东各种事件的详尽的无线电报道更好地向我说明阿留申群岛的阿图岛、基斯卡岛和阿达克岛的地理位置呢? 就这样,我在一九四三年一月学到了斯大林格勒这座城市位于伏尔加河畔。不过,我并不关心第六军,我关心的是那时患上轻度流行性感冒的玛丽亚。

　　患流行性感冒的玛丽亚日见好转期间,无线电里的报道继续开它的地理课:勒热夫和杰姆扬斯克。对于奥斯卡来说,这两个地点仍然是他闭上眼睛马上能在任何苏维埃俄罗斯的地图上找到的。玛丽亚病刚好,我的儿子库尔特又得了百日咳。在我想法子记住激烈争夺的突尼斯的几块绿洲的极难记的名称期间,小库尔特的百日咳停了,非洲军团也完蛋了。

　　啊,欢乐的五月! 玛丽亚、马策拉特和格蕾欣·舍夫勒准备替小库尔特过两周岁生日。奥斯卡也认为即将来临的庆祝日意义比较重大,因为从一九四三年六月十二日起只需再等一年了。如果我在场,我会在小库尔特两岁生日那天,咬住我儿子的耳朵低声说:"等着吧,不久你也会敲鼓了。"不过,事情是这样的:一九四三年六月十二日奥斯卡已经不在但泽的朗富尔了,而是在罗马人建立的古老城市梅斯。是啊,他离开的时间拖得那么长,结果呢,为了能同家人共庆小库尔特的三岁生日,在一九四四年六月十二日准时赶回他所熟悉的、还一直没有遭轰炸破坏的故乡,他可是历尽了艰辛。

是什么事务使我离家出走的呢?我不绕弯子直说了吧!在已经改成空军营房的裴斯泰洛齐学校门前,我碰上了我的师傅贝布拉。不过,贝布拉一个人是不可能说服我外出远行的。贝布拉的手臂挽着拉古娜,罗丝维塔夫人,伟大的梦游女。

奥斯卡由小锤路走来。他刚才拜访了格蕾欣·舍夫勒,安闲地读了一小段《罗马之战》并且从中发现,当时,在贝利萨尔①的时代,世事已更迭无常,当时的人就已经在相当广阔的地理区域内,在河流的交汇处和城下欢庆胜利或忍受失败了。

我穿过弗勒贝尔草场,最近几年间,此地已经变成了托特组织②的一个临时木板房营地。我的思想却停留在塔吉那,公元五五二年,纳赛斯③在此地击败托蒂拉。我的思想停留在这位伟大的亚美尼亚人纳赛斯身上倒不是由于他打了大胜仗,吸引我的是这位统帅的体形。纳赛斯是畸形儿,驼背,纳赛斯矮小,纳赛斯是矮人、侏儒、小人国的人。纳赛斯也许是个儿童小脑袋瓜,比奥斯卡稍大些,我这样思考着,来到裴斯泰洛齐学校门口,为了作比较。我瞧着几个个子长得太快的空军军官,看到了他们的勋章带子,我暗自说,纳赛斯肯定不

---

① 贝利萨尔(505—565),日耳曼人,东罗马皇帝查士丁尼的统帅,为光复被蛮族占据的西罗马,两度在意大利同东哥特人交战。

② 托特组织,由工程师弗里茨·托特(1891—1942,后任纳粹军备部长)领导的组织,负责修建军事设施如西壁等。

③ 纳赛斯(480? —574),亚美尼亚人,查士丁尼的统帅,在意大利先后击溃以托蒂拉和泰耶为王的东哥特人。

挂勋章,他不需要这东西。这时,这位伟大统帅本人却站在学校大门正中央,一位夫人挽着他的臂膀。为什么纳赛斯不该有位夫人挽着他的臂膀呢? 他们正迎面朝我走来,在那些空军巨人一旁他们显得渺小,然而却是那些新烘烤出来的纯空气英雄①的中心,笼罩在历史的氛围之中,年纪老极了;在这个独一无二的名叫纳赛斯的亚美尼亚矮子面前,这个住满了托蒂拉们和泰耶们、住满了树一般高大的东哥特人的整座兵营又算得了什么呢? 纳赛斯一小步一小步地走近奥斯卡,向奥斯卡招手,挽着他的臂膀的那位夫人也在招手。贝布拉和罗丝维塔·拉古娜夫人问候我,空军尊敬地让出道来,我把嘴靠近贝布拉的耳朵小声说:"亲爱的师傅,我把您当成伟大的统帅纳赛斯了。我对此人的评价远远高于我对有勇无谋的力士贝利萨尔的评价。"

贝布拉谦逊地一挥手表示拒绝。可是,拉古娜却喜欢我的这番类比。她说话时小嘴动得多美啊! "请问你,贝布拉,难道他,我们的年轻朋友,当真那么毫无道理吗? 你的血管里不是流着欧仁亲王的血吗? 不是流着路易十四的血吗? 难道他不是你的祖先吗?"

贝布拉抓住我的臂膀,把我拉到一边,因为空军不住地观赏着我们,直愣愣地盯着,令人讨厌。末了,一名少尉,紧跟着上来两名士官,在贝布拉面前做了个立正姿势,因为我的师傅的制服上佩戴着上尉的军衔标志,袖子上还有一块印有"宣传运动"字样的布条。用勋章装饰着的小伙子们请拉古娜签名留念,并且得到了她的签名。于是,贝布拉一招手,让他的公务汽车开过来。我们上了车,在汽车开走时还不得不听着空军热情的鼓掌声。

裴斯泰洛齐街,马格德堡街,陆军草场,我们一路驶去。贝布拉坐在司机旁边。刚到马格德堡街,拉古娜就已经拿我的鼓做话题了。"好朋友,您还一直忠实于您的鼓吗?"她用她的地中海嗓音低声说,这嗓音我已那么久没听到过了,"在其他方面您是否也都忠实呢?"

---

① 文字游戏,指"空军英雄"。德语"空军"一词由"空气"与"武器"两词复合而成。下文称空军军官为空军,也含谐谑意。

奥斯卡没有回答她,没有用他那些同女人之间的冗长乏味的事去劳她的神,但微笑着允许这位伟大的梦游女先是抚摩他的鼓,接着抚摩他有点抽搐地抱着这铁皮鼓的双手,而且越来越显出南欧人味道地抚摩着。

汽车拐进陆军草场,跟着五路电车轨道行驶。这时,我甚至给她回答了,也就是说,我用左手抚摩她的左手,她用右手亲热我的右手。汽车已经驶过马克斯·哈尔贝广场,奥斯卡下不了车了。这当儿,我在小卧车的后视镜里瞧见了贝布拉浅棕色的、机敏的老人眼睛正观察着我们两个的小动作。拉古娜偏偏握住了我的双手,而我呢,为了不伤害我的朋友和师傅,正要挣脱出来。贝布拉在后视镜里微笑,接着移开了他的目光,开始同司机交谈。这时,罗丝维塔一边热乎乎地捏住我的双手,抚摩着,一边启动地中海小嘴,也开始了一席谈话。这是直接讲给我听的,甜蜜地灌进了奥斯卡的耳朵,随后又谈了些实际的事情,接着话又变得更加甜蜜,封住了我的一切顾虑和逃跑的企图。我们到了帝国殖民区,朝妇科医院方向驶去。拉古娜告诉奥斯卡,这些年里她一直想着他,她还一直保存着当年我在四季咖啡馆里唱碎并奉献给她的玻璃杯。她说,贝布拉虽然是位出色的朋友和优秀的工作伙伴,但同他结婚却是不能设想的;贝布拉必须单独生活,拉古娜这样回答我插入的提问,她给他一切自由,而他也同样,虽说他天性相当嫉妒,但这些年来他也懂得了拉古娜是约束不了的,况且善良的贝布拉身为前线剧团团长几乎没有时间去履行一旦结婚后应尽的义务。不过,这前线剧团可是第一流的,它所演的节目若在和平时期照样能搬上"冬季花园"或"斯卡拉"大剧院的舞台。而我,奥斯卡,凭着我尚未施展的神授的才能,是否有兴致去试他一年呢?何况我的年纪也够了,她可以担保,不过,我,奥斯卡,或许有其他重任吧,或者相反?那就更好,他们今天离开此地,方才是他们在但泽-西普鲁士军区的最后一场午后演出。现在他们去洛特林根,随后去法国,眼下去东线是办不到的事,谢天谢地,他们刚刚离开东线。我,奥斯卡真走运,东方已成过去,现在是去巴黎,肯定是去巴黎。我,奥斯卡。可曾去过巴黎旅行？就这样吧，朋友！如果拉古娜已经诱惑不了您这位鼓手冷酷的心，那就让巴黎来诱惑您吧！我们一起去吧！①

这位伟大的梦游女话音刚落，汽车就停了下来。兴登堡林荫大道的树，绿色，普鲁士风，间距一律。我们下车，贝布拉让司机等着。我不想进四季咖啡馆，我的脑子有点乱，需要新鲜空气。于是我们就到斯特芬公园去散步，贝布拉在我右边，罗丝维塔在我左边。贝布拉向我谈宣传运动的意义和目的。罗丝维塔向我讲述宣传运动日常生活中的小插曲。贝布拉谈战争画家、战地记者，聊他的前线剧团。罗丝维塔让遥远城市的名称从她的地中海小嘴里溜出来，而报告特别新闻时，那些地名我在无线电里全都听到过。贝布拉说了个哥本哈根。罗丝维塔嘘出了巴勒莫。贝布拉唱着贝尔格莱德。罗丝维塔像个悲剧女演员似的哀诉道：雅典。但是，两人一起如痴如醉地反复谈论巴黎，保证说，那个巴黎可以抵消方才讲到过的所有城市。末了，贝布拉打着官腔，摆出前线剧团团长和上尉的架势，向我提议说："请您加入到我们中间来吧，年轻人，擂鼓，唱碎啤酒杯和电灯泡！在美丽的法兰西、在青春常在的巴黎的德意志占领军会感激您，向您欢呼的。"

仅仅为了走形式，奥斯卡要求有个考虑的时间。我在五月葱绿的灌木丛中走了足足半个小时，一边是拉古娜，一边是我的师傅和朋友贝布拉。我装出反复思考和大伤脑筋的样子，搓搓额头，倾听林中鸟语，这是我有生以来从未做过的事，仿佛我在期待某一只红胸鸲给我答案和忠告。当绿丛中有个什么东西啾啾地叫得特别响、特别引人注意的时候，我开口说："善良、智慧的大自然劝我接受您的提议，尊敬的师傅。您今后可以把我看做您的前线剧团的一员了！"

我们接着去了四季咖啡馆，喝一杯淡血色的穆哈，商量了我逃离家庭的细节，不过，我们不把这叫做逃跑而叫做出走。

在咖啡馆外面，我们又重复了一遍计划好的行动的一切细节。

―――――――――

① 此句原文是意大利语。

我于是同拉古娜以及宣传运动上尉贝布拉告别,他坚持让我用他的公务汽车。他们两个沿着兴登堡林荫大道溜达着朝城里走去。上尉的司机,一位年纪较大的上士,开车送我回朗富尔,一直开到马克斯·哈尔贝广场,因为我不想也不能让车开进拉贝斯路。奥斯卡乘着国防军公务汽车来了,这会轰动四邻,太过分也太不合时宜。

　　留给我的时间不多。到马策拉特和玛丽亚家去作临别拜访。在我的儿子库尔特学走路的围栏旁,我站了许久,如果我记忆无误的话,我也产生了若干做父亲应有的想法,便伸手去抚摩这个金发小家伙,可是库尔特不愿意。玛丽亚倒并不拒绝,她有点惊讶地接受了我对她的亲热举动,尽管多年以来她已经不习惯于此了,她也好心地抚摩我一番。同马策拉特告别我觉得为难,这真是奇怪。这个男人站在厨房里,正用芥末调料汁煮腰花,他同烹饪勺结下了不解之缘,或许挺愉快,我因此不敢打扰他。当他想从身后拿东西并伸手在厨桌上瞎摸时,奥斯卡这才向他走去,拿起放着切碎的香菜的小菜板递给他。我至今仍然认为,马策拉特惊讶地、不知所措地拿着放有香菜的小菜板,愣了很久。在我离开厨房以后,他还愣着,因为奥斯卡以前从未递过、拿过、举过什么东西给马策拉特。

　　我在特鲁钦斯基大娘那里吃饭,让她给我洗了澡,把我放到床上。我等她躺进她的羽绒被里,吱吱地轻声打起鼾来时,就穿上拖鞋,带上我的衣服,穿过那只越来越衰老、正吱吱地打鼾的灰毛耗子睡的房间,在过道里我拿钥匙开锁时费了些劲,最后把锁拧开了。我一直光着脚,只穿睡衣,夹着我那卷衣服,爬上楼梯,到了晾衣阁楼,进了我的隐藏处,在摞成堆的屋面瓦以及人家不顾防空条例的规定仍旧堆在那里的成捆的报纸后面,我跟跟跄跄地跨过防空沙堆和防空水桶,找出一面崭新锃亮的鼓来,它是我瞒着玛丽亚节省下来的。奥斯卡的读物我也找出来了:合成一卷的拉斯普京与歌德。把我喜爱的这两位作家也带走吗?奥斯卡穿上衣服和鞋子,把鼓挂到脖子上,把鼓棒插在裤子背带后面,与此同时,他跟他的两位神——狄俄尼索斯和阿波罗①谈判。那位醉得不省人事的神劝我,要么什么读物也不带,要么只带一沓拉斯普京走;那位极其狡猾又过于理智的阿波罗则劝我干脆放弃法国之行,当他发现奥斯卡已经决心赴法国时,便坚持要我带上一个没有窟窿的旅行袋,把歌德在几百年前打过的每一个合乎理性的呵欠都带走。而我呢,一来由于固执,二来由于我深知,《亲和力》一书不能解决一切两性的问题,便把拉斯普京以及他的赤裸裸的、然而穿着黑色长袜的女性世界也随身带走了。阿波罗力求达到和谐,狄俄尼索斯力求达到沉醉与混乱,奥斯卡则是一个小小的半神②。他使混乱和谐化,使理性处于沉醉状态。奥斯卡除了他的必死性以外,有一点优于自古以来便确定了的全神们:奥斯卡可以读使他开心的书,众神却总在检查他们自己。

　　一个人是可以习惯于一幢出租公寓以及十九家房客厨房里的气味的。我同每一段楼梯、同每一层楼、同每一扇钉有姓名牌的套间门告别。啊,音乐家迈恩,他们认为你不合服役资格而把你送了回来。你又吹起了小号,又喝上了杜松子酒,期待着他们重新把你接去——后来他们果真把他接走了,只是不准他把小号带在身边。啊,胖得不成形状的卡特太太,她的女儿自称闪电姑娘③。啊,阿克塞尔·米施克,你用鞭子换取了什么?沃伊武特先生和太太,他们一直吃芜菁甘蓝。海纳特先生身患胃病,因此在席哈乌船坞工作而没在步兵服役。旁边一家是海纳特的父母,他们仍旧姓海莫夫斯基。啊,特鲁钦斯基大娘,这只耗子在套间门后睡得正香。我把耳朵贴在门上听她吱吱叫。小矮个儿,他本姓雷策尔,已经被提升为少尉,虽说他从小就得穿长筒羊毛袜。施拉格尔的儿子死了。艾克的儿子死了。科林的儿

---

① 狄俄尼索斯是希腊神话中的酒神。阿波罗是司光明、艺术的神。
② 半神,指神和人所生的后代。
③ 闪电姑娘,纳粹士兵用语,指通信兵的女子助手。

子死了。钟表匠劳布沙德还活着,仍在使死钟表复活。老海兰德活着,照旧在把弯钉子敲直。施韦尔文斯基太太有病,施韦尔文斯基先生身体健康,却死在了她的前头。底层对面的套间里住着的是谁?马策拉特家的阿尔弗雷德和玛丽亚,还有一个快满两周岁的小家伙,名叫库尔特。谁在这夜深人静时离开这幢吃力地呼吸着的大公寓?是奥斯卡,小库尔特的父亲。他带着什么来到黑暗的街上?他带着他的鼓以及他的大厚本教科书。在所有这些灯火熄灭、相信空防的房屋之中,为什么他偏偏在一所灯火熄灭、相信空防的房屋前面站住呢?因为这里住着寡妇格雷夫太太。他虽然不能把他的教育归功于她,却能把某些传递感觉的熟练手法归功于她。为什么他在这所黑洞洞的房屋前脱下帽子?因为他在悼念蔬菜商格雷夫,此人鬈毛、鹰钩鼻,自己称自己的体重,同时上吊。吊死后他仍有鬈毛、鹰钩鼻,但是,原先失神地待在眼窝里的棕色眼珠却过度用力地突了出来。为什么奥斯卡又戴上了他的有飘带的海军帽,头戴帽子,脚蹬靴子离开了呢?因为他约定要去朗富尔的货车车站。他准时来到约定的地点了吗?他来了。

　　这就是说,我是在最后一分钟到达布鲁恩斯赫弗尔路的下跨道附近的铁路路堤的。我并没有在附近的霍拉茨医生的诊所前停留。虽说我在思想里同护士英格道了别,向小锤路的面包师傅寓所送去了问候,但这些都是边走边做的,唯独圣心教堂的大门止住了我行路匆匆,害得我差点儿来晚了。教堂大门紧锁。然而我能确切地想象出坐在童贞女马利亚左大腿上的赤身裸体的、粉红色的童子耶稣。她又在这儿了,这可怜的妈妈。她跪在忏悔室里,把殖民地商品店老板娘所有的罪孽灌进维恩克神甫的耳朵里去,如同她往常把糖灌进蓝色的一磅或半磅装口袋里去那样。奥斯卡则跪在左侧祭坛上,想把鼓塞给童子耶稣,可是这小家伙不敲鼓,没有向我显示奇迹。当时,奥斯卡发了誓,今天,奥斯卡在紧锁的教堂大门前再度发誓:我定要教会他敲鼓。不是今天就在明天!可是,我要去作长途旅行,便把誓言改为后天,接着转过身来把鼓手的背对着教堂的大门,坚信我不会失去耶稣，随后爬上下跨道旁边的铁路路堤，丢失了若干歌德和拉斯普京的残篇，但仍把我的教育大全的大部分带上了路堤，带到了铁轨间。我跟跟跄跄地越过枕木和碎石，还走了一箭之遥，慌忙中险些把正等着我的贝布拉撞倒。天真黑呀！

"原来是我们的铁皮演奏家！"上尉兼音乐小丑喊道。我们相互提醒要多加小心，摸索着过了铁道、交轨点，在那些正在调轨的货车之间迷了路，最后找到了那列前线休假人员的列车，车上给贝布拉的前线剧团留了一节专用车厢。

奥斯卡过去乘过有轨电车，如今他也该乘乘火车了。贝布拉把我推上车厢时，正在做针线活的拉古娜抬起头来，莞尔一笑，微笑着吻我的脸颊。她一直在微笑，手指却不离开她的针线活，并向我介绍了前线剧团的两位团员：杂技演员菲利克斯和基蒂。蜂蜜般金黄头发的、皮肤有点发灰的基蒂不无吸引力，个子同那位夫人差不多。她说话略带萨克森口音，这更增添了她的魅力。杂技演员菲利克斯是剧团里个子最高的。他的身高总得有一百三十八厘米。这个可怜虫因为他引人注目的出格的身材而苦恼。九十四厘米的我的出现，更激发了他的变态心理。这位杂技演员的长相同一匹用高级饲料喂养的选拔出来的赛马有若干相似之处，因此，拉古娜开玩笑地称他"卡瓦洛"①或"菲利克斯·卡瓦洛"。杂技演员菲利克斯同贝布拉上尉一样也穿着军灰色制服，不过只佩着上士军衔标志。女士们也藏身在剪裁成旅行服装的军灰色衣料里，简直太不合身了。拉古娜手指下的针线活原来也是块军灰色布料，后来成了我的制服。布料是贝布拉和菲利克斯捐赠的，罗丝维塔和基蒂轮流缝制，剪去的军灰色布料越来越多，直到上装、裤子和军帽都合我的尺寸为止。在国防军的任何服装局里都不可能弄到适合奥斯卡穿的鞋子。我也乐得穿我自己的平民的系带靴，免得套上士兵的低统靴。

我的证件是伪造的。杂技演员菲利克斯在做这件精细的工作时

---

① 意大利语，意思是"马"。

证实自己是相当熟练的。我纯粹出于礼貌而未能提出抗议。伟大的梦游女让我冒充她的兄弟,当她的哥哥。具体地说是:奥斯卡奈洛·拉古娜,一九一二年十月二十一日生于那不勒斯。到今天为止,我用过各种各样的姓名。奥斯卡奈洛·拉古娜是其中之一,无疑不是最难听的。

我们出发了。火车驶经斯托尔普、什切青、柏林、汉诺威、科隆开往梅斯。柏林我一无所见。我们停留了五小时。自然正遇上空袭警报。我们躲进了托马斯地窖。前线休假人员像沙丁鱼似的卧倒在拱顶下面。宪兵队的人不准我们进去,这时传来了喧闹声。从东线来的几个士兵,看过剧团的演出,认识贝布拉和他的团员。他们鼓掌吹口哨,拉古娜也掷去了飞吻。他们要求我们演出,几分钟内就在这个从前是拱顶地窖啤酒馆的底部临时搭起了一个舞台似的东西。贝布拉难以拒绝,尤其是一位空军少校由衷地、以过分夸张的姿态请他演些拿手好戏给士兵们一饱眼福。奥斯卡将要在真正的剧团演出中首次登场。虽说我并非毫无准备就上台,在火车上,贝布拉同我一起多次排练过我的节目,这时我却怯场了,这使得拉古娜又有机可乘,抚摩我的手哄我。

士兵们热心透顶,他们刚把我们的演员包搬过来,菲利克斯和基蒂就开始了他们的杂技表演。这两个都是橡皮人,他们把自己的身体打成结,不断地从自己的身体里钻进去又钻出来,绕住自己的身体,取下身体上的一截,把他的给她,把她的给他,互相交换这一截身子或那一截身子,使拥挤着的、目瞪口呆的士兵们感受到剧烈的四肢疼痛和延续数日之久的肌肉酸痛。菲利克斯和基蒂还在打结和解结的时候,贝布拉扮着音乐小丑出场了。他在从满到空的酒瓶上奏出那些战争年头里最流行的曲子。他演奏了《埃里卡》和《妈妈齐,送我一匹小马》,又让《故乡,你的星》在瓶颈上响起并放出光芒。但这还不够激动人心,他便搬出他的老牌光辉乐曲,让《老虎吉米》在酒瓶丛中狂吼怒叫。这支乐曲不仅前线休假人员喜爱,连奥斯卡爱挑剔的耳朵也喜欢听。贝布拉演了几套魔术,虽然幼稚,然而照样受欢迎。之后,他宣布罗丝维塔·拉古娜,伟大的梦游女,以及奥斯卡奈洛·拉古娜,杀玻璃的鼓手出场。观众的热情当真被他烧旺了,罗丝维塔和奥斯卡奈洛必定成功。我用急速轻敲的动作作为我们的表演的引子,用渐强的急速敲击为高潮的到来铺路,在表演结束时用大段艺术性强的敲击引出喝彩声。拉古娜从观众堆里随便叫出一名士兵甚至军官,请年老皮厚的上士或腼腆狂妄的候补军官坐下,她便来看这一个或那一个的心,她还真能看透他们的心。除去她总能说对军人证上的各种日期以外,她还把上士和候补军官私生活中不可告人的事透露给观众。她在披露人家的隐私时讲得委婉动听,妙语连珠,末了,送给那些如观众所说被剥个精光的家伙每人一瓶啤酒,请受赏者把瓶子高高举起,让大家都能看清,随后给我,奥斯卡奈洛,打了个暗号:渐强地急速擂鼓,啤酒瓶应声裂成碎片。这对于我的声音来说如同儿戏,再难的任务也不在话下。剩下的是诡计多端的上士或乳臭未干的候补军官溅满啤酒、目瞪口呆的脸——接着爆发出喝彩声,经久不息的掌声,掺入这掌声之中的是对帝国首都的一次大轰炸的噪声。

我们所表现的虽说不是世界水平,但娱乐了士兵们,使他们忘记了前线和休假,使他们放声大笑,无休止地大笑。炸弹落到了我们的头上,摇晃并掩埋了地窖和其中的一切,灯和备用灯都灭了,一切都倒在地上,乱作一团。这时,仍然一再有笑声穿过这口被掩埋的、令人窒息的棺材。"贝布拉!"他们喊道,"我们要听贝布拉!"好心而又顽强的贝布拉应声而起,在黑暗中扮演小丑,硬使被掩埋的群众同声大笑。当大家要求拉古娜和奥斯卡奈洛表演时,他大声说道:"拉古娜夫人非常——疲倦了,亲爱的铅士兵们。小奥斯卡奈洛为了大德意志帝国和最终胜利也需要睡上一个小觉!"

她,罗丝维塔,躲在我的身旁,感到害怕。但奥斯卡并不害怕,却还是躲在拉古娜身旁。她的惧怕和我的胆量把我们的手合在一起。我搜索她的惧怕,她搜索我的胆量。末了,我变得有点害怕了,她却得到了胆量。当我第一次驱走了她的惧怕,使她有了胆量时,我的男子汉的胆量已经第二次产生。我的胆量已经历时十八个光辉的年头了,而她,我不知道她多大年纪,也不知道她是第几次这样躺着陷于她那训练有素的、使我产生胆量的惧怕之中。因为同她的脸一样,她那尺寸虽小却数目齐全的身体上丝毫没留下已被埋葬的时间的痕迹。委身于我的是一个胆量与惧怕都没有时间性的罗丝维塔。她在帝国首都遭到一次大轰炸时,在被掩埋的托马斯地窖里,屈服于我的胆量,丧失了她的惧怕,直到防空人员把我们挖掘出来为止。可是,人家永远也不会知道,这个小人国的女子究竟是十九岁还是九十九岁。对奥斯卡来说,保持沉默是很容易的,因为他自己也不知道向他提供那头一遭同他的身体尺寸相符合的拥抱的,究竟是个有胆量的老妪,还是一个出于惧怕而百依百顺的姑娘。

参观水泥——或神秘，野蛮，无聊

　　有三个星期之久，我们一晚接一晚地在罗马人建立的、后来又驻扎了近卫军的城市梅斯的历史悠久的防弹掩蔽部里演出。同样的节目我们在南希演了两个星期。马恩河畔的夏龙好客地接待了我们一星期。奥斯卡的舌头已经能弹出几个法国字来了。在兰斯，还能观赏到第一次世界大战造成的破坏。世界闻名的大教堂的石雕动物，令人讨厌地没完没了地把水喷到铺路石块上。这句话的意思是：兰斯天天下雨，夜间也下雨。但是，在巴黎，我们遇上了一个明媚和煦的九月。我可以挽着罗丝维塔的臂膀在码头上漫步，度过我的十九岁生日。虽说我曾经从士官弗里茨·特鲁钦斯基寄来的明信片上见到过这个大都会，巴黎却一点也没有使我失望。罗丝维塔和我头一回站在埃菲尔铁塔下，我们——我身高九十四厘米，她九十九厘米——举首仰望，我们两人，手挽手，头一回意识到我们的伟大和独一无二。我们在大街上接吻，不过，这在巴黎并不新鲜。

　　同艺术与历史交往，是何等美妙啊！我，始终挽着罗丝维塔的臂膀，游览了伤兵教堂，缅怀伟大的、但个子并不高的、因此与我们同属一类的皇帝，我用拿破仑的语言讲话。在第二位弗里德里希①（此公亦非巨人）的墓前，拿破仑说过："如果他还活着，我们就不会站在此地了！"我在我的罗丝维塔的耳边柔声低语："如果这个科西嘉人还活着，我们就不会站在此地了，我们就不会在桥下、在码头上、在巴黎的人行道上接吻了。"

_____

　　① 指弗里德里希二世（1712—1786），普鲁士国王，亦译作"腓特烈大王"。

334

我们同其他剧团一起在普莱尔大厅和萨拉·伯恩哈特剧院联合演出。奥斯卡迅速习惯了大城市的舞台环境，把他的保留节目改得高雅，以投合巴黎占领军的吹毛求疵的口味。我不再唱碎普通的、粗俗的德意志啤酒瓶，不，我把从法国各个宫殿里精选出来的、呈优美弧形的、吹制成雾气一般薄的花瓶和水果盆唱成碎片。我的节目是按照文化史的观点安排的，从路易十四时代的玻璃杯开始，又让路易十五时代的玻璃制品变成玻璃尘埃。我想到了革命时代，带着激烈的情绪，让不幸的路易十六和他的丢了脑袋的玛丽·安托瓦内特的高脚杯遭了殃。我又毁了一点路易·菲利普的玩意儿，最后同第三共和国的青年风格的玻璃幻想产物恶战一场。

尽管正厅前排和各层楼座的军灰色群众不理解我的表演是按历史进程编排的，把玻璃碎片仅仅当做普通的玻璃碎片并报以掌声，然而，偶或也有来自帝国的参谋部军官和新闻记者，除了玻璃碎片外还欣赏我的历史感。在一场由官方为司令官们举办的演出结束后，人家把我们介绍给一位不穿制服的学者，此人对我的艺术大加恭维。我尤其感激帝国一份主要日报的通讯记者，他正待在这座塞纳河上的城市里，并且不愧为法国问题专家。他暗示我注意我的节目中若干细小的错误，但不属于风格上的纰漏。我们在巴黎过冬。人家请我们在一流饭店里下榻，我也不想缄口不提，我身边的罗丝维塔在整个漫长的冬天一再试验并证实了法国床的优点。奥斯卡在巴黎幸福吗？难道他已经忘了故乡的情人玛丽亚，还有马策拉特、格蕾欣和亚历山大·舍夫勒，忘了他的儿子库尔特和他的外祖母安娜·科尔雅切克吗？

我并没有忘记他们，然而我也不惦念他们中间的任何一个。所以，我也没有寄军用明信片回家，不给他们任何我还活着的标志，而是给他们提供条件，在没有我的情况下生活上一年；我离家出走时就决定要回去，我感兴趣的是我不在时家里这伙人的关系作了怎样的调整。在街上，在表演时，我有时也在士兵的脸上寻找熟悉的特征。也许弗里茨·特鲁钦斯基或阿克塞尔·米施克从东线调到巴黎来了,奥斯卡想着,有一两次真以为在一伙步兵中间认出了玛丽亚漂亮的哥哥,其实不是,军灰色把人弄糊涂了!

唯独埃菲尔铁塔使乡愁在我心中萌生。这并不是说,我曾登上这座铁塔,极目远眺,唤起了对家乡的渴望。奥斯卡在想象中经常登上明信片上印着的这座高塔,假如真的攀登上去,那只能使我感到像是在失望地爬下塔来。在埃菲尔铁塔脚下,没有罗丝维塔,我独自一人,在这金属结构的弧形基架下面,站着或者蹲着,这个能让我看到四处的然而又是封闭式的穹隆,却变成了我的外祖母安娜能够掩蔽一切的罩子。当我坐在埃菲尔铁塔下面时,我也就坐在了外祖母的四条裙子下面,练兵场变成了卡舒贝的土豆地,一场巴黎的十月雨不知疲倦地斜飘到比绍与拉姆考之间。在这样的日子里,我嗅到整个巴黎,连同地下铁道,散发出一股略微有点哈喇的黄油味道。我变得沉默寡言,终日沉思,罗丝维塔待我细心周到,她注意到了我的苦痛,因为她是感觉细腻型的。

一九四四年四月——从各个战场传来了成功地缩短战线的消息——我们奉命收拾演员行囊,离开巴黎,到大西洋壁垒去慰问。贝布拉的前线剧团在勒阿弗尔开始它的巡回演出。我觉得贝布拉沉默寡言,神思恍惚。尽管他在表演时从未出过差错,一如既往地取悦观众,但是,大幕一落,他那张苍老的纳赛斯的面孔立即变得呆滞。起先,我把他看成一个嫉妒鬼,更糟的是,我甚至把他看成是败在我的青春力量下的降将。罗丝维塔小声告诉我,我的判断错了;但她也不知道底细,只说有几名军官在演出结束后便来找贝布拉,关上房门密谈。看来这位师傅想要放弃他的内心流亡,正在策划什么具体的行动,看来他的祖先欧仁亲王的血统又在他身上占了上风。贝布拉的各种策划使他疏远我们,把他牵连进涉及方面极广的关系中去。奥斯卡同从前属于他的罗丝维塔的关系只能在他布满皱纹的脸上诱出疲惫的一丝微笑。当他——那是在特鲁维尔,我们下榻于疗养地饭店——突然闯入我们合用的化妆间里,见我们在地毯上扭作一团时,他挥挥手表示不必介意。我们正想相互解脱,他却对着化妆镜说:

"享乐吧,孩子们,亲吻吧,明天我们去参观水泥,后天水泥粉末就会在你们的嘴唇间沙沙作响,会败坏你们亲吻的兴致的!"

这是在一九四四年六月。其间,我们走遍了从比斯开直抵荷兰的大西洋壁垒。可是我们多半是在腹地,那些传奇式的地堡却见得不多,到了特鲁维尔,我们才首次在海岸演出。人家提议我们去参观大西洋壁垒。贝布拉接受了。在特鲁维尔作最后一场演出。夜间,我们来到卡昂前方在海岸沙丘后四公里处的小村庄巴文特。人家安排我们在农民家过宿。许多草地、灌木丛、苹果树。这里酿制苹果烧酒,名叫卡尔伐道。我们尝了尝,事后睡得很香。凉爽的空气由窗户透入,水塘里的青蛙呱呱地一直叫到天明。有会摇鼓的青蛙。我睡着听它们的鼓声并提醒自己:你该回家了,奥斯卡,不久,你的儿子库尔特就满三周岁了,你必须给他一面鼓,这可是你答应过要给他的呀! 奥斯卡,受痛苦折磨的父亲,一个小时又一个小时地这样告诫自己。他醒来时,摸摸自己的身边,证实他的拉古娜躺在那里,他闻到了她的气味:拉古娜有一股清淡的桂皮、捣碎的丁香和肉豆蔻味;圣诞夜前,她的气味像烤香料,这种气味一直保留到夏天。

一大清早,一辆装甲车开到农舍前。在院门口,我们大家都觉得有点冷飕飕的。清晨,凉爽,迎着从海上刮来的风,我们聊了几句。上车:贝布拉、拉古娜、菲利克斯和基蒂、奥斯卡和那个中尉海尔佐格,他来接我们到卡堡以西他的炮兵连去。

我说,诺曼底是绿色的,我是想借此避而不谈那些棕白两色相间的牛群。它们在笔直的公路的左右两侧被露水沾湿的、薄雾迷漫的草地上反刍,对我们的装甲车漠然视之,这些甲板若不是已经涂上了一层保护色的话,定会由于羞愧而变成红色。白杨、树篱、爬行的灌木丛,第一批外形大而蠢的海滨旅馆空荡荡的,百叶窗在风中作响。装甲车拐入林荫道,我们下车,急急忙忙地跟在中尉——他对贝布拉上尉毕恭毕敬,虽说有些夸张——后面,穿过沙丘,迎着一阵裹挟着沙土和涛声的海风。

这不是温柔的波罗的海,不是酒瓶般绿的、少女般抽泣着的、正等待着我的波罗的海。大西洋正在练它的老花招:涨潮时冲锋,落潮时后撤。

接着,我们看到了它,水泥。我们可以观赏它,抚摩它,它岿然不动。"注意!"水泥内部有人喊了一声,随即从地堡里跳出一个树一般高的人来。这座地堡形状像平背乌龟,位于两座沙丘之间,叫做"道拉七号",用射击孔、观察缝以及暴露在外的小口径的枪炮管当眼睛,瞧那落潮和涨潮。钻出来的那个人是上士兰克斯,他向中尉海尔佐格和我们的上尉贝布拉报告。

兰克斯:(敬礼)道拉七号,一名上士,四名士兵。没有特殊情况!

海尔佐格:谢谢! 请稍息,兰克斯上士。——您听到了,上尉先生,没有特殊情况。多年来就是如此。

贝布拉:总是落潮和涨潮! 大自然的表演!

海尔佐格:正是这个使我们部队有事可干。正为了这个缘故,我们一个挨一个地建造地堡。我们自己相互间处于射程之内。我们不得不炸掉一些地堡,给新的水泥腾出地方来。

贝布拉:(敲敲水泥,他的前线剧团团员也跟着他敲敲水泥)中尉先生相信水泥吗?

海尔佐格:"相信"或许不是个合适的字眼。我们在这儿差不多什么都不再相信了。您说呢,兰克斯?

兰克斯:是,中尉先生,什么都不再相信了。

贝布拉:不过他们正在搅拌和夯实。

海尔佐格:我是完全信任您的,上尉。老实告诉您,我们也是在积累经验。我以前对建筑一窍不通,刚上大学,就打起仗来了。我希望,我现在获得的水泥加工的知识在战后能派上用场。在家乡,一切都得重建。——您走近点儿仔细瞧瞧这水泥。(贝布拉和他的团员把鼻子贴在水泥上。)看见什么啦? 贝壳! 门前随处都有。只需拿来掺进去。石子、贝壳、沙、水泥……我无须再多说什么了,上尉先生。您是艺术家和演员,自己会明白这是怎么

回事。兰克斯!给上尉先生讲讲,我们把什么东西夯到地堡里
去了。

兰克斯:是,中尉先生!给上尉先生讲讲,我们把什么东西夯进地堡
里去了。我们把小狗封在水泥下面,每座地堡的地基里都埋着
一只小狗。

贝布拉的团员:一只小狗!

兰克斯:不久,从卡昂到勒阿弗尔这一段连一只小狗都没有了。

贝布拉的团员:连一只小狗都没有了!

兰克斯:我们就是这样卖劲。

贝布拉的团员:这样卖劲!

兰克斯:马上就得抓小猫了。

贝布拉的团员:喵呜!

兰克斯:不过猫同小狗不是一码事。因此,我们希望这里马上开始
行动。

贝布拉的团员:盛大演出!(他们鼓掌。)

兰克斯:我们排练够了。如果小狗抓光了的话……

贝布拉的团员:啊!

兰克斯:……我们也就不能再造地堡了。因为猫意味着不祥。

贝布拉的团员:喵呜,喵呜!

兰克斯:如果上尉先生还愿意稍稍听一听我们为什么埋小狗的
话……

贝布拉的团员:小狗!

兰克斯:我只能这么说:我可不相信这个。

贝布拉的团员:呸!

兰克斯:但是,这里的伙伴们大多数来自农村。在农村,直到今天还
是这样:在盖房子、仓库或者乡村教堂的时候,总得埋进一样活
的东西,还有……

海尔佐格:够了,兰克斯。请稍息。上尉先生,您已经听到了,在大西
洋壁垒的阵地上,大伙儿沉溺于所谓的迷信。这同在您那儿的

剧场里完全一样,大家在首场演出前不准吹口哨,在开演前,演员们相互朝肩膀啐唾沫……

贝布拉的团员:呸呸呸!（互相朝肩膀上啐唾沫。）

海尔佐格:别开玩笑!我们必须让士兵们开开心。最近他们也换了花样,在地堡出口处安上贝壳马赛克和水泥装饰花纹,遵照最高方面的命令,对此事也予以容忍。士兵们总得有事可干。我的上司一见到这些水泥曲线就头痛,我于是对他说:少校先生,水泥曲线总比头脑里的曲线要好。我们德意志人都是业余手工艺爱好者。这个您总不能否认吧!

贝布拉:让在大西洋壁垒严阵以待的军队散散心,我们现在不也在为此而效劳吗……

贝布拉的团员:贝布拉的前线剧团,为你们歌唱,为你们表演,帮助你们夺取最终胜利!

海尔佐格:您和您的团员所见甚是。不过,单靠剧团是不够的。在大多数情况下我们还得依靠我们自己,尽力自助。兰克斯,您说呢?

兰克斯:是,中尉先生,尽力自助!

海尔佐格:您瞧,是这么回事吧!——请上尉先生原谅!我还得去道拉四号和道拉五号。您就慢慢参观一下这水泥吧!其中自有名堂。兰克斯会让您样样都看到的……

兰克斯:样样都看到,中尉先生!

（海尔佐格和贝布拉行军礼。海尔佐格由右侧下。至今待在贝布拉身后的拉古娜、奥斯卡、菲利克斯和基蒂跳了出来。奥斯卡带着他的铁皮鼓,拉古娜背着一个食物篮,菲利克斯和基蒂爬到地堡的水泥顶上,开始在那里做杂技练习。奥斯卡和罗丝维塔拿着小桶小铲在地堡旁边的沙里玩耍,表示出他们互相爱恋着,还欢呼着取笑菲利克斯和基蒂。）

贝布拉:（全面地看了看地堡,懒洋洋地）请您告诉我,兰克斯上士,您原先的职业是什么?

兰克斯:画师①,上尉先生,不过这是很久以前的事情了。

贝布拉:您说是位刷平面的匠人。

兰克斯:也刷平面,上尉先生,但更多的是作艺术画。

贝布拉:你们听着,听着!这就是说,您努力步伦勃朗的后尘啰,也许
还有委拉斯凯兹?

兰克斯:介乎两者之间。

贝布拉:天哪!那您有必要在这里搅拌水泥、夯实水泥、守卫水泥
吗?——您本该参加宣传运动。战争画家正是我们所需要的!

兰克斯:对于这个我可不内行,上尉先生。对于今天的趣味来说,我
画得太怪诞不经了。——上尉先生能赏上士一支香烟吗?(贝
布拉递给他一支香烟。)

贝布拉:您说的怪诞不经是指时新吗?

兰克斯:您说的时新又是什么意思呢?在他们带着水泥到来之前,有
很长一段时间怪诞不经是时新的。

贝布拉:是这样吗?

兰克斯:是的。

贝布拉:您颜料上得又浓又厚,甚至还用抹刀吧?

兰克斯:我也这样画。我用大拇指抹,完全顺其自然,把钉子和纽扣
贴在中间,一九三三年以前有一段时间,我把铁丝网贴在朱砂
上,获得了报纸的好评。现在它们还挂在一位瑞士私人收藏家
家里,那是位肥皂厂老板。

贝布拉:这场战争,这场糟糕的战争!您今天竟然在夯实水泥!竟然
为了修筑防御工事而出租您的才华!自然啰,莱奥纳多②和米
开朗琪罗在他们那个时代也干这种事。在没有人委托他们画
圣母像时,他们就设计军械,修筑城堡。

---

① 德语里"画师"一词,既指油漆匠、粉刷匠,也指画家。下文"刷平面的匠人"指
油漆匠或粉刷匠。

② 指文艺复兴时代的巨匠莱奥纳多·达·芬奇。

兰克斯：您说得是！总有哪个地方会有空缺的。一个真正的艺术家总得表现自己。如果上尉先生愿意看看地堡入口处上方的装饰花纹的话，那么，这些就在我们眼前。

贝布拉：（作了彻底的研究之后）真惊人哪！多么丰富的形式啊！多么严谨的表现力啊！

兰克斯：可以把这种风格称作结构层。

贝布拉：你的作品，这浮雕或者画，有标题吗？

兰克斯：我方才讲了：结构层，依我之见，也叫怪诞结构层。这是一种新风格。以前还没有人搞过。

贝布拉：不过，正因为您是创造者，您应该赋予这部作品一个不会混淆的标题……

兰克斯：标题，标题有什么用？只有在要举办艺术展览并且编目录的时候，才需要标题。

贝布拉：您过谦了，兰克斯。您别把我当做上尉而当做艺术之友看待好了。要香烟吗？（兰克斯拿了一支。）您以为如何？

兰克斯：如果您这样表示的话，那太好了。——兰克斯这样想过：当战争结束的时候。一旦战争结束了——以这种或者那种方式——地堡依然留存着，因为地堡始终会留存着的，即使其余的一切全都毁了。随后，那个时代就来到了！我是说，那些世纪就来到了——（他把方才那支烟塞进口袋里。）上尉先生，还能给支烟吗？多谢啦！——那些世纪来而复去，就像什么事情也没有发生。但是地堡依旧存在，就像金字塔始终留存着那样。接着，晴朗的一天，来了一位所谓的考古学者，他暗自思忖：那时候，在第一次和第七次世界大战之间，那是个艺术何等贫乏的时代啊！死气沉沉的灰色水泥，时而在地堡入口处上方能看到出自业余爱好者之手的、笨拙的、乡土风的曲线——接着，他撞见了我的道拉四号、道拉五号、道拉六号、道拉七号，瞧着我的怪诞结构层，自言自语道：仔细看看。真有意思。我几乎想说，有魔力，咄咄逼人，然而渗透着智慧。在这里，一位天才，也许是二十世纪独一无二的天才,表现出了他自己,一清二楚,而且为了千秋万代。——这作品是否也有一个姓氏呢?会不会有一个签名向我们透露这个大师是谁呢?——上尉先生如果仔细看去,脑袋倾斜,那便能看到,在粗糙的怪诞结构层之间有……

贝布拉:我的眼镜。帮我一下,兰克斯!

兰克斯:好了,这里有字:赫伯特·兰克斯,公元一九四四年。标题:神秘,野蛮,无聊。

贝布拉:您给我们这个世纪取了个名字。

兰克斯:您理解了!

贝布拉:过了五百年或许一千年之后,人家在进行修复工作的时候,也许会找到一些狗骨头。

兰克斯:那只能加强我的标题。

贝布拉:(激动地)时间是怎么回事,我们又是怎么回事,亲爱的朋友,如果我们的作品没有……您瞧菲利克斯和基蒂,我的杂技演员。他们在水泥上做体操。

基　蒂:(一张纸在罗丝维塔和奥斯卡之间、在菲利克斯和基蒂之间传来传去,并被写上些什么,这已经有好一会儿了。基蒂略带萨克森口音)您瞧,贝布拉先生,我们在水泥上什么都能做。她用双手撑地飞跑。

菲利克斯:在空中连翻三个筋斗的绝技,过去还没有人在水泥上做过。(他耍了一回。)

基　蒂:我们确实需要这样一个舞台。

菲利克斯:只是上面有点风。

基　蒂:所以不那么热,也不像所有的电影院里那么臭。(她把身体缠成结。)

菲利克斯:在这上面我们甚至想出了一首诗。

基　蒂:你说的"我们"是指谁?是奥斯卡奈洛想出来的,还有罗丝维塔·拉古娜。

菲利克斯:这首诗不押韵,我们帮了忙。

基　蒂:还缺一个字,添上去诗就作成了。

菲利克斯:奥斯卡奈洛想知道,沙滩上那些杆叫什么。

基　蒂:因为他要写进诗里去。

菲利克斯:要不然,诗里就缺了一样重要的东西。

基　蒂:老总,您告诉我们吧!这些杆叫什么名堂?

菲利克斯:也许不准他讲,怕传到敌军耳朵里去。

基　蒂:我们肯定不传出去就是了。

菲利克斯:这仅仅是为了艺术。

基　蒂:奥斯卡奈洛费了那么多的心思。

菲利克斯:他写得一手好字,聚特林字体。

基　蒂:我真想知道,他是在哪儿学的。

菲利克斯:他仅仅不知道那些杆叫什么。

兰克斯:如果上尉先生准许,我就讲。

贝布拉:只要这跟决定战争胜负的机密不相干就可以。

菲利克斯:可是,奥斯卡奈洛非知道不可。

基　蒂:要不然的话,这首诗就作不成了。

罗丝维塔:我们大家又都是那么好奇。

贝布拉:您告诉我们吧,这是命令。

兰克斯:好,这是我们为对付可能开来的坦克和登陆艇而设置的,因为它们看上去像芦笋,所以我们把它们叫做隆美尔芦笋。

菲利克斯:隆美尔①……

基　蒂:……芦笋?这个词适合吗,奥斯卡奈洛?

奥斯卡:正合适!(他把这个词记到纸上,把诗递给地堡顶上的基蒂。她把身子缠结得更紧,并像朗读一首小学课本上的诗那样朗读了下面的诗句。)

基　蒂:在大西洋壁垒

---

① 隆美尔(1891—1944),纳粹德国元帅,曾率非洲军团在北非作战,败归后任西线防御总监,应付盟军即将实施的登陆计划。

还在夯实水泥,全副武装,

隆美尔芦笋,牙齿也伪装,

却已在回归土豆乡的路上,

那里星期五吃鱼,外加荷包蛋,

盐水煮土豆,摆在星期天的餐桌上:

我们正在接近毕德迈耶尔风尚①!

铁丝网里还是我们睡觉的地方,

挖地雷偏偏在茅房,

一边却梦想着园亭花廊,

还有冰箱,滴水嘴要美观大方:

我们正在接近毕德迈耶尔风尚!

有些人还得撕碎慈母心,

有些人还得去啃野草②,

死鬼还挂着绸子降落伞,

他这邋遢鬼却在给自己织衣裳,

拔下孔雀鹭鸶的羽毛给自己化装:

我们正在接近毕德迈耶尔风尚!

(大家鼓掌,兰克斯也鼓掌。)

兰克斯:现在落潮。

罗丝维塔:现在是吃早饭的时候了!(她摇晃着大食物篮,篮子饰有
    飘带和假花。)

---

① 毕德迈耶尔原为路德维希·艾希罗特的诗《毕德迈耶尔的歌唱乐趣》中一滑
   稽人物,后泛指心胸狭窄、庸人习气的小市民以及他们的风尚。
② 俗语,意为"入土"。

基　蒂：好啊,我们在这儿野餐!

菲利克斯：大自然会激发我们的食欲!

罗丝维塔：啊,吃,神圣的行动,你把各国人民联系在一起,在吃早饭的时间里!

贝布拉：我们在水泥上面用餐。这样我们便有了牢固的基础!

（除兰克斯以外,所有的人都爬上地堡。罗丝维塔铺上一条明快的绣花桌布。她从取之不尽的篮子里取出有绿饰和流苏的小坐垫。撑起了一把小太阳伞,玫瑰色间有浅绿色,摆出了一个带话筒的小留声机。分发了小盘子、小匙、小刀、鸡蛋杯和餐巾。）

菲利克斯：我想要点肝酱!

基　蒂：我们从斯大林格勒抢救出来的鱼子还有吗?

奥斯卡：你不该抹这么厚的丹麦黄油,罗丝维塔!

贝布拉：我的儿子,你替她的线条操心,这是对的。

罗丝维塔：可是我觉得可口,也对我有益。我真想念在哥本哈根时空军请我们吃的掼奶油大蛋糕!

贝布拉：热水瓶里的荷兰巧克力还很热哩。

基　蒂：我迷恋着美国的罐装小甜饼。

罗丝维塔：小甜饼只有抹上南非姜汁果酱时才好吃。

奥斯卡：别这样贪心不足,罗丝维塔,我请您别这样!

罗丝维塔：你自己正吃着好几片指头那么厚的难吃透顶的英国腌牛肉!

贝布拉：老总,你也来一薄片葡萄干面包加米拉别里李子酱好吗?

兰克斯：如果我不在值勤就可以,上尉先生。

罗丝维塔：那就给他下命令吧!

基　蒂：对,给他下命令!

贝布拉：兰克斯上士,我命令您用餐:一片葡萄干面包加法国的米拉别里李子酱、嫩煮的丹麦鸡蛋、苏联鱼子和一小碗地道的荷兰巧克力!

兰克斯：是,上尉先生,用餐。（他随即到地堡顶上坐下。）

346

贝布拉:我们没有坐垫给老总坐了吗?

奥斯卡:他可以拿我的,我坐在鼓上。

罗丝维塔:你可别感冒了,宝贝! 水泥里面有危险,你可不习惯。

基　蒂:他可以用我的。我想把身子打几个结,蜂蜜小面包会往下滑得顺畅些。

菲利克斯:待在桌布旁,你可别让蜂蜜弄脏了水泥。这可是破坏防御呀!（大家咪咪地笑。）

贝布拉:啊,海风送爽。

罗丝维塔:送爽。

贝布拉:胸怀舒展。

罗丝维塔:舒展。

贝布拉:良心蜕皮。

罗丝维塔:蜕皮。

贝布拉:灵魂破蛹而出。

罗丝维塔:眼望大海,人也变美!

贝布拉:目光自由,展翅……

罗丝维塔:展翅远飞……

贝布拉:飞离此地,越过大海,大海无垠……兰克斯上士,我看到海滩上有五个黑东西。

基　蒂:我也看到了。拿着五把雨伞!

菲利克斯:六把。

基　蒂:五把! 一、二、三、四、五!

兰克斯:这是利西厄克斯的修女。她们带着幼儿园的孩子从那里疏散到这儿来的。

基　蒂:不过我没看到一个孩子! 只看到五把雨伞。

兰克斯:她们把孩子们留在村里,留在巴文特,落潮时,她们有时会来捡贝壳和挂在隆美尔芦笋间的螃蟹。

基　蒂:真可怜哪!

罗丝维塔:我们给她们一些腌牛肉和罐头小甜饼吧!

奥斯卡：奥斯卡建议给她们葡萄干面包加米拉别里李子酱,今天是星期五,修女禁食腌牛肉。

基　蒂：她们跑起来了！拿雨伞当帆扬起来了！

兰克斯：她们捡够了以后,总是这样的。最前面的是见习修女阿格奈塔,非常年轻的小东西,还糊里糊涂呢！——上尉先生,还能给上士一支香烟吗？非常感谢！——后面的那个胖子,是修道院院长朔拉斯蒂卡,她不跟着跑。她不跟着在海滩上玩,这大概会触犯教规的。

（修女们打着雨伞在背景中奔跑。罗丝维塔打开留声机,响起了《彼得堡雪橇铃声》。修女们跳舞,欢呼。）

阿格奈塔：唷嚯！朔拉斯蒂卡嬷嬷！

朔拉斯蒂卡：阿格奈塔！阿格奈塔嬷嬷！

阿格奈塔：唷嚯！朔拉斯蒂卡嬷嬷！

朔拉斯蒂卡：回来,我的孩子！阿格奈塔嬷嬷！

阿格奈塔：我回不来啦！它带着我跑哪！

朔拉斯蒂卡：那您就为能回来而祈祷吧,嬷嬷！

阿格奈塔：为一个充满痛苦的女性？

朔拉斯蒂卡：为一个大慈大悲的女性！

阿格奈塔：为一个充满欢乐的女性？

朔拉斯蒂卡：您祈祷呀,阿格奈塔嬷嬷！

阿格奈塔：我越是拼命祈祷,就跑得越远了！

朔拉斯蒂卡：(声音渐小)阿格奈塔！阿格奈塔嬷嬷！

阿格奈塔：唷嚯！朔拉斯蒂卡嬷嬷！

（修女们消失了。只是偶或在背景上冒出她们的雨伞。唱片放完。地堡入口处旁边的军用电话响了。兰克斯从地堡顶上跳下去,拿起听筒。其余的人继续吃饭。）

罗丝维塔：甚至在这里,在无限的大自然中,也得有电话！

兰克斯：道拉七号。上士兰克斯。

海尔佐格：(拿着电话听筒、拖着电线从右侧缓步而上,不断地站住,

对着电话讲话。)您睡着了吗,兰克斯上士! 道拉七号前面有动
静。能清楚识别!

兰克斯:那是修女们,中尉先生。

海尔佐格:修女在这里干吗? 如果不是修女呢?

兰克斯:是修女。能清楚识别。

海尔佐格:您从来没有听说过伪装吗,嗯? 从来没有听说过第五纵
队,嗯? 几百年以来英国人就是这么干的。他们带着《圣经》前
来,随后突然开火。

兰克斯:她们在捡螃蟹,中尉先生……

海尔佐格:立即肃清海滩,懂吗?

兰克斯:是,中尉先生。不过,她们是来捡螃蟹的。

海尔佐格:趴到机枪后面去使劲扫射,兰克斯上士!

兰克斯:如果她们仅仅是来捡螃蟹的呢? 现在落潮,她们是为了幼儿
园的……

海尔佐格:我命令您……

兰克斯:是,中尉先生! (兰克斯进地堡。海尔佐格拿着电话从右
侧下。)

奥斯卡:罗丝维塔,捂住两只耳朵,要开枪了,像在每周新闻片里
那样。

基　蒂:哦,吓死人了! 我得把身子缠得更紧些。

贝布拉:我也相信,我们马上会听到点什么声音。

菲利克斯:继续放留声机吧! 好冲淡点! (他放留声机,唱片唱着
《伟大的妄想者》。和着缓慢、拖沓的悲剧性音乐,机枪嗒嗒地
响着。罗丝维塔捂住耳朵。菲利克斯做倒立。在背景上,五位
修女携伞飞向天空。唱片卡住,又转,随后停止。菲利克斯结束
手倒立。基蒂解开身子缠成的结。罗丝维塔匆匆忙忙把桌布和
吃剩的早餐放进食物篮里去。奥斯卡和贝布拉帮她的忙。大伙
儿离开地堡顶。兰克斯出现在地堡入口处。)

兰克斯:上尉先生或许还能给上士一支香烟吧!

贝布拉：(他的团员害怕地站在他的身后)老总,您抽得太多了。

贝布拉的团员：抽得太多了!

兰克斯：这全怪水泥,上尉先生。

贝布拉：如果有朝一日不再有水泥了呢?

贝布拉的团员：不再有水泥。

兰克斯：水泥是不死的,上尉先生。只有我们和我们的香烟才⋯⋯

贝布拉：我懂,我懂,随着烟雾,我们消散。

贝布拉的团员：(缓缓而下)随着烟雾!

贝布拉：在千年之内人家还会来参观这水泥的。

贝布拉的团员：在千年之内!

贝布拉：还会找到狗骨头。

贝布拉的团员：狗的小骨头。

贝布拉：还有它们在水泥里的倾斜结构层。

贝布拉的团员：神秘,野蛮,无聊!

(只剩下抽烟的兰克斯一个人。)

　　尽管奥斯卡在水泥上进早餐时很少说话或者几乎不说话,但他仍然记下了在大西洋壁垒的这席谈话,而这些话正是在进犯①前夜讲的。那位上士兼水泥艺术画家兰克斯,我们也将同他重逢,但要等到专写战后时期和今天处于兴旺时期的毕德迈耶尔的时候。

　　那辆装甲车还一直在海滨林荫道上等着我们。海尔佐格中尉大步赶来,找到了他受命保护的这一伙人。他上气不接下气地为方才那件小小事件向贝布拉道歉。"封锁区就是封锁区嘛!"他说着搀扶女士们上车,又对驾驶员作了若干指示。装甲车驶回巴文特。我们必须加快赶路,几乎没有时间用午餐,因为两点钟我们在雅致的诺曼宫的骑士厅有一场演出,这座小宫殿坐落在村口白杨树林后面。

　　我们总算还有半个小时可以调试灯光,随后奥斯卡击鼓拉幕。

_____

　　①　指盟军进攻欧陆,在诺曼底登陆。

我们在为士官和士兵演出。多次爆发出粗野的笑声。我们尽量夸张。我唱碎一只夜壶,里面装着几根维也纳小香肠和芥末。贝布拉扮演小丑,妆化得很浓,为打碎的小夜壶痛哭流涕,从碎片堆里捡出香肠,抹上芥末,吃下肚去,逗得那些军灰色大兵捧腹大笑。基蒂和菲利克斯一段时间以来总穿皮短裤、戴蒂罗尔小帽出场,这使他们的杂技表演尤具特色。罗丝维塔身着银色紧身连衣裙,手戴浅绿色卷边手套,微型脚穿一双金线交织的凉鞋,淡蓝色的眼睑下垂,用她那梦游女的地中海声音证明她那万无一失的魔力。我已经讲过,奥斯卡不用装扮。我戴着我那顶绣有"皇家海轮赛德利茨号"字样的旧水手帽,身穿海军蓝衬衫,外面是金色锚形纽扣外套,下面露出齐膝短裤,卷口齐膝长筒袜套在穿旧了的系带靴里。再就是那面红白相间的铁皮鼓,同它一模一样的鼓还有五面,放在我的演员行囊里作为后备。

晚上,我们又为军官和卡堡通讯处的闪电姑娘们演出。罗丝维塔有点神经质,虽说没有出错,但表演到一半时却戴上了蓝框太阳眼镜,操起了另一个声调,在预言时把话说得更直了。譬如说,她对一个苍白的、由于窘迫而傲慢无礼的闪电姑娘讲,她同她的上司私通。我听了这番宣示觉得不愉快,但大厅里一片笑声,因为那位上司无疑正坐在这位闪电姑娘身边。

演出结束后,住在诺曼宫里的团参谋部军官还举行了宴会。贝布拉、基蒂和菲利克斯留下了,拉古娜和奥斯卡则不引人注目地告辞而去。两人上床,在过了这变化太多的一天之后,倒下便睡着了,直到次日清晨五点左右,才被刚开始的进犯闹醒。

关于进犯,我有什么可以向诸君报道的呢?在我们这个地段,在奥恩河口,加拿大部队登陆了。必须撤离巴文特。我们已经收拾好行李。我们将同团部一起转移。在诺曼宫院里停着一辆热气腾腾的摩托化军厨车。罗丝维塔让我替她取一杯咖啡来,因为她未曾用早餐。我有点不耐烦,担心会赶不上我们乘的那辆卡车,便拒绝了,对她的态度也有些粗暴。她便自己跳下卡车,拿着小锅,蹬着高跟鞋,向军厨车跑去。她刚巧来到热气腾腾的早餐咖啡前,从军舰上射来的一发炮弹也同时落在那里。

啊,罗丝维塔,我不知道你有多大年纪,只知道你身高九十九公分,地中海借你的嘴讲话,你散发着桂皮和肉豆蔻的气味,你能够看透所有人的心;只不过你不去洞察你自己的心,要不然的话,你就会待在我的身边,不会去取那太烫的咖啡了!

在利西厄克斯,贝布拉为我们搞到一份去柏林的命令。当他在司令部门口见到我们时,他自罗丝维塔去世后第一次开口说话:"我们这些矮人和丑角不应该到为巨人们夯实的水泥上面去跳舞!如果我们待在台底下,无人理会,那该多好!"

到了柏林,我同贝布拉分手。"缺了你的罗丝维塔,你何苦再待在防空洞里!"他露出了薄如蜘蛛网的微笑,吻了我的前额,派持有公务旅行证明的菲利克斯和基蒂一直把我送到但泽车站,还把演员行囊里剩下的五面鼓统统送给了我。我在这样的照料下,又一如既往地带着我的书,于一九四四年六月十一日,在我的儿子三岁生日前一天抵达了我的故乡。这座城市还一直没有被破坏,像在中世纪那样,一小时又一小时地响着各种不同的教堂高耸的塔楼上大小不一的钟发出的喧闹声。

接 替 基 督

是啊,回乡了!二十点零四分,前线休假人员列车抵达但泽车站。菲利克斯和基蒂送我到马克斯·哈尔贝广场,同我告别,基蒂流下了眼泪,随后他们便去霍赫施特里斯的调度处,奥斯卡则背着行李在二十一点前匆匆穿过拉贝斯路。

回乡。今天,这已经成了一种陋习。它使那些持伪造支票去了外国人的地区、待上数年岁数稍大后便回乡来大谈山海经的年轻人变成了现代奥德修斯。有些人,心不在焉,乘错了火车,不去法兰克福却到了奥伯豪森,旅途中稍有见闻——为什么没有呢?——刚一回乡,就夸夸其谈地搬出诸如基尔刻、珀涅罗珀和泰莱马霍斯①等一大堆姓名来。奥斯卡回乡时发现一切如故,仅仅由于这一点,他就不是奥德修斯。如果他是奥德修斯,当然可以称他所爱的玛丽亚为珀涅罗珀,可是,并没有好色的求婚者蜂拥在她周围大献殷勤,她一直有马策拉特在身边,在奥斯卡背井离乡前很久,她已经决心跟从他了。但愿读者诸君中间有教养的人士也不会这样去想:由于我可怜的罗丝维塔从前从事梦游女的职业活动,便把她看成欺骗男人的基尔刻。至于我的儿子库尔特,他并没有为父亲做任何事情,即使他已经认不得奥斯卡了,他也绝非是泰莱马霍斯。

如果非要类比不可——我深知,回乡者总得把自己同别的什么人作一番类比才称心——那么,为了诸君的缘故,我愿把自己比作

---

① 荷马史诗《奥德修斯》中的人物。基尔刻是引诱男子的女妖。珀涅罗珀是奥德修斯忠实的妻子,泰莱马霍斯是这两人的儿子。

《圣经》里回头的浪子，因为马策拉特打开了门，像一个真正的父亲而不是一个假想的父亲那样迎接我。是啊，他懂得为奥斯卡的回乡而欣喜，还淌下了真诚的、无言的泪水，使得我从那一天起，不仅仅自称是奥斯卡·布朗斯基，也称自己为奥斯卡·马策拉特。

玛丽亚对我的归来态度冷静，但并非不亲切。她坐在桌子旁，为经济局贴食品印花，在小烟几上已经摆了几件还没有打开包装的给小库尔特的生日礼物。一向讲求实际的她，首先想到的是要让我舒服一些，便脱去我的衣服，像以往那样给我洗澡，对我的羞赧之态不加理会，替我穿上睡衣，抱我到桌边，桌上放着马策拉特在我洗澡时为我做的荷包蛋和煎土豆，饮料是牛奶。我边吃边喝的时候，她开始问我："你上哪儿去了？我们到处找你，警察局也找你，像发了疯似的。我们不得不到法庭上去宣誓，说我们并没有杀害你。好了，现在你回来了。不过，已经惹了不少麻烦，今后还会有麻烦，因为我们必须去报告，你已经回来了。但愿他们不会把你送进专门机构①去。你该上那种地方去。谁叫你不说一声就出走！"

玛丽亚确实有远见。麻烦事来了。卫生部的一名官员上我家，找马策拉特单独谈话，但马策拉特大声嚷嚷，使别人都能听到："这个根本不要考虑。我妻子临终前我答应过她。我是父亲，不是卫生警察！"

我没有被送进专门机构去。但是，从那天起，每两周便寄来一封公函，要求马策拉特签字，马策拉特就是不签，但愁成了一脸皱纹。

奥斯卡必须抢先一步，必须把马策拉特脸上的皱纹抹平，因为我回家的那天晚上，他喜气洋洋的，不像玛丽亚似的想得那么多，问得也少，只要我平安回家就一切都好，他的态度像一个真正的父亲。当他们领我到大吃一惊的特鲁钦斯基大娘那里去睡觉时，他说："小库尔特会高兴的，他又有一个小哥哥了。明天我们就要庆祝小库尔特的三岁生日了。"

---

①　指疯人院或教养院。

我的儿子库尔特在他的生日桌子上除去插着三支蜡烛的蛋糕以外，还见到格蕾欣·舍夫勒亲手编织的一件葡萄红的毛衣，但他根本不稀罕。还有一只讨厌的黄皮球，他坐到球上去，骑在球上，末了用厨房里的一把刀子把它捅破了。接着，他从橡皮裂口里吮吸那令人恶心的甜水，这在所有充气的球里都会沉淀下来的。皮球不再鼓起供他折腾，小库尔特便转身去拆小帆船，把它变成了一具残骸。陀螺和鞭子就放在他的手边，他却碰都不碰。

奥斯卡很久以前就想到了他儿子的这次生日。他从当代最狂乱的事件中脱身出来，匆匆赶到东部，为的就是不错过他的继承人的三岁生日。这时，他站在一边，观看库尔特的破坏业绩，赞赏这个果敢的男孩子，把自己的身高同他儿子的身高比了一下，于是，我若有所思地暗自承认：你离家的这段时间里，小库尔特已经长得比你高了。在十七年前你自己的三岁生日那天，你故意让自己的身高停留在九十四公分，现在，你儿子已经高出你两三公分了。是时候了，必须使他成为一个鼓手，必须对身高的过快增加大喝一声："够了！"

我的演员行囊以及我的教科书藏在晾衣间里屋顶瓦后面。我从行囊里取出一面锃亮的、新出厂的铁皮鼓。我可怜的妈妈那时遵守诺言，给我提供了一个机会。我现在也要给我的儿子提供同样的机会，而那些大人们是不会这样做的。我有充分的根据可以认为，曾经想让我继承商店的马策拉特在我不顶事以后，认定小库尔特是未来的殖民地商品商。必须预防马策拉特这个愿望变成事实！听了我说这样的话，读者诸君可别把奥斯卡看成专门反对零售买卖的敌人！如果有人答应给我或者我的儿子一个工业康采恩，或者让我或者我的儿子继承一个王国外加殖民地，我也将同样防止这种事情变成现实。奥斯卡不想从别人手里接受任何东西，因此想让他的儿子也采取类似的行动，使他变成永远保持三岁孩子身材的铁皮鼓手——这正是我思想逻辑上的错误，似乎对于一个大有希望的年轻人来说，接受一面铁皮鼓不像接管一爿殖民地商品店那样是件可憎的事情。

这是奥斯卡今天的想法。可是，他当时只有一个心愿：必须在击鼓的父亲身边摆上一个击鼓的儿子，必须有两个矮小的鼓手由下而上地观察大人们的所作所为，必须建立一个有生殖力的鼓手王朝，因为我的事业必须一代一代地敲着红白两色的铁皮鼓继承下去。

我们眼前将是怎样的一种生活呀！如果我们可以并排敲鼓，即使在不同的房间里，如果我们可以一边一个地敲鼓，即使他在拉贝斯路，我在路易森街，他在地窖里，我在阁楼上，小库尔特在厨房内，奥斯卡在厕所里，如果父亲和儿子或此或彼能够偶尔一起敲铁皮鼓，如果我们两个遇上好机会，可以钻到我的外祖母、他的外曾祖母安娜·科尔雅切克的几条裙子下面去，住在那里，敲鼓，闻有点哈喇的黄油气味，那该多好啊！蹲在她的大门口，我对小库尔特说："往里瞧，我的儿子。我们是从那里来的。如果你有足够的胆量，我们可以回到那里去待上一个钟头或者更长的时间，拜访一下在那里等待着的那些人。"

小库尔特便会在几条裙子底下探过身子去，偷偷看上一眼，很有礼貌地问我，他的父亲，请我讲个分明。

"那位美丽的女士，"奥斯卡会低声说，"在那里正中央坐着的那位，玩弄着她美丽的手，有一张如此温柔能催人泪下的鹅蛋脸，这就是我可怜的妈妈，你善良的祖母。她由于喝了鳗鱼汤，或者由于她的过于甜蜜的心，死去了。"

"讲下去，爸爸，讲下去！"小库尔特会这样催促我，"这个有小胡子的男人是谁？"

我会神秘地压低嗓子："这是你的外曾祖父，约瑟夫·科尔雅切克。注意看他那双闪烁着的纵火犯的眼睛，注意看他的鼻根上方显露出来的非凡的波兰人的异想天开和务实的卡舒贝人的诡计多端。还得注意看他脚趾间的蹼膜。一九一三年，'哥伦布'号下水那天，他钻到一排木筏底下，游了很久很久，终于到了美国，在那里成了百万富翁。有时候，他又下水，游回来，隐匿在这里。当年，他成了纵火犯后在这里找到了保护，把他的那一份献给了我的妈妈。"

"那么，一直躲在那位女士，即我的祖母背后，现在又坐到她身旁,用他的手抚摩她的手的那位英俊的先生又是谁呢？他的蓝眼睛同你的一模一样,爸爸!"

我这个恶劣的当了叛徒的儿子,这时不得不鼓起勇气,回答我自己的勇敢的儿子:"这是布朗斯基的奇妙的蓝眼睛,它们正瞧着你呢,小库尔特。你的眼睛是灰色的。这是你从你母亲那儿遗传得来的。然而,同那个正吻我可怜的妈妈的手的扬,同扬的父亲文岑特一样,你也是一个彻头彻尾的奇妙的却又有着卡舒贝人血统的真实的布朗斯基。有朝一日,我们也会回到那里去的,回归本源,那里散发着有点哈喇的黄油气味。为有这一天而高兴吧!"

根据我当时的理论,我认为唯有在我的外祖母科尔雅切克的体内,或者在我所谑称的外祖母的黄油罐里,才能过上真正的家庭生活。甚至在今天,在我一眨眼便能达到甚至超过天父、圣子和更为重要的圣灵三位一体的境地之时,在我一如从事任何其他职业时那样不乐意地负起接替基督的义务之日,尽管我再也达不到通往我的外祖母的大门,我却仍在栩栩如生地描绘我的先人圈子里最美好的家庭生活场景。

尤其在下雨天里,我总是这样想象着:我的外祖母分送请柬,我们在她的体内相会。扬·布朗斯基来了,在这位波兰邮局保卫者胸口上的几个子弹窟窿里插着鲜花,大概是丁香。玛丽亚由于我的介绍也收到了请柬,她腼腆地走近我的妈妈,为了得到宠爱,给她看那些由妈妈开始记的、由玛丽亚无懈可击地继续往下记的商店账本。妈妈发出了卡舒贝人的笑声,把我的情人拉到自己身边,亲她的脸颊,眨眨眼睛说:"小玛丽亚,我们不会感到亏心的。我们两个都嫁给了一个姓马策拉特的男人,又养着一个姓布朗斯基的男人!"

我不得不严格禁止自己继续往下想,譬如进而想象一个由扬授孕、由我的妈妈在我的外祖母科尔雅切克体内怀胎、最后在那个黄油罐里出生的儿子之类的事。因为这种事情肯定会像连环套似的一环一环地套下去。也许还有我的同父异母的兄弟斯特凡·布朗斯基,他毕竟也属于这个圈子,他就会先瞟玛丽亚一眼,随后即一发瞧个没完。所以,我宁愿把我的想象力局限于一次和睦的聚会。所以,我也不再去想象出第三个以及第四个鼓手,只要有了奥斯卡和小库尔特也就足够了。我在铁皮上向在场的人讲述了有关那座埃菲尔铁塔的事情,说我在国外时曾拿它来替代外祖母。来宾们和东道主安娜·科尔雅切克听了我们的鼓声都十分快活,并且和着节奏互相拍打膝盖。这时,我也非常高兴。

虽说展现我自己的外祖母体内的世界及其关系,在有限的平面上看到众多的层次,有着如此这般的诱惑力,可是,眼下奥斯卡——他同马策拉特一样只是个假想的父亲——必须以一九四四年六月十二日的事情,以小库尔特的三岁生日作为叙述的根据。

再重复一遍:库尔特这孩子得到了一件毛衣、一只皮球、一条帆船、鞭子和陀螺,他还将从我那里得到一面红白相间的油漆铁皮鼓。他刚把帆船拆坏,奥斯卡就走过去,把铁皮的礼物藏在背后,让自己那面用旧了的铁皮在肚子下面摇晃。我们面对面站着,中间只隔一小步;奥斯卡,侏儒;库尔特,比侏儒高出两公分。他怒气冲冲,绷紧着脸,还在破坏那艘帆船。在他拆断"帕米尔"号——这条帆船的名称——最后一根桅杆的当儿,奥斯卡把鼓从背后拿到前面,高高举起。

库尔特扔掉帆船残骸,接过鼓,抱住它,转动它,脸上的表情稍稍缓和些,但还一直绷紧着。现在是递给他鼓棒的时候了。遗憾的是他误解了我的第二个动作,以为是在威胁他,他便用鼓缘打掉了我手里的鼓棒。我弯下身子去捡鼓棒时,他伸手到背后,当我第二次把鼓棒递给他时,他就抓起生日礼物抽我;他抽的是我,不是陀螺,是奥斯卡,不是专为挨鞭子抽打而刻有螺纹的陀螺。他要教会他的父亲像陀螺似的,一边旋转一边呜呜叫。他用鞭子抽我,心里想着:等着,小哥哥,该隐就这样鞭打亚伯①,抽得亚伯打起转来,先是跌跌撞撞,后

① 该隐和亚伯是亚当和夏娃之子,耶和华看中了亚伯的供物,该隐大怒,杀了他的弟弟。事见《圣经·旧约·创世记》。

来越转越快,越转越稳,先是低沉,后来由难听的呜呜声变为高声歌唱,唱起了转陀螺小曲。该隐用鞭子诱出我越来越高的歌声,我的声音苍白,像一名男高音歌手流畅地唱着他的晨祷。白银打成的天使,维也纳的歌童,训练有素的阉人歌手①,可能都是这样歌唱的——亚伯也可能这样唱过,直到他仰面倒地死去,而我也在童子库尔特的鞭打下跌倒在地。

当他看到我这样躺倒在地,可怜巴巴地呜呜着的时候,他还抽了好几下房间里的空气,似乎他的胳臂还没有过瘾。他在细致地检验鼓的时候,仍然怀疑地留神着我。先是红白两色的漆被椅子角磕掉,接着这件礼物被扔在地板上。小库尔特寻找并且找到了原先那条帆船的坚固的船身。他用这块木头砸鼓。他不是敲击,而是在把鼓砸碎。他的手打出的节奏实在是太简单不过了。他绷紧着脸,单调而节拍均匀地揍着一块铁皮,这铁皮不曾指望会遇上这样一位鼓手,它可以承受很轻的鼓棒的急速敲击,但承受不了用粗笨的残骸冲撞。鼓开裂了,铁皮从边框里脱身出来想溜之大吉,它剥去了红白两色的油漆想施展隐身术,末了用它固有的蓝灰色乞求怜悯。可是,儿子对老子送的生日礼物毫不留情。父亲还想再度调解,他不顾身上同时发作的多处疼痛,挣扎着爬过地毯,朝站在地板上的儿子爬去,还没有爬到,鞭子又响了,这只疲惫的陀螺认识这位女士②,它不想再打转,再呜呜叫,那面鼓也最终放弃了能得到一位敏感的、急敲咚咚的、虽说有力却并不残暴地挥舞鼓棒的鼓手的希望。

玛丽亚进屋时,鼓已经成了废铁。她把我抱起来,吻我的肿起的眼睛、裂口的耳朵,舔我的血和我的留下道道鞭痕的双手。

啊,如果玛丽亚不仅仅亲吻这个受虐待、发育不全、令人遗憾的

---

① 在十七和十八世纪,一些人去势后获得童声音质和宽广的音域,被称为"阉人歌手"。

② 此处指鞭子,因为它在德语里是阴性名词。

不正常的孩子,那该多好呀!如果她认出挨揍的我是孩子的父亲,在我的每道伤痕里认出了她的情人那该多好!如果那样的话,在接踵而来的阴暗的数月里,对于她,我会成为怎样的一种安慰,怎样的一个既是秘密的又是真正的丈夫呢!

首先是我的同父异母兄弟,刚被提升为少尉的斯特凡·布朗斯基,那时随其继父姓埃勒斯,在北冰洋前线中弹身亡,这样使他的军官生涯突然出了问题。斯特凡的父亲扬,波兰邮局的保卫者,当年在萨斯佩公墓被枪毙时,把一张施卡特牌藏在衬衫后面。而今,装饰着这位少尉上装的是二级铁十字章、步兵冲锋章以及所谓的冷冻肉章①。但这件事跟玛丽亚绝对无涉。

六月底,特鲁钦斯基大娘得了轻度中风,因为邮局给她送来了坏消息。士官弗里茨·特鲁钦斯基同时为三件东西而阵亡:为元首、人民和祖国。事情发生在中间地段,弗里茨的信袋由中间地段的一位姓卡瑙尔的上尉直接寄到了朗富尔区的拉贝斯路。信袋里装着海德尔堡、布列斯特、巴黎、克劳伊茨纳赫浴场以及萨洛尼卡的多半是笑哈哈的漂亮姑娘的照片。一级和二级铁十字章,各种挂彩章,我已经记不清了,一枚铜质近战章以及两块从军服上拆下来的反坦克布肩章,还有几封信。

马策拉特尽力帮助,特鲁钦斯基大娘不久就见好了,但再也没有彻底康复。她死死地坐在窗边的椅子上,要我和一天上楼两三趟送东西来的马策拉特告诉她,那个"中间地段"究竟在哪里,是不是离这儿很远,能不能星期天乘火车到那里去。

马策拉特空有一片心意,却回答不上来。而我是靠特别新闻和国防军报道学会地理的,于是这件事就托付给了我。在那些漫长的下午,我给除了脑袋在摇晃之外纹丝不动地坐着的特鲁钦斯基大娘在鼓上敲出了几首越来越频繁地移动的中间地段的变奏曲。

非常崇拜漂亮的弗里茨的玛丽亚却变得虔诚了。起初,在整

---

① 指授予参加过 1941 年至 1942 年之交的侵苏冬季战役的德国士兵的奖章。

个七月间,玛丽亚仍参加她学到过的宗教仪式,星期天到基督教堂的黑希特牧师那里去。马策拉特有时陪着她,虽说她宁愿独自前去。

新教礼拜不能使玛丽亚感到满意。一周的中间一天——究竟是星期四还是星期五呢?——在停止营业之前,玛丽亚把商店交给马策拉特守着,她挽着我这个天主教徒的手,朝新市场方向走去,接着拐进埃尔森街,再走进马利亚街,走过屠夫沃尔格穆特的门口,到了小锤公园——奥斯卡心想,这是到朗富尔车站去,我们将作一次短途旅行,也许去卡舒贝的比绍——我们又向左拐去,出于迷信,在铁路路堤下跨道前等一列货车驶过,接着才穿过令人恶心的滴着水的下跨道,但不是一直去电影院,而是沿着铁路路堤走去。我暗自盘算着:要么她拽我到布鲁恩斯赫弗尔路的霍拉茨医生的诊所去,要么她想改宗,要去圣心教堂。

圣心教堂的大门正对着铁路路堤。我们两个在铁路路堤和洞开的大门之间停住脚步。八月午后的晚些时间里,空气里有某种嘈杂的声音。我们背后铁轨之间的铺路碎石上,系白头巾的东方女工在抡镐使铲。我们站着,朝阴暗的、凉气习习的教堂肚里望去:尽里头,巧妙诱人,一只熊熊燃烧着的眼睛——长明灯。我们背后的铁路路堤上,乌克兰妇女停止抡镐使铲。一支号角嘟嘟响,一列火车驶近,它来了,到了眼前,还在眼前,还没有过完,随后开走了,号角嘟嘟响,乌克兰妇女又抡镐使铲。玛丽亚犹豫不决,拿不准她该先迈出哪一只脚,便让我,从诞生和受洗起就同这座唯一能救世的教堂关系密切的我,负起责任;玛丽亚多年以来第一次,自从那充满汽水粉和爱的两个星期以来第一次,任凭奥斯卡来引领她。

我们离开了铁路路堤和它的嘈杂声,离开了户外的八月和八月的嗡嗡声。我有些悲哀,手指尖轻搓外套遮掩着的鼓,脸上不露表情,神色漠然,心中却回忆起在我可怜的妈妈身边做的弥撒、主教主持的弥撒、晚祷以及星期六忏悔。我可怜的妈妈去世前不久,由于同扬·布朗斯基过往太密而变得虔诚,一个星期六接一个星期六轻松地忏悔,星期日领圣餐以恢复精力,好在下一个星期四更轻松、更振奋地在木匠胡同同扬幽会。当年的那位圣下姓什么来着? 圣下姓维恩克,至今仍是圣心教堂的神甫,布道时声音轻得让人舒服而又难以理解,唱信经时声音那么细又拖着哭腔,如果没有那个左侧祭台和祭台上的童贞女、童子耶稣和施洗童子的话,当时,真会有类似信仰之类的东西潜入我的心中。

然而,又是那个祭坛怂恿我领着玛丽亚由阳光下进入大门,走过铺砖地来到中堂。

奥斯卡从容不迫,默默地坐在玛丽亚身边的橡木椅子上,越来越冷漠。多少年过去了,却使我觉得,始终还是当年的那些人,胸有成竹地翻阅着告解书,等待着维恩克圣下的耳朵。我们坐在略靠一侧但更接近中堂的地方。我想让玛丽亚自己去作出抉择,轻松一些。一方面,她同忏悔室之间离得不是太近,不会使她心慌意乱,她也可以以非正式的方式默默地改宗,另一方面,她可以看看别人在忏悔前做些什么,边观察边下决心,也进入忏悔室走到圣下的耳朵边,同他商量改入唯一能救世的教会的细节。在气味、灰尘、石膏之下,在曲曲弯弯的天使和折射的光线之下,在痉挛的圣徒之间,她如此渺小、双手笨拙地跪在甜蜜地饱含痛苦的天主教宗之前、之下、之间,头一回画十字偏又颠倒了方向,见到这些,真叫我感到遗憾。奥斯卡用手指轻触玛丽亚,把画十字的正确动作给她做了一遍,指给这个求知心切的女人看,在她的额头后面的什么地方,在她的胸部深处的什么地方,在她的肩关节里面的什么地方,寓有圣父、圣子和圣灵。我又指点她,要能得到诚心所愿之事,十指该如何交叉。玛丽亚听从了,诚心地让双手安稳下来,开始诚心地祈祷。起初,奥斯卡也试着一边祈祷一边追思几位死者,但是,当他为他的罗丝维塔恳求天主,为使她得到永恒的安宁并进入天国的欢乐而同天主讨价还价的时候,我出神地想的尽是些尘世的细节,致使永恒的安宁和天国的欢乐最后都被迁移到巴黎的一家饭店里去了。我只得做弥撒祈祷来解脱自己,因为做祈祷时多少不受义务的约束。我念了一个永恒又一个永恒,一心向上，祈求应得的和正当的①——这是应得的和正当的，我也以此为满足并从旁观察着玛丽亚。

天主教祈祷正适合于她。她祈祷时真漂亮，真值得画下来。祈祷使睫毛长了起来，眉毛粗了起来，面颊红了起来，并使额头变重，脖子弯曲，鼻翼翕动。玛丽亚那张痛苦之花盛开的脸险些引诱我去贴近她。可是，谁也不该打扰祈祷者，既不该引诱祈祷者，也不该让祈祷者引诱自己，即使祈祷者愿意成为对某个观察者来说具有观察价值的人，即使这对于祈祷大有裨益，那也不行。

于是，我从被人磨得光滑的教堂木椅上滑下来，双手仍旧规矩地放在使外套隆起的鼓上。奥斯卡从玛丽亚身边逃走，到了铺砖地，带着鼓，蹑手蹑脚地从一站又一站的十字架旁溜过，没有在圣安东尼那里停留——请为我们祈祷——因为我们既没有丢失钱袋，也没有丢失钥匙，那个被古普鲁策人打死的布拉格的圣阿达尔贝特，我们也让他安稳地躺在左边。我们不停步，从一块方砖跳到另一块方砖上——这真可以当棋盘用——直到一条地毯宣告，这里是左侧祭坛的台阶。

在这座新哥特式的砖砌圣心教堂内部以及左侧祭坛上下一切依然如故，我这样说，读者诸君自会相信的。赤身裸体的、粉红色的童子耶稣始终还坐在童贞女的左大腿上，我不称她为童贞女马利亚，免得把她同我那正在改宗的玛丽亚搞混②。朝童贞女的右膝挤去的，始终还是那个用巧克力色的蓬乱的毛皮勉强遮身的童子约翰。童贞女本人一如既往地用右手的食指指着耶稣，一边眼望着约翰。可是，奥斯卡在离乡多年之后对童贞女那种做母亲的骄傲感不大感兴趣，他更感兴趣的是那两个男孩的体态。耶稣的身材大约同我的儿子库尔特过三岁生日时的身材相当，也就是要比奥斯卡高出两厘米。根

---

① 拉丁经文，前一句由神甫念，后一句由教徒念。
② 这两个名字在德语里是同一个。

据证明文件，约翰要比那个拿撒勒人①年纪大，他的身高同我一样。可是，这两个孩子的脸部表情却都同我——永恒的三龄童通常的脸部表情一样：少年老成。一点变化也没有。他们仍旧那样自以为机灵地瞧着，同若干年前我跟在我可怜的妈妈身边进圣心教堂时所看到的完全一样。

我踏上地毯，上了台阶，却没有口念"登上"②。我仔细察看每一道褶纹，用我的鼓棒——它的感觉比所有的手指加在一起还多——慢慢地一件不漏地检查这两个赤条条的孩子的涂色石膏像：大腿，肚子，胳膊，数一数有多少胖肉间的肉纹，有多少肉窝——这简直就是奥斯卡的体格，我的健壮的肉，我的有力的、有点见肥的膝盖，我的短而有肌肉的鼓手的胳膊。他也有这些，这个小调皮鬼。他坐在童贞女的大腿上，举起胳臂和拳头，似乎他想敲铁皮，似乎耶稣是鼓手而奥斯卡反倒不是鼓手，似乎他正等待着我的铁皮，似乎他这一回当真要在铁皮上敲出一些有魅力的节奏来给童贞女、约翰和我听听。

我做起几年前做过的事情来，摘下肚子前的鼓，给耶稣去试试。我考虑到这涂色的石膏，小心翼翼地把奥斯卡的红白相间的鼓放到耶稣粉红色的大腿上。我这样做，只为了却我的夙愿，并非傻里傻气地希望会出现奇迹，反倒是想具体生动地目睹耶稣的无能，尽管他那样坐着，举起了拳头，尽管他具有我的身材和我的结实的体格，尽管他是石膏做的，轻易地扮作一个三龄童，而我却费了那么大的气力，备尝困苦才保持住了这样的形象。他不会敲鼓，他只会摆出一副似乎会敲鼓的架势，他也许还这样想着：只要我有了鼓我就会敲。于是我说，你即使有了也不会敲，并把两根鼓棒插到他的香肠状手指间去，十根手指，我笑得直不起腰：敲吧，甜蜜的耶稣，五彩石膏敲铁皮吧！奥斯卡朝后退，下了三级台阶，由地毯退到铺砖地。敲呀，童子耶稣！奥斯卡再向后退。他退到一定的距离之外，笑得前仰后合，耶

---

① 指耶稣基督。
② 拉丁经文"登上主的祭坛"的起首字。

稣照旧坐着,却不会敲,也许他想敲。我正开始感到乏味,像啃猪皮本古籍那样,这时,他敲了,他敲了!

尽管一切都静止不动,他却像是在敲,先是左手,后是右手,随后用两根鼓棒,交叉成十字,急速擂鼓倒还像样,挺认真的,喜爱变奏,简单的节奏同复杂的节奏敲得一样好,不搞花招,只在铁皮上施展本领。我没觉出有宗教味,也不像粗俗的大兵腔,倒是纯音乐的。他不鄙弃流行曲,在当时众口传唱的曲子中选敲了《一切皆成往事》,自然也有《莉莉·玛莲》。他慢慢地,或许是猛的一下把鬈发脑袋转过来,用布朗斯基的蓝眼睛对着我,相当傲慢地微笑着,把奥斯卡心爱的曲子编成了一首合成曲:用《玻璃,玻璃,小玻璃》开始,接着是《课程表》,这小子像我一样演奏了拉斯普京对抗歌德,同我一起登上塔楼,同我一起爬到演讲台底下,在港口防波堤上抓鳗鱼,同我一起跟在我可怜的妈妈一头小的棺材后面,最使我困惑不解的是他一再同我一起待在我的外祖母安娜·科尔雅切克的四条裙子底下。

这时,奥斯卡又走近前去。他是被吸引过去的。他想站在地毯上而不愿再站在铺砖地上。他跨上了一级又一级祭坛的台阶。我就这样走了上去,可我宁愿是在往下走。"耶稣,"我把剩余的声音全都集中起来才说出这么一句话,"这样可不行。马上把鼓还给我。你有你的十字架,你有它就够了!"他不是突然中断,而是敲完了这首合成曲,把鼓棒交叉在铁皮上,那副细心的样子真是夸张。他二话不说,便把奥斯卡轻率地借给他的东西递给了我。我也不道谢,正要像十个魔鬼似的匆匆下台阶,跳出这天主教的信仰,这时,一个悦耳的、尽管是命令式的声音接触到了我的肩膀:"你爱我吗,奥斯卡?"我头也不回地回答说:"这不是我所知道的。"他接着用同样的声音,没有加重语气,又问:"你爱我吗,奥斯卡?"我没好气儿地回答说:"真遗憾,丝毫也不!"这时,他第三次纠缠我:"奥斯卡,你爱我吗?"我转过身去,耶稣看到了我的脸。"我恨你,小子,恨你和你的全部没用的东西!"

奇怪的是,我的呵斥反倒使他说起话来更加得意扬扬了。他活像一个国民小学的女教师,伸出食指,给我一个任务:"你是奥斯卡,是岩石,在这块岩石上,我要建起我的教堂。继承我吧!"

诸君可以想象我是怎样怒不可遏。愤怒给我披上了做汤用的母鸡的皮①。我折断了他的一只石膏脚趾,他不再动弹了。"你再说一遍,"奥斯卡小声说,"我就刮掉你的颜色!"

他不再吐一个字。这时,像以往一样,那个老头来了,那个永远拖着脚步走过世上所有的教堂的老头。他向左侧祭坛行礼,根本没有发现我,拖着脚步继续走去,已经到了布拉格的阿达尔贝特前面,我也匆匆下了台阶,从地毯踏上铺砖地,头也不回地走过这棋盘来到玛丽亚身边,她正按照我的指点以正确的方式画天主教的十字。

我抓住她的手,领她到圣水池边,让她在教堂的中间,在快到大门的地方,再次朝主祭坛画十字。我自己没有跟她一起这样做。她正要下跪时,我将她一把拽到太阳底下。

已是傍晚了。铁路路堤上的东方女工们已经走了。朗富尔郊区车站前不远处一列货车在调轨。蚊子像葡萄挂在空气里。从上面传来钟声。调轨的嘈杂声淹没掉了钟声。蚊子仍像一串串的葡萄。玛丽亚哭肿了脸。奥斯卡真想叫喊。我该用什么办法来对付耶稣呢?我的声音要能装上弹药就好了。我同他的十字架有什么关系?不过我心里明白,我的声音对付不了他的教堂的窗户。他会继续靠名叫彼特鲁斯或彼特里或东普鲁士的彼特里凯特这号人修建他的殿堂的。"听着,奥斯卡,别破坏教堂的窗户!"撒旦在我心中小声说,"他会毁掉你的声音的。"就这样,我仅仅抬头望了一眼,量度了一下这样一扇新哥特式玻璃窗的尺寸,就拔腿走了,没有跟随耶稣,而是跟在玛丽亚身边漫不经心地朝车站街下跨道走去,穿过滴水的隧道,上去就是小锤公园,再向右拐入马利亚街,经过屠夫沃尔格穆特的门口,向左拐入埃尔森街,过了施特里斯溪来到新市场,那里为了防空正在修一个水池。拉贝斯路真长,我们终于到家了。奥斯卡离开玛

---

① 意为"起鸡皮疙瘩"。

丽亚,爬上九十级楼梯到了晾衣间。这里挂着床单,床单后面堆着防空沙,在沙堆和桶以及几捆报纸和几摞屋面瓦后面是我的书和前线剧团时期的备用鼓。在一只鞋盒里,有几只用坏的但仍旧是梨形的电灯泡。奥斯卡从中拿起第一只,唱碎了它,拿起第二只,让它变成玻璃尘,整齐地切下第三只肥大的那一半,在第四只上面唱出花体字母 JESUS(耶稣),接着又把这玻璃和铭文都变成粉末。我想再来一次,电灯泡却用完了。我精疲力竭,躺倒在防空沙堆上:奥斯卡的声音还在。耶稣也许会有一个继承人。撒灰者①将成为我的头一批门徒。

---

① 下文将讲到的一个青年团伙。

撒 灰 者

若要召集门徒,奥斯卡会遇上难以克服的困难。单凭这一条,我就不适合去接替耶稣。可是,当时的天命却循着这条和那条曲折的道路寻访到我的耳朵,使我成了继承人,虽说我并不信仰我的前任。不过,如教规所说:怀疑者信,不信者信得最长久。耶稣在圣心教堂里向我个人显示了小小的奇迹,我无法用怀疑将它埋葬,相反,我试图让耶稣重复一次击鼓表演。

奥斯卡多次去那座砖砌教堂,没带玛丽亚。我一再从特鲁钦斯基大娘那里溜走,她死死地坐在椅子上,无法阻拦我。耶稣向我显示了什么呢?我为何深更半夜还待在教堂的左耳堂,让教堂司事把我锁在里面呢?为什么奥斯卡让自己在左侧祭坛前冻得四肢僵直、耳朵硬似玻璃呢?我牙齿咯咯响地奉承也罢,我牙齿咯咯响地咒骂也罢,我终究听不到我的鼓声,也听不到耶稣的声音。

惨哪!午夜时分,在圣心教堂的铺砖地上,我的牙齿咯咯直响,我活到现在还从未听到过呢!哪个傻瓜能找到比奥斯卡更妙的拨浪鼓①呢?我模仿着布满不惜弹药的机关枪的一段阵地,我在上颚和下颚之间设了一家保险公司的经理处,内有办事女郎和打字机。我的牙齿的咯咯声传向四方,引来了回声与掌声。立柱打寒战,拱顶起鸡皮疙瘩,我的咳嗽声用一条腿跳过铺砖地棋盘,到十字路口往回走,登上中堂,飞上唱诗班席,咳嗽六十次,像一个巴赫协会,不在唱歌,却在排练咳嗽。我正希望着奥斯卡的咳嗽声能钻进管风琴的管

---

① 文字游戏。拨浪鼓是 Klapper,变成动词是 klappern,意为"咯咯响"。

子里去藏起来,不再作声,直到星期天弹奏众赞曲时才发作,这时,圣器室里传来了咳嗽声,紧接着又由布道坛传来,最后消失在主祭坛后面,在十字架上那个体操运动员背后。它很快就咳出了它的灵魂。我的咳嗽咳着说:各样的事已经成了①,其实,什么事也没有成。童子耶稣没有受冻,却僵硬地拿着我的鼓棒,抱着粉红色石膏大腿上的我的铁皮,没有敲鼓,没有确认我的继承权。奥斯卡真希望能得到一份吩咐我接替基督的书面证明。

那时的习惯或者说不良习惯至今仍留在我身上。在参观教堂,甚至在参观最著名的大教堂时,我只要一踏上铺砖地,即使处在最佳健康状况之下,便会放声持续地咳嗽,这咳嗽声会各按哥特式、罗马式或巴洛克式的风格、高度和宽度扩展开去。再过若干年,我还将让奥斯卡的鼓回响起我在乌尔姆以及施佩耶尔大教堂的咳嗽声。不过那时候,当我于八月中旬让坟墓般冰冷的天主教精神对我施加影响时,我是不会想到去遥远的地方旅游并参观教堂的。除非我是个穿军装的人,参加了有计划撤退,那才有可能在随身携带的小日记本里记上:"今天撤出奥尔维耶托,教堂的正面构造妙不可言,待战后再同莫妮卡一起到此一游,仔细观赏可也。"

变成常去教堂的人,对我来说并不困难,因为没有任何事情把我拴在家里。家里有玛丽亚。可是玛丽亚有马策拉特。家里有我的儿子库尔特。不过,这个小淘气已经越来越让人受不了了。他把沙子扔进我的眼睛,抓我,他的手指甲竟折断在父亲的肉里。我的儿子还对我挥舞拳头,手指节骨那样白,使得我只要一看到这对敏捷的双胞胎②,鲜血就会从鼻子里迸涌出来。

奇怪的是,马策拉特关怀我,尽管笨手笨脚,倒也出于真心。奥斯卡惊讶之余,便听凭这个他向来觉得可有可无的人把他抱在怀里,紧紧搂住,细细瞅着,有一次甚至吻了他,同时泪水直淌,与

---

① 这是耶稣被钉在十字架上临终前的话,见《圣经·新约·约翰福音》。
② 指库尔特那一对拳头。

其说是对着玛丽亚不如说是对着自己说道："这可办不到。我可不能把自己的儿子送走,即使那个医生说上十次,而所有的医生也都这么讲。那种信尽管让他们写下去好了。他们肯定没有自己的孩子。"

玛丽亚坐在桌子前,像每天晚上那样把食品印花贴到裁开的报纸上。她抬起头来说："你放心好了,阿尔弗雷德。你这样讲,好像这件事同我无关似的。不过,如果他们说,今天就得采取这种办法的话,我真不知道究竟怎么办才对。"

马策拉特用食指指着那架自从我可怜的妈妈死后再也没有发出音乐声来的钢琴,说:"阿格内斯绝不会这样做,也不允许这样做!"

玛丽亚瞧了一眼钢琴,耸起了肩膀,直到说话时才重新放下来:"这自然啰,她是他的母亲,一直希望他会好转。可你已经看到了,他好不了,到处受人欺侮,不知怎么去活,也不知怎么去死!"

贝多芬的肖像始终悬在钢琴上方,他阴沉地打量着阴沉的希特勒。难道马策拉特从贝多芬的肖像汲取了力量不成?"不!"他吼道,"决不!"他一拳捶在桌子上,捶在湿的、黏手的贴有印花的纸上,让玛丽亚把疗养院管理处的信递给他,读着读着读着读着,接着把信撕碎,把碎片扔到面包印花、肥肉印花、食品印花、旅行印花、重劳工印花、特重劳工印花之间,扔到怀孕的母亲和喂奶的母亲的印花之间。尽管奥斯卡多亏了马策拉特才没有落到那些医生的手心里去,但他从此以后便看出这么一件事——而且直到今天还看出来——只要玛丽亚一出现在他的眼皮底下,他就会看到一座漂亮的疗养院,它坐落在空气最佳的山区中,院里有明亮的、亲切的、现代化的手术室。在手术室加软垫的门前,腼腆然而充分信任地微笑着的玛丽亚把我交给了一流的医生。他们同样唤起别人信任地微笑着,他们放在白色的、消过毒的工作服后面的手里却拿着一流的、唤起信任的、立即生效的针管。如此说来,众人都离弃了我,每当马策拉特想要在帝国卫生部的来函上签字时,唯有我可怜的妈妈的阴影使他的手指动弹不得,多次阻止了我这个被离弃的人离开这个世界①。

奥斯卡并非不知感恩的人。我的鼓犹在。我的声音犹在。读者诸君了解我同玻璃对阵时的全部战果,但我的声音不能向诸君显示什么新玩意儿,诸君中间某些喜欢变变花样的定会觉得乏味。可是,对我来说,奥斯卡的声音是我的存在的证明,永远新鲜的证明,这一点是我的鼓所不及的。只要我还能唱碎玻璃,我就存在着,只要我的定向呼吸还能夺走玻璃的呼吸,生命就还在我身上。

那时候,奥斯卡唱得真多。他唱得多是出于绝望。每当我很晚很晚离开圣心教堂的时候,我总要唱碎点什么。我朝家里走去,从不寻找特殊的目标,而是挑选了一间灯光没有完全挡住的复斜式屋顶阁楼的窗户,或是一盏为防空涂成蓝色的闪闪烁烁的路灯。每次上教堂以后,我总要另选一条回家的路。这一回,奥斯卡穿过安东·默勒路去马利亚街。那一回,他沿乌法根路而上,绕过康拉德学校,让学校的玻璃大门当啷响,随后走过帝国殖民区去马克斯·哈尔贝广场。八月底的一天,我去教堂时已经太晚了。大门已经锁上,我决定绕一大段路,消消我的怒气。我走车站街,每逢第三盏路灯我就让它当啷落地,在电影院后面向右拐进阿道夫·希特勒街,让左边步兵兵营的沿街窗户躺倒,让一辆从奥利瓦方向迎面开来的有轨电车清凉我心,车里几乎空无一人,我把电车左侧涂暗了的玻璃悉数夺走。

电车尖叫一声刹住,几个人下车,叫骂,又上车。这点战果奥斯卡并不注重,为了消释怒火,他寻找着一份餐后小吃,在那如此缺乏美味甜食的岁月里寻找美味甜食,当他在朗富尔区最外缘、贝伦特家具作坊旁边、飞机场的大片木板房营地前面见到横卧在月光下的波罗的海巧克力厂的主楼时,他才让他的系带鞋止步。

然而我的火气已不再那么大,所以没有按传统方式立即向巧克力厂作自我介绍。我从容不迫地把月亮已经数过的玻璃再数一遍,

---

① 纳粹德国时期,曾根据希特勒的书面命令灭绝精神病患者等病人,其中包括低能和畸形儿童。

得出的总数同月亮得出的相符,要是我现在就开始作自我介绍该有多好!可是,我首先得弄清楚那几个半成年人是怎么回事。他们从霍赫施特里斯区起,也许在车站街的栗树下就开始尾随我了。有六七个小伙子站在霍恩弗里德贝格路电车站旁的候车亭前面或里面,还可以看到另外五个站在通往索波特的公路的头几棵树后面。

我已经决定推迟对巧克力厂的拜访,给那些小伙子们让路,绕一段路,沿着飞机场旁边的铁路桥溜走,穿过劳本殖民区,直到小锤路旁的股份啤酒厂。这时,奥斯卡听到从铁路桥那边传来了他们的此起彼落的、信号般的口哨声。再没有什么可怀疑的了:他们冲着我来了。

在这样的处境下,在尾随者业已露面但还没有开始追捕的时间内,一个人会慢吞吞地、细细品尝地列举出最后的解救办法:奥斯卡可以大声喊叫妈妈和爸爸。我可以用鼓招来某个人,或许召来一个警察。我的身材肯定能得到成年人的支持,不过奥斯卡自有他的原则,因此拒绝成年过路人的帮助以及警察的调解,偏偏受到好奇心和自信心的纠缠,想瞧瞧事态的发展,便干了件愚蠢透顶的事:我在巧克力厂区前涂沥青的栅栏上寻找一个缺口,但找不到,却见到那些半成年人离开了电车站的候车亭和索波特公路旁树木的阴影。奥斯卡沿着栅栏往前走,铁路桥那边的几个也来了,木板栅栏还是没有洞。他们来势不猛,反倒是溜溜达达的,分散着走。奥斯卡还能再找一会儿,他们给我的时间恰恰是在栅栏上找到一个缺口所需要的,终于有一处缺一根木条,我便从缝里钻了过去,衣服不知哪儿被钩破了一个角。到了栅栏的那一边,四个穿防风外套的小伙子正好站在我的面前,全都把手插在滑雪裤的裤兜里。

我马上明白,我的处境已无从改变,便先在衣服上寻找过栅栏缺口时被钩破的那个角。找到了,在右裤管上。我劈开两指量了量,真气人,口子还挺大,但我装出无所谓的样子,横竖如此,举头望天,等着从电车站、从公路、从铁路桥几方面过来的小伙子翻过栅栏,因为栅栏上那个缺口对他们不合适。

事情发生在八月底的某一天。月亮不时被云遮蔽。我数了数这些小伙子,总共二十人。最小的十四岁,最大的十六七岁。一九四四年我们遇上一个炎热干燥的夏季。四个年纪较大的捣蛋鬼身穿空军辅助人员制服。我现在记起来了,一九四四年是个樱桃丰收年。他们三三两两地站在奥斯卡周围,小声聊着,使用一种切口,但我毫不费力就能听懂。他们相互间用古怪的名字称呼,我只记住了一小部分。譬如一个十五岁的小子,有一双模糊的狍子眼,叫他哧哧兔,有时也叫胖揍兔。他旁边那个,他们叫他赤膊天使。那个个子最小但年纪肯定不是最小的调皮鬼,上唇突出,是个咬舌儿,人家喊他煤爪。一个空军地勤,别人称呼他密斯特,又相当贴切地称另一个家伙为汤母鸡,此外还有历史人物的名字:狮心。蓝胡子是个白嫩脸蛋的小子。有我熟悉的名字——托蒂拉和泰耶,另外两个叫贝利萨尔和纳赛斯,这真是太狂妄了。我比较仔细地打量着施丢特贝克。他头戴一顶真正的毡帽,呈凹形,像个养鸭池,身穿一件长雨衣,尽管年仅十六,却成了这伙人的头目。

他们并不瞧奥斯卡,想等他自己屈服,于是我坐到我的鼓上。两条腿真累,我一半开心,一半对自己恼火,这显然是孩子们的浪漫戏,我怎么参加进去了?我眼望差点儿就全圆的月亮,打算把一部分念头转到圣心教堂上去。

今天耶稣也许敲过鼓,也说过话。而我却坐在波罗的海巧克力厂的院子里,参与了骑士和强盗的游戏。他也许等着我,打算敲一通鼓以后再启口讲话,明确地让我接替基督,可是我没有去,他失望了,肯定又傲慢地扬起了眉毛。耶稣会如何估价这些小伙子?奥斯卡,与他状貌相同的人,他的接班人和代表,又该怎样同这帮孩子打交道?他能用耶稣的话"让小孩子到我这儿来①!"招呼这些自称为赤膊天使、胖揍兔、蓝胡子、煤爪和施丢特贝克的半成年人吗?施丢特贝克走上前来。煤爪跟在他的身边,这是他的得力助手。施丢特贝

---

① 这是《圣经·新约·马太福音》里耶稣的话。

克说:"站起来!"

奥斯卡还眼望着月亮,脑子还在圣心教堂左侧祭坛前面。我没有站起来,施丢特贝克使了个眼色,煤爪一脚踢开了我屁股底下的鼓。

我站起身来,捡起铁皮,放到外套下面,保护它,不让它继续遭殃。

一个漂亮小伙子,这个施丢特贝克,奥斯卡想道。一双眼睛陷得太深,彼此离得太近,嘴的部分显出他有活力和富于想象。

"你从哪儿来?"

盘问开始了。我不喜欢这样跟我打招呼,便又举头望明月,它呀,从不挑剔,我便把月亮想象成鼓,又笑自己的妄自尊大,不觉微微一笑。

"他在狞笑,施丢特贝克!"

煤爪注视着我,他建议他的头头,采取一种他称之为"撒灰"的行动。围在后面的其余的人,脸上长脓疱的狮心、密斯特、胖揍兔和赤膊天使,也都赞成撒灰。

我照旧眼望明月,心里一个字母一个字母地拼读"撒灰"这个词儿。多漂亮的词儿,但肯定不是什么好受的名堂。

"什么时候撒灰由我决定!"施丢特贝克结束了他那一帮人的嘀嘀咕咕,又冲着我说,"我们常在车站街见到你。你在那儿干什么?你是从哪儿来的?"

同时提出两个问题。奥斯卡打定主意,如果他想控制局面,那至少得给一个回答。于是,我把脸从月亮那儿转过来,用我那双有影响力的蓝眼睛望着施丢特贝克,镇静地说:"我从教堂来。"

施丢特贝克的雨衣后面又起了嘀咕声。他们在补充我的回答。煤爪查明,我说的教堂即指圣心教堂。

"你叫什么名字?"

这个问题非来不可。人与人相遇就会这么问。这一提问在人与人的会话中占有重要地位。许多剧本就靠回答这个问题而存在,有长的,有短的,也有歌剧,譬如说,《洛恩格林》①。

我等待着月光从两片云之间透出,照亮我的蓝眼睛,再把光辉反射到施丢特贝克脸上有喝三匙汤的工夫,随后开口,通报姓名。由于他们一听奥斯卡这个名字准要哈哈大笑一通,所以我怀着妒忌心期待着即将说出的那句话的效果,于是,奥斯卡说:"我叫耶稣。"这番自白,引来了长久的沉默。末了,煤爪清清嗓子说:"非给他撒灰不可,头儿。"

不仅是煤爪主张撒灰。施丢特贝克也一捻手指,啪的一声批准撒灰。煤爪一把抓住我,用他的手节骨顶住我的右上臂,快钻,干凿,热辣辣的,叫人好不疼痛,直到施丢特贝克又啪地捻响手指,下令住手他才罢休。原来这就叫撒灰!

"说吧,你叫什么?"这个头戴毡帽的首领装出不耐烦的样子,向右方击一空拳,让过长的雨衣袖子往后滑去,在月光下露出他的手表,又朝左边的我低声说:"考虑一分钟。随后我施丢特贝克可就要撒手不管了。"

毕竟有一分钟之久,我可以不受惩罚地举目望月,在月亮的火山口里寻找借口,对已经作出的接替基督的决定再提出疑问。我不喜欢撒手不管这种话,也决计不让这帮小子用时间来约束我。于是,约莫过了三十五秒钟以后,奥斯卡说:"我是耶稣。"

下面发生的事效果非凡,但这不是由奥斯卡导演的。我再次表白接替耶稣之后,施丢特贝克捻响了手指,但是在煤爪可以撒灰之前,空袭警报响了。

奥斯卡说罢"耶稣"两字,吸了一口气,警报声接二连三地来证明我的身份。附近飞机场的警报器,霍赫施特里斯步兵兵营主楼的警报器,朗富尔森林前面霍斯特—韦塞尔中学屋顶上的警报器,施特恩菲尔德百货大楼上面的警报器,以及从很远处,从兴登堡大街传来的技术高等学校的警报器。延续了一段时间后,郊区所有的警报器

---

① 德国作曲家理查德·瓦格纳的歌剧。

才像大天使冗长而恳切的合唱,接受了我所宣告的福音,使黑夜膨胀、塌陷,使睡梦颤动、破裂,又钻进沉睡者的耳朵,使不受影响的月亮显得可怖,因为它是不能用防空黑帘挡住的一个天体。

奥斯卡懂得,空袭警报是完全站在他一边的,相反,警报声却使施丢特贝克变得神经质。警报直接召唤他手下的一部分人去值勤。他只得让那四名空军地勤翻过栅栏返回连队,去电车停车场和飞机场之间的八十八毫米高炮阵地。他的另外三个人,其中有贝利萨尔,在康拉德学校值防空哨,也必须立即离去。他把剩下的十五个小伙子集合在一起,由于天空未出现任何情况,便又开始审讯:"那么,如果我们没有听错的话,你是耶稣。——好吧! 再提个问题:那些路灯和窗玻璃你是怎么弄碎的? 别回避,我们知道得很清楚!"

这些小伙子并不清楚。他们至多看到过我的声音的这个或那个战果。奥斯卡吩咐自己要对这些未成年的孩子持宽容态度,要在今天的话,人家会干脆地把他们叫做小流氓。他们有目标,但方法太直接,有些太不聪明。我打算原谅他们,采取温和的客观态度。他们就是几个星期以来全城都在谈论的、引人注意的撒灰者,一个青年团伙,刑事警察局和希特勒青年团的许多巡逻队正在跟踪他们。如后来查明的那样,他们是康拉德学校、圣彼得中学和霍斯特—韦塞尔中学的学生。在新航道还有第二个撒灰者团伙,它虽由中学生领导,但三分之二的成员是席哈乌船坞和列车制造厂的学徒。这两派很少合作,只有在下述场合才联合行动,即夜间由席哈乌巷出发,在斯特芬公园和兴登堡大街兜捕德意志少女同盟的队长们,她们这时正受完晚间训练从主教山的青年招待所回家去。这两派相互间避免冲突,精确地划分了行动区域。施丢特贝克不把新航道那一派的首领当成竞争对手而是当做朋友。撒灰者团伙反对一切。他们把希特勒青年团的值勤处洗劫一空,抢走公园里同姑娘们做爱的前线休假人员的奖章和军阶标志,靠入伙的空军地勤的帮助,从高炮连偷走武器、弹药和汽油,从一开始就计划对经济局大举进攻。

当时,奥斯卡对撒灰者的组织和计划一无所知。他感到自己相当孤独与不幸,想在这些半成年人的圈子里得到一种安全感。我已经暗暗地把自己变成这些小伙子中的一员了。我虽然快二十岁了,但是说什么我同他们年龄差别太大之类的话我已经当成耳边风了。我责备自己说:你为什么不给这些小伙子们表演一下你的艺术呢?年轻人的求知欲总是很强的嘛!给他们看个实例,表演点什么让他们开开眼吧!他们会佩服你,可能进而会听从你的。你可以对他们施加影响,何况这是由你的丰富经验和智慧充实了的。现在,服从天意,召集门徒,接替基督吧!

施丢特贝克也许预感到了我的沉思是大有道理的。他给我时间,我为此感激他。八月底,云稀的月夜。空袭警报。海岸两三道探照灯光。可能是一架侦察机。在那些日子里,巴黎已经放弃。我面前是波罗的海巧克力厂有许多窗户的主楼。中央集团军在长距离赛跑以后在魏克塞尔河停住了。波罗的海厂不再为零售商而是在为空军生产巧克力。而奥斯卡也得熟悉一下这样的想象:巴顿将军①的士兵穿着他们的美军制服在埃菲尔铁塔下散步。这对我来说是痛苦的,于是,奥斯卡举起一根鼓棒。和罗丝维塔共同度过的那些时刻呀!施丢特贝克觉察到我的表情,让他的目光跟随着我的鼓棒投向巧克力厂。在最明亮的月光之下,太平洋上一小岛的日军被肃清。这里,月亮却同时躺在巧克力厂所有的窗户上。奥斯卡对所有想要听他说话的人讲:"耶稣现在要唱碎玻璃。"

在我干掉头三块玻璃之前,我突然注意到我头顶上很远的地方有一只苍蝇在嗡嗡叫。在另外两块玻璃放弃了月光的时候,我心想:这准是一只垂死的苍蝇,嗡嗡声这么响。我接着把工厂最高一层剩下的窗户画成黑色。那么多探照灯,苍白得可怕,我心里这样想。随后,我从工厂中间和最下一层的许多窗户里取走了可能由纳维克兵营旁边的高炮连射来的灯光的反光。先是海岸高炮连开炮,随后,奥斯卡全部解决了中间一层楼的玻璃。紧接着,旧苏格兰、佩朗肯和舍

---

① 巴顿(1885—1945),第二次世界大战中美国的著名将领。

尔米尔的高炮连都得到了开火命令。这是底层的三扇窗户——这是黑夜歼击机,从飞机场起飞,贴着工厂房顶一掠而过。在我把底层解决掉之前,高射炮停止射击,让黑夜歼击机去击落奥利瓦上空同时用三个探照灯隆重欢迎的一架远程轰炸机。

开始时,奥斯卡还担心,他的表演跟富有效果的空防工作同时进行会分散小伙子们的注意力,甚至会把他们的注意力从工厂引诱到夜空中去。

工已经完毕①,尤其使我感到惊讶的是,整个团伙始终还注视着窗玻璃已荡然无存的巧克力厂。从附近的霍恩弗里德路传来了叫好声和喝彩声,像在剧院里那样,原来是轰炸机被击中了。它燃烧着,吸引着人们,多半是坠落而不是降落在耶施肯山谷的森林里。甚至在这时,也只有少数几个团伙成员,其中有赤膊天使的目光,被拽离了这座无玻璃的工厂。可是,施丢特贝克和煤爪对击落飞机却不屑一顾,而这两个人对我来说可是关系重大呀!

接下来,同事情发生前一样,天上只剩下月亮以及星星的琐碎事儿。黑夜歼击机降落。很远的地方响起了救火车的声音。这时,施丢特贝克转过身来,让我看到了他那始终蔑视地噘起的嘴,做了一下那种拳击动作,露出了过长的雨衣袖下的手表,摘下手表,无言地递给了我,但又喘着粗气,想说什么,又不得不等解除警报过去,末了,在他的孩儿们的掌声中对我说:"行,耶稣。如果你愿意的话,就接纳你,你可以一起干了。我们是撒灰者,但愿你觉得这有点意思!"

奥斯卡掂了掂那块手表,便把这件带夜光指针的相当精制的物件连同它上面的时间——零点二十三分送给了小伙子煤爪。他向他的头头投去了询问的目光。施丢特贝克点点头表示同意。奥斯卡准备上路回家,把鼓挪到舒适的位置,一边说:"耶稣走在你们前头!你们跟随着我!"

---

① 这是《圣经·旧约·创世记》里上帝造万物后的一句话。这类对《圣经》语言的滑稽模仿颇多,不再一一加注。

耶稣诞生戏

当时,人们大谈其奇迹武器和最终胜利①。我们,撒灰者,既不谈这个也不谈那个,但是我们真正拥有奇迹武器。

奥斯卡接手领导这个有三四十人的团伙之后,我先让施丢特贝克介绍我认识诺伊法瓦塞尔派头目。摩尔凯纳,十七岁,瘸子,新航道领港局一名负责官员的儿子,由于残疾——右腿比左腿短两公分——既不能当空军地勤,也不能应征入伍。虽说摩尔凯纳故意明显地炫耀他的瘸腿,但他又很腼腆,说话声音很轻。这个始终狡猾地微笑着的年轻人是康拉德学校高年级的优秀生,如果俄国军队不提出异议的话,他大有希望堪称模范地通过毕业考试。摩尔凯纳想上大学攻读哲学。

像施丢特贝克尊敬我那样,那个瘸子也无条件地把我当成耶稣,带领撒灰者。一开始,奥斯卡就让这两派领他去看仓库和金库。这两派把外出行劫所获集中在同一个地窖里。朗富尔区耶施肯山谷路一所幽静、高雅的别墅里的这个地窖,宽敞而干燥。别墅布满各种爬藤植物,由一片坡度平缓的草地同街道隔开,房主是赤膊天使的父母,用的是"封·普特卡默"这个姓氏。封·普特卡默先生待在美丽的法兰西,指挥一个师,系波莫瑞-波兰-普鲁士血统的骑士十字勋章佩戴者。伊丽莎白·封·普特卡默太太体弱多病,数月前已去上巴伐利亚,在那里疗养。而沃尔夫冈·封·普特卡默,即撒灰者唤作赤膊天使的那个,成了别墅的主人。留在别墅里照料少爷的老使女,

---

① 指纳粹德国失败前的宣传。被称为"奇迹武器"的有 V-1 和 V-2 飞弹。

耳朵几乎全聋了，我们一次也未见到过，因为我们是经由洗衣间去地窖的。

在仓库里码着罐头、烟草和许多包降落伞。在一个架子上挂有两打军用表，赤膊天使根据施丢特贝克的命令让表走动着，表上的时间也被调成完全一致。他还得擦洗两挺机关枪、一支冲锋枪和若干支手枪。他们还给我看了一个反坦克火箭筒、机关枪弹药和二十五颗手榴弹。这一切以及一大排汽油桶是为进攻经济局而备下的。于是，奥斯卡以耶稣的名义下达了第一道命令："把武器和汽油埋在花园里。枪械撞针交给耶稣。我们用另一种武器！"

小伙子们又给我看一个香烟盒，里面装满了抢来的奖章和荣誉章。我微笑着允许他们占有这些装饰品。我真应该从这些小伙子手里取走伞兵用的刀。刀把上的刀刃真漂亮，跃跃欲试，他们日后果真用上了。

接着，他们带我去金库。奥斯卡让他们当面点数，复核，记下金库存款计两千四百二十帝国马克。时当一九四四年九月初。到了一九四五年一月中旬，科涅夫和朱可夫①突破魏克塞尔河防线时，我们被迫放弃了地窖里的金库。赤膊天使供认了，在州最高法院的桌子上堆放着我们交出的成捆钞票，总计三万六千帝国马克。

按照我的天性，奥斯卡遇到行动的时候总是待在幕后。白天，我多半独自一人，偶尔也让施丢特贝克陪同，为夜间行动寻找值得一搞的目标，随后让施丢特贝克或摩尔凯纳去组织实施，而我则不离开特鲁钦斯基大娘的寓所，到了深更半夜，站在卧室窗口，用比先前更具有远程效果的声音——现在我称它为奇迹武器——唱碎许多个党的办事处的底层窗户，一家印生活必需品票证的印刷厂的后院窗户，还有一次，勉强根据他们的要求，唱碎了一位参议教师私宅的厨房窗户，因为小伙子们要对他进行报复。

---

① 科涅夫（1897—1973）和朱可夫（1896—1974）是第二次世界大战期间苏联的著名将领。

这时已经到了十一月。V-1 和 V-2 飞弹正飞向英国,而我的歌声则飞过朗富尔,沿着兴登堡大街的树林,越过火车站、旧城和古城,造访屠夫巷和博物馆,让小伙子们闯进去,寻找木雕船艏像尼俄柏。

他们没有找到她。隔壁屋里那位摇晃着脑袋、死死地坐在椅子上的特鲁钦斯基大娘,却跟我有些共同之处。奥斯卡在远程歌唱,她则在远程思念,在天上寻找她的儿子赫伯特,在前线的中间地段寻找她的儿子弗里茨。她的大女儿古丝特,一九四四年初嫁到了莱茵兰,特鲁钦斯基大娘便在遥远的杜塞尔多夫寻找她。她的丈夫、餐馆领班克斯特有套房子在那里,但他本人却在库尔兰,古丝特跟他一起相处并认识他总共只有短短的十四天,也即他从前线回来休假的日子。

这是些和平的夜晚。奥斯卡坐在特鲁钦斯基大娘的脚边,在他的鼓上敲了几段幻想曲,从瓷砖壁炉的烘烤箱里取出一只烤苹果,带着这个老太婆和小孩子吃的皱皱巴巴的果子消失在黑暗的卧室里。他拉起防空遮光纸,把窗子打开一道缝,送出他的定向远程歌声。他不去歌颂颤抖着的星星,银河也没有他要寻找的东西,他的目标是冬野广场,但不是电台大楼,而是那幢盒状楼,里面一个门挨一个门,全都是希特勒青年团区总部的办公室。

遇上清爽的天气,我的工作只需几分钟就完毕。打开的窗户旁的烤苹果已不是那么热烘烘的了。我啃着它回到特鲁钦斯基大娘和我的鼓身边,过不多久就上床,心里满有把握,在奥斯卡睡觉的时候,撒灰者自然正以耶稣的名义抢劫党的钱柜、生活资料票证,更重要的是公章、印好的表格或希特勒青年团巡逻队名单。

我宽容为怀,让施丢特贝克和摩尔凯纳利用伪造的证件去恣意胡闹,团伙的主要敌人是值勤巡逻处。我允许他们随着自己的兴致去绑架对手,对被绑架者撒灰,以及——按负责此事的煤爪给取的名称——捆他们的蛋。

这些行动只是前奏而已,没有泄露我真正的计划,而我都没有直接参与,所以也无法证实下面这件事是不是撒灰者干的:一九四四年九月,巡逻处两名高级官员,其中一个是人人惧怕的赫尔穆特·奈特贝格,被捆绑结实,从母牛桥上扔进莫特劳河里淹死了。

后来有人说,撒灰者团伙跟莱茵河畔科隆的薄雪草海盗①有联系,又说图赫尔荒原地区的波兰游击队影响甚至操纵我们的行动。我,奥斯卡和团伙首领耶稣,必须以这双重身份否认有此事,这种说法纯属无中生有。

后来,在审理我们的案子时,也有人硬说我们同七月二十日的行刺者和密谋者②有关系,因为赤膊天使的父亲,奥古斯特·封·普特卡默,跟隆美尔元帅走得很近,因而自杀。在整个战争期间,赤膊天使仅仅匆匆见过他父亲四五次,只注意到他的军阶标志不断地更换。直到审判我们时,这小子才听说了那起对于我们是无关紧要的军官事件,于是号啕痛哭,不知羞耻,坐在他旁边的煤爪,不得不在法官面前对他撒灰。

在我们的活动期间,成年人跟我们接触只有过一次。几个船坞工人——正如我当即就猜到的那样,是共产党方面的——试图影响我们团伙中那些席哈乌船坞的学徒,把我们变成赤色地下运动。学徒工并不反对。中学生却拒绝有任何政治倾向。空军地勤密斯特,那个撒灰者团伙的犬儒学派分子和理论家,在一次全体大会上发表他的见解如次:"我们同各政党毫无关系。我们进行斗争反对我们的父母以及其他成年人,不论他们赞成什么或者反对什么。"

尽管密斯特讲得太夸张太过火,所有的中学生仍旧都表示同意。这导致撒灰者团伙的分裂。于是,席哈乌的学徒——这些孩子很能干,失去他们我感到非常可惜——成立了自己的协会,但又不顾施丢特贝克和摩尔凯纳的反对,仍旧自称是撒灰者。在审判时——因为他们的组织跟我们的组织同时被破获——他们被指控火烧船坞区内的一艘训练用潜艇。一百多名正在受训的潜艇驾驶员和海军中士丧

---

① 薄雪草海盗,第二次世界大战结束前出现的德国青年武装盗匪集团。

② 指 1944 年行刺希特勒和密谋政变的参与者。

命,死得很惨。大火是从甲板上燃起的,使甲板下睡觉的潜艇人员无法逃出水手舱。不满十八岁的海军中士们想钻出舷窗跳进港湾的海水里去逃命,不料被他们的髋骨卡住,迅速吞噬一切的烈火从后面烧上来,他们的喊声太响也太久,别人只好从小汽艇上开枪把他们打死。

我们反正没有放火。这也许是席哈乌船坞的学徒干的,也许是韦斯特兰德协会①的人干的。撒灰者不是纵火犯,虽说我,他们的精神向导,有可能从外祖父科尔雅切克身上获得了纵火犯的资质。

那个装配工,我至今记忆犹新,他是从基尔的德国工厂调到席哈乌船坞来的,在撒灰者团伙分裂前不久拜访了我们。富克斯瓦尔一个码头工人的两个儿子,埃里希·皮茨格和霍斯特·皮茨格,带他到普特卡默别墅的地窖里来见我们。他专心地看了我们的仓库,发现缺少实用的武器,但仍吞吞吐吐地说了几句夸奖话。他问团伙首领是谁。施丢特贝克应声回答,摩尔凯纳犹豫地指指我,他便放声大笑,笑个不止,狂妄至极,奥斯卡差点儿把他交给撒灰者,给他撒灰。

"他是哪一类的侏儒啊?"他用大拇指在肩膀上方指着我,问摩尔凯纳。

摩尔凯纳有点尴尬地微笑着,没等他开口,施丢特贝克就镇静得惊人地回答说:"这是我们的耶稣。"

这个自称是瓦尔特的装配工,无法容忍这个名词,竟然在我们的窝里发起火来:"请谈一谈,你们在政治上对头吗? 难道你们都是辅弥撒者,正在为圣诞夜排练耶稣诞生戏不成?"

施丢特贝克打开地窖门,给煤爪丢了个眼色,由上装袖管里抖出伞兵刀的刀刃,与其说冲着那个装配工,不如说是冲着这个团伙说:"我们是辅弥撒者,正在为圣诞夜排练耶稣诞生戏。"

---

① 韦斯特兰德协会成立于1934年,1944年又恢复活动,是代表德国东部波兰人利益的地下组织。

不过，那位装配工先生并没有吃什么苦头。人家蒙住了他的眼睛，领他出了别墅。过不多久，席哈乌船坞的学徒分离出去，在那个装配工的领导下搞起了自己的协会，只剩下我们了。今天，我敢肯定地说，烧训练用潜艇的就是他们。

那天，施丢特贝克按我的意思作了正确的回答。我们对政治不感兴趣，在希特勒青年团巡逻队丧了胆几乎不离开他们的值勤室，或者仅限于在火车站检查放荡的小姑娘的证件之后，我们也把工作地区挪到了教堂里面，按照那位激进的左派装配工的话，排练耶稣诞生戏。

相当能干的席哈乌学徒被夺取走了，我们首先必须补充力量。十月底，施丢特贝克让圣心教堂的两个辅弥撒者宣誓，他们是菲利克斯·伦万德和保罗·伦万德。施丢特贝克是通过他们的妹妹卢齐接近这两兄弟的。不顾我的抗议，这个不满十七岁的姑娘参加了宣誓仪式。伦万德兄弟必须把左手放在我的鼓上——小伙子们过分夸张地把鼓看成某种象征——照着念撒灰者的套语：一纸文字，纯属瞎扯，通篇胡闹，所以我也记不得了。

在举行宣誓仪式时，奥斯卡观察着卢齐。她耸起肩膀，左手拿着一块轻微抖动着的夹香肠面包，咬住下嘴唇，三角形的狐狸脸上毫无表情，用目光把施丢特贝克的后背烧得火辣辣的。我开始替撒灰者的前途担忧了。

我们着手让地窖各室改观一番。我在特鲁钦斯基大娘的寓所引导，撒灰者通力合作，来添置财物。我们从圣卡塔琳娜教堂搬来一个约瑟像，半人高，后来证明是十六世纪的原作，几个教堂烛台，若干弥撒器皿以及一面基督圣体旗。一次夜访特里尼塔提斯教堂，带回一个木制吹号天使，无艺术性，一幅可以当墙饰用的五彩画毯。这幅古物复制品上有一个扭捏作态的女士，还有一头顺从她的怪兽，名叫独角兽。施丢特贝克颇有几分道理地认为，这条毯子上编织出来的少女的微笑，显出玩弄成性的残酷，类似卢齐那张狐狸脸上的微笑。我仍然希望我的副手可别像神话里的独角兽那样准备百依百顺。地窖的正面墙上原先画着各种乱七八糟的东西，什么"黑手"啦，"骷髅"啦，现在挂上了这幅壁毯，而独角兽终于成了我们议论的主题。这时，我问自己，卢齐已经在这里进进出出，在你的背后哧哧暗笑，为什么，奥斯卡，为什么你还要把编织成的第二个卢齐搬到这里来。她要把你的副手变成独角兽，她栩栩如生，说到底，她的目标是你，因为只有你，奥斯卡，你才真正是寓言式的，才是有着夸张的旋涡形角的稀世怪兽。

基督降临节来到了。我们从周围教堂搬来了许多圣婴像，真人大小，刻得很天真。我用它们一层层地挡住了那条壁毯，使这个寓言剧从前台后撤，变成了压轴戏。十二月中旬，龙德施太特①发动了阿登攻势。我们的盛大活动的准备工作也完毕了。

玛丽亚完全沉浸在天主教精神里，使马策拉特苦恼不已。接连几个星期日，我挽着玛丽亚的手去望十点钟弥撒。之后，我指示全体撒灰者去教堂。我们熟门熟路，无须奥斯卡唱碎玻璃，靠菲利克斯和保罗兄弟的帮助，于十二月十八日夜到十九日凌晨，闯入圣心教堂。

下着雪，但落地就化。我们把三辆手推车停在圣器室后面。保罗·伦万德有大门钥匙。奥斯卡领头，引导小伙子们相继来到圣水池前，让他们在中堂下跪，朝主祭坛膝行而去。我接着指示他们用一条义务劳动局的毯子蒙住圣心耶稣像，不让他的蓝色目光过分妨碍我们的工作。胖揍兔和密斯特把工具运到左耳堂的左侧祭坛前。首先必须把有许多马槽圣婴像和冷杉的马厩②移到中堂。我们早就备有所需的牧人、天使、羊、驴和母牛。我们的团伙，有的是跑龙套的，独缺主角。贝利萨尔搬走祭坛桌上的花。托蒂拉和泰耶卷起地毯。煤爪取出工具。奥斯卡则跪在祈祷小凳后面，监督拆卸工作。

身披巧克力色粗毛皮的施洗童子先被锯下。真不错，我们带了

---

① 龙德施太特(1875—1953)，纳粹德国元帅。阿登攻势是"二战"期间德军发动的最后一场攻势，被盟军挫败。

② 据《圣经》载，耶稣诞生在马厩里，以马槽为床。

一把金属锯来。在石膏里面,有手指粗的金属棒把施洗者和彩云连在一起。煤爪锯着。他干这种活时真像个中学生,笨手笨脚的。要有席哈乌船坞的学徒在场该多好! 施丢特贝克替下煤爪。他干得稍强些,响了半小时噪音之后,我们放倒了施洗童子,用毛毯裹上,这才感觉到了午夜教堂的寂静。

耶稣的整个屁股贴在童贞女的左大腿上,把他锯下来,费时颇多。胖揍兔、菲利克斯·伦万德和狮心三人花了整整四十分钟。为什么摩尔凯纳还不来呢? 他要带着他的人直接从新航道来,在教堂同我们碰头,使行进的队伍不致太显眼。施丢特贝克情绪很坏,我觉得他神经过敏。他多次向伦万德兄弟打听摩尔凯纳。末了,如我们大家所期待的,他们说出了卢齐这个名字。施丢特贝克不再问,从狮心笨拙的手中夺过钢锯,咬牙蛮干,给童子耶稣致命的一击。

放倒耶稣像时,灵光圈被折断。施丢特贝克向我道歉。我费了很大的劲才压下满腔怒火,让人把这个镀金石膏盘的碎片捡到两顶帽子里去。煤爪认为可以用胶水黏合。锯下的耶稣用枕头保护,再裹上两条毛毯。

我们计划把童贞女分两段锯下,先锯骨盆以上一截,再在脚跟和云之间下锯。云就留在教堂里了,我们只把童贞女的两截,耶稣,这是毫无疑问的,如果可能,还有施洗童子,运到普特卡默地窖去。出乎意料的是,我们把石膏像的重量估计得太高了。这组塑像中间是空的,外壁仅两指厚,只有铁架子有点费事。

小伙子们,尤其是煤爪和狮心,都已筋疲力尽。得让他们休息一下,因为其余的人,包括伦万德兄弟都不会锯。团伙的人分散坐在教堂的长凳上受冻。施丢特贝克站着,压凹了他进教堂后就摘下的毡帽。我不喜欢这种情绪。必定要出什么事了。小伙子们受不了夜间空荡荡的教堂建筑的气氛。摩尔凯纳不来,大家也有些紧张。伦万德兄弟看来害怕施丢特贝克,站在一旁耳语,直到施丢特贝克命令他们安静。

我记得,当时我慢吞吞地叹着气从祈祷跪垫上站起来,径直向还留存着的童贞女走去。她的目光原来是对着约翰的，现在却对着满是石膏末的祭坛台阶。她的右手食指，原先指着耶稣，现在无所指或者说指向黑暗的左耳堂。我一级又一级地登上祭坛，随后回头望去，寻找施丢特贝克深陷的眼睛。他的眼睛失神，煤爪捅了他一下，他这才注意到我在招呼他。他呆视着我，六神无主，这是我从未见过的。他不懂我的意思，接着终于理解或部分理解了。他慢慢地、很慢很慢地走过来，却又一步跨上了祭坛，抱起我来，把我放到那白色的、有些倾斜的、可以看出拉锯人功夫蹩脚的童贞女左大腿的横截面上，它大致描出了童子耶稣屁股的印痕。

施丢特贝克马上转过身去，一个箭步到了铺砖地上，正要沉溺于他的幻想，却又突然回头，眯起两只离得很近的眼睛，投来闪烁的审视的目光。当他看到我坐在耶稣的位置上，那样自然，那样值得礼拜，他显露出深受感动的表情，同坐在教堂长凳上的小伙子们一样。

他没用多长的时间，就领会了我的计划，甚至还扩大了我的计划。他让纳赛斯和蓝胡子把拆卸时用的两个手电筒直接对准我和童贞女，因为灯光刺我的眼睛，他便下令调成打红光，又示意伦万德兄弟到他身边去，低声交代了几句。他们不愿干他所要求的事，煤爪不等施丢特贝克打手势就走过来，对这兄弟两人伸出节骨，准备撒灰。这兄弟两人让步了，在煤爪和空军地勤密斯特的监视下，去到圣器室。奥斯卡泰然地等着，把鼓放端正。当高个子密斯特身穿神甫长袍，伦万德兄弟穿上辅弥撒者服，有白有红地回来时，奥斯卡丝毫也不感到惊讶。煤爪穿着半身副神甫服，捧来了弥撒所需的一切。他把东西放在那片云上，悄悄退下。菲利克斯·伦万德手捧小香炉，他的弟弟保罗拿着铃铛。维恩克圣下的长袍穿在密斯特身上实在太肥大，但密斯特模仿得不坏。开始时，他还带着文科中学生玩世不恭的劲头，接着他便被经文和圣事礼仪所吸引。他给我们大家，尤其是我，看到的不是幼稚可笑的拙劣模仿，而是望了一次真正的弥撒，后来在法庭上，仍被称之为弥撒，尽管他们说这是黑弥撒。

三个小伙子开始分段祈祷。整个团伙在长凳或铺砖地上下跪，画十字。密斯特开始唱弥撒,他在某种程度上掌握了经文,还得到两位辅弥撒者的熟练配合。唱"登上主的祭坛"时,我便小心地击鼓。唱"求主怜悯"时,我用较强音伴奏。唱"荣耀归于在天之主"时,我也在鼓上称颂主,召唤会众祈祷,用一段较长的鼓独奏代替白日弥撒的诵《使徒书》。我敲的"哈利路亚"尤为成功。唱信经时,我发现小伙子们是如何地信仰我。到奉献仪式时,我的鼓声轻下来,让密斯特摆上面包,在酒中掺水,用香来熏圣杯和我,我看着密斯特如何行洗手礼。祈祷吧,兄弟姐妹们,在手电筒的红光下我敲着鼓,转入化体:这是我的肉身。我们会祈祷的,密斯特唱道,受神圣谕旨的告诫——座位上的小伙子们向我唱起两种不同文本的主祷文,密斯特懂得让新教徒和天主教徒在领圣餐时统一起来。还在他们领圣餐的时候,我在鼓上敲起"明认信仰"的引子。童贞女用手指着奥斯卡,鼓手。奥斯卡上任接替基督。弥撒进展顺利。密斯特的声音增强和减弱。他祝福时声调多美:减罪,赦罪,宽恕。当他向教堂吐出结束语"走吧,现在遣散!"时,所有的小伙子确实在精神上已获得释放。因此,当世俗的拘捕临头时,所捕获的只能是一个坚定了信仰、加强了对奥斯卡和耶稣之名的信念的撒灰者团伙①。

在望弥撒时,我已经听到了汽车声响。施丢特贝克也曾回过头去。所以,当从大门、从圣器室、从右旁门响起人声时,唯独我们两个没有突然受惊。皮靴后跟在教堂铺砖地上囊囊响。施丢特贝克要把我从童贞女的大腿上抱下来。我示意不必。他明白了奥斯卡的意思,点点头,让团伙照旧跪着,跪着等待刑事警察。小伙子们便都跪着,虽然在颤抖,有个别人跪着移动,但大家都无言地等待着,直到刑事警察穿过左耳堂,穿过中堂,从圣器室里朝我们走来,把左侧祭坛团团围住。许多没有调成红色的刺眼的手电。施丢特贝克站起身来,画十字,显现在手电筒灯光之中,把他的毡帽交给一直还跪着的

---

① 弥撒是天主教的一种圣体圣事礼仪,它以结束语"ite, missa est"(走吧,现在遣散)中的"missa"一词命名。此处喻这些年轻人是无罪的。

煤爪,穿着雨衣朝一个没拿手电筒的肿胀的黑影走去,朝维恩克圣下走去,从他的背后拖出一个单薄的、拼命挣扎着的黑影,拉到手电光下,是卢齐·伦万德。他揍巴斯克帽下那张板起的三角脸,直到一名警察把他一拳打倒在长凳中间。"哎呀,耶稣,"我在童贞女怀里听一名刑事警察喊道,"这当真是我们局长的儿子呀!"

奥斯卡听后颇有几分得意,竟然会有个警察局长的儿子当他的能干的副手,接着就扮演起被半成年人诱拐的、咧嘴冷笑的三岁孩子的角色,毫不抗拒地接受了庇护:维恩克圣下把我抱在怀里。

只有刑事警察在大喊大叫。小伙子们被带走。维恩克圣下不得不把我放到铺砖地上。他突然虚脱,一屁股坐在长凳上。我站在我们那些工具旁边,在榫凿和锤子后面发现了那个食物篮,盛满了胖揍兔在我们投入行动前备下的香肠面包。

我抓起篮子,朝瘦瘦的、在薄大衣里打哆嗦的卢齐走去,把夹香肠的面包片递给她。她抱起我,右手抱着我,左手拿着香肠面包,立即把手指间的一块塞到牙齿间。我观察着她那张挨了揍的、灼痛的、嘴里塞满东西的脸:眼珠在两道黑缝后面滴溜转,皮肤像被锤子敲打过,一个咀嚼着的三角形,玩偶,黑厨娘,吞食着带皮的香肠,吞食时变得更加瘦削、更加饥饿、更加像三角形、更加像玩偶——这副相貌印在我的额头上和脑子里。谁会从我的额头上和脑子里取走这个三角形呢?它还会在我心里待多久呢?在那里咀嚼,咀嚼香肠、香肠皮和人,像三角形那样微笑(如果三角形也能微笑的话),像壁毯上训练独角兽的女士那样微笑,这会延续多久呢?

施丢特贝克被两名警察带走时,向卢齐和奥斯卡转过他那张满是血污的脸。我却朝他的旁边看去,从今以后我再也认不得他了。我由吞食着香肠面包的卢齐抱着,夹在五六名刑事警察中间,跟在我先前的撒灰者团伙的后面,被带走了。

留下些什么呢?留下的有维恩克圣下,我们的两个一直还打着红光的手电筒,以及扔下的辅弥撒者服和神甫长袍。圣杯和化为圣体的面包和酒留在祭坛台阶上。锯下的约翰和锯下的耶稣留在那位童贞女身边;而我们原先打算把她搬到普特卡默地窖去,让她体现一种同女士驯兽壁毯相抗衡的力量。

可是,奥斯卡仍被带去受审了,我今天还称之为对耶稣的第二次审判。审判以我,自然也以耶稣的无罪释放而告终。

蚂 蚁 大 道

　　读者诸君,请想象一下吧! 一座天蓝色瓷砖砌成的游泳池,一些被太阳晒黑、并对运动有敏感性的人们在池里游泳。从池边到沐浴室前,坐着同样晒黑、同样有敏感性的男男女女。或许还有扩音器里传来的、音量调小的音乐。健康但乏味无趣,绷紧游泳衣的轻度的干巴巴的情欲。瓷砖地很滑,然而没有人滑倒。为数不多的禁令牌,即使如此也纯属多余,因为游泳的人只上这里来待上两个小时,而所禁止的却都是游泳池外面才会发生的事情。不时有人从三米跳板上跳下来,但不能赢得游泳者的注目,也不能引诱躺着的游泳客的眼睛离开有图画的报纸。——突然间,一阵风! 不,不是风。原来是个年轻人,慢慢地、目标明确地、一档接一档地爬上十米跳台的梯子。杂志连同来自欧洲和海外的报道被放下来了,眼睛跟着他一起往上爬。躺着的躯体变长了,一个年轻女人用手给眼睛遮光,某人忘了他正想的事,一句话没能说出来,一次调情刚开始,话说到一半便提前结束——现在他站在跳板上,体格好,精力足,上下弹跳,靠在微弯的钢管扶手上,臀部漂亮地一扭离开了扶手,走上高悬的、每走一步都会弹上弹下的跳板,向下望去,注视着天蓝色的、小得令人惊慌的游泳池。池子里,红、黄、绿、白,红、黄、绿、白,红、黄……游泳女人的游泳帽像多变的万花筒。有熟人坐在下面。道丽丝·许勒和埃丽卡·许勒,尤塔·达尼埃尔和她的男朋友,这个男的根本配不上她。她们挥手,尤塔也挥手。他一边保持着身体的平衡,一边向下招手。她们叫喊。她们想干什么? 试一试,她们喊道;跳呀,尤塔喊道。他根本就没有这个打算,只想看看上面是怎么回事,于是又慢慢地一档一档抓着爬下来。她们又喊了,喊得大家都能听到。她们大声喊道:跳呀!跳呀!跳!

待在离天这么近的跳台上,真是身处绝境,我这么讲,诸君必定会同意。撒灰者团伙成员和我,也身处类似的境地,但不是在游泳季节,却是在一九四五年一月。我们爬到高处,挤满了跳台,下面,坐着法官、陪审法官、证人和法院办事人员,构成庄严的马掌形,在没有水的游泳池周围。

施丢特贝克走到没有扶手但有弹性的跳板上。

"跳!"法官合唱队喊道。

施丢特贝克没有跳。

这时,下面证人席上站起一个身材瘦长的少女,身穿贝希特斯加登小夹克和一条百褶裙。一张白色的、不再模糊不清的脸——直到今天我还断言,它构成了一个三角形——仰起来,像一块闪烁的终点标志牌。卢齐·伦万德没有喊,而是低声说:"跳,施丢特贝克,跳!"

这时,施丢特贝克跳了。卢齐又坐到证人席的木凳上,把编织的贝希特斯加登小夹克的袖子拉拉长,遮住她的拳头。

摩尔凯纳一瘸一拐地上了跳板。法官要他跳。摩尔凯纳不想跳,窘迫地对着他的指甲微笑,一直等到卢齐搂起羊毛夹克衫的袖子,露出拳头,向他仰起细眼睛黑框三角形。这时,他目标明确地朝三角形跳去,可是没有达到目标。

煤爪和赤膊天使上跳台时就不友好,在跳板上打起架来。赤膊天使被撒了灰,甚至在往下跳的时候,煤爪还抓住赤膊天使不松手。胖揍兔,长着有丝一样光泽的长睫毛,在跳之前闭上了他的无穷悲哀的狍子眼。

空军地勤在跳之前必须脱掉制服。

伦万德兄弟也不准以辅弥撒者的身份跳下天国去。他们的妹妹卢齐,身穿露线头的战时羊毛夹克衫,坐在证人席上,提倡跳跃运动,她也决不容忍他们那样做。

同历史记载相反,贝利萨尔和纳赛斯先跳,托蒂拉和泰耶在后。

蓝胡子跳了,狮心跳了,撒灰者团伙的基本群众——鼻子、布须曼人、油港、吹笛人、芥末瓶、弯刀和箍桶匠都跳了。

施图赫尔,高中生,斜眼儿,斜得叫人吃不消,只能算作撒灰者团伙的半个成员,那天碰巧赶上。他也跳了。跳板上只剩下耶稣一个,法官合唱团把他当成奥斯卡·马策拉特,喝令他跳,耶稣不理睬。肩胛骨间拖着细细的莫扎特发辫、面孔铁板的卢齐又从证人席上站起来,搂起羊毛夹克衫的袖子,闭拢的嘴一动不动地低语道:"跳吧,甜蜜的耶稣,跳吧!"这时,我明白了十米跳台的诱惑力。这时,灰色小猫在我的膝窝里打滚,刺猬在我脚底下配对,燕子在我的腋窝里展翅。这时,不只是欧罗巴,整个世界都在我脚下。美国人和日本人在吕宋岛上跳火炬舞①。他们军装上的细眼和圆眼纽扣丢了。在斯德哥尔摩倒有个裁缝,这时正在给一件大方的条纹晚礼服钉扣子。蒙巴顿正用各种口径的炮弹喂缅甸大象②。这时,利马一个寡妇正在教鹦鹉学舌,说"卡拉姆巴"这个词儿。这时,太平洋中部有两艘巨大的、像哥特式教堂一样装饰着的航空母舰迎面驶去,让飞机起飞,互相击沉。飞机不能降落,走投无路,便像天使似的纯譬喻性地悬挂在空中,嗡嗡叫,消耗着它们的燃料。这一点也不打扰哈帕兰达的某位刚下班的电车售票员。他把鸡蛋打到平底锅里,两只给自己,两只给他的未婚妻。他事先把一切都考虑周到,微笑着等待她的到来。不难预料,科涅夫和朱可夫的军队将再次出动;在伊朗下雨的时候,他们将突破魏克塞尔防线,过迟地占领华沙,过早地占领柯尼斯贝格③,但他们不会妨碍巴拿马的一个有五个孩子和一个丈夫的女人在煤气灶上煮焖牛奶。显而易见,时事的线索,前端未知分晓,缠成各种套结,演成历史,后端已被编织成历史学了。我也注意到,游手好闲、皱眉头、垂下脑袋、握手、生孩子、铸造伪币、关灯、刷牙、枪毙以

---

① 指美军于 1945 年 1 月开始收复被日军所占的吕宋岛。

② 指自 1944 年起由蒙巴顿将军发起的缅甸攻势。

③ 苏军于 1945 年 1 月 17 日攻克华沙,1 月 28 日包围柯尼斯贝格,4 月 10 日守城德军投降。

及换尿布这些活动到处都有,尽管灵巧与熟练的程度不一。这许多有目的的行动使我昏了头,因此,我把注意力又转回到为向我表示敬意在跳台脚下举行的审判上去。"跳吧,甜蜜的耶稣,跳吧!"早熟的证人卢齐·伦万德在低语。她坐在撒旦的怀里,更显出她还是个处女。撒旦给她一个香肠面包,让她高兴。她咬了一口,仍然保护贞洁。"跳吧,甜蜜的耶稣!"她咀嚼着,向我显示她的未破损的三角形。

我不跳,决不会从跳台上往下跳。这不是最后一次对奥斯卡的审判。曾经有过多次,甚至最近还有人想引诱我去跳。像在审判撒灰者时那样,在戴戒指的手指案审理过程中——我称之为第三次对耶稣的审判也许更好——没有水的天蓝色瓷砖游泳池边上也有足够的观众。他们坐在证人席上,想通过对我的审判以及在审判我之后继续活下去。

但我转回身去,掐死腋窝里的燕子,压死鞋底下举行婚礼的刺猬,饿死膝窝里的小灰猫——我鄙弃了往下跳的欣快感,直挺挺地走上平台,摇摇晃晃地踩住扶梯,往下爬。我让扶梯的每一档向我证明,不仅可以登上跳台,也可以不跳而重新离开跳台。

下面,等着我的有玛丽亚和马策拉特。维恩克圣下不请自来给我祝福。格蕾欣·舍夫勒给我带来一件冬大衣,外加蛋糕。小库尔特长大了,既不认识我这个父亲,也不认识我这个同父异母兄长。我的外祖母科尔雅切克搀着她的哥哥文岑特。文岑特阅历甚深,但说话颠三倒四。

我们离开法院大楼时,一名文官走到马策拉特面前,递给他一份信件并说:"您真应该再考虑一下,马策拉特先生。这个孩子必须离开街道。您瞧瞧,这样一个不能自理的孩子被什么样的家伙滥用了!"

玛丽亚哭了,给我挂上鼓,这是维恩克圣下在审判期间替我保存的。我们走到火车站旁的电车站。最后一段路由马策拉特抱着我。我从他肩上往后看去,在人群中寻找一张三角形脸,想知道,她是否也得上跳台,她是否跟在施丢特贝克和摩尔凯纳后面往下跳,她是否也像我一样知道了扶梯有第二种用途:让人爬下来。

直到今天我还不能戒掉这个习惯,即在街上和广场上四处张望,寻找一个瘦瘦的、既不漂亮也不难看然而不停地蓄意谋杀男人的"油煎鱼"①。甚至躺在疗养护理院的床上,当布鲁诺通报有陌生人来访时,我也会吓一跳的。我所害怕的是:卢齐·伦万德来了,这个吓唬孩子的坏蛋和黑厨娘,她最后一次来喝令你往下跳。

马策拉特考虑了十天之久,他该不该在信件上签字并寄回给卫生部。到了第十一天,他签字寄出了,但这时这座城市正遭炮兵轰击,邮局是否有可能发信已成问题。罗科索夫斯基元帅的坦克先头部队进抵埃尔平②。魏斯指挥的德国第二军进入但泽周围高地上的阵地。地窖生活开始了。

我们大家都知道,我们的地窖是在店堂下面。从过道里厕所对面的地窖口下去,走十八级台阶就到了。它的前面是卡特和海兰德的地窖,后面是施拉格的地窖。老海兰德还在。可是,卡特太太、钟表匠劳布沙德、艾克夫妇和施拉格夫妇带着若干行李走了。后来听说,他们这几个,还有格蕾欣·舍夫勒和亚历山大·舍夫勒,在最后一分钟登上一艘以前属于"力量来自欢乐"组织的轮船走了,朝什切青或吕贝克方向或者朝一枚水雷驶去,被炸飞到了空中。总而言之,一半以上的住房和地窖已空无一人。

我家地窖的优点是有第二个入口,我们大家都知道,它在店堂柜台后面的吊门下面。这样也就没人能看见,马策拉特把什么东西搬进了地窖,又把什么东西从地窖里取出来。马策拉特在战争年头堆积在那里的贮存物资,谁看了都会妒忌我们的。干燥、暖和的地窖里放满了生活必需品:各种豆类、面食、糖、人造蜂蜜、面粉和人造黄油。几箱松脆面包片摞在几箱食用椰子油上。什锦蔬菜罐头同米拉别里

---

① "油煎鱼",指接近成年(十四至十七岁)的少女,黄毛丫头。
② 时间为1945年2月10日。

李子罐头、嫩豌豆罐头和李子罐头一起码在几个木架上,这是实干家马策拉特自己做的,固定在墙头的栓销上。大约在战争中期,根据格雷夫的倡议,在地窖天花板和水泥地之间加了几根横梁,使这个生活必需品仓库也成了符合规定的安全的防空室。马策拉特曾多次想卸下这些横梁,因为但泽除了骚扰性袭击外还没有遭受过较大的轰炸。任防空员的格雷夫死了,不能再劝告他。这时,玛丽亚求他保留这几根支撑的横梁。为了小库尔特,她需要安全,有时也说是为了我。

一月底头几次空袭时,老海兰德和马策拉特合力把特鲁钦斯基大娘连椅子一起抬进我家地窖去。后来,他们就不管她了,也许是她自己有所表示,也可能是抬上抬下太费劲,便把她留在卧室的窗户前。一次对内城的大轰炸过后,玛丽亚和马策拉特发现这位老太太下巴吊着,翻了白眼,好像一只黏黏糊糊的小苍蝇飞进了她的眼睛里。

于是,卧室的门从铰链上卸下来了。老海兰德从他的仓库里取来了工具和几块箱子板,抽着马策拉特给他的德比牌香烟,动手量尺寸。奥斯卡帮他干活。其余的人都躲进了地窖,因为高地的炮轰又开始了。

老海兰德想快点干完,钉一个简陋的、两头一般大的箱子了事。奥斯卡主张做成传统的棺材形状,寸步不让。我替他扶住木板,让他按我规定的尺寸去锯,结果,他还是下决心做成了一头小的形状,这也是任何一个人的尸体所要求的。

末了,棺材看上去挺精致。格雷夫太太替特鲁钦斯基大娘擦身,从柜子里取出一件刚洗过的睡衣,替她剪指甲,梳好发髻,用三根毛线针固定住。总之,她费了不少心,使特鲁钦斯基大娘死后还像一只灰耗子,而她活着时,喜欢喝麦芽咖啡,吃土豆煎饼。

这只坐在椅子上的耗子在大轰炸时抽了风,这时躺在棺材里,双膝是隆起的。海兰德趁玛丽亚抱着小库尔特离开房间时,利用这短短的几分钟,敲断了她的腿,这才钉上了棺材盖。

可惜我家只有黄漆而没有黑漆。于是,特鲁钦斯基大娘就躺在没上漆但一头小的木板箱里被抬出寓所，下了楼梯。我背着鼓跟在后面，注意读棺材盖上面的字：维特洛人造黄油——维特洛人造黄油——维特洛人造黄油，上下三行，间距相等。这事后补充证明了特鲁钦斯基大娘的口味是什么。她活着的时候宁愿吃从纯植物油脂提炼成的维特洛人造黄油，也不愿吃最好的真黄油，因为人造黄油使人健康，有生气，有营养，吃了后精神愉快。

棺材放在格雷夫蔬菜店的平板车上。老海兰德拉车穿过路易森街、马利亚街，过了安东·默勒路——那儿两幢房子在着火——朝妇科医院方向走去。小库尔特由寡妇格雷夫太太照料，留在我家地窖里。玛丽亚和马策拉特推车子，奥斯卡坐在车上，他更愿意坐到棺材上去，但是不准坐。街道堵满了从东普鲁士和韦尔德尔来的难民。体育馆前的铁路下跨道简直难以通行。马策拉特建议在康拉德学校花园里挖个坑。玛丽亚反对。老海兰德跟特鲁钦斯基大娘一样年纪，也挥手拒绝。我也反对埋在校园里。不管怎样，我们也得放弃去市立公墓的打算，因为从体育馆到兴登堡大街只准军用车辆通行。这样一来，我们就没法把这只耗子埋葬在她的儿子赫伯特旁边了。我们替她在市立公墓对面、五月草场后面的斯特芬花园里挑选了一块地方。土地封冻。马策拉特和老海兰德轮流抢尖头十字镐，玛丽亚在石凳旁挖常春藤，奥斯卡趁机溜走，很快来到兴登堡大街的树干之间。交通混乱至极！从高地撤下的和从韦尔德尔撤下的坦克对开过来。在树上——如果我记忆无误，那就是椴树——吊着人民冲锋队①队员和士兵。他们制服纽扣上的厚纸牌还能读出一些字来，写着的是：这些树或椴树上吊死的是叛徒。我观察了许多吊死鬼龇牙咧嘴的脸，一般地作了比较，又专门跟吊死的蔬菜商格雷夫作了比较。我也观察了吊着的几束身穿过于肥大的制服的年轻人，好几个我都以为是施丢特贝克——吊死的小伙子相貌几乎都一样——我暗

---

① 这是纳粹德国在覆亡前夕动员超过或不满服兵役年龄的男子组成的民兵。其中一些因胆怯或开小差而被吊死。

自说道,现在他们把施丢特贝克吊死了。他们是否也把卢齐·伦万德吊死了呢?

这个念头犹如给奥斯卡插上了翅膀。他在树中间穿来穿去寻找一个吊死了的单薄的姑娘,甚至敢于在坦克中间穿过去到达林荫道的另外一侧,但在那儿找到的也只是士兵、年岁大的人民冲锋队队员和同施丢特贝克相像的小伙子。我失望地沿着林荫道走到一半被毁的四季咖啡馆,勉勉强强地回去。当我站在特鲁钦斯基大娘的坟墓旁,同玛丽亚一道朝坟丘上撒常春藤和簇叶时,卢齐正在被吊死的映像始终盘旋在我心中,连细节都一清二楚。

我们不再把寡妇格雷夫的平板车送回蔬菜店。马策拉特和老海兰德把它拆开,将构件全都放在柜台前。殖民地商品商递给那老头三盒德比牌香烟,一边对他说:"也许我们还用得着这车子。这里比较保险些。"

老海兰德什么话也不说,但从几乎是空荡荡的架子上抓起好几包面条和两袋糖。随后,他趿拉着那双在来回路上和埋葬时一直都穿着的毡拖鞋出了店堂,让马策拉特把架子上寥寥无几的剩余商品搬进地窖里去。

现在,我们几乎不再出洞去了。听说,俄国人已经到了齐甘肯山、皮茨根村,临近席德利茨了。他们无论如何也得占领高地,才能朝城里直线炮击。右城、旧城、胡椒城、前城、新新城、新城以及下城,是在七百年以上的时间内建造起来的,却在三天内烧毁了。但这并非但泽城的第一次大火。波莫瑞人、勃兰登堡人、条顿骑士团、波兰人、瑞典人(前后两次)、法兰西人、普鲁士人以及俄罗斯人,还有萨克森人,在这之前就已经制造了历史,每隔几十年就觉得这座城市值得烧它一回。现在呢,是俄罗斯人、波兰人、德意志人和英格兰人一起,第一百次烧哥特式砖砌艺术的砖头,但并没有由此得到烤面包片。黑克尔巷、长巷、宽巷、大和小羊毛织工巷在燃烧,托比亚斯巷、狗巷、旧城沟、前城沟在燃烧,壁垒和长桥在燃烧。克兰门是木结构,火焰格外美。在小裤子裁缝巷,烈火给许许多多条光焰刺目的裤子量尺寸。圣马利亚教堂从里面烧到外面,从尖拱窗里喷出节日灯火。圣卡塔琳娜、圣约翰、圣布里吉特、圣巴尔巴拉、伊丽莎白、彼得和保罗、特里尼提和基督圣体各教堂未搬走而剩下的钟在钟楼框架里熔化,铁水滴落,既无歌声,也无乐声。在大磨坊里,研磨着红色的小麦。在屠夫巷里,散发着星期日烤肉的烧焦的气味。在市剧院,初演《纵火者之梦》,一出双重含义的独幕剧。在右城的市政厅里,决定在大火以后增加消防队员的薪水并追溯既往,圣灵巷以圣灵的名义在燃烧。圣方济各修道院以喜爱并歌颂火的圣方济各的名义在欢乐地燃烧。妇女巷为父与子毁于一旦。木材市场、煤市、稻草市场烧成灰烬,此乃不言而喻。在面包师巷,小面包不再从炉里出来。在奶罐巷,牛奶煮得溢了出来。唯独西普鲁士火灾保险公司的楼房鉴于纯象征的原因,未被焚毁。

奥斯卡对火烧向来不太感兴趣。若不是我把自己那点为数不多的但易燃的家当轻率地放在晾衣间里的话,那么,当马策拉特爬上楼梯,到晾衣间去观看燃烧中的但泽时,我也会待在地窖里的。必须救出我最后几个前线剧团备用鼓、我的歌德以及拉斯普京。我还得保护那柄夹在书里的极薄的绘图小扇子,也就是我的罗丝维塔,即拉古娜在世时善于优雅地轻摇的那柄扇子。玛丽亚留在地窖里。小库尔特却非要跟我和马策拉特上屋顶看大火不可。我一方面对我的儿子不加控制的热情感到生气,另一方面却暗自说道:这是他的外曾祖父,我的外祖父,纵火犯科尔雅切克遗传给他的。玛丽亚把小库尔特留在下面,允许我跟马策拉特一起上楼。我拿到了我的那些家当,由晾衣间的窗户往外瞧了一眼,对这座古老的城市竟能振作起来而迸发出这种火焰四射的活力深感惊讶。

几发炮弹在附近爆炸,我们才离开了晾衣间。后来,马策拉特还要上去,但遭到玛丽亚的禁止。他服从了。他向也待在地窖里的寡妇格雷夫一五一十地叙说这场大火时,他哭了。他再次回到寓所去,打开收音机,但再也听不到什么声音。连燃烧着的电台大楼火焰的噬噬声都听不到,更不用说会有什么特别新闻了。

马策拉特像一个不知道自己该不该继续相信圣诞老人的孩子那样犹豫着,站在地窖中央,拽着裤子吊带,第一次表示怀疑最终胜利,并且听从寡妇格雷夫的劝告,摘下了上装翻领上的党徽,但不知藏到哪里去好,因为地窖是水泥地,格雷夫太太也不愿把徽章从他手里接过来。玛丽亚认为,他可以把它埋在过冬土豆里,但马策拉特觉得这还不够保险。而上楼去呢,他又不敢,因为他们马上就要来了①。如果他们不是已经到了,那也在半路上。方才他在晾衣间的时候,他们已经在布伦陶和奥利瓦附近战斗了。他几次三番表示后悔莫及,怎么没把这块水果糖留在楼上防空沙里呢,如果他们在这里见到他,见到他手里还捏着这块水果糖的话……他把它扔到水泥地上,正想要去踩它,发一阵狂,小库尔特和我,我们两个同时扑过去。我先抓到了它。小库尔特挥拳打来时,我仍旧捏着它。小库尔特想要什么东西时,总要动手打人,但是我没有把党徽交给我的儿子,我不想让他遇上危险,同俄国人可开不得玩笑。这一点,奥斯卡当年读拉斯普京课本时就已经知道了。在小库尔特揍我,玛丽亚正要把我们两个拉开的时候,我却在考虑,如果奥斯卡在他儿子拳打脚踢之下让了步,谁会在小库尔特手里发现马策拉特的党徽呢?是白俄罗斯人还是俄罗斯人,是哥萨克人还是格鲁吉亚人,是卡尔梅克人还是克里米亚鞑靼人,是鲁提尼人还是乌克兰人或者是吉尔吉斯人呢?

玛丽亚靠寡妇格雷夫的帮忙才分开了我们两个。我旗开得胜左手握拳捏着这块水果糖。马策拉特高兴了,他的徽章没了。玛丽亚在对付号啕大哭的小库尔特。打开的徽章别针扎我的手心。一如既往,我对这东西不感兴趣。马策拉特的党关我什么事?我正要在背后把马策拉特的水果糖重新粘到他的上装上去时,他们也正好到了我们头顶上的店堂里。从女人们的尖叫声判断,他们也很可能进了左邻右舍的地窖。

他们拉开吊门时,徽章的针还在刺我。我别无办法,只得蹲在玛

---

① 指苏军进入朗富尔,时间是 1945 年 3 月 28 日。

丽亚打战的双膝前,观察水泥地上的蚂蚁,蚂蚁的军用大道从过冬土豆堆斜穿过地窖通往一个盛满白糖的口袋。六个兵挤在地窖的楼梯上,端着冲锋枪,睁大了眼睛。完全正常的、血统轻度混杂的俄国人,我这样估计着。在各种各样的叫喊声中,使人感到安慰的是蚂蚁并没有因为俄国兵的露面而受丝毫的影响。蚂蚁只打算夺取土豆和糖,那些手执机关枪的人则另有所图。成年人举起双手,我觉得这是正常的。这可以从每周新闻片里看到;在波兰邮局保卫战后也发生过类似的举手投降的情形。可是,小库尔特为什么要学成年人的样呢?我不明白。他应该以我——他的父亲为榜样,不然的话也应该以蚂蚁为榜样才对。四个四方形制服中的三个对寡妇格雷夫产生了兴趣,这僵硬的一伙人中顿时出现了一些活动。守寡已久、刚过了四旬斋期的格雷夫太太怎么也没有想到会有这么多客人光顾。她起先还惊呼一通,但接着很快便陷入了那种她几乎遗忘了的境地。

我早已在拉斯普京的书上读到过,俄国人喜爱孩子。在我家的地窖里我亲身体验到了。玛丽亚在无缘无故地发抖,她根本不能理解,为什么那四个不跟格雷夫太太打交道的人让小库尔特坐在她的怀里,而不是自己取而代之。他们抚摩小库尔特,对他说"好好好",还轻轻拍拍他以及玛丽亚的面颊。

有人把我连鼓带人从水泥地上抱起来,打断了我对蚂蚁继续作对比观察并以蚂蚁的勤奋来衡量当前发生的事情。我的铁皮鼓仍挂在肚子前。这个矮小结实、毛孔粗大的男人用粗手指在鼓上敲了几小节,可以和着这节拍跳舞,就一个成年人而言绝不能说是笨拙。奥斯卡真想酬谢一番,真想在铁皮上来几首艺术小品,可惜办不到,马策拉特的党徽还在刺他左手的手心。

我家地窖里的气氛已经变得和平而亲密。格雷夫太太躺着,越来越平静,那三个男人等一个满足之后便换上另一个。奥斯卡被那个相当有才能的鼓手交给了一个浑身出汗、眼睛眯成细缝的——我们假定他是——卡尔梅克人。他左手已经抱住我,右手还在系裤子纽扣,眼看方才抱我的那一位,也就是方才相当有天赋地敲我的鼓的那一个解裤子纽扣,他也毫不介意。马策拉特却不能换姿势。他还一直站在放着莱比锡什锦小菜白铁皮罐头的架子前面,高举双手,展现出全部手纹,只不过没人想去细看他的手纹罢了。相反,女人的理解力证明是惊人的:玛丽亚学会了几句俄语,双膝不再打战,甚至哈哈笑了。如果她的口琴就在身边,她准会奏起这吹弹式口琴来的。

奥斯卡却不能很快适应变化了的情况。他正在寻找可以替代蚂蚁的东西,这时转而观察起出现在我的卡尔梅克人衣领边缘的许多扁平的、灰棕色的小虫子来了。我多么想逮住这么一只虱子来研究一下呀!在我的教科书里也谈到了虱子,歌德谈得少,拉斯普京可是经常谈到的。我靠一只手是很难逮到虱子的,便设法摆脱那枚党徽。现在让奥斯卡来说明一下他的全部动作:由于这个卡尔梅克人胸前已经挂着许多枚奖章,所以我就把一直握着的手连同那块刺我手心、妨碍我抓虱子的水果糖伸向站在我旁边的马策拉特。今天,有人会说,我当时不该这么做;也有人会说,马策拉特不该去接。

他接过去了。那块水果糖我总算脱手了。马策拉特感觉出手指间捏着的是他的党的徽章时,他害怕了。我现在两手空空,不想当什么证人,不再去管马策拉特如何处理他的水果糖。奥斯卡思想太分散,抓不到虱子,便想再度集中心思去观察蚂蚁,却看到马策拉特的手做了一个迅速的动作。今天,奥斯卡想不起来他当时是怎么想的,只好这么说:镇静地把这个彩色的圆东西捏在手里,反倒是更明智的办法。

但是,马策拉特想摆脱它,作为厨师和殖民地商品店橱窗的装饰师,他的想象力经常证明是切实可行的,可此刻,除了他的口腔之外,他再也找不出第二个藏匿处来了。

这样一个短促的手的动作是何等重要啊!从手里进入嘴里,这就足以把一左一右和平地坐在玛丽亚身边的两个伊凡吓一跳,把他们从防空床上赶跑。他们用冲锋枪对准马策拉特的肚皮。这时,人人都可以看到,马策拉特正使劲把什么东西吞下去。

在这之前,他至少也该用三只手指把党徽的别针别上才对。现在,他被这块难咽的水果糖哽住了,脸涨红了,两眼圆睁,咳嗽,又是哭又是笑,由于所有这些同时发生的情感活动,他也不能再高举双手了。这一点伊凡们可不能容忍。他们吼着,要看看他的手心。但是马策拉特只顾他的呼吸器官,甚至连咳嗽都不像个样子了。他开始手舞足蹈,把几个莱比锡什锦小菜白铁皮罐头从架子上扫下来,这可对我的那个卡尔梅克人产生了作用。他一直镇静地眯缝着眼睛在旁观,此刻小心翼翼地把我放到一边,伸手到背后去,把什么东西调整到水平位置,从齐腰处射击,打光了一梭子弹。他在马策拉特被哽死之前开了枪。

　　一个人在命运登场的时候什么事情干不出来呀!在我的假想的父亲吞下他的党而死去的时候,我不知不觉地或者无意地掐死了手指间的一只虱子,那是我刚才从卡尔梅克人身上逮到的。马策拉特倒下,横卧在蚂蚁大道上。伊凡们离开地窖,上楼梯到了店堂,随手拿走了几小盒人造蜂蜜。我的卡尔梅克人最末一个走,他没有拿人造蜂蜜,因为他得给冲锋枪换上一梭子弹。寡妇格雷夫一团糟地躺在人造黄油箱中间。玛丽亚抱着小库尔特,仿佛要把他压死。我曾经在歌德的书上读到过的一种句子结构出现在我的头脑里。蚂蚁发现环境变化了,它们不怕绕路,便又建筑了一条军用大道,绕过蜷缩着的马策拉特,因为从裂缝的口袋里漏出的白糖并没有由于罗科索夫斯基元帅的军队占领了但泽市而失去甜味。

我该不该呢

最先到来的是鲁基人,之后来的是哥特人和格皮德人,接着是卡舒贝人,奥斯卡乃是他们的直系后裔。紧接着,波兰人派来了布拉格的阿达尔贝特。他带着十字架来了,被卡舒贝人或普鲁策人用斧子砍死。此事发生在一个渔村,村名吉丹尼茨克。吉丹尼茨克演化为丹切克,丹切克又演化成丹切希①,后来成文时减少了一个字母"t",今天称但泽–格但斯克。

可是,在采用这个写法之前,波莫瑞人的公爵们继卡舒贝人之后来到吉丹尼茨克。他们的姓氏是:苏比斯劳斯、沙姆博尔、梅斯特温以及斯万托波尔卡等。这个村庄变成了小城镇。随后来了野蛮的普鲁策人,把这个城市破坏了一点。后来从远处来了勃兰登堡人,同样破坏了一点。波兰的包列斯拉夫也破坏了一点,骑士团同样用骑士的剑使尚未修复的损坏处又变得明显了。

数百年之久,波莫瑞人的公爵们,骑士团的首领们,波兰的国王们和另立的国王们,勃兰登堡的伯爵们以及弗沃克拉韦克的主教们轮班交换,玩弄着破坏与重建的游戏。建筑师和拆卸工程经营者有:奥托·博古萨和瓦尔德马尔·博古萨,海因里希·封·普洛茨克以及迪特里希·封·阿尔滕贝格。后者建造的骑士城堡的所在地,也就是二十世纪有一些人守卫过的里维利乌斯广场那儿波兰邮局的所在地。

---

① 原文为 Dantzig,后写作 Danzig,今通译但泽,但是个错误的音译。以下叙述但泽的历史。

胡斯派教徒来了,这儿那儿放了一把火,又撤走了。接着,教团教士被赶出城,城堡被拆除,因为城内不必有城堡。波兰人接管了,情形并不坏。做成此事的国王名叫卡齐米尔茨,被称为"伟大者",是弗拉迪斯拉夫一世之子。接着来的是路德维希,路德维希之后是黑德维希。她嫁给立陶宛的耶吉埃洛,开始了耶吉埃洛时代。继弗拉迪斯拉夫二世之后的是弗拉迪斯拉夫三世,随后又来了一个卡齐米尔茨。他虽说没有胃口却仍同骑士团打仗,前后十三年,挥霍了但泽商人的大笔金钱。约翰·阿尔布雷希特相反去同土耳其人周旋。亚历山大的后继者是"长者"西吉斯蒙德,亦称齐格蒙特·斯塔里。在历史书上,关于西吉斯蒙德·奥古斯特的一章后面是关于那个斯特凡·巴托里的一章,波兰人爱用他的姓名来给他们的远洋轮命名。可以从书上读到,他围困、炮轰这座城市有较长时间,但未能攻占它。之后来了瑞典人,他们也如此对待它。围困这座城市成了他们的一种乐趣,他们多次卷土重来。那时候,荷兰人、丹麦人、英格兰人都喜爱但泽湾,这些国家的许多船长驾船游弋在但泽停泊场,并因此而成了海上英雄。

　　奥利瓦和约——这听起来多漂亮,多有和平味儿!在那里,列强第一次发现波兰人的土地是非常适合于瓜分的。瑞典人,瑞典人,又是瑞典人——瑞典人的堑壕,瑞典人的饮料,瑞典人的跳跃。随后来了俄国人和萨克森人,因为可怜的波兰国王斯坦尼斯拉夫·莱什琴斯基藏身在这座城市里。由于这一个国王,有一千八百幢房屋被毁。莱什琴斯基逃到法国,因为他的女婿路易在那里。为此,但泽市民不得不支付整整一百万。

　　然后,波兰三次被瓜分。普鲁士人不请自来,在所有的城门上抹掉了波兰的国王之鹰,画上了他们的鸟。教师约翰内斯·法尔克刚创作了圣诞曲《啊,你快活的……》,法国人就来了。一个名叫拉普的拿破仑的将军,很不像样地包围了这座城市,但泽人不得不孝敬他两千万法郎。法国人时期是个可怕的时期,怀疑这一点并无必要。但这一时期只延续了七年。这时来了俄国人和普鲁士人,炮轰仓库

405

岛,把它变成一片火海。拿破仑想出来的自由国家就此结束。普鲁士人又找到机会,在所有的城门上用油漆漆上他们的鸟,把事情办得很麻利,还首次按普鲁士方式在城里布下第四步兵团、第一炮兵旅、第一工兵营以及第一轻骑兵团。曾经一度驻扎在但泽的有第三十步兵团、第十八步兵团、第三近卫步兵团、第四十四步兵团以及第三十三轻步兵团。那个著名的第一二八步兵团到一九二〇年才撤走。为避免遗漏,还需报道如次:在普鲁士时期,第一炮兵旅扩大为东普鲁士第一炮兵团,下设第一要塞炮兵营和第二步炮营。此外还增添了波莫瑞第二步炮团,后又调换成西普鲁士第十六步炮团。第八重骑兵团在但泽城墙内驻扎的时间不长。在城墙外面,在朗富尔区,则一直驻扎着西普鲁士第十七训练营。

在布克哈特①、劳施宁和格赖泽尔时期,在这个自由国家里只有穿绿制服的保安警察。到了一九三九年,在福斯特尔治下,情况大大变样。所有的砖砌兵营又住满了笑声朗朗的穿制服的男子,他们要弄着各式武器。现在,可以一一列举从一九三九年到一九四五年在但泽及其周围地区驻扎过的或在但泽上船运往北冰洋前线的全部部队单位的名称了。可是,奥斯卡没有这样做,而是简洁地说,在这之后,如我们所知,来了个罗科索夫斯基元帅。他一见到这座完好的城市,就回想起他的各国的前辈,便一举把它轰得个烈火熊熊,好让继他而来的人们在重建中宣泄情感。

值得注意的是,这一回继俄国人之后来的不是普鲁士人、萨克森人、瑞典人或法国人,这一回来的是波兰人。

波兰人带着行李铺盖从维尔纳、比亚韦斯托克和伦贝格②来寻找住房。来到我家的是一位自称法因戈德的先生。他一个人站在那里,却总是装成一家许多口人都站在他周围而他也正在吩咐他们做

---

① 布克哈特(1891—1974),瑞士外交官和历史学家,1937 至 1939 年为国联派驻但泽的高级专员。
② 这三座城市划归苏联,后来比亚韦斯托克又划归波兰。

这做那似的。法因戈德先生立即接管了殖民地商品店,领他的妻子卢芭去看十进天平、煤油罐、黄铜香肠杆和空钱柜,见了地窖里的存货后心花怒放,只不过他的妻子既没露面也不会答理他。他一到就雇用玛丽亚当售货员,话不绝口地把她介绍给他那位想象中的太太卢芭。这时,玛丽亚领法因戈德先生去见我们的马策拉特,他在地窖里的一块帐篷布上已经躺了三天,由于许多俄国人在各处街上试用自行车、缝纫机和女人,我们无法埋葬他。

法因戈德先生一见到我们扔下不管的尸体,就伸出双手在头顶上猛击一掌,这同多年前奥斯卡见到过的玩具商西吉斯蒙德·马库斯所做的动作一样富于表现力。他在地窖里不仅呼唤他的妻子卢芭,还呼唤他的全家,他肯定看见他们都来了,因为他正叫着他们的名字:卢芭、列夫、雅库布、贝雷克、莱昂、门德尔以及宗尼亚,告诉被他叫到名字的那些人,躺在这里、死在这里的是谁。他紧接着又告诉我们,他方才呼唤的那些人,也都这样躺着,在进特雷布林卡①的焚尸炉之前都这样躺着,还有他的弟媳和他的弟媳的妹夫以及后者的五个孩子,所有这些人都这样躺着。只有他,法因戈德先生没有躺着,因为他得对他们进行氯处理。

他帮我们抬着马策拉特上了楼梯,进了店堂。这时,他的一家人又围在他身边了。他请他的太太卢芭帮玛丽亚擦洗尸体。卢芭没来帮忙,这一点法因戈德先生没有注意,因为他正忙于把地窖里的存货搬进店堂里去。曾经给特鲁钦斯基大娘擦洗的格雷夫太太这一回也不来帮我们了,因为她的寓所里满是俄国人,人们能听到他们在唱歌。

老海兰德在占领的头几天就干起鞋匠师傅的活来了。他正在给俄国人在挺进途中跑穿了的靴子换鞋底,起先不愿再干钉棺材的活计。法因戈德先生跟他谈生意,用我家店里的德比牌香烟换老海兰

---

① 特雷布林卡,德国纳粹分子设在波兰的一个灭绝营,从1942年建营到1943年10月关闭,用煤气杀害了七十万至九十万名犹太人。

德仓库里的一台电动机。于是,老海兰德撂下靴子,拿起别的工具以及最后的几块箱子板。

我们当时住在特鲁钦斯基大娘的那套住房里,东西已经被原来的邻居和外来的波兰人搬走了。后来我们才被赶出来,法因戈德先生便把地窖留给我们住。老海兰德把厨房同起居室之间的门从铰链处拆卸下来,因为起居室通卧室的门已经卸下做了特鲁钦斯基大娘的棺材。老海兰德在下面院子里抽着德比牌香烟,做成了一口箱子。我们待在楼下,我把人家留在房间里的唯一一把椅子顶在破碎的窗户前,看到那老头马马虎虎地钉着箱子,并且不按规矩做成一头小的形状,我非常生气。

奥斯卡再也看不到马策拉特了,因为人家把这口箱子抬到寡妇格雷夫的平板车上去时,维特洛牌人造黄油箱的盖子已经钉在箱子上面了,虽说马策拉特生前不仅不吃人造黄油,而且讨厌把它用于烹调。

玛丽亚请法因戈德先生陪我们去,因为她害怕大街上的俄国兵。法因戈德盘腿坐在柜台上,用勺舀着纸杯里的人造蜂蜜,起先表示有顾虑,害怕他的太太卢芭猜疑,但后来大概又得到了他太太的允许,便从柜台上滑下来,把人造蜂蜜给了我。我把它给了小库尔特,小库尔特吃了个精光。这时,法因戈德先生也让玛丽亚帮他穿上了一件灰兔皮的黑大衣。他戴上一顶大礼帽,是从前马策拉特去参加婚礼或葬礼时戴的,对他来说实在太小,随后锁上店门,关照他的老婆谁来也不许开门。

老海兰德不肯把平板车拉到市立公墓去。他说他还要给靴子换底,没有时间。他只肯去近一点的地方。到了马克斯·哈尔贝广场,那里的废墟还在冒烟,他就向左拐进布勒森路,我预感到这是在朝萨斯佩方向走。俄国人坐在房屋前单薄的二月天的阳光下,对手表和怀表进行分类,用沙擦银匙,用胸罩作护耳,骑自行车做花样表演,用油画、落地钟、浴缸、收音机和衣帽架布成一条障碍地带,在这中间绕来绕去,让车子走出"8"字形、蜗牛形和螺旋形来,果断地躲开别人从窗户里扔出来的儿童车、吊灯之类东西,他们的灵巧博得了喝彩声。我们走过时,这游戏停了几秒钟。几个军装外面套女装的士兵帮忙推车,也想对玛丽亚做出非礼的举动,但受到了会俄语又有证件的法因戈德先生的斥责。一个头戴女士帽的士兵送我们一只鸟笼,笼内横杆上站着一只活的虎皮鹦鹉。在平板车边上跑跑跳跳的小库尔特马上伸手,想去拔那彩色羽毛。玛丽亚不敢不收这礼物,她把鸟笼举起,不让小库尔特够着,递给了坐在平板车上的我。奥斯卡嫌虎皮鹦鹉太花哨,便连笼带鸟一起放到了马策拉特那加大了的人造黄油箱上。我坐在车子的后缘,荡着两条腿,瞧着法因戈德的脸。这张脸上道道皱纹,像在冥思苦想,末了变得愁眉不展,仿佛这位先生在复核一道除不尽的复杂算题。

我在铁皮上敲了几段,节奏轻松愉快,想驱散法因戈德脑子里阴郁的想法。但他保存着满脸皱纹,目光投向我不知道的地方,也许投向遥远的加利曾。他唯独看不见我的鼓。奥斯卡于是不再敲,让人只听到平板车的车轮声和玛丽亚的哭泣声。

多么柔和的冬天呀,我想着。这时,朗富尔区的最后几幢房屋已经落在了我们的背后。我看了几眼虎皮鹦鹉,它面对飞机场上空下午的太阳,正竖起了羽毛。

飞机场警卫森严,通往布勒森的路被封锁了。一名军官同法因戈德先生说话,交谈时,他把礼帽夹在叉开的手指间,露出了稀薄的红金色头发,随风飘拂。那名军官敲了敲马策拉特的箱子像是在作检查,用手指逗弄几下虎皮鹦鹉,便放我们通行,但派了两个至多十七岁、头戴太小的船形帽、手执太大的冲锋枪的小伙子监视或陪同我们。

老海兰德拉着车,连头都不回。他能在拉车时不停车便用一只手点燃香烟。天空中悬挂着飞机。引擎声清晰可闻,因为这是在二月底、三月初。只有在太阳附近逗留着几小片云,渐渐地变得苍白。轰炸机朝赫拉半岛飞去,或从那里飞回,因为那里还有第二军的残部在作战。

天气和飞机的隆隆声使我悲哀。还有什么比布满忽而隆隆作响忽而响声消失的飞机的三月天空更使人无聊、令人厌烦的呢？此外，那两个俄国小伙子一路上还使劲保持齐步走，但白费力气。

行车途中，先过石子路，后过有弹坑的柏油路，颠簸之下，匆促钉成的箱子上有几块板条松了，我们又是逆风而行，可以闻到马策拉特的死人味。我们抵达萨斯佩公墓时，奥斯卡高兴了。

我们不能把车一直拉到铁栅栏围住的高地，离公墓不远处一辆横卧着的烧毁了的 T-34 坦克挡住了去路。其余的坦克在向新航道方向驶去时不得不绕道而行，在道路左侧的沙土上留下了痕迹，一段公墓围墙也被碾倒了。法因戈德先生请老海兰德抬起中间微弯的棺材，让他在后头走，费劲地走过被碾倒的公墓围墙的碎石，使出最后的力气在倒下和倾斜的墓碑中间走过最后一段路。老海兰德贪婪地吸着他的香烟，把烟喷向棺材的末端。我托着虎皮鹦鹉笼子。玛丽亚拖着两把铁锹。小库尔特拿着十字镐，前后左右摆弄着，撞在灰色花岗岩石上，弄得自己很危险，直到玛丽亚把镐夺走，同那两个男人一样使劲地去挖坟坑。

真走运，我心想，这里是沙质土，也没冻住，一边到北墙后面去寻找扬·布朗斯基站过的位置。想必是在这一带吧！但已经不能确定了，季节的变换使那时新刷的石灰风化变灰，同萨斯佩所有的围墙没有区别了。我由后栅栏门回来，抬头望了望伤残的松树，为了不去转无关紧要的念头，我想，他们正在埋葬马策拉特吧。我寻找并且部分地找出了这个环境的意义，在相同的沙土地下躺着那一对施卡特牌友，布朗斯基和马策拉特，尽管没有我可怜的妈妈跟他们做伴。

一些葬礼总让人联想起另一些葬礼！

征服沙土，当然需要熟练的掘墓人。玛丽亚停下休息，喘着粗气，靠十字镐支撑着。她又放声哭了，因为她看到小库尔特正在远距离外用石头扔笼里的虎皮鹦鹉。小库尔特扔不中，他扔得太远。玛丽亚使劲哭，真哭，因为她失去了马策拉特，因为按照我的看法，她在马策拉特身上看到了某些他没有表现出来的东西，这些东西她是一

410

清二楚的,而且将永远值得她爱的。法因戈德先生讲着安慰话,借这个机会也休息一下,挖土耗去了他太多的精力。老海兰德仿佛在寻找金子,他均匀地使着铁锹,把铲起的沙土扔到身后,隔相等的间距喷出一口烟来。稍远处,两个年轻俄国人坐在公墓围墙上,迎风闲聊。此外还有飞机和一个越来越成熟的太阳。

他们想挖一米深。奥斯卡懒散而又无计可施地站在老化的花岗岩之间,伤残的松树之间,马策拉特的寡妻和朝虎皮鹦鹉扔石头的小库尔特之间。

我该不该呢?你现在二十一周岁,奥斯卡。你该不该呢?你现在是个孤儿。你终于该这样了。自从你可怜的妈妈不在的时候起,你就是一个半孤儿。当时你本应该打定主意的。后来,他们让你的假想父亲躺在地球表层下面。你当时成了个假想的全孤儿,站在此地,站在这片叫做萨斯佩的沙土地上,手拿一个氧化的弹壳。天在下雨,一架容克52正在降落。当时,如果不在雨中,便是在运输机降落的轰鸣声中,这个"我该不该"的问题不是已经一清二楚了吗?你却对自己说,这是雨声,这是引擎的噪声;这种单调声你可以在念任何一篇文字时把它加进去。你需要把事情弄得更加清楚,而不是假定如何如何。

我应该还是不应该呢?现在他们在替马策拉特——你的第二个假想的父亲挖洞。据你所知,再没有第三个假想的父亲了。然而,你为什么还在耍弄这两只绿玻璃瓶呢:我应该,我不应该?你还要问谁呢?问伤残的松树吗?它们自己都成问题呢。

我找到了一个狭长的铸铁十字架,上面有风化的花饰和表层剥落的字母:马蒂尔德·孔克尔——或者隆克尔。我在沙土里——我应该还是不应该——在飞帘草和喜沙草之间——我应该——找到三或四个——我不应该——碟子大小的、铁锈正在剥落的金属花冠——我应该——从前也许呈现为橡树叶或者月桂——或者我不应该——瞄准——我应该——竖立着的十字架末端——或者我——它的直径——不应该——也许有四厘米——不——我站到离它两米以外——应该——开始扔——不——扔在——边了——我应该再一次——铁十字架太倾斜了——我应该——她叫马蒂尔德·孔克尔或者隆克尔——我该叫她孔克尔还是叫她隆克尔——这是第六次,我允许自己扔七次,六次不中,扔七次——应该,把它挂在上面——应该——给马蒂尔德戴上花冠——应该——月桂献给孔克尔小姐——我应该吗? 我问年轻的隆克尔小姐——对,马蒂尔德说;她死得很早,终年二十七岁,生于一八六八年。我二十一周岁,我第七次尝试时扔中了。我把那个"我应该不应该?"简化为一个已经证明、戴上花冠、扔中目标、已经赢获的"我应该!"了。

当奥斯卡舌上有了"我应该!"心中有了"我应该!"并向那几个掩埋死者的人走去时,虎皮鹦鹉嘎嘎叫,小库尔特扔中了它,黄绿色的羽毛纷纷落下。我暗自问道,又是什么样的问题促使我的儿子这么久地用小石子去扔一只虎皮鹦鹉,直到最后扔中并给了他一个答复才肯罢休呢?

他们已经把箱子推到了大约二十一厘米深的坑边。老海兰德想赶快干,却又不得不等着,因为玛丽亚在做天主教祈祷。法因戈德先生把大礼帽举在胸前,眼睛去远望加利曾。小库尔特现在也走近前来。他可能在扔中目标之后作出了一个决定,他出于这种或那种原因,但是跟奥斯卡一样坚定地走近坟坑。

一件未能确定的事折磨着我。方才作出决定赞成或反对某事的,确实是我的儿子吗? 他是下决心认我为唯一的真正的父亲并爱我吗? 他现在——为时太晚了——下决心敲铁皮鼓吗? 难道他的决定是这样的:处死我的假想的父亲奥斯卡,他用一枚党徽杀死了我的假想的父亲马策拉特,原因是奥斯卡厌恶父亲们这个词儿? 父亲们跟儿子们之间的好感是值得追求的,不过,他会不会在表达这种天真的好感时也把它变成致命的一击呢?

当老海兰德把箱子连同马策拉特、马策拉特气管里的党徽、马策拉特肚子里的俄国冲锋枪的子弹一起推进而不是慢慢放进坟坑里去的时候,奥斯卡承认他蓄意杀死了马策拉特,因为那个人根据一切或然性不仅是他的假想的父亲，而且是他的现实的父亲，因为奥斯卡厌恶一辈子得拖着一个父亲四处奔波。

当我从水泥地上抓起那块水果糖时党徽的别针已经打开了，这一点也不符合事实。别针是捏在我手里的时候打开的。我把这块会刺人、会卡住的水果糖交给了马策拉特。这样一来，他们就能够在他手里发现这枚徽章，而他就把他的党徽放到了舌头上，他也就被它卡住而窒息——被他的党，被我，被他的儿子，因为这种情况必须结束了！

老海兰德又开始铲土。小库尔特笨拙但热心地帮他铲。我从来不爱马策拉特。有时我喜欢他。他更多地是以厨师的身份而不是以父亲的身份关照过我。他是个好厨师。如果我今天有时还惦记马策拉特的话，那么，我痛失的是他烧的柯尼斯贝格肉丸子、酸味猪腰、鲤鱼加萝卜和鲜奶油，还有青菜鳗鱼汤、卡塞尔排骨加酸菜以及各种令人难忘的星期日烤肉，这至今犹在我舌上齿间哩！他把感情化作鲜汤，而我们却忘了把一把厨房用的勺放在他的棺材里，也忘了放一副施卡特牌在他的棺材里。他的烹调手艺比玩牌手艺高明。但他玩牌毕竟比扬·布朗斯基强，同我可怜的妈妈几乎不分高下。这是他的能耐，也是他的悲剧。

玛丽亚的事我决不原谅他，虽说他待她不坏，从不揍她，当她忍不住吵起架来时，他也多半让步。他也没有把我交给帝国卫生部，并且在邮局不再送信的时候在那封公函上签了字。我在电灯泡下出生时，他决定要我做买卖。为了不站在柜台后面，奥斯卡有十七年之久站在大约一百只红白漆铁皮鼓后面。现在，马策拉特躺倒了，再也不会站起来了。老海兰德正在铲土掩埋他，一边抽着马策拉特的德比牌香烟。奥斯卡现在要是能接管店铺就好了。但半路杀出个法因戈德先生，同他那许多口人的无形家庭一起接管了商店。剩给我的是玛丽亚、小库尔特以及对这两个人应负的责任。玛丽亚一直还在真心痛哭，做着天主教祷告。法因戈德先生待在他的加利曾，或者在解他那道棘手的算题。小库尔特累了，但坚定地铲着土。公墓围墙上坐着瞎聊天的年轻俄国人。老海兰德快快不乐地均匀地把萨斯佩公墓的沙土铲到人造黄油箱子板条上。奥斯卡还能读出维特洛一字的三个字母。这时，他从脖子上取下铁皮，不再说"我该不该呢？"而说"必须如此！"并把鼓扔过去，因为棺材上已有足够的沙土，所以没有砰砰作响。我把鼓棒也扔过去。鼓棒插在沙里。这是撒灰者时期的鼓，是前线剧团的库存。贝布拉把这些铁皮送给了我。这位师傅会如何评价我的行为呢？耶稣敲过铁皮，一个体形像箱子、粗毛孔的俄国人也敲过它。它没有多大用处了。但是，当一铲沙土扔在它的表面上时，它又响了。第二铲沙土扔过去时，它还在出声。第三铲沙土扔过去时，它自己不再出声，只露出一点白漆。末了，沙土把它变成同别的沙土没有什么两样。沙土在我的鼓上增多，越来越多，成了堆，增长——我也开始长个儿了，大量出鼻血便是证明。

小库尔特首先发现了血。"他在流血，流血！"他叫着，把法因戈德先生从加利曾喊回来，把玛丽亚从祈祷中拽出来，甚至迫使一直坐在围墙上、冲着布勒森方向闲聊天的年轻俄国人抬起头来看了一眼这吓人的情景。

老海兰德把铁锹插在沙土里，拿起十字镐，让我把后颈枕在蓝黑色的铁上。冰凉果真生效。鼻血见少。老海兰德又去铲土，坟边沙土已经不多，这时鼻血也完全止住了。但我仍旧在长个儿，征兆是我体内的嚓嚓声、沙沙声和噼啪声。

老海兰德修好了坟墓，从别人的坟上拔出一个长苔藓的、无铭文的木十字架，插在新坟丘上，大约在马策拉特的头和我的被埋的鼓之间。"完事啦！"这老头儿说着抱起不能走路的奥斯卡，背着他，领着其余的人以及背冲锋枪的年轻俄国人离开公墓，走过被碾倒的围墙，沿着坦克车辙，来到电车轨道上横卧着一辆坦克的地方，找到了那辆手推车。我回头朝萨斯佩公墓望去。玛丽亚拎着虎皮鹦鹉笼子，法因戈德先生扛着工具，小库尔特两手空空，两个俄国人头戴太小的船形帽，肩背太大的冲锋枪，海滩松树伛偻着。

从沙土地上了柏油路。坦克残骸上坐着舒格尔·莱奥。高空

414

中,飞机从赫拉飞来,朝赫拉飞去。舒格尔·莱奥注意不让烧毁的T-34弄黑他的手套。太阳连同蓬松的小云朵落在索波特附近的塔山上。舒格尔·莱奥从坦克上滑下来,站直了身子。

见到舒格尔·莱奥,老海兰德乐了。他说:"谁还见到过第二个像你这样的人!人世在沉沦,唯独舒格尔·莱奥安然无恙。"他兴致勃勃,腾出一只手,在黑上装上拍了拍,对法因戈德解释说:"这是我们的舒格尔·莱奥。他要怜悯我们,同我们握手。"

接着,莱奥摘下手套任其随风飘动。他照例流着口水,向在场的人表示了他的哀悼,随后问:"你们看到主了吗?你们看到主了吗?"谁也没有看到。玛丽亚把虎皮鹦鹉和笼子送给了莱奥,我不知是为了什么。

舒格尔·莱奥向奥斯卡走来,老海兰德已让奥斯卡躺在了平板车上。莱奥的脸像是碎裂了。风吹鼓了他的衣服,两腿摆动着跳起舞来。"主啊,主啊!"他喊道,摇晃笼里的虎皮鹦鹉。"快来看天主呀,他在长个儿,看哪,他在长个儿!"

结果他连同鸟笼一起被抛到空中。他奔跑,飞翔,舞蹈,踉跄,跌倒,同吱吱叫的鸟一起逃跑,自己也变成了鸟,展翅,横越田野,朝里泽尔菲尔德方向飞去。我们听到他的喊声是穿过两挺冲锋枪的响声:"他在长个儿!他在长个儿!"两个年轻的俄国人不得不再装上子弹时,他还在喊叫:"他在长个儿!"甚至当冲锋枪再度响起,当奥斯卡从没有梯级的梯子上落进生长着、吸收着一切的昏厥状态之中时,我还听到这只鸟、这声音、这乌鸦——莱奥宣告:"他在长个儿,他在长个儿,他在长个儿……"

消 毒 剂

　　昨夜,仓促的梦接连来访。同探视日朋友们来去匆匆的情景相
仿。一个梦把房门交给了另一个,它们向我讲述了梦认为值得一讲
的事情之后,便走了。尽是些无聊的故事,许多的重复,独白,还非让
人听见不可,因为朗读的声调恳切有力,外加蹩脚演员的表情手势。
我试着在早餐时把这些故事讲给布鲁诺听,却讲不出来,因为我全忘
了。奥斯卡没有说梦的才能。

　　布鲁诺在收拾早餐,我顺便问道:"好布鲁诺,我现在身高究竟
多少?"

　　布鲁诺把果酱小碟放到咖啡盘上,操心地说:"不过马策拉特先
生,您又没吃果酱。"

　　这种责备我熟悉。早餐后他总要说几句。每天早晨布鲁诺给我
端来这么一点点草莓酱,我立即用纸或报纸折叠成的屋顶把它盖住。
我见不得也吃不得果酱,因此我也镇定而断然地反驳布鲁诺的责备:
"布鲁诺,你明明知道我对果酱有什么想法——你不如告诉我,我现
在身高多少。"

　　布鲁诺有一双已绝种的八条腿动物的眼睛。布鲁诺每逢必须想
一想的时候,就会把这种史前时期的目光投向天花板,多半冲着这个
方向讲话,今天早晨他也这样冲着天花板说:"不过,这可是草莓酱
啊!"我用沉默表示我非要问奥斯卡的身高不可。间歇许久之后,布
鲁诺才把目光从天花板上收回来,盯住我的床栏杆,我于是听到,我
身高一米二十一。

　　"好布鲁诺,为了保险起见,你再替我量一次好吗?"

布鲁诺没有挪动目光,伸手从裤子的屁股口袋里取出一把折尺,用几乎是野蛮的力气掀开我的被子,把我滑上去的衬衣拉下来遮住裸露的身体,打开黄得厉害的、一米七八就到头的尺子,贴在我身上,移动,检验,用两只手仔细地量着,目光却留在古代巨形爬行类动物时期。末了,折尺在我身上静止不动了,他装出像是在读结果的样子,说:"仍旧是一米二十一!"

　　他在折叠尺子时,在收拾早餐时,为什么非弄出这种噪声不可?他不喜欢我的身高吗?布鲁诺端着早餐盘,深黄的折尺旁放着天然颜色会激怒人的草莓酱,离开房间,站在过道里,再一次把眼睛贴在门上的窥视孔上——在他终于让我这一米二十一之躯单独留下之前,他的目光把我变得古老。

　　奥斯卡有这么高了! 对于一个矮人、侏儒、小人国的人来说,这可是太高了。拉古娜夫人,我的罗丝维塔,量到头顶能有多少?欧根亲王的后裔贝布拉师傅能有多高? 今天,我甚至可以俯视基蒂和菲利克斯了。我提到的这些人都曾经嫉妒而又友好地低头瞧奥斯卡,是啊,他到二十一岁,一直只有九十四公分。

　　直到在萨斯佩公墓埋葬马策拉特时,一块石头击中了我的后脑勺,我才开始长个儿。

　　奥斯卡讲到了石头。好吧,我决心补充报道一下在公墓所发生的事情。

　　我玩了一个小游戏,终于明白了,对我来说,不再存在什么"我该不该?"的问题,而只存在"我应该,我必须,我就要!"的结论。我于是从身上摘下鼓,连鼓棒一起扔进马策拉特的坟坑里。我下决心长个儿,立时耳朵嗡嗡作响,响声越来越大。在这之后,我的后脑勺才被一块核桃大的鹅卵石击中,是我的儿子库尔特用四岁半孩子的力气扔来的。我已经预感到我的儿子对我有所企图,所以这一击并未使我大吃一惊,但我应声倒在马策拉特坟坑里我的鼓旁。老海兰德用老人的干巴巴的手把我拉出坑来,但留下了鼓与鼓棒,见我在流鼻血,就让我躺下,后颈枕着十字镐的铁镐头。我们都已知道,鼻血

417

减少,个子却在长,由于长势微小,所以只有舒格尔·莱奥一人发现,大声嚷着,像鸟儿一般轻盈飘飞着宣告了此事。

补充到此为止,从根本上说纯属多余,因为长个儿在我被石头击中、倒入马策拉特的坟坑之前就开始了。对于玛丽亚和法因戈德先生来说,我长个儿的原因从一开始就只有一个,他们称之为病:后脑勺挨了一石子儿,摔进坟坑里。还在公墓时,玛丽亚就把小库尔特揍了一顿。我真替库尔特难过,不管怎么说,他用石头扔我,可能是为了帮助我,使我快快长个儿。他也许是想要有一个真正的、长大了的父亲,或者仅仅想个马策拉特的替身,因为他从不承认我是他的父亲并尊重我。

我持续长个儿将近一年,男女医生都证明原因在于扔来的石头和不幸摔倒,他们这么说,还写进我的病历里去:奥斯卡·马策拉特,即畸形儿奥斯卡,因一块石头击中后脑勺,等等,等等。

这里有必要回顾一下我的三岁生日。大人们关于我的特殊历史的开端是这样说的:三岁那年,奥斯卡·马策拉特从地窖楼梯上摔到水泥地上。这一摔,他就不再长个儿,等等,等等。

从这些说明可以看到,人有着一种可以理解的癖好,总要给任何奇迹提供证据。奥斯卡必须承认,在他把神迹看作不值得相信的幻想撂在一边之前,他也曾对每个神迹作过极其周密的调研。

从萨斯佩公墓回来,我们见到的是特鲁钦斯基大娘寓所的新房客。一个波兰人的八口之家住进了厨房和两个房间。他们心地还好,愿意在我们另外找到住处之前收留我们。可是,法因戈德先生反对这么多人挤在一起。他又想把我家的卧室还给我们,自己暂时住起居室。可是玛丽亚不同意。她认为自己刚守寡,同一位单身先生这样亲近地住在一起不合适。法因戈德有时并不意识到他周围并没有他的妻子卢芭和他的家人,他常常感觉到他的太太在他的脊背里,所以他有可能理解玛丽亚所说的道理。由于卢芭太太和礼貌规矩,这样安排不行,但他仍为我们腾出了地窖。他甚至帮助我们布置储藏室,可是不同意我搬进地窖去。因为我病着,病得可怜,便为我在起居室里我可怜的妈妈的钢琴旁边设了一个临时铺位。

找医生可难啦！大多数医生都及时地随着部队的转移而离开了城市，因为西普鲁士医疗保险机构已经迁去西边，对于许多医生来说，病人这个概念已变成不现实的了。法因戈德先生找了很久才在海伦·朗格学校里找到了一位从埃尔平来的女医生，她在那里给并排躺着的国防军和红军士兵做截肢手术。她答应有空时顺便过来，四天后果然来了，坐在我的病床旁，给我检查时，接连抽了三四支香烟，抽第四支时睡着了。

法因戈德先生不敢叫醒她。玛丽亚犹豫地抠抠她。直到香烟慢慢燃尽，烧到了她的左手食指，女医生才醒过来。她立即站起来，踩灭了地毯上的烟蒂，激动但是简要地说："请原谅，我已经三个星期没合眼了。我在凯泽马克运送东普鲁士儿童。上不了渡船，过不来。只运部队。四千名儿童。全给炸死了。"接着，她像讲述归天的儿童那样干脆地拍了拍我这个正在长个儿的孩子的面颊，又把一支烟插到嘴里，卷起左手袖子，从皮包里拿出一支安瓿剂。在给自己打这种兴奋剂的时候，她对玛丽亚说："我根本说不出来这孩子是怎么回事。必须进疗养院。但不是在这里。您考虑一下，走吧，朝西去。他的膝、手和肩关节都肿了。头肯定也开始肿了。您给他作冷敷。我留给您几片药片，他疼痛和睡不了觉时服用。"

我喜欢这位干脆的女医生，她不知道我是怎么回事，也承认她不知道。玛丽亚和法因戈德先生在以后的几星期里给我进行了数百次冷敷，使我好受些，但不能阻止膝、肩和手关节以及头继续肿胀和疼痛。首先是我的往横里长的脑袋，玛丽亚和法因戈德先生见后惊骇万状。他们给我服那种药片，但效力很快就过去了。他开始用直尺和铅笔画寒热曲线图，但又埋头做起了实验，把我的体温填到大胆设计的结构图里去。他在黑市上用人造蜂蜜换回一个体温计，每天给我量五次，记录下的结果使法因戈德先生的表格看上去像一道可怕的到处开裂的山脉——我想象着阿尔卑斯山脉、安第斯山脉的雪地防滑链。我的体温情况倒没有这么离奇：早晨我多半是三十八度一；

晚上升到三十九度;我在长个儿时期的最高体温是三十九度四。发着烧的我,看到和听到各种事情。我坐在旋转木马上,想下来,但不让下来。我同许多孩子坐在救火车上,掏空的天鹅骑在狗、猫、猪、鹿背上,转呀,转呀,转呀,我想下来,却不让下来。所有的小孩子都在哭,都同我一样要从救火车上下来,掏空的天鹅从猫、狗、猪、鹿背上下来了,不想再乘旋转木马,但不让下来。在天之父站在旋转木马老板身边,转完一轮他又替我们付钱再转一轮。于是我们一起祈求:"啊,天父,我们知道你有不少零钱,你愿意让我们乘旋转木马,向我们证明世界是圆的会使你高兴。请收起你的钱袋,说一声停,休息,下来,结束,打烊。我们这些可怜的孩子头晕哪!人家把我们四千人送到魏克塞尔河口的凯泽马尔克,可是我们过不来,因为你的旋转木马,你的旋转木马……"

但是,亲爱的上帝,天父,旋转木马老板,如书①上所载的那样微笑了,再次让一个铜板从钱袋里蹦出来,让四千儿童,还有奥斯卡,乘上救火车,让掏空的天鹅骑上猫、狗、猪、鹿,又旋转起来。我的鹿——我至今仍相信我骑的是鹿——每次驮我从天父和旋转木马老板面前经过时,他就换了一副面孔。这一回变成拉斯普京,他哈哈大笑,用他那祈祷治病者的牙齿咬着付给下一轮的铜板。这一回变成诗人君主歌德,他从绣花小钱袋里诱出几个铜板,正面都铸有天父侧面像。又是拉斯普京,醉醺醺的,随后是封·歌德先生,很有节制。同拉斯普京癫狂一阵,又同歌德理智一会儿。拉斯普京周围的极端分子。歌德周围的秩序的力量。群众,拉斯普京周围的骚乱,日历上歌德的格言……最后,旋转木马停了——不是因为烧退了,而是因为总有人探身过来解热。法因戈德先生弯下腰来,停下了旋转木马。他让救火车、天鹅和鹿停下,使拉斯普京的铜板贬值,把歌德送到母亲们那里去,让四千名晕头转向的儿童随风飘去,飘到凯泽马尔克,越过魏克塞尔河,飘向天国。他把奥斯卡从病床上抱起,让他坐在来

---

① 指《圣经》。

苏儿①云团上,换句话说,他给我消毒。

起先,这跟虱子有关,后来变成了习惯。他先在小库尔特身上,之后在我身上,在玛丽亚身上,在他自己身上发现了虱子。可能是那个使玛丽亚失去马策拉特的卡尔梅克人把虱子留给了我们。法因戈德发现虱子时大叫大嚷。他呼唤他的妻子、他的子女,怀疑他的全家都长了虱子,用人造蜂蜜和麦片换来了各种消毒剂,开始每天给他自己、他全家、小库尔特、玛丽亚和我,还有我的病床消毒。他给我们抹药、喷药、撒药。在他又抹又喷又撒的时候,我的热度升高,他的话语滔滔不绝,我于是得知,他在特雷布林卡集中营当消毒员的时期,曾经喷过撒过几车皮的石炭酸、氯和来苏儿。每天中午两点,他喷洒集中营内的道路、营房、淋浴室②、焚尸炉、成捆的衣服、还没有淋浴而在等着的人们、已经淋浴而躺倒的人们、从炉子里出来的一切、将进炉子的一切。消毒员马里乌什·法因戈德喷洒来苏儿水。他向我列举了许多人的姓名,因为他知道所有的姓名。他讲到了比劳尔。在八月最热的一天,比劳尔建议这位消毒员,不用来苏儿水而用煤油喷洒在特雷布林卡集中营的道路上。法因戈德先生这么干了。比劳尔有火柴。犹太人战斗组织③的年迈的策夫·库兰德让大家宣誓。工程师加列夫斯基撬开武器室。比劳尔一枪打死冲锋队大队长库特纳。什图尔巴赫和瓦伦斯基打倒了齐塞尼斯。其余的人对付从特拉夫尼基营来的守卫。另一些人推倒栅栏。但是,平日带领人们去淋浴时总要开玩笑的小队长舍普克,这时守住营门射击。可是这帮不了他的忙,因为其他的人已经把他打倒。他们是阿德克·卡韦、莫特尔·莱维特、海诺克·莱勒尔、梅尔什·罗特布拉特、莱泰克·扎贾尔、托西阿斯·巴兰以及他的德博拉。洛莱克·贝格尔曼喊道:"法因戈德是怎么回事?飞机来以前,他也得一起走!"可是,法因戈德

---

① 来苏儿,一种消毒剂,亦译"来沙儿"。
② 纳粹用语,指灭绝营里的煤气室。
③ 1942 至 1943 年在犹太人隔离区内建立的地下反抗运动。

先生还是等他的妻子卢芭。可是她当时已不会来了,尽管他在喊她。他们从左右两边抓住他。左边是雅库布·格莱恩特,右边是莫德哈伊·什瓦茨巴德①。跑在他前面的是小个子医生阿特拉斯,此人在特雷布林卡集中营时已经推荐勤洒来苏儿水,后来到了维尔纳附近的森林里还继续推荐。他断言:来苏儿比生命更重要!法因戈德先生只好证实他所说有理,因为他曾经用来苏儿喷洒过死人,不是一个死人,而是许多死人,何必讲数目呢,反正是死去的男男女女。他们的姓名他都知道,多得会让人厌烦的,也会使在来苏儿水里游泳的我觉得,几十万有名有姓的人的生死问题反倒是次要的,重要的问题却是用法因戈德先生的消毒剂,能否及时而充分地给生命,如果不是生命,那就是给死亡消毒。

之后,我的寒热减退,时间已到四月。之后,我的体温又上升,旋转木马又转动了。法因戈德先生又给死人和活人喷洒来苏儿。之后,我的寒热又减退,四月过完了。五月初,我的脖子变短了,胸腔变宽,渐渐地向上隆起。末了,我不用低头便能用下巴颏儿擦奥斯卡的锁骨了。有一回,又有了点烧,又给喷了点来苏儿。我听到了玛丽亚低声说出的、在来苏儿水里游泳的话:"他可别长成畸形儿。他可别变成个驼背,他可别落个脑积水呀!"

法因戈德先生安慰玛丽亚,告诉她,他知道有一些人,尽管驼背与脑水肿,仍然干出些名堂来。他说有一个叫罗曼·弗里德里希的人,驼着背到了阿根廷,在那儿开了一爿缝纫机店,后来买卖做大,而且有了名气。

驼背弗里德里希功成名就的故事安慰不了玛丽亚,却使讲故事的法因戈德先生自己听了欢欣鼓舞。他决心使我家的殖民地商品店大大改观。五月中旬,战争刚结束,店堂里摆出了新货物。第一批缝纫机和缝纫机零部件出现了,但生活用品还保留了一段时间,使这种

---

① 这一段叙述 1943 年 8 月 2 日特雷布林卡集中营部分囚犯放火烧营,逃出六百人,到战争结束时,其中幸存者仅约四十人。

过渡变得更容易些。天堂般的时期！支付几乎不用现金了。交换，再交换，人造蜂蜜、麦片、最后几口袋厄特克尔博士发明的发酵粉、糖、面粉和人造黄油变成了自行车，自行车和自行车零部件变成了电动机，电动机变成工具，工具变成皮货，法因戈德先生又把皮货变成了缝纫机。在变这种换换的戏法的时候，小库尔特帮了大忙。他带来顾客，介绍生意，比玛丽亚更快地熟悉了新行业。几乎跟在马策拉特时期一样，玛丽亚站在柜台后面接待还留在本地的老主顾，用结结巴巴的波兰话问新迁来的主顾想要什么。小库尔特有语言天才。小库尔特无处不在。法因戈德先生完全信赖小库尔特。小库尔特还不满五岁却有了专长，在车站街黑市上陈列的数百件整脚和中档样品中，他能一下子挑出一流的辛格尔牌和普法夫牌缝纫机来。法因戈德先生很赏识小库尔特的知识。五月底，我的外祖母安娜·科尔雅切克从比绍步行经布伦陶到朗富尔来看望我们。她气喘吁吁地躺到沙发榻上。这时，法因戈德先生大大夸奖了小库尔特一番，也说了几句赞许玛丽亚的话。他给我的外祖母原原本本地讲了我的病史，一再指出他的消毒剂如何有效。他也认为奥斯卡值得夸奖，因为我老实听话，生病期间没有喊过一声。

我的外祖母开口要煤油，说比绍没有电了。法因戈德先生便向她讲述自己在特雷布林卡集中营使用煤油的种种经验，以及他身为营地消毒员的多种任务，让玛丽亚灌了两瓶煤油，每瓶一公升，外加一袋人造蜂蜜和各种消毒剂。他心不在焉却又连连点头地听我的外祖母讲打仗时比绍和比绍采石场如何被烧了个精光。她还讲了菲尔埃克遭到的破坏，这个地方现在又叫菲罗加了。比绍也像战前一样又叫作比塞沃。埃勒斯，那个当过拉姆考农民协会负责人的，他真有本事，娶了她哥哥的儿子的妻子，也就是待在邮局没走的那个扬的妻子黑德维希，他被农业工人吊死在他的办事处前。黑德维希差点儿也被吊死，因为她本是一位波兰英雄的妻子，却嫁给了一个农民协会地方负责人，也因为斯特凡当上了少尉，玛尔加又是德国少女同盟的人。

"可是，"我的外祖母说，"他们再也抓不到斯特凡了。他已经在北冰洋丧了命，在天上。但他们要把玛尔加带走，关进什么营里去。这当口，文岑特开口了，讲了许多，他这一辈子都没讲过这么多。就这样，黑德维希和玛尔加现在到了我们家，帮着种地。可是文岑特不行了，他这回讲得太多了，恐怕活不长久了。至于我这个老太婆，也是浑身痛，心、脑袋都痛，像有个傻瓜在敲打，而且还觉得非这样不可哩！"

安娜·科尔雅切克这样诉着苦，昂起头，抚摩着我正在长大的头，考虑了一番，说出了下面一席颇有见地的话来："卡舒贝人的情况就是这样，小奥斯卡。他们的脑袋一直有人敲打。不过，你们快上那边去了，那边好一些，只有你的外祖母留在这里。卡舒贝人是不会迁居的，他们必须一直待下去，伸出脑袋，让别人来敲打。我们不是真正的德国人，也不是真正的波兰人。一个卡舒贝人，既够不上是个德国人，也够不上是个波兰人。而他们总要求是个百分之百的。"

外祖母说罢哈哈大笑。她把煤油、人造蜂蜜和消毒剂藏到那四条裙子底下，尽管发生了十分急剧的军事、政治和世界历史事件，这些裙子并没有失去土豆的颜色。

外祖母要走了，法因戈德先生请她再待上片刻，说是要向她介绍他的妻子卢芭和其他家庭成员。安娜·科尔雅切克不见卢芭太太露面，于是说："没关系。我也一直在呼唤：阿格内斯，我的女儿，来呀，来帮你的老母亲把衣服拧干。她没来，同您的卢芭一样。还有文岑特，我的哥哥，半夜三更，不顾自己在生病，也到门口去，把邻居从睡梦中吵醒。他是在大声呼唤他的儿子扬，扬待在邮局里，结果丧了命。"

她已经到了门口，系上头巾，这时我从床上喊道："姥姥，姥姥！"她回转身来，把裙子撩起一点，似乎她想让我钻进去，把我带走。这当儿，她大概想起了煤油、人造蜂蜜和消毒剂已经把地盘都占去了。于是，她走了，走了，没有带我走，没有带奥斯卡走。

六月初，第一批运输列车朝西方开去。玛丽亚不露声色，但我发现,她也在同家具、店铺、公寓、兴登堡大街两侧的坟墓以及萨斯佩公墓的土丘告别。

晚上,她带着小库尔特回地窖以前,有时坐在我床头我那可怜的妈妈的钢琴前,左手拿口琴,右手用一个手指为她的小曲伴奏。法因戈德先生受不了这音乐,请玛丽亚停下来。玛丽亚刚放下口琴,正要合上钢琴盖,他却又请她再来一段。

接着,他向她求婚。奥斯卡早已看出要来这种事了。法因戈德先生呼唤他妻子卢芭的次数越来越少。夏天的一个晚上,满处是苍蝇的嗡嗡声,他肯定他的妻子已经不在人世了,于是向玛丽亚求婚。她和两个孩子,包括有病的奥斯卡在内,他都接纳。他提出,寓所归她,商店合伙。

玛丽亚当时二十二岁。她少年时的、像是偶然搭配而成的美看来已经固定,如果不说它变冷酷了的话。战时最后数月和战后开头数月,她已经不烫头发了,而以前这是由马策拉特付钱的。虽说她不像在跟我的那段时间里那样拖着两条辫子,可她留起了披肩长发,让人看到她是一个多少有点严肃的、可能是精神苦恼的姑娘。此刻,这位姑娘说"不",拒绝了法因戈德先生的求婚。玛丽亚站在我家的地毯上,左手拉着小库尔特,右手拇指指向瓷砖壁炉。法因戈德和我听到她说:"这不行。这儿的一切都完了,过去了。我们去莱茵兰我姐姐古丝特那儿。她嫁给了一家饭店的领班。他名叫克斯特,愿意暂时收留我们,我们三个。"

第二天她就递交了申请。三天后我们拿到了证件。法因戈德先生不再说话,关了店门,玛丽亚在收拾行李,他则坐在阴暗的店堂里柜台上面天平旁边,也不再舀人造蜂蜜吃。直到玛丽亚要跟他告别时,他才从柜台上滑下来,推出他的带拖斗的自行车,陪我们去火车站。

奥斯卡和行李——每人只许带五十磅东西——被装上两个胶皮轮子的拖斗。法因戈德先生推着自行车。玛丽亚手挽小库尔特,当我们向左拐进埃尔森街时,她在街角再次回转身来。我无法朝拉贝

425

斯路方向转过身去,转身使我疼痛。奥斯卡的脑袋也就静静待在两肩之间。我唯有用尚能转动的眼睛招呼马利亚街、施特里斯小溪、小锤公园、滴着的水越来越叫人恶心的车站街下跨道、我的未遭破坏的圣心教堂和朗富尔区火车站,现在叫做弗热什奇,很难发音。

我们都得等候。后来火车来了,是货运列车。有人,有许多许多的孩子。行李经过检查,过磅。士兵们朝每节货运车皮里扔一捆干草。没有播放音乐。也没有下雨。晴转多云,刮着东风。

我们上了倒数第四节车皮。法因戈德先生站在车下铁轨上,稀薄的浅红头发随风飘拂。火车头猛地一撞宣告它的到来,法因戈德先生走近车皮,递给玛丽亚三小袋人造黄油和两小袋人造蜂蜜。用波兰话讲的命令、叫声、哭声宣告列车开动,这时他又在旅行食品之外添加了一袋消毒剂——来苏儿比生命更加重要!我们走了,留下了法因戈德先生。他笔直地站着,符合列车出发时的规定,浅红头发飘拂着,变得越来越小,只剩下挥动的手,终于不再存在。

在货运车皮里长个儿

　　今天，疼痛还在折磨我，方才就痛得我一头倒在枕头上。疼痛使我清晰地感觉到了足和膝关节，使我变成了"格格响"，这意思是奥斯卡不得不格格地咬牙，让自己听不到各个关节窝里骨头的格格响。我看了看十个手指头，不得不承认它们全肿了。我最近一次试着敲鼓，结果证明，奥斯卡的手指不单单有点肿，而且眼下已经不能用来从事这种职业，连鼓棒都捏不住了。

　　连自来水笔也不听我的使唤。我不得不请布鲁诺替我冷敷。手、足、膝都敷上了，额头也敷上了毛巾，我于是用铅笔和纸来装备我的护理员布鲁诺，我不愿把自来水笔借给他。布鲁诺愿不愿、能不能好好听着呢？他对于一九四五年六月十二日开始的那次旅行的复述会合乎要求吗？布鲁诺坐在小桌前那幅银莲花画下方。现在他转过头来，我见到了他的半边脸，他的怪兽眼朝我的左右两侧望去。他把铅笔横放在噘起的薄嘴唇间，装出等待的样子。就假定他确实在等待我发话，等待开始记录的信号吧！他的思想正围着他的编结物转圈。他要用包装线绳来编结，而奥斯卡的任务正相反，他要借助丰富的言辞把我混乱的故事理出个头绪来。布鲁诺现在动笔写了：

　　　　我，布鲁诺·明斯特贝格，绍尔兰的阿尔特纳人，未婚，无子女，本地疗养与护理院私人部护理员。马策拉特先生是我护理的病人，安置在此已一年有余。我还护理着别的病人，这里就不谈他们了。马策拉特先生是我的最无危险的病人。他从未因失去自制能力而迫使我把其他护理员叫来帮忙。他写得太多了些，鼓也敲得太多了些。为能体谅他操劳过度的手指，今天他请我代笔,别再做我的编结物。然而我仍把线绳藏在口袋里,在他讲述的同时,用下肢开始编结一个形象,并根据马策拉特先生所讲的故事,我将给它取名为"东方难民"。这并非我取自我的病人的故事的第一个形象。至今为止,我已经编结了他的外祖母,取名为"四条睡裙中的苹果";我用线绳编结了他的外祖父,那个筏运工,大胆地取名为"哥伦布";经过我的编结,他的可怜的妈妈变成了"食鱼女人";根据他的两个父亲马策拉特和扬·布朗斯基,我编结了一对形象,叫做"两个施卡特牌迷";我把他的朋友赫伯特·特鲁钦斯基疤痕累累的后背也用线绳编结出来,称这个模型为"不平坦地段";个别的建筑物,如波兰邮局、塔楼、市剧院、军火库巷、航海博物馆、格雷夫的蔬菜窖、裴斯泰洛齐学校、布勒森游泳场、圣心教堂、四季咖啡馆、波罗的海巧克力厂、大西洋壁垒的许多地堡、巴黎的埃菲尔铁塔、柏林什切青火车站、兰斯大教堂以及马策拉特先生初见世界之光的公寓,我都一个结一个结地复制了出来。萨斯佩和布伦陶的公墓的栏杆和墓碑,为我的线绳提供了可以仿效的图案。我一线一线地编结,让魏克塞尔河和塞纳河流淌,让大西洋的浪涛撞击我的线绳海岸,让线绳变成卡舒贝的土豆地和诺曼底的牧场。如此这般产生的田野,我称之为"欧罗巴",还让几组群像定居在那里。例如:邮局保卫者。殖民地商品商。讲坛上的人们。讲坛前的人们。拿纸袋的国民小学学生。垂死的博物馆看守。准备过圣诞节的青年刑事犯。晚霞前的波兰骑兵。蚂蚁创造历史。前线剧团为士官与士兵演出。特雷布林卡集中营里站着的人给躺倒的人消毒。我现在开始编结东方难民形象,它大有可能演化为一组东方难民群像。

马策拉特先生于一九四五年六月十二日上午十一时左右由但泽,那时已叫做格但斯克,启程。陪同他的有寡妇玛丽亚·马策拉特(我的病人称她为他从前的情人)和小库尔特(我的病人的假想儿子)。此外,在这节货运车皮里据说还有三十二人,其中有四个穿教团服的圣方济各派修女,一个系头巾的年轻姑娘,奥斯卡·马策拉特先生想把她认作一位名叫卢齐·伦万德的小姐。经我多次质问,我的病人才承认,那位姑娘叫雷吉娜·拉埃克,但他继续谈着一张无名的三角形狐狸脸,后来又称呼其名,叫卢齐,这并不妨碍我仍把这位姑娘叫做雷吉娜小姐并记录下来。与雷吉娜·拉埃克同行的有她的父母、祖父母以及一个有病的伯父。此人不仅带着家眷,还带着他的胃癌去西方,话不绝口,车一开就冒充自己是个前社会民主党党员。就我的病人记忆所及,直到格丁尼亚(此地有四年半之久被叫做哥滕港),一路太平。从奥利瓦来的两个妇女、许多孩子和一位从朗富尔来的年岁较大的先生,刚过索波特就哭开了,修女们则喃喃祈祷。在格丁尼亚,火车停了五小时。人家又让两个妇女和六个孩子上了这节车皮。社会民主党人对此提出抗议,说他有病,说他身为社会民主党人从战前起就要求特殊待遇。他不肯让出地方,负责运输的一名波兰军官捆了他一记耳光,用相当流利的德语说,什么社会民主党人,他不懂这是什么意思。战时,他在德国的许多地方待过,可从来没有听到过社会民主党人这个词儿。这个患胃癌的社会民主党人没来得及向这名波兰军官说明德国社会民主党的含义、本质和历史,因为这名军官已经下了车皮,拉上门,反锁上了。

我忘了写,所有的人都坐在或躺在干草上。下午,火车开了,几个妇女嚷道:"我们又开回但泽去了。"但这是个错觉。火车只是调轨,接着又朝西向斯托尔普驶去。到斯托尔普这一段走了四天,因为列车在车站外的路段上经常被以前的游击队和波兰青年团伙截住。这些年轻人打开车皮的门,放进一点新鲜空气,把污浊空气和一些旅行行李带出车皮。每当年轻人占领马策拉特先生所在的那节车皮时,那四个修女总要举起双手,紧握住挂在修女服前的十字架。这四个钉在十字架上的基督给年轻人印象很深。他们先画十字,随后把乘客的背包和箱子扔到

429

铁路路堤上。

那个社会民主党人拿出一纸证书给小伙子们看。这是他在但泽或格但斯克时，波兰当局证明他从一九三一年到一九三七年是社会民主党缴纳党费的党员的文件。小伙子们没有画十字，一巴掌击落他手里的证书，抄走了他的两口箱子和他妻子的背包。连这个社会民主党人垫在身下的上好的大方格冬大衣也被带到了新鲜的波莫瑞空气中去了。

可是，奥斯卡·马策拉特先生仍说，这些小伙子给他的印象是既能干又有纪律。他说这是由于受了他们的首领的影响，他们的首领尽管年轻，刚够十六岁，却已经是个人物的样儿了。这又使马策拉特先生既痛心又高兴地回想起撒灰者团伙的首领，回想起那个施丢特贝克。

当那个同施丢特贝克如此相像的年轻人正要从玛丽亚·马策拉特太太手里夺走背包并终于夺走时，马策拉特先生在最后一刹那间从背包里一把抓过幸好放在最上面的那本家庭照相簿。团伙首领勃然大怒。可是，我的病人打开照相簿，给那小伙子看他的外祖母科尔雅切克的照片。小伙子也许想起了自己的外祖母，便放下了玛丽亚太太的背包，两手搭在他的波兰多角帽上致意，对着马策拉特一家说了声："再见！"又抓起别的乘客的箱子代替马策拉特家的背包，带着他的人离开了车皮。

在多亏了那本家庭照相簿才留在这家人手里的背包中，除装有几件替换衣服外，还有殖民地商品店的账册和营业税单据、储蓄存折、一串原来属于马策拉特先生的母亲的红宝石项饰，由我的病人藏在一袋消毒剂里，再就是那本一半由拉斯普京的篇章、一半由歌德的著作合成的教科书，它也一同西行了。我的病人说，整个旅途中，他的膝上多半放着家庭照相簿，有时也放着那本教科书，翻阅着，尽管四肢剧烈疼痛，这两本书却赐予他许多个愉快的、沉思的时辰。

我的病人要求我这样往下写：摇晃与震动，驶过道岔和交轨处,伸开四肢躺在一节车皮不停地震颤着的前轴上方,这都促进他长个儿。他不再像以前似的往宽里长,而是往高里长了。虽肿但不发炎的关节松开了。甚至他的耳朵、鼻子和生殖器官,如我所听到的,也在货运车皮撞击轨缝时变长了。只要运输列车在野外行驶,马策拉特先生显然不感觉痛苦。只要列车一停,又有游击队和青年团伙来访,他就会受刺痛和拉痛的折磨,如前所述,他就用镇痛照相簿来对付。

据他说,除了那位波兰施丢特贝克以外,还有许多别的青年强盗和一个年岁较大的游击队员对照相簿发生过兴趣。这位老战士甚至坐下来,点上一支香烟,不慌不忙地翻看照相簿,一张照片都不漏,从外祖父科尔雅切克的肖像看起,跟踪照片丰富的家庭的兴旺,直到玛丽亚·马策拉特同她的一岁、两岁、三岁和四岁的儿子小库尔特一起拍的快照。我的病人看到,他在观赏几张家庭田园生活照片时甚至微笑了。只有几张照片,已故马策拉特先生上装上的党徽和拉姆考农民协会负责人、娶了邮局保卫者扬·布朗斯基之寡妻黑德维希的埃勒斯先生衣领上的党徽太过于明显,触怒了这位游击队员。我的病人就在这位持批评态度的男人的眼睛底下,用一把早餐刀的刀尖刮掉了照片上的党徽,才使他感到满意。

马策拉特先生正好想要改变我的看法。他说,这个游击队员同其他许多假游击队员正相反,曾经是个真游击队员。他声称:游击队员从来不是临时的,而是一贯的、长久的,他们把被推翻的各届政府扶上台,又推翻借助游击队之力才被扶上台的各届政府。根据马策拉特先生的论点——这本该使我明白,在所有从事政治的人中间,本性难移、自我分化的游击队员是最具有艺术家天赋的,因为他们把自己刚创造出来的东西随手就扔掉了。

我自己的情况也差不离。我的编结物刚在石膏里定型,我就一拳把它砸碎了,这种事不是经常发生吗?我尤其想到我的

431

病人几个月前给我的委托,他要我用简单的线绳把俄国的信仰治疗者拉斯普京和德国的诗人君主歌德编结为一个人,根据我的病人的要求,这个人还得跟他,跟我的委托人,十二分相似。为了让这两个极端终于有效地产生出一个结合体来,我不知花掉了多少千米的线绳。可是,要让它像我的病人,像马策拉特先生所推荐的那个模特儿,我可没有办法,也不会满意。我右手编结成了的,左手就把它拆掉,我左手做成形了的,右手一拳就把它砸碎。

可是,马策拉特先生也不能使他所叙述的事保持直线运动。那四个修女,他时而说她们是圣方济各派的,时而又说是仁爱会派的。除此以外,尤其是那个年轻姑娘,她有两个姓名,但合有一张据说是三角形的狐狸脸,她一再地使他关于那次由东方到西方的旅行报道变得散乱无序。而我,作为复述人,不得不记下两种甚至多种不同的讲法。可是,这并非我分内的事,所以我就抓住了那个社会民主党人。在整个旅途中,他没有改变嘴脸,据我的病人讲,直至快到斯托尔普之前,他一路上反复对同行的乘客讲,他也算是一种游击队,牺牲了业余时间,拿健康当儿戏,到处贴标语,一直贴到一九三七年,要知道,冒雨贴标语的社会民主党人为数甚少,而他便是其中之一。

眼看就要到斯托尔普了,货运列车却又停下,也不知是第几次停车了。这时他还在讲贴标语的事。停车的原因是来了一个人数较多的青年团伙。几乎没有什么行李了,小伙子们就动手剥旅客的衣服。他们还算有理性,只限于剥男人的上装。这位社会民主党人却无法理解,他认为,宽大的修女服若是到了灵巧的裁缝手里,能裁剪出许多件像样的上装来。这位社会民主党人,如他自己所说,是个无神论者。那些年轻强盗虽然没有宣布自己的信仰,却是属于那唯一赐福的教会的,他们不要可以派许多用场的修女们的毛料服,偏要这位无神论者的料子里含木浆的单排扣上装。他不愿脱下上装、背心和裤子,却讲起他那段社会民主党标语张贴者的生涯来,时间虽短,但富有成效。他一味讲着,人家剥他的衣服,他便反抗,被一只穿着前国防军短统靴的脚踢在了胃上。

这个社会民主党人大口地呕吐不止,最后大口喷血。这时,他可以放心穿着他的上装了,小伙子们对这件弄脏了的但经过彻底的化学洗涤尚能挽救的衣服,已失去了任何兴趣。他们放弃了男人上装,却剥下了玛丽亚·马策拉特的浅蓝色人造丝上装和那个不叫卢齐·伦万德而叫雷吉娜·拉埃克的年轻姑娘的贝希特斯加登毛线夹克衫。接着,他们拉上了车皮门,但没有关严。火车开了,那个社会民主党人开始咽气。在距斯托尔普两三公里处,货运列车被拉到一条停放线上,停在那里过夜,星星亮晶晶,但六月的夜却是很凉的呀。

正如马策拉特先生所述,那天夜里,那个太舍不得他的单排扣子上装的社会民主党人,大声而下流地亵渎上帝,号召工人阶级斗争,像在电影里能听到的那样,他最后一句话是"自由万岁",末了,一阵呕吐,死了,使全车皮充满了恐惧。

我的病人说,接下来并没有人喊叫。车皮里变成一片寂静,而且始终保持着寂静。只有玛丽亚太太的牙齿在打架,她没有上装正在挨冻,剩下的最后几件内衣都盖在儿子库尔特和奥斯卡先生身上了。天快亮时,两个有胆量的修女发现车皮门没关严是个机会,便清扫车皮,把湿透的干草、小孩和大人的粪便,还有那个社会民主党人吐出的血都扫到了路堤上去。

在斯托尔普,列车由波兰军官进行检查。同时,分发热汤和类似麦芽咖啡的饮料。马策拉特所在车皮里的尸体由于有传染瘟疫的危险,便被没收,由卫生兵用木板抬走。修女们出面说情之后,一名级别较高的军官允许死者家属做一次短时间的祈祷。另外也准许脱下死者的鞋、袜和上装。后来又用空水泥袋盖住了木板上的尸体。在剥衣服场面发生时,我的病人打量着被剥去衣服者的侄女。这个姓拉埃克的年轻姑娘使他既厌恶又着迷

433

地联想到那个卢齐·伦万德,我已用线绳复制了她,并给这个编结物取名为"吞食香肠面包的女郎"。车皮里的那个姑娘,虽说没有当着她的遭抢劫的伯父的面抓起一个夹香肠面包,连香肠皮一起吃了个精光,却参与了抢劫,从她伯父那里继承来一件背心,穿到身上,代替被抢走的夹克衫,掏出小镜子,打量她这不算不合身的新打扮。她用镜子捕捉到了我的病人和他的铺位,这样在镜子里反映出来,然后公然用三角脸上的眯缝眼冷漠地观察他。直到今天,我的病人一想起此事,就会陷入无名的惊慌。

从斯托尔普到什切青,火车走了两天。被迫停车的次数还相当多,那些手执伞兵刀和冲锋枪的半成年人的来访,他们已经慢慢地习以为常,但来访时间一次比一次短,因为从旅客身上已经榨不出任何油水了。

我的病人声称,在从但泽-格但斯克到什切青的旅途中,在这一周内,他的身高增加了九公分,如果不是十公分的话。首先,大腿和小腿长了一截,胸腔和头却几乎没有延伸。在旅途中,我的病人虽说是背着地躺着,但这未能阻止一块偏向左上方的隆肉的生长。马策拉特先生还说,过了什切青——其间列车已由德国铁路人员接管——疼痛加剧,单靠翻看家庭照相簿已不能使他忘掉痛苦。他不得不多次持续地叫喊,这叫喊声虽然没有破坏任何车站的玻璃——马策拉特先生说:我的声音已经丧失了任何唱碎玻璃的潜能——却把四名修女召集到了他的铺位前,让她们无尽期地祷告。

半数旅客在什未林下车,其中有死去的社会民主党人的亲属以及雷吉娜小姐。马策拉特先生深感遗憾,因为这位年轻姑娘的面孔他已经看熟,而且看到这张面孔已变得非常必要,所以她走后,他突然惊厥过去,全身痉挛,同时发高烧。据玛丽亚·马策拉特太太讲,他拼命呼唤卢齐,自称怪兽和独角兽,表示出他害怕从十米跳台上跳下来,却又有跳下来的乐趣。

到了吕内堡,奥斯卡·马策拉特先生被送到一家医院。他处在高烧中认识了几位护士,但紧接着就被转送到汉诺威大学附属医院。在那里,他的体温总算被压下去了。玛丽亚太太和她的儿子库尔特很少见到马策拉特先生。后来,她在医院里找到了清洁工的职务,这才每天见面。可是,在医院里或者医院附近都没有住房可供玛丽亚太太和小库尔特落脚,难民营里的生活又日益无法忍受。玛丽亚太太每天得乘坐三小时的火车,车上挤满了人,常常踩在车门踏板上。医院跟难民营就是离得这么远。医生们尽管很不放心,但还是同意把病人转到杜塞尔多夫市立医院去。玛丽亚太太也出示了一份移居批准书:她的姐姐古丝特战时嫁给居住在杜塞尔多夫的一个领班,她将把她的两间半套房的一个房间提供给马策拉特太太使用,因为领班不需要住处,他现在待在俄国人的战俘营里。

寓所地点很好。只需搭乘由比尔克火车站开往韦斯滕和本拉特方向的所有的有轨电车,不必转车,便可方便地到达医院。马策拉特先生从一九四五年八月到一九四六年五月一直待在那里。在方才的一个多小时里,他同时向我讲述了那家医院里许多位护士的事情。她们是:莫尼卡嬷嬷,黑尔姆特鲁德嬷嬷,瓦尔布加嬷嬷,伊尔泽嬷嬷,格特露德嬷嬷。他回忆着医院里广为扩散的流言蜚语,赋予护士日常生活中诸如此类的事情以及她们的职业服装一种夸大了的意义。就我的记忆所及,他从未讲到过那时候医院里糟糕的伙食和暖气设备蹩脚的病房。他只谈护士、护士的逸事、护士极其无聊乏味的环境。他秘密地小声报道说,那里有过这样的传闻:伊尔泽嬷嬷向护士长打小报告,护士长在午休过后不久便去检查见习护士的宿舍,因为有什么东西被偷了。一个从多特蒙德来的护士——我想他说的是格特露德——被怀疑,但冤枉了她。他琐碎地讲了护士跟年轻医生的故事,可他们只想从护士那里得到香烟商标。一个药剂师女助理,不是护士,自己给自己打胎,或者得到了一个助理医生的帮助,于是进行了调查,这种事情他也认为有叙述的价值。我不理解我的病人,他竟把自己的才智浪费在这些陈腐平庸的事情上。

此刻,马策拉特先生请我描绘他。我快活地满足了他的愿望,跳过了那些故事中的一部分,因为那些都同护士有关,反正他自己已经形象而生动地描写过了,又添加了一些有分量的话语。

我的病人身高一米二十一。两肩之间几乎萎缩的脖子上顶着一颗大脑袋,即使安到发育正常的成年人身上也显得太大。胸腔突出,后背隆起,学名驼背。他的一双蓝眼睛,目光炯炯,机灵地滴溜转动,有时睁得大大的,狂热痴情。他的微鬈的深褐色头发长得很密。他喜欢露出他的同其他肢体相比显得健壮的臂膀以及——如他自己所说——漂亮的手。尤其在奥斯卡先生击鼓时——疗养院管理处允许他每天敲三小时,至多四小时,他的手指运用自如,仿佛是长在另一个肢体比例正常的人身上似的。马策拉特先生靠灌唱片变得非常富有,今天还靠灌唱片挣钱。想要谋利的人都在探望日来拜访他。还在他的那场官司开始之前,在他被送到我们这里来之前,我已经久闻其名,因为奥斯卡·马策拉特先生是一位大名鼎鼎的艺术家。我个人相信他是无罪的,因此,我说不好他是否会在我们这里待下去,抑或有朝一日会出院,重操旧业,蜚声艺坛。现在,我又该替他量身高了,虽说两天前刚刚量过……

我的护理员布鲁诺的复述,我不想再去复审。我,奥斯卡,又拿起了笔。

布鲁诺刚用折尺给我量过身高。他把尺留在我的身上,离开了我的房间,一边大声宣告测量的结果。甚至他在我讲述时偷偷做的编结物也落在了地上。我想,我要去叫霍恩施泰特博士小姐。

在女医生霍恩施泰特来到病房并向我证实布鲁诺测量的结果之前,奥斯卡先对读者诸君讲了吧:在我向我的护理员讲述我的长个儿历史的三天内,我赢得了——难道这是一种盈利吗?——整整两厘米的身高。

就这样,奥斯卡从今天起身高为一米二十三。现在他将报道,战后,人家让他离开杜塞尔多夫市立医院而他也能开始——人家让他出院时也始终这样设想——过成年人的新生活之后,他,一个会说话、犹豫地写着、流利地读着、虽然畸形但此外相当健全的年轻人究竟境况如何。

第 三 篇

打火石与墓碑

　　肥肥胖胖,成天睡眼蒙眬,菩萨心肠。古丝特·特鲁钦斯基成了古丝特·克斯特后,自身不需要有什么改变。加之,她跟克斯特相处的时间实在有限:克斯特上船去北冰洋前线之前休假十四天,他们订婚;他从前线回来休假两周,他们结婚,多半时间躲在防空洞里。库尔兰的军队投降后,虽然没有传来过克斯特还活着的消息,但每当有人问起她的丈夫时,古丝特便用大拇指指着厨房门,有把握地说:"他在那边伊凡①的战俘营里。只要他一回来,这里就会大变样。"

　　比尔克区的这个寓所里留待克斯特去改变的事情,指的是玛丽亚和库尔特来后的生活。人们让我出院了,我告别了护士们,答应有时会去看她们,便乘上有轨电车到比尔克去找这姊妹俩和我的儿子库尔特。那幢公寓,从四楼到屋顶全烧光了。我到了三楼,发现这里已成了玛丽亚和我的儿子所经营的一个黑市商品中心。小库尔特六岁,也扳着手指在计算。

　　玛丽亚即使做黑市交易也忠于她的马策拉特,她做的是人造蜂蜜生意。她正从没有商标的桶里舀出蜂蜜,倒在磅秤上。我刚进门,还没能熟悉这狭窄的天地,她就要我把蜂蜜装进口袋,每袋四分之一磅。

　　小库尔特坐在一只贝西尔洗衣粉木箱后面,像是坐在柜台后面,虽说也看了一眼他的病愈回家的父亲,但他那双冬天似的灰眼睛却盯着什么值得看的东西,而且要把目光穿透我才能看清。他面前放

---

① 指苏联人,因俄罗斯人很多以"伊凡"命名。

着一张纸,正在纸上编排想象的数字纵队。他在人头济济、暖气设备不佳的教室里才上了六星期课,已经摆出一副冥思苦索者和一心出人头地者的架势。

古丝特·克斯特在喝咖啡。她把一杯咖啡推到我的面前,我发现,是真咖啡。我忙于包装人造蜂蜜的时候,她好奇地注视着我的驼背,露出同情她的妹妹玛丽亚的神情。坐着不动,不让她摸摸我的驼背,她觉得难以做到。对于所有的女人来说,摸摸驼背便会走运。对于古丝特来说,走运就是克斯特回乡,改变一切。她克制住自己,摸摸手里的咖啡杯算是替代,可这不会使她走运,于是大声叹了一口气。在以后的几个月里,我将每天都能听到她叹气。她说:"克斯特一回来,这里就会大变样,你们可以相信此话,虽说你们还没有见到他。"

古丝特谴责黑市交易,却又爱喝靠人造蜂蜜换来的真咖啡。顾客一来,她就离开起居室,穿着拖鞋进厨房,在那里弄出格格的声响以示抗议。

顾客很多。九点刚过,早饭刚吃完,门铃就开始响了:短——长——短。入夜,将近十点时,古丝特关掉电铃,常常不顾小库尔特的抗议,他因为上学,只能利用一半的交易时间。

上门的人说:"有人造蜂蜜吗?"

玛丽亚温柔地点点头并问:"四分之一磅还是半磅?"上门的人也有不要人造蜂蜜的。他们会说:"有打火石吗?"一天上午、一天下午交替着去学校的小库尔特,从他的数字纵队里钻出来,伸手去摸毛衣里面的衣服口袋,用小孩挑战的清脆声音把数字送进起居室的空气中去:"想要三块还是四块? 您最好要五块。马上要涨价,至少二十四。上星期是十八,今天早晨我已经不得不开价二十。如果您早两个小时,我刚放学就来,我还可以只要您二十一。"

在长四条街、宽六条街的地盘内,小库尔特是独一无二的火石商。他有个来源,但从不泄露这个来源,却又一再说:"我有个来源!"甚至他上床前也说,代替做晚祷。

我身为父亲,有权要求知道我儿子的来源。他从不神秘反倒是自信地宣布:"我有个来源!"他一说,我紧接着便问:"你的火石是从哪儿搞来的?快些告诉我,你是从哪儿搞来的!"

在我调查这个来源的那几个月里,玛丽亚总是说:"别管你弟弟,奥斯卡。一来这跟你无关,二来如果该问我早就问了,三则你别装成像他的父亲似的。几个月前,你连个'呸'都不会说呢!"

遇上我不肯罢休,硬要追问出小库尔特的来源时,玛丽亚会用巴掌猛拍人造蜂蜜桶,怒火一直烧到胳膊肘,同时攻击我和有时支持我调查来源的古丝特:"你们都是饭桶!还想破坏我儿子的买卖。你们赖以生活的,正是他辛辛苦苦挣来的。我一想到奥斯卡得到的那几卡路里①的病人补贴被他两天内就吃光时,我就会生气,可实际上我只觉得可笑。"

奥斯卡不得不承认,我住院时,胃口好得出奇,医院的伙食却少得可怜,多亏了小库尔特的这个来源——这比人造蜂蜜的收入要多——我才能恢复体力。

父亲不得不惭愧地沉默不语,带着小库尔特天真地发慈悲而给他的相当多的零花钱,尽量地少待在比尔克区的寓所里,免得见到自己丢人现眼。

今天,各种各样地位优越的经济奇迹评论家们越是少去回忆当时的环境,就越加欢欣鼓舞地说:"币制改变之前的时期已经是难以置信的。现在已经活跃起来了!人们肚里空空,却还去排队等戏票。各种临时安排的土豆烧酒聚会简直像神话一般,比今天通常举行的香槟酒和鱼子酱宴会不知有趣多少倍。"

这些人,你可以把他们叫做错失机会的浪漫派。我本来也可以像他们一样地悲叹自己错失了机会,因为在小库尔特那个打火石来源像泉源进涌的几年里,我几乎不费分文地在成千努力补习和学习

---

① 卡路里,热量单位。人维持生命需要得到含有一定热量的食物。战后德国食物匮乏,故人们也以卡路里作为表示食物多寡的尺度。

的人的圈子里受教育,报名听业余大学的课程,成了名叫"桥"的不列颠中心①的常客,同天主教徒和新教徒讨论集体罪责②。我跟所有这些人一起感到有罪过,他们当时想的是:我们现在承担罪责,那么事情也就会过去,将来情况好转时,我们也就不必再感到内疚了。

多亏了夜大学,我才具备了过得去的文化水平,当然学得不系统,有缺漏。当时,我读了许多书。我长个儿以前的那本读物,它只教给我可以把世界分成两半,一半属于拉斯普京,一半属于歌德,再就是我从一九○四年至一九一六年的克勒的《船队年鉴》上得到的知识,这些我都觉得不够了。我读书之多连自己都记不清了。上厕所我也读书。夹在捧着书阅读的、拖着莫扎特辫子的年轻姑娘中间排几小时队买戏票时,我也读书。小库尔特出售打火石的时候,我也读书。我在包装人造蜂蜜的时候也读书。停电的时候,我借蜡烛光读书,蜡烛也是靠小库尔特的来源弄到的。

说来惭愧,那些年里的书我并没有读进去,而是前读后忘,只留下片言只语,图书护封上的简介。话剧呢?只记住几个演员的姓名:霍佩,彼得·埃塞尔,弗丽肯席尔德和她的发音特别的字母"R",在实验剧场演出还有待弗丽肯席尔德纠正"R"的发音的戏剧学校女学生,以及格林德根斯③。他扮演塔索,一身黑服,把歌德在剧本中规定要戴的桂冠从假发上取下,因为这绿东西烫焦了他的鬓发。这同一个格林德根斯穿同样的黑服扮演哈姆莱特。弗丽肯席尔德说,哈姆莱特太肥。给我留下印象的倒是约里克的颅骨④,因为格林德根斯就这头颅所讲的一番话相当有分量。后来他们在没有暖气的剧场

---

① 这是英国设在国外的语言文化教育机构。
② 国际舆论在战时和战后认为德国人对这场战争和纳粹罪行负有集体罪责。
③ 格林德根斯(1899—1963)是演《浮士德》中魔鬼梅菲斯特而出名的演员,德国作家托马斯·曼的女婿。纳粹上台,戈林于1934年任命他为柏林国家剧院院长,两人关系密切。他的舅兄克劳斯·曼于1936年发表小说《梅菲斯特》,讽刺像他这样的没有骨气的知识分子。他于1963年服过量安眠药而死。
④ 约里克是《哈姆莱特》剧中丹麦国王的弄臣,哈姆莱特见到他的尸骨,对着颅骨说:"你没有留下一个笑话,讥笑你自己吗?"

里演出《在大门外》①，观众无不震惊。我则把戴破眼镜的贝克曼想象成古丝特的丈夫，回乡的克斯特。他如古丝特所说改变了一切，填平了我的儿子库尔特的打火石泉源。

今天，对我来说，这些都已成往事；今天，我也懂得了战后的醉酒状态只不过是一种醉酒状态罢了，它必定带来宿醉的痛苦，像一只雄猫②，喵呜喵呜叫个不停。今天，它已经宣布这一切成为历史，而昨天，这一切对于我们来说，则是亲手干的行为或者罪行，还是新鲜的和血淋淋的。正因为如此，今天，我还是喜欢格蕾欣·舍夫勒一边回顾"力量来自欢乐"组织的旅游，一边编织毛衣时讲的课：不太多的拉斯普京，适度的歌德，提纲挈领地谈凯泽的《但泽城历史》，早已沉没的班轮的设备，投入对马海战的全部日本鱼雷艇的速度是多少节，此外还有贝利萨尔和纳赛斯，托蒂拉和泰耶，菲利克斯·达恩的《罗马之战》。

一九四七年春，我已经放弃了夜大学、不列颠中心和尼默勒牧师③，告别了三楼楼厅和一直还在扮演哈姆莱特的古斯塔夫·格林德根斯。

我在马策拉特的坟墓旁决定长个儿以来还不到两年，已经觉得成年人的生活千篇一律。我思念着已经失去了的三岁孩子的身材。我坚定不移地想要恢复九十四公分的身高，比我的朋友贝布拉，比已故的罗丝维塔更矮。奥斯卡惦念他的鼓。几次远道散步把他带到了市立医院附近。他反正每月要去看一次称他为有趣的病例的伊德尔教授，便一再去拜访他认识的护士们，虽说她们没有时间陪他，但待在这种白色的、匆匆而过的、预示康复或者死亡的衣料旁边，他感觉愉快，几乎感觉到幸福。

护士们喜欢我，拿我的驼背开玩笑，天真稚气，不含恶意，给我一

---

① 德国作家沃尔夫冈·博尔歇特(1921—1947)的剧本，写遣返回乡的德国士兵到处被拒之门外，后投河自尽。贝克曼是剧中主人公。
② 德语中"Der Kater"意为"雄猫"，又为"酩酊大醉后的难受"。此为文字游戏。
③ 尼默勒(1892—1982)，反纳粹的新教领导人，被关在集中营里达七年之久。

些好东西吃,向我透露她们的医院秘闻,无穷无尽,错综复杂,让人听得既高兴又疲倦。我洗耳恭听,出些主意,甚至能调解一些小小的不和,因为我具备护士长的同情心。在二十到三十个藏身于护士服中的姑娘之间,我是唯一的、被她们以奇特的方式追求着的男人。

布鲁诺已经讲过,奥斯卡有一双漂亮的、会说话的手,一头波浪形柔发,一对相当蓝的、始终还讨人喜欢的布朗斯基的眼睛。我的驼背和我的从下巴底下开始同样隆起、同样狭窄的胸腔有可能反衬出我的手和眼睛的美,我的头发讨人喜欢,不管怎么说,这样的情况是经常发生的:当我坐在她们的科室里,护士们总要抓我的手,抚弄我的头发,或者一边往外走一边对人说:"看着他的眼睛,会把他身上其他部分完全忘掉的。"

因此,我已经战胜了我的驼背,如果我当时有鼓在身边,对过去多次证实的鼓手的潜力有十足的把握,我肯定会下决心在医院内部进行征服。然而,我羞愧地、毫无把握地不相信我的肉体可能会有任何冲动,在这温情脉脉的序幕之后,离开了医院,逃避了决战。我去透透气,在花园里或者绕着医院外面的铁丝网篱笆散步。篱笆的铁丝网眼很密,又有规则,使我不觉吹起了口哨,冷静下来。我呆望着驶往韦斯滕和本拉特方向去的有轨电车,在林荫人行道上的自行车道①旁边无聊而自在地溜达着,讥笑大自然的铺张。它扮演春天,按照节目单让蓓蕾像爆竹一般噼啪绽开。

马路对面,我们的永恒的星期日画家日复一日地给韦斯特公墓的树木涂上越来越多的绿油油的颜料。过去,公墓已经引诱过我多次了。公墓全都整洁,意义单一,合乎逻辑,有男性气概,富有活力。在公墓,一个人能够鼓起勇气,打定主意。在公墓,人生才得到它的轮廓——我不是指墓界,如果愿意的话,我可以换一种说法:得到某种意义。

沿公墓北墙有一条比特路。有七家墓碑店在那里竞争。大铺子

---

① 在德国,自行车道都划在人行道上靠马路的一侧。

446

是 C. 施诺格和尤利乌斯·韦贝尔。小铺子的店号是:克劳特、R. 海登赖希、J. 博伊斯、屈恩与缪勒、P. 科涅夫。店铺系木板房和工作室的混合物,宽敞,屋顶前的招牌或是新漆的或是将就可以辨认字迹的,在店号下面写着:墓碑店——墓碑与墓界制作——天然与人工石刻铺——墓碑艺术。在科涅夫的店铺上方,我读到:P. 科涅夫——石匠——墓碑雕刻师。

在作坊与围以铁丝网篱笆的空场之间,一目了然地排列着立在单基座和双基座上的从单穴墓到四穴墓即家庭合葬墓的墓碑。紧靠篱笆后面,在阳光下铁丝网投下的菱形阴影里,放着壳灰岩墓碑,枕头大小,供要求低的人家用;磨光辉绿石板,刻有未磨光的棕榈枝;儿童墓碑,西里西亚淡云花纹大理石制成,围以弧饰,一概八十公分高,上部三分之一为镂刻,多半是断枝玫瑰。接着是一排普通的一米石碑,美因河红砂岩,原为被炸毁的银行和百货公司楼房的正面用石,如今在这里欢庆复活,如果也可以这样来谈论一块墓碑的话。在这个展览场地中央,是豪华制品:一座纪念碑,由三个基座、两个侧部对称件、一块刻满花饰的大石壁所组成,材料是白色与淡蓝相间的蒂罗尔大理石。庄重地突出在主壁上的,是石匠们称之为主体①的浮雕。主体者,一人体也,脑袋向左歪斜,膝盖也向左歪斜,荆棘冠,三颗钉子,没有胡子,掌心摊开,前胸伤口滴着血,传统的线条风格,我相信,总共五滴血。

比特路上刻有向左歪斜的主体的墓碑足够供应还有剩余,在春天的销售季节开始前,经常有十余个主体伸开双臂,欢迎买主光临。但尤其吸引我的是科涅夫的耶稣基督,因为他最像圣心教堂主祭坛上我那位体操运动员,扩胸展肌,身手不凡。我在篱笆前消磨几小时。我用一根棍在密网铁丝篱笆上刮出母猫的呼噜声,这样那样地为自己祝愿,想着一切机遇,又什么也不想。科涅夫一直没有露面。工作室一扇窗户里伸出的烟囱,曲曲弯弯,像是几次屈膝才超出房

---

① 指基督圣体,即钉在十字架上的耶稣基督。

顶。劣质煤的黄油有节制地冒出来,降落到屋顶的硬纸板上,顺着窗户,顺着檐沟渗下去,消失在未加工的石块和龟裂的大理石板之间。在作坊的拉门前,停着一辆三轮摩托,盖有几块帐篷布,像是防备低空飞机袭击而伪装着似的。作坊里的噪声——木头敲在铁上,铁劈开石头——表明了石匠正在干活。

到了五月,三轮摩托上的帐篷布掀掉了,拉门拉开了。我看到作坊内部一层又一层的灰色,堆着的石头,一台绞刑架似的磨石机,放着石膏模型的架子,最后是科涅夫。他走路弯着腰,膝盖格格响,梗着脖子,脑袋向前伸。脖子后面贴着膏药,有粉红色的,有黑色的,横竖交叠,油膏互相渗透。科涅夫手执钉耙走来,在陈列的墓碑间耙着,因为春天来了。他精心地干着,在砾石上留下多变的痕迹,把去年掉到几块墓碑上去的枯死的枝叶耙在一起。耙子在篱笆跟前壳灰石碑的辉绿石板间移动时,他的声音把我吓了一跳:“小伙子,你家里的人把你赶出来了不成?”

“我特别喜欢您的墓碑。”我讨好说。

“可别说这种话,要倒霉的,人家会在你的头顶上也立上这么一块的。”

这时,他才去费力地转动他那僵直的脖子,斜眼看到了我,或者说,看到了我的驼背。“他们怎么把你搞成了这个样子? 睡觉时没有妨碍吗?”

我听任他哈哈大笑,随后告诉他,一个驼背不见得非有妨碍不可,我在某种程序上已经超越了驼背,甚至有些妇女和姑娘表示喜欢驼背呢,她们甚至会适应一个驼背丈夫的特殊环境与条件,坦率地说,她们在驼背身上找到了多种乐趣。

科涅夫下巴靠在耙子把上沉思:“有这种可能,我也听说过的。”

接着,他向我讲述他在埃弗尔的玄武岩采石场干活时的经历,他同一个女人有过那么一段,那女人的一条木头腿,我想是左腿,是可以卸下来的。他以此同我的驼背作比较,虽说我的“箱子”——他这样称我的驼背——是卸不下来的。石匠冗长烦琐地作了回顾。我耐心地等他讲完,等那个女人重新装上她那条木头腿之后,我请求他同意我参观作坊。

科涅夫打开铁丝网篱笆中央的铁皮门,用钉耙指向敞开的拉门请我入内。我踏过沙沙作响的砾石,直到硫黄、石膏和潮湿味把我团团围住为止。

用四根撬杆调整成水平的毛糙石板上放着沉重的、上端砍平的梨状木槌,面上的凹陷处说明总是敲打在同一个地方。配粗凿锤子用的尖凿子,圆头把尖凿子,新铸成的、因淬火还呈蓝色的齿状凿子,加工大理石用的富有弹性的长形铁锤,一块蓝岩石上放着的宽矮的开槽沟铁锤,干结在木架上的润滑剂,竖放在圆木上准备运走的双穴墓钙华墓碑,磨光,无光泽,油腻,黄色,乳酪色,多细孔。

"这是凿石锤,这是匙形凿,这是开槽凿。"科涅夫举起一根一掌宽、三步长的木条,移至眼前审视其棱角,"这是直尺。徒工不听话时,我也用它来揍他们。"

"您也雇徒工?"我这样问不只是出于礼貌。

科涅夫发起牢骚来了:"我每件活可以雇五个,可是一个也雇不到。眼下他们都去学黑市买卖了,这些笨蛋!"石匠同我一样反对那些见不得人的交易,因为这些勾当阻碍某些大有希望的年轻人去学习正经的职业。科涅夫领我看各种由粗到细的金刚砂石以及它们对一块索尔恩霍夫石板的磨光效果,这时候我却转起了一个小小的念头。他指给我看浮石,用于粗磨的巧克力色的紫胶石,还有硅藻土,用它可以把黯淡的石板磨出光泽来,而我也一直在转着我的小小的念头,它已经渐渐亮堂了。科涅夫指给我看文字模型,给我讲凸形字和凹形字,讲字体的镀金。他说,这用不了多少金子,用一枚真正的古塔勒就可以给马和骑士都镀上金。这使我当即想到但泽干草市场上面对沙沟方向的骑马的威廉皇帝像,波兰的文物保护者也许会决定给它镀金。尽管想到了贴金箔的马和骑士,我始终没有放弃我的小小的念头,它变得越来越有价值了。我琢磨着,终于使它成形,而这时,科涅夫正在向我讲解用于雕刻的三条腿的点刻机,用手节骨敲着各种各样朝左或朝右歪斜的钉在十字架上的基督的石膏模型。我的念头转出来了:"您想雇一名徒工吗?"我实际说出口的是:"您正在为自己找一名徒工吗? 还是我弄错了?"科涅夫擦了擦长疖子的后颈上的医用胶布。"我是说,您有可能招收我当徒工吗?"这个问题问得太糟,我又立即更正说,"您别低估我的体力,尊敬的科涅夫先生! 我只不过两条腿差点儿劲,干起活来可不含糊的!"我为自己的决断力所鼓舞,现在可是不达目的誓不罢休了。我撩起左胳臂的袖子,让科涅夫摸摸我虽然小但像牛肉一般坚韧的肌肉。他不愿摸,我便从壳灰岩上拿起一把粗凿锤,让这六角形的金属在我的网球一般大的小丘上跳跃。我这番显示力量的表演后来被科涅夫打断了。他开动了砂磨机,让一块金刚砂片在两穴墓墓碑的钙华基座上沙沙作响地旋转。末了,他眼睛不离机器,声音压过磨研噪声吼道:"睡一夜再考虑考虑,小伙子! 在这儿干活可不是舔蜂蜜。你拿定主意后再来,可以收你当个实习生。"

我听从了石匠的劝告,对我的小小念头考虑了一周之久。白天,我拿小库尔特的打火石跟比特路的墓碑作比较,听玛丽亚责备我:"你呀,奥斯卡,现在全靠我们养活。干点事吧,可可,茶叶,奶粉,都可以嘛!"我没有着手去干,听古丝特把不在家的克斯特当成模范向我夸奖,还任凭她由于我反对黑市而夸奖我。可是,我受不了的是我的儿子库尔特。他一边虚构着数字纵队,写到纸上,一边故意不理睬我,就像我过去多少年里故意不理睬马策拉特一样。

我们坐着吃午饭。古丝特把电铃关掉,免得顾客闯进来看到我们在吃炒鸡蛋和熏板肉。玛丽亚说:"你瞧,奥斯卡,我们能吃到这些好东西,就因为我们没有把两手揣在怀里。"小库尔特叹起气来,打火石已经落到每块十八了。古丝特闷头吃,吃了不少。我也学她的样,品尝着味道,可能是由于鸡蛋粉的缘故,我感觉到不愉快,又由于在板肉里咬到了软骨,我突然地、连耳朵根都感觉到需要幸福。尽管我有许多更充分的相反的理由,尽管我持有种种怀疑,我仍旧要求得到幸福,无忧无虑的幸福。当其余几个还坐着,吃着,满足于这鸡蛋粉的时候,我站起身来,朝柜子走去,仿佛幸福唾手可得。我在自己的格层里寻找着,在照相簿后面,教科书底下,我找到了,不,不是幸福,而是法因戈德先生给的两小袋消毒剂,从一个袋子里掏出来,不,当然不是幸福,而是经过彻底消毒的我可怜的妈妈的红宝石项饰。这是多年以前扬·布朗斯基在一个散发着雪味的冬夜里从一个橱窗里取出来的,橱窗上的圆窟窿是奥斯卡事先唱破的。奥斯卡当时还很幸福,他有唱碎玻璃的本领。我拿着这件首饰离开了寓所,在首饰里看到了我迈步的起点。于是我上路了,乘车到火车站。我暗自想道,如果事情办成了,就会如何如何,随后,长久地讨价还价,我却始终没有忘记,如果……不过那个独臂人和那个别人叫他作陪审推事的萨克森人,他们只懂得这件首饰的价值,却没有预感到他们会使我更加迫切地需要幸福。他们收下了我可怜的妈妈的项饰,给了我一个真皮的公事包和十五条美军香烟,吉祥牌①。

下午,我又回到比尔克的家里。我打开包:十五条每包二十支装的吉祥牌,一份财产,使其他几个惊讶不已。我把带包装的金黄色烟草山推到她们面前,说,这是给你们的,只不过从今以后让我得到安宁,这些香烟足够换来安宁了,除此以外,从今天起,每天给我准备满满一饭盒午饭,从今天起,我每天把它放在公事包里带到我的工作地点去。愿你们的人造蜂蜜和打火石生意也能做得吉祥如意,我这样说着,既不发火也不抱怨,我将干的是另一行,今后,我的幸福将写成,或者用行话来说,将凿在墓碑上。

科涅夫雇用我当实习生,月薪一百帝国马克。这笔钱等于不给,而我干的活也只能给这点钱。一个星期以后,事实已经表明,我的力气干不了石匠的粗活。一块刚劈开的比利时花岗岩壁,将用作四穴墓墓碑,科涅夫交给我粗凿。我刚干了一个小时,手已经握不住凿子,握锤子的手也没了感觉。我不得不把粗凿的活儿留给科涅夫去

① 战后德国经济破产,帝国马克犹如废纸。在黑市交易中,吉祥牌香烟和盟国生产的其他牌子的香烟成了商业证券和流通货币。

干,却干起证明我的灵巧的活儿来:细凿,凿成锯齿形,用两把直尺目测平面,用四根撬杆调整水平,在白云石边框上连续开凿沟槽。一根垂直的方木,顶上再横放一根,构成一个"T"字,我坐在上面,不顾要改变我这个左撇子习惯的科涅夫的指责,仍然右手握凿,左手挥动梨状木槌、铁锤、凿石锤、噼噼啪啪、叮叮当当地敲个不停,用凿石锤的六十四只牙齿同时咬石头,一块块地啃掉石头:幸福,它不是我的鼓,幸福,只是一种替代物,但幸福也可以是一种替代物,也许只有通过替代得到的幸福,幸福总是幸福的替代物,幸福成堆——大理石幸福,砂石幸福,易北河砂石,美因河砂石,你的砂石,我们的砂石,基尔希海姆幸福,格伦茨海姆幸福。硬的幸福:蓝岸石。云状易碎的幸福:雪花石膏。铬钢幸福地凿进辉绿石。白云石:绿色的幸福。柔和的幸福:凝灰岩。五彩的幸福来自拉恩河。多孔的幸福:玄武岩。冷的幸福产自埃弗尔山。幸福似火山爆发,滚落成堆,石粉飞扬,在我的牙齿间沙沙作响。

在刻字时,我更显露了自己的才干。我甚至超过了科涅夫,承担起雕刻工作中的花纹装饰部分:叶板、儿童墓碑的断枝玫瑰、棕榈枝、PX 或 INRI 之类基督的象征①、凹弧饰、圆凸线脚、蛋形线脚、削角以及双削角。奥斯卡给各种价格的墓碑刻上各种凹凸花饰,祝它们吉祥如意。我花了八个小时,在一块磨光的但一再被我呼吸时呵出的气弄模糊的辉绿石壁上刻上了如下铭文:这里永眠着我亲爱的丈夫——另起一行——我们慈祥的父亲、兄长和叔父——另行——约瑟夫·埃塞——另行——一八八五年四月三日生,一九四六年六月二十二日卒——另行——死乃生之门。随后,我最后通读一遍铭文,此刻,我换取到的是快乐与幸福。我为此一再感激终年六十一岁的约瑟夫·埃塞以及我的刻字凿前的绿色云纹辉绿石,埃塞先生墓碑铭文里的五个"O"我因此刻得格外细心;就这样,奥斯卡格外喜爱的

---

① "PX"是拉丁文"基督"一词的交织字母。"INRI"是拉丁文"拿撒勒的耶稣,犹太人的王"的缩写。

字母"O"总是有规律地、无穷尽地出现,给我幸福,而我则把它们刻得有点太大了。

我当石匠见习生的时期始于五月末。十月初,科涅夫长了两个疖,而我们又必须把赫尔曼·韦布克内希特和埃尔泽·韦布克内希特,娘家姓弗赖塔克的钙华墓碑移到南公墓去。在那一天以前,石匠始终不信任我的力气。在搬墓碑时,帮他干活的多半是尤利乌斯·韦贝尔商号的一个差不多全聋了但除此之外挺顶用的帮工。作为抵偿,科涅夫在雇八个人的韦贝尔还缺少人手时便去帮忙。我几次三番表示要帮他去干公墓上的活计,却屡遭拒绝。侥幸的是,十月初韦贝尔那里生意兴隆,在霜冻以前他手下一个人也不能少。科涅夫只好指望我了。

我们两个把钙华碑抬到三轮摩托后面,放在硬木滑竿上,推上拖斗,又把基座塞在一旁,棱角都用空纸袋裹上,再装上工具、水泥、沙、砾石、卸车用的木杠和木箱。我关上挡板,科涅夫已经坐在驾驶座上发动摩托了。他把头和长疖的脖子从侧面窗子里伸出来,嚷道:"来吧,小伙子,带上你的饭盒上车吧!"

三轮摩托绕着市立医院缓缓而行。医院大门口,白衣女护士如云。其中有我认识的一位女护士,格特露德嬷嬷。我招手,她也招手。幸福,我想着,她真像幸福,我真该邀请她一次,虽说我现在看不见她了,因为我们正朝莱茵河驶去。该邀请她到什么地方去。车子朝卡佩斯哈姆驶去,请她去看电影,或者去剧院,看格林德根斯演出。它在招手了,黄色砖房,不是剧院,浓烟升起,在火葬场叶落及半的树梢上方,格特露德嬷嬷,换个环境好不好呀?另一个公墓,另一些墓碑店,在大门口迎接格特露德嬷嬷:博伊茨和克拉尼希店铺,波特基塞天然石铺,彪姆墓碑美术店,戈克尔恩公墓园艺店。大门口有人检查,进公墓不是那么简单的,戴公墓帽的管理人员说:双穴墓钙华碑,在八区七十九号,姓韦布克内希特,名赫尔曼,手举到公墓帽前敬礼。我们交出饭盒让他在火葬场加热,停尸间前站着舒格尔·莱奥。

我对科涅夫说:"这不是戴白手套的叫舒格尔·莱奥的人吗?"

科涅夫伸手去摸脖子后面的疖:"这是萨贝尔·威廉,不是舒格尔·莱奥。他住在此地。"

这样的答复能使我满意吗?我以前在但泽,现在在杜塞尔多夫,可我却一直名叫奥斯卡。我于是说:"过去我们那边的公墓上,有过一个人,完全是这个模样的,他名叫舒格尔·莱奥。最初,他就叫莱奥,是神甫班的学生。"

科涅夫左手捂着疖子,右手驾驶三轮摩托车在火葬场前面转弯:"你说的我一点也不怀疑。这种模样的人有一大群,起初在神甫班上,现在生活在公墓上,起了别的名字。这儿的一位是萨贝尔·威廉!"

我们从萨贝尔·威廉身边驶过。他挥动白手套打招呼,在这座南公墓,我感觉像在家乡一般。

十月,公墓林荫道,世界正在脱落头发和牙齿,我是说,黄叶摇落,上下纷飞。寂静,麻雀,散步的人,朝八区方向驶去的三轮摩托声,八区离得很远。一路上,老太太带着洒水壶和孙儿孙女,瑞典黑花岗岩上的太阳,方尖碑,裂开的柱子,颇有象征意义,也许是战争留下的创伤,紫杉或者类似紫杉的树木背后颜色发绿的天使。女人用大理石的手遮住眼睛,却被自身的大理石弄花了眼睛。穿石头凉鞋的基督祝福榆树。四区的另一个基督在祝福桦树。在四区和五区之间的林荫道上行驶时,我的想象有多美啊!譬如说,大海。大海把各种东西抛到海滩上来,其中有一具尸体。从索波特滨海小道传来小提琴声,还有刚开始放的焰火,扭扭捏捏的,这是为战争中双目失明的人举办的。我,奥斯卡和三岁孩子身材,弯腰去看海滩上的那具尸体,希望这是玛丽亚,也有可能是格特露德嬷嬷,我本该请她一回的。但这是美貌的卢齐,苍白的卢齐,这是正向高潮推进的焰火告诉我,向我证实了的。她身穿贝希特斯加登毛线夹克,她在转坏念头时就穿这件衣服。羊毛衫湿了,我给她脱下来。这件毛线夹克里面她还穿着一件,同样湿了。又一件贝希特斯加登夹克衫的图案展现在我眼前。末了,焰火已经放完,只剩下小提琴声。我在一件又一件再一件羊毛夹克里面,找到用德意志少女同盟的运动衫裹着的她的心,卢齐的心,一块冰凉的小墓碑,上面写着:奥斯卡在此安息——奥斯卡在此安息——奥斯卡在此安息……

"别睡觉,小伙子!"科涅夫打断了我的由海水漂来、被焰火照明的美的想象。我们向左拐弯,八区,新辟的区,没有树林,墓碑寥寥无几,扁平地、饥饿地躺在我们面前。坟墓都太新,尚未修饰,千篇一律,却把最近举行的五处葬礼衬托得格外鲜明:棕色的花圈,被雨水淋湿、颜色融化的饰带,堆成了一座座现代化小山。我们很快在第四排头上找到了第七十九号,另一边就是七区。七区已种上了一些迅速成长着的幼树,比较有规律地覆盖着一米石块,多数系西里西亚大理石。我们把车开到七十九号墓的后头,卸下工具、水泥、砾石、沙子、基座以及有点油腻的亮堂堂的钙华碑。我们把这块大家伙从拖斗上用木杠卸到木箱上时,三轮摩托车猛地一跳。坟头插着一个临时的木十字架,横木上写有赫·韦布克内希特和埃·韦布克内希特。科涅夫把它拔出来,让我把挖掘机递给他,他便动手挖两个洞,用来灌两个水泥墩,按公墓管理处规定,洞深六十一厘米。我到七区去提水,和水泥。我和好时,他说已挖了五十一厘米深,吩咐我可以往两个洞里灌水泥了。科涅夫坐在钙华碑上,喘着粗气,伸手到脖子后面去摸他的疖子,说:"快出脓了。我感觉到它们快穿头出脓了。"我在夯水泥,很少想别的。一支新教送葬队伍由七区爬行而来,经八区去九区。他们隔开三排墓在我们前面经过,科涅夫从钙华碑上滑下来,我们按照公墓规定向牧师和死者家属脱帽默哀。棺材后面,孤单单地走着一个黑服、矮小、七歪八斜的女人。跟在后面的人,全都高大结实得多。

"傻瓜,别磨磨蹭蹭的!"科涅夫在我旁边发起牢骚来,"我感觉到,在我们把墓碑竖起来以前,它们要穿头了。"

其间,送葬队伍已经到达九区,聚集在一起,响起了牧师上下起伏的声音。水泥已经凝结,如果我们现在能把基座架到墩上去,该有多好。可是,科涅夫却肚子朝下趴在钙华碑上,把帽子塞在额头与石头之间,把上装和衬衫衣领往下拽,露出后颈。这时,九区死者的生平事迹也传到了八区我们的耳朵里。我不仅要爬上墓碑,还得骑在科涅夫的背上,弄清这件突然发生的不愉快的事情:两个并排长着的疖子。一个迟到的人,带着一个太大的花圈,匆匆向九区赶去。那里,布道正在缓慢地接近尾声。我猛地撕去膏药,用一片山毛榉叶擦掉鱼石脂磺酸铵膏,看到了两个差不多一样大小,由焦油褐渐次变黄的疖子。"让我们祈祷吧!"这话语从九区随风飘来。我把这当做信号,脑袋一歪,用两只大拇指垫上山毛榉叶又压又挤。"天父……"科涅夫小声说:"别压,挤吧!"我挤。"……你的名。"科涅夫也一起祈祷:"……来吧,你的国度。"我又压,因为只挤不管用。"将实现,如在……也在……"疖子没破裂,真是奇迹。又一遍:"今天给予我们。"科涅夫也跟着念经文:"罪过,莫受诱惑。"脓比我想象的还多。"王国、力量和荣耀。"我挤出五颜六色的剩余物。"永恒。阿门。"我又挤时,科涅夫念:"阿门。"我又压,他念:"阿门。"九区那边已开始向家属志哀,科涅夫还在念:"阿门。"他平趴在钙华碑上,得到了解救,嘟哝着:"阿门。"又问,"还有水泥安基座吗?"我有。他说:"阿门。"

我把最后的几铲水泥撒在两个水泥墩之间作为连结。这时,科涅夫从磨光的刻字墓碑上挣扎起来,让奥斯卡给他看秋天的杂色山毛榉叶和他那两个疖子的杂色内容。我们扶正帽子,手搭到石上,立起赫尔曼·韦布克内希特和埃尔泽·韦布克内希特(娘家姓弗赖塔克)的墓碑。这时,九区参加葬礼的人也都星散了。

北方幸运女神

当时,只有那些在地球表层上留下有价值物件的人们才能买得起墓碑。倒不一定非得是一颗钻石或者一串八十公分长的珍珠项链不可。用二百五十公斤土豆可以换到一块足尺足码的格伦茨海姆壳灰岩一米墓碑。一块双穴墓三基座比利时花岗岩墓碑给我们换来了两身西装加背心的衣料。衣料是一个裁缝的寡妻的,她还提议为我们加工衣料,以此换一个白云石墓框,因为她还雇着一名帮工。

就这样,科涅夫和我下班后就乘上开往施托库姆方向的十路车,去寡妇伦纳特家,让人家给我们两个量尺寸。奥斯卡当时穿的是一身经玛丽亚改制的坦克猎兵服,上衣的纽扣虽说都换了,但由于我的特殊体形却系不上扣子。

寡妇伦纳特的帮工叫安东,他给我按尺寸用深灰色细条纹料子做了一身西装:单排扣,浅灰色衬里,两肩垫得很合适,并无虚假感;驼背不加掩饰,反倒得当地予以突出;卷边裤子,裤管不太肥。服装笔挺的贝布拉师傅始终还是我的榜样。因此,裤子上没有系皮带用的襻而只有系吊带的扣子。背心后片闪亮,前片暗淡,深玫瑰衬里。整套服装试穿五次才算做成。

裁缝帮工还在缝制科涅夫的双排扣和我的单排扣西装的时候,来了一个皮鞋掮客,要为他的一九四三年被炸伤致死的妻子立一块一米碑。他先要给我们配给证,但我们要实物。一块西里西亚大理石碑加人造石边框连同安装在内,科涅夫得到一双深棕色低帮皮鞋和一双皮底拖鞋。分给我的是一双老式的但皮子极软的黑色系带靴。三十五号,我这双无力的脚从此得到坚固而漂亮的底座了。

衬衫我让玛丽亚去买。我把一捆帝国马克往称人造蜂蜜的磅秤上一放,说:"给我买两件白衬衫,一件要细条纹的,再买一条浅灰色领带,一条栗色的,行吗?余下的钱给小库尔特或给你买点什么,亲爱的玛丽亚,你总是想着别人,只是不想你自己。"

有一回,充当施主的兴头上来了。我送给古丝特一把真角质柄雨伞和一副没怎么用的阿尔滕堡施卡特牌。当她想问问克斯特何时回家时,她爱用牌来算卦,却又不愿去向邻居借一副牌来。

玛丽亚赶紧去办我托她的事情。剩下钱不少,她给自己买了一件雨衣,给小库尔特买了一个仿皮学生书包,实在难看,但暂时了却了他的心愿。玛丽亚在给我的衬衫和领带上还放了三双灰色短统袜,是我忘记买的。

科涅夫和奥斯卡去取衣服。我们站在裁缝铺的镜子前面,挺尴尬的,但都给对方的模样镇住了。科涅夫不敢转动脖子,后颈上疖子结了疤,弄皱了皮肤。他溜着肩膀,双臂向前下垂,试图伸直他的格格响的膝盖。穿上新服装,我的外观活像一个魔鬼知识分子,尤其当我把两臂交抱在胸前的时候,因为这样一来,我上身的宽度增加了。我还用瘦弱的右腿作为支撑,懒洋洋地伸出左腿构成一个三角。我冲着科涅夫微笑,他的惊讶使我得意。我走近镜子,离被我的左右颠倒的映像所占据的镜面近到可以去吻它一下的地步,但我只是对它呵了口气,随口说:"哈啰,奥斯卡!你万事俱全,只缺一枚领带饰针了。"

一周以后的一个星期日下午,我走进市立医院去看望女护士们。我上下一身新,沾沾自喜,哪个角度都是顶呱呱的。当我如此这般地露面时,我的领带上已经有一枚镶珍珠的银饰针了。

这些好姑娘们看到我坐在她们的科室里时,连话也说不出来了。时当一九四七年晚夏。我按照证明为有效的方式,把双臂交叉在胸前,玩弄着我的皮手套。我当石匠见习生和凹弧饰雕刻师傅已经有一年多的时候了。我跷起二郎腿,但注意不弄皱裤线。替我保管这套标准服的是好心的古丝特,仿佛这是为回乡并将改变一切的克斯特缝制的。黑尔姆特鲁德嬷嬷想摸摸衣料,也果真摸了摸。一九四七年春,我们庆祝小库尔特七岁生日,按"请用!"烹调法自己调制鸡蛋利口酒,自制干松蛋糕,我给小库尔特买了件鼠灰色粗呢大衣。我请女护士们吃夹心糖,格特露德嬷嬷也来了,夹心糖是用一块辉绿石碑换来的,外加二十磅红糖。小库尔特,据我观察,非常愿意上学。他的女教师,年轻而有魅力,上帝做证,她绝非施波伦豪尔小姐①那种人。她夸奖小库尔特,说他聪明,只是有点儿一本正经。女护士们多么快活,竟然有人请她们吃夹心糖。当科室里只剩下我和格特露德两人的短暂时间里,我探听她星期天是否休息。"譬如说吧,今天五点钟我就下班了。不过我不会进城去,因为没啥事情。"女护士格特露德无可奈何地说。

我说,可以去试试,她起先不想去试试,只想好好睡一觉。我就直截了当地说,我邀请她,但她还没有拿定主意,我便神秘地用这样的话作为结束:"得有点活力才行,格特露德嬷嬷!青春只有一回。吃点心的马克我肯定不缺。"伴随着这篇台词,我按传统风格轻敲胸袋前插着的手绢,又给她一块夹心糖。这个强健的威斯特伐利亚姑娘同我完全不是一个类型,所以,当她转向药膏柜,说出下面的话来时,我反倒吓了一跳:"既然您这么说,那好吧,约定六点见面,但不是在这里,在科奈利乌斯广场碰头。"

我本来就没打算在医院门厅或者大门口同格特露德嬷嬷碰头。就这样,六点钟,我在科奈利乌斯广场当时被战争破坏还不能报时的标准钟下等她。她来了,我一看几周前弄到手的不算太值钱的怀表:准时。我几乎认不出她来了。如果我能看见她准时在五十步以外、马路对面的电车站下车的话,我会在她还没有看到我之前失望地偷偷溜掉的,因为格特露德嬷嬷并非以格特露德嬷嬷的形象出现。她没有穿白衣,没有别红十字胸针,而是以哈姆的或者多特蒙德的或者多特蒙德与哈姆之间随便哪个地方的随便哪一位身穿式样寒酸的普

---

① 奥斯卡在但泽上小学时的女教师。

通服装的、名叫格特露德·维尔姆斯的小姐的身份来赴约会。

她没有察觉我的不快,告诉我,她差点儿来晚了,因为护士长存心刁难,下班前五分钟还派她干一件什么事情。

"好吧,格特露德小姐,我能提些建议吗? 我们可以先去甜食店①,无拘无束地在那里坐坐,接下来,随您喜欢,可以去看电影,去剧院嘛可惜搞不到戏票了,要么去跳舞,怎么样?"

"好,我们去跳舞吧!"她欢欣鼓舞,等她察觉到我虽然衣服笔挺但我的形象却不可能当她的舞伴时,已经晚了,连脸上的惊恐神色都来不及掩饰。

谁叫她不穿那种我如此珍爱的护士服来的呢? 我怀着幸灾乐祸的心情决定按她赞同的计划去办。缺乏想象力的她很快就不再害怕,同我一起吃着,我吃一块蛋糕,她吃三块,想必她在蛋糕里咬到了水泥碴儿。我交了点心供应证和现钱,她跟我在韦尔汉登上开往格雷斯海姆方向的电车,据科涅夫说,伯爵山下有一个舞厅。

电车停在上坡路前,最后这一段路我们只好慢慢地步行。九月的一个晚上,一如有些书里所描写的那样。格特露德的免证供应的木头底凉鞋格格响,像溪边的水磨。这使我快活。下山来的人们扭过头来看我们。这使格特露德小姐尴尬。我习以为常,毫不在意。我口袋里毕竟有点心供应证,这才使她在居斯滕甜食店里吃到了三块有水泥碴儿的蛋糕。

舞厅叫韦迪希,别名是:狮堡。在售票处就听到哧哧的笑声。我们入场,许多脑袋转了过来。穿普通衣服的格特露德嬷嬷心慌意乱,险些被一把折叠椅绊了个跟头,幸亏侍者和我把她扶住。侍者请我们在舞池近处的一张桌子就座。我要了两份冰镇饮料,又小声添了一句,只让侍者一人听到:"请加烧酒。"

狮堡的主要场地是个大厅,过去可能是一所骑术学校的场地。大厅上方有多处损坏的天花板上,悬挂着最近举行的狂欢节留下的

———————————

① 甜食店一般均设咖啡座。

纸蛇和彩带。周围一圈半暗的彩灯,把光线反射到年轻的、部分是时髦的黑市商贩平平整整向后梳的头发上,反射到姑娘们的塔夫绸上装上,看来他们相互都认识。

加烧酒的冰镇饮料端上来后,我又从侍者手里弄来十支美军香烟,递给格特露德一支,侍者一支,他把香烟夹在耳朵上。我给我的女士点了火,便掏出奥斯卡的琥珀烟嘴,把一支骆驼牌抽了半支。我们旁边几张桌子的人屏息而坐。格特露德嬷嬷这才敢抬起头来。我把足有半支长的骆驼牌烟蒂在烟灰缸里摁灭,扔下,格特露德嬷嬷却讲究实际地伸手拣起烟蒂,装在她的防水布小手提包的侧袋里。

"留给多特蒙德我的未婚夫,"她说,"他抽起烟来像发疯。"

我很快活,我不是她的未婚夫,再说,奏起音乐来了。

一个五人乐队演奏《别把我围住》。穿皱胶底鞋的男人们匆匆在舞池上走个对角线,互不相撞,钓姑娘们上钩。姑娘们站起身来时,都把手提包交给女友们保管。

有几对跳得相当熟练,像上过跳舞学校似的。口香糖在嘴里咀嚼。几个小伙子停了好几小节,想找出可以替代莱茵话"败类"这个词儿的美国俚语。他们让舞伴的手举着,那些姑娘像是在原地带球,好不耐烦。在这些舞伴们继续跳以前,又交换了一些小物件。真正的黑市商贩不懂得什么叫下班。

这一场舞我们没有跳,下一场狐步舞也没有跳。奥斯卡偶或看看男人们的腿。当乐队奏起《罗莎蒙德》时,我便请不知所措的格特露德嬷嬷跳一场。

我比格特露德嬷嬷几乎矮两个脑袋,也知道我们两个搭档一定稀奇古怪,而且还想加强这种古怪特色。我回忆着扬·布朗斯基的舞艺,壮胆充当黑市商,搂住像顺从上帝似的听任我带领的格特露德嬷嬷,左手手心朝外搭在她的臀部,接触着含百分之三十的羊毛的裤料,脸颊贴近她的上装,把这位强健的小姐整个地往后推,滑步到她的两脚之间,摇晃着朝左外侧探出的我们两个僵直的前臂,要人让道,从舞池的一角跳到另一角。跳得比我敢于指望的要好得多。我还跳花步,面颊贴近她的上装,左手时左时右托住她的臀部使她保持平衡,以她为轴心旋转,丝毫不放弃那种黑市商的标准姿势,这种姿势给人的印象是:那位女士眼看要往后摔倒了,那位想要摔倒她的先生自己也快从她头顶上摔出去了,然而,他们都没有摔倒,他们是出色的黑市商舞客。我们随即有了观众。我听到了惊呼声:"我不是对你说过了吗,他是吉米!瞧着吉米。哈啰,吉米!来吧,吉米!一起来吧,吉米!"

遗憾的是我看不见格特露德嬷嬷的脸,我只好自得其乐,希望她把喝彩声当做青年人的捧场,高傲而镇定地接受它。作为护士,她能够忍受病人们往往是笨拙的马屁功夫,对这种喝彩声,她自然能泰然处之。

我们回到座位上时,还始终有人在鼓掌。五人乐队响亮吹奏致敬,打击乐演奏员尤其卖力,乐队第二次、第三次响亮吹奏致敬。"吉米!"人们喊道,"看到那两个了吗?"这时,格特露德嬷嬷站起身来,结结巴巴地说要上盥洗室,拿起装有留给多特蒙德未婚夫的烟屁股的小手提包,涨红了脸,东磕西碰,在桌椅之间挤出去,朝售票处旁边的盥洗室方向走去。

她一去不回。她走前一口气喝光了冰镇饮料,我由此推断出,干杯意味着告别。格特露德嬷嬷把我给甩了。奥斯卡呢?琥珀烟嘴里插上美军香烟,在领班过来悄悄收走护士喝了个底朝天的杯子时,又向他要了一杯烧酒不加冰镇饮料。不惜任何代价,奥斯卡要微笑。虽说痛苦,但他在微笑,双臂交叉,跷起二郎腿,晃动着三十五号小巧玲珑的黑色系带靴,独享被抛弃者的优越感。

那些年轻人,狮堡的常客,都挺好,跳着舞经过时,都向我眨眨眼睛。"哈啰!"小伙子们喊道。"别在乎!"姑娘们喊道。我晃了晃烟嘴,感激这些真正的人道的代表,宽厚地莞尔一笑。这时,打击乐演奏员一通急播,敲起小鼓、定音鼓、钹和三角铁,独奏了一段,使我回想起演讲台下美好的往日。他宣告,又开始了一场舞,邀请女伴吧!

小乐队激动热烈,演奏《老虎吉米》。这可能是为我演奏的,虽说狮堡舞厅里没人知道演讲台下我那段鼓手生涯。不管怎么说，一个活泼好动、一头散沫花①红色鬈发的年轻姑娘，选中我当她的男舞伴，口嚼口香糖，用吸烟过多而沙哑的声音向我耳语道："老虎吉米!"我们快速地跳着吉米舞，施魔法显现了热带丛林和林中险情，老虎来了，张牙舞爪，大约持续了十分钟。小乐队响亮吹奏致敬，鼓掌，再次响亮吹奏，因为我有个服装讲究的驼背，腿脚利索自不待言，扮演老虎吉米形象不凡。我请器重我的那位女士到我的桌子就座，黑尔玛——这是她的名字——请我允许她把她的女友汉内洛蕾也带来。汉内洛蕾沉默寡言，坐得住，喝得多。黑尔玛则抽烟抽得多，我只得再向领班买美军烟。成功的夜晚。我跳了《黑巴贝里巴》《心境》和《擦皮鞋的男孩》，间歇时聊天，款待两位很难满意的小姐。她们告诉我说，她们两个在阿道夫伯爵广场的长途电话局工作，长途电话局还有更多的姑娘每星期六和星期日来韦迪希的狮堡。不管怎么说，她们每个周末都在这里，除非遇上周末值班。我也答应以后常来此地，因为黑尔玛和汉内洛蕾是那么可爱，因为可以同长途电话局的姑娘们挨得很近地坐在一起，融洽地相处。我在这里玩了一个文字游戏，她们两个也当即明白了。

我有较长的时间不再去医院。后来，我时而又去时，格特露德嬷嬷已经被调到妇科去了。我再也没有见到过她，或者只匆匆地见一面，远远地打个招呼。我成了狮堡受欢迎的常客。姑娘们都来骗我款待她们，但骗得不算过分。通过她们，我又认识了一些英国占领军人员，学到了上百个英语单词，也结下了友谊，甚至同狮堡乐队的几个队员结下了以"你"相称的兄弟友情，不过，一涉及击鼓，我就克制自己，也就是说，我从不去摆弄打击乐器，而是满足于在科涅夫的石匠铺里刻字的小小幸福。

一九四七年和一九四八年之交的严冬，我仍同长途电话局的姑娘们保持联系，也从沉默寡言又坐得住的汉内洛蕾那里得到了一些

---

① 散沫花又名指甲花，花粉可用来染红头发。

463

花费不算太大的温暖。我们紧挨着，却又保持距离，只限于做些不受义务约束的小动作。

在冬天，石匠要整顿内部。工具送去重铸。一些旧石块刻字的一面要修饰，缺了角需磨成斜边或刻成凹弧形。在秋天的销售季节里，存放场上墓碑石日见稀疏，科涅夫和我又重新放满，还用壳灰岩充填料夯成若干人造石。在做简易的雕刻工作时，我试着使用点刻机，刻出表现天使脑袋、基督戴荆冠的脑袋和圣灵之鸽的浮雕来。下雪时，我铲雪；不下雪时，我化开冻住的自来水管给砂磨机供水。

一九四八年的嘉年华会①使我消瘦了。很可能我看上去有点像是过着较高的精神生活的样子，因为在狮堡，一些姑娘把我叫做"博士"。二月末，刚过圣灰星期三②，莱茵河左岸来了头一批农民，到我们的墓碑存放场看货。科涅夫不在。他去做每年一次的风湿病治疗，在杜伊斯堡一座高炉前工作。当他于十四天之后回来时，人烤干了，疖子也没了，而我已经以好价钱卖出了三块石碑，其中一块是用于三穴墓的。科涅夫还廉价出售了两块基尔希海姆壳灰岩碑。三月中旬，我们开始搬运和立碑。一块西里西亚大理石运到了格雷芬布罗伊希；两块基尔希海姆一米碑立在璐伊斯附近的一座乡村公墓里；一块由我刻上天使小脑袋的美因河砂石，今天还竖立在施托姆勒公墓可以供人观赏。刻有头戴荆棘冠的基督的辉绿石三穴墓碑，我们在三月底装车，由于超载，三轮摩托只能缓慢地朝卡佩斯哈姆方向驶去，在诺伊斯过了莱茵桥，经格雷芬布罗伊希到罗默尔基尔欣，随后向右拐上去贝格海姆·埃尔夫特的公路，过了赖特和下奥森姆，连碑带基座运到了上奥森姆公墓，连灰都没有碰掉一点③。公墓设在一座小丘靠村子的那面坡上。

瞧这远景！我们脚下是埃尔夫特兰的褐煤矿区。幸福女神工厂

---

① 四旬节（斋期）前的狂欢节。
② 四旬节的头一天。在这一天，神甫用圣灰撒在信徒头上，或者信徒用灰在额上画十字。
③ 这时用"灰"字是与上文"圣灰星期三"相呼应的戏谑。

八座烟囱朝天喷烟。新建的、嗞嗞作响的、总想爆炸的北方幸运女神发电厂。矸石山中间的山脉上方有钢丝缆和自动倾卸货车。每三分钟过一辆装满焦煤的电动车或者空车。从发电厂来,到发电厂去,小如玩具,巨人的玩具。公墓左角凌空而过的是三根为一路的几路高压线,嗡嗡叫着,高度紧张地通往科隆。另外几路,贴近地平线,通往比利时与荷兰。世界,枢纽——我们为弗利斯一家竖起了辉绿石碑——电产生了,如果……掘墓人和助手,这助手顶替了舒格尔·莱奥,他们带着工具来了。我们站在紧张地区,我们下方隔三排墓的地方,掘墓人动手迁葬——这里在为战争赔款输送高压电流——风向我们刮来了过早迁葬的典型气味——不,没有恶心,这是三月,焦煤山中间的三月的耕地。掘墓人戴着一副线绳吊着的眼镜,同他的舒格尔·莱奥低声争吵,直到幸运女神的汽笛呼出气来,一口气长达一分钟。我们屏住呼吸,被迁葬的女人根本谈不上呼吸,唯独高压坚持着。随后,汽笛倒了,落到地上,淹死了——村里灰色石板瓦屋顶上中午的炊烟缭绕,教堂钟声接着响起:祈祷,劳动——工业和宗教手挽手。幸运女神那边在换班,我们吃黄油面包加板肉,但是迁葬不容休息,不休的高压电流匆匆奔向战胜国,照亮荷兰,此地则不断停电——可是,被迁葬的女人见到了光明!

　　当科涅夫为打地基挖掘一米五深的洞时,被迁葬的女人也被抬到新鲜空气里来了。她在底下躺的时间还不很长,去年秋天才身处黑暗之中,可她已经取得了进展,如同各处都在进行的改进那样,莱茵和鲁尔的拆卸工作也取得了进展。冬天,我在狮堡浪费光阴,那个女人却在褐煤矿区封冻的地壳下面认真地分解自己。现在,当我们夯水泥、安基座时,她被人说服,一块一块地把她迁葬。不过,现在有一个锌制的箱子来盛她,所以什么也不会丢失——幸运女神分发煤块①时,孩子们跟在装载过满的卡车后面奔跑,拣掉下来的煤块,因为红衣主教弗林斯从布道坛上对会众讲过:我当真

_____

① 指矿上把煤块作为实物工资分发给职工。

告诉你们,偷煤不是罪孽。被迁葬的女人不需要生火取暖。我不相信,她在谚语中所说的新鲜的三月的空气里会受冻,再说她还有足够的皮肤,尽管有渗漏和残缺,但还有残存的衣服和头发护着,头发始终是电烫的耐久波浪——这个词大概就是由此而来的吧。那口薄皮棺材也值得搬迁,连小木条也都得搬到另一个公墓去。那儿没有农民和幸运女神的矿工,那里是个大城市,总会发生点什么事情,而且十九家电影院同时营业。那个女人将要返回家乡,她是当时疏散到此地来的①,不是本地人。掘墓人告诉我们:"她是从科隆来的,现在在她家里的人要把她迁葬到米尔海姆去,在莱茵河彼岸。"要不是汽笛又叫了一分钟,他还会讲更多的情况。我利用汽笛响的时间,走近迁葬的坟,在汽笛声中绕了几个弯,想当迁葬的目击者。我随手带了件东西,后来到了锌制箱子旁边才知道是把铲子。我带着它不是为了去帮忙,而是因为它就在我的手里,却又马上使用它,把落在旁边的东西铲起来。这把铲子是从前帝国义务劳动局的铲子。我用前帝国义务劳动局的铲子铲起来的东西,是那个疏散到此地的女人的中指和——我至今还相信——无名指,这两个指头不是自己掉下来的,多半是没有感情的掘墓人给刨断的。这从前是或者始终还是她的手指,我觉得它们曾经是美的、灵巧的,如同已经放进锌制箱子的这个女人的头,多亏了众所周知的一九四七年和一九四八年之交的严冬,它才得以保持某种匀称,因此可以谈得上美,尽管是失效的美。此外,我觉得这个女人的头和手指比北方幸运女神发电厂的美更亲近、更有人性。可能是这样的:我享受工业区洋溢着的激情,就如同过去在剧院里享受古斯塔夫·格林德根斯。面对外表的美,我始终感到失望,尽管这些都富于艺术性,而这个被疏散的女人仅仅是过于自然罢了。我必须承认,高压电流类似歌德,传递给我一种世界感,可是,这女

---

① 指战时从德国西北部遭盟军频繁轰炸的城市疏散到东部农村地区的妇女与儿童。

人的手指却触动了我的心，即使我把这个被疏散的女人想象成男人时也是一样，因为这样更合我的意。为了拿定一个主意，也为了进行类比，需要把我变成约里克，把那个女人——半截在墓里，半截在锌制箱子里——变成男人哈姆莱特，如果愿意说哈姆莱特是个男人的话。我，约里克，第五幕①，小丑，"我认识他，霍雷肖②"，第一场，我，在这个世界所有的舞台上出现过——"唉，可怜的约里克！"——我把我的脑袋借给了哈姆莱特，这样一来，某个叫格林德根斯或者劳伦斯·奥立佛③先生的人在扮演哈姆莱特时就得考虑一下："你那些令人捧腹的笑话，你那时的上蹿下跳，又到哪里去了？"——我拿着我的义务劳动局铁铲上面的格林德根斯扮演的哈姆莱特的手指，脚踏着下莱茵褐煤矿区坚实的土地，站在矿工、农民及其家属的坟墓之间，俯视上奥森姆村的石板瓦屋顶，把这座乡村公墓变成了世界中心，把北方幸运女神发电厂变成同这个中心对立的、令人钦佩的半神半人的中心，耕地成了丹麦的耕地，埃尔夫特成了我的贝尔特海峡，在此地腐烂了的一切，都是在丹麦人的王国里腐烂了的——我，约里克，在我的头顶上方，高压、电流、嘤嘤响，在歌唱，我并没有说是天使，然而，伸向地平线的高压线路里的强电流天使在歌唱，电路通往科隆、它的火车站以及旁边的哥特式怪兽④。强电流天使给天主教会顾问处供电，在萝卜地上方的天空中，可是尘世却提供煤块以及哈姆莱特的而不是约里克的尸体。与该剧无关的其余的人们，必须待在下面——"使他们到了这样的地步……余下的便是沉默"——用墓碑压在他们身上，如同我们把辉绿石碑重重地压在弗利斯一家头上那样。我，奥斯卡·马策拉特，奥斯卡·布朗斯基，约里克，对于我来说，一个新时期开始

---

① 此处是对莎士比亚的《哈姆莱特》第五幕第一场"墓地"的诙谐模仿。引号中的话都是剧中哈姆莱特的台词。
② 《哈姆莱特》一剧中的两个小丑之一。
③ 劳伦斯·奥立佛(1907—1989)，英国电影明星。
④ 指科隆大教堂。

了。可是我几乎没有意识到它,在它过去之前,匆匆地观察着我的铁铲上的哈姆莱特王子的断指——"他太肥,呼吸局促"——我像第三幕第一场里的格林德根斯那样观察着,提出了生死存亡的问题,又屏弃这种愚蠢的提问,而把更具体的事情罗列在一起:我的儿子,我的儿子的打火石,我的尘世的和天上的假想父亲们,我的外祖母的四条裙子,照片上我的可怜的妈妈的不朽的美,赫伯特·特鲁钦斯基背上的伤疤迷宫,波兰邮局里吮血的邮件篮,美国——同驶往布勒森的九路有轨电车相比,美国算得了什么,我让时而还清晰可辨的玛丽亚的香草香飘向呈现为疯狂的卢齐·伦万德的三角脸,请那位给死亡消毒的法因戈德先生去寻找隐蔽在马策拉特气管里的党徽。我冲着科涅夫,更多地冲着高压电线杆说——因为我正在慢慢地拿一个主意,然而又感到有必要在拿定主意之前按照戏剧的需要提出一个问题,怀疑哈姆莱特,颂扬我,约里克,是个真正的市民——我对科涅夫说,因为他在叫我,因为我们必须把辉绿石碑同基座接合起来。我被最终成为一个市民的愿望所打动,小声地说——也许是模仿格林德根斯,虽然他不大可能扮演约里克——我隔着铁铲对科涅夫说:"结婚,还是不结,这是个问题①。"

自从发生了北方幸运女神对面的公墓上那次转变以后,我不再去韦迪希的狮堡舞厅,中断了同长途电话局的姑娘们的一切联系。她们的优势就在于迅速地、令人满意地接通电话,建立联系。五月,我给玛丽亚和我买了电影票。看完电影,我们去餐馆,吃得比较好,我跟玛丽亚聊天。她心事重重,小库尔特的打火石来源断了,人造蜂蜜的生意也不行了。几个月来,我,如她所说,一个弱者,承担着养活全家的责任。我安慰玛丽亚,说奥斯卡愿意做这些,奥斯卡喜爱承担重大的责任胜过其他一切,恭维她的容貌,末了,我壮起胆子,向她求婚。

---

① 戏仿莎士比亚《哈姆莱特》中的名句:"活着,还是死去,这是个问题。"

她希望有段时间考虑考虑。我提出的约里克的问题几个星期得不到答复,或是她避而不答,最后却由币制改革①作了回答。

玛丽亚向我摆了一大堆理由,说话时摸着我的衣袖,叫我"亲爱的奥斯卡",说对于这个世界来说,我实在是太善良了,请我谅解,请我今后继续保持纯正的友谊,祝愿我成为石匠后万事如意。在我再次追问之下,她拒绝了同我结为夫妻。

就这样,约里克没有成为体面的市民,却变成了一个哈姆莱特,一个傻瓜。

---

① 指 1948 年 6 月美英法三国占领区实行的币制改革,用德意志马克取代贬值的帝国马克。

四九年圣母

币制改革来得太早,使我变成了一个傻瓜,迫使我也同样地去改革奥斯卡的货币。我无可奈何,即使不让我的驼背生出资本来,也得赖以糊口了。

我本来也会成为一个好市民的。币制改革以后的时期,如我们今天之所见,给暂时兴旺发达的毕德迈耶尔①带来了各种前提。这个时期本来也会促使奥斯卡具备毕德迈耶尔的特征。我本该成为一个好丈夫,正派人,参加重新建设,现在也该有一爿中等规模的石匠铺,给三十名帮工、小工和学徒工发放工资和面包,替所有新建的办公大楼和保险公司用备受欢迎的壳灰岩和钙华把建筑物的门面装饰得体面大方。我本该成为一个生意人、正派人和好丈夫的,但是,玛丽亚拒绝了我的求婚。

这时,奥斯卡想到了他的驼背,把这份财产转到了艺术的名下。科涅夫的生活是靠墓碑维持的,如今由于币制改革而成了问题。在他解雇我之前,我先辞了职。如果我不能闲居在古丝特·克斯特的厨房里,我便会流落街头。我那身定做的时髦的西服也渐渐地穿旧了,变得有点邋遢。我虽说没有同玛丽亚争吵,但惧怕争吵,因此多半上午就离开比尔克的寓所,先去阿道夫伯爵广场看天鹅,随后到宫廷花园去看天鹅。我坐在公园里,渺小,沉思,但不愤世嫉俗。对面是劳动局和艺术学院,在杜塞尔多夫,这两家是邻居。

一个人,坐着,坐在这样一张公园凳子上,直至自己变成了木头,

---

① 指中、小资产阶级。

需要交往为止。老年男子,来不来公园要看天气。老年妇女,慢慢地又变成了爱闲聊的姑娘。当时的季节,黑天鹅叫嚷着互相追逐,情侣,旁人爱看他们,一直看到他们如所预料的那样不得不分开。有些人扔掉废纸。废纸飞了一阵,翻起跟头,末了被一个由城市付工资的戴帽男子用尖棍戳走。

奥斯卡有坐功,会用膝盖带动双腿均匀地抖动。在一个身穿皮大衣、系有前国防军腰带、戴眼镜的胖姑娘同我搭话之前,我肯定已经注意到了她和两个瘦小伙子。跟我攀谈显然是那两个小伙子出的主意。他们一身黑,是无政府主义者的打扮。他们的外表是那么危险,然而却羞于跟我,一个从外表即可看出隐藏着伟大意义的驼背,直截了当地交谈。他们说服了穿皮大衣的胖姑娘。她走过来,双腿粗似立柱,结结巴巴,直到我请她坐下。她坐了下来,由于从莱茵河飘来的水汽甚至是雾气,她的眼镜片模糊不清。她说呀说的,直到我请她先擦一擦眼镜,再把她要讲的事情讲得我能够听明白。她便挥手把那两个瘦小伙子叫过来。不用我开口,他们就说自己是艺术家,绘画和雕塑艺术家,眼下正在寻找一个模特儿。末了,他们不无热情地告诉我,他们相信我就是他们要找的那种模特儿。我用拇指和食指做了几个快速动作,他们也马上说出给艺术学院当模特儿的报酬:每小时一马克八十芬尼,裸体模特儿甚至每小时两个德意志马克。不过那胖姑娘说,不考虑裸体模特儿。

为什么奥斯卡答应了呢?是艺术引诱了我吗?是报酬引诱了我吗?艺术和报酬同时引诱了我,让奥斯卡答应下来。我于是站起身来,让公园凳子和公园凳子生活永远成为过去,跟随着昂首阔步的戴眼镜的姑娘和那两个走路向前探身、仿佛背负着他们的天赋的小伙子,经过劳动局,踏上冰窖山街,走进部分遭破坏的艺术学院大楼。

库亨教授,黑胡子,黑煤眼睛,独特的黑色宽边软呢帽,他使我联想起少年时见到过的黑餐柜。他的学生认为我,坐在公园凳子上的男人,是个绝妙的模特儿,他本人也认为如此。

他绕着我走了许久,黑煤眼睛滴溜溜转,鼻息声声,从鼻孔里喷出黑色尘垢，随后一边用黑指甲掐住一个无形的敌人，一边说："艺术就是控诉、表现、激情！艺术就是在白纸上消耗自身的黑炭笔！"

我为这种消耗性艺术提供模特儿。库亨教授领我走进他的学生的画室，亲手把我抱上转盘，转动它，不是为了把我转晕，而是为了从各个侧面说明奥斯卡的身材比例。十六个画架移近奥斯卡的侧面。喷煤灰的教授还作了一篇简短的讲演。他要求表现，完全醉心于表现这个字眼儿。他说：表现了绝望的夜的黑色，他断言，我，奥斯卡，体现了控诉着、挑衅着、无时间性地表现着本世纪的疯狂的被破坏的人的形象。教授还冲着画架送去雷鸣般的吼声："你们不要画他，画这个残疾人，你们应当宰割他，把他钉上十字架，用炭笔把他钉在纸上！"

这是动手的信号，十六支炭笔在画架后面沙沙响，叫喊着拼搏，消耗着自身，画我的表现——也就是我的驼背，把它画成黑色，黑上加黑。库亨教授的学生全都给我的驼背加上浓厚的黑色，使他们不可避免地陷入了夸张，高估了我的驼背的体积。他们换上一张比一张更大的纸，却仍旧画不下我的驼背。

这时，库亨教授给那十六名炭笔消耗者出了个好主意，要他们别从我的驼背的轮廓着手，因为我的驼背表现力太强，任何尺寸的纸都包容不下，而应抹黑那个弧形上方的五分之一，尽可能往左先抹黑我的头。

我的秀发的光泽是深棕色的。他们却把我画成了头发一缕一缕下垂的吉卜赛人。十六个艺徒没一个注意到奥斯卡有双蓝眼睛。休息的时候——按规定模特儿站立三刻钟之后可休息一刻钟，我看了看画在十六张纸上那左上方的五分之一。在每一个画架上，我的忧虑憔悴的面容都在控诉社会。这虽然使我感到意外，可是，使我吃惊的是，我的蓝眼睛失去了光度。本该画成亮闪闪的、讨人喜欢的地方，极黑的炭笔道却在那里滚动、变细、碎裂和刺人。

考虑到艺术的自由，我暗自说道，这些缪斯的年轻儿子们和同艺术纠缠的姑娘们虽说看到了你心中的拉斯普京，可是，他们是否发现了在你心中打瞌睡的那位歌德，愿意唤醒他，淡淡地，少些表现，宁可用适度的闪光的一笔把他画到纸上去呢？十六个学生，虽说如此有才华，库亨教授，虽说他的炭笔画人称一绝，却都未能留赠后世一幅可以为人接受的奥斯卡肖像。唯有我，挣钱不少，颇受尊重，每天在转盘上站立六小时，时而脸冲着老是堵塞的洗水池，时而鼻子朝着灰色的、天蓝色的、淡云飘浮的画室窗户，有时则被转向一面西班牙墙，献出表现，每小时给我带来一马克八十芬尼。

过了几个星期，学生们已经能画出一些可爱的小画了。也就是说，他们的抹黑表现稍有节制，不再把我的驼背的体积夸张到无边无际，他们偶或把我从头到脚，从胸口外的上装纽扣到界定我的驼背的最远凸出点的上装衣料搬到了纸上。在许多张画纸上甚至有了画背景的地位。尽管经过了币制改革，年轻人仍然表现出始终还受战争的影响。他们在我的背后建造了有控诉性黑色窗洞的废墟，把我表现为炸裂的树桩间无望的、面有菜色的难民，甚至把我关押起来，勤快地用黑炭在我背后铺展开一道夸张的铁丝网，让岗楼在背景上咄咄逼人地监视着我，我手里还得拿着个空饭碗，监牢的铁窗在我背后和头顶上送来版画的魅力。是啊，他们把奥斯卡塞进了囚犯服里，而凡此种种都是为了艺术表现的需要。

不过，人家把我抹成了黑发吉卜赛人奥斯卡，人家不是让我用蓝眼睛而是用黑炭眼睛去看这种种惨相，而我也知道，炭笔画不出真铁丝网，所以我也就放心当模特儿，静止不动。然而，当雕塑家们——人所共知，他们不用与特定时代有关的背景也能行——让我当模特儿，当裸体模特儿时，我也还是很高兴的。

这一次不是学生来跟我谈，而是师傅本人来请我。马鲁恩教授是我那位黑炭教授、库亨师傅的朋友。一天，在库亨昏黑的、挂满镶框黑炭痕迹的私人画室里，我正保持静止不动的姿态，好让大胡子库亨用他的别具一格的线条把我画到纸上去。这时，马鲁恩教授来拜访他。马鲁恩五十开外，矮小结实，如果没有他那顶巴斯克帽证明他的艺术家的身份，那件最时新的白外套会让人把他当成一个外科医生的。

　　我马上看出，马鲁恩是个古典形式的爱好者，由于我的身体的各种比例，他怀着敌意凝视着我。他一边嘲讽他的朋友，说，他，库亨，一直在抹黑吉卜赛模特儿，因此在艺术家的圈子里已经得了个"吉卜赛库亨"的诨名，难道他还没有画腻吗？他眼下是不是想画出些怪胎来？是否有意继富有成果、有好销路的吉普赛时期之后，再用黑炭抹出一个更富有成果、更有销路的侏儒时期来呢？

　　库亨教授把他朋友的嘲讽化为愤怒的、夜一般黑的炭笔痕迹。他画出了至今所画的奥斯卡肖像中最黑的一幅，当真一团漆黑，仅仅在我的颧骨、鼻子、额头和手上有少许光亮，至于我的手，库亨总让手指叉开得太大，还添上痛风结节以加强表现力，放在他的放荡无度的炭痕的中景。可是，这幅画后来在许多画展上展出时，画上的我却有了一双蓝色的，也就是说，明亮而非昏黑的眼睛。奥斯卡认为这是受了雕塑家马鲁恩的影响。他不是个重表现的黑色愤怒者，而是个古典派，我的眼睛以歌德式的明亮照亮了他的道路。雕塑家马鲁恩本来只喜爱匀称，所以，能够诱使他选择我去当雕塑模特儿，当他的雕塑的模特儿的，也只能是我的目光了。

　　马鲁恩的工作室明亮、多尘，几乎是空荡荡的，见不到一件成品。可是，到处放着计划好的作品的模型骨架。它们的构思是如此完美，因此，铁丝、铁、弯好的铅管，虽未上黏土也已经预示出了未来成形后的和谐。

　　我每天给这位雕塑家当五小时裸体模特儿，每小时得两马克。他用粉笔在转盘上标一个点，指出作为支撑腿的我的右腿应该在那里扎根。由支撑腿的里踝骨向上画一根直线恰好到达两根锁骨之间的颈窝。左腿是游动腿。不过，这个名称是骗人的。虽说我让它略微弯曲，懒洋洋地伸向一侧，却不准移动它，或者让它游动。这条游动腿也得扎根在转盘上的粉笔圈里。我给雕塑家马鲁恩当模特儿的数周内，他却未能替我的胳膊找到相应的、同腿一样不可移动的姿势。他让我作了种种尝试：左臂下垂，右臂在头上构成角度；两臂交叉在胸前;两臂交叉在驼背下面;双手叉腰。可能的姿势有上千种。马鲁恩先在我身上试验,随后再拿铁骨架和可弯曲的铅管四肢做试验。

在辛勤地寻找了一个月的姿势以后,他终于决定,或者把交叉双手托着后脑勺的我变成黏土,或者把我塑成无臂躯干黏土像。但这时,由于做骨架和改做骨架,他已经筋疲力尽,故而他虽说从黏土箱里抓起了一把黏土,摆好甩的架势,却又啪的一声把散发霉味的、未成形的黏土扔回到箱子里去,蹲到骨架前,凝视着我和我的骨架,手指颤抖不已:这个骨架实在太完美了!

他无可奈何地叹着气,佯称头痛,却没有对奥斯卡发火,便放弃了它,把驼背骨架连同支撑腿和游动腿,抬起的铅管胳臂,交叉在铁后颈上的铁丝手指,放到堆着以前完成的所有别的骨架的角落里。我的空空的驼背骨架当中,有若干块木板,叫做蝴蝶,本来是要承受黏土的,这时,全都轻轻地晃动着。它们不是在嘲讽,倒不如说是意识到了自己是毫无用处的。

接着,我们喝茶,闲聊了整整一个小时。这也算作当模特儿的时间,雕塑家照样付给我钱。他谈到了过去,那时候他还像年轻的米开朗琪罗一样默默无闻,曾把半公担计的黏土甩到骨架上,完成了许多塑像,大部分在战时被毁了。我向他讲述了奥斯卡当石匠和刻字匠时的活动。我们扯了一点儿业务,他便带我到他的学生那里去,让他们也相中我当雕塑模特儿,按照奥斯卡制作骨架。

马鲁恩教授有十名学生,如果长头发是性别的标记的话,那么,其中六人可以标明为姑娘。六个中间四个长得丑却有才华,两个是漂亮、饶舌的真正的姑娘。我当裸体模特儿从不害羞。不错,奥斯卡甚至欣赏那两个漂亮而又饶舌的雕塑姑娘的惊讶表情。她们第一次打量站在转盘上的我时,轻易地被激怒了,并且断定,奥斯卡虽说是个驼背,身材矮小,却也有个生殖器官,必要时,它还能同任何所谓正常的男性的象征比一下高低。

跟马鲁恩师傅的学生相处,其情况与跟师傅本人相处稍有不同。

过了两天,他们已经做好了骨架。真是天才,他们追求天才的快速,朝匆匆忙忙、不按操作规程固定的铅管之间甩黏土。但他们显然在我的驼背骨架里少挂了木蝴蝶,冒潮气的黏土几乎挂不住,使奥斯卡全身布满裂纹。十个新制成的奥斯卡全都歪歪斜斜,脑袋搭拉到两脚间,铅管上的黏土啪地掉下来,驼背滑到了膝窝里。这时,我才懂得去敬重马鲁恩师傅了。他是一个杰出的骨架构筑者,他做的骨架是如此完美,所以根本没有必要再甩上便宜的黏土了。

当黏土奥斯卡跟骨架奥斯卡分家时,相貌虽丑但有才华的雕塑姑娘们甚至流下了眼泪。那个漂亮而饶舌的雕塑姑娘见到肉象征性地从骨头上快速剥落时却哈哈大笑。可是,几个星期以后,这些雕塑艺徒还是做成了几个像样的骨架,先塑成黏土的,后又塑成石膏的和仿大理石的,在学期结束时展出。在这个过程中,我则获得机会一再在丑陋而有天赋的姑娘跟漂亮而饶舌的姑娘之间作新的比较。难看但有艺术才干的童贞女们相当细心地仿制我的头、四肢和驼背,可是出于奇怪的羞怯心,忽略了我的阳具,或者按传统线条风格马虎了事。可爱的、大眼睛的、手指美却不灵巧的童贞女们却很少注意我的肢体的分段比例,但十分用心地精确仿制我的美观的生殖器官。在这方面,那四个学雕塑的男青年也不该忘了报道。他们把我抽象化,用扁平的、表面有条纹的小木条把我敲成四方形,难看的童贞女们所忽略的而漂亮的童贞女们做得很逼真的东西,他们则本着干巴巴的男人的理解力,做成了架在两个同样大小的方木块上的一个长方形木块,像积木搭成的国王犯了生育狂的器官,竖在空间。

或许由于我的蓝眼睛的缘故,或许由于雕塑家们放在赤裸裸的奥斯卡周围的供热器的缘故,前来走访惹人喜爱的雕塑姑娘的年轻画家们发现,我的蓝色眼睛或者被照射成蟹红色的皮肤有着图画的魅力,于是把我从一楼的雕塑和版画工作室诱拐到楼上,随即在他们的调色板上调起颜色来。

起先,画家们对我的蓝色目光的印象太深了。在他们眼里,我似乎全身发蓝,而他们也要用画笔把我从头到脚都画成蓝色。奥斯卡健康的肉,他的波浪式的棕发,他的鲜嫩的血红色的嘴,全都闪烁着令人毛骨悚然的蓝光;在一片片蓝色的肉之间还加上了垂死的绿色、令人作呕的黄色,这就更加速了我的肉体的腐烂。

狂欢节到了,学校地下室里举行了长达一周的庆祝活动。在那里,奥斯卡发现了乌拉。奥斯卡把她当做缪斯,领她去见画家,到了这时,他才被他们画成别的颜色。

是四旬斋前的星期一吗?是四旬斋前的星期一,我决定去参加庆祝活动,化装好了去,化装好的奥斯卡将挤到人群中去。

玛丽亚看到我站在镜子前,便说:"待在家里吧,奥斯卡,会把你踩死的。"可是,她又帮我化装,剪下布头。她的姐姐古丝特一边饶舌,一边把布头拼成了一件小丑服。起先,我觉得有一种委拉斯开兹风格的东西在眼前浮动。我也愿意看到自己扮作统帅纳赛斯,或者扮作欧根亲王。我最后站在大镜子前面,镜子玻璃在战时裂开了一道斜纹,使我的映像变了点形,但这件花花绿绿、鼓鼓囊囊、挂有铃铛的开襟服仍被照得一清二楚。我的儿子看了捧腹大笑,笑得咳嗽不止。这时,我并不愉快地低声对自己说:你现在是小丑约里克了,奥斯卡。可是,你能去愚弄的国王又在哪里呢?

已经上了有轨电车,它将带我去学院附近的拉亭门。我注意到,正要去办公室或商店的、打扮成牛仔和西班牙女郎的老百姓见了我并没有放声大笑,反倒大吃一惊。他们都同我保持一定的距离,所以,尽管电车里挤满了人,我却得到了一个座位。在学院门前,警察挥舞着他们货真价实而不是化装用的橡皮棍。艺术青年们的庆祝会名叫"缪斯池塘",会场已经客满,但人群仍想攻占这幢楼房,便同警察发生了冲突,部分是流血冲突,但不管怎么说,是一场五彩缤纷的冲突。

奥斯卡让挂在左袖上的小铃铛说话,分开人群。一名警察,由于职业的缘故一眼看出了我的身材,低头向我敬礼,问我有何贵干,随后挥动橡皮棍,领我到庆祝场所地下室。那里在煮鱼,还没有煮熟。如今没有人会相信,艺术家的庆祝会乃是艺术家自己庆祝节日的聚会。艺术学院大多数学生,面孔虽然上了油彩,却仍旧严肃、紧张,他们站在地道的但有些摇晃的酒吧间柜台后面,出售啤酒、香槟、维也纳小香肠和烧酒,挣点外快。在艺术家庆祝会上真正寻欢作乐的多半是市民。在一年一度的节日里,他们大手大脚地花钱,像艺术家似的狂饮欢庆。

大约有一小时之久,我在楼梯上、角落里、桌子下吓唬正要在这不痛快的气氛中寻找些刺激的一双双情侣。之后,我同两个中国姑娘交上了朋友,她们的血管里必定流着希腊人的血液,因为她们正在实行数百年前在勒斯波斯岛上歌颂过的一种爱①。她们互相偎依,十指并用,对我的敏感部位不屑一顾,让我看了一部分相当有趣的镜头。她们同我一起喝热香槟,还征得我的同意,试一试我的顶端相当尖的驼背的反抗力。试验成功,她们都很走运,这再次证明了我的论点:驼背给女人带来好运气。

然而,同女人们的这种交往持续越久,就越使我悲哀。各种想法左右着我,政局使我忧心忡忡。我蘸着香槟酒在桌面上画出对柏林的封锁②,描出空中走廊,眼看这两个中国姑娘不能凑在一起,我对德国的重新统一也感到绝望,便开始做我从未做过的事情:扮演约里克的奥斯卡要去寻找生活的意义。

我的两位女士再也想不出有什么值得我一看的东西时,她们哭了。泪水在化装成的中国人脸上留下痕迹,露出她们的本相。我站起身来,开襟服鼓鼓囊囊,铃铛乱响,想让三分之二的身子回家,留下三分之一去寻找狂欢节上一次小小的巧遇。我见到了——不,是他向我打招呼的——上士兰克斯。

诸君还记得吗? 一九四四年夏,我们在大西洋壁垒遇见过他。他在那里守卫水泥,抽我的师傅贝布拉的香烟。

---

① 这里指同性恋。
② 指英、法、荷、比、卢在美国支持下签订布鲁塞尔防御条约后,苏联对西柏林的封锁。

楼梯坐满了人，紧挨着，拥抱狂吻。我想上楼，正给自己点燃一支烟，有人拍拍我。上次世界大战的一名上士说道："喂，伙计，能给我一支烟吗？"

毫不奇怪，我靠这番话的帮助，也因为他的化装服是军灰色的，所以我一眼就认出了他。不过，假如这位上士和水泥画师军灰色的膝盖上不搂着缪斯本人的话，我是不会重温旧交的。

请读者先让我同水泥画家交谈，随后再来描绘缪斯吧！我不仅给了他香烟，还用打火机给他点燃。他抽烟时，我说："您还记得吗，兰克斯上士？贝布拉前线剧团？神秘，野蛮，无聊？"

我这么一问，画师吓了一跳，香烟倒是没掉，却让缪斯从膝上摔了下来。我扶起那个喝得烂醉的长腿姑娘，交还给他。我们两个，兰克斯和奥斯卡，一起回忆：海尔佐格中尉，兰克斯把他叫做胡思乱想的家伙，破口大骂。他显然想起了我的师傅贝布拉和修女们，当时，她们在隆美尔芦笋间找螃蟹。而我却对缪斯的露面大感惊异。她是扮作天使来的，头戴一顶包装出口鸡蛋用的可塑形硬纸板做的帽子，尽管喝得烂醉，尽管翅膀已被折断，可怜巴巴，但仍显出天国女居民的某些工艺美术的魅力。"这是乌拉。"画师兰克斯告诉我，"她原先学过裁缝，现在想搞艺术，可我不同意。当裁缝能挣钱，搞艺术挣个屁。"

奥斯卡搞艺术可挣不少钱啊！他于是提议，推荐女裁缝乌拉给艺术学院的画家们当模特儿和缪斯。听了我的建议，兰克斯喜形于色，随手从我的烟盒里抽出三支烟，而他则邀请我去他的画室，可转眼间他又小气起来，说到那里的出租汽车钱得由我来掏。

我们马上动身，离开了狂欢会场，到了西塔德街他的工作室，我付了出租汽车钱。兰克斯为我们煮咖啡醒酒，缪斯又活了。我用右手食指给她抠喉咙，她呕吐了一阵之后，差不多清醒了。

我现在才看到，她的淡蓝色眼睛始终露出惊讶的目光。我听到了她的声音，有些尖声尖气，细弱无力，却不乏动人的魅力。画师兰克斯向她讲了我的提议，与其说是建议还不如说是命令她到艺术学院去当模特儿。她先拒绝,不愿到艺术学院去当缪斯或者模特儿,只想属于画师兰克斯。兰克斯板起面孔,二话不说,像有才华的画师爱干的那样,举起大巴掌扇了她几个耳光,又问她一遍,随后满意地笑了,脾气又变好了,因为她抽泣着,活像天使在痛哭,说她愿意给艺术学院的画家们当报酬多的模特儿,如果有可能,也当缪斯。

读者必须想象出,乌拉身高约一米七八,细高挑儿,娇媚可爱,弱不禁风,使人同时联想到波提切利①和克拉纳赫②。我们一起当双裸体。她的肉细长光滑,布满孩子的细汗毛,龙虾肉大致就是她的肉色。她的头发也细,但长,干草黄。下身的毛鬈曲,微红,构成一个小三角。腋下的毛,乌拉每周剃一次。

果然不出所料,普通学生画我们时办法不多,把她的胳臂画得太长,把我的脑袋画得太大,陷入所有的初学者的错误中去:总不能把我们全部画进画纸里去。

直到齐格和拉斯科尼科夫发现我们后,才产生了符合缪斯和我的形象的画。

她睡着,我吓唬她:农牧神和山林水泽仙女。

我蹲着,她朝我弯下腰来,小酥胸总有点冰凉,抚摩着我的头发:美人与怪兽。

她躺着,我戴上长角马头面具,在她的两条长腿间嬉戏:女士与独角兽。

这些都是以齐格或拉斯科尼科夫的风格画的,彩色的,或是高雅的灰色调的,用细笔描绘细部,或按齐格的习用手法,用天才的刮刀刮,仅仅暗示出乌拉和奥斯卡周围的神秘气氛。拉斯科尼科夫又靠我们的帮助,找到了通往超现实主义的道路:奥斯卡的脸变成蜂蜜黄的钟面,犹如从前我家那个落地钟;我的驼背里机械地开放着缠绕的玫瑰,这是乌拉种下的;她上半截在微笑,下半截拖着两条长腿,肚子

---

① 波提切利(1445—1510),意大利画家,主要作品有《维纳斯的诞生》。
② 克拉纳赫(1472—1553),德国宗教改革时期的画家。

被切开;我会在里面,蹲在她的肝和脾之间,翻看一本图画书。他们也爱把我们塞进戏装里,把乌拉画成哥伦比娜①,把我画成悲哀的白脸小丑。末了,拉斯科尼科夫——人家给他起这个绰号②,是因为他老是讲罪过和赎罪——显示出他的才能,画成了一幅杰作:我坐在乌拉汗毛柔软的左大腿上,赤身裸体,一个畸形童子,她充当圣母,奥斯卡纹丝不动地扮作耶稣。

这幅画后来多次展出,题名为:《四九年圣母》。它又被当成广告画,也证明有效果,之后,落到我的好市民玛丽亚的眼睛里,导致了家庭争吵。然而,一个莱茵工业家仍出大价钱把它买下,今天还挂在一幢办公大楼的会议厅里,影响着董事们的决策。

人们利用我的驼背和体形干出的那种天才的胡闹事,也使我得到消遣。此外,乌拉和我总有人请去当双裸体模特儿,每人每小时挣两马克五十芬尼。乌拉也觉得当模特儿挺好。自从她按时带钱回家以来,巴掌大、打人狠的画师兰克斯待她也好多了。只有当他的天才的抽象作品要求他发怒时,他才动手打她。兰克斯从未利用她当纯视觉的模特儿,所以,对这位画师来说,她在某种意义上是个缪斯,因为唯有他扇她的那些耳光才赋予他的画师的手真正的创造潜力。

乌拉爱哭泣,生性脆弱,从本质上说,有一种天使的坚毅性,但也会刺激我干出暴力行为来。不过,我始终控制着自己,当我的欲望感觉到受了鞭笞时,便请她去甜食店,装出一副绅士派头——这是同艺术家打交道时养成的——领着她,把她当成我的矮小身体边一棵高大的植物,在热闹的国王林荫道上目瞪口呆的行人中间散步,给她买淡紫色长袜,玫瑰色手套。

她同画家拉斯科尼科夫的关系就不同了。他无须接近乌拉,就能经常同她进行最密切的交往。他让她在转盘上敞开两腿,摆好姿

---

① 哥伦比娜,意大利假面喜剧中活泼高兴的农村姑娘或女仆。
② 拉斯科尼科夫,这个绰号由"拉斯科尼克"一词变来,原指俄罗斯东正教一个分裂教派。

势,却又不画,而是坐到离她几步远的一张小凳上,口中念念有词:罪过,赎罪,却死盯着那个方向,直到缪斯的下身湿了,开放了,而拉斯科尼科夫也通过看和念达到了解脱,从凳子上一跃而起,给画板上的《四九年圣母》添加了了不起的几笔。

拉斯科尼科夫有时也死盯着我,尽管原因不同。他认为我身上缺些什么。他谈到我的两手之间有个真空,便接二连三地把各种东西塞在我的手指间。凭着他的超现实主义的幻想,他能够想出许许多多东西来。他用手枪武装奥斯卡,让扮演耶稣的我瞄准圣母。他让我递给她一个沙漏、一面镜子,镜子里的圣母变成丑八怪,因为那是一面凸镜。剪刀、鱼骨头、电话听筒、骷髅头、小飞机、坦克车、远洋轮,我的两只手都拿过,可是,拉斯科尼科夫很快就发觉,真空仍旧没有填满。

奥斯卡害怕那一天,到那时,画家会拿来那件唯一注定由我拿着的东西。他终于把鼓拿来了。我喊道:"不!"

拉斯科尼科夫说:"拿着鼓,奥斯卡,我已经认清你了!"

我在发抖:"再也不啦! 这是过去的事啦!"

他,阴沉地:"什么事情都不会过去,一切都会重来。罪过,赎罪,又一次罪过!"

我,用尽最后的力气:"奥斯卡已经忏悔过了,免去这鼓吧! 我什么都愿意拿,只是不要这铁皮!"

我哭泣,乌拉朝我俯下身来。泪水迷住了我的眼睛,她可以无碍地吻我,缪斯使劲儿地吻了我。所有受过缪斯的吻的人,肯定都会理解,奥斯卡在受了这个盖印章似的吻以后,立即又接过鼓,接过那个铁皮来。几年前,他放弃了它,把它埋在萨斯佩公墓的沙土里了。

但是,我没有敲鼓。我只是摆摆姿势,被画成了《四九年圣母》赤裸的左大腿上的击鼓耶稣,真够糟糕的!

就这样,玛丽亚在预告一次艺术展览会的招贴画上看到了我。她瞒着我去看展览,大概在这幅画前站了很久,满腔怒火,因为她在同我谈话时,竟用我儿子库尔特的学生直尺揍我。几个月前,她在一家较大的美食店里找到了工作,工资优厚,先当售货员,由于能干,很快就当上了出纳员。我面前的她,已不再是做黑市交易的东土难民,而是在西方入籍随俗、安分守己的人了。她因此相当有说服力地把我骂作脏猪、撞婊子的公山羊、堕落的家伙,她再也不想看到我搞肮脏事赚来的肮脏钱,连我也不愿再看到了。

虽说玛丽亚不久就收回了这最后一句话,十四天后,又把我当模特儿挣来的钱里不小的一部分收作家用钱,我还是决定放弃同她、同她的姐姐古丝特和我的儿子库尔特一起居住。我原先打算远远地离开,到汉堡去,若有可能就重返海边。玛丽亚相当快地接受了我搬迁的打算,可她在她的姐姐古丝特帮腔之下说服了我,在她们和小库尔特附近,不管怎么样也得在杜塞尔多夫找一个房间。

刺 猬

构造,砍伐,剔除,纳入,吹掉,仿作:奥斯卡成了房客后才学会用鼓召回往事。在这件事上,不仅这房间、刺猬、院子里的棺材仓库以及闵策尔先生帮助了我,护士道罗泰娅嬷嬷对于我也是一服刺激剂。

你知道帕西伐尔吗? 我也不特别熟悉他。唯有雪地上三滴血的故事留在我的记忆里。这则故事确实,因为它正适合我的情况。它可能适合每一个有某种观念的人的情况。但是奥斯卡写自己;因此,他几乎怀疑那则故事对他正合适。

我始终还在当艺术的仆人,让别人把我画成蓝色、绿色、黄色和土色,让别人把我抹黑,放在各种背景之前。我跟缪斯乌拉一起使艺术学院的冬季学期获得生机。我们还将把我们的缪斯的祝福授予相继而来的夏季学期。但是,已经降雪了,雪接受了那三滴血,它们像吸引住傻瓜帕西伐尔的目光一样地吸引住了我的目光。关于此人,傻瓜奥斯卡所知甚少,因此他可以不费吹灰之力地感到自己跟傻瓜帕西伐尔是同一个人。

我所描绘的情景尽管粗陋,但在诸君眼里想必是够清楚的:雪,这是一个护士的职业服装;大多数护士,包括道罗泰娅嬷嬷在内,她们都佩戴的联结衣领的饰针中央的红十字,便是闪闪发光的三滴血。我坐着,目光难以离开它。

不过,当我在蔡德勒公寓原先用作浴室的房间里坐下之前,我恐怕先得寻找这个房间才是。冬季学期刚结束,部分大学生退掉了他们的房间,回家过完复活节,有的又回来,有的不再回来。我的女同事缪斯乌拉帮我找房间,陪我去大学生代表处。那里,人家给了我许多个地址以及一封艺术学院的介绍信，把我打发走了。

我去看房子以前，先去比特路作坊里拜访了石匠科涅夫，这是许久以来的头一回。亲密之情促使我去，我也为了在假期里找份工作做。我，不带乌拉，在几位教授家当私人模特儿，钟点不多，在六周的假期里难以赖此糊口。此外，我还得挣到一间带家具的房间的租金。

我见到了科涅夫。他没有变样，后颈上有两个快好的和一个尚未熟的疖子，正弯着腰，在一块已经过粗凿的比利时花岗岩碑上一下一下地凿沟槽。我们聊了一会儿。我摆弄起几把刻字凿来暗示，环顾四周已经磨光、等候刻碑文的石头。有两块壳灰岩一米石和一块双穴墓西里西亚大理石碑，看来科涅夫已经卖出，只缺一个内行的刻字匠来刻字了。币制改革以后，石匠度过了一段艰难的日子，我为他感到高兴。当初，我们两人就曾以这样的智慧之言相互安慰：一次币制改革，不论它多么乐观，也不能阻止人们死去，随后来买墓碑。

这句话已被证明为真理。又有人死去，又有人来买墓碑。此外，还有币制改革以前所没有的委托任务：肉铺房屋正面和铺子里面都要贴上五彩大理石片；某些银行和百货大楼的砂石或凝灰岩正面被破坏了，现在也要修复和装饰，以恢复过去的外观。

我称赞科涅夫勤快，问他这么多的活计是否都干完了。他先回避，之后又承认，有时他真希望自己能有四只手。末了，他向我建议，我可以在他这儿每天干半天刻字活儿：石灰岩上刻凹形字，每个字母四十五芬尼，花岗岩和辉绿石上的，五十五芬尼；凸形字，每个字母六十到七十五芬尼。

我立刻站到一块壳灰岩碑前，迅速干起来，刻着凹体字：阿洛依斯·居弗尔——一八八七年九月三日生——一九四六年六月十日卒，在四小时内，刻完了三十个字母与数字。我走时，按工资等级表，共得十三马克五十芬尼。

这是我可以支付的每月房租的三分之一。房租若高于四十马克，我不愿给也付不起，因为奥斯卡把继续贴补——虽说钱数不大——比尔克的家庭开支，贴补玛丽亚、库尔特和古丝特·克斯特看作是自己应尽的义务。

从学院的大学生代表处的热心人那里得到的四个地址中,我先挑出一个:蔡德勒,尤利希街七号,因为那里离学院近。

五月初,天气热,阴沉沉的,下莱茵地区典型的春季天气,我带着足够的钱出门去。玛丽亚事先替我把衣服弄得很整洁,我显出有教养的样子。那幢房子坐落在剥落的灰泥堆里,屋前有一棵沾满尘土的栗子树。蔡德勒住在四楼一套三居室里。尤利希街一大半是废墟,很难说有什么相邻的房屋或街对面的房屋。左边有一座山,横七竖八地插着生锈的T形梁架,野草和野花丛生,可以让人猜出,从前这里有过一幢四层楼房,与蔡德勒的房屋邻接。右边,部分遭毁坏的一层到三层楼终于修复使用。可是,建筑材料大概不够。房屋的正面是光油油的瑞典黑花岗岩,上面有许多窟窿,而且凹凸不平,有待修缮。墙上刻的"朔纳曼殡仪馆"的招牌已残缺不全,我现在记不清缺了哪些字母。幸亏刻在始终还平滑如镜的花岗岩上的两根凹形棕榈枝没有损坏,还能使这家遭破坏的殡仪馆维持一半的崇敬死者的外观。

这家开办了七十五年的殡仪馆的棺材仓库设在院子里。我日后待在我的房间里经常觉得它值得一看,因为我的房间的窗户正对着院子。我注视着工人们遇上好天气就把几口棺材从仓库里推出来,放在木架上,用一切办法使它们恢复光泽。所有这些棺材都如我所熟悉的那样,是一头小的。

我按铃,蔡德勒自己来开门。他站在门口,矮小,敦实,呼吸短促,像只刺猬①,戴一副镜片很厚的眼镜,成团的肥皂泡沫掩住了他的下半张脸,右手拿着刷子对着面颊,看样子是个好喝酒的,听口音是威斯特伐利亚人。

"如果那间房间不中您的意,您马上就讲。我正在刮脸,还要洗脚。"

---

① 另含"暴躁易怒、难相处的人"之意。

蔡德勒不喜欢客套。我看了房间。它不能使我中意，因为这是一间好久无人使用过的洗澡间，一半是土耳其的绿瓷砖，一半是令人感觉不安静的糊墙纸。然而，我没有说这间房间不中意。我不管蔡德勒脸上的肥皂沫快干了，也不管他还没有洗脚，敲敲浴缸，想知道把浴缸弄走行不行，反正它已经没有排水管了。

蔡德勒微笑着摇摇他的灰色的刺猬脑袋，还想用剃须刷抹出泡沫来，但是抹不出。这就是他的回答，我于是说准备租下这间带浴缸的房间，每月付四十马克。

我们又站在灯光黯淡、又长又窄的走廊里。好几间房间的门冲着走廊，有的漆成各种颜色，有的是玻璃门。我想知道，还有谁住在蔡德勒的公寓里。

"我的妻子和房客。"

我用手指弹了弹走廊中央的一扇乳白玻璃门，它同套间房门相隔仅一步路。

"一位护士住在这儿，不过这跟您没有关系。您反正见不着她。她只在这儿睡觉，而且也不是总在这儿。"

我不想说出来，奥斯卡一听"护士"这个词儿就抽搐。奥斯卡点点头，不敢再打听其余房间的情况，只知道他的带浴缸的房间在右手一边，房门就是走廊的顶端。

蔡德勒用手指弹了弹我的上装翻领："您要是有酒精炉的话，可以在自己房间里煮东西。我倒是可以让您有时使用厨房，如果灶头对您来说不至于太高的话。"

这是他头一回谈及奥斯卡的身高。他匆匆读了一下艺术学院的介绍信，信起了作用，因为有院长劳伊塞教授的签名。他讲了各种注意事项，我只应声说"是"或"阿门"，记住厨房在我的房间的左边，答应他衣服都送到外面去洗，因为他担心热气会损坏洗澡间的糊墙纸，而我可以有把握地承诺此事，因为玛丽亚表示愿意替我洗衣服。

我本该走了，去取行李，填写迁居表格。可是奥斯卡没有走。他不能离开这公寓。他毫无理由地请他未来的房东告诉他厕所在哪里。蔡德勒用拇指指向一扇胶合板门,这使人联想到战争年代和紧接着的战后年代。奥斯卡打算当即使用一下厕所,蔡德勒便给他开了那个小地方的灯。蔡德勒脸上的肥皂沫已经硬结、剥落、作痒。

在厕所里,奥斯卡气恼至极,因为我本无此需要。我固执地等着,直到尿出了那么一点儿。由于膀胱压力不够,我不得不使劲,又由于离马桶座圈太近,结果弄湿了这个狭窄地方的马桶座圈和方砖地。我用手绢擦去坐旧的座圈上的尿,又用鞋底抹掉不幸落到方砖地上的那几滴。

我上厕所时,蔡德勒并没有趁机去找剃须镜和热水,尽管他脸上的肥皂沫已经硬结,很不舒服。他等在走廊上,可能对我特别偏爱。"您真特别,"他说,"还没有签租约,就已经上厕所了。"

他手拿变凉、硬结的剃须刷走近我,肯定在策划开个笨拙的玩笑,却没有给我添什么麻烦,而是打开了套间的门。奥斯卡在刺猬身边经过,用部分的目光盯着他,向楼梯间退去。这时,我发现,厕所门在厨房门与那扇乳白玻璃门之间,玻璃门后有一个护士不定期地在此住宿。

近黄昏时,奥斯卡带着行李和圣母画家拉斯科尼科夫送的铁皮鼓再次按蔡德勒家的门铃,手里摇晃着迁居申报表。在此期间刮了脸、大概也洗了脚的刺猬,领我走进蔡德勒的套间。

屋里有一股熄灭后的雪茄的烟味。有一股点燃过多次的雪茄的气味。此外,还杂有许多一条摞一条的、被卷到房间各个角上的、可能是珍贵的地毯所散发出来的气味。嗯,还有旧挂历的气味。不过,看不到挂历;旧挂历的气味恐怕就是地毯的气味吧。奇怪的是,舒适的皮面椅子却没有自己的气味。这使我失望,因为奥斯卡虽说从未在皮面圈手椅上坐过,却有着真实的想象:皮面椅子是必定有气味的。因此,他怀疑蔡德勒家的圈手椅和椅子的皮面不是真皮,而是人造革。

蔡德勒太太坐在一把圈手椅上,椅面光滑,无气味,事后证明是真皮革。她身穿灰色服装,裁制成运动式,勉强合身。裙子缩到膝盖以上,露出三指宽的内裤。她并不把往上缩的裙子拉拉好,而奥斯卡也发现,她的眼睛是哭肿了的。所以,我不敢作自我介绍并向她问候几句。我无言地一躬身,在快直起腰之前扭头向蔡德勒望去。他用大拇指一指,短促地咳嗽几声,就算作向我介绍了他的太太。

房间面积大,呈正方形。屋前的那棵栗子树使房间变得昏暗,也使它变大或变小。我把箱子和鼓放在门口,拿着迁居申报表走近蔡德勒,他正站在两扇窗户之间。奥斯卡听不到他走路的脚步声——这一点我以后还要补叙,他是踩着四块地毯走过去的,地毯一块比一块小,一块压着另一块的边,地毯边颜色不同,有的有流苏有的没有,构成了五彩的台阶。最低一级棕色里带点淡红,从墙根开始铺开去。第二级是绿色的,大多数面积被家具所占,如沉重的碗橱,放满几十只利口酒杯的玻璃柜,还有夫妻的大双人床。第三条地毯,蓝色,有图案,从一角铺到另一角。第四条是葡萄红的维罗呢地毯,它的任务是承受一张蒙上蜡布保护桌面的圆形可伸缩餐桌,以及四把用间距有规则的金属铆钉铆住的皮面椅子。

还有许多地毯,原非壁毯,却挂在墙上,或者被卷起来,懒洋洋地躺在墙根下。奥斯卡推测,刺猬在币制改革以前做的是地毯交易,币制改革以后,他的地毯就没有销路了。

开窗户的墙上,在两块东方风味的小地毯之间,挂着一个镶玻璃的镜框,里面是一幅俾斯麦侯爵的肖像。这是房间里唯一的一幅画。刺猬满满登登地坐在这位宰相下方的一把皮面圈手椅里,看上去有点像俾斯麦的亲属。他从我手里接过迁居申报表,警觉地、吹毛求疵地却又不耐烦地细看这份官方印制的表格的正反两面。他的妻子随口问了一句是不是有什么不对头的地方,不料惹得他大发雷霆,使他越来越像那位铁血宰相了。圈手椅一口把他吐了出来。他站在四条地毯上,把表格举在一侧,用空气填满他的身子和背心,接着一跃踩到第一条和第二条地毯上,把下面的一番话倾倒在正低头做针线活的他的太太身上:谁在这里讲话我又没有问到他谁都不准讲除了我我我! 不许再出声!

489

蔡德勒太太顺从地控制住自己,不再出声,埋头做针线活。这样一来,踩在地毯上的刺猬就束手无策了,但他仍要人相信他这一通发作必须有回响,随后渐渐消失。他一步跨到玻璃柜前,打开柜子,弄得它叮当直响,小心翼翼地叉开手指夹起八个利口酒杯,又小心翼翼地把夹满玻璃杯的手从柜子里退出来而不致碰坏那些杯子,像一个有七位客人的东道主,要亲自做一番手脚灵巧的表演供来宾消遣。他一小步一小步地朝绿瓷砖连续燃烧炉走去,突然忘掉了自己应当谨慎小心,把手里那些一碰就碎的货色朝冰冷的铸铁炉门扔去。

这个场面要求蔡德勒必须准确地扔中目标才行。令人惊讶的是,他的眼镜后面的眼睛却看着他的太太。而她呢?已经站起身来,站到右窗户下朝针眼里穿线。他砸碎玻璃杯后一秒钟,他的太太把线穿进了针眼,这可需要双手保持平稳,是件挺难的事呀!蔡德勒太太回到还暖和的圈手椅前,坐下来,裙子又缩上去,露出三指宽的粉红色内裤。刺猬探着身子,急促地喘息着然而全神贯注地观察着他的太太朝窗户走去,接着穿针眼,随后走回去。她刚坐下,他就伸手到炉子背后,拿出一个铁皮簸箕和一把扫帚,扫拢玻璃碎片,把簸箕里的这些垃圾倒在一张报纸上,报纸的一半已经被利口酒杯碎片所占据,再没有地位来盛放第三次动怒后的碎片了。

假如读者认为,奥斯卡在扔碎玻璃的刺猬身上看到了他自己,看到了曾在多年间唱碎玻璃的奥斯卡,我不能说诸君毫无道理。我当初也爱把一肚子怒火化作玻璃碎片,不过,谁也不曾见到我事后又操起铁皮簸箕和扫帚!

蔡德勒清除掉他的怒火的遗痕之后,又坐到圈手椅上去。奥斯卡再次把刺猬两手伸进玻璃柜去时落在地上的迁居申报表递给他。

蔡德勒在表格上签了名,并且让我明白,在他的寓所里必须保持秩序,各人想干什么就干什么是不行的。他说,十五年来他一直是代销商,理发推子代销商,他问我知不知道什么是理发推子!

奥斯卡自然知道什么是理发推子,他在房间的空气里做了几个动作来说明,让蔡德勒看出我正在操作理发推子。他的大胡子修剪得很不错,让人看出他是个很不错的代销商。他又告诉我他的工作日程:出差一周后在家待两天,永远如此。随后,他便失去了对奥斯卡的兴趣,像刺猬似的坐在浅棕色的皮圈手椅里吱吱响地前后摇着,眼镜镜片一闪一闪,不知是有还是没有缘故地说着:行行行行行。我该走了。

奥斯卡先向蔡德勒太太告辞。她的手冰冷,没有骨头,但又是干巴巴的。刺猬在圈手椅里挥手,挥手让我朝门口走去,那里放着奥斯卡的行李。我两手已经拎起我的家当,他的声音又传来了:"您箱子挂着的是什么玩意儿?"

"我的铁皮鼓。"

"那么您要在这里敲鼓吗?"

"不一定。从前我经常敲。"

"我看您可以敲,反正我不在家。"

"眼下还没有那种需要,会让我又敲起鼓来。"

"您怎么个子这么矮小,嗯?"

"不幸摔了一跤,从此不长个儿了。"

"只要您不给我添麻烦就好,譬如,突然发病之类。"

"近几年里,我的健康状况越来越好。您瞧瞧,我的身子多么灵便。"奥斯卡在蔡德勒先生和太太面前蹦了几下,差点儿做起他在前线剧团时学会的体操动作来,逗得蔡德勒太太咪咪窃笑,惹得蔡德勒先生又变成一只刺猬,可他还在拍大腿的时候,我已经站在走廊里了,走过护士的乳白玻璃门、厕所门和厨房门,把行李拎进我的房间。

这是五月初。从那一天起,护士的奥秘试探我,占据我,征服我。女护士使我患病,可能使我得了不治之症,因为甚至在今天,当这一切均成往事时,我仍在反驳我的护理员布鲁诺。他直言不讳地声称:唯独男人可以真正成为病人的看护,病人让女护士护理自己的欲念,不如说是一种病兆。男护士辛辛苦苦地护理病人,有时治愈了病人;与此相反,女护士们走的是女性的路子,她们是引诱病人走向康复或者死亡,而且她们能轻易地使死亡具有性爱的意味,趣味无穷。

我的男看护布鲁诺就是这么说的。他也许是对的,但我不愿意首肯。有谁若是像我这样的每隔几年便让女护士来证实一下自己没有死而是活着,谁就必定心存感激。当一个虽有同情心但爱吐怨言的男护士出于职业嫉妒心,想要离间他和女护士时,他是绝对不会允许的。

这种事情始于我三岁生日从地窖楼梯上摔下之时。我记得,她是绿蒂嬷嬷,从普劳斯特来的。霍拉茨医生的护士英格嬷嬷同我相处过多年。保卫波兰邮局的战斗过后,我同时迷恋于许多个女护士。只有一个护士的名字我还记得:她叫埃妮或贝妮嬷嬷。还有吕内堡的、汉诺威大学附属医院的无名女护士们。之后是杜塞尔多夫市立医院的女护士们,居于众人之上的是格特露德嬷嬷。现在,用不着我进医院去看病,她自己就来了。处在最佳健康状况下,奥斯卡迷恋于一个女护士,她同他一样是蔡德勒寓所的房客。从那一天起,我觉得世界充满了女护士。我清晨去上班,到科涅夫那里去刻字,我等电车的站名叫马利亚医院。在医院的砖砌大门或放满花盆的门前空场上,总有女护士们在来来往往。女护士们,结束了她们辛苦的服务工作,或者正要去做。电车来了。我免不了经常跟这些精疲力竭的、至少也是疲乏失神的女护士们坐在同一节拖车里,或者站在同一个站台上。起先,我讨厌她们身上的气味,但很快就适应了她们的气味,站到她们身边去,甚至站到她们的职业服装之间去。

比特路到了。天气好时,我在室外陈列的墓碑间凿字,看着她们两个一对、四个一伙地手挽手走来。她们在休息,闲聊着,迫使正在刻辉绿石的奥斯卡抬头望去,耽误了他的工作,因为每抬头看一次,就要我付出二十芬尼的代价。

电影广告:在德国一直有许多电影有护士出场。玛丽亚·谢尔诱使我去电影院。她身穿护士服,笑,哭,充满自我牺牲精神地进行护理,始终头戴护士帽,微笑着演奏严肃音乐,后又陷于绝望,几乎扯碎了她的睡衣,自杀未遂后牺牲了她的爱情——博尔舍扮演医生——她忠诚于她的职业,保留了她的护士帽和红十字胸饰。奥斯卡的小脑和大脑哈哈大笑,不间断地把不正经的邪念编织到影片里去,而奥斯卡的眼睛却哭出了眼泪。我泪眼模糊地在荒漠中迷了路,荒漠者,穿白衣的无名志愿护士也。我在其中寻找道罗泰娅嬷嬷,关于她,我只知道她租下了蔡德勒家乳白玻璃门后面的小间。

我有时听到她的脚步声,她正上完夜班回来。我有时在晚上九点左右听到她的声音,这时她结束日班回到她的小间。每当奥斯卡听到走廊上有护士的动静时,他并不总是稳坐在椅子上。他经常摆弄着房门把手。谁能经受得住呢?如果有什么东西从门口走过,可能是为了他而从门口走过的,他能不起来瞧一眼吗?如果邻室的每一个声响看来只有一个目的,就是使安稳地坐着的他一跃而起,他还能稳坐在椅子上不动吗?

如果周围一片寂静,那情况会更糟糕。我们已经知道了那个船舶形象,它是木制的、被动的、寂静无声的。第一个博物馆看守躺在自己的血泊中。据说,尼俄柏杀死了他。馆长另找一名看门人,因为博物馆不能关门大吉。第二个看守又死了,人们惊呼:尼俄柏杀死了他。博物馆馆长好不容易找到了第三个看门人,也许已是他找过的第十一个了。不管怎样,一天,这个好不容易找到的看门人也死了。人们嚷道:尼俄柏,漆成绿色的尼俄柏,琥珀眼睛射出目光的尼俄柏,木制的尼俄柏,她赤身裸体,不抽搐,不挨冻,不出汗,不呼吸,没有蛀虫,因为喷洒了防虫剂,因为她是历史文物,无价之宝。为了她,必须烧死一个女巫,人家砍下了雕刻这个形象的匠人的天才的手。船只沉没,她却游泳脱险,因为尼俄柏是木头的,不怕火,会杀人,始终价值连城。她以她的寂静无声使高中生、大学生、一名老年神甫和一个看门人组成的合唱队变成直挺挺不再动弹。我的朋友赫伯特·特鲁钦斯基纵身向她扑去,结果丧了命。可是,尼俄柏却始终是干的,越来越寂静无声。

女护士一大早,大约六点钟就离开了她的小间、走廊和刺猬的寓所,周围变得寂静无声,虽说她在的时候并没有弄出什么声响来。为能经受住这种寂静,奥斯卡不得不间或把床弄得嘎嘎作响,移动一张椅子或者让一只苹果朝浴缸滚去。大约八点钟，传来唰唰的响声。是邮递员，信和明信片被他塞进门上的邮件缝，纷纷落到走廊的地板上。除去奥斯卡以外，蔡德勒太太也在等待这唰唰声。她是曼内斯曼公司的女秘书，九点才上班，出门在我后面。所以，奥斯卡是听到唰唰声后第一个去看的人。我轻手轻脚，尽管明知她在听着我的动静。我打开房门，这样就不必开灯，把所有的邮件全捡起来。如果有玛丽亚的信——她每周一封信，用干净的字迹报道她自己、孩子和她的姐姐古丝特——我便随手塞进睡衣兜里，接着迅速溜一眼剩下的全部邮件。凡是寄给蔡德勒家的或者寄给住在走廊另一头的某个闵策尔先生的，我不是站着而是蹲着，又让它们落到地板上，却把寄给护士的拿在手里，转动、闻、摸，奥斯卡首先要了解一下寄件人是谁。

道罗泰娅嬷嬷很少收到信，但毕竟比奥斯卡要多。她的全名是道罗泰娅·肯格特，可我只称呼她道罗泰娅嬷嬷，久而久之便忘了她的姓氏。对于一个护士来说，姓纯属多余。她的母亲从希尔德斯海姆给她来信。西德各家医院也寄来信和明信片。来信的都是同她一起受完专业培训的女护士们。她现在不带劲却又劳神地用写明信片来保持跟她的同行们的联系，也得到她们的回信。奥斯卡溜一眼就知道，全是些无聊的废话。

那些明信片，正面多半都印有爬满常春藤的医院楼房，使我了解到一些道罗泰娅嬷嬷以前的生活情况。她在科隆的文岑茨医院、在亚琛的一家私立医院、在希尔德斯海姆都工作过一段时间。她的母亲也是由希尔德斯海姆给她来信的。她也许是下萨克森人，也许像奥斯卡那样是个东方难民，战后不久逃到那里落脚的。我还了解到，道罗泰娅嬷嬷就在附近的马利亚医院工作，同一个叫贝亚特的护士是要好朋友，许多明信片都提出这一友谊，还让代为问候那个贝亚特。

她，这位女友，使我不安。她的存在使我想入非非。我写了几封致贝亚特的信，在一封信里请她替我说些好话，在另一封信里又闭口不谈道罗泰娅。我想先去接近贝亚特，再转而接近她的女友道罗泰娅。我起草了五六封信，有几封已经装进信封，我带着信去邮局，然而一封也不曾寄出去。

如此疯狂的我也许总有一天会把这样一封致贝亚特的信寄出去的。可是，在一个星期一，我在走廊里发现了那封信，它使我的不乏爱情的激情变成了嫉妒，情况也就不同了。顺便说一下，当时，玛丽亚同她的雇主施丹策尔先生的关系刚开始，奇怪的是我对此事倒冷漠地听之任之。

信封上印好的寄件人告诉我，写信给道罗泰娅嬷嬷的是马利亚医院的一位埃里希·韦尔纳博士。星期二，第二封信到了。星期四又捎来了第三封。在那个星期四，情况究竟是怎样的呢？奥斯卡回到他的房间里，坐到一张厨房椅子上，这些厨房椅子都包括在租用的家具里。他从睡衣口袋里掏出玛丽亚每周都会寄来的信。玛丽亚尽管有了新的追求者，仍准时来信，字体整洁，内容详细。他拆开信封，读着，却什么也读不进去。他听到蔡德勒太太在走廊里，紧接着听到了她的声音。她喊闵策尔先生，后者没有回答，可他必定在家，因为蔡德勒太太打开了他的房门，把邮件交给他，还不停地规劝他。

蔡德勒太太还在讲话的时候，她的声音就已在我耳边消失了。糊墙纸错乱的图案使我的精神也错乱了，垂直线、水平线、对角线、曲线，千条线万条线乱作一团。我见到自己成了马策拉特，却又同他一起吃着所有的受骗者都在吃的伪称有益于健康的面包，轻易地把我的扬·布朗斯基装扮成一个诱拐者，涂抹成撒旦的脸，画得实在蹩脚，先让他穿上传统的天鹅绒领子的双排扣大衣，又让他穿上霍拉茨博士的白大褂，紧接着他又变成了外科医生韦尔纳，来诱拐，来使人堕落，来玷辱名声，来伤害人，来打人，来折磨人。凡是一个诱拐者必须干的，他都干了，这样一来，他反倒是一个值得相信的人了。

今天，当我回忆起那个一时心血来潮产生的念头时，我可以微笑了，而当时，这个念头却使奥斯卡变得嫉妒，变得像糊墙纸的图案一样错乱。我要学医，尽快地去学。我要成为医生，而且就在马利亚医院从业。我要赶走韦尔纳博士，揭露他工作马虎，甚至指控他在做喉头手术时疏忽大意造成病人的死亡。事实将会证明,那位韦尔纳先生从未上过大学,更非医学博士。战争期间,他在一个野战医院工作,学到了一点知识。骗子滚蛋!奥斯卡将成为主任医师,如此年轻,然而身居负责的岗位。一位新任教授绍尔布鲁赫来到那里,由手术室护士道罗泰娅嬷嬷陪同,在一群白衣随从的簇拥下,走过回声四起的过道,给病人查房,在最后一刻决定动手术。多妙啊,这样一部影片过去还从未拍摄过哩!

衣　柜　里

　　别以为奥斯卡只想着同护士们亲近。我毕竟有我的职业生活嘛！艺术学院的夏季学期已经开始，我只得放弃假期里临时的刻字工作，因为奥斯卡该去摆姿势换取较好的报酬了。他们在我身上运用的旧的风格手段必须经受考验，同时他们又开始在我和缪斯乌拉身上试验新风格了。他们扬弃了我们两个作为对象的具体性质，放弃、否认我们的具体存在，在画布和画纸上画上各种线条、四方形、螺旋形以及画在糊墙纸上也许还凑合的、纯粹是外在的东西。在这些日用品造型设计般的画上什么都有，唯独没有奥斯卡和乌拉的形象，没有深奥的紧张度。他们还加上了市场上小贩叫卖腔似的标题，例如：《向上编织》《歌唱时间》和《新空间里的红色》之类①。

　　干这些的主要是年轻学生，他们连正正经经的素描都不会哩。库亨和马鲁恩周围我的老朋友们，还有齐格和拉斯科尼科夫这两位高才生，他们有丰富的黑色和彩色，所以不必用苍白的小圆圈和贫血的线条来为贫乏唱赞歌。

　　缪斯乌拉呢？她却下凡随俗，暴露出她的艺术趣味不过是工艺美术的趣味而已。她热衷于新派的糊墙纸，很快遗忘了已经离开她的画师兰克斯，却认为一个姓麦特尔的中年画家各式各样的大幅装饰画是漂亮的、欢快的、滑稽的、离奇的、绝妙的，甚至是时髦的。麦特尔尤其喜爱像甜过头的复活节鸡蛋这种形式，乌拉不久就同他订了婚，这里就不多说了。她后来还经常找到订婚的机会。前天她来

---

　　①　此处喻学艺术的青年一代的趣味已由表现派和古典派转向抽象派。

探望我,给我和布鲁诺带了糖果。她向我透露,眼下她离认真的结合只有一步之遥了,不过,她以前也老说这样的话。

学期刚开始时,乌拉只想当新派的缪斯,对这个盲目的——她根本没有觉察到这一点——流派青眼相加。是她的复活节鸡蛋画家麦特尔把这只跳蚤塞进她的耳朵里的①,他还传授给她一套词汇作为订婚礼物,而她就试用这套词汇同我进行艺术对话。她大谈什么相互关系、布局、重音、透视、落差结构、溶化过程、侵蚀现象之类。她,白天只吃香蕉喝番茄汁的她,谈论着原细胞、色原子,说在其力场的平直动力轨道上的色原子不仅找到了它们的自然位置,而且,在此之外……在模特儿休息的时间里,乌拉就跟我谈这些。我们有时去拉亭街喝咖啡时,她也谈这一套。甚至在她同动力性复活节鸡蛋画家的婚约不复存在之后,在她经历了同一个勒斯波斯岛女子②的短暂插曲后,又跟库亨的一个男学生相好并重又归于客体世界,她还是保留着那套词汇。这使她那张小脸显得疲惫,在她的缪斯之嘴两侧刻下了两道深深的、略显狂热的皱纹。

必须承认,让缪斯乌拉扮作护士站在奥斯卡身边供人作画,这并非拉斯科尼科夫的独家主意。继《四九年圣母》之后,他又把我们画进《诱拐欧罗巴》中去,白公牛便是我③。紧接着这幅有争议的诱拐图之后产生的画是《傻瓜治愈女护士》。

是我的一番话点燃了拉斯科尼科夫的想象之火。他,红发,阴沉,诡谲,正在苦思冥索,洗净画笔,疲惫地凝视乌拉,口念罪过,赎罪。这时,我建议他,把我画作罪过,把乌拉画成赎罪;我的罪过是显而易见的,赎罪,可以让乌拉身穿护士服来象征。

那幅杰出的画后来加上了另一个标题,一个迷惑人的标题,这全怪拉斯科尼科夫。我本来要把这幅油画起名为《试探》,因为画中的

---

① 意为:对某人讲了件什么事情后弄得他坐卧不宁。

② 指搞同性恋爱的女子。

③ 此画取材于希腊神话:宙斯化作白公牛劫走腓尼基公主欧罗巴。

我右手握住门把,往下压,正打开房门,房间里站着女护士。拉斯科尼科夫的这幅画本来也可以题作《门把》,因为我觉得有必要用一个新名堂来代替"试探"这个词儿,便推荐"门把"这个词儿,因为门上伸出的这个可供人握住的把手总愿意让人家来试一试,因为道罗泰娅嬷嬷小间的乳白色玻璃门上的那个门把手天天在被我试着。我知道,这时候刺猬蔡德勒出差在外,护士在医院,蔡德勒太太在曼内斯曼公司的办公室里。

奥斯卡离开他那个带没有排水管的浴缸的房间,走到蔡德勒的套间的走廊里,站在护士的小间前,捏住门把。

直到六月中旬左右,我几乎每天试探,房门却不愿让步。我开始以为,这位护士由于她的工作要求责任心强,便把她培养成一个凡事都有条有理的人,所以,看来我还是别再指望她会疏忽大意,不锁房门就离开。因此,有一天,我意外地发现她的房门没锁时,我的愚蠢而机械的反应让我随即把房门又关上了。

奥斯卡肯定在走廊里站了好几分钟,全身的皮肤绷得紧紧的,许许多多的想法从不同的来源同时涌上心头。他的心好不容易才向蜂拥而来的各种念头推荐一个类似计划那样的东西。

我先把自己的想法同别的事情硬凑到一起去。玛丽亚和她的追求者,我想着,玛丽亚有一位追求者,追求者送给玛丽亚一把咖啡壶,追求者和玛丽亚星期六去阿波罗,玛丽亚只在休假日用"你"称呼她的追求者,在店里玛丽亚用"您"称呼她的追求者,因为这爿店铺是属于他的……我从这个和那个角度考虑了一番玛丽亚和她的追求者之后,我才在自己可怜的脑袋瓜里理出个头绪来——我打开了乳白玻璃门。

我以前就已想象到这是一间没有窗户的房间,因为房门半透明的上半部从未透出过一道日光。同我的房间一样,我伸手到左边,摸到了电灯开关。这个小间实在太窄,不能叫做房间,所以,一个四十瓦的灯泡足够照亮全室。我一抬头就看到对面镜子里我的上半身,这真叫我难堪。他的反转的映像无话可说,所以奥斯卡也不避开它,加之，镜中以同样大小倒映出的梳妆台上的东西对我有强烈的吸引力，使奥斯卡踮起了脚尖。盥洗盆的白搪瓷上有几处蓝黑色疵斑。盥洗盆一头的上方是大理石梳妆台面，同样也有破损。石板缺左角，缺角处尽头是镜子，倒映出大理石的纹理。缺损处有撕去的胶布的痕迹，透露了曾有人想用笨拙的办法来补合。我这个当石匠的一见就手痒了。我想到了科涅夫自制的大理石黏合剂，可以用它把大理石碎片黏合成耐久的石板，贴在大肉铺房屋的正面。

我同自己所熟悉的石灰岩打了一会儿交道之后，也就忘掉了讨厌的镜子恶意画出的我的肖像。这时，我想出了我一进门就觉得特别的那股气味究竟叫什么。

唔，那是醋味儿。后来，直到几星期前，我还在用下面的假设来原谅这股冲鼻子的气味。我假设护士前一天洗过头发，冲头发时，她在水里掺进了醋，虽说梳妆台上没有醋瓶。同样，在其他贴标签的容器里，我也没有发现盛着醋。可我心里还一再说，如果道罗泰娅嬷嬷在马利亚医院找到现代化的洗澡间的话，就不会有这么多的麻烦：先征得蔡德勒的同意，再到蔡德勒的厨房里去烧热水，再回她的小间来洗头发。护士长或者医院管理处一概禁止女护士使用医院的某些医疗设备，所以，道罗泰娅嬷嬷不得不在那个搪瓷盆里，对着那面不平的镜子洗她的头发，这种情况也是可能的。尽管梳妆台上没有醋瓶，在湿冷的大理石上却有不少小瓶小罐。一包药棉、半包卫生带使得奥斯卡不敢再去查看小罐里盛的是什么。可我至今还认为，罐里的内容不过是化妆品，至多是无害的药膏。护士把梳子插在头发刷子上。我克服了若干障碍才从鬃毛间拔下梳子，看个清楚。我这件事干得真棒，因为在同一瞬间奥斯卡作出了最重要的发现：护士的头发是金黄色的，也许是灰金色的。不过，根据梳下来的死头发下结论可要小心，因此，我们不妨断定：道罗泰娅嬷嬷有金黄色的头发。

梳子上多得可疑的存货还说明：护士患有头发脱落症。我立即认为，之所以患这种不愉快的、使妇女心情苦恼的病，罪在护士帽，但我并没有控告护士帽，因为在一家管理有方的医院里，不戴护士帽是不行的。

　　尽管醋味使奥斯卡觉得难受,但道罗泰娅嬷嬷脱落头发的事实却使我心中萌生了由于同情而变得高尚的、关怀的爱。说明我的为人和我的处境之特点的是,我当即想起许多标明有效的生发剂,一遇到合适的机会我就会交给护士的。我一边在脑子里想着这次会面——奥斯卡想象,那是在温暖、无风的夏日天空之下,在麦浪起伏的田间——我一边从梳子上将下不受拘束的头发,理成一束,打上一个结,吹掉上面的尘土和头皮屑,掏出我的皮夹子,匆匆清出一层,小心翼翼地把这束头发放进去。

　　奥斯卡为了更方便地摆弄他的皮夹子,便把梳子放到大理石板上,这时又把它拿起来,因为我已经把钱包和战利品放进上装口袋里去了。我举起梳子对准无罩的灯泡,让灯光透过它,观察两组硬度不同的梳齿,确定较软的一组缺了两根齿,又禁不住用左手食指的指甲刮响那组硬齿的圆头。在耍弄时,一些头发在闪亮,奥斯卡见了心中高兴,这些头发是我为了不引起怀疑而故意不将掉的。

　　梳子终于插到了头发刷子上。我离开梳妆台,总觉得它不平。在向护士的床走去时,我撞上一把厨房椅子,椅子上挂着一个胸罩。

　　奥斯卡手里没有别的东西,便用双拳去填满那个四边已经洗破和褪色的支撑物的两个穴,但填不满。不,我的拳头太硬,太神经质,陌生地、不幸地在这两只碗里活动,我不知道里面盛的是什么,却真想每天都能从这两只碗里用勺舀出东西来吃;有时会呕吐,因为奶糕糊有时会让人呕吐的,接着又甜了,太甜了,或者甜到连恶心都得有一定的味道才能刺激出来,从而检验着真正的爱情。

　　我突然想起了韦尔纳博士,便从胸罩里抽出拳头。韦尔纳博士立即消失,而我也能站到了道罗泰娅嬷嬷的床前。护士的床啊!奥斯卡经常想象它,可如今看到的却同给我的睡眠和偶尔的失眠界定一个棕漆框框的那张丑陋的床架一模一样。我曾希望她有一张白漆金属床,带黄铜头的最轻型的床栏杆,而不是这种粗笨的、没有情爱的家具。这是一个睡觉祭坛,连羽绒被都是由花岗岩雕成的。我在它前面站立良久，静止不动，脑袋沉重，毫无激情，甚至丧失了嫉妒的能力。随后我转过身去，避免看到这种不堪入目的景象。奥斯卡从来不会想象出道罗泰娅嬷嬷竟然住在睡在这种他厌恶透顶的洞穴里。

我又向梳妆台走去，也许是想去打开假设盛着某种油膏的小罐。这时，衣柜吩咐我去注意它的体积，说出它上的油漆是黑棕色，跟随它的装饰线的凸出部走去，最后把它打开，因为每个衣柜都愿意被人打开。

代替锁封住了两扇门的钉子被我弯直了，柜门立即叹息一声，自动打开了。可看的东西真不少，我只好后退几步，两臂交抱，冷静地进行观察。奥斯卡不愿像看梳妆台时那样拘泥于细节，不愿像面对护士的床时那样，由于事先已有想法而评判一通，他要像上帝创世第一天那样怀着十二分的新鲜感迎向衣柜，因为衣柜也是张开双臂欢迎他的。

然而，奥斯卡是位本性难移的美学家，要他完全放弃批评是不行的。瞧，柜子的腿被一个野蛮人匆匆锯掉了，留下许多毛茬儿，平放在地板上，变了形。

柜子内部，井井有条，无可挑剔。右边三格，摞着内衣和衬衫。白色、粉红色和浅蓝色相交，这蓝色肯定是耐洗的。右柜门里侧放内衣的三个格子旁挂着两个连在一起的红绿格子防水布口袋，口袋里上面是补过的、下面是因抽丝而破了的长筒女袜。同玛丽亚穿的、由她的老板和追求者送的袜子相比，我觉得这些袜子不是更粗糙，倒是更厚、更耐用。衣柜内无格的空间里，左边衣架上挂着暗白色的上过浆的护士服。上方放帽子的格子里排列着简朴美观的护士帽，敏感，承受不了外行的手的触摸。我仅仅扫了一眼放在内衣格子左边的普通服装。全都是些随便挑选的便宜货，这证实我心中的希望：道罗泰娅嬷嬷对这部分服装的兴趣很一般。放帽子的那一格里，在护士帽边上随便地重叠地挂着三四顶盆形帽子，滑稽可笑的仿花图案也一个压着一个，整个儿看上去像一个没做好的蛋糕。同样在放帽子的格子里,有不到一打的书靠在一个盛剩毛线的鞋盒上,书脊五颜六色的。奥斯卡把脑袋歪向一侧,非得走近些才能看清书的标题。我露出宽恕的微笑,又让脑袋回到垂直的位置,原来这位善良的道罗泰娅嬷嬷读的是侦探小说。可是,衣柜里普通的衣物我已经看够了。这些书诱使我更靠近衣柜,我所处的位置颇为有利。我进而探身到衣柜里,再也抗拒不住想属于这衣柜的愿望。我要成为衣柜的一部分,好让道罗泰娅嬷嬷把她的不算少的一部分服装保存在那里。

衣柜底板上放着实用的运动鞋,仔细刷过,只等待被穿出去,可我却不必挪动它们。衣柜里的物件盛放的地位,几乎是有意请我入内似的,因为奥斯卡可以蜷起膝盖,脚跟着地,不会压着任何一件衣服地待在这所小屋子的正中央,有足够的地盘,也有屋顶。就这样,我走了进去,抱着许多的期望。

然而我没有马上集中心思。奥斯卡感觉到小间里的家具什物和电灯泡都在观看他。为使我在衣柜里的逗留更加亲切,我试着拉上柜门。困难不少,由于门框上的簧舌槽坏了,门的上部还漏着缝,灯光射进柜里来,不过这还不足以妨害我。门一关,气味增多了。旧东西的气味,干净东西的气味,不再有醋味,而是不呛人的防蛀剂气味,一种好气味。

奥斯卡坐在衣柜里干些什么呢?他把额头贴在道罗泰娅嬷嬷的职业服上,一件颈前系扣的带袖围裙,他随即发现通往医院各病区科室的门全都打开了。我的右手,也许想寻找支撑点,便从普通衣服旁向后伸去,乱摸着,失去重心,一把抓住一样光滑的、能屈伸的东西,捏着它,最后找到一根立柱,把身体沿着钉在上面的横条滑去,靠在柜子的后壁上。奥斯卡不必再用右手去支撑,便把它伸到前面来,看看在背后抓到的究竟是什么东西。

我看到一条黑色漆皮腰带,但随即看到了更多的东西。因为柜里灰暗一片,漆皮腰带就不再仅仅是它本身。它可以是别的什么,是一种同样光滑和延伸着的东西,当我还是坚持三岁孩子身材的鼓手时,在新航道的港口防波堤上见到过:我可怜的妈妈身穿深红色翻领的海军蓝春季大衣,马策拉特穿一件双排扣大衣,扬·布朗斯基的大衣有天鹅绒翻领,奥斯卡的水手帽上绣着金字"皇家海军赛德利茨号"的飘带也属于这次结伴郊游的组成部分。双排扣大衣和天鹅绒翻领在我和妈妈前面跳跃,妈妈穿着高跟鞋不能跳,他们从一块石头跳到另一块石头,一直跳到灯塔。灯塔下坐着一个钓鱼的人,他拿着一根晾衣服绳子,旁边有一个土豆口袋,满满的口袋里有盐,还有什么东西在动。我们,我们看着口袋和绳子,想知道灯塔下的这个男人为什么用晾衣服绳子钓鱼,这个从新航道或者布勒森来的家伙,管他从哪儿来的呢!他放声大笑,朝水里吐出一团棕色东西,这东西在防波堤旁边的水面上摇曳,不进不退,末了被一只海鸥啄走。海鸥什么都叼走,它不是敏感的鸽子,更不是女护士——若要把一切白色披戴的东西都集中保管,塞进一个柜子里,那是再容易不过的事情了。还可以指白为黑,因为我当时还不害怕黑厨娘,毫无惧色地坐在衣柜里却又不在衣柜里,而是同样毫无惧色地在无风的天气下站在新航道的防波堤上。在衣柜里,我手执漆皮腰带。在防波堤,我寻找着别的,虽说也是黑色的和滑溜的,但不是漆皮腰带。由于我此刻坐在衣柜里,而衣柜都会强迫人去作比较,我于是也进行比较,称之为黑厨娘。但那时候,我并没有把它放在心上,我了解得更多的是白色事物,却几乎无法区分海鸥和道罗泰娅嬷嬷。我不去想鸽子和类似的无谓之物,加之,我们去布勒森然后又去防波堤那天,不是复活节,而是耶稣受难节,灯塔上空也无白鸽,灯塔下坐着从新航道来的那个小子,手执晾衣服绳子,坐着,啐着。或许是从布勒森来的那个小子收绳子,绳子拽到了头,随后让别人明白,为什么从同海水相混的莫特劳河水里拽绳子时会那么费力。这当口,我可怜的妈妈把双手搭在扬·布朗斯基的天鹅绒衣领和双肩上,因为她脸色煞白好似乳酪。她要走开,却又不得不目睹那个家伙把马头朝石上拍打,较小的海水绿的鳗鱼从马鬃上纷纷落下。他又像起螺丝钉似的从这死尸里拽出较大的、颜色更深的鳗鱼来。此刻,有人扯碎了一条羽绒被,我是说,海鸥来了,俯冲过来,因为海鸥如果有三只或三只以上在一起时,捉一条小鳗鱼是不费力的,若要抓较大的就困难了。这时,那个男人掰开黑马的嘴巴,用一根木头撑在牙齿间,让这匹老马张嘴大笑,把他的毛茸茸的胳臂伸进去,抓住、捏牢,同我在衣柜里抓住、捏牢一样。他也往外拽,同我拽出漆皮腰带一样。他一次拽两条,在空中一甩,啪的一声打在石头上。这时,吃下去的早餐又从我可怜的妈妈嘴里吐出来,牛奶咖啡、蛋白、蛋黄,还有一点果酱和白面包碎渣儿,丰盛得很。海鸥一见,立即倾斜身子,降下一层楼的高度,展翅俯冲,叫声就更不用提了。海鸥的眼睛凶光毕露,这是众所周知的,而且绝不让别人赶走。扬·布朗斯基赶不走它们,他自己就怕海鸥,双手捂住了蓝色的稚气的大眼睛。它们也不理睬我的鼓声,当我狂怒而又激动地在我的铁皮上找到一些新型节奏的时候,它们长驱直入。但我可怜的妈妈什么都顾不上了,她手忙脚乱,用手抠呀抠呀,可什么也吐不出来了,因为她吃得并不太多。因为妈妈要保持苗条的身材,所以她每周两次去妇女协会练体操,但这帮不了什么大忙,因为她偷偷地吃,而且总能找到摆脱自己的决心的小小出路,就像从新航道来的那个家伙,不管任何理论上的推断,不管在场的人都认为再也掏不出什么来时,他却从马耳朵里拉出一条鳗鱼来,作为压轴戏。鳗鱼满身白糊糊,因为它在马脑子里翻腾。它被那人长久地甩着,直到白糊糊全数脱落,露出了鳗鱼的漆皮,同漆皮腰带一样闪闪发光。我要顺带说一句,道罗泰娅嬷嬷不别红十字饰针、穿普通服装外出时,系的就是这样一根漆皮腰带。

我们转身回家去,尽管马策拉特还想留下,因为一艘大约一千八百吨的芬兰船入港,掀起了波浪。那个家伙把马头留在防波堤上。紧接着,马头一片白,并且大喊大叫。但不像众马嘶鸣似的喊叫,倒像一片云在喊叫,一片白云,大声叫喊,嘴馋贪食,笼罩住一个马头。当时,这景象让人看了觉得宽松许多,因为再也看不见马头了,即使可以去想象这疯狂的一群下面隐藏着什么。那艘芬兰船也分散了我们的注意力,船上装载着木材,船身像萨斯佩公墓的铁栏杆一样生锈了。我可怜的妈妈却既不回头看芬兰船,也不去看海鸥。她受够了。

尽管她以前在我家的钢琴上不仅弹过而且唱过《小海鸥飞往赫尔戈兰》，但自那以后她却不再唱这首歌，不再唱任何一首歌。起初她不再吃鱼，但从一个美好的日子起，她又开始吃许多肥鱼，直到她不能再吃。不，她有意弄到自己腻烦的地步，不仅对鳗鱼，也对生活，尤其对男人，也许也对奥斯卡，她都腻烦了。不管怎么说，她以往是什么也不能放弃的，却突然知足了，有节制了，让人把她埋葬在布伦陶。而我呢，一方面什么也不想放弃，另一方面，什么都没有我也能活下去，这一点可能是得自于她。不过，唯独缺了熏鳗鱼，我无法活下去，即使眼下是那么贵。缺了道罗泰娅嬷嬷也一样，只是我从未见过她，她的漆皮腰带我也觉得平平常常，然而我再也摆脱不了这条腰带。它没完没了，甚至变出许多条来。于是我用空着的那只手解开裤子扣子，使被许多条漆皮鳗鱼和进港的芬兰船弄得模模糊糊的道罗泰娅嬷嬷的形象重新变得清晰起来。

像旧病复发似的一再被带回到港口防波堤去的奥斯卡，终于借助海鸥的帮助，逐渐回到了道罗泰娅嬷嬷的世界中去，至少回到衣柜的那一半中来，在这里有她的空空的然而吸引人的职业服装。我终于十分清楚地看见了她并以为看清了她脸上的细部时，簧舌从损坏的槽里滑出，吱呀一声柜门大开。突如其来的光亮想要激怒我。奥斯卡手忙脚乱，生怕弄脏了旁边挂着的道罗泰娅嬷嬷的带袖围裙。

仅仅为了造成一个必要的过渡，也为了缓解在衣柜里逗留时那种始料未及的紧张与疲劳，我做了多年来不再做的游戏，在衣柜干燥的后壁上多少灵巧地敲出若干松弛的节拍，随后离开柜子，再次检查衣柜有没有被弄脏，丝毫未发现需要自责的地方，甚至连漆皮腰带也还是光洁的，唔不，有几处发暗，必须擦一擦，甚至呵口气擦得它恢复原状，可以让人联想到鳗鱼，就是我少年时代人家在新航道的港口防波堤上捉到的那些鳗鱼。

我，奥斯卡，离开道罗泰娅嬷嬷的小间，随手关掉那个四十瓦灯泡。我来访期间，从头到尾注视着我的就是它。

克 勒 普

　　我站在走廊上,皮夹里装着一团淡金色头发。有一秒钟之久,我尽力透过皮革、上装衬里、背心、衬衫和汗衫去感触到这一团头发,但是我太疲乏、太满足了,而这种满足又是以那种奇特的快快不乐的方式得到的,所以,我无力把我从小间里偷盗来的东西想象成这样或那样,而只把它看作是梳子梳下的脱落的头发。

　　这时奥斯卡才承认,方才他寻找过别的珍宝。我在道罗泰娅嬷嬷的小间里逗留期间,曾想证实那个韦尔纳博士在小间的某处存在着,即使仅仅通过那些我所熟悉的信封而存在着。但没有任何迹象。没有信封,也没有写过的信纸。奥斯卡承认,他曾把道罗泰娅嬷嬷的侦探小说一本本地从放帽子的那一格里抽出来,翻一遍,检查题赠和书签,注意有没有夹着照片,因为奥斯卡虽说不知道马利亚医院大多数医生的姓名,但认得他们的面孔。可是,没发现有韦尔纳博士的照片。

　　看来,韦尔纳博士不知道道罗泰娅嬷嬷的小间。他若是见到过它,也未能留下痕迹。这样,奥斯卡本该有充分的理由高兴的。难道我不是领先于那位博士很大一段距离了吗?难道小间里没有那位医生的痕迹不正好证明,医生与护士之间的关系仅限于在医院里,所以是公务性质的,如果不是公务性质的,那也是单方面的?

　　可是,奥斯卡的嫉妒心需要一个动机。如果韦尔纳博士留下蛛丝马迹,那会给我沉重的打击,但同时又会给我同样程度的满足。然而,这种满足是无法同我在衣柜里逗留而产生的小小的、短暂的结果相比较的。

我现在记不清是怎样回到自己的房间里去的，只记得听到在走廊另一头关住某个叫闵策尔先生的房间的那扇门后边，传来一阵装出来为引起别人注意的咳嗽声。那位闵策尔先生跟我有什么关系？刺猬的女房客不是已经够使我费神了吗？难道我还要给自己增加一个负担？何况，谁知道闵策尔这个姓名背后藏着的是什么。所以，这阵有求于人的咳嗽声奥斯卡听而不闻，确切地说，我不懂得人家究竟要我干什么。我回到自己的房间里以后才明白，我不认识也跟我毫不相干的那位闵策尔先生连连咳嗽，是要诱使我，奥斯卡，到他的房间里去。

　　我承认，我由于对那阵咳嗽声没有作出反应而久久感到遗憾，因为我觉得自己的房间狭窄至极，但同时却又十分宽敞，因此，跟连连咳嗽的闵策尔先生聊上一聊，即便是累赘，是迫不得已的，也会令我感到欣慰。可是，我没有勇气事后或者当场在走廊里故意咳嗽几声，同走廊另一头房门后面的那位先生建立联系，而是不由自主地把自己交给屋里那把厨房椅子坚硬的直角，马上变得激动不安，正如我一坐到椅子上就会处于这种状态那样，并从床上抓起一本医学参考书，接着又扔下这本用我当模特儿挣来的血汗钱买来的、价钱昂贵的厚书，弄得它满是褶印。我又从桌上取下拉斯科尼科夫送的礼物，铁皮鼓，抱住它。奥斯卡既不能用鼓棒去敲铁皮，也没有淌下眼泪，落到白漆圆面上，发出无节奏的宽慰声。

　　现在可以着手写一篇论文，论失去的清白，可以把击鼓的、总是三岁的奥斯卡跟驼背、失去声音、无泪无鼓的奥斯卡作一番比较。这可是不符合事实，奥斯卡还是鼓手奥斯卡时就已经多次失去清白，但事后又重新得到它，或者让它重新长出来，因为清白好比杂草，不断滋生蔓延——读者只需想到，所有清白的祖母曾经全都是堕落的、充满仇恨的婴儿就行啦。算啦，奥斯卡不想让罪过与清白的游戏从厨房椅子里产生出来。不，还不如说是对道罗泰娅嬷嬷的爱吩咐我离开房间、走廊、蔡德勒的套间，到艺术学院去，虽说库亨教授跟我约定的时间是下午晚些时候。

奥斯卡身不由己地出了房间,踏进走廊,费力地打开套间的门,弄出很大声响,又待了片刻,听听闵策尔先生的门后有无动静。他没有咳嗽,我则羞愧、愤怒、满足、饥饿,既厌烦生活又饥渴地需要生活,忽而微笑,忽而近乎哭泣,于是离开了寓所,离开了尤利希街的房屋。

几天以后,我着手实行一项盘算已久的计划,若不是连细节都准备就绪的话,我绝不会认为它是个好办法的。那天整个上午我没有工作,直到下午三点我才同乌拉一起给富有想象力的画家拉斯科尼科夫当模特儿。我扮演奥德修斯,回到家乡,送给珀涅罗珀一个驼背。我曾试图劝说这位艺术家放弃这个想法,但是徒劳。当时,他画希腊的神和半神获得成功。乌拉也觉得待在神话世界里很自在。我只好让步。他先把我画成火神伏尔甘,又画成冥王普路托同普洛塞庇娜,末了,即在那一天下午,他把我画成驼背奥德修斯。可是,对于我来说,重要的是描写那天的上午。因此,奥斯卡就不告诉诸君缪斯乌拉扮作珀涅罗珀后相貌如何如何,而要讲一讲我的事。蔡德勒寓所里静悄悄。刺猬带着他的理发器正在推销旅行途中。道罗泰娅嬷嬷上白班,六点钟即已离家。八点刚过,邮件送到时,蔡德勒太太还躺在床上。

我立刻去看邮件,没有我的——两天前刚收到过玛丽亚的信——可是我第一眼就发现一个信封,系在本市投寄,韦尔纳博士的笔迹我也不会认错。

我先把这封信跟给闵策尔先生和蔡德勒夫妇的信一起放下,回到自己的房间里,等到蔡德勒太太出现在走廊里,给房客闵策尔送去他的信,接着进厨房,末了回卧室。十分钟后,她离开套间和楼房,因为她在曼内斯曼公司办公室的工作九点开始。

为保险起见,奥斯卡再等一等,故意慢吞吞地穿衣服,外表镇静,洗净手指甲,随后才决定行动。我走进厨房,在三焰煤气灶最大的一个燃烧器上放上半铝锅的水,先用大火烧,水刚煮沸,即把开关拧到最小位置。我小心看管住我的思想,让它尽可能集中在正要做的事情上,迈出两步到了道罗泰娅嬷嬷的小间前,从乳白色玻璃门下面的门缝里,拿起蔡德勒太太只塞进一半的信,又回到厨房,把信封背面放在水蒸气上熏,直到我可以拆开它而不造成损坏。奥斯卡壮起胆子把埃·韦尔纳博士的信举到锅上去之前,他自然已经关掉了煤气。

我读医生的信息,但不是在厨房里,而是躺在我自己的床上。我差点失望了,因为信上的称呼和结尾的套语都没有泄露医生与护士间究竟是何种关系。

"亲爱的道罗泰娅小姐!"这是称呼,信末是:"您的恭顺的埃里希·韦尔纳。"

在读信的正文时,也不见有一句明显的温情脉脉的话语。韦尔纳惋惜前一天未能跟道罗泰娅护士说话,虽然他在男子私人病房区的双扇门前见到过她。她看见医生在同贝亚特嬷嬷——也就是道罗泰娅的女友——说话,就转身走了,韦尔纳博士却不知原因何在。韦尔纳博士仅仅请求澄清此事,因为他本人同贝亚特嬷嬷的谈话是纯公务性质的。如道罗泰娅嬷嬷所知,他过去一直、今后仍将尽力同不太能控制自己感情的贝亚特嬷嬷保持距离。这是不大容易做到的,道罗泰娅必须理解这一点,好在她是知道贝亚特的,贝亚特经常毫无约束地表露自己的情感。他,韦尔纳博士,自然从未对此有过任何表示。这封信的最后一句话说:"请您相信我任何时候都会向您提供同我交谈的可能。"尽管那几行字是客套话,冷冰冰的,甚至狂妄自大,我仍然毫无困难地一眼看透了埃·韦尔纳博士这封信的文风,并且认为这封信无论如何也是一纸热情的情书。

我机械地把信纸装进信封,再也顾不上什么谨慎细心了。韦尔纳可能用舌头舔湿过的涂胶层,我现在用奥斯卡的舌头把它舔湿,随后开始大笑。紧接着我用巴掌交替着拍自己的前额和后脑勺,拍着拍着右手终于离开奥斯卡的前额放到门把手上去,打开门。我走进走廊,把韦尔纳博士的信半插到用木板和乳白玻璃锁住我所熟悉的道罗泰娅嬷嬷的小间的那扇门底下。

我还蹲着时,我的一个或两个手指还搭在信上时,听到了从走廊另一头的房间里传来了闵策尔先生的声音。他那慢吞吞的、像是为

让人记录下来而强调着的呼唤声的每一个字,我都听得一清二楚:
"啊,亲爱的先生,请您给我取些水来好吗?"

我站起身来,心想,这个人也许病了,但同时又认识到,门后的这个人没有病,是奥斯卡说服自己相信他病了,好找个理由给他送水去,因为单凭一声无缘无故的呼唤声是不可能诱使我走进一个素不相识的人的房间里去的。

一开始我想把帮我拆开医生的信的铝锅里的还温和的水给他送去。可随后我又把这用过的水倒进洗涤盆,给锅里放进新的水,端着锅和水走到那扇门前。门后响起了闵策尔先生的声音,表示要我带水去,或者仅仅是要水。

奥斯卡敲门,进门,克勒普特有的气味立即扑鼻而来。倘若我说这气味是酸的,我也就没有讲出它还有极甜的成分。除了护士小间里的醋味空气外,再没有别的实例可以用来同克勒普周围的空气作类比了。说它是酸甜的,那也不对。那位闵策尔先生或者克勒普(我今天这样叫他),一个胖而懒的、却又不是不能动弹的、爱出汗的、迷信的、不洗澡的、却又不是腐臭的、一直快死而又死不了的长笛手和爵士乐单簧管手,他过去和现在身上都有一股死尸味道。他不停地抽烟,口含胡椒薄荷来排除大蒜的臭味。他当时就已经散发着这种气味,今天也散发着、呼出这种气味,在疗养院的探视日用这股气味袭击我,随之带来人生的乐趣和稍纵即逝的一切。他离开时总有一套烦琐的动作,总要预告下次再来。他走后,布鲁诺总是不得不打开门窗,让空气对流一下。

今天,奥斯卡卧床不起。当时,在蔡德勒的套间里,我是在满床的残剩物品中见到克勒普的。他散发着臭味,心情却极佳。床上在他够得着的地方,放着一个老式的、很像是巴洛克式样的酒精炉,十二包面条,几瓶橄榄油,软管西红柿酱,倒在报纸上的受潮的盐,一箱瓶装啤酒,后来才知道,它们是温热的。他躺着往空啤酒瓶里小便,这是一小时以后他可以跟我亲密交谈时告诉我的,随后盖上多半是满满的、容积正合他的要求的绿瓶子,放到一边,同确实盛啤酒的瓶

511

子严加区分，当这位卧床者想喝啤酒时，就不至于有拿错瓶子的危险。虽说他的房间里有水——如果他还有一点进取精神的话，他本来是可以在水池子里小便的，但他太懒，说得更确切些，他是自己妨碍自己站起来，不然的话，他是可以从费了这么大气力布置的床上起来，用他煮面条的锅去打新鲜水的。

由于克勒普，即闵策尔先生，始终用同一锅水煮面条，像保护眼珠一样地保护多次潷掉水、越来越稠的汤，此外，还靠着储存的空啤酒瓶，他可以保持水平姿势，经常连续卧床四天以上。然而，当面条汤煮成咸糊糊时，他就处在紧急情况之下。虽说克勒普可以让自己挨饿，但当时他还没有这样做的思想前提；看来他的苦行从一开始就规定为四到五天一个周期，要不然的话，给他送信的蔡德勒太太会给他一个更大的面条锅以及跟他储存的面条相应的储存水，使他更加不依赖于他的环境。

奥斯卡侵犯别人通信秘密的那天，克勒普已经不依赖周围环境卧床五天了。残剩的面条汤已经可以用来贴广告了。这时他听到走廊上我的不坚定的、为道罗泰娅嬷嬷和她的信而迈出的脚步声。在他了解到奥斯卡对于为招呼人而故意装出来的咳嗽声不予理睬之后，在我读到韦尔纳博士冷漠之中含有激情的情书的那一天，他只好辛苦一下自己的嗓子了："啊，亲爱的先生，请您给我取些水来好吗？"

我于是拿起锅，倒掉温水，拧开水龙头，让水哗哗流，盛满半锅，又添了一点，把新鲜水送去给他。我当真是他所推测的亲爱的先生。我作了自我介绍，自称石匠和刻字匠马策拉特。

他，同样有礼貌，把上半身抬起若干度，自称埃贡·闵策尔，爵士乐演奏家，但请我叫他克勒普，因为他的父亲已经使用了闵策尔这个姓。我太能理解他的这种愿望了。我宁愿自称科尔雅切克或干脆叫奥斯卡，我用马策拉特这个姓是由于谦卑，而且只在很少的情况下才决定用奥斯卡·布朗斯基这个姓名。因此，简单地叫这个肥胖的年轻人克勒普，对我来说是毫无困难的。我估计他有三十岁，其实他没有这么大的年纪。他叫我奥斯卡,因为科尔雅切克这个姓对他来说实在太费劲了。

我们聊起天来,起初很难无拘无束。我们聊那些最轻松的话题。我想知道他是否认为我们的命运是不可改变的。他认为是不可改变的。奥斯卡想知道他是否认为所有的人都得死。他也认为所有的人最后肯定是要死的,但不敢肯定所有的人是否都必须被生出来。他谈到自己时就像谈一个本不该生的错误地出生的人,奥斯卡感到自己同他相似。我们两人也都相信天。可是,他谈到天时,却让人听到一种幸灾乐祸的笑声,并在被子下搔痒。别人可以设想,克勒普先生在活着的时候已经计划好了他将来到天上去实行的不正经的事情。我们进而谈政治时,他几乎变得激昂,向我列举了三百多个德意志王室的姓氏,像是要立即授予他们尊严、王位和权势,并把汉诺威地区授予不列颠帝国。当我问及前自由市但泽的命运时,很遗憾,他不知道在哪儿。但这无所谓,他当场建议派一名比利时伯爵去当这个他不知道的小城的君主。据他说,这位伯爵是扬·韦伦①的直系后裔。末了,当我们给真理这个概念下定义并且取得若干进展的时候,我巧妙地见缝插针,提了几个问题并获悉克勒普先生在蔡德勒家当房客、付租金已有三年之久。我们遗憾的是未能早些相识。我责怪刺猬没有把这位卧床者的情况详细告诉我,他同样也没有想到,应当多告诉我一些有关那个护士的情况,而仅仅说了一句:乳白玻璃门后面住着一位护士。

奥斯卡不想马上让闵策尔先生或克勒普来替自己分忧。我不向他打听那位护士,却先关心起他的情况来了。"顺便问一声,"我插进这样一个问题,"您身体欠佳吗?"

克勒普又一次把上半身抬起若干度。他看到自己不能构成一个直角时,又让身子躺下去,随后告诉我,他卧床是为了弄清楚他的身

---

① 扬·韦伦(1658—1716),公爵,领有普法尔茨-诺伊堡、于利希和贝格,扩建了杜塞尔多夫城。

体究竟是好是坏还是不好不坏。他希望在数周内将会认识到,他的健康状况是不好不坏。

接着发生了我所担心的事情,也是我以为能够借助于长时间的、东拉西扯的谈话来阻止的事情。"啊,亲爱的先生,请您同我一道吃一份面条吧!"就这样,我们一起吃用我拿来的新鲜水煮的面条。我不好意思坚请他把那个黏糊糊的锅给我,由我在水池子里彻底洗一遍。克勒普翻身侧躺着,一声不吭,用梦游者似的有把握的动作煮面条。他小心地把水浇到一只较大的罐头筒里,几乎不改变上身的姿势,伸手到床底下,取出一只油腻的、满是干结的剩西红柿酱的盘子,犹豫了片刻,又伸手到床下,取出揉皱的报纸,用它擦了一遍盘子,再把报纸塞到床下,朝脏盘子上吹口气,仿佛要吹掉最后的一点尘土,随后以慷慨大方的手势把全世界最脏的盘子递给我,请奥斯卡接过去,不必客气嘛!

我请他先给自己盛,再给我盛。他把脏而粘手指的餐具给了我,便用汤匙和叉子把近一半的面条撩到我的盘子里,用优雅的手势朝面条上挤出长长一条西红柿酱,画成图案,又浇上好些油,接着在煮面条的锅里也加上同样的佐料,在两份面条上撒胡椒,在他自己那份上又多洒了一些,用目光示意,要我像他似的把我的一份调拌一下。"啊,亲爱的先生,请您原谅,我这里没有巴马干酪粉。愿您胃口大大的好!"

直到今天,奥斯卡仍旧不清楚自己是怎样硬着头皮动起匙和叉来的。奇怪的是,我觉得这顿饭味道好极了。从那天起,克勒普煮的面条甚至成为我衡量我面前的每一份饭的美味价值的标准。

我趁吃面条的工夫,不引起他注意却又仔细地观察着这位卧床者的房间。房间里最引人注目的是天花板下面墙上一个未堵上的烟囱的圆孔,洞里冒着黑烟。窗外在刮风,风时而把煤灰云团由烟囱孔刮进克勒普的房间里来。煤灰落在家具上,像举行隆重的葬礼。所谓家具,也就是放在房间中央的那张床以及蔡德勒家的用包装纸盖上的、卷起来的地毯。因此可以断言,在那间房间里被弄黑的只有原是白色的床单、克勒普脑袋下的枕头和一条毛巾,阵风把煤灰云团刮进屋里来时,这位卧床者就用它遮住自己的脸。

房间的两扇窗同蔡德勒家的起居室和卧室的窗户一样,都朝着尤利希街,确切地说,朝着公寓正面前那棵栗子树蒙上灰的绿叶。用以装饰的只有一幅画,用图钉钉在两扇窗户之间。这是英国伊丽莎白①的彩色肖像,显然是从画报上撕下来的。画下方的衣钩上挂着一支风笛,蒙着一层煤灰,凑合还能看出它那苏格兰大方格图案。我看着那张彩色图片,想着的倒不是伊丽莎白和她的菲利普,而是站在奥斯卡和韦尔纳博士之间的、可能无所适从的道罗泰娅嬷嬷。这时,克勒普告诉我,他是英格兰王室的忠诚而热情的追随者,因此他曾经跟英国占领军的一个苏格兰团的风笛手上过课,尤其因为这个团的指挥官就是伊丽莎白本人。他,克勒普,在一部每周新闻片里见到过伊丽莎白视察那个团。她身穿苏格兰短裙,从头到脚都是方格图案。奇怪的是,我心中的天主教精神却自己表现出来了。我表示怀疑伊丽莎白是否懂得风笛音乐,也谈了几句信奉天主教的玛丽亚·斯图亚特②的屈辱的结局。简而言之,奥斯卡让克勒普明白,他认为伊丽莎白不懂音乐。

我原来期待着这位保皇党人会暴跳如雷。他却像一个自以为无所不知的人那样微笑着,请我作一番说明,好让他由此推断出,我这个小男子——那胖子这样称呼我——在音乐方面有无判断力。

奥斯卡良久地凝视着克勒普。他同我交谈,无意中激发了我心中的火花。这火花闪过大脑直到驼背。这仿佛我从前所有的、敲坏的、处理掉的铁皮鼓在欢庆它们的末日审判。被我扔进废铁堆的上千只铁皮鼓以及被埋葬在萨斯佩公墓的那一只铁皮鼓,全都出现了,新生了,完好无损地欢庆复活,鼓声隆隆,在我胸中回荡,驱使我从床

---

① 指1952年登基的英国女王伊丽莎白二世。她的丈夫是爱丁堡公爵菲利普。
② 玛丽亚·斯图亚特(1542—1587),苏格兰女王,被加尔文教派贵族所废,逃亡伦敦,被囚禁十九年,终于被英格兰女王伊丽莎白一世所杀。

沿上站起身来。我请克勒普原谅并稍候片刻,便被复活的鼓拉出房间,拽我经过道罗泰娅嬷嬷小间的乳白玻璃门,门下还插着那封信,露出了半截。复活的鼓鞭策我走进自己的房间,朝画家拉斯科尼科夫在画《四九年圣母》时送给我的那只鼓走去。我抓住鼓,挂上,拿起两根鼓棒,转过身去或者被转过身去,离开我的房间,在那该诅咒的小间旁一跃而过,像一个长久迷航后返回的幸存者似的跨进克勒普的煮面条厨房,不讲客套,坐在床沿上,挪正红白漆铁皮,先在空中耍弄鼓棒,诚然还有点窘迫,不正眼看吃惊的克勒普,接着,让一根鼓棒像碰巧似的落到铁皮上。啊,铁皮给了奥斯卡一个答复,奥斯卡紧接着让第二根鼓棒落下去。我开始敲鼓,按部就班,起首是始初之日,电灯泡之间的飞蛾擂响了我诞生时辰的鼓声;我敲出了十九级地窖楼梯和人家庆祝我的传说般的三岁生日时我从楼梯上摔下来;我敲出了裴斯泰洛齐学校的课程表,带着鼓爬上塔楼,带着鼓待在政治演讲台下,敲出鳗鱼与海鸥,耶稣受难日拍地毯;我敲着鼓坐在我可怜的妈妈一头小的棺材旁,又在鼓上模仿出赫伯特·特鲁钦斯基布满伤疤的后背;当我在铁皮上擂起黑维利乌斯广场上波兰邮局保卫战时,我觉察到我所坐的床的床头有点动静,偷眼看到克勒普坐直了身子,从枕头下面取出一支可笑的长笛,放在嘴边,吹出音响,那么甜,那么不自然,同我的鼓艺那么合拍;我于是领他到萨斯佩公墓去见舒格尔·莱奥,舒格尔·莱奥跳完一支舞;我又在克勒普面前,为了他,同他一起,让我第一个恋人的汽水粉泛起泡沫;我甚至带他进入莉娜·格雷夫太太的热带丛林,也让蔬菜商格雷夫的能吊起七十五公斤的大型擂鼓机隆隆作响;我吸收克勒普入贝布拉的前线剧团,让我的铁皮发出耶稣的声音,在鼓声中施丢特贝克和全体撒灰者从跳水塔上跳下,下面坐着卢齐;我让蚂蚁和俄国兵占领我的鼓,但没有再次领克勒普去萨斯佩公墓,让他看我把鼓向马策拉特扔去,而是敲出了我的伟大的、永不结束的主题:卡舒贝土豆地,天降十月雨,地上坐着我的外祖母,身穿四条裙子;这时,我听到了从克勒普的长笛里传出淅淅沥沥的十月雨声,他的长笛在雨中,在我外祖母的四条裙子下,发现了纵火犯约瑟夫·科尔雅切克,并且证实和庆祝我的可怜的妈妈的产生;这时,奥斯卡的心险些化为石头。

我们演奏了好几个小时。我们把我的外祖父在木筏上的逃跑充分地变奏了一番,用颂歌暗示这名纵火犯有可能奇迹般地获救,从而结束了我们的合奏,稍觉疲乏,但却幸福。

最后一个音还在长笛里时,克勒普从他躺够了的床上一跃而起。尸臭味随他飘来。他打开窗户,用报纸塞住烟囱孔,扯下并撕碎英国的伊丽莎白的彩色画片,宣布结束保皇党人的时代,让水从水龙头里哗哗流进水池。洗,他在洗,克勒普开始洗身,从头洗到脚。这不再是洗身,而是洗礼。他洗毕,放掉池子里的水。他,身上滴水,赤裸,肥胖,满墩墩的,斜挂着那个可憎的家伙,站在我的面前,抱起我来,伸直双臂把我举起。是啊,奥斯卡过去和现在都很轻。这时,他胸中爆发了笑声,传出笑声,声浪撞击天花板。我这才明白,不仅奥斯卡的鼓复活了,克勒普也复活了。我们互相祝贺,亲吻面颊。

同一天傍晚,我们一起外出,喝啤酒,吃血肠加洋葱。克勒普向我建议,同他一起成立一个爵士乐队。虽说我请他给我一段时间考虑一下,但奥斯卡已经下了决心,不仅要放弃他在石匠科涅夫那里刻字的职业,而且不再同缪斯乌拉一起去当模特儿,我要当爵士乐队的打击乐手。

在椰棕地毯上

　　当时,奥斯卡就这样为他的朋友克勒普提供了从床上起身的理由。他高兴过头,从霉臭的被褥中一跃而起,甚至用水冲洗身子,完全成了一个新人,并且说:"妙哉!"又说:"我可以从人世间得到好处!"今天,奥斯卡成了卧床者。所以,我可以肯定地说,克勒普要对我实行以其人之道还治其人之身了,因为当初我使他离开了他那面条厨房里的床,现在他要让我离开疗养和护理院里我的栏杆床。

　　我必须对他每周一次来探望我感到满意,我必须洗耳恭听他有关爵士音乐的乐观主义宏论,他的音乐共产主义宣言,因为他卧床不起时,是个忠诚的保皇党人,拥护英格兰王室,但在我夺走了他的床以及他的风笛和伊丽莎白后,他马上成了德国共产党缴纳党费的党员。至今这仍是他的一项非法的业余爱好:喝着啤酒,吃着血肠,一边向站在酒柜前细看酒瓶商标的没有危险的小人物们讲述,全日工作的爵士乐队和苏联农庄都是使人幸福的团体。

　　当今的社会为一个从睡梦中惊醒的人所提供的机会是很少的。克勒普一旦离开了他藏身的床,他可以成为同志——这甚至在被宣布为非法后更具有吸引力。爵士乐狂是为他提供的第二种信仰。第三,他这个受洗的新教徒可以改宗成为天主教徒。

　　至于克勒普,他也只能如此。他保留着通往各种信仰的道路。他的小心谨慎、他的黝黑油亮的肉身以及他的靠掌声维持的幽默感给他开了一张药方,按照它的灵活的原则,他竟把马克思的学说同爵士乐的神话混合在一起。如果有朝一日有一个工人神甫之类的左翼神甫拦住了他的去路,此外,这个神甫还是新奥尔良爵士乐唱片的收

518

藏者的话,那么,这个马克思主义爵士乐狂从那一天起便会去领圣体,把上文描述过的他身上的臭气同新哥特式教堂的臭气混合在一起。

今天,我若是下了床,我的命运也是如此。所以,克勒普这小子正用生活是如何温暖之类的诺言诱使我下床。他向法院递交一份又一份的申请书,还同我的律师携手合作,要求法院重新开庭审理我的案子。他想让奥斯卡被宣判无罪,想让奥斯卡获释,把我们的奥斯卡从疗养院里放出来!为什么呢?克勒普嫉妒我卧床不起。

然而,我并不后悔在蔡德勒家当房客的时候使一位卧床的朋友变成直立的、踏着沉重的脚步四处走的,甚至奔跑的朋友。除了我心情沉重地奉献给道罗泰娅嬷嬷的那些钟点以外,我的私人生活倒是无忧无虑的。“哈啰!克勒普!”我拍拍他的肩膀说,“让我们成立一个爵士乐队吧!”他摸摸我的驼背。他爱它几乎如同爱他的肚皮。“奥斯卡和我,我们要成立一个爵士乐队!”克勒普向世界宣告,“只是我们还缺一个像样的吉他手,他当然还得会弹班卓琴①。”确实如此。在长笛和鼓之间还得有奏第二旋律的乐器。要有一种低音弹拨乐器的话倒是不错的,即使纯粹从乐队的外观上讲也是如此,但低音乐器手当时已经不好找,于是我们便全力去寻找还缺少的那个吉他手。我们常去电影院,如我在本书卷首业已报道的那样,我们每周照相两次,一边喝啤酒,吃血肠加洋葱,一边用护照相片搭配出各种无聊玩意儿来。当时,克勒普认识了红头发的伊尔丝,轻率地把自己的照片送了一张给她,仅仅为了这件事就非娶她不可。而我们唯独没有找到那个吉他手。

我在艺术学院当模特儿的工作,使我有可能多少领略了杜塞尔多夫旧城的牛眼形玻璃窗,它的乳酪加芥末,啤酒气味和下莱茵河的颠簸。然而,真正了解这些是我在克勒普身边的时候。我们到处寻找吉他手,在兰贝图斯教堂周围地区,在所有的小酒馆里,尤其在拉

---

① 班卓琴,美洲黑人的一种长颈拨弦乐器。

亭街,在"独角兽",因为博比在那里奏乐伴舞。有时他让我们上台演奏长笛和铁皮鼓,为我的铁皮鼓鼓掌,尽管博比本人是位出色的打击乐手,可惜他的右手少了一个手指。

虽说我们在"独角兽"没有找到吉他手,我却得到了一些熟悉这种场面的机会,再加上我过去在前线剧团的经验,我本来可以在短期内成为一个勉强过得去的打击乐手的,可是,道罗泰娅嬷嬷却不时地妨碍我全力以赴。

我一半的思想始终伴随着她。倘若另一半思想完完全全地倾注在我的铁皮鼓上的话,那会更加令人痛苦。结果呢,我的思想总是从铁皮鼓开始,结束于道罗泰娅嬷嬷的项饰。克勒普了解这一点,他总能老练地用长笛填补我无心击鼓时留下的空白。每当他看到奥斯卡一半思想开了小差时,就关心地说:"你大概饿了吧,我给你要一份血肠好吗?"

克勒普在这个世界的任何苦恼背后总会察觉到一种饿狼似的饥饿,所以,他也相信,用一份血肠就能医治任何苦恼。在那段日子里,奥斯卡吃了许多新鲜血肠加洋葱圈,还喝了不少啤酒,好让他的朋友克勒普相信,奥斯卡的苦恼是饥饿而不是道罗泰娅嬷嬷。

我们多半一大早就离开尤利希街蔡德勒的寓所,在旧城用早餐。我仅仅在我们需要钱买电影票时才去艺术学院。其间,缪斯乌拉已经第三次或者第四次同画师兰克斯订了婚,脱不开身,因为兰克斯得到了工业界委托给他的第一批大任务。缺了缪斯,独自一人去当模特儿,奥斯卡也就没有兴致了。人家又画他一人,把他抹黑,可憎至极。就这样,我便一心跟我的朋友克勒普相好,因为在玛丽亚和小库尔特那里,我也得不到安宁。她的上司兼已婚的追求者施丹策尔每天晚上都在那里。

一九四九年初秋某日,克勒普和我出了各自的房间,在走廊上,大约在乳白玻璃门前碰头,正要带着乐器离开寓所,蔡德勒把他的起居室兼卧室的门打开了一条缝,招呼我们。

他捅出一条卷起的狭而厚实的地毯,推到我们面前,要我们帮助他铺上钉牢。这是一条椰棕地毯,长八米二十。可是,蔡德勒寓所的走廊长七米四十五。所以,克勒普和我必须把地毯剪掉七十五厘米。我们坐着干,剪椰棕地毯可真是件费力气的活计。结果,我们多剪掉了两厘米。地毯的宽度同走廊的宽度正好一样。蔡德勒说他弯不下腰来,便请我们协力把地毯钉在地板上。奥斯卡出了个主意:在钉的时候把地毯抻一下。于是,那缺的两厘米也给补上了,只差那么一丁点儿。我们用的是宽平头钉子,因为椰棕地毯编织得不密,窄头钉子是吃不牢的。奥斯卡和克勒普都没有误敲上自己的大拇指。可我们毕竟敲弯了一些钉子。这只怪蔡德勒备有的钉子质量不行,那是币制改革以前的货色。椰棕地毯已经有一半钉牢在地板上时,我们放下锤子,交叉成十字,抬头望着监督我们干活的刺猬,目光虽然不是咄咄逼人,却也满怀期待。他也钻进他的起居室兼卧室去。从他贮存的利口酒杯里取出三个回来,还拿来一瓶双料谷类酒。我们为椰棕地毯的经久耐用干杯,随后又不是咄咄逼人而是满怀期待地望着他,言下之意是:椰棕地毯使人口渴。双料谷类酒接二连三地斟到刺猬的三个利口酒杯里去。这些酒杯大概也很高兴,直到它们又被摔成碎片为止,因为刺猬又为他的太太而突然大发雷霆。先是克勒普故意把利口酒杯摔到椰棕地毯上,玻璃杯没有碎,也没有发出声响。我们大家都说椰棕地毯真不错。从起居室兼卧室里观看我们干活的蔡德勒太太同我们一样,也称赞起椰棕地毯来,因为这地毯能保护落下的利口酒杯不受损坏,刺猬一听便火冒三丈。他在还没有钉牢的那部分地毯上跺脚,拿起那三个空酒杯,带着它们走进起居室兼卧室。我们听到玻璃柜的声响,三个利口酒杯他嫌不够,又从柜里拿出好几个。紧接着奥斯卡听到了他所熟悉的音乐,在他睿智的眼睛前浮现出蔡德勒家的连续燃烧炉,炉脚前是八只利口酒杯的碎片,蔡德勒弯腰去拿铁皮畚箕和扫帚,以蔡德勒的身份把他以刺猬的身份摔成的碎片扫成一堆。可是,蔡德勒太太一直待在门口,尽管她背后发出各种叮当的声响。她对我们的工作非常感兴趣,尤其在刺猬发怒而我们又拿起锤子的时候。刺猬没再露面,却把那瓶双料谷类酒留

521

在了我们身边。我们拿起酒瓶,一口一口往喉咙里灌。起先,我们当着蔡德勒太太的面还有些不好意思呢。但她只是亲切地向我们点头,这并不能打动我们,把酒瓶递给她,也让她喝一口。然而,我们的活儿干得很利索,把钉子一个接一个敲到椰棕地毯里去。当奥斯卡在护士的小间前钉地毯时,每敲一锤,乳白玻璃门就叮当响一阵。这使他内心痛苦不堪,他不得不在这充满痛苦的时刻放下锤子。但他刚钉完道罗泰娅嬷嬷的小间的乳白玻璃门前的地毯时,他的心情又好转了,锤子也听使唤了。万事皆有了结之时,椰棕地毯也钉到了头。宽头钉从一个角落排列到另一个角落,深深长入地板的脖子里,钉子的扁平宽头正好露出在涨潮的、狂澜起伏的、构成旋涡的椰棕上面。我们自鸣得意地在走廊里迈步,来回走着,享用着地毯的长度,夸奖我们的工作,并且指出,不吃早饭,空着肚子铺椰棕地毯,把它固定住,可是不容易的。末了,蔡德勒太太终于踏上新的、童贞女般的椰棕地毯,跨过它走进厨房,给我们倒咖啡,在锅里煎荷包蛋。我们在我的房间里用餐,蔡德勒太太匆匆离去,她得去曼内斯曼公司上班了。我们开着房门,略感疲乏,边吃边观赏我们的作品,如一条激流朝我们滚滚涌来的椰棕地毯。

一条便宜的地毯,纵使在币制改革以前有着某些交换价值,那也用不着费这么多的笔墨呀!为什么呢?问得有理。奥斯卡听着,抢先做了回答:就在这条椰棕地毯上,我于当天夜里,头一回遇见了道罗泰娅嬷嬷。

将近午夜时,我灌满啤酒和血肠回到家里。我把克勒普留在了旧城。他去寻找吉他手。我摸到了蔡德勒寓所的钥匙孔,踏上走廊里的椰棕地毯,走过黑洞洞的乳白玻璃门,走进我的房间,摸到我的床,脱去衣服,却找不到我的睡衣,睡衣交给玛丽亚去洗了。我找到了那块七十五厘米长的椰棕地毯,也就是我们铺地毯时剪下的那一段,我拿来铺在床前作为床前地毯用。我上床,但不能入眠。

看来没有任何理由非要向诸君讲述奥斯卡由于失眠而想着的是什么,或者他什么也不想但在脑子里翻腾着的又是什么。今天,我自以为找到了当时失眠的原因。我上床之前曾光着双脚站在我新铺的床前地毯上,也就是那一段椰棕地毯上。椰棕粘到我的光脚上,扎进皮肤,进入血液,甚至躺下很久以后,我还像是站在椰棕上,因此怎么也睡不着,因为再没有别的事情比光脚站在椰棕地毯上更能令人不安、驱赶睡眠、促进思想活动了。

午夜过后很久,将近凌晨三点时,奥斯卡躺在床上却又似站在地毯上,始终未能入睡。这时,他听见走廊上一扇门打开了,接着又是一扇。这是克勒普,他没有找到吉他手,却灌了一肚子血肠回家来了,我想,但我知道,先开一扇门再开另一扇的不是克勒普。我继而想,你反正躺在床上睡不着,却又感觉到脚底上椰棕在扎你,你还不如干脆下床,不是凭着想象,而是脚踏实地地站到你床前的椰棕地毯上去。奥斯卡这样做了。于是产生了后果。我刚站到地毯上,这块七十五厘米长的剪下的部分立即通过我的脚底心使我联想到它的来历,联想到走廊里那条长七米四十三的椰棕地毯。不管是由于我同情这块剪下来的椰棕也罢,还是由于我听到走廊上两扇门的声响,猜想是克勒普回来了,却又认为不是他也罢,反正奥斯卡弯下腰,由于他上床前找不到他的睡衣,便抓住床前椰棕地毯的两个角,叉开两腿,直至双脚不再踩在地毯上而是踩在地板上,随后把地毯由两腿间抽出来,举起这块七十五厘米的毯子,举到他赤裸的一米二一的身体前,巧妙地遮住他的光身子。于是,从锁骨到膝盖这一段都处在椰棕的势力范围之内。奥斯卡走出他的黑洞洞的房间,走进黑洞洞的走廊,踩上那条椰棕地毯,这时,他藏身其后的纤维外衣又被他往上提了一些。

我在地毯的椰棕的刺激下,匆匆迈开小步,想摆脱来自脚下的影响,想救我自己,拼命朝没有椰棕铺垫的地方走去,走进了盥洗间,这又有什么奇怪的呢?

盥洗间同走廊和我的房间一样幽黑,然而有人占用了。向我透露此事的,是女性的小声惊呼。我的椰棕外皮也碰到了一个站着的人的膝盖。我没有部署撤离盥洗间,因为我背后正受着椰棕地毯的威胁,可我前面坐着的那个人却要我撤出盥洗间:"您是谁? 想干什么? 出去!"我前面的声音说,这无论如何不是蔡德勒太太的声音。它带点哭腔:"您是谁?"

"好吧,道罗泰娅嬷嬷,您猜猜看!"我开了个玩笑,这本该缓和我们相逢时淡淡的哀愁。她却不愿猜,站起身来,在黑暗里伸手抓我,想把我从盥洗间推到走廊的地毯上去,但她的手在我的头上掠过,抓了个空,便往下摸,抓住的不是我,而是我的椰棕围裙,我的椰棕外皮。她再次失声惊呼,女人全都一样,好像非得惊呼不可似的。她把我错当成什么人了,因为道罗泰娅嬷嬷一阵颤抖,低声说:"上帝啊,是个魔鬼!"逗得我禁不住哧哧地笑。这本来并无恶意,但她却以为是魔鬼的笑声,可我也并不爱听魔鬼这个词儿。当她相当胆怯地再次问"你是谁?"时,奥斯卡便回答说:"我是撒旦,前来拜访道罗泰娅嬷嬷!"她接着说:"上帝啊,这又是为了什么呢?"

我慢慢地深入角色,撒旦呢,他也在我心中充当起提台词的人来了。"因为撒旦爱道罗泰娅嬷嬷。"我说。"不,不,不,我可不愿意!"她还在往前冲,企图突围,却再次撞在我的椰子服的撒旦椰棕上,她的睡衣相当薄,她的十个小手指也陷进了诱拐者的热带丛林里去,使她全身软瘫了。这肯定是轻度虚脱,道罗泰娅嬷嬷往前倒下。我赶紧把挡住身子的外皮高高举起,兜住倒下的她,坚持到我作出了一个跟我的撒旦角色相符的决定。我稍稍后退,让她跪下膝行,但是注意不让她的膝盖接触盥洗间的铺砖地,而是接触到走廊里的椰棕地毯,然后让她身子朝后,头朝西,也就是冲着克勒普的房门,顺着地毯的长度倒下。她的至少有一米六十长的后身接触了椰棕地毯,我又把手里那块椰棕盖在她身上,但只有七十五厘米,从她的下巴开始,一直盖住了大腿的大部分。我又把地毯向上拉了十厘米,盖住她的嘴,露出道罗泰娅嬷嬷的鼻子,使她可以不受妨碍地呼吸,她的鼻息相当响。这时,奥斯卡自己也躺下来,躺在他以前的床前地毯上,使万千椰棕震动起来。他不求同道罗泰娅嬷嬷直接接触,而是让椰棕起作用,同时又开始跟道罗泰娅嬷嬷交谈。她轻度虚脱,低声说道:"上帝啊,上帝啊!"一再问奥斯卡的姓名和来历。我自称撒旦,操起撒旦腔调吐出撒旦这个词儿,依靠撒旦的提示,把地狱描绘成为栖身之处。这时,她在两条地毯中间打战。我在自己的床前地毯上做体操,使地毯震动,椰棕传递给道罗泰娅嬷嬷的感觉,同多年前汽水粉传递给我所爱的玛丽亚的感觉相似,只是汽水粉能让我充分而有效地行事,在椰棕地毯上我却丢丑失败。我未能把锚抛出去。在汽水粉年头里,我这位小朋友坚挺,目标明确,如今,在椰棕上,它却低垂着,毫无兴头,小家子气,眼前无目标,要求它,它也不应,我的纯理智的游说术以及道罗泰娅嬷嬷的长吁短叹都无济于事。她在耳语、呻吟、哀求:"来吧,撒旦,来吧!"我不得不安慰她说:"撒旦马上就来。撒旦马上就来。"我用夸张的撒旦腔喃喃低语。同时,我跟自从我受洗礼之日就寓居我心中(他至今还在那里落户)的撒旦交谈。我呵斥他:撒旦,别当游戏破坏者!我恳求他:求你别让我丢丑!我拍他马屁:你以前可不是这样的,想想既往吧,想想玛丽亚,要不就想想寡妇格雷夫,想想在晴朗的巴黎我们两个同小巧玲珑的罗丝维塔开的那些玩笑吧!但他怏怏不乐又不怕重复地回答我说:我没有乐趣,奥斯卡。撒旦一旦没有乐趣,胜利的便是德行。撒旦毕竟也会有朝一日没有乐趣的。

　　就这样,他无力支持我,搬出了诸如此类的年历上的谚语。而我则渐渐乏力地运动着椰棕地毯,折磨着可怜的道罗泰娅嬷嬷的皮肤,末了,为答应她的"来吧,撒旦,啊,来吧!"的渴求声,我在椰棕下面发起了一次绝望的、无意义的、无以说明动机的冲锋,我企图用未上膛的手枪击中黑靶。她也想帮她的撒旦的忙,双臂从椰子地毯下挣脱出来,想抱我,也抱住了我,摸到我的驼背,我的根本不是椰棕的、温暖的人的皮肤,失去了她所想要的撒旦,也不再含糊地说什么:"来吧,撒旦,来吧!"却清了清嗓子,换了个音区提出了开始时提出的问题:"老天爷,您是谁? 想干什么?"这时,我只得认输,承认我身份证上所写的名字,名叫奥斯卡·马策拉特,是她的邻居,从心底里爱着她,道罗泰娅嬷嬷。

幸灾乐祸者会说,道罗泰娅嬷嬷这时一声臭骂,挥拳把我从椰棕地毯上打翻下去。不过,虽说忧伤却又感到淡淡的满足的奥斯卡说,并非如此。道罗泰娅嬷嬷缓慢地、我不如说是沉思地、犹豫地让两手和双臂放我的驼背,那动作就像无限悲哀的抚摩。她立即失声哭泣与呜咽,我听见了,但不是大哭大闹。我几乎没有察觉,她便从我和椰棕地毯下面脱身了,也让我滑下来,走廊里的地毯吸收了她的脚步声。我听见一扇门开了,一把钥匙被转动了,道罗泰娅嬷嬷小间门上六块乳白玻璃被屋里的灯光照亮,获得了它们的现实性。

奥斯卡躺着,把地毯盖在身上,地毯还保存着撒旦游戏时的若干温暖。我的眼睛盯住了被灯光照亮的四方形。时而在乳白玻璃上掠过一个身影。她现在朝衣柜走去,我暗自说道,现在她向梳妆台走去。奥斯卡作了一次摇尾乞怜的尝试。我身披地毯向房门爬去,用指甲抠住门板,抬起一点身子,举起一只乞讨的手,在最下面两块玻璃前晃动。可是,道罗泰娅嬷嬷没有开门。她不知疲倦地在衣柜和带镜子的梳妆台之间走来走去。我知道这是怎么回事,却不敢承认:道罗泰娅嬷嬷在收拾行李,要逃走,逃避我。我甚至必须埋葬这微小的希望:她在离开小间时会让我看到她被灯光照亮的面孔。先是乳白玻璃后面黑下来,我接着听到钥匙在转动,门开了,鞋踩到椰棕地毯上。我伸手去抓,碰到一口箱子,碰到她的穿长筒袜的大腿。这时,我在她的衣柜里看见过的那双粗野的运动鞋中的一只正好踢中我的胸口,把我踢翻在地毯上。奥斯卡再度挣扎起来,恳求般地喊了声:“道罗泰娅嬷嬷!”此时,套间的大门已撞上了锁,一个女人离我而去。

您和所有理解我的痛苦的人现在都会这样说:上床去,奥斯卡。在这件丢丑的事情发生以后,你还在走廊里寻找什么!凌晨四点。你赤条条地躺在椰棕地毯上,用一块地毯凑合蔽体。手和膝盖都擦破了。你的心在流血,你丢丑可是丢到家了。你吵醒了蔡德勒先生。他叫醒了他的太太。他们快来了,他们的卧室兼起居室的门已经打开,正看着你。上床去吧,奥斯卡,马上钟就敲五点了!

当时,我躺在椰棕地毯上,我自己也这样劝说自己。我挨冻,却还是躺着不动。我试图召回道罗泰娅嬷嬷的形体。我感觉到的只有椰棕,牙齿间也是这东西。一道亮光投到奥斯卡身上;蔡德勒家的起居室兼卧室的门开了一道缝。蔡德勒的刺猬脑袋,上面还有一个脑袋,满是金属卷发夹,那是蔡德勒太太。他们看呆了,他咳嗽,她哧哧地笑,他喊我,我不答理,她又哧哧地笑,他吩咐她安静,她想知道我哪儿不舒服,他说这不行,她说这里是体面的人家,他威胁说要解除租约,我仍沉默,因为还没有到忍无可忍的地步。蔡德勒夫妇打开门,他开了走廊里的电灯。他们朝我走过来,瞪着好凶、好凶、好凶的小眼睛。他打算不再借利口酒杯来发泄怒火,他站在我身边,居高临下,奥斯卡等待着刺猬发火,不过,蔡德勒只好把怒火憋在肚子里,因为楼梯间里有响声,一把看不见的钥匙在寻找套间的房门,最后也找到了。进来的是克勒普,还带来了一个人,同他一样喝得醉醺醺的。这是朔勒,终于被找到的吉他手。

这两个安慰蔡德勒和他的太太,向奥斯卡弯下身去,什么也不问,抱起我,把我连同那块撒旦的椰棕抬进了我的房间里。

克勒普搓暖我的身子。吉他手取来我的衣服。两人帮我穿衣,擦干我的眼泪。抽泣。窗外晨曦初现。麻雀。克勒普替我挂上鼓,拿出他的小木笛。抽泣。吉他手背上吉他。麻雀。两位朋友一左一右,把我放到中间,领着啜泣的、不能自卫的奥斯卡,走出套间,走出尤利希街的房屋,向麻雀走去,使他摆脱椰棕的影响,领我走过清晨的街道,横穿过宫廷花园,经天文馆,直到莱茵河岸边。灰色的莱茵河要向荷兰流去,它驮着轮船,轮船上飘荡着洗换的衣服。

在那个水汽浓重的九月的早晨,从六点到上午九点,长笛手克勒普、吉他手朔勒和打击乐器手奥斯卡坐在莱茵河右岸,演奏音乐,熟练配合,共饮一瓶酒,朝对岸的白杨眨眼睛,用快速欢乐、慢速哀怨的密西西比音乐伴送从杜伊斯堡驶来、吃力地逆流而上的运煤船,一边为刚成立的爵士乐队找一个名字。

太阳给早晨的水汽染色,音乐泄露了对已过时间的早餐的要求,这时,奥斯卡站起身来。他已经用鼓把自己同昨夜隔开,他从上装口袋里掏出钞票,这意味着早餐有了着落,随后向他的朋友宣布新诞生的乐队的名称,"莱茵河三人团"。我们有了名称,便去共进早餐。

在洋葱地窖里

　　我们爱莱茵草地,酒馆老板费迪南·施穆也同样爱杜塞尔多夫和凯泽斯韦尔特之间的莱茵河右岸。我们经常在施托库姆上面排练乐曲。施穆则带着他的小口径步枪在河岸斜坡的树篱和灌木丛中寻找麻雀。这是他的爱好,他也借此休息。施穆在生意上一遇到烦恼,就吩咐他的妻子坐到梅赛德斯轿车的方向盘前。他们沿河驶去,把车停在施托库姆上面,稍稍平足的他携枪步行下来,走过草地,拉着他的妻子,因为她本来宁愿待在汽车里。他把她留在河岸上一块可以让人舒服地待着的巨石上,自己便隐没在树篱之间。我们演奏我们的雷格泰姆①音乐,他在灌木丛中放枪。我们在奏乐,施穆在打麻雀。

　　朔勒,他跟克勒普一样认识旧城所有的酒馆老板,绿荫丛中枪声一响,他就会说:"施穆在打麻雀。"

　　施穆已经不在人世,所以我可以把我的悼词搬到这里来:施穆是个好射手,有可能的话也是个好人,因为施穆打麻雀时,他的上装的左口袋里虽然装着小口径子弹,可是他的上装的右口袋却满满地装着喂鸟的饲料。他不是在射击以前,而是在射击以后,慷慨地把饲料大把大把地撒给麻雀吃,因为施穆一个下午最多只打十二只麻雀。

　　施穆还活着的时候,即一九四九年十一月,我们在莱茵河岸边排练已有数星期之后的一个凉意正浓的早晨,他不是小声地而是故意大声地对我们说:"诸位在这里弄音乐,赶跑了小鸟,叫我怎么打

---

　　① 雷格泰姆,源自美国黑人音乐的一种早期爵士音乐。

鸟呢!"

"噢,"克勒普表示歉意,像举枪致敬似的举起他的长笛,"正是您,先生,富有音乐感,您在树篱间到处放枪时,那枪声正和上我们的曲调的节奏,精确极了。我向您致敬,施穆先生!"

施穆很高兴,因为克勒普知道他的名字,但他仍旧问克勒普,是从哪儿知道他的名字的。克勒普面有愠色:怎么会不知道呢? 人人都知道施穆。在大街上都能听见人讲:施穆走了,施穆来了,您刚才见到施穆了吗? 施穆今天在哪里? 施穆在打麻雀。

克勒普这一番话把他形容成家喻户晓的施穆了。施穆给我们递来香烟,问我们的姓名,表示愿听我们演奏一首保留节目中的曲子,听到了一首《老虎雷格》。他接着招手叫他的太太过来,她身穿皮大衣坐在一块石头上,正望着莱茵河的波涛出神。她身穿皮大衣来了,于是我们又得演奏,出色地奏了一曲《上等社会》。我们奏罢,她,身穿皮大衣说:"费迪①,这不正是你要为地窖找的吗?"看来他也持类似的看法,也相信他找的正是我们而且找到了,但先要考虑考虑,算计算计,一边相当灵巧地掷出几块扁平石块,掠着莱茵河水面跳去。随后他提议说:在洋葱地窖演奏,晚九时至凌晨二时,每人每晚十马克,好吧,就说是十二马克吧! 克勒普说要十七马克,好让施穆出十五马克。可是施穆只答应给十四马克五十芬尼。我们就这样敲定了。

从街上看去,洋葱地窖同那些新开的小饮食店一样。它们同老饮食店的区别就在于价钱贵。价钱贵的原因可以认为是由于这些多半被称为艺术家酒馆的地方内部设备和布置奇特,也由于这些酒馆的名称别具一格,不显眼的如"水饺馆",具有神秘的存在主义味道的如"禁忌",火辣辣的如"辣椒",自然还有"洋葱地窖"。

搪瓷招牌上"洋葱地窖"这几个字以及给人强烈的幼稚感的一个洋葱,故意写得和画得十分笨拙。招牌按照古德意志习惯,挂在正

---

① 费迪南的昵称。

门前一个雕花铸铁架上。唯一一个窗户，镶有牛眼形玻璃，呈啤酒杯的绿色。一扇朱红漆铁门，在糟糕的岁月里也许曾用于关闭某个防空洞。门前站着一个守门人，身穿乡下式样的羊皮大衣。不是人人都可以进洋葱地窖的。尤其在星期五，一周的工资将化作啤酒的时候，旧城的兄弟们就被拒之于门外，对他们来说，洋葱地窖的价钱也太贵了。允许入内的人，会在朱红门后面发现五级台阶，走下去，便到了一个一米见方的平台，一张毕加索画展的海报把平台装点得体面而独特，再下台阶，这回是四级，对面就是衣帽间。"请取时付款！"一块硬纸板小牌子上这样写道，衣帽间里的小伙子——多半是由艺术学院蓄胡子的学员干这差事——在接待时决不事先收钱。洋葱地窖虽然价钱贵，但同样也是可靠的、货真价实的。

老板亲自迎接每一位来客，眉飞色舞，手势活得很，似乎每来一位客人他就得来一套宗教接客礼节。如我们所知，老板名叫费迪南·施穆，有时去打麻雀，但独具慧眼，摸透了币制改革后在杜塞尔多夫迅速发展起来的那个社交界。而在其他地方，它发展得比较缓慢。

洋葱地窖本来是一个真正的，甚至有点潮湿的地窖，这也表明这家生意兴隆的夜总会的可靠性。我们可以把它比作一个让人冻脚的长条房间，面积大约四乘十八，由两个小圆铁炉供暖，它们也是地窖里原有之物。自然啰，这个地窖从根本上讲已不再是个地窖了。天花板已被拆掉，向上扩展到了底层住房。所以，洋葱地窖唯一的窗户不是原有的地窖窗户，而是底层住房原先的窗户。这略微损害了这个生意兴隆的夜总会的信实可靠的面貌，使它有点名不副实了。如果可以让人由窗户向外望去，那也就不必镶牛眼形玻璃了。在地窖向上扩展的部分还修了回廊，可以由一道鸡棚梯子上去，这梯子确是真正的原件。也许可以称洋葱地窖为信实可靠的夜总会，尽管地窖已不再是真正的地窖了。不过，为什么非得是真正的地窖不可呢？

奥斯卡忘了讲，通往回廊的鸡棚梯子并非真正的鸡棚梯子，而是一种舷梯，因为可以用真正的晾衣绳系住这个非常陡的梯子的左右两头。梯子有点摇晃不定，使人联想到乘船旅行，这也抬高了洋葱地窖的价钱。

矿工用的电石灯给洋葱地窖照明，放出碳化物气味。这又提高了价钱，并使洋葱地窖付钱的来客置身于譬如说某个钾盐矿在地下九百五十米处的一个坑道里：采掘工赤裸上身在岩石前干活，钻着一条矿脉，电耙铲盐，卷扬机吼叫，填满了排沟。后面远处，在坑道拐向弗里德里希哈尔二号升降机的地方，一盏灯在摇晃。而这是工头，他来了，说："平安上井！"摇晃着一只电石灯。这盏灯同洋葱地窖没有抹灰泥便匆匆粉刷的墙壁上挂着的那些电石灯一模一样。这些灯用于照明，散发臭味，提高价钱，制造一种独特的气氛。

座位不舒服，普通的木箱，蒙上装洋葱的口袋，木桌桌面擦洗得一干二净，好似引诱矿山来客入内的平和的农家，类似的情景有时也可以在影片里看到。

就是这些！酒柜呢？没有酒柜。领班先生，给一份菜单！既没有领班，也没有菜单。还能提到的，就只有我们这个"莱茵河三人团"了。克勒普、朔勒和奥斯卡坐在鸡棚梯子下方，这本来是一个舷梯。他们九点到，取出乐器，十点左右，开始奏乐。不过，现在的时间是九点刚过十五分，待一会儿再谈到我们也不迟。现在，施穆还得看看那些手指，那些施穆有时借以握住小口径步枪的手指。洋葱地窖客人一满——半满也就算是满座——施穆，老板，便围上方巾。方巾，绸的，钴蓝色，印染着图案，特别的图案。提及此事，是因为围上方巾自有含义。印染的图案可称之为金黄色洋葱。只有当施穆围上这块方巾时，才可以说，洋葱地窖开始营业。

客人有：商人、医生、律师、艺术家，还有舞台艺术家、记者、电影界人士、知名运动员、州政府和市政府高级官员，简而言之，全都是今天称之为知识分子的人们，携带夫人、女友、女秘书、女工艺美术师以及男性女友。只要施穆还没有把金黄色洋葱图案的方巾围上，他们便坐在蒙粗麻布的木箱上，闲聊，压低嗓子，吃力地聊着，近乎压抑地聊着。他们想交谈，但谈不起来，想得好好的，一讲就离题；他们全都愿意把话讲出来,打算真正把什么话都掏出来,把憋在肝里的、悬在心上的、填在肺里的话全都掏出来,不通过大脑,让人看看事实真相,看看一丝不挂的真人,可是办不到。这里那里有人大概地暗示失败的生涯、被破坏的婚姻。这位先生,长着一颗聪明的大脑袋和一双柔软的、几乎是纤细的手,看来同他的儿子有隔阂,儿子讨厌父亲的过去。两位女士,身穿貂皮大衣,电石灯下犹显出丰姿,谈到她们失去了信仰,只是不谈她们失去了对什么的信仰。我们对那位大头先生的过去也一无所知,由于这段往事儿子给父亲制造了哪些困难,他们也没有谈到。这好似在下蛋之前,请读者原谅奥斯卡的这番比喻,挤啊,挤啊……

他们在洋葱地窖里下蛋,但挤不出来,直到老板施穆围上特制方巾露面,迎来一声发自四座的欢乐的"啊"。他道了谢,旋即又隐没在洋葱地窖尽头的帷幔后面,那里是盥洗间和贮藏室。几分钟后,他才回来。

老板再度站在客人面前时,为什么又迎来了一声更欢乐的、获得半解救的"啊"呢?一家生意兴隆的夜总会的老板隐没在帷幔后面,从贮藏室里取出什么东西,小声骂了坐在那里看画报的管盥洗室的女工几句,又来到帷幔前,像救世主,像创造奇迹的叔叔那样受到欢迎。

施穆臂上挎着一个小篮子来到他的客人中间。小篮子上盖一块黄蓝方格布。布上放着许多猪形或鱼形小木板。老板施穆把这些擦洗干净的小木板分发给来客。他低头哈腰,恭维话一套套,这透露了施穆年轻时曾经在布达佩斯和维也纳待过。施穆的微笑,就像按照猜想是真的蒙娜丽莎的复制品画的复制品上的微笑。

客人们却严肃地接过小木板。有的还要求换一块。这位先生喜欢猪形的,那位先生或者女士却不要普通家猪形的,宁要更加神秘的鱼形的。他们闻了闻小木板,把它推来推去。老板施穆给回廊上的客人送完小木板之后,便静候着,直到每一块小木板都静止不动为止。

这时，众心期待着他，而他便像魔术师那样掀开盖布，下面是第二块布，布上放着的，第一眼看去，认不清是什么，再看才知道是厨房用刀。

像方才分发小木板那样，施穆现在转圈分发刀子。这一回他加快了速度，提高了紧张度，这也使他能够提高价格。他不再讲恭维话，也不让人换刀子，他的动作像配药似的匆忙。"好了，当心，走!"他喊着，掀掉篮子上的布，伸手到篮子里，分发，分光，在民众之间布施。慈悲的施主，款待来客，分给他们洋葱，同从他的方巾上看到的金黄色的、略显程式化的洋葱一样，普通的洋葱，球根植物，不是鳞茎洋葱，是家庭主妇买进的洋葱，蔬菜女贩出售的洋葱，男农民、女农民或女雇农种植和收获的洋葱。荷兰小画师的静物画上可以看到的逼真程度不一的洋葱。老板施穆把这样的或类似的洋葱分发给他的客人，直到人人都有了洋葱，直到只听见小圆火炉隆隆响，听见电石灯的歌唱声。洋葱分完后，一片寂静。于是，费迪南·施穆喊道："诸位，请吧!"说罢，把方巾的一端甩到左肩上，就像滑雪者起滑前把围巾往后一甩那样，他以此发出一个信号。

客人们动手剥洋葱皮。据说洋葱有七层皮。女士们先生们用厨房刀子剥洋葱皮。他们剥去第一层、第三层、金色、金黄色、锈棕色，或者不如说洋葱色的洋葱皮，直到洋葱变成透明、葱绿、洁白、潮湿、黏而多汁，气味也出来了，洋葱味。接着，就像通常切洋葱那样，他们在猪形和鱼形小木板上切洋葱，有的手笨，有的手巧，朝这个或那个方向切，洋葱汁四溅，散布到空气里。年长的先生们，不知如何摆弄厨房刀子，必须小心，别切了自己的手指;有的已经划破了手指，却没有察觉。女士们手巧些，但并非人人如此。在家里当主妇的那些女士，知道通常该如何切洋葱，譬如给煎土豆或肝配上苹果片和洋葱圈。可是，在施穆的洋葱地窖里既没有这种也没有那种，什么吃的都没有，谁想吃点什么，就得到别处去，去"鱼馆"而别上洋葱地窖来，这里只有可以切的洋葱。为什么呢? 因为这个地方就叫洋葱地窖，特色就在于此。因为洋葱，被切的洋葱，倘若仔细看一看的话……

不,施穆的客人什么都看不见了。或者说,有一些客人什么也看不见了,他们泪水盈眶,但并不因为他们的心是充满的①。心充满时,必定热泪盈眶,话可不能那么说。有些人永远不会这样,尤其在最近的或者说已流逝的几十年间。因此,我们这个世纪日后总会被人称作无泪的世纪,尽管处处有这么多的苦痛。正由于没有眼泪的缘故,能够花得起这份钱的人就到洋葱地窖来,花八十芬尼让老板给一块猪形或鱼形小木板和一把厨房用刀,花十二马克买一个普通的地里或菜园里长的厨房用洋葱,把它切成小块,小小块,直到汁创造出了它……创造什么?创造这个世界和这个世界的苦痛不创造的东西:滚圆的人的泪珠。这里在哭泣。这里终于又在哭泣了。体面地哭泣,无碍地哭泣,自由地把一切都哭出来。这里江水滔滔,泛滥开去。这里在下雨。这里在降露水。奥斯卡关上打开的闸门。决堤了,春潮汹涌。每年都要泛滥、政府不加防范的那条河叫什么?用十二马克八十芬尼买来的自然现象发生过后,哭够的人开始说话了。他们还犹犹豫豫,对自己所说的话丝毫不加掩饰而大为惊讶,然而,洋葱地窖的客人们在享用了洋葱以后终于对坐在不舒适的、蒙粗麻布的木箱上的他们的邻座推心置腹了,让人家刨根问底,像翻新大衣似的把他里外翻个身。可是,同克勒普和朔勒无泪地坐在鸡棚梯子下面的奥斯卡却要保守秘密,从所有的自白、自责、忏悔、揭发、承认中,他只想讲一讲皮奥赫小姐的逸事。她一再失去她的福尔默先生,因此变成了铁石心肠、无泪之眼,不得不一再到施穆的高价的洋葱地窖来。

皮奥赫小姐哭够以后说,我们在有轨电车上相遇。我从店里来——她是一爿一流书店的老板和经理——电车上挤满了人。维利,也就是福尔默先生,狠狠地踩了我的右脚。我站不住了,但我们两人却一见钟情。我走不了路,他便伸出手来搀扶我,陪我,确切地

---

① 语出《圣经·新约·马太福音》:"因为心里所充满的,口里就说出来。"下文便由此发挥。

说,抱我回到我家,从那天起,他体贴地护理被他踩成蓝黑色的那只趾甲。除此以外,在我面前,他也不乏爱的表示,直到右脚大趾的趾甲脱落,再没有任何东西阻碍新趾甲生长的时候。死趾甲脱落的那天,他的爱也冷却了。我们两人都为他的爱的萎缩而苦恼。他始终还依恋于我,而我们两人又有那么多的共同之处。于是维利提出了那个可怕的建议:让我踩你的左脚的大脚趾,踩到趾甲变成红蓝色,随后变成蓝黑色吧!我让步了,他也就踩了。我立即又充分地享受到他的爱,一直享受到左脚大趾的趾甲也像一片枯叶似的脱落为止。我们的爱情再度经历它的秋天。在此期间,我的右脚大趾的趾甲已经长好。维利为了重新在爱情中服侍我,他又要踩我的右脚。可是我不允许他这么干。我说,倘若你的爱是真正伟大而真诚的,它的生命必定比脚趾的趾甲长久。他不理解我,离开了我。几个月以后,我们又在音乐厅相遇。休息后,他不问一声就坐到我的身边来,我旁边的座位正好空着。演奏的是贝多芬的第九交响曲,当合唱队开始唱的时候,我把右脚向他伸去,而且事先已经把鞋子脱掉了。他踩上去,我没有失声叫喊干扰音乐会。七个星期以后,维利再次离我而去。我们还相处了一两次,每次几周,因为我又两次把脚伸给他,一次是左脚,一次是右脚。现在,我的两只大脚趾都残了。趾甲不再生长。维利有时来看我,坐在我面前的地毯上,充满着对我和对他自己的同情,但没有爱也没有眼泪,激动地凝视着我们的爱的牺牲品,两只没有趾甲的脚趾。我有时对他说:维利,来吧,我们一起到施穆的洋葱地窖去,让我们哭个痛快。可是,直到今天,他始终不愿一起来。这个可怜的男人不懂得眼泪是伟大的安慰者。

后来——为满足诸君之中的好奇者,奥斯卡只透露这一点——福尔默先生,一个无线电商人,他也到我们的地窖里来了。他们两人一起抱头痛哭。据昨天来探望我的克勒普说,不久前,他们结了婚。

从星期二到星期六——洋葱地窖星期日不营业——客人们在享用了洋葱之后,便啰唆地把憋在心里的人的存在的真正悲剧发泄出来了。保留给星期一的客人的,虽然不再是充当最可悲的哭泣者,但也能充当最剧烈的哭泣者。星期一价钱便宜。施穆以半价为青年供应洋葱。来的多半是医科男大学生和各种女大学生。艺术学院的男大学生也来,但主要是日后要当绘画教师的那些人,他们把一部分奖学金花在买洋葱上。我至今存疑的是:那些中学最高年级的男女学生又从哪里弄钱来买洋葱呢?

年轻人的哭法不同于年长者。年轻人的问题也完全不同。并非总是为考试或中学毕业考试操心之类。在洋葱地窖里,自然也有人谈到父子矛盾、母女悲剧等等。尽管年轻人感觉到自己不被人理解,然而,他们认为不被人理解并不值得为之哭泣。奥斯卡高兴的是,年轻人一如既往地为了爱而哭泣,不单是为了两性之爱而哭泣。格哈德和古德龙,他们起初总是坐在下面,后来才一起到回廊上面去哭泣。

她,高大、壮实,女手球运动员,学化学。头发结成一条辫子拖在脑后。苍白然而像慈母一般,如同战争结束前的数年间在妇女同盟的宣传画上所能看到的那样。她目光清晰,多半直视前方。她的前额隆起,乳白色,光滑,健全,然而,她的不幸却明明白白地挂在脸上。从喉结到结实的圆下巴直到面颊,都留下了男人胡子的糟糕痕迹,虽说这位不幸女子不断地刮脸。她的细嫩的皮肤自然也经受不住那刮脸刀片。她的脸发红,有裂口,长小脓疱,她的女人胡子不断长出来,古德龙为此哭泣。格哈德后来才来洋葱地窖。他们两人并非如皮奥赫小姐和福尔默先生那样是在电车上而是在火车上认识的。他坐在她的对面,两人都刚过完学校的假期回来。他立刻爱上了她,不管她长着胡子。她即使由于自己长胡子而不敢爱他,但欣赏格哈德的孩子屁股般光滑的下巴,而这正是他的不幸。这个年轻男子不长胡子,这使他在年轻姑娘面前显得腼腆。然而,格哈德却同古德龙搭话,当他们在杜塞尔多夫火车站下车时,他们至少已经缔结了友谊。从那天起,他们天天见面,他们谈这谈那,交换了一部分想法,只是从来不提及该有而没有的胡子和不该有却不断长出来的胡子。格哈德也体贴古德龙,由于她的受折磨的皮肤而从不吻她。所以,他们的爱是纯洁的,虽说他们两人都不注重纯洁,因为她的志趣在于化学,而他则要当医学家。他们两人的一个朋友告诉他们说,有这么一个洋葱地窖。但他们只是鄙夷不屑地报以一笑,因为怀疑乃是化学家和医学家共有的特点。最后他们还是去了,但互相保证说,目的是去考察。奥斯卡很少见到年轻人这样哭过。他们一再来,从嘴里省下六马克四十芬尼,为该有却没有的胡子和蹂躏少女细嫩皮肤的胡子而哭泣。有几次,他们试图回避洋葱地窖。某个星期一不见他们来,但到了下个星期一他们又来了,一边用手指捻碎洋葱丁,一边哭泣着透露,他们想省下那六马克四十芬尼。他们两人在大学生宿舍里用便宜的洋葱做试验,但效果与在洋葱地窖里可不是一回事。谁都需要听众。在团体中哭泣要容易得多。当左边、右边和上边的回廊里这个或那个系的同学、艺术学院的大学生以及中学生都在流泪时,大家便能产生一种真正的共同感情。

格哈德和古德龙光顾洋葱地窖的结果,除了流泪外,还慢慢地得到了治疗。可能是泪水冲走了他们的精神压抑。如通常所说的那样,他们相互接近了,他吻她的受折磨的皮肤,她亲他的光滑的皮肤,从某一天起,他们不再来洋葱地窖了,已经没有这个必要了。几个月以后,奥斯卡在国王林荫道碰见他们,起先都认不出他们两个来了。他,光下巴的格哈德,留了一副密密的红金色大胡子。她,皮肤多刺的古德龙,仅仅上唇上方还有淡淡的黑汗毛,这对于她的脸倒是有益无害。古德龙的面颊和下巴却泛出黯淡的光泽,再也不是杂草丛生了。这两人已结成了一对大学生夫妻。奥斯卡听着,而他们就像已是五十岁的人正在对孙子辈讲述往事。她,古德龙说:"从前,你们的爷爷还没有胡子的时候——"他,格哈德说:"从前,你们的奶奶还为长胡子而苦恼的时候,我们两个每逢星期一都要去洋葱地窖。"

读者会问,你们三位乐师何苦还坐在舷梯或者鸡棚梯子下面呢?洋葱地窖里既然是一片哭声、号声、咬牙切齿声,又何苦固定请来这么一个正正经经的乐队呢?

是啊,我们三个,等客人们哭干眼泪、倾吐衷肠之后,便操起乐器,用音乐使客人们过渡到日常的谈话中去,使他们轻松地离开洋葱地窖,好给新到的客人腾出座位。克勒普、朔勒和奥斯卡是反对洋葱的。我们同施穆签订的合同里也有一条,禁止我们以类似于客人的方式来享用洋葱。我们本来也不需要洋葱。朔勒,吉他手,没有诉苦的缘由,人家总看见他是幸福而满意的,即使在雷格泰姆音乐演奏到一半而他的班卓琴上的两根弦一下子都断了的时候。在我的朋友克勒普的脑子里,哭和笑的概念至今模糊不清。他觉得哭是开心的,在安葬他的姑妈时——他结婚前,她一直帮他洗衬衫和袜子——他放声大笑,我过去从未见他这么笑过。那么,奥斯卡又怎么样呢?奥斯卡有足够的缘由放声大哭。难道不该用泪水冲刷掉道罗泰娅嬷嬷以及在椰棕地毯上的那个漫长而徒劳的黑夜吗?我的玛丽亚,难道她不是使我诉苦的根由吗?她的老板,施丹策尔,不是在比尔克公寓出出进进吗?小库尔特,我的儿子,见到这位美食店老板兼狂欢节参加者,不是先叫他"施丹策尔叔叔",尔后又叫他"施丹策尔爸爸"了吗?在我的玛丽亚背后,他们,我可怜的妈妈、扬·布朗斯基、只会用汤来表达自己感情的厨师马策拉特,不是都躺在遥远的萨斯佩公墓松散的沙土下面或者布伦陶公墓的黏土下面吗?当然需要为他们痛哭一番的。可是,奥斯卡属于少数不需要洋葱便能流泪的幸福者之列。我的鼓帮助我。只需要特定的几小节,奥斯卡就找到了眼泪,不好不坏,恰同洋葱地窖昂贵的眼泪一样。

老板施穆也从不摆弄洋葱。他休息时在树篱和灌木丛中打到的麻雀,可以顶替洋葱,而且价值相当。施穆打完麻雀,把打下的十二只麻雀排列在一张报纸上,他的眼泪就落到这十二个有时还温和的羽毛团上。当他把鸟饲料撒向莱茵草地和卵石河岸时,他还在哭泣,这种情形不是经常可以看到吗?在洋葱地窖里,为他提供了发泄心中痛苦的另一种途径。每周一次粗野地咒骂管盥洗室的女工,已经成了他的习惯。他经常用相当陈旧的名堂称呼她,例如:娼妓,野鸡,淫妇,荡妇,扫帚星。"滚蛋!"施穆又在大声尖叫了,"从我眼皮底下滚开,妖婆!"他立即解雇了管盥洗间的女工,换了一个新的。可是,过了一段时间以后,他就遇上麻烦了。他再也找不到管盥洗间的女工了,只得再雇用被他解雇过一次或多次的女人。她们也愿意回到洋葱地窖来,因为施穆的骂人话有一大部分她们听不懂,而且,这里钱挣得多。由于哭泣,洋葱地窖的客人去盥洗间的次数比别的饮食店的客人多;哭泣着的人也比眼睛干的人慷慨大方。尤其是男宾们,当他们哭红哭肿了脸,泪痕满面"到后面"去时,都愿意多给小费。管盥洗间的女工还卖给洋葱地窖的客人们有名的洋葱图案手帕,手帕的对角线上印有"在洋葱地窖里"字样。这些手帕样子可笑,不仅可以拭干眼泪,而且可以当头巾用。洋葱地窖的男宾们,让人把这些彩色手帕缝成三角旗,悬在他们的汽车的后窗里面,在休假期间带着施穆的洋葱地窖旗驶向巴黎、蓝色海岸、罗马、拉文纳、里米尼,甚至远往西班牙。

我们三个乐师和我们的音乐还肩负另一个任务。有些时候,尤其在一些客人连续切了两个洋葱之后,洋葱地窖里就会突然大发作,很容易酿成放荡行为。施穆不喜欢这种毫无顾忌的行为,一见到几位先生解领带,几位女子解衬衫扣子时,便吩咐我们奏乐,用音乐去对付刚露苗头的不知羞耻的举动。可是,另一方面,正是施穆自己,见到一些特别缺乏抵抗力的客人切完第一个洋葱后便递去第二个,于是为他们由发作转向放荡开放绿灯,只不过他规定了一个限度罢了。

我所知道的洋葱地窖里最厉害的一次发作,对于奥斯卡来说,如果不是他一生中的一个转折点,那也是一次意义深远的经历。施穆的妻子比莉,爱寻欢作乐。她不常来地窖,如果来的话,她总带着施穆不愿见到的那些男朋友。一天晚上,她带着音乐评论家伍德和抽烟斗的建筑师瓦克莱来了。这两位先生是洋葱地窖的常客,随身带着相当无聊的苦闷。伍德哭泣是由于宗教方面的原因,他想改宗或者已经改宗或者已经第二次改宗。抽烟斗的瓦克莱哭泣的原因,是由于他在二十年代为了一个放肆的丹麦女子而放弃了大学教授职位,可是,这个丹麦女子却嫁给了一个南美人,替他生了六个孩子。

这使瓦克莱耿耿于怀,又使他不能安稳地抽烟斗。有点阴险的伍德劝施穆的妻子切洋葱。她切了,眼泪来了,开始把心里话往外掏,揭发老板施穆。她讲的事情,奥斯卡得体地加以保密,不再向诸君转述。施穆一听,向他的妻子猛扑过去。这非得有好几个身强力壮的男子来阻拦才行,因为桌子上到处放着厨房用的刀子。他们拦住这个狂怒的家伙,直到轻率的比莉跟她的男朋友伍德和瓦克莱溜走为止。

施穆激动而慌张。我看见他双手在颤抖,一再去整理他的洋葱方巾。他几次走到帷帘后面,咒骂管盥洗室的女工,末了,拿了满满一篮子洋葱回来,强作笑容,以不自然的高兴劲头向客人们宣布,他,施穆,今天兴致勃勃要当施主,免费赠送每位客人一个洋葱,说罢就分给大家。

当时,连一向觉得人生这类痛苦的经历犹如一出好戏的克勒普也看傻了,如果他不是若有所思的话,那也是相当紧张的。他拿起长笛准备吹奏。我们都明白,紧接着给这些敏感而有教养的女士们先生们提供第二次失去控制而哭泣的机会,是多么危险。

看到我们拿起乐器准备奏乐的施穆,偏偏禁止我们演奏。在一张张桌子上,厨房用刀开始它们的切碎工作。几层很美的、花梨木色的表皮已经被推到一边,遭人冷落。带淡绿纹道的透明洋葱肉陷于乱刀之下。奇怪的是,哭泣并非从女士们开始。那些正值最佳年龄的先生们,一位大碾磨厂老板,一位携带淡施脂粉的男友的饭店经理,一位贵族总代表,满满一桌到城里来开董事会会议的、身穿绅士服的工厂主,一位秃头演员——我们都叫他"格格响",因为他在哭泣时总把牙齿咬得格格直响,所有这些先生们,在女士们帮忙之前,先流开了眼泪。可是,女士们和先生们并非沉溺于第一个洋葱所引起的那种使人得到解脱的哭泣之中,向他们袭来的是一阵阵痉挛式的啼泣。"格格响"咬牙切齿,委实吓人,活像一个要引诱剧场里每一个观众都跟着他一起格格地咬牙的演员。大碾磨厂老板让他的修饰整洁的灰发脑袋一下接一下地朝桌面上撞去。饭店经理把他的啼泣痉挛同他那位妩媚男友的痉挛混在一起。施穆站在梯子旁边，板着面孔，不无享受地审视着已经半失去控制的女士们先生们。这时，一位上了年纪的女士当着她的女婿的面撕破了自己的衬衫。那位饭店经理的男友，他的色相早已引人注目，此刻光了膀子，露出天然的棕色皮肤，从一张桌子蹦到另一张，跳起舞来。大概是东方舞蹈吧，他宣告一种神秘的宗教仪式开始了。这开端虽然激烈，但由于缺乏想象力或者想象力幼稚可笑，所以不值得详尽地加以描摹。

不仅施穆失望了，连奥斯卡也厌烦地皱起了眉头。一些低级的脱衣场面，几位绅士穿上了女子内衣，男子气概的女士们抓起领带和背带，有几个双双钻到桌子底下。值得一提的倒是那位"格格响"，他用牙齿撕碎了一个胸罩，咀嚼着，也许已经吞下了一部分。

这种可怕的吵闹声，这种毫无内容的"哟喔""呜哇"的叫声，八成使施穆失望了。他也可能害怕警察当局，再也站不住了。他向坐在鸡棚梯子下面的我们探过脑袋来，先捅了一下克勒普，随后捅捅我，细声说："音乐！你们听着，奏乐！奏乐，结束这场胡闹！"

事实表明，容易满足的克勒普开心得很。他笑得前俯后仰，没法吹长笛了。把克勒普当师傅看待的朔勒，是他的跟屁虫，这时也跟着他一起哈哈大笑。这样一来，只剩下奥斯卡一个人了，而施穆是可以信赖我的。我从凳子底下拽出铁皮鼓，镇定地点上一支烟，开始击鼓。

我毫无计划便击起鼓来，只想让人家明白我的鼓声的含义。我把通常的夜总会音乐的曲目全都丢在脑后。奥斯卡也不演奏爵士乐。我不喜欢人家把我看成一个发狂的打击乐手。虽说我是个老练的鼓手，然而我不是纯血统的爵士乐师。我喜爱爵士音乐一如我喜爱维也纳华尔兹。这两种音乐我都会演奏，可我不想演奏。施穆请我击鼓时，我不演奏我会的，而是演奏源自心里的。奥斯卡成功地让一个曾经永远是三岁的奥斯卡捏住鼓棒。我回头沿着老路敲去，让三岁孩子视角中的世界清晰地显现出来，首先控制住这个没有能力进入真正的宗教仪式中去的战后社交界。说得明白些，我带领他们走到波萨道夫斯基路,走进考尔阿姨的幼儿园,我已经让他们垂下下巴,手拉着手,脚尖朝里,等待着我,他们的捕鼠人。我于是离开鸡棚梯子,站到女士们先生们的排首。作为试验,我先给他们来了一段《烘烘烘,烘蛋糕》,他们像孩子似的兴高采烈,而我的成绩也已记录在案。我随即引起他们的巨大的恐惧,敲响了《黑厨娘,你在吗?》。我从前有时害怕黑厨娘,现在我越来越怕她。我让她出场,身影巨大,黑如煤炭,可憎可怕,在洋葱地窖里暴跳如雷,我于是达到了老板施穆用洋葱达到的效果:女士们先生们,像孩子似的哭出了圆滚滚的泪水,害怕至极,颤抖着求我怜悯。我于是又敲鼓,借以安慰他们,帮他们穿上内衣、外衣,丝绸的、天鹅绒的:《绿绿绿,我的衣裳全都绿》《红红红,我的衣裳全都红》《蓝蓝蓝……》《黄黄黄……》。我敲出了各种颜色和中间色调,直到我面前的社交人士又文雅地穿戴整齐,随后让幼儿园搬迁,领他们穿过洋葱地窖,仿佛这里是耶施肯山谷路,仿佛正在登上埃布斯山,绕着古滕贝格纪念碑走去,仿佛这里盛开着真正的雏菊,他们,女士们先生们,像孩子一样高兴地去采摘。我允许他们,所有在场的人,包括老板施穆,为在玩耍中度过的幼儿园的下午留下一件纪念品。当我们快到黑暗的魔鬼峡谷,打算去采山毛榉果实时,我在鼓上说:孩子们,你们现在可以去小便了。于是,他们满足了孩子的小小需要,尿了,所有的人,女士们和先生们,老板施穆,我的朋友克勒普和朔勒,甚至坐在远处的管盥洗间的女工,全都尿了,嘘嘘嘘地尿了,尿湿了裤子,一边蹲下来,听着。好一支儿童管弦乐队!他们演奏时,奥斯卡只是马马虎虎地敲敲边鼓。他们的乐声一止,我一阵急播,过渡到无拘无束的快活气氛中去,奏出一段淘气的曲子:

> 玻璃,玻璃,小酒杯,
>
> 没啤酒,有白糖,
>
> 霍勒太太打开窗,
>
> 弹钢琴,叮咚当……

我带领那些欢呼着、哧哧笑着、用孩子的笨嘴咿咿呀呀不停地说着的女士们先生们首先到了衣帽间。惊愕万状的大胡子大学生帮施穆的客人们穿上大衣。接着,我为女士们先生们敲了一支他们喜爱的小曲《谁愿见到勤快的洗衣妇》,送他们走上水泥台阶,从穿羊皮大衣的门房身边走过,到了街上。一九五○年春夜的天空,清新,没有星星,童话一般,好像是预先定做的。我让女士们先生们解散,可他们还在旧城像小孩子似的胡闹了好一阵子,忘了回家的路。末了,警察帮他们恢复了本来的年纪、体面与尊严以及对自己家电话号码的记忆。

　　我,奥斯卡,则留在洋葱地窖里,哧哧地笑,抚弄铁皮。施穆一直在那里鼓掌,叉开两腿,湿了裤裆,站在鸡棚梯子旁。看样子,在考尔阿姨的幼儿园里他感到很高兴,同成年人施穆在莱茵草地上打麻雀时一样高兴。

在大西洋壁垒或地堡不能同水泥分家

　　我这样做，本想帮洋葱地窖老板施穆的忙。可是，他却不能原谅我的铁皮鼓独奏表演，因为我的表演把他的肯出高价的客人变成了牙牙学语、无忧无虑、兴高采烈、尿湿裤子因而也是哭哭啼啼——不用洋葱便哭哭啼啼的孩子。

　　奥斯卡设法理解他。莫非他害怕我的竞争了不成？因为越来越多的客人把传统的催泪洋葱推到一边，呼唤奥斯卡，呼唤他的铁皮，呼唤我，因为我能够在我的铁皮鼓上用咒语显现任何一位客人——不论他有多大年纪——的童年。

　　到那时为止，施穆仅限于无限期解雇管盥洗间的女工。现在，他把我们——他的音乐师也解雇了，请来一位站立小提琴手①，如果不苛求的话，可以凑合让他当做吉普赛人看待。

　　可是，我们被赶走之后，许多客人，包括最大方的客人，威胁说要同洋葱地窖一刀两断。没过几个星期，施穆只好妥协。那个站立提琴手每周来三次，我们也每周演奏三次，但报酬提高，每晚二十马克。此外，我们到手的小费越来越多，奥斯卡便在银行开了一个账户，为能吃利息而高兴。

　　好景不长，这本储蓄存折不久就成了处于困境中的我的帮手，因为死神驾到，夺走了我们的老板费迪南·施穆，夺走了我们的工作和报酬。

---

　　①　站立小提琴手，一般指娱乐性轻音乐乐队的首席小提琴师，站着演奏，同时指挥乐队。有时也指站着演奏的小提琴手。

前面我已经讲过,施穆打麻雀。有时候,他带我们一起去,乘他的梅赛德斯轿车,让我们观看他打麻雀。尽管为了我的鼓有时会争吵,站在我一边的克勒普和朔勒也因此会受罪,不过,施穆同他的音乐师之间的关系还是友好的,直到如上所述,死神降临。

我们上车。施穆的妻子像过去那样坐在驾驶座上。克勒普坐在她身边。施穆坐在奥斯卡和朔勒中间。他把小口径步枪放在腿上,有时还抚弄几下。我们一直驱车到离凯泽斯韦尔特不远处。莱茵河两岸树木林立。施穆的妻子留在汽车里,打开一张报纸。克勒普事先买了葡萄干,隔一定的间歇吃一口。朔勒当吉他手之前,在大学里念过某一系科,会背几首写莱茵河的诗。莱茵河也显示出最富诗意的一面,除了载着普通的驳船外,尽管按照日历时值夏季,却载着摇曳的秋叶朝杜伊斯堡流去。如果施穆的小口径步枪也缄默无语的话,那么,在凯泽斯韦尔特附近的午后真可以称之为宁静的午后了。

克勒普吃完葡萄干,用青草擦手指头。这时,施穆也打完了。他给报纸上排列着的十一个冷却了的羽毛团添上第十二只,如他所说,还在抽搐的麻雀。这位射手已经包好了他的猎获物——因为施穆每次都把他射到的东西带回家去,原因不详。这时,一只麻雀落到我们近处被河水冲来的树根上,那么引人注目,它的颜色又是那么灰,这样标准的麻雀标本使施穆难以抗拒,一个下午最多只打十二只麻雀的他射中了第十三只。施穆真不该干这件事!

他把这第十三只同那十二只放到一起,我们便往回走,找到了正在黑色梅赛德斯里睡觉的施穆太太。施穆先上车,坐在前座,克勒普和朔勒后上车,坐在后座。我本该上车的,但我没有上去,而是说,我还想散散步,自己乘电车回去,不必再管我。于是,他们便乘车朝杜塞尔多夫而去。车上没有奥斯卡,他出于谨慎,没有上去。

我慢慢地随后走去。我不需要走多远。由于在修公路,开了一条绕行道。绕行道经过一个采沙砾场。在一面路镜下方约七米深处的采沙砾场里,轮子朝天横着一辆黑色梅赛德斯。采沙砾场的工人已经把三个受伤者和施穆的尸体从水里拖了出来。事故急救车已在途中。我爬下坑去,不一会儿,鞋里满是沙砾,慰问了一下受伤者。他们尽管疼痛,仍问这问那,但我并没有告诉他们,施穆已经死了。他惊讶地呆望着被乌云遮蔽了四分之三的天空。包有午后猎获物的报纸被抛出车外。我数了数,只有十二只麻雀,却找不到第十三只,事故急救车开进采沙砾场时,我还在寻找。

　　施穆的妻子、克勒普和朔勒只受了轻伤:几处青肿,折断几根肋骨。我后来到医院去探望克勒普,询问出事故的原因,他告诉我一则令人惊异的故事:他们的车子在有车辙的绕行道上徐缓地驶过采沙砾场时,突然来了一百只——如果不说数以百计的话——麻雀,从树篱、灌木丛、果树间黑压压地飞来,遮住了梅赛德斯,撞在挡风玻璃上,吓坏了施穆的妻子,单凭麻雀的力量造成了事故和施穆的死亡。信不信克勒普的说法,悉听尊便。奥斯卡反正持怀疑态度。在城南公墓安葬施穆那天,他甚至不再像数年前他还在当石匠和刻字匠时那样去数墓碑间的麻雀了。我头戴借来的大礼帽,杂在送葬队伍中,跟在棺材后面。在九区,我看见了石匠科涅夫,他正在同一个我不认识的助手为一座双穴墓立辉绿石碑。盛老板施穆的棺材在科涅夫旁边经过并向新辟的十区抬去时,他没有认出我来,可能是由于我头戴礼帽的缘故。他搓搓后颈,让人推断出,他的疖子不是熟了就是熟透了。

　　又是葬礼!我已经领读者诸君去过那么多的公墓了,这有什么法子呢?我在什么地方还讲过:葬礼总使人回忆起另一些葬礼,因此,关于施穆的葬礼以及奥斯卡在葬礼进行时的回忆,我就不再报道了。好在施穆是正常地去到地底下,并没有发生什么不寻常的事情。但我不想不告诉诸君,葬礼结束后——由于死者的寡妇住院,所以大家可以不受拘束——有一位先生跟我搭话,他自称丢施博士。

　　丢施博士负责一家音乐会经办处。但音乐会经办处非他所设。此外,丢施博士自我介绍说,他是洋葱地窖以前的客人。我从未注意到他。而当我把施穆的客人变成口齿不清、无牵无挂的小孩子时,他却在场。他推心置腹地对我讲,是啊,在我的铁皮鼓的影响下,丢施本人也回到了幸福的童年。现在,他要让我和我——如他所说——"绝招"大出风头。他握有全权同我签订合同,一项高薪合同,而我可以当场签字。在火葬场前,舒格尔·莱奥,在杜塞尔多夫他叫做萨贝尔·威廉,戴着白手套,正等待着送葬的人。丢施博士却掏出一张纸来,上面规定以巨额报酬换取我承担义务,以"鼓手奥斯卡"的名义在大剧院承担全部独奏节目,在面对两千到三千座位的舞台上唱独角戏。我不愿当场签字,丢施非常难过。我以施穆的死为由,说施穆在世时同我关系非常密切,我哪能在公墓上就另找一位新老板呢,但这件事我愿意考虑,也许还要去旅行一次,回来后再去拜访他——丢施博士先生,有可能的话,将在他所说的工作合同上签字。

我在公墓上没有签字,然而,奥斯卡鉴于经济状况无保障不得不要求预支。出了公墓,在丢施博士停车的广场上,我接过他暗暗递来的装在一个信封里的钱和他的名片,塞进了口袋。

于是我去旅行,还找到了一个旅伴。我本来更愿意同克勒普一起去旅行,但他还躺在医院里,不准笑,因为他折断了四根肋骨。我也愿意玛丽亚当我的旅伴,暑假还未结束,可以带小库尔特一起去。但玛丽亚还在同她的老板施丹策尔,同那个让小库尔特叫他"施丹策尔爸爸"的人相好。

就这样,我跟画师兰克斯结伴去旅行。读者知道兰克斯就是那个上士兰克斯,也是同缪斯乌拉临时订婚的男人。我口袋里揣着预支的钱和我的存折,到西塔德街画师兰克斯的工作室去拜访他,希望能在他那儿见到我原先的同行乌拉,因为我想同缪斯一起去旅行。

我在画家那里找到了乌拉。在门口,她向我透露,十四天前,他们已经订了婚。同小汉斯·克拉格斯已经待不下去了,她只好又解除婚约。她问我,是否认识小汉斯·克拉格斯。

奥斯卡不认识乌拉的这位未婚夫,表示很遗憾,接着提出了他的慷慨大方的旅行建议,却又看了一场好戏:乌拉还没有来得及答应,画师兰克斯却插进来,自己表示要当奥斯卡的旅伴,打了长腿缪斯几个耳光,因为她不愿待在家里,还因此而流了眼泪。

为什么奥斯卡不反对？他既然要同缪斯一起去旅行，为什么他不袒护缪斯？我把在浅色汗毛的长腿乌拉身边的旅行想象得越美，就越怕同缪斯太亲近地共同生活。必须跟缪斯保持距离，我心中想，不然的话，缪斯的亲吻岂不成了家常便饭吗？所以，我宁愿跟画师兰克斯一起去旅行，因为当缪斯想吻他时，他就动手打她。

关于我们的旅行目的地，并没有讨论很久。我们只考虑诺曼底一处，想去看看卡昂与卡堡之间的地堡。战时，我们在那里相识。唯一麻烦的是办签证。可是，有关办签证的事，奥斯卡只字不想提。

兰克斯是个吝啬鬼。他的颜料是廉价货或是讨来的，画布的底色也上得很差，可是用起颜料来却大手大脚，一到同纸币或硬币打交道，他又锱铢必较。他从来不买香烟，却一直在抽烟。他的吝啬是系统性的。此话怎么讲？且看此例：若有人送他一支香烟，他就从自己左边的裤子口袋里掏出一个十芬尼的铜板，让它透透空气，随即放进他右边的裤兜里去。随着白天钟点的变化，这样"滑动"的铜板或多或少，但总数是不少的。他抽烟抽得很勤快，有一次他心情好的时候向我透露说："我每天抽的烟大约合两个马克。"

兰克斯大约一年前买下的在韦尔斯滕的那块带废墟的地皮，就是用他的远近熟人的香烟买来的，确切地说，是白抽人家的香烟买来的。

我同这个兰克斯去诺曼底。我们乘上一列快车。兰克斯本人颇想搭人家的汽车，但我付钱买火车票，请他旅行，他只得让步。从卡昂到卡堡，我们乘公共汽车。一路白杨，树林后面是以树篱为界的草场。棕白两色相间的母牛使这片土地看上去像是一张牛奶巧克力广告画。战争破坏的痕迹还历历在目，若是广告画，就不该画上去了。可是，每个村庄，包括我失去罗丝维塔的小村庄巴文特，都还画着战争破坏的痕迹，不堪入目。

从卡堡出发，我们沿海滩步行，朝奥恩河入海口走去。没有下雨。到了勒霍姆，兰克斯说："我们到家了，小子！给我一支烟！"还在他让铜板从一个口袋搬迁到另一个口袋里去的时候，他那个总是往前探着的狼脑袋已对准了沙丘间无数未受损坏的地堡之一。他伸出两条长臂，左手提着背囊、野外用画架和一打画布框架，右手搀着我，拉我向那水泥走去。一口小箱子和鼓，便是奥斯卡的行李。

我们清除了道拉七号地堡里面的流沙和寻找栖身处的情侣们留下的污秽，放上一只板条箱，挂起我们的睡袋，使之变成可居住的空间。我们在大西洋岸边逗留的第三天，兰克斯从海滩上带回来一条大鳕鱼。这是渔民们给他的。他画了他们的船，他们塞给他这条鳕鱼。

由于我们还用道拉七号来称呼这座地堡，所以毫不奇怪，奥斯卡在给鱼开膛的时候，他又想起了道罗泰娅嬷嬷。鱼肝和鱼白涌出，落到他的双手上。我面对太阳刮鱼鳞，兰克斯借此机会彩笔一挥画了一幅水彩画。八月的太阳倒立在地堡的水泥穹顶上。我开始把蒜瓣塞进鱼肚。原来填满鱼肝、鱼白和内脏的地方，我填进了洋葱、乳酪和百里香。我没有扔掉鱼肝和鱼白，而是把这两种美味塞在鱼的咽喉里，再用柠檬堵上。兰克斯在周围窥探。他钻进道拉四号、道拉三号以及更远处的地堡，随手捞东西。他带回来木板条和较大的硬纸板。硬纸板他要用来作画，木板条他用来生火。

这样的火我们可以毫不费力地维持整个白天的时间，因为海滩上每隔两步就插有被海水冲来的、轻如羽毛的干木头，投下的阴影随着日光移动。我把兰克斯从一座被遗弃的海滨别墅里拆下的阳台铁栏杆的一部分，架在其间已经烧红的木炭上。我给鱼抹上橄榄油，把鱼架在灼热的、同样抹了油的锈铁上。我把柠檬汁挤到咝咝响的鳕鱼上，让它慢慢地——因为鱼是不能大火猛攻的——变成佳肴。

我们用好几只空桶，铺上一张折叠成几层的柏油纸，架成了我们的餐桌。叉子和铁皮盘子是我们随身带来的。兰克斯，像一只见到鳗鱼的饿慌了的海鸥，围着正从容不迫地熟透着的鳕鱼团团转。为了引开他，我从地堡里取出我的鼓，放在海沙上，迎风敲起来，不断变奏，诱发出涛声和涨潮的喧器：贝布拉前线剧团参观地堡。从卡舒贝来到诺曼底。菲利克斯和基蒂，两位杂技演员，在地堡上用身体缠成结,再解开结,像奥斯卡迎风擂鼓一样,迎风朗诵一首诗,诗的叠句在战争中宣告一个温暖舒适的时期正在到来:"……星期五吃鱼,外加荷包蛋……我们正在接近毕德迈耶尔风尚!"带萨克森口音的基蒂朗诵着。贝布拉,我的智慧的贝布拉和宣传运动上尉点点头;罗丝维塔,我的地中海的拉古娜,提起食物篮,在水泥上,在道拉七号顶上,摆好食物;上士兰克斯也吃白面包,喝巧克力,抽贝布拉上尉的香烟……

"好小子,奥斯卡,"画师兰克斯把我从遐想中喊回来,"如果我能够像你敲鼓似的那样画就好了! 给我一支烟!"

我中断击鼓,给了我的旅伴一支烟,尝了尝鱼,味道不错:鱼眼睛鼓出,软、白、松动。我慢吞吞地把最后一片柠檬的汁挤到半焦半裂的鳕鱼皮上,一处也不遗漏。

"我饿了!"兰克斯说。他露出了长长的、蜡黄的尖齿,用双拳捶打方格衬衫下的胸口,活像一只猴子。

"要鱼头还是鱼尾?"我让他考虑,一边把鱼挪到一张铺在柏油纸上当桌布用的羊皮纸上。"你建议我要哪一头呢?"兰克斯掐灭香烟,留下烟蒂。

"作为朋友,我会说:请用鱼尾。作为厨师,我将推荐你吃鱼头。我的妈妈,是个吃鱼能手,她会说:兰克斯先生,请用鱼尾,保您满意。医生总是建议我父亲……"

"我对医生的话不感兴趣。"兰克斯怀疑我的话。

"霍拉茨博士总劝我父亲,吃鳕鱼只吃头。"

"那我就吃鱼尾吧! 我觉察到了,你想把不好吃的塞给我!"兰克斯仍在猜疑。

"这样更好。奥斯卡懂得怎样品尝鱼头。"

"我看你一心想吃的就是鱼头,好吧,鱼头归我吧!"

"你真难弄,兰克斯!"我要结束这场对话,"好吧,鱼头归你,鱼尾归我。"

"什么,小子,难道是我作弄了你吗?"

奥斯卡承认,他被兰克斯作弄了。我可知道,只有当他把鱼吃进嘴里,同时又肯定我已经被他作弄了的时候,他才会觉得有滋味。我把他叫做诡计多端的老狗,福星高照的家伙,星期日出生的幸运儿①。我们开始吃鳕鱼。

他取了鱼头,我拣起剩下的柠檬,把汁挤到尾段剖开的白色鱼肉上,一处也不遗漏。几瓣黄油一般软的大蒜从鱼膛里掉了出来。

兰克斯吸着牙齿间的鱼骨,一边盯着我和鱼的尾段。"让我尝尝你的鱼尾。"我点点头。他尝了一口,仍在犹豫,一直到奥斯卡也尝了一口鱼头,安慰他说:他捞到的那份更好。

我们吃鱼时喝波尔多红葡萄酒。我觉得美中不足,如果咖啡杯里盛的是白葡萄酒就好了。兰克斯打消我的多虑,回忆说,他在道拉七号当上士的时候,一直喝红葡萄酒,直到进犯开始:"小子,当时我们都喝足了,这儿就干起来了。科瓦尔斯基·谢尔巴赫和矮个子荣伊特霍尔德根本没注意这儿已经干起来了。他们都不在人世了,都躺在卡堡那边同一座公墓里。那边,在阿罗曼彻斯,是英国兵,在我们这个地段,是大批加拿大兵。我们还没有来得及把裤子背带挂上,他们就已经到了,说:How are you?②"

接着,他叉子朝天,吐出鱼刺说:"我今天在卡堡见到海尔佐格了,那个胡思乱想的家伙。你也认识他,在当年你们来这里参观的时候。他是中尉。"

奥斯卡当然记得海尔佐格中尉。兰克斯撇下鱼告诉我说,海尔佐格年年都来卡堡,带着地图和测量仪器,因为地堡使他睡不着觉。他也会到我们这儿,到道拉七号来的,来测量。

我们还在吃鱼——鱼慢慢地暴露出它的骨架——海尔佐格中尉来了。他身穿黄卡其齐膝裤,脚蹬网球鞋,小腿肚圆墩墩的,灰褐色胸毛长到解开的麻布衬衫外面。我们自然稳坐不动。兰克斯作介

---

① 德国人的迷信说法,认为星期日出生的孩子是幸运儿。
② 英语:你好吗?

绍,称我为他的战友和朋友奥斯卡,称海尔佐格为前中尉。

退役中尉立即着手调查道拉七号。他先是在水泥外侧,这是经兰克斯允许的。他填写表格,随身还带着一个潜望镜,用它来向野景和上涨的海潮调情。他轻轻地抚摸我们旁边的道拉六号的射击孔,像是对他的妻子献温情。当他准备视察道拉七号,我们的休假小屋内部时,兰克斯禁止他入内:"小子,海尔佐格,您在这儿围着水泥转,真不知道想干什么! 当年是现实的,如今早已 passé① 了。"

兰克斯爱讲"passé"这个词儿。我总把世界分成现实的和过去了的。但是,退役中尉认为,什么也没有成为过去,计算题还没有被除尽,日后大家还必须一再在历史面前说明自己是否尽责了。所以,他现在要去视察道拉七号的内部:"您明白我的意思了吗,兰克斯?"

海尔佐格的影子已经投在了我们的鱼和桌子上。他想从我们头上跨过去进入那个地堡,地堡入口处上方的水泥图案仍旧可以让人看出是上士兰克斯的手艺。

海尔佐格没能过得了我们的桌子。兰克斯由下往上用叉子,不,他没有用叉子,而是挥拳击去,把退役中尉海尔佐格打倒在沙丘上。兰克斯连连摇头,为我们的烤鱼宴席被打断深感遗憾。他站起身来,一把揪住中尉胸前的麻布衬衫,把他拖到一边,留下一道工整的轨迹从沙丘上扔下去。我们不再看得见他,但还能听到他的声音。海尔佐格把兰克斯随后扔去的测量工具拣到一起,咒骂着远去。他用咒语召来了所有的历史幽灵,而这些都是兰克斯方才认为已经属于过去的。

"当年人家认为他是个胡思乱想的家伙时,他还没有糊涂到这种地步。想当初,假如我们没有醉到那种程度,开火的时候,谁知道那些加拿大兵会落到怎样的下场。"

我只好点点头表示同意,因为前一天落潮时,我在贝壳和空螃蟹壳中间拣到一颗说明事实真相的加拿大军服的纽扣。奥斯卡把这颗

---

① 法语:过去。

纽扣保存在他的钱包里,并且感到非常幸运,仿佛他捡到的是一枚稀有的伊特拉斯坎人的钱币。

海尔佐格的来访,时间虽短,却唤起了许多回忆:"还记得吗,兰克斯? 当年我们前线剧团来参观你们的水泥,在地堡顶上进早餐,像今天似的刮着一阵小小的风,突然来了六七个修女,在隆美尔芦笋中间拣螃蟹。你,兰克斯,根据命令,肃清海滩,你用一挺杀人的机关枪干了这件事。"

兰克斯回想着,一边吸着鱼骨。他甚至还记得那些姓名:朔拉斯蒂卡嬷嬷,阿格奈塔嬷嬷。他一一列举出来。他给我描绘了那个见习修女,玫瑰色的脸,周围有许多黑色。他描绘得如此真切,竟使我的护士道罗泰娅嬷嬷常在我心中的画像被遮盖了一半,虽说没有使它完全消失。在他作了这一番描绘之后几分钟,还升起了一幅景象——这已经不再使我感到过于惊讶,所以我也未能把它当成一种奇迹——一个年轻修女,从卡堡方向飘来,飘到沙丘上空,她的玫瑰色以及周围的许多黑色历历在目。

她手执一柄黑色雨伞,就像年老绅士随身携带的那种,挡着太阳。她的眼睛前架一副深绿色赛璐珞墨镜,类似好莱坞制片主任戴的那种防护眼镜。沙丘间有人喊她。看来周围还有许多修女。"阿格奈塔嬷嬷!"一个声音喊道。又一个声音喊道:"阿格奈塔嬷嬷,您在哪里?"

阿格奈塔嬷嬷,这个小姑娘在我们那条鳕鱼越来越清楚地暴露出来的骨架上方回答说:"在这里,朔拉斯蒂卡嬷嬷。这里一点风也没有!"

兰克斯露齿冷笑,得意地点点他的狼脑袋,仿佛这次天主教游行是他约请来的,似乎根本不存在任何会使他感到意外的事情。

年轻修女望着我们,站在地堡左侧。玫瑰色的脸,两个圆鼻孔,牙齿微微突出,除此之外无可挑剔。她吐出一声:"哦!"

兰克斯上身不动,只把脖子和脑袋转过去:"嬷嬷,到这儿散步来了?"

回答来得也快："我们每年到海边来一次。我还是头一回见到海洋。海洋真大呀！"

谁也不会对此持异议的。直到今天，我仍然认为她对海洋的描写是最贴切的描写。

兰克斯摆出好客的姿态，从我的那份鱼里挑了一块，递过去："尝点鱼吗，嬷嬷？还热着呢。"他的流利的法语使我吃惊。奥斯卡也同样讲起外语来了："别客气，嬷嬷。今天是星期五。"

尽管我暗示今天吃鱼并不违反她们严格的教规，却未能说服巧妙地藏身于修道服中的少女同我们一起共进午餐。

"二位一直住在此地吗？"她的好奇心想要知道。她觉得我们的地堡挺漂亮，但有点滑稽可笑。遗憾的是，院长和另外五名修女撑着黑雨伞，戴着绿墨镜，越过沙丘，进入了画面。阿格奈塔吓得匆匆离去，我从被东风修饰过的语流中听出，她被狠狠地训斥了一顿，随后被夹在中间带走了。兰克斯在做梦。他把叉子倒插在嘴里，凝视着在沙丘上方随风飘去的这一群："这不是修女，是帆船。"

"帆船是白的。"我提醒他。

"这是些黑帆船。"同兰克斯是很难争辩的，"左外侧的是旗舰。阿格奈塔，是快速轻型护卫舰。有利的扬帆风向，摆开楔形阵势，从艏三角帆到尾帆，前桅、第三桅和主桅，所有的帆都挂上了，朝英格兰方向的地平线驶去。你想象一下：明天清早，英国兵一觉醒来，朝窗外望去，你猜他们看到了什么？两万五千名修女，直到桅顶上都挂满了旗帜。瞧，第一艘船的甲板已来到眼前了……"

"一场新的宗教战争！"我帮他说下去。依我看，旗舰应叫"玛丽亚·斯图亚特"号或"德·瓦莱拉"号，叫"堂璜"号自然更妙。一支新的更灵活的"阿尔马达"①来为特拉法尔加②之役雪耻了。战斗口

---

① "阿尔马达"是 1588 年菲利普二世派去进攻英格兰的西班牙舰队，又名无敌舰队。

② 1805 年，英国海军将领纳尔逊在此打败西班牙和法国联合舰队。

号是:"杀死全部清教徒!"英国人的军营里这一回可没有纳尔逊了。入侵可以开始了:英国再也不是一个海岛了!

兰克斯觉得这样的谈话政治性太强。"现在她们开走了,那些修女们!"他报告说。

"不对,应该说扬帆而去!"我更正说。

好吧,不管她们是扬帆而去还是由蒸汽推动而去,反正舰队是朝卡堡方向飘去了。她们手执雨伞,挡住太阳。只有一个人,落在后面,走几步,弯下腰,直起来,又倒下了。舰队的其余船只,为了留在画面上,它们缓慢地逆风游弋,朝原先的海滨饭店这一焚毁的布景驶去。

"那艘船也许没能把锚起上来,也许桨被打坏了。"兰克斯继续操着水手的语言。"那不是快速轻型护卫舰吗? 不是阿格奈塔吗?"

不管这是轻型护卫舰还是三桅快速舰,反正这是见习修女阿格奈塔。她向我们走近,拣起贝壳又扔掉。

"您在拣什么呢,嬷嬷?"她在拣什么,兰克斯其实看得清清楚楚。

"贝壳!"她说这个字眼时发音特别,说着又蹲下来。

"您拣这个行吗? 这可是人间的财物啊。"

我支持见习修女阿格奈塔:"你糊涂了,兰克斯,贝壳从来不是什么人间财物。"

"那也是海滨财物,总而言之是财物,修女不得占有。修女应当贫困、贫困再贫困! 我说得不对吗,嬷嬷?"

阿格奈塔嬷嬷露出突出的牙齿微笑:"我只拣很少几个贝壳。是替幼儿园拣的。孩子们真喜欢玩贝壳,他们还没有到海边来过呢。"

阿格奈塔站在地堡入口处,把修女的目光投入地堡内部。

"您喜欢我们的小房子吗?"我巴结她。兰克斯更加直截了当:"参观一下这幢别墅吧! 看一看是不用花钱的,嬷嬷。"

在耐穿的裙子下面,她的系带尖头鞋在蹭地,甚至踢起一些沙子,被风卷走,撒到我们的鱼上。有点没把握,浅褐色的眼睛审视着我们和我们中间的桌子。"这肯定不行。"她想要引我们讲出不同意她这种说法的话来。

"别这么说,嬷嬷!"画师替她清除一切障碍,站起身来,"从地堡里往外看,景色可好啦! 站在射击孔后面看去,整个海滩可以一览无余。"

她还在犹豫,鞋子里肯定灌满了沙子。兰克斯把手伸向地堡入口。他的水泥图案投下了黑影。"里面也很干净!"画师的这个动作可能是邀请修女进地堡吧。"只待一会儿!"他明确地说。她身子一闪,进入地堡。兰克斯两手在裤子上擦了擦,这是画师的典型动作。他自己进去之前,威胁说:"你可不准动我的鱼!"

鱼?! 奥斯卡已经吃够了。他从桌旁撤离,听任带沙的风和海潮这个千古力士的夸张的喧嚣声的摆布。我用脚把我的鼓移过来,开始击鼓,在这水泥原野、地堡世界和名叫隆美尔芦笋的蔬菜里寻找一条出路。

我先借助爱情来试试,但没有多少结果。我一度也爱过一位嬷嬷。说是修女,倒不如说是护士。她住在蔡德勒寓所里一扇乳白玻璃门后面。她很美,可我从未见过她。我们之间隔着一条椰棕地毯。蔡德勒寓所的走廊也太黑。所以,我更明显地感觉到的是椰棕而不是道罗泰娅嬷嬷的身体。

这个主题很快倒毙在椰棕地毯上。我尝试着把我早年对玛丽亚的爱分解为节奏,让像水泥一样迅速生长的攀缘植物生长出来。又是道罗泰娅嬷嬷,她挡住了我对玛丽亚的爱的去路。从海上吹来石炭酸味,身穿护士服的海鸥在招手,红十字颈饰般的太阳照射着我。

奥斯卡真高兴,他的鼓声被人打断了。院长朔拉斯蒂卡带着她的五名修女又回来了,满面倦容,斜举着雨伞,绝望地问:"您见到过一个年轻修女吗? 我们的年轻见习修女? 这孩子那么年轻。这孩子头一回见到海洋。她一定迷路了。您在哪儿,阿格奈塔嬷嬷?"

我还能做些什么呢？只好目送这只被背后吹来的风刮走的舰队朝奥恩河入海口、阿罗芒什和温斯顿港方向而去。当年，英国人就在那里把人工港硬加给了大海①。假如她们全都来，我们的地堡可容纳不下。我也曾闪过一个念头，让画师兰克斯接待她们的来访，但紧接着，友谊、厌烦和邪念同时吩咐我把大拇指朝奥恩河入海口指去。修女们听从了我的大拇指，在沙丘上渐渐地变成了飘忽而去的六个越来越小的黑洞眼，那伤心的"阿格奈塔嬷嬷，阿格奈塔嬷嬷!"的喊声，也使她们越来越神速如风，最后化为沙粒。

　　兰克斯先走出地堡。典型的画师的动作:他的两只手贴在裤子上擦了擦，懒洋洋地来到太阳底下，向我讨了一支烟，把烟塞进衬衫口袋里，向冷了的鱼扑过去。"这种事情使人饥饿。"他暗示地解释说，抢走了归我的鱼尾。

　　"她现在肯定很不幸。"我埋怨兰克斯，对用了"不幸"这个字眼颇感得意。

　　"为什么？她没有理由感到不幸。"

　　兰克斯无法想象，他同别人打交道的方式会使人不幸。

　　"她现在在干什么？"我问道，可我原来想问些别的事情的。"她在缝补。"兰克斯用叉子比画着，"她的修女服撕破了一点，正在缝补。"

　　缝补女郎走出地堡。她随即撑开雨伞，顺口哼着什么，然而我相信自己听出她有些紧张:"从您的地堡往外看，那野景真美啊! 整个海滩尽收眼底，还有大海。"

　　她在我们的鱼的废墟前面站住不走了。

　　"我可以吗?"

　　我们两个同时点点头。

　　"海风使人饥饿。"我给她帮腔。她点点头，用那双使人联想起修道院里的笨重劳动的又红又裂口的手抓我们的鱼，送进嘴里，严肃

---

　　① 1944 年盟军在诺曼底登陆时采用的由舰船组成的人工港。

而紧张地吃着,思索着,仿佛她咀嚼的除了鱼之外,还有她在吃鱼前所得到的享受。

我瞧着修女帽下的她。她把记者用的绿色墨镜忘在地堡里了。一般大的小汗珠排列在她的白色上浆帽檐下光滑的前额上,倒颇有圣母前额的丰采。兰克斯又想向我要烟,可是方才他要去的那一支还没有抽呢。我把整包烟扔给了他。他把三支插在衬衫口袋里,第四支叼在唇间。这时,阿格奈塔嬷嬷转过身去,扔掉雨伞,跑——这时我才看到她赤着脚——上沙丘,消失在海涛的方向上。

"让她跑吧!"兰克斯像是在预言,"她也许回来,也许不回来。"

我只安稳地待了片刻,盯着画师的香烟,随后登上地堡,远眺海潮以及被吞没了大半的海滩。

"怎么样?"兰克斯想从我这儿知道点什么。

"她脱掉了衣服。"除此之外,他从我这儿再也打听不到什么了。

"她可能想去游泳,清凉一下。"

我认为涨潮时游泳是危险的,而且刚吃完东西。海水已经没及她的膝盖,她渐渐被淹没,只剩下滚圆的后背。八月底的海水肯定不太暖,看来她并没有被吓住。她游起来了,灵巧地游着,练习着各种姿势,潜水破浪而去。

"让她游吧! 你给我从地堡上下来!"我回头看去,只见兰克斯伸开四肢在抽烟。太阳下,鳕鱼的骨架泛着白光,独霸餐桌。

我从水泥上跳下来时,兰克斯睁开画师的眼睛,说:"这真是幅绝妙的画:下潜的修女。或者:涨潮时的修女。"

"你这个残忍的家伙!"我嚷道,"她要是淹死了呢?"

兰克斯闭上眼睛:"那么,这幅画就取名为:淹死的修女。"

"假如她回来了,倒在你的脚下呢?"

画师睁开眼睛谈了他的看法:"那么,就可以把她和这幅画叫做:倒下的修女。"

他只懂得非此即彼,不是头即是尾,不是淹死即是倒毙。他夺走我的香烟,他把中尉扔下沙丘,他吃我的那份鱼,让一个本来是被奉献给天国的女孩去看地堡内部,当她还在向公海游去的时候,他用粗糙的、块茎状的脚在空中作画,随即标好尺寸,加上标题:下潜的修女。涨潮时的修女。淹死的修女。倒下的修女。两万五千个修女。横幅画:修女在特拉法尔加。条幅画:修女战胜纳尔逊爵士。逆风时的修女。顺风时的修女。修女逆风游弋。抹上黑色,许多黑色,溶化的白色和冷蓝色:进犯,或者:神秘,野蛮,无聊——战时他的水泥上的旧标题。我们回到莱茵兰①后,画师兰克斯才把所有这些画真正画下来,有横幅的,有条幅的。他完成了全部修女组画,找到了一个强烈渴望得到修女画的艺术商。此人展出了四十三幅修女画,卖了十七幅,买主有收藏家、企业家、艺术博物馆以及一个美国人,使得评论家们把他这个兰克斯同毕加索相比较。兰克斯用他的成就说服了我,奥斯卡,把那个音乐会经纪人丢施博士的名片找出来,因为不仅兰克斯的艺术,我的艺术也在叫喊着要吃面包:是时候了,该把三岁鼓手奥斯卡在战前和战争时期的经验,通过铁皮鼓变成战后时期叮当响的纯金了。

---

① 莱茵兰,德国地名。

无 名 指

　　"好啊,"蔡德勒说,"二位看来是不想再工作了。"他挺恼火,因为克勒普和奥斯卡不是待在克勒普的房间里,便是待在奥斯卡的房间里,无所事事。安葬施穆那天,丢施博士在城南公墓预支给我的那笔钱的余款,我替我们两个交了十月份的房租,但是,十一月从经济方面着眼,大有变成灰暗的十一月的危险。

　　不过,确有许多地方来请我们。我们可以在这家或那家舞厅以及夜总会里演奏爵士音乐。可是,奥斯卡不愿再演奏爵士乐。克勒普和我,我们在争吵。他说,我处理铁皮鼓的新方式同爵士乐不是一回事。我不予反驳。他因此说我是爵士音乐思想的叛徒。

　　十一月初,克勒普找到了一名新的打击乐手,"独角兽"的博比,一个能干人,并同这位打击乐手一起在旧城应聘。这样一来,我们两个又能像朋友似的交谈了,虽说此时克勒普已开始与其说在思想上还不如说是在言谈上与德国共产党一致了。

　　现在向我敞开的,只有丢施博士的音乐会经纪处的那扇小门了。我不可能也不愿意回到玛丽亚那里去,尤其因为她的追求者施丹策尔打算离婚,并在离婚之后把我的玛丽亚变成玛丽亚·施丹策尔。有时我到比特路科涅夫那里去刻碑文,也去艺术学院,让那些勤奋的艺术学徒们把我抹成黑色或者抽象化,还经常毫无目的地去拜访缪斯乌拉。我们去大西洋壁垒旅行后不久,她同兰克斯解除了婚约,因为兰克斯只想画珍贵的修女画,不想再揍缪斯乌拉了。

　　丢施博士的名片放在洗澡盆旁边的桌上,静悄悄却又咄咄逼人。一天,我把名片撕碎,扔掉,不想再同丢施博士有任何瓜葛。可我吃惊地断定,我已经能够像背诗似的背出音乐会经纪处的电话号码和详细地址。有三天之久,由于念念不忘这电话号码而不能入睡,因此,到了第四天,我便走进一个电话亭,拨了号码,听到了丢施的声音,他那口气仿佛每时每刻都在等候我的电话。他请我当天下午就去经纪处,他要把我介绍给他的老板:老板正恭候着马策拉特先生。

"西方"音乐会经纪处在一幢新建的办公大楼的九楼。我上电梯前,暗自问道,经纪处这个名义背后会不会隐藏着什么讨厌的有政治内容的勾当。有了一个"西方"音乐会经纪处,在某一幢类似的办公大楼里肯定也会有一个"东方"经纪处。选用这个名字倒也不笨,因为我马上选择了"西方"经纪处。我到了九楼下电梯时,我确实感觉到自己踏上了通向右边经纪处的路。壁毯,许多黄铜,间接照明,全部隔音,门挨着门互不干扰,长腿女秘书,匆匆忙忙,带着她们的上司的香烟气味从我身边走过,我险些从"西方"经纪处办公室门口回头逃跑。

丢施博士张开双臂迎接我。奥斯卡高兴的是,他没有拥抱我。我进去时,一位穿绿毛衣的姑娘的打字机突然沉默无语,随后又把由于我的光临而被耽误的工作补上。丢施到老板那里去报告我已经到了。奥斯卡在一张英国软垫圈手椅的左前侧六分之一的地盘上就座。接着,双扇门洞开,打字机屏住呼吸,一股吸力把我从软垫上吸起。门在我身后关上,一条地毯流经一个明亮的大厅,地毯携我流向前去,直到一件钢管家具告诉我:现在奥斯卡站在了老板的写字台前面。猜一猜,他体重多少公斤? 我抬起我的蓝眼睛,在空荡荡的橡木桌面后方寻找老板,并且在一把像牙医用的椅子那样可以升高和转动的轮椅里找到了我的朋友和师傅贝布拉。他瘫痪了,仅仅眼睛和手指尖才表明他还活着。没错,他还有声音! 贝布拉的声音说:"就这样重新见面了,马策拉特先生。几年前,当您宁愿要当个三岁孩子来对付这个世界的时候,我不是已经讲过了吗,像我们这样的人是不会彼此失散的?! 只有一点,我深感惋惜地指出,您的身材起了很大的变化,而且一点也没有好处。想当年,您刚够九十四公分吧?"

我点点头,快要哭出来了。我的师傅的轮椅由电动机带动,均匀地嗡嗡作响。轮椅后面的墙上,悬挂着唯一一幅画,巴洛克画框,真人一般大的半身像,那是我的罗丝维塔,伟大的拉古娜。贝布拉没有随着我的目光看去,但为了知道我的目光投向哪个目标,他的嘴几乎一动也不动地说:"啊,善良的罗丝维塔! 她是否喜欢这位新奥斯卡呢? 当然不会。迷住她的是另一个奥斯卡,三岁的奥斯卡,面颊丰满红润,相当惹人喜爱。她崇拜他,她向我宣告这一点,而不是承认了这一点。可是,有一天,他不愿替她去取咖啡,于是她自己去取,结果就此丧命。就我所知,这不是那个面颊丰满红润的奥斯卡所干的唯一的谋杀案。他还敲鼓把他可怜的妈妈送进了坟墓,事情不是这样的吗?"

我点点头,感谢上帝,终于能哭了,我让眼睛对着罗丝维塔。这时,贝布拉已经准备好进行下一次打击了:"三岁的奥斯卡爱称之为他的假想父亲的邮局职员扬·布朗斯基,他的情形又怎样呢? 奥斯卡把他交给了刽子手。他们把子弹射进了他的胸膛。奥斯卡·马策拉特先生,您既然敢改头换面出现,那么,您也许可以告诉我,三岁铁皮鼓手的第二个假想父亲、殖民地商品店老板马策拉特又是怎么回事呢?"

我也供认这是谋杀,是我为了摆脱马策拉特而干的,叙述了我如何造成了他窒息而死,不再拿俄国兵的冲锋枪来给自己做掩护,而是说:"是我,贝布拉师傅。这是我干的,那也是我干的,这次死亡是我造成的,那次死亡我也不是无罪。宽恕我吧!"

贝布拉笑了。我不知道他是怎样发出笑声来的。他的轮椅震颤,在构成他的脸的数以万计的小皱纹上方他的侏儒的白发间,风在扇动。

我再次苦苦哀求他宽恕我,给我的声音带上一种甜蜜的腔调,我知道这腔调会起作用的。我用双手捂住脸,我心里有底,这双手很美,同样会产生效果:"宽恕我吧,贝布拉师傅! 宽恕吧!"

他扮作我的审判官,演得还真出色,他的双膝和双手之间有一块象牙色按钮板。他按了上面的一个小钮。

我背后的地毯带来了穿绿毛衣的姑娘。她拿着一个夹子,把它摊平在橡木桌面上。桌面安在钢管架上,高度大约及于我的锁骨,使我看不清楚毛衣女郎摊开的究竟是什么。她递给我一支钢笔:签个字才能买来贝布拉的宽恕。

然而,我不敢向轮椅的方向提问。在涂指甲油的手指指点处,盲目地签上我的大名,这真叫我为难。

"这是一份工作合同。"贝布拉发话了,"需要签上您的全名。请您签上奥斯卡·马策拉特。这样一来,我们也就知道我们是同谁在打交道了。"

我刚签完字,电动机的嗡嗡声增强了五倍,我让目光离开钢笔,正好还能看到,疾驶的轮椅在行进中如何缩小,如何折叠到一起,又如何滚过镶木地板,穿过一扇旁门,消失得无影无踪。

有人会以为,那份合同是一式两份,我得签两次字才买回我的灵魂或者让奥斯卡承担义务去干可怕的罪恶勾当。满不是那么回事!当我回到会客室,在丢施博士的帮助下研读合同时,我毫不费力地很快就明白了:奥斯卡的任务在于单独一人携带他的铁皮鼓在观众前露面,而我必须像三岁奥斯卡当年那样敲鼓,或者像后来在施穆的洋葱地窖里那一回似的敲鼓。音乐会经纪处负责筹备我的旅行演出,在我以"鼓手奥斯卡"的名义携带铁皮鼓登场之前,先要做一番广告宣传。

在做广告宣传的时期里,"西方"音乐会经纪处第二次预支给我一大笔钱,我就靠它过日子。我有时走访那幢办公大楼,接见记者,让人给我照相。有一次,我在这幢方盒状大楼里迷了路,这里到处外观一样,气味一样,摸上去就像极下流的玩意儿,外面套上一个可以无限延展、隔绝一切的避孕套似的。丢施博士和毛衣女郎对我彬彬有礼,只是我再也没有见过贝布拉师傅露面。

在首次巡回演出之前,我本来就可以租一套比较像样的公寓。可是,由于克勒普的缘故,我仍旧留在蔡德勒家。克勒普埋怨我同经理们往来,我设法跟这位朋友和解,但在具体问题上不让步,也不再同他一起去旧城,不再喝啤酒,不再吃新鲜血肠加洋葱。为准备火车旅行,我到火车站高级餐厅去用餐。

奥斯卡找不到篇幅详细描述他的种种成就。出发巡回演出前一周,第一批广告宣传画出现了,为我取得成功鸣锣开道,宣告一位魔法师、祈祷治疗师、一位救世主即将登场,如此宣传,手段卑劣,然而效果非凡。我先走访鲁尔区诸城市。我登场的大厅,都能容纳一千五百到两千人。我蹲在舞台上一道黑天鹅绒幕布前,独自一人。一盏聚光灯照射着我。我身穿一件吸烟服①。虽说我也敲鼓,然而没有一个年轻爵士迷成为我的追随者。四十五岁以上的成年人来听我演奏,给我捧场。讲得精确一点,我的听众的四分之一是四十五岁到五十五岁的人。他们构成我的追随者中较年轻的一个层次。五十五岁到六十岁的人组成另一个四分之一。白发苍苍的老头老太太占我的听众的一半,他们最有欣赏能力。我跟这些高龄听众攀谈,他们都回答我。我让三岁孩子的鼓讲话时,他们也不沉默无语。每当我在鼓上奏出神奇的拉斯普京的神奇的生活片断时,他们兴高采烈,但不是用老人的语言,而是像三岁小孩那样口齿不清,咿咿呀呀地乱叫:"拉舒,拉舒,拉舒!"演奏拉斯普京,对于大多数听众的要求实在太高了,所以,演奏另外一些主题时所取得的成功就更了不起,譬如:头几个乳齿——糟糕的百日咳——长筒羊毛袜刺痒——梦见大火就尿床。这些主题,老小孩儿们都喜欢。他们全都身入其境。乳齿钻出来时,他们疼痛。我让百日咳发作时,两千位上了年岁的听众咳个死去活来。我给他们穿上长筒羊毛袜时,他们赶忙挠痒。有些老年女士们和先生们尿湿了内裤和椅垫,因为我让这些老孩子梦见了一场大火。我记不清究竟是在乌珀塔尔还是在波鸿,噢,不对,是在雷克林豪森,我为老年矿工演奏,工会支持这场演出。我心想,这些老年矿工一辈子同黑色煤块打交道,总能经受得住一次小小的黑色惊吓

---

① 在家吸烟时套在衣服外面的夹克衫。

吧。于是奥斯卡敲出了《黑厨娘》，没料到一千五百名矿工，经历过矿井瓦斯、水淹坑道、罢工失业，一听黑厨娘，都大惊失色，乱喊乱嚷，礼堂里厚窗帘后面许多块玻璃成了牺牲品。这正是我要提及这段插曲的原因。就这样，我又间接地恢复了我的毁玻璃嗓子。不过，我很少使用它，因为我不想毁了我的生意经。我的巡回演出就是做生意。我回到杜塞尔多夫，跟丢施博士一算账，证明我的铁皮鼓简直就是个金矿。

我已经放弃了同贝布拉师傅再见一面的希望，也不再问起他，丢施博士却通知我，贝布拉正等着要见我。

我第二次拜访贝布拉师傅的情形跟第一次不同。奥斯卡不必再站在钢管桌子前面，他在师傅的轮椅对面找到了一把按他的身材设计的电动可转轮椅。我们久久坐着，沉默无语，听着有关奥斯卡的鼓艺的消息和报道。这些都是丢施博士录在磁带上，现在放给我们听的。贝布拉看来颇感满意。听了新闻界的胡说八道，我反而觉得难堪。他们在搞对我的个人崇拜，宣称我和我的鼓有治疗效果，说我的鼓可以消除记忆力衰退。"奥斯卡主义"这个字眼也冒出来了，据说不久就变成了流行字眼。

听罢录音，毛衣女郎端茶给我。她又把两片药放到贝布拉的舌头上。我们闲聊。他不再数我的罪状。这情景就像多年前我们坐在四季咖啡馆里那样，只缺那位夫人，我们的罗丝维塔。我发现，在我噜噜苏苏地讲述奥斯卡的往事时，贝布拉师傅睡着了。于是我先玩了一刻钟我的电动轮椅，让它嗡嗡叫，在镶木地板上呼啸，让它左右旋转，让它上升、收缩。我真舍不得离开这件万能家具，它简直像一种给人提供无穷尽机会的无害的恶习。

我的第二次巡回演出恰逢基督降临节。我也制定了相应的节目，天主教和新教的报纸同声为我唱赞歌。说我成功地把那些被熬煎成坚硬如石的年迈罪人①变成了幼儿，使他们用单薄但感人的声

---

① 基督教会用语，指必死的凡人。

音唱起了基督降临节圣歌。两千五百人齐声唱起"耶稣,我为你而生,耶稣,我为你而死"。这些人,年纪这么大,原先谁都不相信他们竟会具备儿童的信仰热情。

第三次巡回演出又遇上狂欢节,我的节目同样有的放矢。我的几场演出,使任何一个颤巍巍的老奶奶和老爷爷都变成了幼稚可笑的强盗婆和砰砰放枪的强盗王,任何所谓的儿童狂欢节都从来没有这样欢天喜地,无拘无束。

狂欢节过后,我同唱片公司签了几份合同。我在隔音工作室里录音,起先困难重重,因为那种气氛扼杀任何创造力。后来,我让他们在工作室墙上挂起养老院或公园长凳上那些老天真的巨幅照片,而我也就能像在热气腾腾的礼堂里演出时那样富有效果地敲鼓了。

唱片像热乎乎的小圆面包那样畅销。奥斯卡发财了。我因此就放弃了蔡德勒寓所原先是洗澡间的我那个可怜巴巴的住房吗?我没有放弃。为什么呢?为了我的朋友克勒普的缘故,也为了乳白玻璃门背后道罗泰娅嬷嬷曾经呼吸过而如今则空着的小间,我没有放弃我的房间。这么多的钱奥斯卡派什么用场呢?他向玛丽亚,他的玛丽亚,提出了一个建议。

我对玛丽亚说:如果你把解雇证书发给施丹策尔,不仅不嫁给他,而且干脆把他赶走,我就给你在最佳营业地段买下一爿现代设备的美食店,亲爱的玛丽亚,因为你毕竟生下来就是为了做生意的,而不是为了某个叫施丹策尔先生的野男人的。

我没有看错玛丽亚。她同施丹策尔一刀两断,用我的资金在弗里德里希街盖起了一家第一流的美食店。昨天,玛丽亚兴高采烈但毫无感激之意地告诉我,三年前建的那爿店于一个星期之前已在上卡塞尔开设了一处分店。我又一次巡回演出回来。是第七次还是第八次呢?反正是在最炎热的七月间。在火车站,我招手叫来一辆出租汽车,直奔办公大楼。同在火车站一样,大楼前面也等着一群讨厌的要我签名的人。有退休老人,也有老祖母,她们回家去照顾孙儿孙女不更好吗?我立即让人向老板通报,也见到了洞开的双扇门和通往钢管家具的地毯。可是,桌子后面坐着的不是贝布拉师傅,等候我的不是轮椅,而是丢施博士的微笑。

贝布拉死了。世界上没有贝布拉师傅已经有几个星期了。遵照贝布拉的愿望,他们没有告诉我,他已经病危。他不让任何事情打断我的巡回演出,即使是他的噩耗。紧接着遗嘱启封,我继承了一大笔财产和罗丝维塔的半身画像,却遭受了可观的经济损失,因为我原先要去南德和瑞士作两次巡演,已经签了合同,这时突然毁约,人家要求赔偿。

除了这几千马克的损失外,贝布拉之死给我沉重的打击,使我较长时间内恢复不过来。我锁起我的铁皮鼓,几乎足不出户。加之,我的朋友克勒普恰好在那几周内结婚,一个抽烟的红发女郎成了他的妻子,因为他曾经把自己的一张相片送给了她。他没有邀请我去参加婚礼。婚礼前不久,他退掉了他的房子,搬到施托库姆去了。奥斯卡留下成了蔡德勒的唯一房客。

我同刺猬的关系稍有变化。自从几乎每家报纸都把我的姓名印在大字标题中以来,他怀着敬意对待我。他把道罗泰娅嬷嬷住过的小间钥匙也给了我,相应地得到了一小笔钱。后来,我租下了这个小间,不让他租给别人。

我的悲哀于是也就有了它的行程。我打开两扇房门,从我的房间里的浴缸出发,踏过走廊里的椰棕地毯,走进道罗泰娅的小间,呆望着空衣柜,让五斗橱上的镜子嘲弄我,在笨重的没有被褥的床前陷入绝境,又救出自己来到走廊里,为逃避椰棕而躲进我的房间,在那里仍旧不得安宁。

有一个东普鲁士人,失去了他在马祖里的一份产业,但他善于做买卖,在于利希街附近开了一爿店,起了个简单而贴切的名字——"租狗店",可能是他考虑到了孤独的人的需要吧。

我去那里租了卢克斯,一条黑色罗特魏尔牧羊犬,健壮,太肥了一点,亮油油的。我同它一起去散步。这样一来,我就不必再在蔡德勒寓所里我的浴缸和道罗泰娅嬷嬷的空衣柜之间来回奔波了。

卢克斯经常带我去莱茵河边。在那里，它对着船舶吠叫。卢克斯经常带我去拉特，去伯爵山森林。在那里，它对着情侣吠叫。一九五一年七月底，卢克斯领我去格雷斯海姆，杜塞尔多夫的郊区之一，靠着几家工厂，包括一座较大的玻璃厂，但并没有完全改变这个地方原本的农村风貌。刚过格雷斯海姆就有许多小菜果园，小菜果园之间、旁边或后面便是牧场，谷浪起伏，我想，那是黑麦田。

卢克斯领我去格雷斯海姆，又走出格雷斯海姆来到小菜果园和田地之间的那一天，是炎热的一天。这个我讲过了没有呢？郊区最后一排房屋留在我们身后的时候，我才替卢克斯解掉了皮带。它仍旧走在我的身边，它是条忠实的狗，特别忠实的狗。作为一家租狗店的狗，它必须易主而从，对众多的主人都得忠实。

换句话说，罗特魏尔牧羊犬卢克斯服从我，跟猎獾犬大不相同。我觉得一条狗这样顺从是夸张的，我宁愿看到它蹦蹦跳跳，踢它，让它跳。但它到处乱跑时仍心怀内疚，一再掉转它的光滑的黑脖子，绝对忠实的狗眼睛始终望着我。

"走开，卢克斯！"我要求它，"走开！"

卢克斯每次都服从，可是走开的时间都很短。所以，我满意地注意到，它这一回走开的时间比较长，隐没在庄稼地里了。这里长的是黑麦，随风起伏。我在说些什么呀！一点风也没有，雷雨前的闷热。

卢克斯追小兔子去了，我想。它或许也需要独自待着，当一条狗，正如奥斯卡也想摆脱狗，当一段时间的人。

我没去注意周围的环境。小菜果园、格雷斯海姆以及这个郊区后面水汽笼罩的低平城市都引不起我的注意。我坐到一个生锈的空缆盘上，可是我得把它叫作缆盘鼓，因为奥斯卡刚坐下来，就开始用手节骨敲这面生锈的缆盘鼓了。天热。我的衣服压在身上，不是适宜夏天穿的那种薄衣服。卢克斯走开了，没回来。缆盘鼓肯定不能代替我的铁皮鼓，但我毕竟渐渐地滑回到往事中去。当回忆不愿继续下去的时候，当前几年医院环境的图像一再重现的时候，我抓到了两根干瘪的小圆棍儿，暗自说：等等，奥斯卡。现在我们要看看，你是谁,你从何而来。它们已经点亮了我出生时的两只六十瓦电灯泡。飞蛾在灯泡之间扑腾,远处,一道闪电照亮了笨重的家具。我听到马策拉特在说话,紧接着说话的是我的妈妈。他答应给我店铺,妈妈答应给我玩具,到三岁时,我将得到一面铁皮鼓。奥斯卡想法子尽快度过这三个年头。我吃,喝,排泄,增加休息,让他们给我称体重,用襁褓包裹,洗澡,梳刷,扑粉,种牛痘,让他们观赏,叫我的名字。我按他们的心愿微笑,按他们的要求欢叫,到时候就睡觉,准时醒来,在睡眠中我扮起那种面孔,大人们都称之为天使的脸。我多次腹泻,经常感冒。我取来百日咳,让它在我身边留了一段日子,在我明白了它的复杂节奏,永远留在我的手腕里之后,我才让它离开。如我们所知,《百日咳》这首小曲属于我的保留节目。当奥斯卡向两千听众敲响百日咳时,两千名男女老天真一齐咳嗽。

卢克斯在我跟前哀号,用身体蹭我的膝盖。唉,我在孤独时从租狗店借来的这条狗呀!它四条腿站着,摇着尾巴。真是一条狗,有狗的目光,流口涎的嘴里叼着什么东西:一根棍儿,一块石头,反正是狗认为有价值的东西。

我的意义如此重大的童年慢慢地溜走了。最初的乳齿引起的颚间的疼痛渐渐消失。我困倦地往后仰去:一个长大了的、细心地穿得太暖了些的驼背,戴着手表,皮夹里有身份证和一把钞票。我已经把一支香烟塞到了唇间,用火柴点燃,让烟草味来顶替我嘴巴里那种单一的童年的口味。

卢克斯呢?卢克斯还在用身子蹭我。我把它推开,用烟喷它。它不爱闻烟味,但它仍旧不走,还在用身子蹭我。它用目光舔我。我在附近的电线杆之间的电话线上寻找燕子,想用燕子作为对付这条烦人的狗的工具。但是没有燕子,卢克斯又赶不走。它的嘴伸到我的两腿中间来,正巧撞到那个地方,仿佛是那个出租狗的东普鲁士人事先训练好的。

我用鞋跟踢它两下。它退后,四条腿站着,在颤抖,叼着小棍儿或石头的嘴目标明确地对准我。它叼着的好像不是小棍儿或石头,而是我的钱包,可我感觉出钱包仍在我的上装口袋里。或许是我的手表,但手表在我的手腕上嘀嘀嗒嗒地走着。

它叼着的究竟是什么呢？有那么重要、那么值得给人看的东西吗？我已经把手伸到了它的冒热气的牙齿中间,接着又把那件东西捏在手里。我已经认清了我捏着的东西,却装着在寻找一个词汇,来给卢克斯在黑麦田里找到并带给我的那件东西起个名称。

人体有那么一些部分,当它们同人体分开、远离了中心时,反倒让人可以更容易、更确切地观察。这是一个手指。一个女人的手指。一个无名指。一个女人的无名指。一个美观地戴着戒指的女人的手指。这个手指是在掌骨和第一指节之间,在戒指下方大约两厘米处被砍断的。截面干净,清晰可辨,还留有手指伸展肌的腱。

这是一个美的、可活动的手指。戒指的宝石由六个金爪固定,我马上确切地说出了它的名称——海蓝宝石,后来也证明无误。戒指本身有一处很薄,系戴久磨损,已经到了快断裂的地步。我由此推断,这是一件继承下来的遗物。指甲下有脏物,确切地说是泥土,看来这手指曾经抓过或抠过泥土,但从指甲盖和指甲修剪的切口看,给人以爱整洁的印象。我从冒热气的狗嘴里拿到这个手指时,它给我的感觉是冰凉的,从它所特有的白里泛黄的颜色看,也证明它是冰凉的。几个月来,奥斯卡在他的左前胸小袋里总插着一块露出三角的绅士小手绢。他取出这块丝手绢,摊开,把无名指放在上面,于是看到,手指里侧直到第三指节有许多纹路,让人推断出,这个手指是勤劳的、有上进心的、意志坚定的。

我用手绢包好手指,从电缆盘上站起身来,拍拍卢克斯的狗脖子,右手捏着手绢和手绢里的手指,正要动身回格雷斯海姆去,回家去,心里已经有了这样或那样处理这件拾来之物的打算,而且也走到了就近一个小菜果园的篱笆前。这时,维特拉叫住了我,他方才躺在一棵苹果树的树杈上,观察着我以及那条叼来东西的狗。

末班有轨电车或朝拜密封大口玻璃瓶

单凭他的声音就够我受的:这傲慢的、装腔作势的带鼻音的调门。

再则,他是躺在苹果树的树杈上说:"您有一条能干的狗,先生!"

我有点不知所措地说:"您在苹果树上干吗?"他在树杈上扭捏作态,欠了欠他的长长的上半身。"这只不过是些酸苹果,您不必害怕。"

我不得不让他放规矩点:"您的酸苹果同我有什么关系? 我有什么可害怕的?"

"好吧。"他吐出舌头又缩进去,"您可以把我当成乐园里的蛇,因为那时候也已经有酸苹果了。"

我发火了:"比方得不三不四!"

他狡猾透顶:"您或许以为,只有宴席上的水果才值得犯下罪孽去吃吧?"

我已经要离开了。在那种时刻,再没有别的能比讨论乐园里的果实究竟是何品种更使我无法忍受的了。这时,他却要同我面对面了。他敏捷地从树杈上一跃而下,站在篱笆旁,高个儿,轻浮样:"您的狗从黑麦田里叼来的是什么?"

我只回答说:"它叼来一块石头。"

这就酿成一场讯问了:"您就把石头塞进口袋去了?"

"我愿意把石头放在口袋里。"

"我觉得,狗给您叼来的东西更像是一根小棍儿。"

"我坚持说它是石头,即使它确实是或者可能是一根小棍儿。"

"这么说,就是一根小棍儿了?"

"依我看,小棍儿和石头,酸苹果和宴席水果……"

"是一根能动的小棍儿吗？"

"狗该回家了，我走了！"

"是一根肉色小棍儿吗？"

"您还不如去看管您的苹果吧！——来，卢克斯！"

"是一根戴戒指的、肉色的、能动的小棍儿吗？"

"您想干什么？我租了一条狗，是来散步的。"

"您瞧，我也正想借点什么呢。能让我把那枚漂亮的戒指在我的小拇指上戴那么一秒钟吗？就是在那根小棍儿上闪闪发光、把小棍儿变成一个无名指的那枚戒指。——维特拉，我的姓名。戈特弗里德·封·维特拉。我是我们家族的最后一个。"

就这样，我结识了维特拉，而且当天我就同他结成了友谊，今天我还称他为我的朋友。因此，几天前，当他来疗养院探望我时，我对他讲："我很快活，亲爱的戈特弗里德，是你，我的朋友，当时去警察局告发的是你，而不是随便哪一个人。"

如果真有天使的话，他们的模样肯定像维特拉：高个儿，轻浮样，活泼，伸屈自如，宁愿去拥抱所有的街灯柱中最无生殖力的一根，也不去拥抱一个柔软、热烈的少女。

维特拉不是一下子就能被人发现的。他只显示出某个特定的侧面，根据不同的环境，他会变成线，变成稻草人、衣架、横树杈等等。因此，当我坐在缆盘鼓上时，我也没有注意到他。甚至狗也没有叫，因为狗既嗅不到也看不到天使，更不会对他吠叫了。

"麻烦你，亲爱的戈特弗里德，"大前天我请求他说，"给我寄那份指控书的一个副本来吧，就是两年前你在法庭上宣读从而引起我这场官司的那一份。"

副本在这里。现在就让在法庭上指控我的维特拉来宣读吧！

我，戈特弗里德·封·维特拉，那天，躺在我母亲的小菜果园里一棵苹果树的树杈上。这棵树每年都结许多酸苹果，做成的苹果酱正好能盛满我家七个密封大口玻璃瓶。我躺在树杈上，侧卧着，左髋骨枕在树杈长青苔的最低点上。我的两脚正对着格雷斯海姆的玻璃厂。我看着，我朝哪里看呢？我直视前方。我看着，等待着我的视野之内将会发生的事。

被告，现为我的朋友，走进了我的视野。一条狗陪着他，在他周围打转，举止像一条狗的举止，如被告后来向我透露的那样，它叫卢克斯，是一条罗特魏尔牧羊犬，在罗胡斯教堂附近一爿租狗店里可以租到它。

被告坐到那个空电缆盘上。战争结束以来，它就横在我母亲阿丽丝·封·维特拉的菜果园前面。如法庭所知，被告身材矮小而又畸形。这引我注目。这位衣着讲究的矮个子先生的举动尤其使我感到奇特。他用两根干树枝在生锈的缆盘上敲起鼓来。如果考虑到：一、被告的职业是鼓手；二、如事实所表明的，他走到哪里就在哪里进行职业练习；三、缆盘，又名缆盘鼓，它能引诱任何一个门外汉把它当鼓敲；那么，这就有理由说，被告奥斯卡·马策拉特在一个雷雨将临前闷热的夏日，在阿丽丝·封·维特拉太太的小菜果园前的一个缆盘鼓上坐定下来，用两根长短不一的干白杨树枝击响了有节奏的噪声。

我继而证实，那条狗卢克斯钻进成熟待割的黑麦田里待了较长时间。若问时间有多长，我无法回答，因为我只要一躺到我家苹果树的树杈上，便失去了时间长短的概念。如果我说狗消失了较长时间，那意思就是，我惦念着那条狗，因为它的黑色狗皮和宽边耳朵很讨我喜欢。

可是，我相信自己可以这么讲：被告并不惦记着那条狗。

卢克斯从成熟待割的黑麦田里回来时，嘴里叼着什么东西。我并没有看清狗嘴里叼的是什么。我想那是一根棍儿，一块石头,一个铁皮罐头或是一把铁皮匙。当被告从狗嘴里取出犯罪事实①时,我才看清楚那是什么。从狗用叼着东西的嘴去蹭被告的——我想是——左裤腿的那一刻起,直到被告为占有而伸手去取的那一刻——可惜已无法确定具体时间了——谨慎地说,总有许多分钟的时间。

尽管狗拼命引起它的租借主人的注意,后者却不为所动地敲他的鼓,方式单调易记却又难以理解,像儿童敲鼓一般。当狗借助于一种淘气的动作,用湿嘴朝被告的两腿间撞去时,被告才放下两根白杨树枝,用右脚——我记不太确切了——踢它。狗绕了半个弧形,又谦卑地颤抖着再次走近,抬起叼着东西的嘴。被告没有站起来,也就是说,他坐着,这一次用左手伸向狗的牙齿间。卢克斯在它拣到之物被取走后,便后退了几米之远。可是,被告依旧坐着,手里拿着拣到之物,把手捏拢,又摊开,再次捏拢,又摊开,拣到之物上有什么东西在闪烁。被告习惯于看这拣到之物后,便用拇指和食指将其垂直地捏住,举到眼窝上下。

到了这时,我才为那拣到之物正名,称之为一个手指,又由于那闪烁之物的缘故,我扩大了这个概念,称之为无名指,但未曾料到,我竟然以此替战后最有趣的刑事诉讼案之一起了个名字:无名指诉讼案。末了,我,戈特弗里德·封·维特拉,又被称为此案最重要的见证人。

被告镇静,我也镇静。不错,被告的镇静传给了我。当被告用他先前如骑士一般装饰胸袋的那条小手绢细心地包起那个戴戒指的手指时,我对电缆盘上坐着的这个人产生了好感。一位正派绅士,我想,我要结识此人。

我于是招呼他,而他带着那条借来的狗正要离开,朝格雷

---

① 原文为拉丁文。

斯海姆走去。但他的反应先是恼火,几乎可以说是傲慢。直到今天我仍无法理解,他为什么仅仅由于我躺在苹果树上便要把我看成是蛇的象征。他也怀疑我母亲的酸苹果,说这无疑是乐园里的那一种。

喜欢躺在树杈上,这确实是恶魔的一种习惯。可是,驱使我一周多次躺到苹果树上去的恰恰是无聊。它像一种流行病,我不费力就染上了。那么,驱使被告到杜塞尔多夫城外来的又是什么呢?是孤独,这是他后来告诉我的。孤独和无聊不就是两姐妹吗?我这样考虑,是为了替被告澄清,而不是指控他。使我对他产生好感,同他攀谈,末了结成友谊的,恰恰是他的击鼓。他把恶魔化作节奏,他的击鼓本身就是恶魔的变种。把我作为证人、把他作为被告传唤到法庭上来的那份指控书,也是我们两人发明的一种游戏,是为了消除和维持我们的无聊与孤独的一种小手段。鉴于我的请求,被告在犹豫了片刻之后就从无名指上摘下了戒指——这很方便——戴到我左手的小拇指上。正合适,我很高兴。在我试戴戒指之前,我已经从我躺着的树杈上溜下来了,这是不言而喻的。我们站在篱笆的两边,互通姓名,交谈,涉及一些政治话题,随后他把戒指给了我。手指由他保留,他小心地拿着。我们一致认为,这是一个女人的手指。当我戴着戒指,让日光照射它时,被告用空着的左手在木篱笆上敲出一种舞曲般的、明快的节奏。我母亲的菜果园的木篱笆是没有支撑物的那一种,它根据鼓手的要求发出了啪嗒声和颤音。我记不清我们这样站着并且以目传神究竟有多长时间。对这种最无恶意的游戏,我们趣味相投。这时,在中等高度,有一架飞机传来了它的引擎声。这架飞机大概要在洛豪森降落。虽说我们都想知道这架双引擎或四引擎的飞机是否开始降落,但我们仍旧没有让目光离开对方,不理睬那架飞机。后来,我们不时地找到机会去

576

做这种游戏,并称之为舒格尔·莱奥的苦行;舒格尔·莱奥是被告多年前的一个朋友,他们两人那时总在公墓上玩这种游戏。

飞机——我确实说不出它究竟是双引擎还是四引擎——找到了它的着陆场后,我把戒指还给了他。被告把戒指戴到那个无名指上,再次利用他的小手绢作为包裹材料。接着,他要我陪他一起走。

这是一九五一年七月七日。到了格雷斯海姆,我们在有轨电车终点站乘上的不是电车而是出租汽车。被告日后还经常有机会在我面前显示他的慷慨大方。我们乘车进城,让出租汽车在罗胡斯教堂旁的租狗店前等着,归还了卢克斯,又上了出租汽车,横穿过城市,经比尔克、上比尔克到韦尔斯滕公墓。马策拉特先生付了十二马克以上的车钱,随后我们去石匠科涅夫的墓碑店。

那里很脏。当石匠仅用一个小时就完成了我的朋友托他做的事时,我很高兴。我的朋友亲切而详细地向我讲解工具和石头的种类,与此同时,科涅夫先生给手指(不戴戒指)做了一个石膏复制件。对于这个手指,他一句话也不问。我只是捎带着看他干活。手指必须先经过处理,也就是说,先抹上油脂,绕上合股线,再抹上石膏,在石膏变硬之前,把模子连同合股线割成两半。我的职业是装饰师,做石膏模子对我来说并不是什么新鲜事。可是,那个手指一到了石匠的手里,就给添上了某些令人恶心的成分。直到复制品做成,被告又把手指拿过去,擦去油脂,包在他的小手绢里时,这些令人恶心的成分才去掉。我的朋友付钱给石匠。他起先不肯收,因为他把马策拉特先生当做同行看待。他还说,奥斯卡先生以前帮他挤过疖子,同样分文不取。灌进模子里去的石膏变硬了,石匠打开模子,取出复制品,还答应,几天之内还可以用这个模子做出更多的复制品来,并陪同我们穿过他的墓碑陈列场,直到比特路。

我们第二次乘上出租汽车去火车站。被告请我在整洁的车站饭馆用晚餐,时间拖得很长。他同侍者说话随便,我由此断定,马策拉特先生想必是火车站饭馆的常客。我们吃公牛胸脯肉加新鲜萝卜还有莱茵鲑鱼、乳酪,然后喝了一小瓶香槟酒。我们的话题又回到手指上来时,我劝被告把这个手指看做别人的财产,把它交给失物招领处,尤其因为他已经有了石膏复制品。被告则坚决而肯定地说,他认为自己是这个手指的合法占有者,因为在他诞生之时,人家就许诺给他一个手指,虽说手指被译成密码,用鼓棒来表示。他还可以举出他的朋友赫伯特·特鲁钦斯基背上的伤疤为证,那些手指般长的伤疤也预言了无名指。此外,还有他在萨斯佩公墓拣到的那个空弹壳,它也具有未来的无名指的尺寸和意义。

对于我新交的朋友所列举的这些证明,我起初只好报以微笑。可我必须承认,一个思想不保守的人必定能毫不费力地理解这互相关联的一组词:鼓棒,伤疤,子弹壳,无名指。

晚餐后,第三辆出租车送我回家。我们告别。三天后,我如约去拜访被告,他已经为我准备下一件惊人的东西。

他先领我看他的寓所,也就是他的房间,因为马策拉特先生是三房客。他最初只租了一间相当简陋的房间,原先是个浴室;后来,他的鼓艺给他带来了名声和富裕,他又为一个没有窗户的小间付租金,他称之为道罗泰娅嬷嬷小间;他还无所谓地为第三个房间付大笔房租。这个房间原先是一位姓闵策尔的先生居住的,此人是音乐家,被告的同行。二房东蔡德勒先生知道马策拉特先生有钱,就无耻地抬高房租。

在所谓的道罗泰娅嬷嬷的小间里,被告为我准备下一件令人吃惊的东西。在一个有镜子的梳妆台的大理石板上放着一个密封大口玻璃瓶,大小同我母亲阿丽丝·封·维特拉用来贮存我家酸苹果做的苹果酱的大口瓶一样。可是,这个大口瓶里盛着的是在酒精里游泳的无名指。被告自豪地指给我看不少大厚本科学著作,它们传授给他保存手指的入门知识。这些书我只是匆匆翻了翻,连插图都几乎不看,但我承认,被告成功地保存了手指的外观。此外,玻璃瓶及其内容在镜前显得相当漂亮,是有趣的装饰,这一点,我作为职业装饰师可以一再予以证实。

被告发现我喜欢这玻璃瓶的外观,便向我透露,他有时朝拜那玻璃瓶。我感到好奇,有点冒失地请他马上示范一次。他倒过来请我帮忙,给我纸和笔,要求我把他的祈祷记录下来,也可以提出与手指有关的问题,他将诚实地边祈祷边答复。

这里,我将被告的话、我的问题和他的回答作为证词供述如下:朝拜密封大口玻璃瓶。我朝拜。我指谁?奥斯卡还是我?我虔诚,奥斯卡心不在焉。一心一意,不间断,不怕重复。我,头脑清醒,因为心中无回忆。奥斯卡,头脑清醒,因为心中充满回忆。暖,冷,热,我。询问时有罪。不询问便无罪。有罪是因为,摔倒是因为,变成有罪尽管,宣布我无罪,转嫁给,咬紧牙关,使我防止,嘲笑,笑对,笑是由于,哭泣为了,哭对,哭而没有,言谈中亵渎,亵渎中沉默,不言语,不沉默,祈祷。我朝拜。什么?玻璃。什么玻璃?密封大口玻璃瓶。玻璃瓶密封着什么?玻璃瓶密封着手指。什么手指?无名指。谁的手指?金黄头发的。金黄头发是谁?中等身材。一米六〇?一米六三。有何特征?肝痣。长在哪里?上臂里侧。右臂左臂?右臂。无名指是哪只手的?左手。订婚了?是的,但仍单身过。信仰?新教。童贞女?童贞女。何时出生的?不知道。何时?在汉诺威附近。何时?十二月。人马座还是摩羯座？人马座。性格？胆小。好脾气？勤快，话多。谨慎？节约，务实，也开朗。脾胃？爱吃甜食，正直，过分虔诚。苍白，多半梦见旅行。经期不规则，迟钝，爱忍受却又要讲出来，本人无想象力，被动，耐心等待，静心听人讲话，点头表示同意，交抱双臂，说话时眼睑下垂，被人招呼时，睁大眼睛，浅灰色，瞳孔附近是棕色，得到已婚上司所赠的戒指，先不愿接受，后又接受，可怕的经历，椰棕，撒旦，许多白色，出走，搬迁，又回来，不能摆脱，嫉妒但是又无缘无故，疾病但不是自己得的病，死亡但不是自己寻的死，不，不知道，也不愿意，正在摘矢车菊，那一个来了，不，事先就陪伴着，再也不能……阿门？阿门。

我，戈特弗里德·封·维特拉，之所以把这份祈祷记录补充到我对法庭的证词中去，仅仅是因为，这份有关无名指的女主人的陈述，尽管读起来含混不清，却同法庭关于被谋杀的女人，护士道罗泰娅·肯格特的报告大部分相吻合。怀疑被告的证词，即他既没有谋杀这位护士，也没有面对面见过她，这可不是本人的任务。

不过，我的朋友跪在由他放在椅子上的大口玻璃瓶面前并敲打由他夹在两膝之间的铁皮鼓时是诚心诚意的，今天我还认为这一点是值得注意的，并且是有利于被告的一个证明。

在一年多的时间里，我还经常有机会目睹被告祈祷与击鼓，因为他请我当他的旅伴，并给我慷慨的报酬，带我一起去作他已中断较长时间、但在拣到无名指后不久便又恢复了的巡演。我们周游了整个西德，也得到去东德甚至去外国的提议。可是，马策拉特先生宁愿留在国境之内，用他自己的话来说，而不愿去凑流行的巡演的热闹。在演出之前，他从不对大口玻璃瓶击鼓祈祷。在他登台演出之后，在时间拖得很长的晚餐之后，我们回到旅馆房间里时，他才击鼓祈祷，我则提问记录。之后，我们把这一次的祈祷同前几天或前几周的祈祷作比较。祈祷有长有短。求得的话有时十分矛盾，但改日却又变得一目了然而且冗长详细。然而，由我收集并在此呈交法庭的全部祈祷记录，其内容均不多于我附在我的证词后的那份第一次的记录。

在这一年中，我在巡演的间歇泛泛地认识了马策拉特的一些熟人和亲戚。例如，他向我介绍了他的继母玛丽亚·马策拉特太太。被告非常爱慕她，却有克制。那天下午，我见到了被告的同父异母的弟弟，库尔特·马策拉特，十一岁，受到良好教育的文科中学学生。玛丽亚·马策拉特太太的姐姐，古丝特，克斯特太太，同样给我良好的印象。被告告诉我，战后头几年，他的家庭关系遭破坏。直到马策拉特先生替他的继母开设了一家规模很大、也进口南方水果的美食店，当该店遇到困难他又一再资助的时候，继母与继子之间才结成那种友谊的同盟。

马策拉特先生也让我结识了几位他先前的同事，主要是爵士乐师。尽管我觉得闵策尔先生——被告亲切地叫他克勒普——是那样开朗与随和，我至今仍无足够的勇气与愿望继续保持这种联系。

由于被告的慷慨大度，我没有必要继续从事我的装饰师的职业。然而，当我们由巡演回到本地后，出于从业的乐趣，我便接受委托装饰一些橱窗。被告亲切友好，对我的手艺颇感兴趣，多次半夜三更站在街上，不知疲倦地充当我的平庸手艺的观赏者。有时，工作做完后，我们还在夜深人静的杜塞尔多夫溜达一圈，但避开旧城，因为被告不爱看到牛眼形玻璃和古德意志的商店招牌。就这样——我现在进入本人证词的最后部分——一次子夜过后的散步引我们穿过下拉特来到有轨电车停车场前面。

我们默契地站住,注视着驶入停车场的末班有轨电车。这样一个场面真好看。周围是黑暗的城市,远处,一个喝醉的建筑工人在怪声唱歌,因为今天是星期五。除此以外,一片寂静,尽管进场的末班电车铃声叮当并让弯曲的铁轨发出声响,但不是喧闹。大多数电车驶入停车站,可是也有几辆空车,横七竖八地停在铁轨上,像过节似的亮着灯。是谁出的主意?是我们的主意。不过,是我先开的口:"亲爱的朋友,怎么样?"马策拉特先生点点头,我们不慌不忙地上了车。我站到驾驶台上,随即摸到了门道,稳稳起动,慢慢加速,表现得像个优秀的有轨电车司机。当我们已经把明亮的停车场扔在背后的时候,马策拉特先生用这样一句话嘉许我的表演:"你肯定是个受过洗礼的天主教徒,戈特弗里德,要不然的话,你开有轨电车就不会开得这么好。"

　　说实话,这件小小的临时工作给了我许多乐趣。看来,停车场上的人没有发现我们把车开走了。没有人追我们。再说,人家可以切断电源,不费吹灰之力就让我们停下来。我把电车朝弗林格恩方向驶去,穿过弗林格恩,正考虑是否在汉尼尔附近拐弯,朝拉特、拉亭根驶去,这时,马策拉特先生请我开进去伯爵山、格雷斯海姆的轨道。虽说我害怕狮堡舞厅下面的那段上坡路,但仍迎合了被告的愿望,闯过了那段上坡路,过了舞厅。这时,我不得不刹车,因为有三个人站在铁轨上,与其说是求我,不如说是强迫我停车。

　　刚过哈尼尔,马策拉特先生就已经到车厢里面去抽香烟了。我作为司机只好大声说:"请上车!"我注意到第三个不戴帽子的人。他被两个戴着有黑色系带的绿帽子的人夹在中间,上车时动作笨拙或者是被挡住了眼睛,好几次没有踩到踏板。他的两个陪同或看守相当粗暴地帮他登上司机台,紧接着走进车厢去。

我又把车开走时,听到后面车厢里一阵凄惨的呜咽声,接着是有人连打几个耳光。然后,是马策拉特先生坚定的声音,我听了才放下心来。他谴责刚上来的那两个,警告他们,不该动手打一个受伤的、半瞎的又苦于丢失了眼镜的人。

"您少管闲事!"我听到戴绿帽子的人中间的一个厉声吼道,"他今天还要经历他所想象不到的事呢! 本来嘛,已经拖得够久了。"

我把电车向格雷斯海姆徐缓地驶去时,我的朋友,马策拉特先生想要知道,这个可怜的半瞎的人究竟犯了什么罪。他们的谈话立即转到了奇怪的话题上去。刚讲了两句话,大家就置身于战争时期了,或者说,倒转到了一九三九年九月一日。战争爆发,那个半瞎子据他们说是个义勇军战士,非法地保卫过一座波兰邮局大楼。奇怪的是,马策拉特先生尽管当时只有十五岁,却认识这个半瞎子,在谈话过程中,称他为维克托·韦卢恩。这个可怜的、近视的、送汇款单的邮递员,在战斗过程中丢掉了眼镜,没有眼镜逃跑,逃脱了那些刽子手的掌心。可是,他们不放松,一直追捕他直到战争结束,甚至在战后还在追捕他。他们拿出一张纸来,是一九三九年签发的一道枪决命令。两个戴绿帽子的中间的一个嚷道,他们终于抓到他了。另一个戴绿帽子的说,他很高兴,历史的旧账现在终于要了结了。为了执行这道一九三九年的枪决命令,他牺牲了自己的业余时间,甚至假期,他毕竟还有他的职业,是位商务代表。他的战友同样也有困难,他是东方来的难民,失去了在那边开设的生意兴隆的裁缝店,现在必须从头开始,但现在事情算有了个头了。今天夜里将执行命令,了结过去的事。真不坏,还乘上了末班车。

把一个被判处死刑的人和两个持有枪决命令的刽子手送到格雷斯海姆去,当这样的司机可违背了我的本愿。在郊区空无一人的、有点倾斜的集市广场上,我把车向右拐,要向玻璃厂附近的终点站开去,到了那里,让两个绿帽子和半瞎的维克托下来,再同我的朋友踏上归途。距离终点站还有三站路,马策拉特先生从车厢里出来,把他的公事皮包放到职业司机放他们的盛黄油面包的饭盒的地方。我知道,他的公事皮包里竖放着那个密封大口玻璃瓶。

"我们必须救他,他是维克托,可怜的维克托!"马策拉特先生显然很激动。

"他一直还没有找到一副合适的眼镜。他是深度近视眼,他们要枪毙他,而他会看错方向的。"我认为刽子手没带武器。但是,马策拉特先生已经注意到了两个绿帽子的大衣鼓起,碍手碍脚的。"他是但泽波兰邮局送汇款单的邮递员。现在他在联邦邮局从事同样的职业。可是,下班以后,他们就追捕他,因为那份枪决命令还在。"

尽管我并不全部理解马策拉特先生的意图,但我仍然答应他,在枪决的时候待在他的身边,如果有可能的话,同他一起去阻止枪决。

过了玻璃厂,在第一排小菜果园前不远处——在月光下,我看到了我的母亲的园子和那棵苹果树——我停下电车,朝车厢里喊道:"请下车,终点站到了!"头戴黑带绿帽的两个人马上下车。那个半瞎子又费劲地找踏脚板。马策拉特先生随后下车,从外套下取出他的鼓。下车时,他请我带上他的公事皮包和大口玻璃瓶。

我们扔下还一直亮着灯的有轨电车,紧盯着那两个刽子手和那个蒙难者。

我们沿着菜果园篱笆走去。我走累了。前面的三个人站住时,我发现,他们选中了我母亲的菜果园当枪决地点。不仅马策拉特先生,连我也一起抗议。他们不予理睬,推倒腐朽的木板篱笆,把那个马策拉特先生叫做可怜的维克托的半瞎子绑在苹果树上我的树杈下面。由于我们继续抗议,他们用手电筒照亮那份揉皱的枪决命令给我们看,命令是由一个姓策勒夫斯基的陆军司法总监签署的。我记得,日期一栏写着:一九三九年十月五日于索波特,印章也没错,看来是没什么希望了。然而,我们谈到了联合国,谈到民主制、集体罪责、阿登纳等等。可是,绿帽子中间的一个用一句话就把我们的全部反对意见都挡了回去。他说,现在还没有起草和签订和约①,所以,我们不该插手此事。他说,他同我们一样选举阿登纳,至于这道枪决命令嘛,它继续有效。他们带着这道命令去找过最高当局,请当局拿主意,结果,他们还得履行这该死的职责。所以,他说我们还是走开为妙。

我们没有走。两个绿帽子解开大衣扣子,让冲锋枪探出头来时,马策拉特先生也放正了他的鼓。在此瞬间,月亮从云里钻出来,只缺一点就全圆了。它使云的边缘像一个罐头的齿状边缘那样泛出金属的光泽。马策拉特先生拿起两根鼓棒开始在形状类似但圆而无缺的铁皮鼓上进行干涉。他绝望地擂鼓。鼓声听起来似乎陌生,然而我又觉得耳熟。字母"O"一再形成,反复出现:亡,没有亡,还没有亡,波兰还没有亡!可是,这已经是可怜的维克托的声音了。他知道马策拉特先生的鼓乐的歌词:波兰还没有亡,只要我们还活着。看来两个绿帽子也熟悉这节奏。他们端着由月光描绘出来的枪械,浑身上下在抽搐。马策拉特先生和可怜的维克托在我母亲的菜果园里奏起的那首进行曲,促使波兰骑兵采取行动。这可能是月光帮忙所致,也可能是鼓、月光和近视的维克托沙哑的声音一起,施展魔法使许多骑兵从地底下冒了出来,蹄声隆隆,

---

① 指第二次世界大战结束后尚未同德国签订和平条约。

鼻息呼呼,马刺铿锵,牡马嘶鸣,呼杀嗨杀……不,什么也没有,没有任何东西在发出隆隆、呼呼、铿锵、嘶鸣之声,喊出呼杀和嗨杀之声,而是红白色,像马策拉特先生油漆过的鼓。因此,一中队波兰长枪骑兵,无声地滑过格雷斯海姆郊外已经收割的田野,长枪上的小旗拖曳着,不,说拖曳并不正确,而是游动着,一如整个骑兵中队也在月下游动,可能是从月亮里来的,游动,左转弯朝我家菜果园的方向游动,看来既不是肉也不是血,然而在游动,像玩具一样制成,像幽灵似的游动过来,也许可以同马策拉特先生的护理员用线绳编结的形象相比较。一队编组成的波兰骑兵,没有声响,然而隆隆有声,没有肉,没有血,然而是波兰的,无约束地朝我们扑来。我们趴倒在地,忍受住月光和波兰骑兵。他们冲向我母亲的菜果园,冲向所有其他各家精心种植的菜果园,然而却一个也没有践踏。他们只带走了可怜的维克托和那两名刽子手,朝月下开阔的田野奔驰而去,没有亡,还没有亡,他们策马朝东方,朝波兰,朝月亮背后奔驰而去。

我们气喘吁吁地等候着,直到黑夜又成为没有事件的黑夜,天空复又关闭,收回了月光,说明那早已腐烂的骑兵发动最后一次攻击的月光。我站起来,虽说不低估月光的影响,仍祝贺马策拉特先生取得伟大的成功。他疲倦而相当消沉地一挥手表示拒绝:"成功,亲爱的戈特弗里德!我一生中所取得的成功实在多得数不清。我真想有那么一次不能取得成功。但这是非常困难的,要求付出很多的劳动。"

我不爱听他的这番话,因为我属于勤奋的人们之列,然而没有取得成功。马策拉特先生看来不想领我的情,我于是责备他说:"你太夸张了,奥斯卡!"我敢这样单刀直入,因为我们当时已经以"你"相称了,"所有的报纸都在报道你。你已经有了名气。钱就更不用说了。但你以为,对于我,一个从未被报纸提到过的人来说,在你这个备受赞扬的人身边坚持待下去,是件容易的事吗?我多么愿意独自一人干一件事,一件独一无二的事,就像你刚才完成的那种事情似的,这样一来,我也可以上报纸了,将会用大号铅字印出:这是戈特弗里德·封·维特拉干的!"

马策拉特先生的微笑伤透了我的心。他仰面躺着,驼背钻在松软的土里,两只手在拔草,将一把把的草高高抛起,像一个全能的非人的神那样哈哈大笑:"我的朋友,这种事再容易不过了!这儿,公事皮包!它没有落到波兰骑兵的马蹄下去,真是奇迹。我把它送给你,皮包里藏着那个密封大口玻璃瓶和那个无名指。全都拿去吧!去格雷斯海姆,那辆亮着灯的有轨电车还停在那儿呢。上车,带着我的礼物开车到君主壁垒,去警察总局,告发,明天你就能在各种报纸上读到你的大名了。"

我起先还拒绝这一建议,没有玻璃瓶里的手指,他肯定活不下去。但他安慰我说,对于这段手指插曲他已经完全厌烦了。此外,他有许多石膏复制品,还让人制作了一个纯金复制品。我现在可以把皮包拿走了,回去找到那辆电车,开着它去警察局,进行控告。

就这样,我走了,还听见马策拉特先生在哈哈大笑。他仍旧躺着,当我踩着铃铛向市内驶去时,他要让黑夜来摆布他,拔草,大笑。我第二天早晨才去告发。感谢马策拉特先生的一番好意,我的控告使我的名字多次出现在报纸上。

而我呢,奥斯卡,好心的马策拉特先生,笑着躺在格雷斯海姆附近夜间黑色的草丛中,在若干可见的、死神般严肃的星星下面笑着翻滚,把我的驼背钻进温暖的泥土王国中去,想道:睡吧,奥斯卡,在警察醒来之前再睡上一小时。你再也不会这样自由地躺在月光下面了。

当我醒来时，在我发现天已大亮之前，我发现有什么东西，有什么人在舔我的脸，温暖、生硬、均匀、潮湿地舔着。

这会不会是被维特拉叫醒并带到此地来的警察正在用舌头把你舔醒呢？然而，我并没有马上睁开眼睛，而是再让我被这样温暖、生硬、均匀、潮湿地舔上一会儿，享受着，是谁在舔我，我都无所谓。奥斯卡猜着，不是警察，便是母牛。随后，我才睁开我的蓝眼睛。

它，黑白相间，伏在我身边，呼吸着，舔着我，直到我睁开眼睛。天亮了，多云转晴。我暗自说，奥斯卡，可别待在这头母牛身边，尽管它像天仙般地瞧着你，尽管它如此勤快地用粗糙的舌头平息和减弱你的记忆。天亮了，苍蝇嗡嗡叫，你得逃走。维特拉去告发你，接下来你必须逃走。你若不真正逃跑，那控告也不会是真的。让母牛哞哞叫去吧，你只管逃走吧！他们会在这里或那里逮捕你，但这对于你来说是无所谓的。

就这样，一头母牛舔了我，给我洗了脸，梳了头，我就拔腿逃跑了。刚跑几步，我就爆发出早晨清脆的笑声。母牛伏着哞哞叫，我把鼓留在它身旁，我笑着逃之夭夭。

三 十 岁

是啊,逃跑! 有几句话还得讲一讲。我逃跑是为了抬高维特拉的控告的价值。

逃跑总得有预定的目的地,我想。你往哪里逃,奥斯卡? 我问自己。政治事件,所谓的铁幕,禁止我逃往东方。我的外祖母安娜·科尔雅切克的四条裙子,至今鼓起在卡舒贝的土豆地上,提供保护。可我呢,却不能把它作为逃跑的目的地,虽说如果真要逃跑,我认为,唯一有希望的便是逃到我的外祖母的裙子底下去。

附带提一笔:今天,我过我的三十岁生日。一个三十岁的人有义务像个堂堂男子汉,而不是像个学徒似的去谈论逃跑这个主题。玛丽亚,她给我带来了蛋糕和三十支蜡烛,并说:"现在你三十岁了,奥斯卡。现在,你变得理智的时间慢慢地到了!"

克勒普,我的朋友克勒普,像以往那样送我爵士乐唱片,还带来了五根火柴,点燃了我的生日蛋糕上的三十支蜡烛。"人生始于三十!"克勒普说,他自己二十九岁。

维特拉,我的朋友戈特弗里德,他最知我心,送我甜食,在我的床栏杆上探身过来,带着鼻音说:"耶稣年满三十时,出门上路,集合门徒于自己周围。"

维特拉一向爱弄得我不知所措。他认为我应该离开这张床,去集合门徒,只因为我已经年满三十。接着来的是我的律师,挥舞着一张纸,大声祝贺,把他的尼龙帽挂在我的床上,向我和全体祝寿来宾宣布:"我说这是幸运的巧合。今天,我的当事人庆祝他的三十岁生日。而就在他三十岁生日的今天,我得到消息,将重新开庭审理无名指案件,发现了新的线索,贝亚特嬷嬷,诸位都知道的……"

几年来我所担心的事,自从我逃跑以来我所担心的事,今天,在我三十岁生日时,宣告即将来临:真正的罪犯找到了,重新开庭审理,宣判我无罪,把我从疗养和护理院里放出去,夺走我的甜蜜的床,把我放到冷冰冰的、暴露在各种天气之下的街道上,强迫三十岁的奥斯卡在自己和他的鼓周围集合门徒。

她,贝亚特嬷嬷,据说被嫉妒迷了心窍,谋害了我的道罗泰娅嬷嬷。

读者也许还记得吧。有一位韦尔纳博士,他,如同在电影里或生活中常有的那种情形,夹在两个护士之间。一段卑劣下流的故事:贝亚特爱着韦尔纳。韦尔纳却爱着道罗泰娅。道罗泰娅则谁也不爱,或者暗暗地爱着小奥斯卡。韦尔纳病倒。道罗泰娅看护他,因为他恰好在她的病区。贝亚特看不下去也不能容忍。据说,她因此哄劝道罗泰娅去散步,在格雷斯海姆附近的黑麦田里把她杀死,更确切地说,把她除掉了。于是,贝亚特可以不受干扰地看护韦尔纳了。据说,她护理他,却不是使他恢复健康而是相反。这个痴痴地爱着他的女护士可能这样对自己说道:只要他生病,他就属于我。是她给他服用了过量的药呢,还是给他吃错了药呢?反正韦尔纳博士死了,死于服用过量药物或错服了药物。可是,贝亚特在法庭上既不承认给他错服或过量服用药物,也不承认那次黑麦田里的散步,而那次散步成了道罗泰娅嬷嬷的最后一次散步。奥斯卡也什么都不承认,可是他有密封大口玻璃瓶里那只可以作为罪证的手指。他们由于他去过黑麦田而对他作了判决,却又并不认真对待他,而是把我送进了疗养和护理院进行观察。在此之前,奥斯卡逃跑了,因为我要以逃跑来大大提高我的朋友戈特弗里德的控告的价值。我逃跑时,是二十八岁。几小时前,我的生日蛋糕上的三十支蜡烛燃烧着,蜡烛油泰然地滴落。我逃跑时,是在九月。我诞生时,命星在室女宫。不过,这里要讲的不是我在电灯泡下的诞生,而是我的逃跑。

上面已经讲过了,逃往东方、逃往我外祖母处的道路不通。我像今天的任何一个人那样，不得不逃向西方。由于政治原因，你去不了外祖母那里，那么，奥斯卡，你就逃到外祖父那里去吧。他住在布法罗，住在美国。逃到美国去，看看你能逃多远！

当母牛在格雷斯海姆附近的草地上舔我而我还闭着眼睛的时候，我突然想起了在美国的外祖父科尔雅切克。可能是在清晨七点，我暗自说道：商店八点开门。我笑着跑开，把鼓留在母牛身边，心中说道：戈特弗里德太疲倦，他可能八点或八点半才去告发，我要利用这段领先的距离。我用了十分钟的时间，在沉睡的郊区格雷斯海姆打电话叫来了出租汽车。出租汽车把我带到火车站。途中，我点钞票，经常点错，因为我不得不一再像早晨那样清脆地大笑。接着，我翻看我的护照，由于"西方"音乐会经纪处的安排，上面有去法国的有效签证，有去美国的有效签证。这本来是丢施博士的宿愿，让那些国家领略一下鼓手奥斯卡的巡演音乐会。

哦①，我对自己说，我们逃到巴黎去吧，这很好，听起来也很有道理，可以上电影，还有那个嘉宾，他抽着烟斗，追捕我，心肠挺好。那么，谁来扮演我呢？卓别林？毕加索？——出租汽车司机向我要七马克时，我还在笑，被这个逃跑的念头激动着，连连拍打自己微皱的裤管。我付了钱，到车站饭馆用早餐。嫩煮鸡蛋旁边放着联邦铁路时刻表。我找到了一趟合适的车次，早餐后还有时间，便去兑换外币，买了一口细皮小箱。我不敢回于利希街去，便又买了价钱贵但不合身的衬衫、一身浅绿睡衣、牙刷、牙膏等等，全装进箱子里去。我也不必节约，便买了一张头等车票，过不多久，已安享着靠窗座位软垫的舒适惬意了。我逃跑了，但不必靠两条腿跑。软垫也帮助我考虑。火车开动，逃跑开始，奥斯卡便考虑起究竟有什么值得害怕的事来了。我并非毫无道理地对我自己说：没有害怕的事就不会逃跑的！奥斯卡呀，如果警察局只能帮你发出早晨一般清脆的笑声的话，那么，有什么事情值得你害怕并且因此而逃跑呢？

---

① 原文是法语。

今天,我三十岁,逃跑和审判已属往事。可是,在逃跑的路上我力劝自己相信的那种恐惧却依然留存着。

这是轨缝撞击声,是火车的一首小曲吗?歌词传来,单调,快到亚琛时我才注意到。这歌词,就像我陷在头等车厢软垫里似的,盘踞在我心中,过了亚琛——我们大约十点半过国境——它显然还在,越来越使人害怕。所以,当海关官员使我分心时,我很高兴,他们对我的驼背比对我的姓名和护照更感兴趣。我因此暗自说道:这个维特拉,这个贪睡鬼!现在快到十一点了,他还没有胳臂下夹着大口玻璃瓶去警察局,可我一大清早就已经在逃跑的路上了,还劝说我自己接受一种恐惧,好使我的逃跑有一种动力。到了比利时境内,列车唱着:黑厨娘,你在吗?在呀在呀!黑厨娘,你在吗?在呀在呀……这时,我真是害怕极了。

今天,我三十岁,案件将重新审理,无罪获释指日可待。我又将四处奔波,在火车上,在电车上,这歌词也将回旋在我耳边:黑厨娘,你在吗?在呀在呀!

然而,除了我害怕黑厨娘以外,那次逃跑旅行还是很美的,虽说每到一站我都提心吊胆地恭候黑厨娘露面。我独自一人坐在我的车厢里,而她或许就在隔壁。我先认识了比利时的海关官员,后来又认识了法国的海关官员,有时小睡五分钟,又惊叫一声醒来。为了不让自己不加防卫地听任黑厨娘的摆布,我翻阅《明镜》周刊,这还是我在杜塞尔多夫时让人从车厢里递给我的。我一再为记者们的广博知识感到惊奇。我甚至翻到一篇关于我的经纪人、"西方"音乐会经纪处的丢施博士的短评,文中证实了我早已知道的事情:丢施的经纪处只有一根台柱,鼓手奥斯卡。评论右侧是我的照片,挺不错的。就这样,直到快抵达巴黎之前,我一直想象着由于我的被捕和黑厨娘令人恐怖地露面所造成的"西方"音乐会经纪处的破产情景。

我在过去的岁月里从不害怕黑厨娘。只是在逃跑途中,当我需要有什么使我害怕的时候,她才爬进了我的躯壳里,留在那里,虽说多半是在那里睡觉,但毕竟一直待到今天我庆祝自己的三十岁生日的时候,并且呈现出各种不同的形象。譬如说,她可能呈现为"歌德"这个名字,我一听到就会失声惊呼,害怕地躲进被窝里去。从少年时起,我就努力研读这位诗圣的作品,可是,他那种奥林匹斯山之神般的超然冷静,过去就一直给我以不祥之感。今天,他换了装,一身黑,扮作厨娘,不再是光明的和古典的,而是超过了拉斯普京的阴森黑暗,站在我的栏杆床前,借我三十岁生日之机,问我道:"黑厨娘,她在吗?"此时此刻,我真是害怕得要命。

在呀在呀!列车答道,它正载着逃跑的奥斯卡去巴黎。我本来指望能在巴黎北站——法国人叫作 Gare du Nord——见到国际刑警组织的官员们。可是只有一名行李搬运工向我打招呼。他一身红葡萄酒酒气,我无论如何也不会把他当成黑厨娘。我信任地把我的小箱子交给他,让他运到检票处前。可是,我心里想,警官们和厨娘也许不想浪费买站台票的钱,他们会在检票处外面叫住你并逮捕你的。所以,在检票处前就把箱子拿过来自己提着,这样做是比较聪明的。就这样,我不得不一个人拖着箱子一直走到地下铁道,因为我没有遇上警官,我的箱子也没有被他们拎走。

我不想向读者诸君叙述世界闻名的地下铁道的气味。我最近读到,这种香水可以买得到并喷洒在自己身上。引起我注意的是:首先,地铁和火车一样打听黑厨娘在不在,尽管节奏有所不同;其次,所有的乘客都同我一样知道并害怕黑厨娘,因为我周围所有的人呼出的都是害怕与恐惧。我的计划是乘地铁到意大利门,从那里乘出租汽车去奥利机场。我想象着被捕的场面,它既然没有在北站出现,那就改在著名的奥利机场好了,黑厨娘装扮作空中小姐,这场面多么富于刺激性,多么别出心裁。我必须转一次车,幸好我的小箱子很轻。我让地铁劫持我向南驶去时,我考虑着:奥斯卡,你在哪儿下车呢?——我的上帝,一天之内能够发生多少事情啊!今天清晨,在格雷斯海姆附近,一头母牛还在舔你,你快活也不害怕。现在,你已到了巴黎——你在哪儿下车呢?她会在哪儿黑黑地、叫人害怕地向你迎来呢?在意大利广场还是在意大利门呢?

我在意大利门的前一站白屋下车，因为我心里这样琢磨着：他们自然在思考，我也在思考，他们会等在意大利门旁。但黑厨娘也知道，我想些什么，他们又想些什么。再说，我也受够了。逃跑，吃力地维持心中的恐惧，把我累坏了。奥斯卡不想去奥利机场，他认为白屋比奥利机场更地道，而且这样做也是对的，因为那个地铁车站有自动楼梯。它能使我高兴一番，也能使我听到自动楼梯的格格响声：黑厨娘，你在吗？在呀在呀！

奥斯卡反而有点进退维谷了。他的逃跑正接近尾声，他的报道也将随之结束。可是，地铁车站白屋的自动楼梯有那么高，那么陡，那么有象征性，足以格格作响地成为他这一系列记述的压卷画面吗？

这时，我突然想到了我今天的三十岁生日。我愿意把我的三十岁生日作为结尾奉献给所有那些人们，他们觉得自动楼梯只是噪音太大，黑厨娘则并不引起他们的恐惧。因为，在所有其他的生日中间，三十岁生日难道不是意义最单一而明确的吗？它包含着"三"字，它让人预感到六十，又使六十成为多余。今天早晨，我的生日蛋糕上的三十支蜡烛燃烧时，我兴高采烈，真想痛哭一场，只因为当着玛丽亚的面，我觉得难为情：已是三十岁的人了，不该再哭啦！

自动楼梯的第一级——如果可以照样说自动楼梯也有第一级的话——刚把我带走，我就大笑不已。尽管害怕，或者说，由于害怕，我才放声大笑。陡直地、徐缓地升向高处——他们站在上面。还有时间抽半支香烟。我上面两级，一对不受拘束的情侣在胡闹。我下面一级是个老年妇女，起先，我毫无根据地疑心她是黑厨娘。她戴着一顶帽子，帽子的花饰意味着果实。我抽烟的时候，挖空心思去想同自动楼梯连带着可能发生的事情。于是，奥斯卡先扮演成诗人但丁，他刚从地狱回来，上面，在自动楼梯的末端，恭候他的是机灵的《明镜》周刊记者。他们问道："哈啰，但丁，下面怎么样？"——我又扮作诗圣歌德，演同样的短剧，让《明镜》记者问我，在下面，在母亲们那里，日子过得怎么样。末了，我厌倦了诗人们，对自己说，上面既没有

《明镜》记者,也没有大衣口袋里揣着金属徽章的先生们①,站在上面的是她,厨娘,自动楼梯格格响:黑厨娘,你在吗? 奥斯卡回答说:"在呀在呀!"

自动楼梯旁边还有一道普通楼梯。这是街上的行人下地铁车站的通道。看来外面在下雨。行人都被淋湿了。这使我不安,因为我在杜塞尔多夫抽不出时间去买一把雨伞。向上瞧了一眼,奥斯卡看到那些先生不显眼而又引人注目的面孔,他们都带着民用雨伞,然而,这并不让人怀疑黑厨娘的存在。我怎么招呼他们呢? 我倒担心起来了,一边慢吞吞地抽着烟,享受着,站在自动楼梯上。它正慢慢地提高着我的兴奋的情绪,丰富着我的见识。站在自动楼梯上人会变年轻,站在自动楼梯上人会变老,越变越老。留给我的选择是:变成三岁孩子或者变成六十岁的老人,然后离开自动楼梯,迎向国际警察局的官员,对黑厨娘产生这种年龄或那种年龄的恐惧心理。

时间肯定已经晚了。我的金属床倦容满面。我的护理员布鲁诺也已经两次在窥视孔里显露他的担忧的褐色眼睛了。这里,在那幅银莲花水彩画下方,放着插有三十支蜡烛的没有切开的生日蛋糕。玛丽亚现在可能已经入睡了。有人,我想是玛丽亚的姐姐古丝特,祝愿我后三十年幸福。玛丽亚睡觉真香,令人羡慕。我的儿子库尔特,文科中学学生,模范生和优秀生,他对我的生日祝愿是什么? 玛丽亚睡觉时,她周围的家具也都入睡。现在我想起来了,小库尔特在我三十岁生日时祝愿我恢复健康。可是,我祝愿自己能学玛丽亚的样,睡得香甜,因为我疲倦,差不多无话可说了。克勒普的年轻妻子以我的驼背为题做了一首幼稚可笑但出于好心的生日小诗。欧根亲王也是驼背,尽管如此,他攻占了城市和要塞贝尔格莱德。玛丽亚最后会理解,驼背带来好运。欧根亲王也有两个父亲。现在我三十岁,但我的驼背比我年轻。路易十四是欧根亲王的一个假想的父亲。以前,经常有美貌妇女在大街上摸我的驼背,为了交好运。欧根亲王是驼背,

---

① 指便衣警察。

因此他是自然死亡。假如耶稣也有个驼背的话，人家就很难把他钉在十字架上了。仅仅因为我三十岁了，所以，我现在当真必须走向世界，在我周围集合门徒吗？

这只不过是在自动楼梯上突然产生的念头。我的前上方是一对无拘无束的情侣。我的后下方是老妇与帽子。外面在下雨，上面，楼梯尽头，站着国际刑警组织的先生们。自动楼梯铺有板条格垫。当你站在自动楼梯上时，你应当再次把所有的事情考虑一遍：你从哪里来？你到哪里去？你是谁？你叫什么名字？你想干什么？各种气味扑鼻而来：少女玛丽亚的香草味。油浸沙丁鱼的油味，我可怜的妈妈把它煮熟，趁热喝下去，自己却冷却了，到了泥土下面。扬·布朗斯基，他一再浪费科隆香水，然而，死神仍过早地透过他的全部纽扣眼呼吸着。蔬菜商格雷夫的地窖里散发着过冬土豆味。还有一年级学生的石板旁的干海绵味。我的罗丝维塔，她身上有肉桂和肉豆蔻的香味。当法因戈德先生向发着寒热的我洒消毒剂时，我乘着石炭酸云飘游。啊，圣心教堂的天主教精神，这么多没有经过晾晒除去污浊味的衣服，冷的灰尘，我在左侧祭坛前，把鼓授予谁了？

然而，这仅仅是在自动楼梯上突然产生的念头。今天，人家要把我钉在十字架上，说：你三十岁了。因此，你必须集合门徒。回想一下，人家逮捕你时，你说过的话吧。数一数你的生日蛋糕上的蜡烛，离开你的床，集合门徒。在一个三十岁的人面前，机会可多啦。譬如说，假使人家当真把我逐出疗养院，我可以第二次向玛丽亚求婚。我今天肯定会有更多的机会。奥斯卡为她开设了商店，他有了名气，靠他的唱片可以继续挣不少钱。其间他也成熟了，年纪大点了。三十岁的人，是该结婚了！要不然的话，我仍旧当单身汉，从我的职业里挑选一种，买下一处优质壳灰岩开采场，雇用石匠，把采下的石头直接加工成建筑材料。三十岁的人，是该创业了！如果预制房屋正面用石板的工作久而久之使我感到厌倦，我可以去看望缪斯乌拉，同她一起，在她身边，充当给人启迪的模特儿，为美的艺术服务。有可能的话，有朝一日，我甚至会跟她，跟频繁地同别人短期订婚的缪斯结为伉俪。三十岁的人，是该结婚了！假如我厌倦了欧罗巴，我可以出国，去美国，到布法罗，这是我的旧梦，去找我的外祖父，百万富翁和前纵火犯乔·科尔奇克，以前叫约瑟夫·科尔雅切克。三十岁的人，是该定居了！再就是，我让步，让他们把我钉在十字架上，走向世界。仅仅由于我三十岁了，他们把我看作弥赛亚，我就在他们面前扮成弥赛亚，违心所愿地让我的善于描述的鼓超出它之所能，变为象征，建立一个教派，一个党派，或者仅仅是一个分会。

　　尽管我前有情侣后有戴帽老妇，这种自动楼梯上突然产生的念头仍旧向我袭来。那对情侣在我上面两级而不是一级，在他们和我之间，我放着我的小箱子。这一点我讲过没有？法国的青年非常特别。当自动楼梯载着我们大家上升的时候，她解开了他的皮夹克纽扣，接着解开了他的衬衫纽扣，抚弄他的十八岁的皮肤。但她干得很麻利，她的动作完全不是性爱的而是那种生意经的，我因此起了疑心。这些年轻人有可能是拿了官方的钱，在大街上显示爱的疯狂，从而使法国的大都会不致丧失它的声誉。可是，当这对年轻人接吻时，我的疑窦也随之消失，她的舌头几乎使他窒息，咳个不停，而我已经掐灭了我的香烟，为的是以一个不吸烟者的身份迎向刑事警察。在我以及那顶帽子下面的老妇——这意思是说，她的帽子正好同我的头一般高，因为我的身高等于自动楼梯两级的高度——没有做什么引人注目的事情，虽说她在嘟哝，骂骂咧咧的。不过，巴黎的许多老年人都是这样的。自动楼梯的橡皮面扶手随同我们一起上升。行人可以把手放在上面，让手一起上升。如果我把手套也一起带来旅行的话，我也会这样做的。楼梯间的瓷砖每一块都映出一点电灯光。奶油色的管道和肥大的电缆束陪伴我们上升。自动楼梯并没有发出地狱的噪声。尽管它是一种机械，却给人以舒适感。尽管有那格格作响的有关可怕的黑厨娘的诗句，我觉得，白屋地铁车站很舒适，几乎适于居住。我感到在自动楼梯上如同在家里一样，尽管有害怕和儿童的恐惧。如果它载着跟我一起上升的不是陌生人，而是我的活着和死去的朋友和亲戚的话，我本来会感到幸福：我可怜的妈妈夹在马策拉特和扬·布朗斯基之间,灰毛耗子特鲁钦斯基大娘同她的孩子赫伯特、古丝特、弗里茨和玛丽亚,蔬菜商格雷夫和他的邋遢老婆莉娜,自然也有贝布拉师傅和风雅的罗丝维塔——所有这些人都围绕着我的值得怀疑的存在,也由于我的存在而遭难。可是,上面,在自动楼梯通向户外的地方,我希望取代刑事警察的是可怕的黑厨娘的对立面:我的外祖母安娜·科尔雅切克。她像一座大山似的巍然屹立,在我和我的随从幸福地上升之后,把我们接纳到裙子里去,接纳到大山里去。

可是,站在那里的两位先生,穿的不是肥大的裙子,而是美式的雨衣。在上升行将结束时,我连同鞋子里的十个脚指头一起微笑着承认,我上面的那对无拘无束的情侣以及我下面那个戴帽老妇,都是傻头傻脑的警方密探。

我还要说些什么呢? 在电灯泡下诞生,三岁时故意中断成长,得到鼓,唱碎玻璃,闻香草味,患百日咳,给卢齐喂食,观察蚂蚁,决定成长,埋鼓,乘车去西方,失去东方,学石匠手艺,当模特儿,重操铁皮鼓,参观水泥,挣钱,保护手指,送掉手指,笑着逃跑,上升,被捕,被判决,送进疗养院,不久将被宣告无罪开释,今天庆祝我的三十岁生日,始终害怕黑厨娘——阿门。

我扔掉已掐灭的香烟。它在自动楼梯梯级的板条格垫间找到了它的归宿。奥斯卡在沿着四十五度角的斜边朝着天空上升较长时间之后,又垂直地上了三小步,前有无拘无束的警察情侣,后有戴帽警察奶奶,从自动楼梯的板条格垫上被移到固定的铁条格垫上。这时,刑事警察作了自我介绍,称呼他马策拉特。奥斯卡却顺着他在自动楼梯上突然产生的念头往下想去,脱口用德语说:"我是耶稣!"由于他看到对面站着的是国际刑警,便用法语重复了一遍,末了,又用英语说:"我是耶稣!"

然而,我还是以奥斯卡·马策拉特的身份被捕了。我毫不抗拒,信赖地置身于刑事警察的雨伞的保护之下,因为外面,在意大利林荫大道上,正下着雨,但我仍旧不安地、害怕地搜寻着环顾四周,并且在林荫大道上的人群中,在挤在警察局运货棚车周围的人堆里,多次看到了黑厨娘令人恐怖的镇静的面孔——这正是她的能耐。

现在,我没有什么话可讲了。不过,我还得考虑一下,奥斯卡被他们从疗养和护理院里放出来是不可避免的,在这之后,他究竟想干什么呢?结婚?独身生活?出国?当模特儿?买个采石场?集合门徒?成立教派?

今天,向一个三十岁的人提供的一切机会,都必须经过检验,如果不用我的鼓,那又用什么去检验呢?因此,我将在我的铁皮鼓上敲响那首小曲。我觉得它越来越生动,也越来越令人惧怕了。我要呼唤黑厨娘,询问她。这样,明天早晨我就可以告诉我的护理员布鲁诺,三十岁的奥斯卡处在越变越黑的儿童的恐惧的阴影之下将过什么生活,因为过去在楼梯上吓唬过我的,当我去地窖取煤时发出怪声使我不得不放声大笑的,始终是同一件东西。它用手指讲话,通过钥匙孔咳嗽,在火炉里叹气,通过门叫喊。当船只在雾中拉响汽笛时,它从烟囱里冒出来。当一只垂死的苍蝇在双层窗之间嗡嗡叫几小时的时候,当鳗鱼要夺走我的妈妈或者我可怜的妈妈要吃鳗鱼的时候,当太阳隐没在塔山背后像琥珀似的独善其身的时候,它始终在场。赫伯特扑向那个木雕时,他背后是什么?主祭台背后不也是它吗?如果没有把所有忏悔室涂黑的厨娘,天主教教义又会是怎样的呢?当西吉斯蒙德·马库斯的玩具一齐跌落时,又是她投下了阴影。公寓院子里的孩子们,阿克塞尔·米施克和努希·艾克,苏西·卡特和小汉斯·科林,他们讲了出来,当他们煮砖头粉汤时,他们唱了出来:"黑厨娘,你在吗?在呀在呀!你有罪,你有罪,你的罪孽最大。黑厨娘,你在吗……"她无处不在,甚至在车叶草汽水粉里,尽管它泛起的泡沫绿到了如此清白的地步。在我曾经蹲过的所有衣柜里,她也蹲过。她后来把三角形狐狸脸借给了卢齐·伦万德,吞食夹香肠面包,连皮吞下,把撒灰者引上跳台——唯独奥斯卡幸免。他观看蚂蚁,明白了:这也是她的阴影,再经过复制,跟随着香甜的东西,还有所有的言辞:被祝福,充满痛苦,被赐予极乐,童贞女的童贞女……所有的石头:玄武岩、凝灰岩、辉绿石、壳灰岩里的矿巢,如此柔软的雪花石膏……所有唱碎的玻璃:透明的玻璃,吹成极薄的玻璃……还有殖民地商品:一磅或半磅装蓝色口袋里的面粉和白糖。后来有四只猫,其中一只叫俾斯麦,不得不重新粉刷的围墙,昂首阔步去死的波兰人,还有谁击沉了什么时的特别新闻,从天平上扑腾落地的土豆,一头小的东西,我站立过的公墓,我跪过的方砖地,我躺过的椰棕……请别问奥斯卡,她是谁! 奥斯卡已经词穷无语。因为她从前坐在我的背后,之后又吻我的驼背,现在和今后则迎面朝我走来:

> 一直在我背后的厨娘真黑。
> 如今她迎面朝我走来,真黑。
> 言辞,大衣里子往外翻,真黑。
> 用黑市通货付款,真黑。
> 如果孩子们唱歌,他们不再唱:
> 黑厨娘,你在吗? 在呀在呀!